Les Ailes d'émeraude

Alexiane de LYS

Les Ailes d'émeraude

Éditions de Noyelles

Éditions de Noyelles,
avec l'autorisation des Éditions Nouvelles Plumes

123, boulevard de Grenelle, Paris

© Éditions Nouvelles Plumes, 2014.
ISBN: 978-2-298-08670-6

À ma Nona, mon inspiration,
celle sans qui ce livre n'existerait pas.
Je t'aime.

Prologue

Décembre, douze ans plus tôt

La voiture est arrêtée à un feu rouge, au milieu d'un pont de Williamsport. Les travailleurs de nuit tentent de réparer les dégâts causés par un récent accident de la route. En dessous, la rivière tumultueuse gronde sans discontinuer. Cela fait des semaines que les cieux déversent leur fureur sur le nord-est des États-Unis, et elle déborde maintenant, un monstre rageant et écumant, prêt à tout emporter dans son sillage.

À l'arrière de la voiture, au chaud et au sec, la petite fille compte consciencieusement les secondes. Elle est persuadée que le feu provisoire installé là passera au vert dans plus de dix secondes. Sa mère pense que ça sera plutôt d'ici moins de dix secondes. Mais elle sourit en regardant dans le rétroviseur. Elle est amusée de voir sa petite fille de six ans compter très sérieusement sur ses doigts. Il faut dire que c'est une sorte de coutume, entre elles deux.

La maman reporte son attention sur la route. Elle compte bien sur sa fille pour lui rappeler qui a gagné. Il fait déjà nuit noire alors qu'il n'est que six heures du soir. Il est de notoriété publique que l'hiver est une saison plutôt morne, en Pennsylvanie.

Le pont est désert. Soudain, deux yeux jaunes se dessinent dans les ténèbres en face, à travers le pare-brise maculé d'eau. La maman plisse les yeux, éblouie par la luminosité soudaine. C'est un véhicule, une camionnette. Le véhicule roule encore sur quelques mètres puis s'arrête soudainement. Cet engin l'interpelle. Elle fronce les sourcils. Il n'y a apparemment qu'une personne à l'intérieur, mais difficile d'être sûre avec ces phares aveuglants.

Elle fait un appel lumineux au conducteur pour que celui-ci les éteigne. Mais l'homme en face ne réagit pas. Sa gorge se noue.

Elle a toujours été un peu paranoïaque. Elle ne fait pas confiance aux autres. Surtout quand ces derniers ont un comportement aussi étrange. C'est à son tour de passer, pourquoi reste-t-il à l'arrêt?

— Dix! J'ai gagné maman!

La mère essaie de sourire à sa fille à travers le rétroviseur, mais son regard retourne bien vite vers l'automobiliste d'en face. Pourquoi diable ne réagit-il pas? Il doit être complètement soûl... elle le sent.

— Maman, pourquoi est-ce que les Chinois ils ne tombent pas, alors qu'ils ont la tête à l'envers?

Une esquisse de sourire se dessine sur les lèvres pincées de la mère. Malgré la situation, sa petite fille arrive toujours à la faire rire avec ses questions saugrenues.

Un des travailleurs fait signe à la camionnette de circuler. Mais le véhicule est comme figé dans la glace.

Tout à coup, sans qu'elle sache pourquoi, elle comprend. Son anxiété s'accroît et son estomac se tord d'angoisse.

Le feu passe au vert. La mère écrase l'accélérateur avec une telle violence que les pneus patinent pendant une ou deux secondes en crissant furieusement sur l'asphalte mouillé. L'homme en face démarre une seconde plus tard. Le conducteur fait un brusque écart. La pluie qui ne cesse de tomber depuis des jours finit d'aggraver la situation.

L'homme perd le contrôle de son véhicule. Il effectue plusieurs dérapages incontrôlés, tentant visiblement de reprendre le dessus sur l'engin. Mais rien n'y fait. Après un dernier dérapage, il vient s'écraser tout droit sur la petite citadine rouge. Il n'y a aucun moyen d'éviter le choc. La voie rétrécie par les travaux empêche toute retraite.

Les travailleurs s'égayent en criant. La petite fille a juste le temps de pousser un cri avant que la voiture ne fasse un tonneau, ne fracasse la glissière de sécurité et ne vienne plonger dans le torrent glacé en contrebas.

L'eau trouble commence à remplir l'habitacle, alors que la voiture dérive tout en s'enfonçant inexorablement dans les profondeurs sombres de la rivière.

La fillette sanglote. Au liquide froid qui lèche à présent son ventre se mêle une teinte rouge, totalement invisible dans la pénombre, et qui ne fait qu'assombrir un peu plus l'eau noirâtre qui les submerge. Le choc de la camionnette contre leur voiture a fait voler la vitre arrière en éclats et un débris s'est profondément enfoncé dans l'abdomen de la fillette. Elle ne cherche pas à l'extraire, elle ne se rend même pas compte qu'elle est gravement blessée. Toute son attention est concentrée sur le corps à l'avant. Il est immobile.

Elle hurle, elle appelle sa mère, elle la supplie de se réveiller, de lui répondre, mais elle reste inerte. Rassemblant les forces qui lui restent, elle tente de s'extraire de son siège. La ceinture de sécurité lui cisaille le bas-ventre, enfonçant plus profondément le morceau de verre qu'elle a reçu dans l'estomac. La douleur lui coupe le souffle et lui arrache un cri.

Finalement, le froid et le sang qui coule par l'entaille ont raison d'elle. Elle perd connaissance alors que l'eau la submerge.

PARTIE 1

1

Début septembre, présent

Il y a une soixantaine d'enfants à l'orphelinat de Philadelphie. On l'appelle comme cela parce qu'il n'a pas de nom. Il est à Philadelphie, alors on l'appelle l'orphelinat de Philadelphie. Même si cela m'étonnerait qu'il n'y ait qu'un seul orphelinat dans cette ville.

Comme j'ai pratiquement dix-huit ans, je suis une des plus âgés. Ils ne gardent les enfants que jusqu'à leur majorité, après on est un peu lâché dans la nature. Comme une tortue de mer sortie de l'œuf cherche à atteindre l'océan par elle-même, comme les jeunes saumons remontent seuls les rivières pour rejoindre la mer. Sauf que nous, nous n'avons pas vraiment le choix. Pas que ces pauvres bestioles aient le choix entre se faire boulotter par une mouette ou réussir à s'en sortir, hein, mais eux sont *programmés* pour se débrouiller tout seuls. Ce qui n'est pas vraiment le cas d'*homo sapiens*. Je sais, je devrais déjà être heureuse de ne pas être tombée sur une famille d'accueil psychopathe, dans laquelle j'aurais été battue ou abusée, ou je ne sais quelle autre horreur, mais vivre dans un dortoir avec une dizaine de filles, toutes les nuits depuis qu'on a six ans, ça n'est pas la joie non plus. Enfin, le point positif là-dedans, c'est que j'ai plein de petits frères et sœurs qui m'adorent

15

et que j'adore. Je les aide à faire leurs devoirs quand ils terminent l'école, et je leur raconte des histoires le soir avant de les endormir.

Ils m'appellent Cassi, pour Cassiopée, comme une certaine constellation qui brille dans le ciel par temps clair. Je me demande qui va s'occuper d'eux comme je le fais, quand je vais partir, à la fin du mois.

Jordan, un ado de quatorze ans au caractère lunatique, m'apostrophe alors que j'aide deux sœurs jumelles à faire leurs devoirs, dans la bibliothèque :

— Cassi, la dirlo te demande dans son bureau.

Je fronce les sourcils d'un air réprobateur.

— Jordan, surveille ton langage.

Quelle belle hypocrite je fais. Je ne le montre pas, mais je n'en pense pas moins.

Jordan hausse les épaules et fait demi-tour sans un mot.

Je pousse un soupir exaspéré et me lève en repoussant ma chaise, un peu brusquement. Les jumelles me jettent un coup d'œil surpris et je sens mes traits s'adoucir.

— Continuez sans moi les filles, j'ai aussi le devoir qui m'appelle.

Elles gloussent à mon jeu de mot, et je me détourne, amusée.

Pourtant, ma mauvaise humeur me rattrape dès que j'ai quitté la pièce. Qu'est-ce qu'elle me veut, encore ? Ça va faire trois fois, cette semaine ! Je vais bientôt devoir porter plainte pour harcèlement moral. Non mais, franchement, je connais la chanson : « Cassiopée, mon enfant, tu sais que je n'ai pas le choix, à ton âge je dois te demander de quitter l'établissement. Mais ce n'est pas pour autant que je ne m'inquiète pas de ton avenir ! » Et blablabla.

Mais oui, je sais très bien qu'on s'inquiète pour moi. La directrice de l'orphelinat est vraiment gentille, elle s'occupe du mieux qu'elle peut de ses pensionnaires, de la meilleure façon de leur offrir un avenir. Je l'aime beaucoup et je la respecte. Mais elle ne comprend pas ce que l'on ressent, ce

16

vide immense, dû à la perte d'un être aimé. Ils pensent tous comprendre, mais ils sont totalement à côté de la plaque.

Personne n'a jamais voulu m'adopter, et quelque part c'est bien mieux ainsi. Je n'aurais pas supporté, à six ans, de voir apparaître une nouvelle maman et un papa que je ne connaissais ni d'Ève ni d'Adam. Les voir s'installer dans ma vie, comme des intrus, des imposteurs, tentant de remplacer l'originale, la vraie, la légitime, aurait été insupportable.

De plus, les gens ne veulent pas adopter de fillettes de six ans. Six ans, c'est bien trop vieux pour être intéressant. Et ils veulent encore moins d'une fillette de six ans morne et triste, dont le seul but dans l'existence est de ne pas se noyer totalement dans le chagrin.

Peut-être qu'avoir une maman, même une nouvelle, m'aurait apporté un peu de bonheur, finalement. Pourtant, cette simple pensée me remplit de culpabilité.

Je traverse un des innombrables couloirs de la majestueuse bâtisse de style victorien en rêvassant. Je m'arrête un instant pour observer, distraite, une photo en noir et blanc qui représente l'orphelinat le jour de son ouverture. La maison n'est pas la seule de ce style en ville, mais elle est unique en son genre. En fait, elle est tellement imposante qu'on peut l'apercevoir à plusieurs pâtés de maisons à la ronde.

Ses six chambres, quatre salles de bains, son immense troisième étage servant de complexe scolaire et son grand salon sont tout ce que je côtoie depuis plus de dix ans. Quand j'y pense, j'ai l'impression de vivre dans un hôtel. Enfin. Vue de l'extérieur, elle force le respect. Sur sa façade aux pierres blanches, douze fenêtres aux carreaux quadrillés se partagent l'espace, une rangée au premier étage, une autre au deuxième et la dernière au troisième. Encadrée de rouge, chaque fenêtre possède une petite jardinière de fleurs de toutes les couleurs.

Quand j'étais d'humeur romantique, je m'imaginais qu'une fée espiègle avait un jour observé la photo en noir et blanc et, outragée de voir à quel point la bâtisse semblait sinistre, elle l'avait égayée en l'aspergeant de peinture de toutes les couleurs. Pathétique, je sais.

Nous sommes chargés de nous occuper des fleurs, nous, les pensionnaires orphelins. Une activité que la directrice doit estimer ludique, à mon avis. Comme si arroser de l'herbe allait régler tous nos problèmes. Des fois, je me demande si elle ne regarde pas un peu trop *La Petite Maison dans la prairie*.

Les fenêtres aux extrémités de la façade du troisième étage sont surmontées d'un petit toit individuel en tuiles noires, qui me rappelle la petite maison de poupée dont je rêvais lorsque j'étais petite. Je passais devant, en allant à l'église, tous les dimanches. Mais bien sûr, elle était dix fois trop chère pour mes maigres économies. Alors je devais me contenter de baver devant la vitrine jusqu'à ce qu'une accompagnatrice m'attrape par l'oreille et me secoue vigoureusement pour me remettre dans le droit chemin. Dans tous les sens du terme.

Ah, que de joyeux souvenirs…

Je secoue vigoureusement la tête pour chasser les pensées noires qui menacent d'envahir mon esprit. Il n'est que cinq heures de l'après-midi, et si je commence à m'apitoyer sur mon sort maintenant, j'en ai pour toute la nuit. Et je suis bien décidée à dormir à poings fermés.

Essayant de retarder au maximum ma rencontre avec la directrice, je jette un coup d'œil dans la cour.

Le jardin occupe une bonne partie de mes souvenirs d'enfance. Les rares fois où je m'intégrais à un groupe, nous allions jouer à cache-cache dans le grand parc entourant la maison. Les chênes centenaires nous servaient de cabanes ou de cachettes, et j'aimais grimper tout en haut du séquoia géant qui fait la fierté de l'orphelinat.

Le mastodonte mesure près de vingt mètres, a une circonférence de plus de trois mètres et doit avoir un millénaire au compteur. Les premières branches se trouvent à plus de cinq mètres du sol, alors je devais jouer l'écureuil volant pour les atteindre, en escaladant tout d'abord un chêne à proximité. Je ne compte plus le nombre de fois où j'ai failli me rompre le cou durant l'opération.

Une fois, j'ai fichu une trouille bleue à la directrice parce qu'une fois là-haut, je ne voulais plus redescendre. Les pompiers ont dû intervenir. À partir de ce jour, l'accès au séquoia nous a été interdit.

Un sourire nostalgique étire mes lèvres alors que je me remémore cet événement. J'avais vraiment bien rigolé. Dommage que le pompier qui m'ait ordonné de descendre se soit cassé un orteil, en donnant un coup de pied furieux dans l'arbre. Eh, oh! Ça n'était tout de même pas de ma faute! Il n'avait qu'à apprendre à contrôler ses nerfs. Et le séquoia n'apprécie pas qu'on lui donne des coups de pied. Enfin.

Mes bons souvenirs à l'orphelinat ont presque toujours un lien avec le jardin.

Je laisse l'antique photographie et me dirige à pas lents vers le bureau de la directrice. Mon regard se promène sur les murs et dans les chambres qui m'ont vue grandir, et que je vais bientôt devoir quitter.

Je ne sais pas encore si c'est une bonne ou une mauvaise chose. Sûrement un peu des deux. Une «bonnaise» chose.

Si l'extérieur est plus que respectable, l'intérieur de l'orphelinat n'a pas toujours eu que des côtés agréables.

Les chambres, bien que très lumineuses grâce aux fenêtres présentes dans chacune d'entre elles, peuvent accueillir dix enfants. Autant dire qu'il s'agit plus de dortoirs que de chambres. Pas d'intimité, pas de vrai «chez-soi». Toujours cette impression que l'on vit dans un refuge pour sans-abri, que l'on n'est pas désiré. Et je peux vous dire que, franchement, je me serais parfois bien passée des ronflements. Mais bon, on s'habitue à tout, je suppose.

Et pour ajouter au charme de l'endroit, le sol et les murs sont mal isolés, ce qui a pour conséquences des températures glaciales en hiver et des chaleurs étouffantes en été. Situation que la présence desdites fenêtres n'arrange pas.

La décoration est pourtant assez jolie, si on aime le genre tellement-vieux-et-rustique-qu'on-a-l'impression-d'avoir-changé-de-siècle : vieux lustres en cristal, tapis persans au sol (qui ont, mis à part l'utilité de décorer, l'heureux avantage de nous empêcher de geler sur place lorsque nous marchons pieds nus), tapisserie en tissus, épais rideaux en velours, cadres, tableaux et j'en passe.

Les salles de bains sont spacieuses mais austères. En même temps, c'est normal. Nous sommes plus d'une soixantaine et la directrice n'est pas rémunérée pour nous garder. C'est de la pure charité. Alors les cinq vasques par salle de bains et l'immense miroir sont le seul mobilier qui les compose. Si on oublie les casiers dans lesquels sont rangées les serviettes brodées à nos noms. Je me demande ce que la directrice en fait lorsque nous partons. Peut-être qu'elle garde la partie brodée et qu'elle l'encadre. Connaissant son sentimentalisme, ça ne m'étonnerait même pas.

Je m'arrache au fil de mes pensées alors que j'arrive devant la porte de son bureau. J'hésite une seconde puis frappe doucement sur le battant en chêne massif. J'entends un «entrez» distinct et je me prépare à la vague de gentils reproches et de conseils bien attentionnés qui vont m'engloutir durant la demi-heure qui va suivre. Je plaque un sourire timide sur mon visage et j'entre. Qu'est-ce que je disais? Une belle hypocrite.

La directrice est grande et mince. Le chignon tiré qu'elle porte pourrait lui donner un air sévère si les traits doux de son visage ne le démentaient. Elle doit avoir la soixantaine, pas plus. Comme le nombre d'enfants de l'orphelinat, me dis-je. Je secoue la tête. Allez savoir pourquoi est-ce que je pense à des trucs pareils.

La directrice n'a pas la même expression que d'habitude, elle a l'air soucieuse, et surtout mal à l'aise.

— Ah Cassiopée. Je t'attendais.

Non, pas possible.

Son regard est fuyant, je commence sérieusement à m'inquiéter.

— Je suppose que tu te doutes de la raison de ta convocation, poursuit-elle. Il est vrai que je veux te parler de ton avenir, mais… pas seulement de cela. Enfin, commençons par ce premier point.

Elle me désigne un fauteuil en face de son bureau et je m'y assois. Je jette un coup d'œil rapide à la petite pièce rectangulaire que je connais depuis plus de dix ans maintenant.

Le mobilier y est modeste, mais chaleureux. Le joli tapis molletonné, le petit canapé d'angle, les quelques cadres où on peut voir les photos des enfants devenus adultes et le beau et grand secrétaire donnent à cette pièce ce qui manque cruellement dans un établissement où rien ne vous appartient : une impression de chez-soi.

— Où en es-tu avec ton orientation, après ton départ de l'orphelinat ?

Je réfléchis rapidement aux réponses qui s'offrent à moi et je choisis la plus simple :

— Madame Anderson, je vous ai déjà dit que je n'étais pas sûre de la façon dont je vais employer mon temps, une fois partie de l'établissement.

Réponse ni trop précise, ni trop vague.

La vérité vraie, c'est que je n'ai aucune idée de ce que je compte faire plus tard. Je ne sais pas où aller, je n'ai pas énormément d'argent et je n'ai aucun talent particulier. La directrice débloque une petite somme dès qu'un pensionnaire quitte l'établissement, mais pas de quoi vivre bien longtemps. Normal. C'est elle qui finance toutes les dépenses de l'établissement. De A à Z. L'établissement est privé et ne reçoit aucune subvention de l'État.

Il paraît qu'avant d'ouvrir l'orphelinat, elle se la coulait douce en tant qu'héritière millionnaire. La rumeur veut qu'elle ait changé du jour au lendemain, parce qu'une mère l'avait traitée d'égoïste sans cœur.

Franchement, j'ai du mal à imaginer la directrice égoïste et sans cœur. Déjà qu'elle culpabilise quand elle écrase malencontreusement une araignée. Bref, je ne sais pas si c'est une légende ou s'il s'agit de la vérité, mais ce qui est sûr, c'est qu'aujourd'hui elle dépense sans compter pour ses pensionnaires. Sauf que, riche ou pas, elle ne peut se permettre de donner une somme trop importante à un jeune adulte qui ne l'utilisera peut-être pas de la bonne façon.

Pour en venir au fait, si je ne trouve pas de travail dans les trois mois qui suivront, je me retrouverai à la rue, à faire la manche pour survivre, voire pire.

Je frissonne à cette idée. Ce n'est pas parce que la vie n'a pas beaucoup d'intérêt pour moi que j'ai envie de finir sur le trottoir.

Theresa Anderson me regarde droit dans les yeux. La première fois depuis le début de l'entrevue, remarqué-je. Depuis tout à l'heure, elle a l'air ailleurs. Comme si elle me posait des questions mais que ce n'était que pour la forme.

Quelques secondes de silence gêné passent, puis la directrice lâche sa bombe.

— Martin Kirk est sorti de prison.

Le silence n'est plus gêné entre nous. Il est glacial.

— Je vous demande pardon ?

Il se trouve d'ailleurs que ma voix évoque les étendues gelées de l'Antarctique. Et son visage en imite particulièrement bien la couleur.

— Il a obtenu une libération pour bonne conduite. Il est sous surveillance, bien entendu. Il paraît qu'il a changé… il… il en est à plus de douze ans de sobriété !

Je la regarde comme si elle venait de dire qu'il était prévu que l'on danse le zouk pendant la prochaine messe. Sur les bancs de l'église. Avec le curé comme DJ.

— On ne peut pas vraiment dire qu'il a eu le choix ! Quand on est en prison l'alcool n'est pas aussi facile à se procurer que dans l'épicerie du coin. Et que tentez-vous de me dire ? Que je suis censée me réjouir, ou un truc comme ça ?

La colère raisonne dans ma voix. J'ai un mal fou à retenir mes larmes.

— Allons Cassi, je ne t'ai jamais demandé de faire une telle chose. Mais peut-être devrais-tu…

— Devrais quoi madame ? Pardonner à cet homme ? Oublier ce qu'il a fait ? Comment il a ruiné ma vie ? mon avenir ? celui de ma famille ?

Je me suis emportée un peu trop vite, je n'aurais pas dû. En temps normal je l'aurais immédiatement regretté, mais à ce moment précis je suis beaucoup trop en colère pour m'en soucier réellement. Et surtout beaucoup trop malheureuse. Pourquoi est-ce que dès que j'ai décidé de passer une bonne nuit, il me tombe dessus un truc qui vient me pourrir mes bonnes résolutions ?

La directrice a un soupir las. Elle ferme les yeux et se les masse, comme s'ils étaient douloureux. Je comprends qu'elle ait du mal à gérer la situation.

— Cassi, reprend-elle après quelques secondes de silence.

Je remarque que cela fait deux fois qu'elle m'appelle par mon surnom. Elle ne l'avait jamais fait auparavant.

— Cassi, je ne suis pas stupide, ni cruelle, ni insensible. Je sais ce que cet homme a fait. Ce qu'il t'a fait, à toi et à…

Elle s'arrête et cherche ses mots.

— Je ne te demande pas de pardonner. Mais il faut que tu passes à autre chose. Que tu commences une nouvelle vie, que tu aies de nouveaux objectifs, que tu te construises un avenir sûr. Cassiopée, tu n'es pas bête. Tu es vraiment une jeune fille pleine de promesses. Mais tu dois t'épanouir. Et pour cela, tu dois passer à autre chose. Tu comprends ?

Je reste hébétée pendant quelques secondes. J'ai du mal à saisir le sens de ses paroles. Et puis ça me saute à la figure. Ma gorge se serre. Comment peut-elle me demander une chose pareille ?

— Oui je comprends madame Anderson.

Les larmes coulent librement sur mes joues comme autant de plaies, témoignages d'un passé douloureux. Des plaies qui sont encore bien ouvertes.

— Je comprends. Vous voulez que j'oublie que Martin, cet homme qui est sorti de prison, m'a privée à jamais d'une vie normale, et de ma mère.

Je me lève et quitte la pièce, sans un regard en arrière.

2

Je passe ma soirée à pleurer sur mon lit, dans le dortoir vide.

Les filles sont encore dans le grand salon, certainement à bavasser sur tel ou tel garçon ou à épiloguer sur quel gloss est le plus à la mode en ce moment. Ce qui ne m'intéresse pas du tout. Je ne suis pas du tout axée sur les trucs de filles. Le maquillage, les fringues, tout ça n'a jamais vraiment fait partie de mes intérêts.

C'est peut-être pour ça que je n'ai aucune amie. Pour ça et aussi parce que je vis repliée sur moi-même. Les seuls avec qui je me sens à l'aise sont mes petits frères et sœurs de cœur. Et encore, je ne leur révèle que la partie «agréable» de ma personnalité.

Je pleure pendant dix minutes, je m'arrête, les yeux dans le vague, et puis je recommence. Ça n'est pas dans mes habitudes de pleurer. La plupart du temps, je garde toutes mes émotions et mes pensées pour moi, et les cache soigneusement derrière un masque d'indifférence. Mais là, je n'arrive pas à m'arrêter. Je suis tellement en colère que j'ai envie de tout casser.

Je le déteste, je le déteste, je le déteste, je le déteste, je le déteste, je le…

Les petits rentrent à tour de rôle dans le dortoir pour essayer de me consoler. Je n'ai pas envie d'être méchante avec eux mais là, j'ai vraiment besoin d'être seule. Du coup j'essaie de les rassurer pour qu'ils me fichent la paix. Tu parles.

— Cassi?

Une fillette de neuf ans, nommée Tiphaine, entre timidement dans le dortoir. Elle est petite, comme moi à son âge, et on a toutes les deux les cheveux marron, le visage rond et les yeux en amande. Ceux qui ne nous connaissent pas doivent nous prendre pour des sœurs. Le seul détail qui nous trahit, ce sont nos yeux. Les miens ont une couleur hyper bizarre, un ambré très clair, ce qui me fait ressembler à une fée, enfin d'après ceux qui commentent la teinte. Et ils sont nombreux, croyez-moi.

Le dimanche, des couples viennent «visiter» l'établissement. Les orphelins sont tous rassemblés dans le grand salon et les visiteurs les examinent de la tête aux pieds, comme s'ils venaient faire leurs emplettes au supermarché du coin.

Quand j'acceptais encore de supporter ce cirque, et qu'effectivement je me rendais au rez-de-chaussée pour me montrer aux potentiels adoptants, ceux-ci avaient la sale habitude de s'arrêter devant moi et de minauder à propos de la couleur de mes yeux, pour me quitter aussitôt après, rapidement désintéressés de ma personne. J'avais l'impression d'être une attraction de foire.

Je déteste les dimanches.

Enfin bref, faute d'être une fée, j'ai plutôt l'impression de ressembler à Heimdall, dans Thor, mais bon. J'évite de le préciser parce que après les gens me regardent comme si je m'étais oubliée et avais souillé le sol à leurs pieds.

Ceux de Tiphaine sont marron. Je donnerais tout pour avoir son regard chocolat.

Elle s'assoit à côté de moi et garde le silence quelques minutes. La situation finit par venir à bout de mes nerfs déjà à vif et je parle en premier.

— Écoute Tiff, ça va, OK ? J'ai juste besoin d'être seule et là, avec les petits, vous ne m'aidez pas vraiment. Demain ça ira mieux, laisse-moi juste me calmer, d'accord ?

Tiphaine me regarde avec de grands yeux surpris. Il faut dire que je ne lui ai jamais parlé comme ça.

— Mais Cassi… avec les autres on voulait juste te dire que tu vas nous manquer énormément… et aussi on s'est cotisés pour t'acheter ça.

Elle me tend une petite boîte noire grande comme ma main.

Je me sens tellement cruelle et honteuse que mes larmes redoublent.

Tu fais tout de travers, ma pauvre Cassiopée.

Je prends l'écrin et je l'ouvre. À l'intérieur il y a une chaîne en argent et un gros médaillon en forme de cœur.

Je le regarde de plus près, intriguée. Sur la face extérieure il y a mon nom gravé en lettres calligraphiées. C'est tellement gentil que j'en oublie ma petite personne.

Je regarde Tiphaine, qui me scrute avec des yeux pleins d'espoir, se demandant certainement si ça me plaît.

— Oh Tiff… ça a dû vous coûter un bras ! C'est tellement gentil, mais… Tu ne vas plus pouvoir t'acheter grand-chose, maintenant ! Je suis trop gênée !

Elle ne semble pas m'avoir entendue.

— Ouvre le médaillon, trépigne-t-elle d'impatience, le sourire jusqu'aux oreilles.

Je la regarde, incertaine.

L'ouvrir ? Comment ça ?

J'observe le médaillon avec plus d'attention et remarque sur les bords une fente qui révèle un intérieur creux.

Ah ouais, c'est vrai que, maintenant qu'elle me le dit, il est assez bombé.

Je glisse mes ongles dans la fente et ouvre le pendentif. Le cœur s'ouvre en deux, la partie accrochée à la chaîne à droite, l'autre partie à gauche. À l'intérieur de la partie gauche, gravés de la même écriture calligraphiée, il y a tous les prénoms de mes frères et sœurs. Il y en a une vingtaine.

Et dans le cœur de droite, une photo est incrustée, épousant parfaitement les formes du pendentif.

Je plisse les yeux pour détailler la photographie microscopique. Les enfants. Tous, jusqu'au dernier de mes petits frères et sœurs.

— Comme ça tu ne nous oublieras pas, même si tu le voulais.

Elle a dit ça en haussant les épaules, mais ce geste qui se veut indifférent n'arrive pas à masquer son excitation.

Je la regarde et mes larmes qui s'étaient taries depuis quelques minutes se remettent à couler. Et puis je lui dis le seul truc qui me vienne à l'esprit, même si ça paraît stéréotypé, même si ça paraît impersonnel :

— Tiff, vous êtes ma seule famille, comment veux-tu que je vous oublie ? Même si je le voulais, et ça n'est pas le cas, je ne le pourrais pas. Jamais.

Elle me regarde, et elle me prend dans ses bras. Si ça continue, je vais devoir être internée pour dépression sévère.

Après quelques secondes où elle reste contre moi, la tête calée contre mon épaule, elle s'écarte légèrement et me regarde avec de grands yeux suppliants.

— Dis Cassi, les autres voudraient savoir si tu veux bien faire quelque chose pour nous encore ?

— Tout ce que tu veux.

— Tu nous racontes une dernière fois l'histoire des Myrmes ? Je sais que tu ne voulais plus venir nous raconter d'histoires parce qu'il fallait qu'on s'habitue à s'endormir sans, mais juste cette fois et puis c'est fini.

Un sourire s'épanouit sur mon visage.

Comment vouliez-vous que je refuse ?

3

Tous les petits sont rassemblés dans un des dortoirs réservés aux cinq à sept ans. Ceux qui y dorment sont couchés dans leur lit. Les autres, plus ou moins entassés sur les matelas et sur les tapis, iront rejoindre le leur une fois l'histoire terminée. Dans la rue d'en face, les lampadaires diffusent une douce lueur dans la chambre où j'ai pris soin d'éteindre les lumières. L'ambiance n'en est que plus mystérieuse.

Les gamins sont excités comme des puces.

— Vincent, enlève tes pieds du visage de ta sœur, et Camille lâche les cheveux d'Eloïse. Léo, si tu ne peux pas t'asseoir sur le lit, ça n'est pas la peine de monter sur Karine. Tu n'as qu'à t'installer sur le tapis. Bon sang, Ian, ne suce pas le pyjama d'Esther, si tu as faim, utilise le tien! C'est pas vrai, vous êtes impossibles ce soir, vous avez mangé du lion, ou quoi?

Ils gloussent alors que je fais mine de me fâcher, et je réussis enfin à les calmer, après plusieurs minutes à faire le gendarme.

— Bon OK, vous écoutez bien?

J'entends des oui et je vois des hochements de tête vigoureux. Je souris malgré moi.

Prenant un air solennel, je commence l'histoire que me racontait ma mère, quand j'avais leur âge. Je m'en souviens mot pour mot. De toute manière, c'est la seule que je connaisse, je ne voulais que celle-ci pour m'endormir, et pas une autre.

— Il y a très, très longtemps, un groupe de personnes s'est installé dans une contrée lointaine. On disait qu'elle était montagneuse, avec des sommets si hauts qu'ils perçaient les nuages, et qu'on les voyait disparaître derrière.

Avec mes yeux écarquillés et mon air mystérieux, j'ai totalement capté leur attention. On n'entend même pas les mouches voler. Enfin, c'est normal. Il n'y a plus de mouche depuis un moment. Toutes congelées. Pauvres bêtes.

Je poursuis, presque à voix basse, pour mettre un peu de tension dans mon récit.

— Ces gens fuyaient leur pays, car celui-ci était ravagé par la guerre et par la famine. Ils devaient fuir pour ne pas mourir et pour trouver le pays qui, enfin, leur permettrait de vivre en paix.

Je fais une petite pause et regarde intensément chaque enfant, comme si ce récit le concernait personnellement, comme s'il pouvait, juste en m'écoutant, se téléporter dans l'histoire.

— Un jour, une petite fille a trouvé une magnifique fleur. Elle n'était pas plus grande que l'ongle de mon pouce. Elle avait la forme d'une étoile, la couleur du coucher de soleil et la texture de la soie. Aussi vite qu'elle le put, elle apporta la fleur à sa maman, qui la trouva si belle qu'elle décida de la montrer à tout le village, tout en disant fièrement que c'était sa petite fille qui l'avait trouvée. Toutes les personnes qui voyaient la fleur voulaient la toucher. C'était comme s'ils étaient attirés par son incroyable beauté. Ainsi, tout le village finit par toucher la fleur. Et puis, quelques jours plus tard, une chose incroyable arriva.

— Quoi? Quoi? Est-ce qu'ils se sont transformés en…

— Chuuut!

Le pauvre Bastien qui vient d'intervenir se fait rabrouer par une vague de protestations. Avant que la situation ne dégénère, je viens à son secours. Pas envie qu'ils se remettent à se balancer des oreillers à travers la pièce.

— J'y viens, Bastien, j'y viens. Mais tu avais raison. Ils se sont en quelque sorte… transformés…

Ils ont tous le souffle coupé, et me regardent avec tant d'attention que je m'en veux que cette histoire ne soit pas la réalité. Car une fois le récit terminé, ils reviendront sur cette Terre qui nous sert de planète. J'espère sincèrement que quelqu'un pourra raconter cette histoire après moi, pour que l'émerveillement qui se lit dans les yeux des orphelins quand je la leur raconte ne disparaisse pas complètement.

— Des ailes fines comme du papier et irisées comme de la nacre étaient apparues dans le dos des villageois. Ils étaient devenus plus fort, et n'étaient plus malades. Ils eurent d'abord très peur, mais lorsqu'ils se rendirent compte que tout ce que le contact de la fleur leur avait apporté était positif, ils se mirent à en chercher d'autres, en vain. Puis un beau jour, un nouveau-né vit le jour dans le village. Mais il n'avait pas d'ailes. La petite fille qui avait découvert la fleur eut l'idée d'aller voir si une autre avait pris sa place. Elle en retrouva une e-xa-cte-ment là où elle avait découvert la première.

Des exclamations fusent dans tout le dortoir. Ils ont beau connaître l'histoire par cœur, ce moment a toujours le même effet sur eux.

Je souris mystérieusement.

— Immédiatement, la petite fille sut que la fleur était pour le nouveau-né. Elle l'apporta à la nouvelle maman, et c'est ainsi qu'à chaque naissance, la fleur réapparaissait pour le bébé, comme pour lui souhaiter la bienvenue. On raconte qu'un jour, un homme eut l'idée d'exploiter leurs nouvelles forces pour pouvoir aider les opprimés. C'est ainsi qu'ils devinrent des agents de la paix. Des genres de super-héros, quoi.

Je les regarde en souriant doucement, je leur souhaite bonne nuit et je sors, pour rejoindre mon dortoir. Cette histoire me laisse toujours un goût amer dans la bouche. Pour eux, elle est salvatrice. Pour moi, elle est douloureuse. C'est triste à dire, mais je la trouve niaise. Des ailes dans le dos, plus de maladies, et pour moi, plus de mère.

Je chasse l'histoire de mon esprit, comme on chasse un insecte gênant, et je vais me coucher en serrant fiévreusement la chaîne et le médaillon contre mon cœur.

4

Fin septembre

Les jours passent à une telle vitesse... je m'aperçois que je dois quitter l'établissement la veille de mon départ. Bien sûr, la directrice ne me jette pas dehors le jour de mon anniversaire. Si je le souhaitais, je pourrais rester plusieurs mois encore. Mais je préfère ne pas tarder. Plus j'attends, plus je vais souffrir et faire souffrir les orphelins. Ils commencent déjà à me supplier de rester un peu plus longtemps. Je sais très bien que je ne partirai jamais si je fais durer les adieux.

Le soir, je rassemble les maigres affaires qui m'appartiennent dans un sac à dos et je me couche sur le lit.

Forcément, je n'arrive pas à fermer l'œil. Je n'arrête pas de penser que, si j'attends le matin pour partir, les petits vont tellement pleurer que je n'aurai pas le courage de les quitter. Alors je prends une des décisions des plus dures de toute ma vie.

J'attends que toutes les respirations autour de moi ralentissent, je prends mon sac, traverse le couloir des dortoirs et le grand salon où on se rassemble pour jouer à des jeux de société et regarder la télé. Je m'assois à une table et rédige une courte lettre, dans laquelle j'explique la raison de mon départ prématuré. Je ne veux pas que

Mme Anderson s'inquiète. Elle serait capable d'appeler le FBI et la CIA, si je disparaissais sans laisser de trace.

En m'approchant de la porte d'entrée, je sens mon cœur se déchirer. Ce n'est peut-être pas une si bonne idée après tout. À la pensée que demain matin les petits vont se réveiller et me chercher partout, avant de comprendre que je suis déjà partie, je sens mon estomac se retourner. Je ne peux pas leur faire ça. C'est impossible. Je m'apprête à faire demi-tour quand une petite voix souffle dans ma tête :

Que tu partes aujourd'hui ou demain, le résultat est le même : tu les quittes. En revanche, si tu pars ce soir tu évites des adieux déchirants…

J'hésite un instant. Je ne veux pas agir égoïstement, mais peut-être que cela sera plus simple pour tout le monde si je quittais l'orphelinat sans prévenir.

Je porte une main à mon pendentif et, après quelques secondes d'intenses réflexions, je m'avance pour ouvrir la porte. Elle est fermée à clé. Mais je sais depuis de nombreuses années que Mme Anderson cache un jeu dans le vase de Chine, dans l'entrée. Que voulez-vous ? Quand vous vous ennuyez toute la journée dans une grande maison, vous trouvez des manières de tuer le temps. Et il s'avère que je me suis découvert des talents cachés pour l'espionnage. En particulier quand cela concernait la directrice. Pauvre Mme Anderson. Elle ferait une attaque si elle apprenait que je l'ai un jour surprise en train de flirter avec le facteur.

Je me retourne une dernière fois pour contempler le lieu où j'ai grandi, puis je sors en fermant doucement la porte derrière moi, pour ne plus me retourner.

***

J'erre dans les rues de la ville sans but précis jusque tard dans la soirée, perdue dans mes pensées. Elles ne cessent d'aller à Martin Kirk. Je me demande quelle serait ma réaction si je le croisais dans la rue. Est-ce que je me cacherais, ou est-ce que je lui sauterais à la gorge, l'étranglant jusqu'à ce que mort s'ensuive ? Je ne suis pas sûre. Quoique la dernière possibilité fût très jouissive, à mon avis.

Le froid m'arrache à mes rêveries. Resserrant mon vieux manteau autour de ma taille, je m'arrête un moment pour observer ce qui m'entoure. Je ne connais pas ce quartier de Philadelphie. À vrai dire, je ne sais même pas comment j'y suis arrivée.

Bien loin des rues huppées que j'ai l'habitude de traverser lorsque je vais, ou plutôt allais, au lycée, cette rue-ci me fait froid dans le dos. De vieux immeubles tagués l'entourent, des détritus de toutes sortes jonchent le goudron et la chaussée défoncée, alors qu'une odeur rance, un mélange d'urine et d'ordure, plane dans l'air.

Je plisse le nez de dégoût. Comment ai-je fait pour atterrir ici ? Je me tourne dans tous les sens afin de tenter de me repérer. En vain. Je suis perdue au beau milieu d'une cité sordide.

Amazing.

Tout à coup je me sens très fatiguée, très exposée et très fragile… dangereusement stupide.

L'orphelinat a prévu un compte bancaire avec une petite somme sur laquelle je pourrai m'appuyer le temps que ma situation se stabilise, mais la carte n'est débloquée que le jour de mon anniversaire, c'est-à-dire demain. Je vais donc devoir me trouver un endroit à l'extérieur où passer la nuit. Ce qui se traduit par la nécessité absolue de quitter cet endroit. Hors de question que je dorme ici. Je ne suis pas sûre d'être encore en vie demain. Et j'exagère à peine.

Je me remets en route, déterminée à ne pas perdre mon sang-froid. Honorable intention qui vole en éclats une seconde plus tard, lorsqu'une meute de chiens se met à aboyer quelque part à ma droite. Je fais un bond d'au moins deux mètres et commence à courir avant de comprendre que je ne suis pas poursuivie.

M'appuyant contre un mur sale, j'attends que mes battements de cœur ralentissent. Je crois que je n'ai jamais eu aussi peur de toute ma vie.

Une odeur répugnante me donne soudain un haut-le-cœur, et je tourne mon regard vers la droite pour découvrir une série de poubelles vomissant leurs contenus sur le trottoir. Un contenu hétéroclite, pour le moins. Qui eût cru que les couches-culottes pour bébés et les chats errants s'entendaient aussi bien ?

Alors que je sursaute une nouvelle fois, me maudissant de m'être appuyée contre ces immondices, une porte claque, et j'aperçois du coin de l'œil un groupe de jeunes sortir de l'immeuble d'en face.

La mine patibulaire, de grosses chaînes autour du cou, vêtus de simples marcels alors que la température frôle les dix degrés, ils ne m'inspirent pas vraiment confiance. Aussi, je retourne sans tarder dans l'ombre et vais me cacher entre deux de mes amies les poubelles. Je retire ce que j'ai dit. Ces containers sont d'une utilité incontestable. Je jure de ne plus jamais critiquer de poubelles de ma vie.

Le groupe ne m'a pas repérée, je suis dans un coin sombre de la cité et eux sont éclairés par un lampadaire rescapé.

Le souffle coupé, croisant les doigts, n'osant pas bouger de peur d'être repérée, j'attends qu'ils s'en aillent. Pendant quelques minutes ils plaisantent sur je ne sais quels sujets glauques puis l'un d'entre eux pointe quelque chose du menton, que je ne peux pas voir d'où je suis.

Ils se mettent à vociférer, et quelques-uns attrapent des barres de fer qui jonchent le sol. L'un d'entre eux sort même un poignard.

Nom de Zeus ! Je viens d'atterrir au beau milieu d'une scène de Matrix ! Je m'attends presque à voir apparaître Keanu Reeves au coin de la rue. Pas que ça me dérangerait, hein ?

Je porte une main à ma bouche alors qu'ils s'avancent vers l'endroit que le type a désigné. Ils disparaissent à l'angle droit de l'immeuble. Sans attendre qu'ils aient la bonne idée de revenir, je sors de ma cachette et cours comme une furie dans la direction opposée.

5

Je parcours les rues au bitume défoncé, dans la nuit presque totale, tentant tant bien que mal de reprendre mon souffle, alors que mon cœur frôle l'arrêt complet.

Après ce qui m'a semblé une éternité durant laquelle j'ai vainement cherché une sortie à cette fichue cité, j'ai fini par tomber sur un quartier plus rassurant. J'ai dû faire un grand détour pour éviter deux hommes plus que bizarres qui étaient visiblement en train de dealer, ne pas me faire repérer par un autre groupe de jeunes, certes moins effrayants que les premiers, mais armés quand même, et m'enfuir en courant alors qu'un molosse enchaîné signalait ma présence par des aboiements et des hurlements tellement bruyants qu'ils ont dû réveiller toute la population.

La ruelle dans laquelle je me trouve maintenant est sombre, et franchement pas avenante, mais ça vaut dix fois mieux que la cité de tout à l'heure. Malheureusement, pas de trace de Keanu Reeves. Tant pis.

Quand enfin je sens que je ne risque plus l'infarctus, et que j'ai réussi à juguler mon angoisse, j'ai la très désagréable sensation d'être observée.

Manquait plus que ça…

Je me retourne plusieurs fois, mais il n'y a personne. Je continue à marcher, de plus en plus mal à l'aise, jetant de petits coups d'œil nerveux derrière mon épaule. Le gang ne m'aurait pas suivie, quand même ? Je ne peux pas être maudite à ce point-là, si ?

J'écarte rapidement cette idée. Ils sont plus de dix et font autant de bruit qu'un orchestre complet, avec leurs bijoux m'as-tu-vu. Ils m'évoqueraient plus un troupeau d'éléphants, qu'un fauve silencieux chassant tout en discrétion. Et c'est exactement cet effet-là que ça me fait. En fait, ce que je ressens actuellement c'est une brûlure sur ma nuque. Intense. Comme si deux yeux perçants étaient vrillés dessus.

Je porte une main fébrile à mon cou et continue à marcher sans me retourner. Je voudrais revenir à l'orphelinat mais je n'ai pas la moindre idée de l'endroit où je me trouve.

Personne ne pourrait m'en blâmer. Durant ma courte vie, le plus long trajet que j'ai fait (du moins, dont je me souviens clairement) était celui du chemin de l'orphelinat au lycée. Même les cours, de l'école primaire au collège, étaient assurés dans l'enceinte de l'orphelinat.

Cela fait plus de deux heures que je marche et je ne saurai pas revenir sur mes pas.

Je pense avec ironie que Martin Kirk, l'homme que je déteste le plus au monde, n'a même pas besoin d'être là pour me causer du tort. Non, il lui suffit de parasiter mes pensées pour que les problèmes me tombent dessus.

Je sens la panique me gagner. Une sueur froide coule le long de mon dos. Je tâte mes poches à la recherche d'un objet qui pourrait me servir à me défendre, mais je n'ai qu'un petit crayon à papier à la mine émoussée.

Je me maudis intérieurement.

Génial Cassiopée ! si tu te fais agresser, t'auras qu'à demander au mec de s'approcher un peu, histoire de lui planter le crayon dans l'œil, hein ?

Je me hais.

Je trouve enfin une ruelle qui débouche sur une route plus large. Elle longe un fleuve, et est bien éclairée. Je reprends un peu courage.

OK. Pas de panique. PAS-DE-PANIQUE! Arrête la paranoïa! Ici, y a que toi et ton crayon.

Mais je n'arrive pas à me débarrasser de cette sensation d'être observée. Bien au contraire, au fur et à mesure que les minutes s'écoulent, elle ne fait que s'accentuer. J'ai même l'impression d'entendre un bruit de pas feutrés, ou une respiration de temps en temps. Mais là, je pense plutôt qu'il s'agit d'une affabulation de mon esprit psychotique. Enfin, j'espère.

Au bout de cinq minutes de stress intense, je finis par avoir une illumination : fouillant dans mon sac à dos avec une ferveur quasi hystérique, je finis par découvrir, avec un cri de soulagement, un vieux billet que j'avais laissé là en cas d'urgence. Comme c'est une urgence, je n'ai aucun remords lorsque je le refile au propriétaire du premier motel que je rencontre sur mon chemin.

Je monte l'escalier quatre à quatre jusqu'à la chambre 37, y pénètre comme une démente et m'enferme à clef. Je m'adosse à la porte pour reprendre mon souffle. Le proprio a été sympa, je n'avais pas assez avec mon billet, mais il a bien voulu m'avancer pour cette nuit. Je le paierai demain, avec ma carte flambant neuve. Si ma carte a été débloquée. Dans le cas contraire, je suis bien dans la mer... mouise.

Une fois mon rythme cardiaque passé de la cadence «crise de panique totale» à celle de «hystérique, mais pas trop», je m'avance vers le lit miteux et m'y allonge, me félicitant d'avoir été si prévoyante.

Je m'endors une main sur mon médaillon, l'autre sur ma nuque, à l'endroit même où j'ai senti le regard de quelqu'un me transpercer.

6

Un rayon de soleil automnal se pose négligemment sur mon visage endormi. J'ouvre mes yeux fatigués et sursaute lorsque je découvre ce qui m'entoure. Une vieille table de chevet qui ne tient plus que sur trois pieds, un lit dont les doux ressorts me trouent la peau du dos et des murs dont le plâtre blanc s'effiloche jusqu'au plafond, qui menace d'ailleurs de s'écrouler sous l'effet de l'humidité. Je ne reconnais pas l'endroit où je me trouve.

J'ai un bref moment de panique, puis tous les événements de la veille me reviennent en mémoire : la fugue de l'orphelinat, Martin Kirk, l'atterrissage dans la cité glauque, la panique totale due au gang, la déambulation dans les rues sombres de la ville et...

Je porte une main fébrile à ma nuque. Vraiment bizarre cette sensation. Alors que le jour est levé, que le soleil brille dans un ciel limpide, que les pigeons roucoulent devant la fenêtre et que j'ai profité d'un repos salvateur, je me trouve stupide. Je ne suis même plus sûre d'avoir vraiment ressenti quoi que ce soit.

Je passe les mains sous ma nuque et me mets à rêvasser, les yeux fixés sur le plafond à la peinture blanche écaillée, toute sensation paranoïaque évanouie comme si elle n'avait jamais existé.

Je reste allongée sur mon lit pendant longtemps, me demandant ce que je vais bien pouvoir faire de ma vie. Je n'ai pas d'aptitudes particulières, j'ai toujours été bonne à l'école, c'est vrai, mais je ne vois pas en quoi ça pourrait m'avancer aujourd'hui. Je me demande ce que je dois faire en premier. Après au moins une heure à peser le pour et le contre, dans une réflexion qui aurait donné une migraine à n'importe quel philosophe chevronné, je décide de commencer par chercher un travail, un revenu.

J'ai déjà de quoi me loger. C'est vrai, ce n'est pas un palace mais j'ai un toit au-dessus de ma tête, un lit, une salle de bains (commune, mais une salle de bains quand même) et je peux y rester tant que j'ai de quoi payer. Et, ce qui ne gâche rien, le loyer ne va pas me ruiner.

Je me lève à contrecœur du lit. Je ne suis pas du matin, mais je ne suis pas non plus le genre de fille à reporter au lendemain. Si je veux qu'il y ait un lendemain, j'ai intérêt à m'y mettre.

Je passe devant le monte-charge délabré en retenant un frisson d'effroi. Hors de question que je mette les pieds dans ce cercueil ambulant. Avec la chance qui me caractérise, il pourrait bien décider de se bloquer entre le premier étage et le rez-de-chaussée, avec moi à l'intérieur. Je ne serais même pas étonnée qu'un incendie se déclenche au même moment. Ou qu'une série de tornades meurtrières frappent la ville. Ou que les extraterrestres choisissent cet instant pour envahir la planète, en commençant bien sûr par Philadelphie. Ou tout ça en même temps.

Je descends l'escalier jusqu'à la caisse où le propriétaire se trouve déjà. Je décide de le payer dès maintenant, qu'il voie qu'il peut avoir confiance en moi. En supposant que mon compte en banque soit débloqué.

J'insère ma carte et tape mon code en priant pour que le paiement soit accepté, et je vois que le gars me lance des regards de travers. Je suis à deux doigts de lui demander si j'ai une crotte de nez qui pend, quand je me souviens de l'état dans lequel il m'a vue la veille. Une hystérique,

42

une dingue qui devait donner l'impression qu'elle avait le diable en personne sur les talons. Pas «bonjour», ni «au revoir», juste un croassement paniqué qui devait signifier «une chambre».

L'inscription «paiement accepté» sur le lecteur de carte me ramène à la réalité. Je retire ma carte et m'efforce d'adresser un sourire affable au type avant de sortir. J'ai réservé la même chambre pour une semaine, payable d'avance. Il doit sûrement se demander dans quel état il va me retrouver ce soir.

Alors que je sors, je me rends compte que je ne sais pas du tout où aller, ni par où commencer. J'ai mon CV dans ma poche, tout ce qu'il y a de plus simple. M'enfin, ce n'est pas comme si je comptais me pointer à la banque, la bouche en cœur, et postuler pour un emploi de trader. De toute manière, ce boulot ne m'intéresse pas. Je me vois mal passer ma journée à beugler «VENDEZ! VENDEZ! VENDEZ!». Bonjour, l'angoisse. Je finirais certainement ma vie dans un hôpital psychiatrique à épiloguer sur les fluctuations boursières ou je ne sais quel sujet obscur. Bref.

Après quelques minutes de flottement, je me dirige d'un pas décidé vers un arrêt de bus aux vitres taguées, à l'autre bout de la rue. La rivière que j'ai aperçue la veille coule paresseusement sur ma droite. Je fronce les sourcils.

Ces phénomènes de la nature sont de vrais traîtres. Ils vous font croire, sous leurs airs indolents, qu'ils sont inoffensifs, mais si vous avez le malheur de tomber dedans il vous arrive toutes sortes de pépins pas agréables du tout : emportés par le courant, vous buvez la tasse, vous manquez de vous noyer, et si vous vous en sortez quand même vous puez la vase et le poisson pas frais. Sans parler de la façon dont ces éléments se déchaînent quand il se met à pleuvoir. La rivière est une traîtresse. J'en sais quelque chose.

Je me détourne d'un air dégoûté et rejoins l'arrêt de bus. Des gens attendent le prochain, et je leur demande où se trouve l'imprimerie la plus proche. Un jeune punk me cite toute une série de noms d'arrêts, et je devrais suivre tout un itinéraire dont j'espère me souvenir une fois descendue.

Dans le bus je regarde le paysage défiler. Les transports ont toujours eu un effet soporifique sur moi, et je manque de m'endormir avant l'arrêt.

Je descends en me traitant de noms d'oiseaux. Comme je m'y attendais, je ne me rappelle pas du tout les indications du punk.

C.Q.F.D.

À force de demander mon chemin je finis quand même par dénicher l'imprimerie. Je fais imprimer une dizaine de CV et de lettres de motivation, que je pourrais distribuer dans les centres commerciaux et autres.

Je marche au hasard dans les rues (j'ai quand même pris soin de relever le nom de mon arrêt et la ligne du bus pour rentrer), et je dépose mes CV et lettres de motivation partout où je pourrais potentiellement être embauchée : supermarchés, petites entreprises en tant qu'ouvrière, à la mairie également, etc.

Après une matinée à prospecter, je m'assois avec bonheur à la table d'un petit café, un journal à la main, et je feuillette les offres d'emploi. Quelques-unes, femme de ménage et nounou, retiennent mon attention, et je les note scrupuleusement sur un bout de papier. Cet après-midi, j'irai voir les employeurs.

Alors que je mange, je remarque un jeune homme blond, type brute russe de décoffrage, qui m'observe discrètement de sa table. Je n'y prête pas vraiment attention jusqu'à ce qu'une sensation familière me hérisse le poil.

Je redresse la tête, cherchant le jeune homme des yeux, en vain. Il est parti. Comme seule preuve que je n'ai pas totalement halluciné, les quelques billets posés négligemment sur sa table.

Je sens mon courage fondre comme neige au soleil. Non mais c'est vrai, les offres d'emploi peuvent bien attendre demain, elles ne vont pas toutes être pourvues en un après-midi.

À ce rythme-là, ma vieille, t'es pas sortie de l'auberge.

Je me lève en soupirant, résignée, la nuque brûlante de cette sensation. La sensation que quelqu'un me surveille.

7

Je passe l'après-midi à traverser la ville de part en part. Mais au moins ça porte ses fruits, j'obtiens dès le lendemain des ménages à faire dans trois maisons. Les familles m'ont dit de revenir une fois par semaine, ce qui devrait me permettre de couvrir presque entièrement les frais du motel. Une bonne chose de faite.

J'ai les nerfs tellement à vif que je ne sais plus si la sensation sur ma nuque est réelle ou si c'est moi qui me l'imagine.

Je finis par rentrer au motel, sans difficulté, et je m'affale sur le lit. Je me suis acheté à manger, mais je n'ai pas faim. Je me lève et fouille dans mon sac. J'en sors ma vieille serviette de bain que j'ai décidé d'emporter (Mme Anderson va devoir apprendre à vivre avec ses déceptions), et me dirige vers les douches en traînant des pieds.

En arrivant à la salle de bains, je vérifie que personne ne se trouve caché dans quelque recoin sombre, et je verrouille la porte. Je me déshabille rapidement, pressée de me retrouver sous l'eau chaude. Alors que je m'avance, nue, vers la seule cabine de douche de la salle de bains, mes yeux se posent sur le reflet que me donne le grand miroir aux coins fêlés, posé contre le mur.

Je me surprends à soupirer. Je ne fais pas vraiment bonne impression.

De vieilles fringues, une vieille serviette, des cheveux châtain foncé, presque noirs qui m'arrivent jusqu'à la taille. Une silhouette qui pourrait être jolie si cette immonde cicatrice ne me barrait pas le ventre de part en part en venant tout gâcher. Et si je n'étais pas aussi maigre. Et encore plus étrange comme mélange, une poitrine proéminente et des yeux d'une couleur qui n'est même pas censée exister.

Tu parles d'une fée ! J'ai plutôt l'air d'un farfadet sortant d'un camp d'extermination.

Je plisse les yeux et regarde le miroir comme s'il me faisait une blague. Mon regard remonte jusqu'à mon visage anguleux, s'adoucit quand il s'arrête un instant sur le pendentif en forme de cœur qui repose dans le creux de ma poitrine, puis continue son ascension. La seule chose que je trouve plutôt jolie sur mon visage c'est mon nez. Légèrement en trompette, bien proportionné, il met en valeur mes pommettes saillantes.

Je m'approche du miroir taché pour observer mes traits. Sous mes grands yeux de la-couleur-qui-n'existe-pas, de vilains cernes noirs sont apparus. J'ai l'air tendu.

— Tu m'étonnes, t'as pas arrêté de psychoter toute la journée sur un pseudo-malade qui te suivait, je marmonne en frictionnant mes bras couverts de chair de poule.

Je me douche rapidement car, ô surprise, l'eau est tiède. Après une journée à me geler à l'extérieur, une bonne douche chaude n'aurait pas été de trop.

Après m'être soigneusement séchée tout en évitant de croiser mon reflet dans le miroir, je sors de la salle de bains. Personne n'attend son tour. C'est à croire que le motel est vide. Ou que les personnes qui l'occupent ne se douchent pas.

Je grimace et presse le pas jusqu'à ma chambre et m'y enferme à clef.

Aujourd'hui j'ai pris une décision. Je vais quitter définitivement Philadelphie. Pas tout de suite, non. Je n'aurais

47

pas assez d'argent. Mais je vais économiser le plus possible jusqu'à ce que je puisse changer complètement de vie.

C'est dans cette région que je suis née, c'est ici que j'ai grandi. C'est ici que Martin Kirk habitait.

Je me retourne violemment sur mon matelas. Non, pas question de m'éterniser ici. Je ne sais pas ce que je ferai une fois partie, mais advienne que pourra.

8

Novembre

Deux mois passent, durant lesquels je fais petits boulots sur petits boulots. Au bout de deux semaines de recherches d'un emploi stable, je suis embauchée comme caissière dans un supermarché.

Ça tenait carrément du miracle étant donné que je n'ai aucune expérience dans le métier, et qu'une file de femmes rodées à la vente en supermarché faisait la queue pour le poste.

La force est avec moi, ça ne fait aucun doute.

J'ai donc maintenant un emploi qui me permet de subvenir largement à mes besoins. Je mets tout l'argent que je peux de côté, n'utilisant que le strict nécessaire pour me nourrir et me vêtir, si besoin est. Je continue malgré cela à travailler comme femme de ménage et nounou, et je me sers de l'argent pour payer le propriétaire du motel qui a gentiment accepté que je reste un petit moment. En même temps, je lui paie le loyer et l'eau sans faute, alors il n'a pas intérêt à venir se plaindre.

Je ne dors pas beaucoup et mon physique s'en ressent. Je suis encore plus maigre qu'avant, il faut le faire, et j'ai un teint de papier mâché. Mais je m'accroche à l'idée que je vais quitter la ville et commencer une vie meilleure ailleurs. Et à mon médaillon que je ne quitte jamais.

Le problème c'est que je n'arrive pas à imaginer à quoi peut ressembler une vie meilleure. Je me dis juste qu'elle doit probablement exister, quelque part. Il ne me reste plus qu'à la trouver. La belle affaire.

La sensation d'être suivie m'a fait stresser la première semaine, puis ne m'étant jamais fait agresser, et n'ayant même jamais découvert le moindre indice qui prouverait que je suis bel et bien filée, j'ai fini par ne plus y prêter attention, me disant qu'il ne s'agissait probablement que du fruit de mon imagination.

Plusieurs fois j'ai été tentée d'aller rendre visite aux enfants, mais j'avais peur de leur réaction, et de la mienne.

Ce qui me chagrine le plus dans le fait que je vais quitter la ville, c'est que je ne les reverrai sûrement plus jamais.

★★★

Un matin de novembre, alors que la température a considérablement chuté avec l'installation définitive de l'automne, une sensation désagréable me fait ouvrir les yeux. Pendant les quelques secondes durant lesquelles j'émerge de mon sommeil, je ne comprends pas de quoi il s'agit. Puis je m'aperçois que je suis frigorifiée.

J'ai le nez aussi froid qu'un glaçon, et je suis sûre que si je le cogne un peu trop fort, il va se casser et se détacher de mon visage.

Prêt à la consommation.

Je m'enroule un peu plus dans la fine couverture. Comme le résultat est le même, je me lève précipitamment et m'habille en sautant comme un kangourou. Chacun sa méthode, hein?

Dehors, il gèle. Pour la première fois cet automne. La vitre est couverte de givre, et lorsque je respire, un petit nuage de vapeur s'élève sur quelques centimètres, avant de disparaître. Encore sous l'effet du sommeil, je maudis copieusement le propriétaire du motel qui est assez radin pour nous priver de ne serait-ce qu'une couverture assez chaude. Je suis sûre qu'il ne doit pas faire plus de dix degrés dans ma chambre. Soit le chauffage est en panne, soit c'est la caisse qui l'est. J'en viens à me demander si je vais résister à l'hiver dans cette bicoque insalubre.

Peut-être que je devrais adopter le mode de vie des ours : m'engraisser au printemps et en été, et hiberner l'hiver. Ça m'épargnerait un tas de complications et de dépenses. Il faudrait que je me penche plus sérieusement sur le problème…

Je descends au pas de course l'escalier afin de me réchauffer, et ignore superbement la salutation du proprio. Qu'il aille au diable, je ne suis pas de bonne humeur.

Je marche rapidement, les mains dans les poches, le nez caché sous ma grosse écharpe de laine. L'air est froid, mais le ciel est limpide. Le soleil commence à peine à se lever. Les nuits s'allongeant et les jours raccourcissant, bientôt je partirai au travail avec la nuit.

C'est avec cette pensée réjouissante que je traverse le dédale de rues et ruelles qui mènent à mon arrêt de bus.

Au début, je me montrais prudente en les traversant, car elles sont étroites et sombres, éloignées de toute agitation, même en pleine journée. Et franchement pas rassurantes à première vue, avec leurs lampadaires brisés, les détritus qui jonchent le sol un peu partout et les chats miteux et faméliques qui les traversent sans prévenir. Mais comme il s'agit maintenant de mon quartier, étant donné que j'habite le motel de luxe du coin, je m'y suis habituée.

Je débouche enfin sur une route plus large et très fréquentée par des piétons, des cyclistes et des voitures. Le contraste est aussi flagrant qu'une oasis en plein désert. Et aussi attrayant.

En me dirigeant vers mon arrêt pour partir travailler, je ne vois pas le punk que je croise tous les matins et avec qui j'ai sympathisé. C'est pratiquement mon seul contact social de la journée alors je suis un peu déçue. En effet, les enfants que je garde sont adorables, mais comme ils ont deux et trois ans, on ne peut pas vraiment parler de «contact social». Leurs parents ne m'adressent la parole qu'afin de me donner des instructions ou de me payer. Quant à l'emploi du supermarché, si les blagues douteuses des clients et les avances lourdes de collègues tout aussi gonflants peuvent être désignées comme «contact social», je migre en Arctique. Je préfère autant sympathiser avec des pingouins.

À l'arrêt, il y a une vieille dame, deux ou trois jeunes qui partent en cours et un jeune homme qui lit son journal. Il a les cheveux noirs comme l'ébène, et des yeux bleu outremer. Il est canon, ça, il n'y a pas à dire.

Mon analyse s'arrête néanmoins là, et j'attends le bus en rêvassant.

La matinée est sans surprise, je travaille comme d'habitude à ma caisse, puis je vais m'asseoir à ma table habituelle dans un petit café-restaurant de la ville. La serveuse pousse une exclamation horrifiée – avec emphase si vous voulez mon avis – lorsqu'elle me voit.

— Oh Cassi! Est-ce que tu t'es vue? Tu es tellement maigre que tu ressembles à un cadavre!

Adorable.

Je m'apprête à la remercier pour cette comparaison avantageuse, mais elle ne me laisse pas le temps d'ouvrir la bouche.

— Aujourd'hui je t'apporte un plat, de quoi te remplumer et tu as intérêt à tout manger!

Je lui souris gentiment, et elle repart satisfaite.

En attendant la commande, j'observe distraitement les gens qui m'entourent. Il y a deux ou trois copains qui piaillent en mangeant leurs pâtes à la carbonara, quelques businessmen solitaires qui lisent leur journal et...

Je me redresse vivement, le cœur battant. Le jeune homme de l'arrêt de bus est assis à quelques mètres de là. Il n'y était pas quand je suis arrivée. Je le reconnais à son jean Levis (une fioriture dont je ne pourrai jamais me payer le luxe) et à ses cheveux noirs.

J'essaie de garder mon calme. Je m'efforce de baisser les yeux et je fais mine d'étudier le menu. Ce qui est totalement idiot, je viens de commander.

Je l'observe à la dérobée. Il ne m'a pas adressé un regard. Il est en train d'observer l'ébat gracieux des pigeons.

On se détend, Sherlock.

Il est certainement là par hasard, pas de quoi paniquer. Après tout, tout le monde a le droit de venir prendre son déjeuner «Chez Marco».

La serveuse revient avec une assiette de pâtes et de boulettes de viande. Elle est tellement énorme que j'en oublie momentanément l'homme au Levis.

Elle veut que je mange ÇA? Cette assiette doit peser autant que moi et Levis Man réunis!

Je regarde la femme avec des yeux écarquillés. Elle me sourit en signe d'encouragement et cligne des yeux à plusieurs reprises, bien décidée à rester plantée là. Je commence à manger pour lui faire plaisir, mais je sais que je ne pourrai pas avaler le dixième de mon assiette.

Elle s'en va satisfaite.

Elle est très gentille et je l'aime bien, mais là, elle a dû me confondre avec un rugbyman en manque de sucres lents. Même si je le VOULAIS, je ne pourrais pas avaler ça.

Je regarde mon assiette avec un air de chien battu. Un mouvement dans mon champ de vision me fait relever la tête. Un ado vient de s'asseoir à la table du gars au Levis. Je ne l'ai même pas vu partir.

J'ai mangé presque la moitié de mon assiette. Je ne m'étais pas rendu compte à quel point Levis Man m'oppressait. Dès qu'il est parti, mon appétit s'est ouvert et j'ai mangé comme un ogre.

J'ai pensé à lui tout l'après-midi, alors que je passais l'aspirateur, dans la maison d'une famille fortunée. Je revoyais ses cheveux noirs tombant en lourdes mèches sur son front, et ses yeux bleu outremer, une couleur étrange. Même si elle ne bat pas la-couleur-qui-n'existe-pas, en termes de bizarrerie.

En me couchant ce soir-là, je me rends compte que je n'ai cessé de penser à lui tout l'après-midi tellement il me fascinait. Je rêve de corbeaux noirs comme du charbon qui me balancent des assiettes de pâtes aux boulettes de viande à la figure.

9

Décembre

Cela fait un mois que j'ai croisé Levis Man. Je ne l'ai plus revu après l'incident de la cafétéria. Si on peut qualifier une rencontre fortuite, suscitée par une pure coïncidence hasardeuse, d'«incident».

Depuis une semaine, je réfléchis à l'endroit où je voudrais m'installer. J'aime bien la France, il paraît que c'est beau. Mais bon je ne vois pas si loin. Pour l'instant, je suis aux États-Unis et je vais y rester. J'hésite encore entre l'État du Wyoming et celui du Montana. Ces deux États ont tout ce que je veux. Ils sont loin de la Pennsylvanie et ils sont montagneux et boisés. Je me vois déjà vivre dans une cabane en bois, au milieu de la forêt, à randonner toute la sainte journée. Le rêve. Bon, il faudrait quand même que j'arrive à me passer de la douche chaude, et ça, c'est *le* challenge.

Le midi je vais au resto, et Sandra me sert mon repas déjà préparé. À force de me gaver elle a réussi à me faire prendre quelques kilos. C'est vrai que j'ai meilleure mine.

Comme à mon habitude, je jette un coup d'œil à la table où j'ai vu Levis Man pour la deuxième fois. Elle est inoccupée. Je ne peux retenir un soupir déçu.

Crétine.

La pause déjeuner se termine et je repars travailler.

La nuit est tombée lorsque je rentre. Je caresse distraitement mon pendentif alors que je traverse des ruelles sombres dans lesquelles il n'y a pas un chat. Enfin si, il y a bien quelques chats mais les pauvres bêtes ont perdu depuis longtemps leur statut de félin. Ils ressemblent plus à des rats atteints de la lèpre.

Je me suis habituée à marcher seule la nuit, aussi je ne prends pas garde au bruit de pas étouffés que j'entends derrière moi. Quand je veux me retourner, il est trop tard.

Un homme m'attrape par les cheveux et me met un couteau sous la gorge. Avant que je ne comprenne ce qu'il m'arrive, un autre type m'arrache mon sac à dos et commence à jeter le contenu sur le sol.

La panique s'empare de moi. Tout ce que j'ai est dans ce sac, tous mes espoirs d'un avenir agréable, loin d'ici.

— Bouge pas, et y t'arrivera rien.

Le souffle chaud et fétide contre ma nuque me donne un haut-le-cœur.

Mon cerveau fonctionne à mille à l'heure. Je ne suis absolument pas capable de maîtriser le type qui me menace, en tout cas pas avec un couteau sous la gorge. En revanche s'il ne s'y attend pas…

Je fais mine de m'évanouir. Le type chancelle quelques instants sous mon poids, puis décide de me lâcher. Je tombe lourdement sur le sol en réprimant une grimace. Quelle brute.

— Tu trouves des trucs, Fred? demande mon agresseur.

Il est habillé comme un clochard. À travers mes paupières entrouvertes, je le vois qui se penche sur le contenu de mon sac, tandis que l'autre continue de fouiller à l'intérieur.

— Y a que dalle là-dedans, Joe. Cette nana est aussi fauchée que nous.

Leurs paroles n'ont pas de sens. Pourquoi est-ce qu'ils n'ont pas trouvé mon porte-monnaie? Soudain, je me souviens. Je l'ai glissé dans la poche de mon manteau, lorsque je suis partie du restaurant.

56

Mon rythme cardiaque prend une cadence dangereusement rapide, alors que je fais de mon mieux pour m'empêcher de trembler. Pourquoi ne sont-ils pas partis avec mon sac ? Pourquoi restent-ils là, juste à côté de moi ?

Il y a deux solutions :

1) ils sont totalement débiles, prêts à se faire choper en train d'agresser quelqu'un,

2) ils comptent faire quelque chose de moi.

Je me mets à paniquer pour de bon.

Je suis à deux doigts de me relever pour prendre mes jambes à mon cou quand un des agresseurs se lève, et se dirige vers moi. Et alors là, un truc dingue se produit.

Je m'immobilise complètement, ma peur remplacée par une détermination que je ne me connais pas. La détermination de ne pas les laisser me faire la peau. Je ne suis plus qu'une boule d'adrénaline. Je ne pense plus, mes réflexes ont pris le contrôle de mon corps. Je viens d'enclencher le mode « survie ». Je ne savais même pas que ce foutu mode existait.

J'entends le type s'accroupir près de moi. Il me retourne sans ménagement et commence à fouiller mes poches. C'est le moment que je choisis pour lui écraser mon poing sur le visage. Il y a un craquement sinistre. Il tombe en arrière, en hurlant comme un porc qu'on égorge, la main sur la bouche. Moi je pousse un cri strident en sentant mes phalanges craquer sous l'impact. On dirait un championnat de puissance de voix.

Avant que son copain « Fred » ait pu réagir, je me relève d'un bond et lui balance un coup de pied au visage. Fred l'esquive de peu et se le prend dans l'épaule. Il pousse un grognement sourd et recule en se tenant la clavicule.

J'écarquille les yeux en voyant qu'apparemment je n'y suis pas allée de main morte. Ou de pied mort. Enfin, j'y suis allée fort, quoi.

Je me précipite sur mon sac, mais je n'ai pas le temps de toucher la lanière. Quelqu'un me tire violemment en arrière, et je tombe à la renverse. Celui qui s'est pris mon poing dans les ratiches se penche sur moi, me plaquant de nouveau son couteau sous la gorge. Il a l'air vraiment, vraiment en colère.

— Alors chérie, on voulait jouer à Wonder Woman ?

Son haleine est acide. J'arrête de respirer.

— Tu pourrais fermer la bouche ? Je ne tiens pas à mourir empoisonnée.

Il fronce les sourcils, mettant visiblement du temps à comprendre que je parle du délicat fumet qui s'échappe de sa bouche, puis serre les dents et me donne une gifle.

Le coup fait que je me cogne violemment le crâne sur le bitume.

Biiiiien, bravo ! Très malin. La prochaine fois, dis-lui carrément qu'il a une haleine de chacal, on gagnera du temps.

— Puisque tu as l'air en forme, on va jouer à un autre petit jeu avec mon copain.

Il m'attrape par le col et me traîne sans ménagements vers le coin opposé de la ruelle.

Je hurle, je donne des coups de pied dans tous les sens, sur tout ce qui bouge, mais il ne me lâche pas pour autant. Alors j'arrête de me débattre, attendant le moment opportun pour lui en coller une.

Il me balance contre le mur et je fais mine d'être sonnée. Bon d'accord, c'est vrai que je n'ai pas trop à me forcer. Il s'approche de moi prudemment, alors que je cligne des yeux à outrance. Il est tellement près maintenant que je peux voir la dent que je lui ai déchaussée et sentir son haleine fétide.

J'attends qu'il soit assez près et, lorsque c'est le cas, je relève le genou violemment et lui écrase les bijoux de famille. Il pousse un deuxième hurlement, encore plus fort que le premier.

Mesdames et messieurs, le Championnat d'Amérique de la voix la plus puissante est remporté par le clochard ! Et haut la main ! Applaudissements, je vous prie !

Je le contourne vivement et m'apprête à fuir quand son copain m'attrape par les cheveux, et me donne un coup de poing fulgurant dans la mâchoire.

Je ne fais plus semblant d'être sonnée. Je suis K.-O. Au tapis. Kaput. Totalement HS.

Il profite que je gis sans réaction sur le bitume pour me donner un coup de pied rageur dans le ventre. L'air s'expulse de mes poumons.

Une certitude fugace s'impose à moi : je vais mourir.

Les deux gus vont me faire ma fête, c'est sûr. J'ai très certainement privé le dénommé Joe d'une future descendance, et pété la clavicule à Fred. Ils ne vont pas me rater après ça. Je ne veux pas spécialement mourir, mais je n'arrive plus à bouger, ne serait-ce qu'un orteil. J'ai un goût de sang dans la bouche, et je sens que je ne vais pas tarder à rendre tout mon repas du midi. Merci le coup dans l'estomac. Merci beaucoup.

Je ne sais pas vraiment ce qui se passe ensuite, mais je vois Joe se relever, plié en deux, une main sur l'entrejambe, l'autre autour du couteau et s'avancer vers moi, les dents serrées.

Une renonciation tranquille s'empare de mon être. Je vais mourir, c'est vrai, mais ces deux cloches en auront pâti avant de m'égorger. Je me serai défendue jusqu'à la fin. Mais là, je n'en suis plus capable. J'ai l'impression d'avoir le cerveau qui dégouline par les narines.

Ou alors un tout petit coup, histoire de finir en beauté…

Je plante mon bon vieux crayon à papier dans le mollet de celui qui s'approche en premier. Un beuglement tonitruant s'ensuit. Je laisse tomber mon bras et me prépare à recevoir les coups qui vont m'achever. Et qui ne viennent pas. À la place, j'entends un craquement sourd et je vois Fred, celui qui m'a donné le coup de poing et qui a encore, je pense, mon crayon planté dans le mollet, s'effondrer à côté de moi. Sa mâchoire pend de façon alarmante sous son cou. Je me demande même si elle est encore attachée au reste du corps.

Je vois vaguement Joe regarder derrière moi avec des yeux agrandis par la surprise puis il me saisit par les cheveux, me soulève et me plante de nouveau le couteau sous la gorge.

Et allez, rebelote. Si ça continue, je vais souscrire mon score au livre des records : «La femme qui a failli se faire égorger trois fois dans la même soirée.»

— Tu t'approches, et je l'égorge.

Joe est tendu. Je sens qu'il n'hésitera pas à exécuter sa menace. Sa lame émoussée s'enfonce déjà dans la peau tendre de mon cou.

J'entrouvre les yeux et je distingue une forme humaine, de très haute taille, à deux ou trois mètres de là. La silhouette reste quelques secondes à fixer l'autre aliéné, et recule lentement. J'ai envie de lui crier de rester, mais je n'arrive même pas à ouvrir la bouche. Il disparaît dans la nuit.

Pendant quelques secondes mon agresseur hésite sur la marche à suivre. Quelques secondes qui vont lui être douloureuses.

Alors que la lame de son couteau s'enfonce un peu plus profondément dans ma peau, j'entends un bruit sourd derrière moi, comme si quelque chose de lourd avait atterri. Le type me lâche et je m'effondre sur le sol. Dans un effort de volonté pure, je roule sur le côté pour observer la scène.

Joe brandit son couteau à l'aveuglette, en lacérant l'air de sa lame. Sans le moindre effort, et avec une fluidité impressionnante, mon sauveur esquive les coups maladroits, lui attrape le bras et le tord d'une façon qui doit être, vu l'angle inhabituel du membre, franchement douloureuse.

Joe cherche à frapper l'homme avec son bras libre tout en poussant des glapissements de douleur. L'autre lui assène un coup de poing dans le dos et Joe s'effondre, les yeux révulsés.

Je suis à moitié soulagée, à moitié sonnée, je n'ai pas très bien compris ce qu'il vient de se passer.

Ma tête retombe pesamment sur le sol.

Dans un brouillard de semi-conscience, je sens quelqu'un me prendre sous les épaules et sous les genoux et je suis soulevée sans difficulté. Mon médaillon tressaute contre ma peau au rythme des pas de l'inconnu. L'homme me ramène vers le milieu de la ruelle, là où il y a mon sac, et me dépose doucement. Une main repousse une mèche de cheveux qui a glissé sur mon visage. Deux doigts assurés vérifient mon pouls, puis c'est le silence.

Mon esprit embrumé s'éclaircit peu à peu. Après un immense effort de volonté, je réussis enfin à ouvrir les yeux. Je bats des paupières jusqu'à ce que ma vision s'éclaircisse. Je ne sais pas vraiment si j'aime ce que je découvre ensuite.

Levis Man est accroupi en face de moi, un bras nonchalamment posé sur la cuisse. Et il me regarde comme si j'étais la pire criminelle que la Terre ait portée.

10

Je cligne plusieurs fois des yeux, horrifiée.

Il y a autre chose dans ses yeux qui m'inquiète bien plus encore que son air revêche, bien que mon cerveau embrumé n'arrive pas encore à savoir quoi.

Lorsqu'il s'aperçoit que je suis revenue complètement à moi, il fronce les sourcils de mécontentement.

— Ça t'amuse de te balader en pleine nuit dans des ruelles malfamées ? T'es suicidaire ou t'as des tendances masochistes ?

Ses yeux lancent des éclairs. Ses mots mettent un moment à prendre sens dans mon esprit. Et puis je percute.

Non mais je rêve ! Il est en train de me passer un savon ! Comme si me retrouver en face de deux névrosés cherchant à me trucider ne m'avait pas amplement suffi !

Je sens le rouge me monter au visage.

— Je... pardon, je...

Non mais pourquoi je m'excuse, moi ? Pour qui se prend-il pour me faire la morale ?

Je m'interromps et le regarde dans les yeux. C'est là que ça me frappe.

Ses yeux. Ils ne sont pas... humains. Non, parce que si vous avez déjà rencontré quelqu'un dont la pupille est capable de se dilater assez pour englober l'œil, et faire disparaître presque entièrement le blanc, appelez-moi, ça m'intéresse.

Pendant une seconde, je reste tétanisée devant ce regard animal. Je m'astreins à réagir. Ce type est humain, c'est juste qu'il est superbizarre, franchement antipathique et que j'ai reçu un bon coup sur la tête.

D'un coup sur le torse, je le repousse durement.

Il a l'air surpris pendant une fraction de seconde puis il reprend son air glacial.

— J'avais pas besoin que tu ramènes ta fraise. Je gérais la situation figure-toi, répliqué-je, exaspérée.

Je me relève en grimaçant de douleur. J'ai la mâchoire qui me fait un mal de chien et mes côtes ont pris un sale coup, même si je ne pense pas en avoir de brisées. J'ai un sacré vertige et un mal fou à ne pas m'affaler face la première sur le bitume.

— Si ça t'embêtait tant de dévier de ta route pour venir m'aider, t'avais qu'à continuer ton chemin, je me serais très bien débrouillée sans toi.

Ma voix est froide et, comme à mon habitude, dépourvue de toute émotion. Même si, à l'intérieur, ça bouillonne joyeusement.

Il me fixe quelques secondes sans parler. Il est très grand, au moins un mètre quatre-vingt-dix, et moi, avec mon mètre soixante, je me sens légèrement naine.

Je soutiens néanmoins son regard pendant un moment puis, n'y tenant plus, je le contourne en titubant et vais ramasser mon sac. Je rassemble toutes les affaires que les malfrats ont éparpillées sur le sol puis je les fourre à l'intérieur, sans ménagements. Quand je me retourne, il a disparu. Mes nerfs lâchent et j'éclate en sanglots.

***

Je ne passe pas une très bonne nuit. En rentrant je me suis rendu compte qu'en me poussant contre le mur, Joe m'avait fait trébucher, et que je m'étais tordu la cheville.

Sur le coup, avec l'adrénaline, je n'avais rien senti, mais maintenant que j'avais les muscles à froid et que la tension était retombée, je boitais allègrement. À ajouter à ma liste grandissante de coups et blessures.

Je n'ai pas pris la peine de me déshabiller pour me mettre au lit. Je me suis glissée avec précaution dans les draps, en grimaçant de douleur. En plus de la cheville, de mes côtes douloureuses et de ma mâchoire, je me suis cognée à de multiples endroits.

Sans parler de mon amour-propre. Heureusement que l'humiliation n'a jamais tué personne, sinon je serais morte une bonne dizaine de fois ce soir. Une aubaine pour les deux clodos. Ils n'auraient même pas eu besoin de s'occuper de moi personnellement.

J'ai essayé de m'endormir, mais des tas de questions se bousculaient dans mon esprit : pourquoi est-ce que Levis Man me suivait à la trace ? Pourquoi est-ce qu'il était intervenu si tard, au moment où j'avais cru que tout était fini ? Et pourquoi diable avait-il disparu avant que j'aie pu ne serait-ce que le remercier ?

Parce que tu l'as envoyé paître comme du poisson pourri...

Je secoue la tête énergiquement. Non mais il croyait quoi ? Que j'allais me jeter à ses pieds en implorant son pardon pour mon imprudence ? Comme si j'avais eu le choix.

Plus j'y pensais, plus je le trouvais étrange, antipathique, mais surtout inquiétant, malgré sa parenté évidente avec un des dieux grecs olympiens. Morbleu, quel canon !

Cette nuit-là, je me suis finalement endormie avec le sentiment que ce n'était pas la dernière fois que je voyais Levis Man.

11

Mi-décembre

Pendant deux semaines, je vis un peu comme dans un rêve, je ne sais pas quoi faire. Est-ce que je dois parler à quelqu'un de ce qui m'est arrivé, ou garder le silence sur les événements de cette nuit-là?

Finalement, je comprends que, même si j'allais porter plainte, on ne retrouverait pas mes agresseurs. Ils doivent être loin maintenant, avec la rouste qu'ils ont prise. Si ça se trouve, ils sont morts. Paix à leur âme!

Et de toute manière à quoi cela m'avancerait-il? Même dans l'hypothèse où ils seraient encore de ce monde, je ne pense pas qu'ils soient prêts à recommencer à m'agresser. Voire encore *aptes* à agresser qui que ce soit.

Alors je continue d'aller au travail, comme si de rien n'était. Le lendemain, quand je suis arrivée au supermarché, mes collègues m'ont fixée avec des yeux écarquillés. Forcément.

Le matin, lorsque je me suis postée devant le miroir pour me faire ma longue natte habituelle, j'ai découvert un visage tuméfié qui m'a presque fait sursauter : j'avais un gros bleu sur toute la partie gauche du visage, en particulier sur la mâchoire, et j'avais un peu l'œil au beurre noir. Ils ont dû croire que j'étais une femme battue, ou un truc comme ça. Ça n'est pas bien, mais ça m'a fait rire.

Eh! Quand on vous aura agressé, de peu violé, et que vous aurez échappé à la mort de justesse, on en reparlera.

La deuxième semaine, n'y tenant plus, je décide de passer devant l'endroit où je me suis fait agresser. Je n'y suis pas retournée depuis, j'ai préféré prendre un autre chemin, plus long certes mais beaucoup plus sûr.

Comme je commence à me lasser de faire cinq kilomètres à pied deux fois par jour, et surtout de jouer à cache-cache, je prends la direction des petites ruelles malfamées de la ville.

Je prie pour que mon plan fonctionne.

J'expire un bon coup et prends un air détendu, comme si rien ne m'atteignait. J'ai toujours été bonne à ce petit jeu.

Je marche un long moment encore, je passe le lieu de l'agression, mais je ne m'arrête pas pour regarder.

— T'es un peu du genre butée toi, hein?

La voix vient de derrière moi. J'ai beau m'y attendre, elle me fait sursauter. Je me maudis intérieurement, sans manquer de prendre un air dégagé en me retournant.

— Plaît-il?

Je scrute l'obscurité. Il est adossé au mur, les mains dans les poches. Je n'arrive à distinguer que son immense silhouette.

— Je t'ai dit de ne plus passer par là, mais apparemment tu es un peu maso sur les bords.

Non mais pour qui il se prend ce sale petit...

J'inspire profondément.

— Je ne suis pas maso. Juste partisane du moindre effort. Et puis tu crois vraiment que j'allais te laisser te volatiliser, sans que tu m'expliques pourquoi est-ce que ça fait trois mois que tu me suis comme mon ombre?

Ah, ah! Tu t'attendais pas à ça, hein, tête de piaf?

Il lève un sourcil, surpris. Puis il s'avance vers moi, d'un pas nonchalant. Un pas nonchalamment dangereux. Ou dangereusement nonchalant, je ne sais plus.

Je déglutis avec peine. Il est quand même super flippant.

— On ne m'avait jamais surpris en filature.

Il me scrute de haut en bas avec un air mi-condescendant, mi-amusé.

J'écarquille les yeux de surprise. Ses pupilles… ses pupilles sont aussi dilatées et noires que celles d'un chat. Je n'avais donc pas halluciné.

Je m'apprête à lui demander pourquoi est-ce qu'il a des billes à la place des prunelles, quand je remarque l'expression de son visage. Il me regarde en souriant, comme si j'étais une petite chose sans défense. J'en oublie totalement ses yeux. J'ai envie de lui rentrer dedans, tête baissée.

— On dirait bien que t'es pas aussi doué que tu le pensais, James Bond, je réplique avec acidité.

C'est à mon tour de lui sourire avec un petit air méprisant. C'est dingue ce que ça fait du bien.

On se regarde en chiens de faïence pendant quelques secondes et il brise le silence :

— T'as pas froid aux yeux, toi.

— Au contraire, je suis quelqu'un d'habituellement très réservé. Mais apparemment, tu as un don naturel pour faire ressortir le mauvais côté des gens.

Je cherche un truc méchant à ajouter, mais je suis à court d'idée. Alors je sors la première chose qui me vienne à l'esprit.

— Si j'étais toi, je ne la ramènerais pas trop. Tu es censé me filer, mais visiblement tu n'es pas hyper rapide. L'autre nuit, tu es intervenu bien dix minutes après qu'on m'a agressée, tu devais être loin. Qu'est-ce qu'il y a, je marche trop vite pour toi, c'est ça ?

J'affiche un sourire railleur. Ce type est un enfoiré prétentieux doublé d'un crétin. Enfin, un enfoiré prétentieux plutôt mignon, c'est vrai. Bon, ça va ! Un enfoiré prétentieux divinement beau, je l'avoue. Mais il faut bien que quelque chose rattrape tous ces défauts. Le pauvre, si en plus il était laid, il n'aurait plus qu'à s'exiler sur une île déserte. Personne ne s'en apercevrait.

Il sourit à son tour, révélant des dents blanches, et quelque chose me dit que je ne vais pas apprécier la suite. Pas du tout.

— Je t'ai suivie tout le long du trajet, à quelques mètres de distance. Tu ne t'en es même pas rendu compte.

Il sourit toujours. Et moi je suis totalement hallucinée.

— Qu-quoi? balbutié-je. Tu... tu es en train de me dire que t'as regardé ces types me taper dessus pendant dix minutes en te tournant les pouces? T'es sadique ou quoi?

J'avoue que là, ma tête doit être drôle à voir.

Il me répond avec nonchalance, comme si toute cette conversation était d'un ennui mortel pour lui. Mais je ne m'y trompe pas: cet apparent flegme masque des réflexes de tueur. Une attitude naturelle quasi féline, qu'il ne parvient pas tout à fait à dissimuler.

— Je voulais savoir ce dont tu étais capable. J'avoue que, quand je t'ai vue t'évanouir, j'étais un peu déçu; je t'ai prise pour une grosse chochotte. Mais après c'est devenu beaucoup plus intéressant. Tu leur as mis la misère en dix secondes, et je n'allais certainement pas venir à ton secours alors que tu te débrouillais si bien.

Je ne perçois pas de sarcasme dans sa voix, mais ça ne m'empêche pas de bouillonner de colère.

Ce type est dingue.

— Enfin, quand l'autre t'a de nouveau menacée avec son couteau à beurre, j'ai compris que tu étais en galère. Alors je me suis approché, mais t'as réussi à en mettre encore un K.-O. À propos, c'était mignon ta technique du papillonnage des yeux. Tu peux me la refaire?

Je crois que je vais le frapper.

— Mais bon, toute bonne chose a une fin, comme on dit. Alors quand tu t'es pris le poing de l'autre dans la figure, je me suis dit qu'il était temps que je te sorte de là. Même si t'as encore réussi à le planter avec... c'était quoi à propos? Un crayon? Enfin, peu importe. Je suis intervenu parce qu'ils t'auraient réduite en charpie.

Il me lance un regard empli d'une pitié dégoulinante de mépris. Ajoutez-y des pupilles animales, et vous aurez le visage type du parfait carnivore.

— Mais il ne faut pas que tu te blâmes, les petites filles chétives ne peuvent pas tenir tête à deux vieillards, à moitié ivres morts.

Là, c'est l'apothéose. Il m'a totalement coupé le sifflet. Je ne sais même pas comment réagir tellement je suis choquée. Comment une voix aussi suave peut-elle s'exprimer avec une telle arrogance? C'est à la limite de l'oxymore.

Je finis tout de même par me ressaisir.

Petite fille chétive, hein? Tu vas voir sale enfoiré ce qu'elle te dit, la petite fille chétive.

— Tu ne vaux pas mieux qu'eux. Tu n'es qu'un sale voyeur sadique. Je veux savoir pourquoi tu me suis comme un toutou.

J'ai parlé d'une voix sourde qui masque mal la colère menaçant d'exploser d'une seconde à l'autre. Ça ne lui fait ni chaud ni froid. Il me regarde pensivement, sans réagir à mon insulte.

— Ça ma belle, ça ne te regarde pas, enfin pas pour l'instant. Prends garde à toi, ta vie est bien trop précieuse pour que tu la mettes égoïstement en danger.

Je le fixe, interdite.

Ça ne me regarde pas? C'est quand même de MOI dont on parle! Et qu'est-ce que ça signifie, « ta vie est bien trop précieuse »?

Je suis à deux doigts de lui arracher les yeux avec mes ongles et de les lui faire gober quand il me sourit à nouveau, toujours avec son petit air supérieur, et fait demi-tour, les mains dans les poches. Pendant une fraction de seconde, ses yeux rencontrent la lueur d'un réverbère. Ses pupilles noires se mettent à réfléchir la lumière. Comme celles d'un chat. Cette vision me pétrifie tant et si bien que je ne réagis pas.

Il s'enfonce dans l'obscurité. Quand je reprends mes esprits et que je cours vers l'endroit où il a disparu, je ne vois que la nuit. Il s'est de nouveau volatilisé.

★★★

Je fulmine tout le chemin du retour. J'essaie de me calmer, en vain. Demain, à la première occasion, je m'arrête à une boutique d'armes et je m'achète un Taser. Au diable les économies.

Je souris intérieurement en m'imaginant son beau visage déformé par la décharge électrique. C'est alors que je réalise ce que je suis en train de penser. Je ne suis pas une sadique. Si je faisais ça, je ne vaudrais pas mieux que lui. N'empêche, ça m'aurait fait du bien.

Je donne un coup de pied rageur dans une canette de soda vide.

Je revois en pensée ses yeux noirs réfléchir la lumière. Extrêmement troublant. Si j'avais des doutes sur la normalité du gars, maintenant je suis fixée.

Après quelques minutes d'intenses réflexions, je décide quand même de m'acheter le Taser, au cas où je serais de nouveau agressée puisque :

1) j'ai décidé de reprendre mon itinéraire « dangereux »,

2) je ne peux pas trop compter sur Levis Man pour venir m'aider vu que ça l'éclate de me voir me faire taper dessus et,

3) qu'il aille se faire voir, ça lui fera les pieds.

Inspire, expire. Inspire, expire. Caaaalme.

12

Une nouvelle semaine passe, et je m'efforce d'oublier le jeune homme. Mais je n'ai qu'une envie, le recroiser et lui arracher des explications, peu importe la manière.

J'ai eu le temps d'imaginer des centaines de scénarios, tous plus inventifs les uns que les autres. Et je me suis effectivement acheté l'arme, ça peut toujours aider.

En rentrant, un soir alors que je suis exténuée, je vois le proprio qui m'attend de pied ferme devant la caisse.

Allons bon, qu'est-ce qu'il se passe, encore ?

— Excusez-moi, mademoiselle, je vais devoir vous demander de faire rapidement vos valises, vous êtes restée le maximum de temps autorisé dans mon motel.

Je le regarde.

Il se fout de moi, là.

— Depuis quand est-il interdit de rester plus de trois mois dans un motel ?

Je le soupçonne de me virer pour quelques raisons obscures, mais certainement pas parce que je squatte depuis trop longtemps son bâtiment. Je paie toutes mes factures à la lettre et je ne fais pas de bruit.

— C'est la loi mademoiselle.

Ben voyons. Tu me prends pour un pigeon ?

J'abandonne néanmoins toute tentative de dissuasion et je monte chercher mes affaires, sans manquer de lui lancer un de ces regards assassins dont j'ai le secret. Du coin de l'œil, je le vois qui se tend comme un ressort.

Puisque je suis virée, pas question que je paie une nuit de plus ici.

Une fois que j'ai tout rassemblé dans mon unique sac, je descends et sors sans un au revoir au propriétaire et prends soin de bien claquer la porte derrière moi.

Je déambule dans les rues à la recherche d'un abri pour la nuit mais, comme je m'y attendais, tous les motels et hôtels sont occupés. On approche des fêtes de fin d'année, et les gens occupent tous les lits disponibles, pour fêter Noël avec leur famille.

Je fais une grimace de dégoût. Je déteste Noël.

C'est bien beau tout ça, mais je n'ai nulle part où aller.

Soudain je pense à demander asile pour la nuit à l'orphelinat, mais je me rappelle les fêtes de Noël. C'était la pagaille, il y avait toujours des fugues, des malades et des crises de pleurs de tous les côtés. Pas parce que les enfants étaient tristes, enfin si, beaucoup l'étaient, c'est vrai, mais surtout parce que aucun des petits ne voulait attendre le matin pour ouvrir les cadeaux. Mme Anderson était obligée de veiller près de l'arbre toute la nuit pour qu'il n'y ait pas de vols, ou d'échanges «involontaires».

Plutôt dormir dehors que d'atterrir au beau milieu d'une guerre civile.

Après avoir fait tous les motels miteux que je connais, et sans résultat probant, je me dirige vers les quartiers plus aisés de la ville, ville que je connais comme ma poche, maintenant. Mais le bilan est le même, tous les motels sont occupés.

Je me dirige alors, la mort dans l'âme, vers les hôtels, que j'ai soigneusement évités jusque-là. Mais je n'ai plus le choix. Si je ne veux pas dormir dehors cette nuit, il va falloir que je sacrifie une partie de mes économies. Sans parler que nous sommes en pleine saison. Un soupir excédé s'échappe de mes lèvres alors que je m'avance vers l'avenue principale de la ville.

Je marche le long de la route à deux voies et des voitures me frôlent toutes les trois secondes en klaxonnant. Je sens mon cœur se soulever à chaque fois qu'un camion passe à côté de moi, manquant me faire tomber. J'ai l'impression que le vent qu'il occasionne va me happer et m'entraîner dans le sillage de ses roues.

Je me recroqueville un peu plus sur le bas-côté, hésitant à marcher directement dans le fossé, lorsque le son d'une voiture ralentissant se fait entendre derrière moi. Le véhicule s'arrête à ma hauteur et la vitre côté passager s'ouvre.

Je ne prête pas attention au chauffeur et me remets en marche, convaincue qu'il s'agit d'un pervers s'arrêtant pour me harceler.

La nuit est tombée et je garde mon Taser à portée de main, mais on ne sait jamais.

— Désolée mon pote, je suis beaucoup trop chère pour toi.

— Ça, mon cœur, tu n'en sais rien. Mais je suis déjà flatté que tu aies pensé à moi dans ce sens.

Oh. Mon. Dieu.

Je ne prends pas la peine de tourner la tête vers la voiture qui me suit au pas. OK, ce n'est pas *un* pervers. C'est *le* pervers.

— T'as pas deux ou trois ados sans défense à persécuter ? lui demandé-je sans lui adresser un regard.

Ma voix est cinglante. Toute la colère refoulée jusque-là surgit comme un ouragan déchaîné.

Il rigole.

Des voitures le dépassent en klaxonnant et il ne semble même pas le remarquer.

Que ce type m'agace.

Je m'arrête et me tourne vers lui. Il me regarde intensément, pas comme je le pensais. Il a l'air sérieux. Quelque chose dans son regard a changé. Quelque chose que je ne lui connais pas. Et moi je suppose que j'ai l'air furieux.

Je me remets à marcher d'un bon pas. La voiture redémarre.

— Tu veux que je t'amène quelque part ?

— Va te faire voir. Je n'ai aucune raison de monter avec toi. Je n'ai aucune confiance en toi, je ne te connais pas et le plus important de tout, je ne te sens pas.

Du coin de l'œil je le vois poser un bras apathique sur le dossier du siège passager.

Je lui lance un regard méfiant. Il me fixe, un bras posé négligemment sur le volant, le menton dans la main. Un éclat malicieux éclaire ses yeux bleu outremer et un sourire séduisant s'épanouit sur son visage.

Je sais ce que je trouve étrange. J'avais oublié la véritable couleur de ses yeux. Les dernières fois où je l'avais rencontré, ses pupilles étaient tellement dilatées que l'iris entier formait un globe noir et qu'il restait à peine un contour bleu autour. Cette fois-ci, la couleur dominante est le bleu, bien que la pupille soit anormalement dilatée.

Il incline légèrement la tête sur le côté.

— Allons, je sais très bien que c'est faux. Je suis même certain que tu rêves de moi toutes les nuits.

Il a parlé d'une voix douce mais son timbre dégoulinant d'arrogance ne me trompe pas.

Je sens les poils de mes bras se soulever alors qu'un frisson à la signification encore incertaine me parcourt de la tête aux pieds. Je tente de garder contenance en lui lançant un regard mortel qui aurait suffi à stopper une armée entière au galop. Il ne cille même pas. Il se contente de laisser ses lèvres charmantes s'ouvrir sur un large sourire affable. Teinté de dédain.

Ma main, plongée dans mon sac en bandoulière depuis le début de la conversation et crispée sur la crosse de mon Taser, se met à trembler de rage. Je dois faire un effort surhumain pour renoncer à m'en servir. En tout cas pas tout de suite.

J'inspire profondément et grimace en me remettant à marcher.

Il me suit.

— Tu as raison, je rêve souvent de toi. Sauf que, lorsque c'est le cas, il s'agit immanquablement de cauchemars.

Comme la réponse ne vient pas, je le regarde, un peu surprise. Il a repris une attitude sérieuse et me fixe de ses yeux bleus perçants.

Je soupire une deuxième fois. Cet imbécile ne me fichera pas la paix tant que je ne lui aurais pas donné ce qu'il veut. Ou tant qu'il ne se sera pas pris un bon coup d'électricité. Je réfléchis quelques instants. Je n'ai nulle part où aller. Dormir dehors est hors de question, et Levis Man n'a jamais eu d'attitude franchement belliqueuse envers moi. Juste absolument insupportable. De toute manière, si besoin est, j'ai toujours mon Taser.

Je repose mon regard sur lui, mon visage redevenu impassible.

— Ma mère m'a toujours dit de ne pas monter dans la voiture d'un inconnu.

Et pour appuyer cette maxime, j'ouvre la porte et m'assois sur le siège passager. S'il tente quoi que ce soit, il va avoir une drôle de surprise.

Il redémarre à toute allure, coupant la priorité à une voiture qui klaxonne furieusement.

— Qu'est-ce que tu fais en pleine nuit à marcher le long de la route avec ton sac à main ?

— Qu'est-ce que tu fais en pleine nuit à rouler alors qu'il est si évident que tu adores harceler les pauvres filles à pied ?

— Je te suis, bien évidemment.

Je lui lance un regard de travers. Il a l'air concentré sur la route. Je n'arrive pas à savoir s'il plaisante.

Il plante tout d'un coup son regard dans le mien et je réussis à déglutir, non sans peine. J'ouvre la bouche pour répondre mais il me coiffe au poteau :

— T'as des yeux bizarres.

Je le fixe un instant, interloquée.

Lorsque je remarque qu'il est tout à fait sérieux, je sens une bouffée de colère se répandre dans mon organisme, comme de la lave en fusion dans les veines d'un volcan.

Je le défie du regard, les poings serrés.

— Tu t'es regardé, tronche de hiboux?

Il s'étrangle à moitié avec sa salive en partant dans un rire amusé. Moi je ne trouve pas ça drôle. Pas du tout.

— La dernière fois que je t'ai vu, tu avais les pupilles rondes comme des olives. Et j'ai même vu la lumière d'un lampadaire réfléchir dessus. T'es quoi au juste? Une sorte de mutant?

Il sourit, révélant une rangée de dents blanches.

— Ouais tu m'as démasqué. En fait, pour tout t'avouer, le professeur X a décidé de reformer les X-men. Paraît qu'il a des problèmes avec Magnéto. Et comme Wolwerine n'est pas intéressé par le job, il m'a recruté. D'ailleurs, je suis bien plus doué que lui. Si je regarde le pare-brise et que je me concentre, je peux le faire fondre.

Il plisse les yeux et fixe le pare-brise, comme s'il comptait vraiment le trouer avec ses soi-disant yeux à rayons X.

Il reporte son regard sur moi, souriant de toutes ses dents.

— Tu peux m'appeler Kent, si tu veux. Clark Kent.

Je ricane en secouant la tête.

— Clark Kent c'est Superman, crétin, pas X-men.

Il chasse ma remarque d'un geste de la main.

— Superman, X-men, les Totally Spies, c'est du pareil au même.

Je soupire et n'insiste pas. À tous les coups c'est moi qui me fais mes films. Peut-être que les hommes aux pupilles de chats existent, qui sait.

Ben voyons, et moi je suis la fille du président des États-Unis.

Je grimace. Ma conscience se fait un peu trop bavarde, ces temps-ci.

Nous roulons pendant plusieurs minutes en silence et je commence à trouver l'instant embarrassant.

Je reporte mon attention sur la route et compte les réverbères pour éviter de penser à la présence qui se trouve à quelques centimètres de moi.

Il freine brusquement et je manque de me manger la boîte à gants.

Je lui lance un regard furieux mais il ne fait pas attention à moi et me désigne du menton un immense immeuble jouxtant un plus petit bâtiment qui est une réplique du Parthénon. Je reconnais immédiatement l'architecture. C'est le *Ritz Carlton* de Philadelphie.

Je plisse les yeux.

— Désolée *mon cœur*, mais tu ne seras jamais assez riche pour que je passe une nuit avec toi.

Il roule des yeux.

— Tu as une chambre réservée à ton nom, Cassiopée O'Brien, n° 356. Normalement tu pourras y rester une semaine.

Je le regarde, interdite. Ma main, jusque-là plutôt détendue, se crispe avec une nouvelle ferveur sur la crosse du Taser.

— Comment connais-tu mon nom ? Et puis, t'es malade, une nuit dans cet hôtel et je ruine trois mois de travail ! Je devrais même payer un crédit pendant dix ans pour me payer une chambre ici.

Il me pousse hors de la voiture.

— T'occupe. Et pas besoin de te ruiner, c'est payé d'avance.

Il se penche vers la boîte à gants et attrape quelque chose à l'intérieur, qu'il me tend à travers la vitre ouverte de la voiture. Je lui arrache des mains, et il me lance un regard noir.

— Fais gaffe c'est fragile ! Tu l'ouvriras une fois dans la chambre. Et après tu décideras.

— Mais de quoi tu p…

Il ne me laisse pas le temps de finir. Il embraye et disparaît dans le flot de voitures.

Je déteste ce type.

13

Je m'avance vers l'hôtel et entre par les portes tambours en poussant rageusement le battant. Sauf que je ne pousse pas du bon côté et que je m'écrase contre le panneau en verre, devant toutes les personnes présentes dans le hall de l'hôtel. Bonjour la crédibilité. Rouge comme une pivoine, je pousse de l'autre côté. Une fois à l'intérieur, j'oublie mon humiliation.

Je ne crois pas avoir déjà vu autant de luxe. Le hall d'entrée est immense et le sol en marbre reflète la lumière que diffusent les lustres en cristal du très haut plafond. Je suis sûre que si je fais une trace de cirage sur le marbre, un majordome va se précipiter pour l'astiquer et peut-être même m'apporter une paire de chaussures plus inoffensives. Des sofas sont disposés autour de tables en verre sur lesquelles reposent de somptueux bouquets de fleurs. Une série d'immenses colonnes grecques soutiennent le plafond et derrière elle je peux apercevoir un escalier décoratif et un étage terrasse. Sous l'escalier, dans une arche ouvragée, se trouve le comptoir d'accueil.

Une pointe de culpabilité me serre le cœur. Les enfants n'ont même pas un quart de ce qu'il y a dans ce palace pour eux tous.

L'hôtesse d'accueil, une jolie blonde au carré parfaitement égalisé, me tend aimablement mes clefs et me rappelle le numéro de ma chambre.

Je monte le large escalier en marbre puis me crispe quand je m'aperçois que je suis obligée de prendre les ascenseurs. L'escalier s'arrête au premier. À tous les coups, il n'est là que pour la frime.

Ma chambre est immense, de la taille d'un appartement. Il y a une cuisine, une salle de bains et des toilettes séparées. Jamais je n'ai dormi dans autant de luxe. Le contraste entre mon motel miteux et cette chambre est tellement flagrant que j'ai l'impression d'avoir été catapultée à mon insu dans un monde parallèle, dans lequel je serais une superstar, genre Lady Gaga ou Oprah Winfrey. Sauf que je ne sais pas chanter et que le simple fait de présenter un exposé en classe me donne des nausées pendant une semaine. Alors faire des shows en public, je ne crois pas que ça soit possible. Bref.

J'entre prudemment et m'avance en touchant à tout. Des murs finement tapissés, un cadre représentant une réplique d'un Goya (enfin, je pense que c'est une réplique...), une série de bougies parfumées, ciselées d'arabesques compliquées...

En arrivant dans ce qui me paraît être le salon, je reprends mes esprits et m'avance vers une table basse, qui fait face à un sofa moelleux d'un côté, et à un écran plasma de l'autre. Je pose négligemment l'enveloppe dessus, et pars à la conquête de la salle de bains. Quoi que m'ait donné Levis Man, ça ne m'intéresse pas vraiment. Enfin, j'essaie de me persuader que ça ne m'intéresse pas. En fait, je crève d'envie d'ouvrir cette enveloppe.

La salle de bains est presque aussi grande que celles que nous avions à l'orphelinat. Sauf qu'une baignoire d'angle immense s'ajoute à la cabine de douche, et que la salle est normalement prévue pour deux personnes maximum, pas pour six ou sept. J'hésite une seconde, puis opte pour la douche. Plus rapide, plus efficace. Au pire, en une semaine j'aurais bien le temps de tester le bain.

Je prends une longue douche brûlante. Ça fait des mois que je n'ai pas eu ce plaisir. En plus, le gel douche et le shampooing mis à ma disposition sentent divinement bon.

Je lis ce qu'il y a marqué sur l'emballage :

Ce gel douche à la fleur d'hibiscus et à l'orchidée sauvage vous transportera dans un tourbillon de sensations et décuplera vos sens pour une explosion de plaisir.

Sans blague. On dirait une pub pour des préservatifs. Et puis d'abord, depuis quand une orchidée est sauvage ? Vous avez déjà croisé des orchidées domestiques, vous ?

Je secoue la tête et me prélasse encore un moment sous le jet d'eau brûlant. J'en viens à occulter le mystérieux colis qui m'attend dans le salon. Je dois me faire violence pour m'extraire de la douche.

Je me sèche soigneusement, et prends même le temps de m'observer quelques secondes dans le grand miroir surplombant les vasques en verre transparent. Mes hématomes au visage ont disparu et il ne me reste qu'une infime trace du coup de pied que j'ai reçu dans les côtes. J'ai l'air moins fatigué qu'avant, même si des cernes bleus obscurcissent encore mon regard, et font ressortir encore plus la couleur anormale de mes yeux. Mais je suis encore vraiment maigre.

Je sors en peignoir de chambre – en peignoir ! –, une serviette nouée sur la tête, et me dirige prudemment vers la table où j'ai posé l'enveloppe. Des fois qu'elle aurait l'idée de s'enfuir si je m'approchais trop vite…

Je la prends, la tourne et retourne entre mes doigts. Elle n'est pas lourde. En fait, elle est minuscule. J'ouvre le battant avec une lenteur infinie et regarde à l'intérieur. Je ne vois qu'un tout petit papier. Je glisse les doigts dans l'enveloppe pour les retirer aussitôt, en poussant un cri aigu.

Une vive douleur m'a irradié l'index. Je secoue mon doigt en jurant. En examinant ma peau, je ne discerne qu'une vague rougeur.

Je secoue la tête, offensée. Mais c'est quoi son problème à ce type ? Il a été en manque d'affection quand il était petit ? Et alors ? Moi aussi ! Ça n'est pas pour autant que je fais des blagues pourries aux gens que je rencontre, et que je les harcèle à longueur de journée !

Je jette rageusement l'enveloppe par terre et je vais me coucher.

Je ne sais pas pourquoi, mais j'ai envie de pleurer. Je ne sais pas ce que j'avais espéré trouver dans cette enveloppe, mais visiblement je ne suis pas satisfaite du résultat.

J'observe mon doigt de plus près et je vois de minuscules points rouges couvrir mes empreintes digitales.

Ça me rappelle le jour où j'ai voulu cueillir une ortie. Mes doigts s'étaient couverts de cloques, et en regardant de plus près j'avais vu des petits points similaires à ceux que j'ai, à ce moment.

Génial. Il m'a empoisonnée avec une ortie.

Je me renfrogne en me jurant de ne plus jamais penser à lui. Je ne sais pas encore à quel point ça va être compliqué.

14

Une brûlure intense me réveille en sursaut. Je suis en sueur. La tête me tourne tellement que je n'arrive pas à savoir si c'est la pièce qui valse comme une toupie ou si c'est mon cerveau qui a perdu toute gravité.

Je me lève en chancelant et je gémis de douleur.

Chaque parcelle de peau, chaque cellule de mon corps me brûlent. J'ai l'impression d'être un bûcher, de me consumer de l'intérieur.

Tout à coup, mon estomac se convulse violemment.

Oh, oh…

Je tangue jusqu'aux toilettes et vomis tout mon repas de la veille. Pendant une heure je reste penchée sur la cuvette à vomir toutes les cinq minutes le contenu de mon estomac, qui finit par être tellement vide que plus rien ne sort. Puis je me mets à me vider par l'autre côté. Comme si vomir ne me suffisait pas amplement.

Quand je relève la tête vers le miroir, je ne me reconnais pas. J'ai les yeux injectés de sang, et je suis d'une pâleur mortelle, malgré le fait que je sois en train de brûler de l'intérieur.

Des gouttes de sueur ruissellent sur mon front et mes cheveux sont trempés. Chaque mouvement est une torture, j'ai l'impression que mes muscles et mes os sont saturés de milliers d'aiguilles qui me transpercent de toutes parts.

C'est la fin, je vais mourir.

Mon rythme cardiaque s'accélère encore plus, frôlant à mon avis l'arrêt total. Je me relève tant bien que mal et me dirige en titubant vers le téléphone. Mais j'ai à peine fait cinq pas que je trébuche et m'écroule sur le tapis du salon. Ma dernière pensée, avant de perdre conscience, va au tapis, que je trouve vraiment confortable.

★★★

Un bruit strident me vrille le cerveau et me réveille en sursaut. Je plaque mes mains sur mes oreilles, trop rapidement, et grimace sous l'effet de la douleur. Je suis courbaturée de partout. Je tente d'ouvrir les paupières mais elles me font l'effet de chapes de plomb.

— oom-vice, moiselle.

Je n'entends que la moitié des mots de l'homme derrière la porte et je ne comprends pas pourquoi. Et puis je me souviens que j'ai les mains collées aux oreilles.

Je relâche doucement tout mon corps. Mes mains retombent lourdement par terre.

Je tente une nouvelle fois d'ouvrir les paupières, et y parviens avec difficulté. Le soleil est levé. Ses rayons entrent à flots dans le salon par les fenêtres.

Le bruit strident recommence.

— Mademoiselle?

Je me lève en essuyant le filet de bave qui coulait le long de ma joue, et avance prudemment jusqu'à la porte en me tenant la tête.

Aïe. Gné mal.

J'ouvre. Un jeune homme se trouve devant la porte avec un chariot couvert de mets raffinés dont l'odeur me donne aussitôt envie de repartir rendre visite à la cuvette.

— Rien commandé.

Ma voix est rauque et pâteuse. On dirait que j'ai participé à un concert de hard métal. Enfin, je suppose que ça doit

83

être dans cet état que se trouve la voix de quelqu'un quand il sort d'un concert de hard métal. Bref.

Je ne sais même pas si je mets les mots dans le bon ordre.

Le type me fixe avec un regard las. À mon avis il ne doit pas en voir des jolis-jolis tous les jours. Il me répond avec une lenteur exagérée, articulant chaque syllabe, comme s'il s'adressait à une déficiente mentale.

Je me retiens de le gifler, car je n'ai pas envie de me faire mal.

— Le petit déjeuner et le souper sont compris avec le forfait, mademoiselle.

Il me sourit avec condescendance. Je sais ce qu'il pense : « encore une qui a trop taquiné la bouteille hier soir... »

Ben mon petit vieux, je peux te dire que si une cuite ça ressemble à ça, je fais vœu de rester sobre jusqu'à la fin de mes jours.

Finalement, en soupirant avec emphase, je me pousse pour le laisser passer. Il entre avec le chariot et s'arrête devant une table. Il s'apprête à disposer tous les plats dessus, mais je l'arrête d'un signe de la main.

— Vous fatiguez pas.

Je ne suis pas spécialement disposée à être polie avec la nuit que je viens de passer.

Je m'approche de la porte et la lui tiens pour le laisser passer. Il me dépasse avec un air outré, qui me donne envie de rire. Avant que je ne ferme la porte, il se plante dans l'embrasure, semblant attendre quelque chose. Je le regarde en plissant des yeux et lui claque la porte au nez.

Cours toujours.

J'observe les plats sur le chariot. Il y a au moins six pots de confiture différents, du beurre pour une quinzaine de personnes, du pain à foison, des céréales, du lait, du chocolat, du fromage blanc, l'équivalent d'un verger entier dans un gigantesque saladier et j'en passe.

Je ne pourrai pas avaler une seule miette de ces aliments, rien que la vue des mets me donne la nausée, et je n'ai pas envie de gaspiller ce festin. Alors je mets tout ce que je peux dans des boîtes en carton prévues à cet effet, et je dépose le tout dans une grande poche plastique. Plusieurs fois mon estomac proteste pour me rappeler que je ne suis pas encore au meilleur de ma forme, alors j'arrête de respirer par le nez pour ne pas sentir les odeurs.

Aujourd'hui c'est férié. Ça tombe très bien.

En m'habillant, je sens chaque muscle de mon corps m'envoyer des signaux de détresse : *Alerte, alerte! Système endommagé! Journée très mal commencée! Retourne te coucher! J'ai maaaaal!*

J'ai dû choper une sacrée grippe. Une grippe couplée avec une gastro.

J'attrape quelques billets dans mon portefeuille, mon manteau, la poche de victuailles et sors en coup de vent.

Rien qu'en pensant à ce que je vais faire je me sens mieux. J'ai l'impression d'être libérée d'un énorme fardeau… à moins que ce ne soit l'Imodium que je viens d'avaler qui commence à faire effet.

Je prends l'ascenseur et quitte l'hôtel, presque de bonne humeur. Ne connaissant pas cette partie de la ville, je demande à des passants où se trouve l'arrêt de bus le plus proche.

Quelques minutes plus tard, je consulte la carte des lignes des bus. Je reconnais l'arrêt que je cherche. Je dois prendre la ligne G.

Le bus n'arrive que dans vingt minutes alors je laisse mon esprit vagabonder. Je pense à ma mère. Je me demande ce qu'on aurait fait ensemble, si elle avait vécu. Si on aurait été vivre ailleurs, si j'aurais eu de vrais frères et sœurs. Fatalement, j'en viens à penser à l'homme qui l'a privée de tout ça. Je sens une rage sourde m'oppresser la poitrine.

Le bus vient d'arriver et je ne m'en suis même pas rendu compte. Je me précipite sur la porte avant qu'elle ne se referme, paie le conducteur et vais m'asseoir quelques places plus loin.

Imbécile! Si tu continues à penser à elle ou à lui tu vas devenir dingue.

Je me renfrogne.

M'en fiche.

J'écarquille les yeux en me rendant compte de ce que je viens de faire. Non mais franchement, je pense que je suis la seule fille au monde à avoir une conscience quasi omniprésente, qui lui fait des remarques aussi vraies qu'horripilantes. Et je suis certainement la seule fille à lui répondre. À mon avis, il est trop tard pour moi : je dois *déjà* être dingue.

Le trajet semble s'éterniser alors que je fais des efforts démesurés pour ne pas penser à ma mère. Folle ou pas, ma conscience a raison. Il faut absolument que j'arrête de faire une fixette sur ça. Sinon ça va me retomber dessus un beau jour et je ne vais rien comprendre à ce qu'il m'arrive. Le bus s'arrête brusquement. Mon cœur fait un bond dans ma poitrine.

À cent mètres de là se trouve le lieu où j'ai grandi.

Je reste hésitante, les bras ballants, sur le trottoir. Pourquoi est-ce que je me sens si mal ? Ah ouais, ça me revient. Je les ai abandonnés. Je suis partie sans dire au revoir.

Mais maintenant tu es là!

Eh oui, maintenant je suis là. N'empêche, je ne suis plus très sûre que ça soit une bonne idée. Je m'avance cependant vers la porte d'entrée. Je sonne et j'attends.

Une petite fille vient ouvrir la porte. En me voyant elle ouvre grand les yeux et la bouche. Puis elle me saute dans les bras et se met à hurler dans tout l'orphelinat que je suis là, que je suis revenue.

Je ris de la voir si excitée. Tous les enfants s'approchent de moi en courant, me serrent dans leurs bras, me posent des tas de questions, tellement que je ne peux répondre à aucune d'entre elles. Je me retrouve rapidement sous un amas de bras et de jambes surexcités.

Je lève la tête en riant et j'aperçois une petite silhouette solitaire, au fond de la pièce, qui me regarde avec méfiance.

— Tiff !

Elle ne réagit pas. Je vois ses poings s'ouvrir et se fermer convulsivement. Je me dégage doucement et me dirige vers elle.

— Va-t'en Cassiopée.

Je m'arrête net et écarquille les yeux d'effarement. *What???*

Elle me regarde en plissant les yeux.

— Tu nous as déjà abandonnés une fois, ce n'est pas la peine de recommencer.

Elle se retourne et quitte la pièce. Les autres enfants n'ont rien vu. Ils sont trop excités. Et moi je reste plantée au milieu de la salle, déroutée.

15

— Madame Anderson, est-ce que Tiphaine va bien?
La directrice prend un air sévère.

— Cassiopée, tu viens d'arriver et tu ne me dis même pas comment tu vas? Tu te rends compte à quel point nous nous sommes inquiétés? Tu es partie au beau milieu de la nuit et nous n'avons plus eu de nouvelles. J'ai cru qu'il t'était arrivé malheur. Et je dois t'avouer que j'ai hésité à appeler la police!

Je soupire. C.Q.F.D.

— Tout va bien madame. Je loge dans un hôtel pour l'instant et j'ai un emploi stable. Si je suis partie en voleuse, c'est que les au revoir auraient été beaucoup trop déchirants. Pour les enfants et pour moi. Et puis, surtout, je ne serais jamais partie. Je sais que d'autres enfants ont besoin de l'argent que je vous aurais obligée à dépenser si j'étais restée.

— Eh bien tu n'en avais pas le droit je te signale! Sais-tu ce que vont penser les autres enfants maintenant? Qu'ils pourront faire pareil que toi! Dois-je te rappeler que tu es un exemple pour eux?

Je dois avouer que là, tout de suite, j'ai un peu honte. Un peu beaucoup.

— Je ne serais jamais assez désolée madame, affirmé-je, et je le pense réellement. Mais dites-moi, s'il vous plaît, pourquoi Tiphaine a réagi aussi mal à ma présence ici aujourd'hui?

— Cassiopée, à ton avis?

Elle me regarde à travers ses lunettes de vue rondes.

— Tu étais comme sa sœur. Lorsque tu es partie, elle était désespérée. Elle a refusé de se nourrir pendant deux jours! Et puis pendant un mois elle est restée à portée du téléphone pour pouvoir répondre le plus vite possible. Elle courait chercher le courrier quand il passait, tôt le matin. Quand elle a compris que tu ne donnerais pas de nouvelles, elle est passée à autre chose. Tu lui as vraiment brisé le cœur. Tu dois bien comprendre qu'elle veuille se protéger maintenant.

Je hoche la tête, la gorge nouée par le chagrin.

***

Elle est assise seule, à une table de la petite bibliothèque. Je savais que je la trouverais là. Elle est studieuse comme moi et elle adore cet endroit.

Elle m'a vue, je le sais. Je m'approche tranquillement de la table et m'assois à côté d'elle. Elle soupire.

— Je t'ai demandé de me laisser tranquille.

Sa voix est posée, on dirait qu'elle a vieilli.

— Eh bien désolée, mais il va falloir que tu apprennes qu'on n'a jamais tout ce qu'on veut dans la vie.

— Quoi, ça t'amuse d'apparaître et de disparaître?

— Je n'ai pas disparu. Je suis là et je compte revenir souvent.

— Comme tu veux.

Elle rassemble ses affaires et s'apprête à se lever. Je l'attrape par le bras et la force à se rasseoir.

— Lâche-moi.

— Tiff, tu es ma seule famille. Je pensais que tu savais que même si je ne t'écrivais pas, je pensais à toi quand même.

89

— N'importe quoi! proteste-t-elle, outrée. J'ai jamais rien entendu d'aussi débile!

Je continue sans relever:

— … je n'ai pas bien réagi. Je n'ai pensé qu'à ma petite personne. Et ensuite il m'est arrivé plusieurs choses qui m'ont bouleversée et je n'ai pas eu le courage de revenir. J'avais peur que, si je revenais, je vous fasse souffrir encore plus.

— N'importe quoi. T'es vraiment trop bête.

Elle tente de se relever, avec moins de fermeté cette fois.

— Je sais.

Je sors mon pendentif de mon pull et lui montre.

— Comment voulais-tu que je vous abandonne? Je vous avais tout le temps près de moi.

Elle observe quelques instants le médaillon, indécise, puis des larmes viennent faire briller ses yeux. Elle me scrute avec un sérieux que je ne lui connais pas.

— Ne fais plus jamais ça.

Sa voix tremblote mais ses mots ont autant de volonté que l'acier. Elle se penche vers moi et me serre fort.

— Ne fais plus jamais ça, parce que je crois que je ne pourrai pas te pardonner deux fois.

Fais gaffe à toi, ma vieille, t'as pas le droit à l'erreur.

J'ai la gorge nouée. Bonjour la pression!

Elle reste blottie contre moi pendant quelques minutes, puis je la repousse doucement.

— Allez viens, je vous ai apporté quelque chose.

Avant de sortir de la pièce je pense à Levis Man.

16

Je regarde ma chambre d'hôtel d'un œil hagard. La pièce est sens dessus dessous. On a déversé le contenu des tiroirs sur le sol, la table de chevet est retournée et les matelas sont éventrés. Je marche en silence vers la salle de bains, mon Taser à la main, mais ce n'est pas la peine. Les casseurs ne sont plus là. Le contenu de l'armoire à pharmacie jonche le sol.

Je n'y comprends rien, si la chambre est dans cet état, c'est qu'ils devaient chercher quelque chose. Mais quoi bon sang? Je ne suis pas riche, j'ai en tout et pour tout un sac à dos contenant une Carte Bleue et quelques billets. Et je l'avais avec moi à l'orphelinat. Que pouvaient-ils bien convoiter? Ils ont dû confondre le numéro de la chambre. Ce qui me paraîtrait assez logique, en fait: je loge dans une *suite*.

Soudain, ça me frappe.

Je bondis en avant et fouille frénétiquement dans tous les recoins de la pièce.

Où diable était-elle passée?

Un vent de panique s'empare de moi. Ils ont dû la trouver. Oui, ça doit être ça.

Je vois mes chances de quitter cette ville et l'excitation de l'inconnu être balayées comme des fétus de paille, alors que je comprends à cet instant qu'*elle* était la clef qui m'ouvrirait la porte de la liberté et de l'aventure. Métaphoriquement parlant, bien sûr. Je me vois mal emprunter une porte dont la clef serait une enveloppe que je glisserais dans une serrure, du genre boîte aux lettres et qui ouvrirait ladite porte sur un pays magique qui se nommerait «Pays de la Liberté et de l'Aventure»... Bref.

Pourquoi auraient-ils saccagé mon appartement, si elle n'était pas si importante? Et pourquoi, nom de Zeus, faut-il que je fasse toujours tout foirer?

Je me force à me calmer. Vu l'état de ma chambre, ils n'ont pas trouvé ce qu'ils sont venus chercher. Ils ne PEUVENT pas l'avoir trouvée.

Je vais m'asseoir sur le lit et je m'efforce de me rejouer la scène de la veille dans ma tête. Je suis entrée et je suis partie à la douche. Puis j'ai ouvert l'enveloppe, mais comme quelque chose m'a blessée au doigt je me suis énervée et je l'ai jetée par terre.

Je scrute le sol d'un air menaçant, ce qui n'a pas l'air de l'impressionner le moins du monde.

— Cette nuit... murmuré-je. Oui ça me revient! Cette nuit j'ai trébuché vers le téléphone et je me suis pris les pieds dans le tapis.

Après quoi, je me suis étalée comme une bouse de vache, mais ce n'est pas ce détail-là qui m'intéresse.

Je me précipite vers le tapis.

— Ce matin je l'ai remis correctement. Peut-être l'enveloppe y a-t-elle glissé...

Je soulève le tapis mais je ne vois rien. Je m'apprête à le laisser tomber, déçue, quand l'enveloppe se détache et volette jusque sur le parquet en chêne massif.

Je pousse une acclamation de triomphe et me mets à danser une sorte de gigue irlandaise en brandissant mon trophée. Lorsque j'aperçois deux pigeons qui m'observent, interloqués, sur une corniche voisine, je me calme un peu et cesse de parcourir le salon en hurlant.

Je me dirige vers la table du salon qui elle est restée debout, et déverse le contenu de l'enveloppe dessus. Pas question que je remette la main là-dedans.

D'abord, rien ne tombe. Je secoue un peu plus fort et un morceau de papier de forme carrée glisse de l'enveloppe, virevolte quelques secondes et se pose gracieusement sur la table.

Je fronce les sourcils.

Je me suis fait agresser par un bout de papier ?

Sceptique, je revérifie l'enveloppe. J'ai l'impression de voir quelque chose coincé à l'intérieur, mais l'intérieur est trop sombre et l'ouverture trop petite.

Je cours vers les tiroirs de la commode près de mon lit et cherche fébrilement une paire de ciseaux parmi le matériel qui jonche le sol.

Je jure entre mes dents. Pas de ciseaux. Ils vont m'entendre à l'accueil. Bon, pour leur défense, les ciseaux ne font pas exactement partie des articles indispensables des chambres d'hôtels.

Je retourne à la table du salon. L'enveloppe est plane sauf sur une partie. Je découpe avec moult précaution la face opposée. J'ouvre l'enveloppe en deux, les mains tremblantes.

Qu'est-ce que c'est que ÇA ?

Une chose inqualifiable est délicatement collée sur la face intérieure de l'enveloppe. Ça ne ressemble à rien.

Je l'étudie de plus près. On dirait une sorte de plante. Enfin ce qu'il en reste. Elle est tellement fanée qu'elle est marron foncé. Mais pourquoi des gens convoiteraient une *plante* ? Fossile, qui plus est.

Je m'assois sur mon lit complètement déboussolée et essaie de remettre les événements dans l'ordre chronologique. J'ai quitté l'orphelinat et de suite après j'ai senti qu'on me suivait. Je me suis fait agresser, Levis Man m'a porté secours et a fini par avouer que c'était lui qui me filait le train et a accessoirement ajouté qu'il avait assisté avec délectation à mon passage à tabac. Il me donne une enveloppe dans laquelle il y a une espèce de plante préhistorique, je me fais vraisemblablement piquer par cet ancêtre et le lendemain je retrouve ma chambre d'hôtel saccagée par des voleurs inconnus qui cherchaient certainement l'enveloppe et surtout son contenu.

Ça fait beaucoup trop de coïncidences pour être des... eh bien des coïncidences.

Et tu as passé une nuit d'enfer, me susurre ma conscience. Elle ne dit pas que des débilités celle-là finalement.

Nom de Zeus! Mais c'est vrai! Je réalise alors que c'est certainement la plante qui m'a rendue malade comme ça hier. J'ai l'esprit sacrément lent en ce moment.

Pour en revenir à nos moutons, je n'ai jamais été aussi malade. En fait, je n'ai pratiquement jamais été malade. Pourtant, cela n'a pas duré longtemps. Une nuit. À l'orphelinat j'ai mangé avec les enfants (bon d'accord, je n'ai pas vraiment eu le choix, ils m'ont quasiment enfoncé les tartines de confiture dans la gorge. Soi-disant que je suis trop maigre. Passons).

En admettant qu'ils voulaient l'enveloppe, c'était quoi le but? Se faire une diarrhée collective?

Et le papier?

Décidément elle s'améliore cette petite. Je l'avais complètement oublié celui-là.

Je fonce comme une folle vers la table et tends la main précipitamment vers le papier. J'arrête mon geste à mi-parcours. Et si c'était lui qui m'avait piquée? Je lève les yeux au ciel. Ben voyons. Et avec quoi? Ses dents?

Je l'attrape tout de même avec précaution et le retourne doucement. Il y a des chiffres et des lettres. Qui, vraisemblablement, ne signifient absolument rien.

Ç'en est trop. Je ne comprends plus rien. Pourquoi est-ce que Levis Man ne m'a tout simplement pas donné son numéro de téléphone? Ça n'aurait pas été plus simple?

Je me jure de le lui faire remarquer dès que je le reverrais. Si je le revois. Parce que j'ai comme l'impression étrange qu'il en a terminé avec moi. Mon cœur se serre. J'en ai

94

presque un sursaut de surprise. Qu'est-ce que ça peut bien me faire qu'il en ait fini avec moi ? Je ne le connais pas et surtout je ne peux pas le voir. Tant mieux au contraire. Avec un hochement de tête satisfait, je me dirige vers le téléphone et appuie sur la touche qui doit me mettre en contact avec l'accueil.

Une voix féminine et suave répond au bout d'une sonnerie :

— Réception du Ritz, à votre service.

Un sourire carnassier s'épanouit sur mon visage et je tape langoureusement des doigts sur la petite table.

— Bonjour, je suis l'occupante de la chambre 356, elle a été mise à sac. Vous ne vous êtes rendu compte de rien ?

L'hôtesse semble désarçonnée.

— Mi... mise à sac vous dites ? Quand cela s'est-il passé ?

— Durant mon absence. Je ne suis pas très contente, j'avais des effets personnels auxquels je tenais. Heureusement que je les avais emportés avec moi. Je ne comprends pas pourquoi une femme de ménage n'est pas encore venue et n'a pas signalé l'incident. Et comment se fait-il que des individus aient eu accès à mon étage sans que personne ne s'en aperçoive ? De plus, je ne peux pas dormir ici, tout est sens dessus dessous.

La voix de la femme se fait mielleuse.

— Ne vous inquiétez de rien mademoiselle O'Brien, nous allons arranger cela tout de suite. Nous vous préparons de ce pas une nouvelle suite. Désirez-vous quoi que ce soit ? Une bouteille de champagne ? Des entrées gratuites à notre centre de bien-être ? Des coupons de réduction sur les massages et sur les manucures ? Nous pouvons aussi vous offrir quelque chose à manger.

Je souris devant son malaise et je me sens coupable de la faire marcher ainsi.

— Ne vous dérangez pas, je ne souhaite qu'une nouvelle chambre.

Elle a tellement l'air soulagée que je suis surprise qu'elle n'ait pas lâché le combiné.

— Nous nous en occupons tout de suite mademoiselle. Dès que la suite est prête je vous appelle pour vous donner le numéro.

Je raccroche et rassemble toutes mes affaires, c'est-à-dire que je ramasse mon sac à bandoulière et glisse l'enveloppe à l'intérieur.

Une demi-heure plus tard, un groom m'apporte ma carte électronique pour ma nouvelle chambre avec une boîte de chocolats. À l'intérieur, il y a une carte de vœux avec marqué «Joyeux anniversaire, Sandy!» au dos.

Je suppose que c'est le geste qui compte.

Ma chambre est au neuvième étage cette fois.

La suite est encore plus luxueuse que la précédente. Elle donne sur la ville. Une vue pour le moins époustouflante, avec des baies vitrées qui vont du sol au plafond et s'étendent sur un mur entier. Dans la chambre, tout est bordeaux et crème. Mon lit à baldaquin est somptueux, les draps faits avec soin. Le couvre-lit, d'une jolie couleur rouge ocre, s'accorde avec les coussins et les tapis. De chaque côté, des lampes sont posées sur des petites tables de chevet. Au-dessus pend un lustre ouvragé. Les murs couleur crème sont travaillés et de fines ciselures bordeaux font paraître le tout très «rococo». Des tableaux célèbres décorent les murs et des canapés moelleux de la même couleur que les murs ornent le fond de ma chambre. Ils disposent de jolis coussins à franges rouges.

Je baisse les yeux et enlève immédiatement mes chaussures. Le parquet en chêne ne supporterait pas une trace de cirage.

Je sors de ma chambre et visite le reste de l'appartement. Un bar gigantesque s'étend sur un mur du séjour. Des tabourets design sont proprement alignés le long du comptoir. Un nombre incalculable de bouteilles de collection reposent dans une commode en verre qui couvre un pan de mur à elle toute seule. Je ne pourrais pas boire ces alcools en une vie entière. Même pas en deux.

J'entre dans le salon et retiens mon souffle. Les baies vitrées que j'ai aperçues plus tôt me laissent entrevoir Philadelphie de nuit, à quarante mètres de hauteur. J'ai une vue imprenable sur le majestueux *City Hall*. Un miroir deux fois plus grand que moi domine une imposante cheminée en marbre. Des canapés sont aussi disposés ici et là et un immense écran plasma jure presque avec le reste de la décoration.

Quand j'entre dans la salle de bains, les yeux écarquillés, je manque de m'étrangler. Il y a une douche immense et une baignoire qui fait plus penser à une piscine qu'à un bain. La douche est pourvue de tellement d'options que je me demande si je ne l'ai pas confondu avec un ordinateur géant.

Tout ce luxe m'a fait oublier les incidents passés et je me sens de nouveau d'attaque. Cédant à l'irrépressible envie d'essayer la douche, je me déshabille et profite du moment que je suis sous le jet d'eau brûlant pour me relaxer et réfléchir à ce que je vais faire.

Je ne comprends pas ce que le mot avec les lettres et les chiffres peut bien signifier. Et la fleur préhistorique encore moins.

Je passe dix minutes à me triturer les méninges et quand j'en ai assez, je sors de la douche et me drape dans un confortable peignoir de bain.

Je vais m'asseoir sur un des innombrables canapés du salon et, prenant soin de ne pas mouiller le velours avec mes cheveux trempés, j'allume la télé. Cela fait une éternité que je n'ai pas regardé quoi que ce soit.

Je pose mes pieds nus sur la table toute de marbre ouvragé et soupire d'aise. Je suis tellement bien que j'en viens à occulter les soucis qui ont tendance à me tomber dessus sans prévenir en ce moment.

Après seulement cinq minutes assise dans ce confort, je m'endors comme un bébé.

17

Un craquement sourd me réveille en sursaut. Quelqu'un est en train d'essayer de forcer la porte. Encore une fois. Je jure entre mes dents. *Ce n'est tout simplement pas POSSIBLE! Pas deux fois d'affilée!* La pièce est éclairée comme en plein jour, et j'en distingue chaque détail. Je fronce les sourcils. Ça doit être la pleine lune. Je saute hors du canapé en titubant un peu et attrape le Taser qui est dans mon sac, sur la table juste en face de moi. Je traverse toutes les pièces en silence, me presse discrètement contre le mur, à côté de la porte et attends, le doigt sur la gâchette.

La serrure émet un bip et le voyant rouge passe au vert. Je fronce de nouveau les sourcils, de perplexité cette fois. Comment se fait-il qu'il ait une carte magnétique ouvrant sur ma suite? Et pourquoi a-t-il fait joujou avec la serrure alors qu'il pouvait tout simplement la déverrouiller? Autant braquer un projecteur dans la pièce et hurler dans un microphone : «ATTENTION, NOUS ALLONS VOUS BRAQUER!»

Je sens une vague de colère me submerger. Je sais me défendre, j'ai suivi un séminaire une fois. OK, c'est vrai que c'était il y a fort, fort longtemps, mais j'ai encore des restes. Et je ne suis pas aussi timide et inoffensive que je le laisse paraître. Témoins les deux clodos certainement morts à l'heure qu'il est. Même si on m'a quand même un peu aidée.

La porte s'ouvre doucement, sans un grincement. Un homme blond entre silencieusement. Il a un revolver dans les mains, avec une prolongation au bout du canon qui me fait penser aux silencieux que j'ai eu l'occasion de voir dans les films. Un bref instant, l'envie de passer par la porte et de prendre mes jambes à mon cou se fait d'une urgence vitale. Mais la curiosité l'emporte. Il faut que je sache ce que ces mecs me veulent.

Il s'immobilise quand il entend le son de la télévision qui est restée allumée et se décide à se diriger vers le salon.

Pas de chance bonhomme.

Je presse le canon de l'arme contre sa nuque. Il s'immobilise.

— Bienvenue, mais si vous vouliez entrer il suffisait de frapper.

Je me déplace légèrement sur sa droite et saisis son revolver, ce qui n'a pas l'air de le ravir. Sans le quitter des yeux, je prends soin de verrouiller la porte.

— Avancez vers la chambre, et vite !

— Tu fais une grosse erreur, Cassiopée.

Il s'exécute quand même.

— C'est toi qui as fait une erreur en rentrant ici. Allez, assieds-toi sur le lit ou je tire !

— Tu ne le feras pas.

J'observe son visage tranquille et lui tire dessus. Pas avec le silencieux, *of course*. Je ne suis pas aussi tordue. Enfin, je crois.

Il s'effondre dans un soubresaut. Vraiment pratique ce truc.

Je le fouille rapidement et découvre une paire de menottes. Je souris et lui en passe une à un poignet et attache l'autre au pied de mon lit. Le meuble doit friser la tonne. Alors il va falloir qu'il force un bon coup s'il veut se libérer.

Je regarde le type. Il est encore dans les vapes. Son visage m'est familier, mais je n'arrive pas à le remettre.

Je jette un coup d'œil à mon arme, dont le fil électrique est planté dans la poitrine du type. Finalement, peut-être que cette apparence inoffensive et timide a du bon. Qui aurait cru que ce serait ce type au physique de lutteur qui se serait retrouvé menotté à mon lit ? Légèrement ambiguë comme situation, n'empêche.

— Relâche-moi ou tu vas avoir de gros ennuis.

L'homme a repris ses esprits et me scrute en plissant les yeux. Des yeux dont les pupilles sont aussi dilatées que celles d'un félin.

Nom de Zeus et par tous les dieux grecs de l'Olympe ! Ils forment une caste ou quoi ?

Plus tard les questions secondaires.

— Qui es-tu ? Comment connais-tu mon nom ? Et qu'est-ce que tu foutais dans ma chambre à trois heures du matin ?

— Ça fait beaucoup d'interrogations.

— Je t'en prie, j'ai toute la nuit.

— Ça m'étonnerait.

Je fronce les sourcils. Bon, ça me répugne de faire ça, mais qui veut la fin, veut les moyens.

J'appuie légèrement sur la détente et il gémit sous le coup de la décharge.

— Puisque je n'ai apparemment pas le temps, on va accélérer le processus comme on peut. Alors ?

Il me regarde avec fureur. Je suis vraiment contente d'être du côté de la gâchette.

— Je m'appelle Dimitri, je suis chargé de te surveiller et si besoin est, de t'emmener avec moi.

J'essaie de garder mon calme.

— Très bien Dimitri, ça fait une réponse. Maintenant, comment connais-tu mon prénom ?

Il me sourit d'un air mauvais. Je pense que je ne vais pas apprécier la suite.

— Quand on a une cible, on s'informe dessus. Je sais également que le nom de ta mère était Miriam O'Brien, qu'elle a été tuée par un certain Martin Kirk. Je sais que tu ne connais pas ton père. Je connais chaque note que tu as eue durant les quinze dernières années.

Au fur et à mesure qu'il énumère je sens une sueur glacée me couler dans le dos mais j'arrive à masquer la foultitude d'émotions qui me traversent en même temps.

— Tu aimes les romans policiers mais aussi romantiques. La poésie ne t'intéresse pas vraiment mais si on te contraint à en lire tu n'en seras pas gênée. Je continue ?

— Non merci, je connais mes goûts littéraires. Éclaire-moi plutôt sur ta venue ici cette nuit.

— La même que celle d'hier. Je suis venu récupérer quelque chose.

Il me regarde dans les yeux. Et je le reconnais. Je fais un pas en arrière.

— Je t'ai déjà vu ! Tu étais assis à quelques mètres de moi à la cafétéria il y a deux mois de cela ! Tu me suivais ?

Il sourit.

— À la cafétéria, au supermarché, chez les Beckers, au motel. Je suivais tes moindres faits et gestes.

J'hallucine complètement. Qu'est-ce que j'ai de si intéressant pour qu'ils me suivent tous à la trace ? J'ai un père célèbre ? Les coordonnées d'un héritage sensationnel dont j'ignore l'existence, tatouées sur le crâne ? Des origines extraterrestres ?

Je commande à ma main droite d'arrêter de trembler et je pointe le canon de mon arme vers lui. Un geste dont l'objectif est un peu obscur, me direz-vous, puisqu'il a déjà la pointe du Taser plantée dans la poitrine.

— Tu n'as pas répondu à ma question. Qu'est-ce que tu fais dans ma suite à trois heures du matin ? Si tu ne veux pas éclairer comme une ampoule électrique je te conseille de répondre rapidement.

— Où est l'enveloppe Cassi?

Il a parlé doucement, comme s'il s'adressait à une toute petite fille. Ça le fait paraître encore plus menaçant.

— C'est ça que tu veux? L'enveloppe?

Je tire rageusement sur la pointe de mon Taser et, tout en gardant mes armes avec moi, je me dirige prestement vers le salon. J'attrape mon sac avec fureur et en sors l'enveloppe. Je retourne vers Dimitri en tendant l'emballage. Il sourit d'un air approbateur.

À mi-parcours je change de direction et attrape une boîte d'allumettes qui gît sur le bord de la somptueuse cheminée en marbre.

À mon avis elles doivent plus servir à allumer les bougies parfumées posées dessus qu'à faire une flambée. La cheminée ne doit pas avoir servi depuis trois millions d'années vu l'état de propreté de l'âtre, mais ça fera l'affaire.

Dimitri tente de se relever, paniqué, alors qu'il voit que je m'apprête à immoler le bout de papier.

— Non Cassiopée, ne fais pas ça, ou tu vas le regretter!

Ses paroles ne m'incitent qu'à craquer une allumette et je mets le feu à l'enveloppe.

Il hurle en essayant de se débarrasser de ses menottes. Avant qu'il n'y parvienne, je reviens d'un pas décidé et lui balance un coup de crosse de son silencieux sur la tempe. Il s'affale dans un râle contre le lit.

L'enveloppe finit de se consumer dans l'âtre et la pièce s'emplit d'une fumée âcre.

OK, la cheminée n'a définitivement jamais servi. Je me demandais aussi pourquoi il n'y avait pas de conduit.

— Tu n'aurais… jamais… dû faire ça, halète-t-il.

Il me regarde avec des yeux fous.

— Eh bien maintenant que c'est fait, je vais appeler la police et tu vas rester longtemps en cabane.

En me dirigeant vers le téléphone, je saisis discrètement le bout de papier qui était dans l'enveloppe et le fourre dans ma poche. J'attrape le combiné et le porte à mon oreille. Il n'y a pas de tonalité. Je me tourne vers Dimitri les yeux écarquillés. Il sourit de toutes ses dents ; un sourire mauvais qui me donne la chair de poule.

— Un problème ?

— Aucun. Je vais t'assommer pour que tu restes assez longtemps dans la chambre, le temps que j'alerte la police.

Je m'apprête à appuyer sur la gâchette lorsqu'un bruit énorme me fait sursauter, de l'autre côté de la porte.

— Je t'avais pourtant prévenue que tu n'avais pas toute la nuit.

La peur m'envahit et se propage dans tout mon corps comme un poison, jusqu'à me paralyser complètement.

Des personnes de l'autre côté de la porte essaient de la défoncer. Elle est très épaisse mais elle ne tiendra pas éternellement.

Allez, bouge !

Je sors de ma torpeur, saisis une chaise et la pose sous la poignée de la porte. Un éclat de rire puissant me fait me retourner. Dimitri est plié en deux. À croire qu'il trouve la situation carrément poilante, ce qui n'est pas vraiment mon cas.

Je déplace plusieurs meubles et les colle à la porte.

— Tu comptes les empêcher d'entrer avec *ça* ?

Je le regarde, méprisante.

— Non je compte les ralentir avec *ça*.

Je cours vers une des immenses baies vitrées du salon et l'ouvre à la volée. L'éclat de rire s'intensifie. Je peux comprendre, on est quand même au neuvième étage. Mais c'est aussi pour ça qu'ils n'ont pas prévu d'hommes en bas.

Les coups sur la porte redoublent.

Mais pourquoi la sécurité n'est pas là ?

Je réfléchis rapidement aux options qui s'offrent à moi. Il n'y en a pas trente-six.

J'attrape les draps du lit et les noue avec la housse de couette. Ensuite je me précipite vers le placard où devraient être rangés d'autres draps. Il est vide.

La peste soit des suites d'hôtels.

— On est à court d'idées ?

Je fusille Dimitri du regard.

— La ferme.

J'appuie sur la détente jusqu'à ce que mon doigt me fasse mal. Son corps convulse un moment puis s'immobilise. Il ne m'embêtera plus avant longtemps. Si ça se trouve il est mort.

Loin d'être émue, je me tourne de nouveau vers la fenêtre. J'aurais pu prendre les rideaux en velours mais le temps vient à manquer. La porte craque.

J'attrape mon sac et les draps, et les jette par la fenêtre. Ils couvrent à peine la longueur du neuvième étage. Je m'y attendais.

Je sors sur le balcon et ferme la fenêtre derrière moi. Je fourre rapidement le revolver de Dimitri dans mon sac avec mon Taser. Je le passe derrière mon dos, attache solidement le bout du drap au balcon en fer forgé et me hisse par-dessus. Un haut-le-cœur me fait hoqueter. J'ai le vertige. Je ferme les yeux en serrant fort les paupières et me laisse glisser de la balustrade jusqu'à pendre complètement au-dessus du vide, avec pour seul fil me reliant à la vie de minces draps en satin.

Mes mains refusent de bouger.

Je voudrais me laisser glisser doucement vers le bas, mais je serre le drap tellement fort que je ne bouge pas d'un centimètre.

Je m'intime de me détendre. J'inspire et expire à plusieurs reprises. Quand je suis assez calme, je desserre un peu les mains et me laisse glisser par à-coups.

Je regarde en bas. Mauvaise, très mauvaise idée. Ma vision se trouble immédiatement et mon cœur se soulève si violemment que j'ai l'impression qu'il a atterri au bord de mes lèvres.

J'entends la porte de la chambre craquer.

Dans quelques instants il n'y aura plus que quelques meubles pour les retenir. Autant dire qu'il me reste tout au plus une dizaine de secondes.

Je glisse plus rapidement du drap et me retrouve les pieds devant la fenêtre du huitième. Je me balance jusqu'à donner un coup dedans. Pas de réaction.

Je vais me laisser glisser plus bas quand mes doigts se crispent sur le tissu. Je regarde à mes pieds. Je n'ai plus de longueur. Je suis suspendue dans le vide entre le neuvième et le huitième étage, ce qui fait que je suis à plus de trente mètres du sol. Si je lâche prise, je suis morte.

Mais à quoi je pensais?

Je réfléchis rapidement aux options qui s'offrent à moi quand j'entends un grand fracas provenant certainement de ma chambre.

Sans plus attendre, je balance mon sac pour qu'il atterrisse sur mon ventre et desserre l'emprise de ma main gauche, en priant pour que je tienne plus de quelques secondes.

J'enroule ma main droite autour du drap pour avoir une meilleure prise et lâche la gauche.

En haut, j'entends des bruits sourds de tables et de meubles renversés. Ils me cherchent encore. Évidemment, qui penserait que je suis assez débile pour me balancer à trente mètres du sol, telle une araignée géante en rade de fil?

Je remercie silencieusement la réceptionniste de m'avoir donné une suite aussi vaste.

Je plonge la main dans le sac et cherche à tâtons le Glock de Dimitri. Je le sors et vise la fenêtre en dessous de moi.

Flop! Flop!

Je regarde l'arme en fronçant les sourcils. Ça fait vraiment drôle, ce bruit.

La vitre s'est fissurée mais pas brisée. Foutu double vitrage. Je sens des larmes de frustration obstruer mon champ de vision. Les hommes là-haut ne vont pas fouiller éternellement la chambre. Ils vont bien se rendre compte que je n'y suis pas. Et ils vont juste me retrouver pendue là, comme une idiote. Ils n'auront plus qu'à ferrer et à remonter leur belle grosse prise, tel le crétin de poisson que je suis.

Je donne un coup de pied rageur dans la vitre. Elle craque.

Reprenant espoir, je tire encore une fois sur la vitre puis je donne une série de coups de pied violents dans la fenêtre, en me balançant pour y mettre plus de force. Au bout d'un moment, la vitre se brise. J'en lâche presque le drap de soulagement.

Je me balance d'avant en arrière jusqu'à ce que mes jambes soient à moitié dans la chambre. Puis sans prendre le risque de réfléchir sérieusement à ce que je vais faire, je lâche le drap. L'élan m'emporte et je tombe lourdement dans la pièce dans un glapissement, sans avoir pu éviter de me cogner le front contre le montant de la fenêtre.

Je me lève et me précipite vers la porte en chancelant un peu et en me frottant le front. Je retrouve vite mon aplomb et file comme une bombe dans le couloir. Une fois au bout, je tends l'oreille. Je n'entends plus un bruit. Inquiète, je reporte mon attention sur mes options. Me cacher ou prendre l'ascenseur, puisque le grand escalier du palier s'arrête au premier étage. Sans hésiter, j'appuie sur les boutons d'appel des trois ascenseurs et attends en trépignant d'impatience qu'une des portes s'ouvre.

La Force doit être avec moi, car celles de l'ascenseur du milieu coulissent presque immédiatement. Je m'engouffre à l'intérieur et appuie frénétiquement sur le bouton du premier étage, comme si l'ascenseur pouvait accélérer à la demande.

Je ne sais pas vraiment pourquoi, mais je ne veux pas déboucher directement sur le rez-de-chaussée. Je ne sais pas ce qui m'attend en bas.

Une fois la cabine au premier, je sors et cherche fiévreusement des yeux le large escalier décoratif qui mène au rez-de-chaussée. Dès que je l'ai localisé, je m'y précipite et dévale les marches trois par trois. La rampe en fer forgé accompagne les marches qui brillent de mille feux comme si quelqu'un passait ses journées à en astiquer chaque centimètre carré. L'escalier tourne en angle droit et débouche sur le palier. Je manque de me rompre le cou au moins quatre fois pour finir par sauter la dernière volée de marches.

Soudain, je les entends. Des pas et des vociférations étouffés par les trois étages qui nous séparent. Mais parfaitement audibles. Ils ont compris que je m'étais échappée. Ils vont atteindre les ascenseurs.

Je me félicite intérieurement d'avoir appelé tous les ascenseurs en même temps. Au moins je suis sûre qu'ils seront tous au huitième et au premier. Ça me donnera un moment de répit.

Je dépasse une des larges colonnes de style gréco-romain du hall et m'arrête tout net.

Deux hommes attendent devant les portes et marchent de long en large, à l'opposé l'un de l'autre. Ils ont des bosses sous leur veste, au niveau de la ceinture et je ne prends pas la peine de m'avancer pour leur demander de quoi il s'agit.

Je fais un bond en arrière et me cache derrière l'énorme colonne. Ils ne m'ont pas vue.

J'entends tout à coup les trois cabines d'ascenseurs monter. Dans quelques secondes ils seront au troisième.

Comment sortir de ce piège ?

Je regarde autour de moi. L'escalier se trouve en face de moi. Au-dessus, il y a un étage terrasse, mais je ne vois vraiment pas ce que je pourrais faire pour les attirer ailleurs.

Je fixe le silencieux que je tiens toujours dans ma main, et je suis sûre que si j'étais dans un cartoon, une petite ampoule se mettrait à clignoter au-dessus de ma tête.

Je me faufile jusqu'aux premières marches de l'escalier, tout en restant le plus possible cachée derrière les colonnes, et l'étage du dessus.

Je jure que je ne l'ai pas fait exprès, mais la balle ricoche sur le plafond et vient exploser un lustre en cristal. Le lustre éclate en des milliers de morceaux qui se brisent et s'éparpillent sur le sol. Le tintamarre infernal me fait faire un bond de trois mètres. Et je ne pense pas avoir été la seule à l'entendre.

Je retourne presque en volant vers les colonnes et me recroqueville derrière l'une d'entre elles pour me faire la plus petite possible. Il était temps.

Une fraction de seconde plus tard, les deux hommes se précipitent dans l'escalier et me dépassent, sans me lancer un regard. Avant qu'ils ne se retournent, je sors de la pièce et dérape sur les dalles en marbre du hall d'entrée. Il est vide, pas une âme qui vive.

Mais qui sont ces hommes pour qu'ils fassent évacuer un hôtel prestigieux ? En entier ? De toute façon je n'ai pas le temps de me poser la question. Les ascenseurs vont s'ouvrir d'une seconde à l'autre. Je prie pour avoir assez de temps pour sortir.

Je pénètre dans les portes tambours et en pousse violemment les battants. Mais quelle idée de mettre des portes pareilles dans un hôtel ! J'ai l'impression qu'elles mettent une vie entière à tourner alors que je suis prisonnière à l'intérieur.

Je jette un coup d'œil nerveux par-dessus mon épaule alors que je pousse la porte de toutes mes forces. Le hall est vide. Puis, alors que je suis à un quart de tour de la liberté, je perçois du coin de l'œil les deux gus revenir de l'escalier et les portes du troisième ascenseur s'ouvrir.

Mais moi je suis déjà dehors. Et ils vont devoir se taper la porte tambour. Pas si mauvaise cette idée, finalement.

Je m'enfonce dans la foule qui bat le trottoir, déjà bondé de monde à quatre heures du matin. Une idée me traverse l'esprit et je me mets à hurler comme une marchande de poissons :

— Offre exceptionnelle ! Le Ritz vous offre votre petit déjeuner gratuit et à volonté ! Allez-y, c'est maintenant ou jamais !

Les passants murmurent en hochant la tête avec incrédulité, puis une dizaine de personnes se ruent sur les battants des portes, empêchant les hommes de Dimitri, prisonniers à l'intérieur, d'en sortir. Ils se retrouvent contraints de battre en retraite dans l'hôtel.

Ils tentent de passer par une autre porte, mais des SDF déchaînés se mettent à les bombarder de canettes de soda et de peaux de banane. Une foule de plus en plus dense se presse contre eux, et ils n'arrivent pas à sortir de l'hôtel. À croire que la population entière de la ville a fait une grève de petit déj' ce matin.

Je ris et m'éloigne en courant, alors que j'entends un cri de protestation :

— Lâche ça ! Non ! On ne touche pas à mon Glock !

Il n'y a pas un seul rayon de lune dans le ciel couleur d'encre.

18

Je cours à en perdre haleine.

Pendant une dizaine de minutes je fonce comme une dératée jusqu'à ce que je me rende compte que les gens me lancent des regards médusés ou agacés, et que je manque de me fracturer la jambe en glissant sur une plaque de verglas. Alors je ralentis et adopte la cadence des piétons qui marchent à côté de moi. Je baisse la tête et remonte la capuche de mon sweat-shirt sur mes cheveux. J'ai oublié mon manteau à l'hôtel.

Il faut que je trouve impérativement un lieu où me cacher jusqu'au lever du jour.

Je réfléchis aussi rapidement que mon cerveau paniqué en est capable, c'est-à-dire franchement pas vite, puis je bifurque vers le fleuve qui traverse la ville. Je le longe jusqu'à trouver un pont qui le traverse. Je me glisse dessous et m'accroupis contre le mur de brique. Il y a une odeur d'urine et de poissons morts. Fantastique.

Les cailloux qui bordent le lit de la rivière partagent leur espace avec des détritus de toute sorte : des bouteilles en plastique à moitié pleines d'un liquide jaune brunâtre, à l'aspect plus que douteux si vous voulez mon avis, des poches plastique, des capotes, des morceaux de papier toilette usagés et j'en passe.

Cet endroit est manifestement occupé. Et pas par l'élite de la société, si j'en crois les seringues et les boîtes de conserve éventrées qui flottent dans l'eau vaseuse.

Je sors le Taser du sac et le pose sur mes genoux. On n'est jamais trop prudent.

Je pose ma tête contre la paroi, très fatiguée d'un coup. Maintenant que l'adrénaline est tombée et que mon cœur n'est plus autant affolé, je commence à avoir froid, et ma cheville qui n'est pas tout à fait guérie me lance un peu. C'est tout à fait supportable, mais avec la fatigue je sens mon sang pulser dans la zone sensible.

Je referme la capuche autour de ma tête et croise les bras.

Maintenant que je me sens à peu près en sécurité, je ne cesse de me poser deux questions : qui sont ces gens ? et que me veulent-ils, bon sang ?

Réfléchir à la marche à suivre. Il faut que je réfléchisse. Je vais rester ici jusqu'à ce que le jour se lève, et après ?

Tu dois faire l'opposé de ce qu'ils pensent que tu ferais.

Merci Einstein, ça m'aide beaucoup.

Je soupire et essaie de me calmer pour me concentrer.

Quelle serait ma première réaction ? Aller à l'orphelinat ou entrer en contact avec l'un des enfants. Je suis donc sûre que le bâtiment et chacun de ses pensionnaires sont sous surveillance. Hors de question que je mette en danger un seul d'entre eux.

Ensuite ?

Je pense que j'essaierai de parler à Felicia, une de mes collègues de travail, pour qu'elle prévienne tout le monde que je serai absente un moment. Elle est certainement aussi surveillée. Je raye donc cette option de ma liste.

Qu'est-ce qui leur permettrait encore de me localiser ? Je n'ai pas de téléphone portable, ni d'abonnement téléphonique. En revanche… En revanche j'ai une Carte Bleue. Il suffirait d'une fois pour qu'ils me retrouvent grâce à elle. S'ils ont assez de moyens pour faire évacuer un hôtel de luxe en entier, je suppose que surveiller les transactions bancaires ne leur posera pas trop de problèmes. Sauf que sans argent je suis coincée.

Je peste intérieurement. Une impasse.

Un bruit me fait sursauter et me sort brusquement de mes spéculations. Je relève la tête, alarmée.

Des cailloux roulent jusque dans l'eau. Quelqu'un est en train de descendre en titubant sous le pont.

Je me lève d'un bond et saisis mon Taser à deux mains. Je vise l'endroit où j'ai entendu du bruit, tendue comme un string.

Un homme débouche de l'entrée, une bouteille à la main.

Je comprends que même sans le Taser je pourrais le mettre K.-O. sans problème : le pauvre type n'arrive même pas à marcher sans s'emmêler avec ses propres jambes.

Il pile net et lève les mains, surpris, sans pour autant lâcher sa bouteille.

— Waouh ! Tirez pas m'dame, j'suis pas armé et j'ai pas un rond sur moi.

Une idée un peu folle germe dans mon esprit. Je me détends et baisse mon arme.

— Jusqu'où iriez-vous pour gagner de l'argent ?

Je vois le regard de l'homme s'allumer d'une flamme nouvelle.

★★★

Je marche depuis deux heures pour atteindre l'autre bout de la ville, du côté opposé à l'hôtel. Là-bas, je découvre le distributeur de billets dont m'a parlé Sébastien, mon complice SDF. Je m'y arrête et sors deux mille huit cents dollars de mon compte. À partir de maintenant j'ai intérêt à faire vite.

Je cours dans les ruelles jusqu'à arriver à un bar insalubre dans lequel se trouve Sébastien.

— Tu fais exactement ce que je t'ai dit, OK ? L'argent ne peut être retiré que par tranches de cent dollars, alors si tu veux les cinq cents qu'il reste il faudra que tu fasses tous les distributeurs.

C'est certainement le bobard le plus pitoyable que j'ai jamais proféré, mais quand j'ai vu Sébastien mordre la carte une heure plus tôt comme s'il s'agissait d'un louis d'or, je n'ai eu aucun scrupule à lui raconter des craques.

Dieu seul sait comment il connaît même l'existence des distributeurs.

Enfin, je suppose qu'il me croit, parce qu'il hoche vivement la tête et sort en courant, ma carte à la main.

Alors que cela fait dix minutes qu'il a quitté le bar, j'entends des pneus crisser quelques rues plus loin, certainement à proximité du distributeur de billets. Je me mords la lèvre. Ils sont encore plus rapides que je ne le pensais. Qu'est-ce que j'ai fait pour avoir un escadron de la CIA à mes trousses ? Je suis la fille la plus inintéressante qui existe sur la Terre. Je n'ai même pas Facebook !

Je n'ai pas trop le temps de m'attarder sur ces questions, car j'entends un homme crier à d'autres de se disperser et de fouiller chaque recoin de cette partie de la ville, dans un périmètre d'un kilomètre.

Soi-disant que je n'ai pas pu aller bien loin. Il ne croit pas si bien dire.

Je me retourne vers le barman et lui présente un billet de cinquante dollars.

— Me permettriez-vous d'aller visiter vos cuisines ?

L'homme regarde le billet avec concupiscence. À croire qu'il n'en voit pas souvent.

— Je vous autorise même à goûter aux plats pour le prix.

Ça, ça ne risque pas.

Je le remercie et me précipite vers les portes battantes de la cuisine. Je regarde à droite, à gauche mais les placards sont tous trop petits ou trop encombrés, je ne pourrai jamais y rentrer et la cuisine est minuscule. Aucun endroit où me cacher.

Dans un geste désespéré, je lève la tête au plafond. En haut se trouve une bouche d'aération. J'hésite quelques secondes puis des bruits de pas tout près du bar me décident.

Je grimpe sur l'évier dans lequel s'amoncellent des tonnes de vaisselle sale, soulève le faux plafond graisseux, puis me hisse à bout de bras dans le trou. Le conduit est tout juste assez grand pour que je m'y glisse. Un kilo de trop et je restais coincée, les fesses dehors. Ç'aurait été une technique de camouflage hors pair, si vous voulez mon avis. Pour une fois je suis assez contente d'être maigre.

Je referme vivement la bouche avec la plaque et ne bouge plus d'un centimètre.

— Salut mon pote, dis-moi tu n'aurais pas vu passer une jeune fille, plutôt jolie, brune, les cheveux longs, des yeux bizarres?

Je retiens mon souffle tout en m'offusquant intérieurement de sa description.

— Si ça avait été le cas je m'en serais souvenu. Cette catégorie de personne ne fréquente pas mon bar. Du moins pas pour venir prendre un verre.

Il a un rire grasseyant.

— Eh bien puisque tu n'as rien à cacher, tu ne verras pas d'inconvénient à ce que, mes amis et moi, nous fassions un petit tour?

— Faites comme chez vous.

Allez vite!

Franchement, je ne vois plus du tout où était le génie de cette idée.

— Fouillez les toilettes et regardez derrière le bar.

J'entends différentes personnes se disperser dans le vieux local. Même si je l'avais voulu je n'aurais pas pu bouger tant je suis terrorisée.

Je jette un coup d'œil par les ventilations de la bouche. Il n'y a personne dans la cuisine. Pour l'instant.

Cinq minutes passent, certainement les plus longues de toute ma vie.

— RAS dans les toilettes.

— Idem dans les pièces avoisinantes.

114

Après quelques secondes de silence, le chef de la bande reprend :

— Fais-nous voir la cuisine s'il te plaît.

— Je suis désolé messieurs, mais les cuisines sont interdites au non-personnel.

J'entends un bruissement, comme du papier. Je suis finie.

— Cinquante dollars n'y feront rien monsieur, je n'accepte pas les pots-de-vin.

J'adore ce barman.

Puis un déclic inquiétant se fait entendre.

— Puisque la méthode diplomatique ne fonctionne pas, peut-être que celle de la menace sera plus efficace ? Qu'en dis-tu ?

Le barman soupire.

— Très bien entrez, mais ayez au moins la décence de vous laver les mains avant.

— C'est ça, et tu ne veux pas qu'on te cire le parquet tant qu'on y est ?

On ouvre les portes battantes et deux hommes apparaissent dans mon champ de vision. Je sens mon rythme cardiaque s'accélérer. Parmi les deux hommes, je reconnais un des deux gorilles du hall de l'hôtel.

Je me recroqueville instinctivement dans mon conduit. Les hommes fouillent tous les recoins, plaisantent sur l'hygiène des cuisines en se fichant du patron, ouvrent les placards en renversant leur contenu sur le sol. L'un d'entre eux semble tendre l'oreille.

Allez, plus vite ! Mais qu'est-ce qu'il trafique, bon sang ?

— Y a rien ici.

— Attends.

Celui qui écoutait lève les yeux vers la plaque au plafond. Je m'immobilise complètement.

— Passe-moi cette chaise.

Ça y est, je suis morte.

L'homme grimpe sur la chaise, et tend la main vers la plaque, quand son talkie-walkie se met à grésiller.

115

— On l'a localisée ! Elle est à cinq kilomètres d'ici, elle vient de retirer cent dollars. Tout le monde rejoint les voitures, cette fois elle est coincée.

L'homme descend précipitamment de la chaise et court vers la sortie, son acolyte sur les talons.

Je tremble de soulagement. Une seconde de plus et je faisais du bouche-à-bouche à un géant de cent vingt kilos. La perspective ne m'était pas d'un grand attrait, voyez-vous.

J'attends que les bruits alentour se soient éteints et je descends en tremblant comme une feuille.

Le barman est assis derrière le comptoir, l'air désespéré. Je m'avance, penaude. J'ai mal jugé cet homme.

— Je crois que je ne pourrais jamais vous remercier assez pour ce que vous avez fait, mais je peux réparer les dégâts causés par ma faute.

Je sors un billet de cinq cents dollars et le pose sur le comptoir.

— Cela devrait vous permettre de réparer, plus un petit bénéfice.

Je me retourne et me dirige vers la porte.

— Fais gaffe à toi, petite.

L'homme me fixe, une expression soucieuse sur le visage. Je lui souris et je sors.

19

Le jour est levé depuis une heure. Je marche du côté opposé à celui où Sébastien est normalement en train de faire une chasse au trésor moderne avec les hommes de Dimitri.

Je lui ai commandé de faire tous les distributeurs qu'il trouverait en marchant vers l'hôtel où j'avais séjourné, puis de jeter la carte dès qu'il n'y aurait plus d'argent dessus. Je ne voulais pas qu'il se mette en danger avec. Il a dû prendre un taxi pour arriver au premier distributeur, parce que je vois mal comment il aurait parcouru cinq kilomètres en vingt minutes. Si ça se trouve c'est un ancien champion du monde du relais quatre cents mètres et je ne le sais même pas. Cela expliquerait beaucoup de choses... Bref.

Je passe devant une vitrine et observe mon reflet, celui que Dimitri connaît, recherche. Mes cheveux longs châtain foncé me rendent beaucoup trop identifiable. En plus je ressemble à la fille qui joue dans l'exorciste avec cette coupe. Manquent seulement les vêtements en lambeaux et la démarche de zombie et c'est bon : je fais fuir tous les gens que je rencontre en hurlant. Il faut vraiment que je fasse quelque chose.

Je marche rapidement sur un kilomètre et finis par tomber sur une enseigne qui me convient : *Chez Mike, coiffeur-modeleur.*

Je pousse la porte d'entrée avec timidité. Il y a déjà trois personnes en train de se faire coiffer. Il est huit heures trente du matin.

Le sosie de Lenny Kravitz, en plus efféminé, vient vers moi en sautillant.

— Bien le bonjour et bienvenue chez Mike, celui qui transformera votre visage en véritable œuvre d'art ! Vous avez rendez-vous ?

Il plisse les yeux, esquisse une moue désapprobatrice mais ne dit rien.

— Euh non. Mais je suis prête à payer le prix fort.

Il met sa main sur sa bouche d'un air théâtral et me susurre :

— Oh oui mon chou, je sais exaaactement ce qu'il te faut. Tes cheveux sont beaucoup trop ternes ! Oh là là ! Avez-vous déjà vu des cheveux aussi fatigués ?

Il se tourne vers les coiffeuses qui s'occupent des autres clients, toujours la main sur la bouche. Elles me regardent et poussent des cris horrifiés, en se prenant le visage entre leurs mains.

Je me sens comme le jour où je suis arrivée en classe avec un énorme bouton sur le nez : totalement ridicule.

Mike pose de nouveau son regard sur moi, la main sur le menton, l'air de me passer aux rayons X.

Il fait le tour de ma taille en soulevant quelques mèches de-ci de-là.

— Hum oui, je vois. Cheveux longs, couleur terne, manquant de tonus, cela va sans dire. Mon cœur, avec ce look personne ne peut te remarquer. Et tu as de si jolis yeux, hum...

J'hésite un instant et comprends qu'il attend que je me présente.

— Oh, euh Cassiopée.

Il pousse un glapissement aigu en faisant un « O » avec sa bouche.

— Quel joli prénom ! Et un regard si magnétique !
Dommage que ta coupe n'embellisse pas encore plus ce si
joli visage...

Il secoue la tête l'air profondément affligé.

— Mais ne t'inquiète pas, je vais m'occuper per-so-nel-
le-ment de ton cas. Ça ne va pas être facile je l'admets,
mais on va s'en sortir, d'accord ?

Il prend mes mains dans les siennes et me regarde avec
de grands yeux compatissants, comme s'il voulait me
soutenir dans une épreuve terrible.

J'ouvre la bouche plusieurs fois, ne sachant trop quoi
répondre, puis opte pour une phrase neutre et d'une
profonde spiritualité :

— Euh oui. D'accord.

— Bien.

Il repart de son pas sautillant et me désigne un énorme
fauteuil au fond de la pièce, en face d'un miroir. Je m'installe dessus et attends. Mike se place derrière moi et se
concentre sur le reflet de mon visage dans le miroir. Après
quelques secondes de flottement il pousse une exclamation
qui me fait sursauter et se met à sautiller sur place.

— Oh oui chérie, chérie ! J'ai trouvé ! Avec ta jolie
silhouette et la forme de ton visage, un carré plongeant
ferait ressortir à merveille tes courbes délicates.

Si ça peut lui faire plaisir. Je ne savais même pas que
j'avais des « courbes délicates ». Et je sais encore moins ce
qu'est un carré plongeant. Mais j'évite de le lui dire, je
crains qu'il ne fasse un malaise.

Mike se met au travail. Il me lave les cheveux et leur fait
un soin. Je le vois qui secoue la tête de désapprobation :

— T-t-t-t-t. Cass, mon cœur, as-tu déjà entendu parler
de sérum nourrissant pour cheveux ? Parce que les tiens
en auraient vraiment besoin. Pauvres choux ! Mais ne vous
inquiétez pas mes jolis, tonton Mike va vous refaire une
beauté.

Il me fait rire. C'est la première fois depuis longtemps
que je me sens à l'aise avec un inconnu.

Après dix minutes de soin intensif (c'est-à-dire après environ quatre litres de shampoing, trois litres de soin et idem de lotion adoucissante), on bascule vers le miroir.

— Bien. Cass mon cœur, c'est le moment de dire au revoir à ton ancien toi.

Il me regarde d'un air excessivement grave.

— Cela ne m'étonnerait pas que tu ne saches pas qui est la bombe qui te regarde dans le miroir dans une heure !

Il me fait un clin d'œil complice.

Oh, Seigneur...

Une idée me traverse l'esprit et je tente une percée :

— Mike, pouvez-vous me teindre en rousse ?

Je pense qu'une couleur éloignée de mon châtain foncé serait un bon camouflage. Je vois au regard épouvanté qu'il me lance que j'ai fait une erreur fatale.

Il attrape mes cheveux et les presse contre sa poitrine, les yeux exorbités par l'horreur. Heureusement qu'ils sont longs, parce que sinon ma tête ne serait plus attachée au reste de mon corps, à l'heure qu'il est.

— Oh non mon cœur, je ne peux pas faire ça.

Il gémit presque.

— Ça n'irait pas *du tout* avec ton teint et la couleur de tes yeux.

Il me fixe de ses grands yeux expressifs, en secouant la tête.

Je soupire, résignée.

— Eh bien faites comme vous voulez alors.

Je lui aurais offert la lune qu'il n'aurait pas été plus heureux.

Il applique une matière qui sent fort l'ammoniaque sur mes cheveux et je plisse le nez.

Alors que j'attends que la couleur prenne, je l'écoute me raconter ses mésaventures, comment le boulanger a essayé de l'arnaquer d'un centime, mais comment il l'a démasqué, ou alors ce qu'il a répondu à son copain quand celui-ci lui a dit qu'il était hétéro. Etc. etc.

Une demi-heure plus tard environ, il me rince les cheveux et s'attaque à ma coupe. Il ne parle plus, les sourcils froncés, extrêmement concentré sur sa tâche. Je vois de longues mèches épaisses tomber à ma gauche puis à ma droite. Il prend des ciseaux à désépaissir et me dégrade un peu le dessus de mon carré. Ses gestes sont fluides et gracieux, on dirait presque un ballet de danse.

J'ai gardé les yeux baissés pendant toute l'opération, n'écoutant que les brefs commentaires de Mike sur la prochaine étape.

Il me sèche les cheveux et m'arrange quelques mèches à la main.

Il s'exclame, triomphant :

— Voilà, fini ! Mesdames et messieurs attention aux yeux, voici la nouvelle Cass !

Je lève les yeux. Un sursaut de surprise me fait basculer sur le dossier de mon siège.

Quand il me disait que je ne me reconnaîtrai pas, je ne l'avais pas pris au pied de la lettre. J'aurais dû. La coupe met en valeur mon petit nez en trompette et révèle mes pommettes saillantes. Je remarque pour la première fois la finesse de mes traits, et mes lèvres pleines. Mais par-dessus tout, la couleur, un noir de jais, fait encore plus ressortir mes yeux translucides. On dirait une autre Cassiopée, une Cassiopée beaucoup plus… sexy. Je suis presque belle.

Je me tourne vers Mike, ne sachant comment le remercier.

Il m'arrête d'un geste de la main et me fait un clin d'œil complice. Il me fait même un prix.

Je sors de la boutique du salon presque détendue, n'arrivant pas à décrocher mon regard des vitrines que je croise.

Avant qu'on ne me reconnaisse, il va couler de l'eau sous les ponts.

★★★

121

Je suis dans un bar, un chocolat chaud et des croissants devant moi. Je ne m'étais pas rendu compte que j'avais aussi faim.

Je savoure le nectar avec bonheur en m'interrogeant sur la marche à suivre. Je ne peux pas retourner à l'hôtel ni à l'orphelinat et quelque chose me dit que la police ne me serait pas d'un grand secours. De toute manière, qu'est-ce que je leur dirais ?

Excusez-moi, voilà, cela fait plusieurs fois que je me fais agresser par des inconnus sans aucune preuve ni témoin pour le prouver, et je me fais poursuivre par un type dénommé Dimitri que je ne connais ni d'Ève ni d'Adam, mais qui lui me connaît mieux que je ne me connais moi-même. Ah oui, j'oubliais. Lui et un autre type ont des yeux dont les pupilles sont dilatées à la manière de celles des chats et reflètent la lumière. Des questions ?

Mouais. Pourcentage de risque de passer pour la femme qui s'est échappée de l'asile psychiatrique du coin : 99 %.

Et même en supposant qu'ils me croient, vu les professionnels qui me recherchent, je suis sûre qu'ils n'ont laissé de traces de leur passage nulle part. Et qu'ils seraient ravis de venir me cueillir au commissariat. Ces hommes ont l'air d'avoir des relations. Sinon comment m'auraient-ils localisée avec ma Carte Bleue ? Ou même fait vider le Ritz *en entier* ? Non il vaut mieux que je me débrouille toute seule.

Pour commencer il faut que je découvre ce que ces hommes me veulent. Et pour cela je ne vois qu'un moyen.

Je sors le papier de Levis Man de ma poche et le pose sur la table. Je le fixe pendant une minute en lui ordonnant mentalement de me livrer ses secrets. Peine perdue. Tout ce que ça me vaut c'est un mal de tête carabiné.

Je le remets dans ma poche en soupirant. Il n'y a pas le feu et je dois aller aux toilettes. Je me lève quand j'entends un bruissement léger dans mon dos. Je me retourne brusquement, prête à fuir, mais il n'y a qu'une mère et ses enfants qui prennent leur petit déjeuner.

Je regarde le bar, méfiante ; aucun signe de danger. Je me dirige vers le petit symbole sur la porte des femmes. Alors que je tends la main pour pousser la porte, le bruissement se fait entendre, tout près.

J'attrape le Taser dans la poche de mon sweat, me retourne vivement, et m'apprête à tirer sur tout ce qui bouge. Le bar est toujours aussi calme, et la mère me fixe avec des yeux exorbités. Je lui souris avec amabilité, mais elle ne prend pas le temps de me répondre. Elle balance un billet sur la table et sort du bar en tirant ses enfants pas les bras.

Génial. Maintenant je vais avoir mon portrait dans tous les journaux avec comme légende : *Une détraquée dangereuse a menacé une famille innocente avec un Walter 350 Magnum. Si vous l'apercevez, prière de ne pas vous approcher, elle est sûrement piégée. La piste terroriste n'est pas écartée.*

Je parie qu'ils dénicheront même la photo de classe où je louche en ouvrant la bouche. Le visage de la parfaite psychopathe.

Amazing.

Je secoue la tête, les yeux grands ouverts. Je suis en train de virer sérieusement paranoïaque.

J'entre dans les toilettes et m'enferme dans un cabinet. Je m'appuie contre le mur pour essayer de calmer les battements affolés de mon cœur. Ils ne sont pas près de ralentir.

Un craquement effrayant se fait entendre, toujours dans mon dos, mais si proche que j'ai l'impression qu'il me chatouille l'oreille.

Je pousse un cri de terreur, la main sur la bouche et me retourne. Rien.

Pas de panique. Tu n'es PAS en train de devenir dingue. Il doit simplement y avoir une feuille qui est tombée dans ton chemisier.

J'arrache mon sweat et mon T-shirt avec précipitation et les secoue pour essayer d'en faire tomber quelque chose. De petits morceaux volettent gracieusement jusque sur le carrelage sale.

Je me baisse et en ramasse un. Ça n'est pas une feuille. Je le regarde de plus près. Ça me rappelle une mue de serpent que l'on avait trouvée avec les enfants, dans les bois, lors d'une sortie éducative. Mais ça n'est pas tout à fait pareil. Celle-ci est plus épaisse, avec des nuances vertes et grises. Qu'est-ce qu'une mue de serpent mutant faisait dans mon dos ?

Étant donné que j'ai des choses plus importantes à gérer que cette question non existentielle, je me rhabille rapidement et grimace en entendant le bruissement se répéter. Nom de Zeus. Il doit rester encore de ces trucs coincés dans mon T-shirt.

Je sors rapidement des toilettes en jetant mon sac sur le dos et rebelote. Il va falloir que je trouve un endroit où me laver pour enlever tous les morceaux. Sans oublier que ça ne me ferait pas de mal côté odeurs.

Je me dirige vers le comptoir pour payer et remarque que le barman me regarde d'un œil méfiant. Il a dû entendre mon cri dans les toilettes. On va pouvoir ajouter à la légende : *Une détraquée dangereuse à tendance certaine à la schizophrénie pousse des cris bizarres dans les toilettes d'un bar après avoir menacé une famille innocente avec un Walter 350 Magnum.*

Doublement *amazing*.

Je soupire et sors, déterminée à ne pas dormir dehors pour cette nuit.

20

Comment vais-je faire pour pouvoir dormir dans un hôtel sans décliner mon identité? Sans oublier que tous sont pleins. Je suis collée. Aucune idée de la façon de m'y prendre.

Je marche l'air boudeur, devant les vitrines des magasins de prêt-à-porter féminin.

De nouvelles fringues, ça ne serait pas du luxe, non?

En effet, avec ma nouvelle coiffure de mannequin, mes habits jurent vraiment. On dirait un déguisement. Et puis, depuis le temps que je les traîne il serait temps d'en changer. Ça ne m'aidera que mieux à rester invisible.

Toutes ces jolies excuses ne servent qu'à masquer mon véritable motif. J'ai vraiment envie de m'acheter de nouvelles fringues. Eh! Je suis une fille après tout.

Je pousse la porte d'entrée. Il y a des décorations de Noël dans tous les coins. Super. Déjà que j'étais de bonne humeur.

Je m'approche de mon style de vêtements habituels: jean et pull-over mais je me rappelle que c'est comme ça que me connaît Dimitri, en garçon manqué. Il ne va pas être déçu. Le problème c'est que je n'ai aucune idée de comment une fille moyenne s'habille habituellement.

Je tourne la tête de tous les côtés à la recherche d'une vendeuse et croise le regard d'un jeune homme qui patiente devant une des cabines d'essayage. Aucun homme ne m'a jamais regardée comme il le fait. (En fait aucun homme ne m'a jamais regardée tout court.) Il me déshabille des yeux.

Je me dandine d'un pied sur l'autre, mal à l'aise. Il veut ma photo ? C'est quoi son problème ?

Tout à coup je me mets à penser l'impensable. Est-ce qu'il serait en train de me... mater ? Impossible, ce genre de chose ne m'arrive jamais. Et ce n'est pas avec la tronche que j'ai que...

Tout à coup je me souviens de la coupe de Mike. Ça n'est pas possible que ça me change à ce point-là... si ?

Je regarde le type du coin de l'œil. Si, si. Ce type me fixe comme si j'étais un verre de Coca et qu'il se trouvait au beau milieu du Sahara. Je grimace. C'est dégueulasse. Les mecs sont tous les mêmes.

Soudain, une idée commence à germer dans ma tête. J'attrape une petite robe noire à paillettes près du corps et me précipite pour l'essayer. Sans prêter attention au froissement maintenant familier dans mon dos, je l'enfile à la va-vite. Une fois que c'est fait, je sors et fais mine de me contempler dans le miroir du couloir.

Je lui lance un regard à la dérobée.

Cassiopée, ou la reine de la discrétion.

Bref.

Sa copine est en train de lui demander en piaillant comment lui va «ce petit top trooooop mignon». C'est à peine s'il l'écoute. Je suis sûre que si j'étais plus près de lui, je le verrais baver.

Sacrebleu, Cassiopée, ma fille, tu plais aux garçons.

Voilà qui est intéressant. *Très* intéressant...

Je souris en mettant mon plan sur pied.

***

Je suis dans des toilettes publiques en train d'enfiler mes nouveaux vêtements.

126

Une gentille vendeuse a aimablement proposé de me relooker.

— Avec de longues jambes fines comme les vôtres, il vous faut des jeans slim, près du corps. Et puis des collants pour mettre sous des petites jupes à volants.

Au fur et à mesure, elle sortait les articles des rayons.

— Oubliez les sweats, plus garçon on meurt. Prenez plutôt ces petits pulls fins, qui épousent gracieusement vos formes.

Ah ça pour les épouser, ils les épousent. C'est pour ça que le sweat large m'allait bien. Il camouflait ma poitrine généreuse.

— Et bien entendu, il vous faut les sous-vêtements qui vont avec...

Lorsqu'elle s'est dirigée vers le rayon lingerie, j'ai su que j'étais dans la panade.

Elle a sorti de l'étalage un string et un soutien-gorge. Le string était tellement minuscule que je me suis demandé si elle n'avait pas confondu le rayon des fringues de poupées Barbie avec celui du prêt-à-porter ordinaire. Puis je me suis souvenue que les magasins de prêt-à-porter ne faisaient pas de fringues pour poupées Barbie.

Je l'ai regardée droit dans les yeux et je lui ai dit de ma voix la plus ferme qu'il était hors de question que je me parjure en portant cette abomination. Elle m'a lancé un regard si machiavélique que j'ai failli sortir en courant de la boutique. Et je vous jure que j'exagère à peine.

— Mais si vous ne prenez pas cet ensemble, tous les autres habits ne vous seront d'aucune utilité, m'a-t-elle susurré. Ce serait comme acheter une magnifique voiture sans en avoir les clefs !

J'ai adoré la comparaison.

Bref, suite à une demi-heure de négociations, on a fini par tomber d'accord sur des tangas, un genre de croisement entre la culotte et le string. Non mais sérieusement, maintenant il y a tellement de genres de lingeries différents, qu'on va bientôt devoir les classifier par famille si on veut pouvoir s'y retrouver.

Enfin, du coup je me retrouve avec quatre sacs remplis de pulls coquets, de sous-pulls de différentes couleurs, de jeans slim, d'un blouson en simili cuir, de collants couleur chair, d'une ou deux jupes m'arrivant un peu au-dessus du genou et de *superbes* ensembles tanga-soutien-gorge...

Je n'ai rien essayé, j'ai juste acheté sous les conseils de la vendeuse. Je ne voulais pas perdre trop de temps.

J'enfile un slim et un sous-pull noir, et grimace quand le bruissement se fait entendre. Dès que je me trouve un motel, je vérifie ça.

Par-dessus le sous-pull noir, je passe un pull blanc avec un décolleté vertigineux. Je ne pourrais jamais mettre ce pull sans quelque chose dessous. C'est le genre de truc qui vous envoie en taule. En tout cas, ce qui est sûr, c'est que si Mike me voyait, il serait fier de moi.

Je passe la tête entre la porte entrouverte.

Qu'est-ce que tu vas faire ? Attendre que les rues soient désertes ?

C'est vrai, c'est débile.

J'empoigne le manteau en cuir, l'enfile et me force à sortir, puis je jette mes anciennes fringues dans un container à poubelles. Plus de retour en arrière possible.

C'est drôle, tous les hommes que j'ai croisés par la suite ont semblé n'avoir d'yeux que pour mon nouveau pull et mon manteau. Il y en a même un qui s'est pris les pieds dans une plaque d'égout. J'ai cru mourir de rire.

Enfin, mon plan est prêt à être exécuté.

21

J'ai trouvé la victime idéale. Un vieux réceptionniste, dans un vieux motel.

Je m'efforce de prendre un air désemparé et pousse la porte. Il me regarde fixement, l'air pas vraiment impressionné. Visiblement je ne sais pas très bien choisir mes victimes.

— Je suis désolée mademoiselle, mais nous sommes complets.

— Oh non, ce n'est pas vrai!

Je prends ma tête dans mes mains et commence à pleurnicher. La comédie ça me connaît plutôt bien, et la force des événements fait apparemment ressortir mes talents cachés. Pour le coup c'est le réceptionniste qui est désemparé. Et moi je m'amuse comme une folle.

— Je vais passer la nuit dehors je crois, pleurniché-je, la galanterie n'existe plus de nos jours.

Je me tamponne les yeux avec un mouchoir, même si aucune larme ne coule.

— Allons mademoiselle, vous devriez trouver une place de libre dans un des nombreux hôtels de la ville!

Il parle à ma poitrine.

Alléluia!

Tout n'est peut-être pas perdu.

— Mon bon monsieur, je les ai déjà *tous* faits!

Je me remets à pleurer de plus belle.

T'en fais pas un peu trop, là ?

J'essaie de reprendre une mine plus naturelle et poursuis, plus caressante :

— N'auriez-vous pas une chambre qui serait susceptible de se libérer ?

— Eh bien… il y en a effectivement une, mais le client pourrait changer d'avis…

Ah, on tient le bon bout.

— Je vous en prie ! Je n'y survivrai pas si je dors dehors.

Je papillonne des paupières.

Comme il hésite, je porte le coup de grâce. Je sors une liasse de billets de mon portefeuille.

Ses yeux brillent. Ah ah ! J'aurais dû commencer par ça.

— Je suis prête à vous donner le double de ce que ce client a payé pour la chambre, si vous acceptez de me loger.

— Entendu.

Il n'a même pas eu d'hésitation.

— Signez ici et là. J'aurais besoin d'une pièce d'identité je vous prie.

Aïe.

Après avoir signé le premier nom qui me passait par la tête, je fais mine de chercher dans mon sac.

— Oh nooooon !

Je me remets à pleurnicher.

— Je n'ai plus ma carte d'identité. Elle a dû tomber alors que je courais d'hôtel en hôtel. Je vous en prie, ne me refusez pas la chambre !

Je le regarde avec des yeux suppliants.

Il soupire.

— C'est embêtant madame Graham. Je ne peux pas vous donner une chambre si vous ne pouvez décliner légalement votre identité… à moins que j'oublie malencontreusement de vous la demander.

Il me jette un regard entendu.

Oh le saligaud.

Je pose vingt dollars sur le comptoir. Il les saisit et attrape une clé accrochée à un panneau derrière lui.

— Tenez, chambre 18.

— Merci... Francis.

Je lui souris en lorgnant l'étiquette collée à sa chemise.

— Vous êtes un chou.

— Ce fut un plaisir de vous venir en aide, mademoiselle Graham.

Tu m'étonnes John.

Si je continue à dépenser de l'argent à ce rythme-là, dans une semaine je suis à sec.

Je grimpe l'escalier jusqu'à ma chambre et m'enferme à l'intérieur. C'est petit, et côté meuble je pourrais aussi bien être dans un local à louer, mais au moins il y a un lit. Ah c'est sûr, ce n'est pas le Ritz, mais je ferais avec.

Le bruissement n'a pas cessé de la journée. Très agaçant. Quelques morceaux similaires à ceux de la cafétéria sont même tombés quand je me changeais dans les toilettes. Très agaçant ET embarrassant.

Alors la première chose que je fais c'est d'aller me doucher. Je sors avec mon nouveau pyjama et la vieille serviette et me dirige vers la salle de bains. Il n'y en a qu'une pour tout le motel. Elle est vide. Parfait.

Je m'enferme à l'intérieur et commence à me déshabiller. Le bruissement recommence de plus belle. Je fronce les sourcils. C'est étrange tout de même, j'ai pourtant jeté mes anciennes affaires.

Je tourne la tête pour essayer de voir mon dos dans un miroir. Ce simple geste va changer mon existence à jamais.

Un hurlement d'effroi s'échappe de mes lèvres.

Je ne vois plus ma peau. Du sommet de mes épaules jusqu'au bas de mes fesses elle a été remplacée par une membrane épaisse et cabossée, semblable à de vieilles écailles de tortue. De vieilles écailles de tortue vert et marron.

De vieilles écailles de tortue qui partiraient en lambeaux à certains endroits.

Je me couvre la bouche des deux mains, horrifiée.

Mon Dieu, mais qu'est-ce qui m'arrive?

Les larmes me montent aux yeux, mais je me retiens. Un hoquet s'échappe de ma bouche. Je me force à me calmer, et inspire un grand coup en fixant le mur devant moi. Puis j'examine de plus près la *chose* en reculant vers le miroir. On dirait une sorte de chrysalide.

J'approche une main fébrile et la touche délicatement, sans ressentir aucune sensation. J'appuie plus fort et un craquement se fait entendre. On dirait celui d'une feuille morte que l'on écrase entre ses doigts. La membrane semble à deux doigts de tomber. À certains endroits il manque des morceaux et je distingue des petites parcelles vert émeraude en dessous.

Je cours jusqu'au bac de douche et me passe de l'eau chaude sur le dos pendant dix minutes. Quand mes doigts sont ridés et que j'estime que je me suis assez ébouillantée, je sors et retourne vers le miroir.

Je suis en train d'inonder toute la salle de bains et en plus j'ai froid. Mais je n'y prête pas attention.

Je me sèche hâtivement tout le corps, sauf le dos puis je me retourne pour observer la membrane. Elle est aussi ridée que mes doigts, et cette fois quand je la touche elle ne fait plus de bruit, elle est toute molle.

J'attrape un petit morceau et tire doucement dessus. La substance me fait penser à une peau épaisse et molle. Je m'attends à ressentir une quelconque douleur, mais rien. Je tire plus fort et un gros morceau de la taille de ma main s'arrache comme du papier. Il y a quelque chose dessous, d'une couleur vert vif et argenté mais je n'arrive pas à voir ce que c'est.

De plus en plus intriguée et inquiète, je tire sur le trou qui s'élargit puis finis par arracher tout ce que j'attrape. La peau mouillée tombe par lambeaux à terre en produisant des *floc floc* écœurants.

Je regarde devant moi pour me concentrer sur ce que je touche. Je ne réfléchis plus, seulement focalisée sur la peau molle, et rythmée par les *floc floc* qu'elle fait en s'écrasant sur le carrelage mouillé. À plusieurs reprises ma main frôle une matière toute douce, ou au contraire dure. Mais je me concentre sur la chrysalide.

Lorsque je ne sens plus que la matière duveteuse me caresser la main, je me retourne lentement, pas vraiment sûre d'être préparée à ce que je vais découvrir.

Laissez-moi vous dire que je suis à des kilomètres de la réalité.

Il me reste quelques morceaux de membrane sur le dos, mais je peux distinguer ce qui se cache derrière.

Dans mon dos, pas tout à fait dépliées, frémissent une paire d'ailes nouveau-nées.

22

— Oh mon Dieu, sangloté-je, contemplant cette chose accrochée à mon dos. Oh mondieumondieumondieumondieu, non !

Je suis radiée de l'espèce humaine. Je suis un monstre. Comment, *pourquoi* est-ce que ça m'est arrivé ? Qu'est-ce que j'ai fait ? Ça n'est pas possible !

J'essaie de me calmer, sans succès. Alors je me lève et me regarde encore dans le miroir. Je vois les ailes – mes ailes – qui sont pliées dans tous les sens, à la manière de celles d'un papillon tout juste sorti de son cocon. En fait, en les étudiant bien, elles sont en tous points semblables à celles d'un papillon. Si un papillon avait des ailes d'un mètre vingt, s'entend.

Elles sont symétriques, reliées par un même endroit, le milieu de mon dos. Les bouts du haut semblent monter jusqu'à mes omoplates, je ne vois pas bien étant donné leur état pitoyablement froissé. Deux autres bouts, moins longs mais plus larges, descendent respectivement jusqu'à mes fesses gauche et droite.

Comment vais-je faire pour cacher ces abominations ?

Mais qu'est-ce que tu dis, tu ne peux pas garder ÇA !

D'un geste rageur j'attrape le bout de l'aile droite et tire dessus.

— Arrgh !

J'aurais pu essayer d'arracher mon bras, ç'aurait été pareil.

Mes sanglots redoublent d'intensité.

Soudain, quelqu'un tambourine à la porte, me faisant sursauter.

— Eh oh! Vous n'êtes pas seule dans l'hôtel! Il y en a d'autres qui aimeraient se doucher!

Panique totale.

Je regarde autour de moi. On dirait qu'un lézard géant vient de muer dans la salle de bains. Des morceaux de peau écailleuse recouvrent le carrelage et même la douche.

— Oui, oui, une minute, je réponds d'une voix entre-coupée de hoquets.

J'entends l'homme grommeler de l'autre côté de la porte. Pas le temps de réfléchir, il faut que je fasse tout disparaître.

Je mets rapidement mon pyjama par-dessus mes ailes en priant pour que l'une d'elles n'ait pas la bonne idée de dépasser du T-shirt. J'enlève mes affaires sales du sac que j'avais prévu à cet effet et ramasse à la va-vite tous les lambeaux que je trouve, et les fourre dans le sac. Après cinq minutes de course dans dix mètres carrés, j'ai l'impression d'avoir tout ramassé. Je passe un coup de jet rapide dans la douche puis éponge soigneusement l'eau du carrelage avec ma serviette.

Nouveaux tambourinements.

Je sors, un faible sourire d'excuse sur mes lèvres.

— Pas trop tôt.

Un type bâti comme une armoire à glace me bouscule et s'enferme dans la douche. J'attends qu'il ait verrouillé et je me retourne pour courir comme une dératée vers ma chambre.

Les larmes ne coulent plus, j'ai eu trop peur pour pleurer.

Je m'assois sur mon lit, complètement bouleversée. Je ne peux même pas essayer de me les faire retirer, à tous les coups je serais kidnappée et on me fera subir des expériences toutes plus abominables les unes que les autres. En plus, je crois que je les ai bousillées, elles sont toutes froissées et tordues. Non seulement je vais devoir avoir des ailes, mais en plus elles sont moches.

Je sens que je vais me remettre à pleurer.

Inspire, expire. Inspire, expire. Voilàààààààà.

Bon ce n'est pas la peine de les abîmer plus, me dis-je, alors je me couche sur le ventre, sans T-shirt et sans couvertures. Pleurer m'a exténuée, je suis trop fatiguée pour penser, alors je ferai ça demain.

J'ai froid, mais je m'endors sans peine au bout de cinq minutes.

***

Je me réveille, la bave aux lèvres. Il fait nuit noire. Des frissons glacés parcourent mon dos et mes bras. J'ai la chair de poule et la sensation que quelque chose d'anormal est en train de se produire.

C'est un air frais dans le dos qui m'a réveillée. Il ne fait pas spécialement chaud dans la chambre alors je suis en passe de finir en glaçon.

Je me soulève sur un coude et regarde autour de moi. Je ne vois rien de suspect, mais j'entends un doux vrombissement. C'est ça qui me fait de l'air.

Oh nom de…

Je saute du lit, attrape mon haut de pyjama que j'enfile à moitié, et je cours vers la salle de bains. Je m'enferme à l'intérieur et je regarde mon dos dans le miroir.

Nom de Zeus et par tous les dieux grecs de l'Olympe.

Ce que je vois me coupe le souffle. Je ne reconnais pas les deux choses rabougries que j'avais la veille encore, accrochées dans le dos.

Deux magnifiques ailes se déploient de chaque côté de mon dos, dépassant allégrement le haut de mon crâne. Leurs jumelles du bas, un peu moins grandes, couvrent mes fesses. Mais ce n'est pas leur taille qui me laisse bouche bée. C'est leur couleur. Elles sont d'un vert émeraude profond, liseré d'un argenté brillant.

Leur bord finement dentelé se termine en un bout pointu pour les ailes du haut, et par un long appendice d'une dizaine de centimètres pour celles du bas.

Je crois que je n'ai jamais rien vu d'aussi beau. Les plus belles ailes du plus majestueux des papillons n'arrivent pas à la cheville de celles qui sont accrochées à mon dos. Et je dis ça sans prétention. Ou presque.

Je passe une main fébrile sur la douce membrane. Elle est épaisse comme ma main et duveteuse. À certains endroits, je sens les vaisseaux sanguins qui l'irriguent, et ce que je suppose être de fins os qui se déploient de haut en bas de la membrane.

Une pensée s'impose alors à moi, aussi soudaine qu'inattendue : visiblement, je ne suis plus humaine. Mais alors *que* suis-je, maintenant ?

Je me prends la tête entre les mains.

Il faut que je trouve Levis Man. C'est la seule chose qui me vienne à l'esprit. C'est lui qui m'a passé cette foutue fleur, qui m'a valu d'être malade comme un chien, d'être poursuivie par une armada de psychopathes, et je suis sûre que c'est à cause d'elle que je ressemble à Maya l'Abeille maintenant.

Je remets mon haut de pyjama en prenant soin de plier le bout des ailes sur mes épaules (je découvre avec surprise qu'elles sont très flexibles) et cours vers ma chambre. Je m'enferme de nouveau et cherche dans la poche de mon jean le papier, seul lien qui me relie encore à lui. Je le trouve enfin, et reste debout, les yeux fixés sur les chiffres et les lettres mystérieux. Même s'il faut que j'y passe la nuit, j'arriverai à déchiffrer le code. Car je suis sûre que ça en est un.

Je me concentre, les yeux plissés, et m'efforce d'oublier tout ce qui m'entoure.

Mes ailes se mettent à vibrer doucement. Elles ne peuvent pas cesser une minute ? Ce n'est pas comme si j'essayais de résoudre un foutu casse-tête chinois et que j'ai toujours abhorré les devinettes.

Je *hais* ce type.

Je cherche, je réfléchis, je mets les lettres et les chiffres dans des ordres différents, mais rien n'y fait. Le papier n'a toujours aucun sens pour moi.

Je perds patience, cette qualité qui m'a toujours fait défaut.

Je m'apprête à jeter le papier par la fenêtre quand j'aperçois un minuscule trait, pratiquement invisible à l'œil nu. Je rapproche le papier de mon visage, le cœur battant. C'est là que la douleur me fait vaciller. Je tombe à la renverse, le souffle coupé. Pendant une dizaine de secondes je n'arrive plus à penser tant la douleur qui martèle mes tempes est insupportable, puis elle disparaît progressivement. J'entrouvre un œil en grimaçant. Une lumière puissante irradiant de l'ampoule éclaire toute la pièce.

Super. Maintenant je ne vois plus rien.

Je marche à quatre pattes jusqu'à l'interrupteur de l'ampoule et tâtonne sur le mur pour le trouver. Qu'est-ce qui lui arrive à celle-ci? Il y a à peine une minute on n'y voyait pas à trente centimètres. Maintenant j'ai l'impression qu'elle éclaire comme un phare. Je réussis à trouver l'interrupteur et appuie dessus.

Et là, c'est l'incompréhension. La pièce est non seulement éclairée comme en plein jour, mais en plus j'en distingue chaque détail. Des détails qu'une minute plus tôt je n'avais pas remarqués : une petite fissure au plafond, des milliers de grains de poussière en suspension, une minuscule araignée noire dans un coin du plafond et le pire, une masse grouillante de bestioles se baladant sur mon lit.

Je m'approche en frissonnant. Je crois que ce sont des acariens. C'est carrément dégueulasse. Et incompréhensible. Les acariens sont normalement microscopiques. Alors comment se fait-il que j'arrive à compter leurs pattes?

Un vertige me prend. Tout dans cette pièce est grossi à la loupe. J'arrive à en distinguer les menus détails. Mais le plus incroyable, c'est qu'il est deux heures du matin et que j'ai l'impression que le soleil s'est invité en personne dans ma chambre.

La lumière des lampadaires dans la rue m'éblouissait mais je commence à m'y habituer, comme quand on ressort d'un long moment dans l'obscurité, et que nos yeux doivent se réadapter à la lumière du soleil.

J'essaie de réfléchir. Seuls les animaux ont la capacité de voir dans le noir, et encore, que quelques rares espèces. Un jour j'ai lu dans un bouquin de sciences que les hommes ne peuvent pas voir dans l'obscurité, car la cornée n'est pas adaptée à ce mode de vision et que nous n'avons pas suffisamment de bâtonnets, ces cellules qui captent la lumière et qui composent, avec les cônes, les cellules photosensibles de la rétine. Tout ce charabia pour conclure avec plus ou moins de certitude que mes yeux, ou du moins ma cornée et mes bâtonnets, ont été modifiés. Sans parler que tous les détails qui m'entourent semblent grossis au microscope, et pour lesquels je n'ai pas encore d'explication. Cela a un rapport certain avec l'importante transformation physique que j'ai subie hier. Parce que, honnêtement, je doute être à ce point maudite pour qu'en une journée il me pousse des ailes et que le lendemain je vois mieux dans l'obscurité totale que n'importe quel chat. Et que ça reste une coïncidence.

No. WAY.

Thèse, antithèse, synthèse : je suis une mutante.

Je passe une main tremblante sur mon visage. Ça fait vraiment beaucoup en très peu de temps. Hier j'étais encore une jeune femme normale qui cherchait ses marques et sa place dans ce beau monde, et maintenant je suis une mutante papillon avec une vision de superhéros. Mais tout va bien ! Comment est-ce que je suis censée prendre tout ça ?

139

Tout à coup, alors que je menace de m'effondrer de nouveau sous le coup de la panique, une intuition, presque une certitude, s'impose à moi.

Je rampe jusqu'à l'endroit où j'ai laissé tomber le papier, je l'attrape gauchement et pose les yeux dessus. Entre les caractères visibles à l'œil nu, il y en a d'autres, écrits avec une encre que mes yeux maintenant sensibles à la moindre luminosité arrivent à discerner sans problème. Le tout forme une adresse. Je la connais. C'est un hangar un peu en dehors de la ville.

Je décide de m'y rendre de suite, mais avant il faut que je fasse quelque chose. La petite voix dans ma tête me dit que je ne passerai pas une nuit de plus dans la ville.

23

L'orphelinat est silencieux. Normal à trois heures du matin.

Je fais le tour de la bâtisse, en passant par le jardin, jusqu'à retrouver la petite fenêtre où dort normalement Tiphaine.

Je suis restée une demi-heure à guetter le moindre mouvement, mais si des hommes sont embusqués ici, ils ne sont pas visibles. Même avec ma super vision.

Je n'ai aucun mal à distinguer la fenêtre. Et en plus je vois tout ce qui est à ma portée à l'intérieur : les dessins du papier peint, les traces de doigts sur les carreaux... à cinq mètres de la fenêtre. C'est carrément superexcitant. Maintenant je comprends à 100 % Catwoman.

Je ramasse un caillou qui ne me semble pas trop gros. Avec tous les détails grossis je n'arrive pas à faire la différence. Je le jette sur la fenêtre. Celui-ci cogne la vitre et rebondit comme un missile dans ma direction. J'ai à peine le temps d'esquiver et il frôle ma joue, m'évitant de justesse l'éborgnement. Génial, maintenant j'arrive même à être un danger pour moi-même.

J'attends trente secondes et me prépare à en lancer un autre quand une veilleuse éclaire la pièce.

Un petit garçon ouvre la fenêtre et plisse les yeux. Je distingue les petits plis que l'oreiller a imprimés sur sa joue.

— Qui est là?

— C'est moi, Cassi. John, appelle Tiphaine s'il te plaît.

Il disparaît derrière la fenêtre, mais je vois distinctement son ombre se déplacer jusqu'au bout du dortoir et secouer quelqu'un. Tiphaine apparaît à son tour, les yeux endormis.

— Cassi, qu'est-ce…

— Tiff, j'ai pas le temps, rejoins-moi devant la porte d'entrée.

— Mais je n'ai pas la clef!

— Elle est cachée dans le vase de Chine que Mme Anderson nous interdisait toujours de toucher. Je t'attends devant.

Je ne lui laisse pas le temps de répondre et je vais rejoindre l'entrée.

Je patiente une minute ou deux, l'imaginant descendre l'escalier à pattes de velours.

J'entends un léger bruit de l'autre côté de la lourde porte. Elle s'ouvre, toujours aussi silencieuse.

— Cassi, mais qu'est-ce qui se passe? Qu'est-ce que tu fais ici en plein milieu de la nuit?

Elle fronce les sourcils.

— Et qu'est-ce qu'ils ont tes yeux?

— Hein? Quoi mes yeux?

Je me demande vaguement ce qu'elle peut bien être en train de me raconter, puis je me rappelle le but de ma visite.

— Je viens te dire au revoir. Je crois que je vais partir.

Elle me regarde, un peu sonnée.

— Tu m'avais promis.

Sa voix est basse, mais douloureuse.

— Je sais. Mais je suis poursuivie. Je ne vais pas te mentir. Je ne sais pas ce qu'ils me veulent. Tout ce que je sais c'est qu'ils sont méchants et dangereux. Je ne suis pas en sécurité, et tant que je reste dans les parages vous non plus. Alors je vais quitter la ville quelque temps, histoire de me faire oublier. Ils sont certainement en train de m'observer à ce moment même. Alors je ne peux pas rester longtemps.

Dis aux autres que je les aime. Je reviendrais sûrement. Mais dans quelque temps.

J'ai parlé à toute vitesse, dans l'urgence. Elle me regarde quelques secondes puis elle sort et me prend dans ses bras. Je l'embrasse sur le front, me dégage de son étreinte et disparais dans la nuit noire.

★★★

Le hangar est silencieux. Je ne vois plus aussi bien qu'il y a une demi-heure, je crois que ma vision de superhéroïne est en train de s'altérer.

Alors que je traversais la ville, je me suis remémoré la nuit où Dimitri m'avait «rendu visite», au Ritz. Il n'y avait pas un rayon de lune et pourtant j'y voyais comme en plein jour. Je n'y avais pas prêté attention au début mais maintenant que j'y repensais, c'était clair comme de l'eau de roche. J'avais eu une sorte de début de supervision. Elle avait duré peu de temps, une demi-heure tout au plus. Cette fois-ci j'avais été Catwoman pendant au moins deux heures.

Un léger bruit se fait entendre à l'intérieur du hangar. Je m'approche, le silencieux de Dimitri à la main, et ouvre la porte d'un geste brusque. Je vise tous les coins, mais je ne vois pas bien dans le noir de la pièce. Je sens une présence que je n'arrive pas à localiser. Quelqu'un m'observe, j'en suis sûre.

— Salut Cassiopée. Je pensais que tu ne viendrais plus.

24

Mon cœur s'affole tellement au son de cette voix que je me mets à respirer plus rapidement.

Je plisse les yeux, sentant déjà l'exaspération et la colère monter en moi.

— Tu te caches ? Montre-toi, je ne vais pas te manger.

Je l'entends rire. Il s'avance d'un des coins, de son pas nonchalant, les mains dans les poches de son jean.

— Tu ne vas pas me tirer dessus quand même ?

Son visage apparaît dans la lumière, je le vois pour la première fois depuis des lustres, il me semble. Ses yeux bleu océan ont laissé la place aux habituelles pupilles noires. Je commence bien à avoir une hypothèse sur ce phénomène, mais je préfère m'abstenir, du moins pour le moment.

Il sourit de toutes ses dents.

— Ça dépend, si tu avances encore un peu je commencerai à y réfléchir. Et d'ailleurs, pour tout t'avouer, ces derniers temps, j'ai rêvé de cette situation une bonne centaine de fois, donc ne me tente pas trop, OK ? J'ai des questions à te poser et j'attends des réponses claires et précises. Pour commencer, qui es-tu, et pourquoi est-ce que tu m'as donné cette enveloppe avec ce papier comme lieu de rendez-vous ?

Il me regarde un moment.

— Je ne t'ai pas reconnue lorsque tu as poussé la porte. Je croyais que tu étais une intruse. Très jolie coupe.

Espèce de sale petit ver de terre. Je vais l'écraser sous ma chaussure et faire de lui de la compote de lombric ; je vais le…

J'inspire un grand coup et prends un air désinvolte.

— Je ne peux pas résister aux tendances de la mode. Mais tu n'as pas répondu à la question. Et je dois t'avouer que tu commences sérieusement à me chauffer avec tes devinettes à deux balles et tes demi-vérités. D'ailleurs je commence à avoir mal aux doigts, alors t'as intérêt à ne pas trop user de ma patience, qui est déjà bien entamée.

Il soupire et roule des yeux. L'arme pointée sur lui a l'air de lui faire autant d'effet qu'un cure-dent.

— Gabriel. Je m'appelle Gabriel.

Ouah, je connais le prénom de Levis Man.

— Génial, très joli prénom. Tes parents sont sadiques ou ils avaient juste aucun goût ?

Son regard change du tout au tout. Et je peux vous dire que l'arme que j'ai dans les mains me paraît aussi sécurisante qu'un jouet en plastique pour gamin.

Je vois les muscles de sa mâchoire jouer sous la tension et ses yeux prendre une teinte encore plus sombre qu'avant.

— Tu ferais mieux de faire attention à ce que tu dis, Cassiopée O'Brien, parce que tu risques de ne plus jamais avoir l'occasion de menacer ou d'insulter qui que ce soit.

Gloups, compris.

Même si je suis carrément morte de trouille et tétanisée sous son regard de meurtrier, je ne laisse rien paraître, comme à mon habitude.

— Ouais ouais, c'est ça. Maintenant tu vas me dire pourquoi est-ce que tu m'as donné cette espèce de fleur qui m'a fait pousser des ailes.

Son regard reste toujours aussi menaçant sauf qu'un léger sourire se met maintenant à flotter sur ses lèvres. Et je peux vous dire que ça ne le rend *pas du tout* plus rassurant.

— Ah, nous y voilà. Parce que tu es une Potentielle, Cassiopée.

Je hausse un sourcil.

— Une... Potentielle ?

Il prend un air goguenard.

— Quoi, tu n'as pas encore compris ? Les ailes, ta vue amplifiée. Tu n'as aucune idée de ce qui se passe ? D'une autre personne, j'aurais pu comprendre, mais toi, qui connais l'histoire, tu ne vois pas les similitudes ?

Je fronce les sourcils.

— Mais de quoi tu parles, c'est quoi cette histoire d'histoire ?

— Je parle d'une certaine histoire que tu te plaisais à conter tous les soirs à de jeunes orphelins en manque d'affection et d'aventure.

Je commence un peu à perdre pied. Il plaisante, là ! Il n'est pas en train d'insinuer que...

— Tu... tu parles de l'histoire des Myrmes ? Mais qu'est-ce que ça a à voir avec moi ?

Je m'interromps parce que, finalement, ça n'est pas aussi illogique que cela me paraissait.

J'avale ma salive.

— Tu n'es pas en train de me dire que tu m'as transformée en Myrme, non ? Mais ça n'existe pas ! C'est une légende ! Une légende que personne ne connaît en plus !

Je commence à avoir les yeux embués. Oh non. Hors de question que je pleure devant lui.

— Eh bien, pas vraiment en Myrme, parce que ces derniers représentent plus un peuple, pas une espèce. Tu es officiellement une Kamkal. Un humain ailé, aux capacités particulières.

Gabriel s'avance doucement et parle d'une voix rassurante comme s'il essayait de calmer un animal hystérique.

Je resserre mon emprise sur l'arme. Elle a beau être vide, lui n'est pas censé le savoir.

— Cassiopée, baisse ton arme. Je ne suis pas ton ennemi.

146

— Ne t'approche pas de moi! Qu'est-ce qui me prouve que tu n'es pas dangereux? Qu'est-ce qui me prouve que tu n'es pas de mèche avec ce type, là, Dimitri? Qu'est-ce qui me prouve que ce n'est pas toi qui lui as donné le numéro de l'hôtel? Vous avez les mêmes yeux bizarres!

Il croise les bras, et fronce les sourcils.

— Parce que j'ai déjà eu des dizaines d'occasions d'obtenir ce que ces hommes convoitent et que je ne l'ai pas fait. En plus c'est moi qui t'ai donné cette enveloppe. Dimitri voulait la récupérer. Si j'avais été avec lui je lui aurais donné directement, réfléchis un peu. Quant aux yeux... tu es mal placée pour me faire ce genre de remarque.

Ses explications ne font que me mettre un peu plus en colère, même si elles sont logiques.

— Comment sais-tu qu'il voulait l'enveloppe?

Il s'avance, les bras en l'air en signe d'apaisement. Sauf que la lueur sauvage qui brille dans ses yeux ne m'incite pas à abaisser ma vigilance.

— Écoute-moi bien Cassiopée.

D'un geste tellement rapide que son bras en est flou, il m'arrache le silencieux des mains. Je pousse un couinement apeuré et fais un bond vers la sortie. C'est le moment de filer ventre à terre. Sauf que j'en ai pour mes frais. Souple et rapide comme un félin, il se place juste devant la porte d'entrée, me coupant toute retraite.

Je sens des larmes de peur me monter aux yeux alors que je comprends que je suis coincée dans un lieu isolé avec une des personnes les plus dangereuses de cette ville. Dont les intentions sont loin d'être claires.

Je ramasse un vieux morceau de poutre traînant non loin de là, et le brandis au-dessus de ma tête, consciente de l'absurdité de la situation. S'il veut m'assommer il lui suffit de me donner un bon coup de poing. Je serais carpette sur-le-champ.

— Pousse-toi, laisse-moi partir tout de suite!

Il ne prend pas la peine de me répondre et nettoie consciencieusement l'arme avec un bout de son T-shirt puis la balance à l'autre bout de la pièce.

— Tu n'as rien à craindre, c'est juste que je ne souhaitais pas que tu fasses quelque chose que tu regretterais par la suite.

Je serre les poings autour de mon gourdin improvisé et siffle entre mes dents :

— Qu'est-ce qui te dit que je le regretterais ?

Il s'appuie contre le chambranle de la large porte et me sourit d'un air désinvolte.

— Le fait que tu es dingue de moi, bien sûr.

Il ne me laisse pas le temps de lui balancer la remarque cinglante qui s'apprête à franchir la barrière de mes lèvres. Ou à carrément lui balancer le morceau de poutre.

— Cassiopée, je te demande de m'écouter attentivement. Je te dis que je ne te veux pas de mal et que quoi que tu décides, tu as le choix. Je ne te forcerais pas, bien qu'une des deux alternatives qui s'offrent à toi soit bien plus avantageuse que l'autre.

J'inspire profondément et m'oblige à me calmer. Je dois l'écouter, c'est la seule façon de comprendre. Et peut-être qu'il me laissera partir si je reste zen.

Je plante mon regard dans le sien.

— Je t'écoute.

Il hoche la tête d'un air grave.

— Ce qui t'arrive est une chance. Une chance de tout recommencer à zéro. Avec des plus. De super plus. Alors sois tu choisis de me suivre, sois tu restes parmi les simples mortels, à te morfondre, rejetée à jamais de la société à cause de tes capacités. C'est à toi de voir.

— Et tu ne crois pas que tu aurais dû me poser la question *avant* de me transformer ?

Il se redresse et s'avance vers moi. Je me crispe mais m'oblige à rester immobile. Seuls mes poings serrés trahissent mes émotions. L'arme menaçante brandie au-dessus de ma tête ne semble pas l'intimider. Je parie qu'il pourrait l'intercepter avec son index, si besoin. Une fois à moins d'un mètre de moi, il pose un regard doux sur mon visage. Je sens une vague de chaleur me monter au visage.

— Ce n'est pas une punition, c'est un présent. Tu es spéciale, Cassiopée. Tu fais partie des 0,5 % d'humains à posséder le Potentiel, c'est-à-dire que tu possèdes le code ADN d'une Kamkal, mais qu'il n'a pas eu son déclencheur pour se développer normalement. Tu étais une Kamkal refoulée. Tu n'étais pas complète.

Je cligne plusieurs fois des paupières alors qu'il m'explique tout simplement que même lorsque je n'avais pas d'ailes, j'étais déjà une mutante.

Il poursuit, très sérieux.

— Mon peuple est en danger. Il est de mon devoir de le préserver, par tous les moyens. Cette transformation, Cassiopée, n'est pas un fléau, comme tu sembles le penser. Tu dois comprendre que tu es enfin celle que tu aurais dû être.

Je suis indécise. Je ne sais plus quoi penser ni quoi faire. Le morceau de poutre dans ma main est de plus en plus lourd.

Il le remarque et pose son regard félin sur mon visage.

— Si on oublie la Métamorphose, Cassiopée, dis-moi franchement, est-ce qu'une vie sensée t'attend ici ? Est-ce que tu as des proches qui pourraient te faire hésiter à quitter cet endroit ?

Je me braque immédiatement. Le gourdin remonte d'un centimètre.

— Bien sûr, il y a les orphelins !

Il me répond d'une voix douce, conciliante.

— Évidemment, je le sais. Mais je te parle d'amis proches, de cousins... de parents.

Je baisse les yeux, un goût amer dans la bouche.

— Si tu viens avec moi tu auras toutes les réponses à tes questions et bien plus encore. Mais par-dessus tout, tu ne seras plus seule. Tes petits frères et sœurs vont te manquer et tu leur manqueras sûrement mais, de toute manière, un jour ou l'autre vous auriez fini par être séparés, immanquablement.

Je prends une grande inspiration et le regarde à nouveau. Ses pupilles toujours dilatées brillent. Il attend ma réponse. Ça finit de me convaincre. Je me suis toujours juré que je partirais d'ici. L'occasion se présente sur un plateau d'argent. Je ne vais pas la laisser filer. Et je préfère me fondre avec des personnes qui sont pareilles que moi, et ne pas avoir à me cacher et à vivre dans la peur.

Je baisse le morceau de poutre et le laisse tomber à mes pieds. Il s'écarte pour me laisser passer puis se ravise.

— Une dernière question, où est l'enveloppe?

Je grimace, un peu gênée.

— En cendre dans la cheminée de l'hôtel. Je l'ai brûlée pour qu'elle ne tombe pas entre les mains de Dimitri.

Il se frotte les yeux en grognant.

— Aïe, aïe, aïe, marmonne-t-il d'un air sombre. Ça ne va pas lui plaire.

Il inspire un bon coup et passe une main sur son visage.

— Bon je préfère la savoir là qu'entre ses mains. Suis-moi.

Il pose doucement sa main dans mon dos et me pousse vers la porte d'entrée. J'ai mon estomac qui joue du Yo-Yo.

Il ouvre la porte et me la tient pour que je passe. Je sors et j'attends qu'il me montre le chemin à suivre. Mais il ne sort pas.

C'est alors qu'une douleur aiguë me transperce le cou. Je recule vivement en trébuchant et me retourne vers Gabriel. Il a une seringue à la main. Il me regarde, mais moi j'ai de plus en plus de mal à faire de même. Il s'avance vivement vers moi. Je veux reculer mais je n'arrive qu'à faire deux pas chancelants en arrière, puis je m'effondre. Il me rattrape de justesse par le bras. J'ai envie de lui demander pourquoi, mais ma voix est comme paralysée. Alors je lui pose la question avec les yeux. Il me regarde un instant et me lance un sourire d'excuse qui s'apparenterait plus à une grimace. Puis il détourne le visage et me soulève de terre comme si je n'étais qu'un sac de plume.

— Je suis désolé.

Pas très convaincant.

C'est la dernière chose que j'entends puis je ferme les yeux avec l'envie irrépressible de dormir.

★★★

Je sors momentanément de ma torpeur. Je suis dans une voiture qui roule à toute vitesse sur un grand axe. Il fait jour, le soleil est levé depuis longtemps.

Je tourne doucement la tête. Sur le siège conducteur, juste à côté de moi, Gabriel conduit. Ayant aperçu mon mouvement, il tourne la tête vers moi, un peu inquiet. Ses yeux ont repris leur couleur bleue, sauf que cette fois la pupille est minuscule. Et légèrement ovale. J'ai l'impression de plonger dans les profondeurs de l'océan.

J'aurais dû m'en douter. Un psychopathe. Peut-être un violeur ou un mafieux impliqué dans la traite des Blanches. Ou pire, un homme de Dimitri. Qu'est-ce que je peux être stupide. Ça pour un baratineur c'est un baratineur.

Nooooooon, je ne veux pas finir comme ça! Une idée, vite! N'importe laquelle!

J'essaie de me relever mais mon corps est encore sous l'effet du sédatif et je n'arrive qu'à faire un soubresaut.

Il replace ses yeux sur la route et je vois qu'il se gare sur la bande d'arrêt d'urgence. Là c'est moi qui suis inquiète.

Il fouille sur la banquette arrière et attrape une boîte rectangulaire. Il en sort une autre seringue, avec le même liquide bleu.

Oh non… c'est reparti.

— S'il te plaît n-non, j'arrive à bafouiller.

Il me fixe deux secondes et appuie son index et son majeur droit sur mon cou. J'essaie de me dégager mais j'ai autant de force qu'un hamster.

Il m'enfonce doucement l'aiguille entre ses deux doigts.

— Enfoi…

C'est le trou noir.

151

25

Je rêve que je suis avec ma mère. J'ai dix-huit ans et elle paraît plus vieille. On mange une glace en riant. Un camion quitte la chaussée et nous fonce droit dessus.

Je me réveille en sursaut, la gorge nouée par l'angoisse, son prénom sur les lèvres.

J'ai du mal à comprendre où je me trouve, ni comment je suis arrivée là. Puis je me souviens de Gabriel, de cette foutue seringue.

Quel...

Je n'arrive pas à trouver de qualificatif assez fort. Moi qui lui faisais confiance.

Je regarde autour de moi. On dirait que je suis dans une chambre de motel. Je tente de me lever mais quelque chose me retient au barreau du lit. C'est à ce moment que je me rends compte que je suis menottée.

La rage me monte au visage. Est-ce que cet abruti se rend compte à quel point la situation est embarrassante ? Je jure sur la tombe de mes ancêtres, quels qu'ils soient, que si l'occasion m'est donnée, je lui referai le portrait.

À ce moment-là, la porte s'ouvre en grand et Gabriel entre dans la pièce avec une grâce féline. Il la referme derrière lui. Dehors, j'ai eu le temps d'apercevoir de la neige. Une tempête. Mais où sommes-nous ?

Je décide de faire semblant de dormir avant qu'il ne se tourne vers moi. Je ferme les yeux, juste à temps et il s'approche tranquillement du lit.

— Te fatigue pas, je sais très bien que tu es réveillée.

Je balance mes pieds hors du lit et essaie de l'atteindre au tibia. Il les évite nonchalamment, comme à son habitude. Ce qu'il m'énerve. Il y a des flocons dans ses cheveux ébouriffés. Il est à tomber.

— Sale enfoiré de fils de…

— T-t-t-t. Reste polie s'il te plaît.

— Détache-moi ou je te tue!

J'ai hurlé à m'en casser la voix. Je crois que j'ai rarement été aussi en colère. Il ne m'adresse même pas un regard.

— Qu'est-ce que je fous accrochée au barreau de ce lit, et bon sang pourquoi est-ce que tu me drogues?

Il reste silencieux et fouille dans une sacoche.

— Réponds-moi! Espèce de salaud, détache-moi!

— Faudrait savoir, je te réponds ou je te détache? Vous les filles vous ne savez jamais ce que vous voulez.

Il me lance un regard moqueur.

Au prix d'un effort démesuré, je parviens à me calmer, suffisamment pour ne pas hurler.

— Dis-moi pourquoi tu m'as attachée, et détache-moi, ou l'inverse comme tu veux, je n'en ai rien à faire.

— Tu poses trop de questions. Je vais te détacher mais il va falloir que tu attendes quelques secondes. Pour l'instant j'ai une mission et je dois l'accomplir. Point. Le reste on te l'apprendra plus tard, je te le promets.

Il pousse une exclamation satisfaite en sortant la boîte à seringues de la sacoche.

— Gabriel espèce de…! Ne m'approche pas! Tu n'es qu'un lâche pour me droguer! C'est quoi ton problème? Pas assez fort pour me maîtriser sans aide?

Il a un ricanement méprisant.

— Si je voulais que tu me suives sans faire d'histoires, je n'aurais pas besoin de te droguer, crois-moi.

Ça met le feu aux poudres.

153

Je pousse un hurlement rageur et tire très violemment sur la menotte. Le barreau cède. Je saute du lit et contourne Gabriel en courant. Il m'attrape le bras mais je m'arrache à sa poigne d'un coup sec. Je suis à quelques mètres de la porte quand il me fait un croche-pied. Je m'affale de tout mon long sur le parquet. Mon menton cogne les lattes en bois et je sens le goût métallique du sang se répandre dans ma bouche. Je me suis mordu la langue. J'ai à peine le temps de me retourner sur le dos qu'il est sur moi, les deux mains sur mes omoplates. Je me débats comme une furie mais rien n'y fait, il est beaucoup trop lourd pour moi.

Frappe-le, non mais frappe-le!

Elle est marrante celle-là, elle n'a pas remarqué que je suis sous quatre-vingt-dix kilos de muscles?

— Lâche-moi espèce de psychopathe! Lâche-moi!

— Arrête maintenant! Je ne te veux pas de mal OK? Si je fais ça c'est pour ta propre sécurité. Laisse-moi au moins t'expliquer!

Je voudrais bien lui donner un coup de genou, là, tout de suite, mais mes jambes sont coincées sous son poids.

— Fais-moi confiance.

— Non mais j'hallucine! Et pourquoi je le devrais? Tu m'as transformée en mouche géante sans mon consentement, puis droguée et je me suis retrouvée attachée à un lit dans un motel, ce qui, si tu veux mon avis, (je hurle à m'en percer les tympans) A DE QUOI FAIRE FLIPPER N'IMPORTE QUI! Alors s'il y a une seule bonne raison pour que je te laisse de nouveau planter ce truc dans mon cou je t'en prie, dis-la-moi. Je suis curieuse de l'entendre.

Il secoue la tête puis se lève doucement. Il me tend la main pour m'aider à me relever mais je la repousse d'un coup sec.

— Je t'amène à notre Quartier Général, si tu veux. Mais c'est le protocole. Nous droguons les nouveaux pour ne pas qu'ils sachent où se trouve exactement cet endroit. Pour le protéger de nos ennemis. Et les menottes c'est pour t'empêcher de partir sous le coup de la panique.

Je sens mes ongles se planter dans ma chair tant je serre les poings.

— Pourquoi est-ce que tu ne m'as pas dit ça en premier, espèce de crétin ?

Il me lance un regard ironique.

— Parce que tu aurais accepté que je t'endorme ?

Hem, non, il y a de grandes chances que non.

Je m'apprête à grommeler quand ses paroles me reviennent en mémoire.

— C'est quoi tout ça, Quartier Général ? Les autres ? Ennemis ? Attends j'ai dû louper un épisode. Alors soit tu t'expliques, soit tu me laisses tranquille OK ?

J'ai un mouvement de recul. Une lueur menaçante s'est allumée dans ses prunelles. Je les vois s'agrandir démesurément puis reprendre une forme normale alors qu'il inspire profondément. Sa voix, toutefois, claque comme un coup de fouet.

— Tu n'es pas en mesure de poser tes conditions Cass.

Cass ? Cass ??? Depuis quand on est passé à l'étape surnom ? Est-ce que je l'appelle Gabillou, moi ?

— C'est à moi de le faire, continue-t-il sans faire attention à mon expression profondément offusquée. Tu as toujours le choix et je t'aurais détachée et laissée faire ce que tu voulais si tu ne m'avais pas paru aussi hystérique.

La faute à qui, je vous le demande.

Il poursuit d'un ton sec.

— Alors tu dois me faire confiance, en réfléchissant au fait que, si je t'avais voulu du mal, ça ferait longtemps que ça serait fait, et que si jamais tu ne souhaites pas me suivre tu n'es pas irremplaçable.

Aïe, ça, ça fait mal.

Je prends un air détaché.

— Puisque je ne suis pas indispensable, ça ne te fera rien de me laisser m'en aller ?

Il hausse les épaules.

— Je n'ai pas dit «indispensable», j'ai dit «irremplaçable». Ce n'est pas pareil. Mais laisse-moi te poser une question, où iras-tu si tu t'en vas? Et que feras-tu? Tu continueras d'aller de motel en motel, cumulant les petits boulots minables, dans la crainte constante que quelqu'un découvre ton secret? Aucune relation intime à cause de ce que tu as dans le dos, de peur de finir dans un laboratoire, c'est ça la vie que tu souhaites?

Aïe. Ça fait encore plus mal.

Il n'a pas tort et ça fait mal de le penser. Je n'ai jamais voulu de cette vie, moi-même j'ai toujours pensé qu'il ne m'arriverait jamais rien d'exaltant. Mais, eh! Je ne connais pas ce type et les événements passés m'inciteraient franchement à rester sur mes gardes. Pourtant, j'ai la nette impression qu'il me dit la vérité, que je dois le croire.

Je me dirige tête baissée vers le lit et m'assois lourdement dessus. Je prends mon visage entre mes mains en soupirant.

Il s'approche et me prend doucement les poignets pour les écarter de mes yeux. On se regarde un moment. Il a vraiment des yeux magnifiques, quand ils ne sont pas cachés par leurs jumeaux maléfiques aux pupilles dilatées.

Les jumeaux maléfiques peuvent être très sexy…

— Qu'est-ce que tu choisis?

Je dégage doucement mon poignet et, sans prévenir, lui balance un crochet du droit dont la violence, décuplée par la colère et les émotions de la dernière semaine, multiplie sa vitesse.

Il n'a pas le temps de l'éviter ni même de bouger.

Je sens mes doigts craquer sous l'impact. Le choc envoie des ondes de douleur jusque dans mon coude.

Gabriel manque de tomber en arrière mais reprend son équilibre au dernier moment. Moi je secoue vigoureusement mon poing en poussant des glapissements de douleur.

Il me regarde, les yeux écarquillés sous l'effet de la surprise. Un mince filet de sang s'écoule d'une de ses narines mais je ne pense pas que son nez soit cassé. Dommage.

Oh oui, ça aurait été dommage que tu lui casses son joli nez, hein?

Cette voix commence à me taper sur les nerfs.

Je masse mes phalanges douloureuses alors qu'une paix salvatrice s'empare de moi. J'ai dû me péter les os tant j'y ai mis tout mon cœur et ma volonté. N'empêche, je ne me suis jamais sentie aussi bien.

Je repose négligemment mon bras sur mon genou.

On est quitte, les ancêtres.

— Désolée, j'avais juré et je dois dire que ça fait sacrément du bien.

Je lui désigne du menton la boîte encore sur la table.

— Je te suis mais c'est moi qui me pique.

Il reprend ses esprits et se passe le dos de la main sur le nez. En voyant le sang qui a coloré sa peau, il grimace.

— Sacrée droite. Je dois t'avouer que je ne m'y attendais pas. Et c'est rare qu'on arrive à me surprendre.

Le compliment me fait rougir.

— Tu sais que c'est hyperintéressant ce que tu me racontes? Alors ça te va comme marché?

Il plante de nouveau ses yeux dans les miens. Ses pupilles se dilatent jusqu'à ce que le bleu ait complètement disparu et qu'il ne reste que deux billes presque noires.

Il me lance un sourire carnassier. À ce moment précis, je crois voir apparaître un jaguar. Je frissonne.

— Comme tu voudras, miss. Laisse-moi au moins te la planter, sinon tu risquerais de te faire mal.

Il se lève, va chercher une seringue et revient vers moi. Je fais une moue de dégoût.

— Argh, j'ai toujours détesté les seringues.

Il ricane et plante l'aiguille dans la peau de mon cou.

— Tu n'as plus qu'à appuyer sur le piston.

Je hoche la tête et attrape la seringue. Ses doigts effleurent les miens et je dois réprimer un frisson. Un frisson qui est indéniablement tout sauf répulsif. Je me sens rougir et me concentre sur la seringue, pour garder contenance.

Un sourire mystérieux flotte sur ses lèvres. Ses yeux ont retrouvé leur couleur habituelle. J'appuie sur le piston jusqu'à ce qu'il n'y ait plus de liquide. Je me retrouve aussitôt sous l'effet du sédatif.

Je le regarde, les yeux embrumés, et m'appuie contre le dossier du lit. La dernière image que j'enregistre est celle de Gabriel qui me regarde, ses yeux bleu outremer imprégnés d'une expression indéchiffrable.

PARTIE 2

26

Une petite voix fluette me tire de ma léthargie.

— Tu crois qu'elle va bientôt se réveiller maman?

Quelqu'un soupire.

— Je ne sais pas Max. Tu m'as posé la question il y a cinq minutes, et je ne le sais pas plus que tout à l'heure.

— Mais ça fait au moins deux heures qu'elle est là! Je pourrais peut-être la secouer un peu, tu sais juste pour qu'elle ouvre les yeux...

— Non Max. Tu ne la touches pas. Elle a fait un long voyage éprouvant, et vu l'état du nez de Gabriel, ça n'a pas dû se passer en douceur.

Hé hé. Tu ne crois pas si bien dire.

Max marmonne:

— Moi je l'aime bien Gabi. Il me montre toujours des tours marrants.

Sa mère ne répond pas.

Je décide de ne pas le faire attendre plus longtemps et ouvre doucement les yeux.

Je suis dans un chalet, allongée sur un lit avec une bonne couche de couvertures sur moi. Un feu de cheminée produit de doux crépitements que je perçois à travers la porte entrebâillée de la chambre dans laquelle je me trouve.

Je tourne lentement la tête vers la source de lumière de la petite pièce. Juste au-dessus de mon lit se trouve une fenêtre quadrillée. À l'extérieur sévit le blizzard. Des bourrasques s'infiltrent par les interstices de la fenêtre, provoquant des sifflements qui me rappellent immanquablement ceux que l'on entend dans les films d'horreur.

Je reporte mon attention sur la porte entrouverte en frissonnant légèrement. À travers la petite ouverture, je peux apercevoir une jeune femme qui cuisine, me tournant le dos. Et celui que je devine être Max se soulève sur la pointe des pieds pour voir ce que fait sa mère. Il se retourne vers moi, maussade, et je devine qu'il s'apprête à poser la sempiternelle question quand il remarque mes paupières ouvertes.

— Maman! Maman! Elle est réveillée!

Il se met à sauter partout dans la pièce avant de débouler dans la chambre et de bondir sur mon lit en riant.

— C'est sûr qu'elle est réveillée. Avec tout le bruit que tu fais depuis tout à l'heure, elle n'a pas vraiment eu le choix.

Elle s'approche de la chambre d'un pas léger et m'aide à m'asseoir.

— Tu dois excuser l'attitude de mon fils, il n'est pas habitué à voir de nouvelles têtes par ici.

Je me surprends à écarquiller les yeux. Max est son fils. Elle fait tellement jeune, pas plus de vingt-cinq ans. Et le petit doit avoir au moins six ans. Elle a dû l'avoir jeune.

Je me reprends et souris faiblement :

— Ne vous inquiétez pas, j'aime beaucoup les enfants, et généralement c'est réciproque.

Je souris à Max.

— Alors quel âge as-tu?

Il prend un air supérieur qui me donne envie de rire.

— Bientôt sept ans. Ça veut dire que dans onze ans j'aurais le droit de toucher la...

— Max!

Je sursaute. Sa mère le regarde d'un air réprobateur.

162

— Cassiopée vient d'arriver, tu ne vas pas l'assommer avec des histoires de protocoles ! Chaque chose en son temps ! En plus, ça n'est pas ton devoir de lui en parler.

Max prend un air boudeur.

Je me tourne vers sa mère, un peu perdue. Elle me regarde avec un air doux.

— Pourrais-je savoir où je me trouve ?

— Seigneur, tu as des yeux magnifiques. Je n'en ai jamais vu de pareils. Oh, excuse mon impolitesse, je m'appelle Marlène et voici mon fils, Maxime.

Elle se tourne vers son fils qui trépigne d'impatience, et hoche la tête, un petit sourire amusé sur les lèvres. Max ne se fait pas prier et déballe à toute vitesse comme s'il avait peur que sa mère ne l'interrompe encore :

— Tu vas habiter chez nous autant de temps que tu en auras besoin. Tu es chez les Myrmes. Tu vas apprendre à maîtriser tes nouvelles capacités pour pouvoir défendre les plus faibles contre les Narques et tu…

— Max.

Marlène le regarde et secoue la tête d'un air excédé.

— Tu parles trop vite. Je suis sûre qu'elle n'a rien compris.

Elle se tourne de nouveau vers moi en levant les yeux au ciel.

— C'est très stéréotypé et simplifié mais c'est à peu près ça.

— Il n'y a pas de soucis madame, ne vous inquiétez pas.

Je n'ose pas lui dire qu'en effet je n'ai rien compris. Alors à la place je lui souris.

— Dites-moi, qu'est-ce que je suis censée faire maintenant ?

— Appelle-moi Marlène. Et tutoie-moi, je t'en prie. Comme te l'a dit Max, nous allons te loger jusqu'à ce que tu aies terminé ton Apprentissage chez les Myrmes et ensuite tu pourras prendre un logement indépendant.

— Mon Apprentissage ?

163

— Oui. Tu as dû remarquer que ta vue s'est améliorée. Eh bien tu vas suivre des sortes de cours qui vont t'apprendre à contrôler cette capacité et, par-dessus tout, t'aider à prendre le réflexe de t'en servir dans des situations où elle te sera utile. Tu vas également apprendre à voler et à cacher tes ailes, entre autres.

Elle jette un coup d'œil entendu à mon pull. Max pouffe de rire.

— On dirait que tu es bossue!

Je touche mon dos et je sens le tissu du pull bosselé à plusieurs endroits.

— C'est normal, tu ne sais pas encore les replier, mais ça viendra.

Elle me sourit au moment où un homme rentre précipitamment et referme la porte derrière lui. Il y a des bourrasques de neige impressionnantes au-dehors.

— La tempête s'est amplifiée, il va falloir rester chez nous encore un...

Il s'arrête en me voyant assise sur le lit. Il est blond et plus jeune que je ne l'aurais pensé. Il doit avoir le même âge que Marlène. Son compagnon, certainement.

Il a les yeux verts, aussi verts que mes ailes et je vois des flocons scintiller dans sa tignasse dorée. Je ne peux pas m'empêcher d'arrêter de respirer.

Non mais sérieusement, est-ce que cette fleur a aussi la faculté de vous transformer en bombe sexuelle? Non parce que si c'est le cas, je veux être remboursée, sur moi ça n'a pas vraiment fonctionné.

Un large sourire se dessine sur son visage.

— Cassiopée, voici mon autre fils, Camille. Il va être ton Tuteur durant ta formation.

Son... fils? Mais ils doivent avoir le même âge! Comment est-ce que c'est possible?! En même temps, je n'ai plus à dissimuler l'effet qu'il a sur moi. D'ailleurs, je crois que je bave.

J'arrive enfin à détacher mon regard de la délicieuse apparition qui se tient devant la porte d'entrée pour me tourner vers Marlène.

— Mon Tuteur?

— Oui. Chaque nouvelle recrue a un Myrme plus âgé et plus expérimenté avec lui du début à la fin de son Apprentissage. C'est lui qui va te faire visiter le village, qui va t'expliquer ce que tu ne comprends pas, etc.

C'est vraiment pas de chance...

Camille enlève son manteau et le suspend à un crochet sur la porte. Il se passe la main dans les cheveux, un air soucieux sur le visage.

— Mais avant de pouvoir sortir il va falloir attendre. La tempête fait rage dehors, et j'ai l'impression que ça n'est pas près de s'arrêter.

Je reprends mes esprits et me tourne vers Marlène, trop craintive de raconter des craques si je parle directement à Camille.

— Mais où sommes-nous exactement?

Camille et sa mère se regardent. Cette jeunesse dans leurs traits est vraiment déroutante, sachant que sûrement deux décennies les séparent.

— Je suis désolée Cassiopée, mais c'est la seule chose que je ne suis pas autorisée à te dire. Pour être franche, je ne le sais pas exactement moi-même.

Je la regarde comme si elle était dingue.

— Quoi? Tu ne sais pas où tu habites?

— Eh non. La sécurité de la communauté l'exige, et c'est beaucoup mieux comme ça. Enfin, tout ce que je peux te dire c'est que nous sommes dans un village composé uniquement de gens de notre espèce, et qui est méconnu des hommes.

Je les observe tous les deux quelques instants puis quelque chose me frappe.

— J'ai une question, si je ne me trompe pas, vous avez vous aussi des ailes, non? Pourquoi est-ce que vous ne les laissez pas sortir de vos pulls?

Camille s'est déchaussé et se place devant la cheminée, les bras croisés sur son torse puissant.

Par tous les dieux grecs, vikings et gaulois, je vais défaillir.

— Parce que nos ailes sont fragiles. Elles n'apprécient pas beaucoup le froid intense, surtout quand il neige. Les Myrmes qui ont étudié ce phénomène restent assez perplexes. À première vue, la membrane a l'air solide et ni l'eau ni le soleil n'ont de prise dessus. En revanche, lorsque de la neige se dépose sur le duvet, il y a comme un phénomène de décomposition. Et le froid intense a un effet plutôt néfaste sur notre capacité à voler, même si c'est temporaire. Mais lorsque la tempête sera calmée, toute la communauté utilisera les pulls Tiendé.

— Les quoi?

Je ne comprends pas un traître mot de ce qu'il déblatère. Camille me sourit.

Ga ga.

C'est dingue, même cette stupide voix n'arrive plus à être cohérente! Ce type est dangereux. Je dois garder mes distances.

Je lui lance mon sourire le plus éblouissant.

— Les pulls Tiendé. Des vêtements adaptés à notre morphologie et qui nous permettent de laisser nos ailes à l'extérieur, parfaitement libres de leurs mouvements.

Je fronce les sourcils, pas très sûre de les suivre.

Est-ce qu'ils sont sérieux? Est-ce qu'ils se rendent compte que je suis réveillée depuis une dizaine de minutes après avoir été 1) traquée par une bande de tarés armés jusqu'aux dents, 2) transformée en insecte géant, 3) à moitié kidnappée par le brun aux pupilles dilatées le plus sexy de la planète et 4) que je viens de me réveiller dans un espèce de chalet, chez de parfaits inconnus, en pleine tempête et qu'on refuse catégoriquement de me dire où je me trouve tout en me racontant des craques sur je ne sais quels pulls magiques?

Ouah.

Je me frotte les yeux en tentant de garder contenance.

— Je n'ai pas ces habits.

— Nous t'en donnerons, il n'y a pas de soucis.

Non, non aucun.

Soudain je regarde autour de moi, alertée. Je ne vois pas mon sac. C'est ce que j'ai de plus précieux au monde et mon seul moyen de défense est à l'intérieur.

Marlène a remarqué mon agitation.

— Tu cherches ton sac?

Elle se dirige vers une armoire.

— Je l'ai rangé là, Gabriel me l'a amené en même temps que toi.

Du coin de l'œil je vois Camille se raidir au nom de Levis Man.

Ho, ho! Voilà qui est intéressant.

Marlène m'apporte le sac et je fouille à l'intérieur. En voyant le Taser je soupire de soulagement. Je repose mon sac près du lit et me lève doucement.

— Tu n'auras pas besoin de cette arme, tu sais?

Je regarde Camille en fronçant les sourcils. Mes poings se serrent malgré moi, et je me sens beaucoup moins intimidée par lui d'un coup.

— Tu as fouillé dans mes affaires?

Je le vois qui s'esclaffe. S'il continue comme ça, il ne risque pas de rire longtemps, ce gus.

— Non je n'ai pas fouillé dans tes affaires, je ne me le permettrais pas. Mais quand tu as déposé ton sac, ton arme s'est cognée contre la fermeture Éclair de ton porte-monnaie, si je ne m'abuse, ce qui a produit un bruit métallique. Mais ce qui m'a donné la précision de sa nature, un Taser, c'est le léger grésillement qu'il produit en continu.

Je le regarde, estomaquée. Je n'ai strictement rien entendu.

— Co... comment tu as fait pour entendre tout ça?

— Mon Sens Phare est l'ouïe. Le tien, dis-moi si je me trompe, est la vue. J'ai appris à me servir de mon ouïe et à l'améliorer. Je peux entendre chaque pulsation de ton cœur et, si je me concentre, je pourrais t'entendre battre des paupières.

OK, c'est légèrement flippant.

Je m'éclaircis la gorge et prends un air dégagé.

— Je croyais que tous les Myrmes avaient un seul sens développé.

— Ce n'est pas tout à fait faux, souligne Marlène qui est retournée à ses fourneaux.

— Non en effet. Chaque Myrme possède un Sens Phare. Ça peut être l'odorat, la vue… ou l'ouïe.

Il semble hésiter à ajouter quelque chose, puis se ravise. Ma curiosité est piquée au vif.

— Et il ne peut pas en avoir plus d'un ?

Camille hausse les épaules.

— C'est possible, mais plutôt rare. Les Myrmes dans ce cas-là sont souvent très puissants. On n'en rencontre pas tous les jours.

Il y a tant de questions qui se bousculent dans mon esprit que je ne sais pas par où commencer. Mais celle qui franchit la barrière de mes lèvres est à des années-lumière du sujet précédemment abordé. Et totalement crétine.

— Tu connais bien Gabriel ?

Aussitôt le premier mot sorti de ma bouche, je me maudis intérieurement.

Nom. De. Zeus ! Pourquoi, mais pourquoi ?

Je voudrais une corde, là tout de suite. Ou un bidon d'essence et des allumettes. Néanmoins, je ne laisse rien paraître de mon trouble.

Il a un léger froncement de sourcils et ses doigts blanchissent alors qu'ils accentuent la pression qu'ils exercent sur ses bras croisés. J'ai l'impression que mon acuité visuelle s'améliore. Dans tous les cas il me répond de la même voix douce et posée :

— Assez bien oui. Mais il ne me porte pas spécialement dans son cœur et c'est réciproque. Cependant ça n'est absolument pas grave, il est impossible à l'être humain d'apprécier toutes les personnes qu'il côtoie.

— Et pourtant, nous ne sommes plus des êtres humains.

C'est ça, continue de t'enfoncer, t'es pas encore assez profond. Camille sourit d'un air amusé. Je comprends, je dois avoir l'air d'une gamine de quatre ans avec mes déclarations stupides.

— À l'extérieur c'est vrai. Mais à l'intérieur, nous sommes toujours les mêmes. Parfois pour notre malheur.

Max qui était parti jouer dans sa chambre arrive en courant et se jette dans les jambes de son frère, me sortant miraculeusement du pétrin dans lequel je me suis fourrée.

— Cette fois, Camille, je vais réussir à te plaquer au sol.

Je vois Camille qui rit en attrapant son petit frère par les jambes et en le balançant sur son épaule. Puis il le jette sur le canapé et l'inonde de chatouilles. Max rit tellement qu'il s'étouffe à moitié.

Je vois cette famille heureuse et pleine de vie et je me sens un peu étrangère au décor. Mais quand Marlène vient me chercher en souriant pour me faire visiter le petit chalet, je sens que la vie ici va me plaire.

27

La maison des Thomson est petite et douillette. Camille et Max ont chacun leur chambre, l'une en face de l'autre et la petite maison en rondins possède également une petite chambre d'amis où je devrais normalement loger. Mais Max a harcelé Marlène pour que je puisse dormir sur un matelas près de son lit.

La pièce principale est le salon. Il ne fait pas plus de dix mètres carrés et il n'y a pas de cloison pour le séparer de la cuisine. Ça ne doit pas être très pratique pour les odeurs.

Un petit couloir mène au reste de la maison, qui se compose des quatre chambres et de la salle de bains. Le mobilier, agencé de tables en bois, tapis ronds et parquet en pin, donne à la maison un aspect de refuge de haute montagne. J'adore.

Au cours de la soirée, j'ai quelques indications sur le mode de vie des personnes qui habitent ici. À table, je me rends compte, vraiment mal à l'aise, que cela fait plusieurs jours que je ne me suis pas douchée.

Quand je demande à Marlène si je pourrais emprunter leur salle de bains, elle sourit, un peu amusée.

— Oui bien sûr Cassi, tu peux. Et ne me demande plus à l'avenir je te prie. Mais ne cherche pas la douche il n'y en a pas.

J'ai dû la regarder avec un air horrifié, parce qu'ils ont tous éclaté de rire.

— Il y a une baignoire, mais on doit faire chauffer l'eau. Nous n'avons pas l'eau courante. Pour avoir l'eau courante, il faut de l'électricité. Et avoir l'électricité ici serait trop risqué. Cela pourrait donner des indications sur notre emplacement.

Ça, ça va être plutôt dur à digérer. Camille m'observe de son regard doux. Il a le même que sa mère, même si Marlène n'a pas les yeux verts, mais un chocolat intense.

— Ne t'inquiète pas, nous ne vivons pas en néandertaliens, il y a tout ce qu'il faut pour se doucher, sauf qu'à la place d'une douche nous avons une baignoire.

Il réfléchit quelques secondes.

— Tu pourrais aussi aller prendre un bain aux Sources Chaudes. Elles sont à la lisière de la forêt. Mais je te le déconseille quand même, il y a trop de risque de se faire attaquer.

Ma curiosité est piquée. Voilà qui est infiniment plus intéressant.

— Attaquer ? Par qui ? Les Narques ?

Je ne sais absolument pas qui sont ces fameux Narques, mais je tente le tout pour le tout.

— Entre autres. Il y a aussi des ours dans la région et de sacrément gros. Et en hiver ils sont plutôt agressifs.

Max se met debout sur sa chaise et bombe le torse.

— Moi si jamais un ours m'attaquait, je lui ferais sa fête ! Il ne saurait même pas ce qui lui tombe sur la tête.

Il bande les muscles de ses petits bras. Je lui pince doucement la taille.

— Oh tu sais, il serait content de te voir, les ours aussi ont le droit de prendre l'apéro.

Camille et Marlène pouffent de rire et Max se rassoit sur sa chaise, un peu vexé.

Je lance un sourire d'excuse à Max puis je regarde Camille et sa mère à tour de rôle.

— De quelle couleur sont vos ailes ?

171

C'est Camille qui me répond :

— De la même couleur que la quasi-totalité des Myrmes, gris argenté. Certains ont des taches de couleur dessus, mais c'est plutôt rare. Et une infime minorité a des couleurs unies, comme du bleu, du jaune ou du vert. Mais là, ça tient carrément de l'exception. Après les formes varient légèrement d'un individu à l'autre, mais rien de bien flagrant.

Je rougis, surprise.

— Ah, euh, mais si quelqu'un a, disons, les ailes vertes, cela signifie qu'il a une anomalie ?

Marlène prend la parole :

— Bien au contraire. C'est qu'il a des gènes propices à des mutations plus importantes, ce qui résulte de capacités supérieures. Mais ça n'est pas toujours le cas. On a juste remarqué que, souvent, les Myrmes ayant des couleurs particulières avaient un Sens Phare de plus.

Je regarde dans le vide, pensive. Mes ailes sont de couleur unie, mais je n'ai qu'un Sens Phare, la vue. Je ne sais pas si je dois en parler à ma famille d'accueil. Je décide de ne rien dire pour le moment, ça finira par se savoir à un moment ou à un autre.

Max me tire de ma réflexion :

— Cassi, tu fais une tête bizarre.

Je lève les yeux et je vois qu'ils me regardent tous les trois, les yeux plissés. Je tente un rire léger, sauf que je ne réussis qu'à m'étrangler à moitié avec ma salive. Entre deux hoquets, j'essaie de changer de sujet.

— Marlène, est-ce que je peux te poser une question un peu indiscrète ?

Elle me regarde, indécise, et hausse les épaules.

— Tu peux toujours essayer.

— Je t'ai bien observée et je trouve que tu fais vraiment jeune, alors que tu as deux fils, dont un qui semble avoir le même âge que toi. En fait pour tout te dire, je te donnerais grand maximum vingt-cinq ans.

Elle se détend et sourit :

172

— Oui, je m'attendais à ta question. Eh bien, pour ne pas te mentir, j'en ai quarante-cinq.

Elle rit en voyant la surprise se peindre sur mon visage.

— Mais tu vas vite te rendre compte, une fois la tempête calmée, que la quasi-totalité du village est dans mon cas.

— Pourquoi donc?

— Tu verras cela avec Camille. Il vaut mieux qu'il t'explique au fur et à mesure.

Pourquoi est-ce qu'on ne me dit pas une bonne fois pour toutes de quoi il en retourne au lieu de sans cesse tourner autour du pot?

Soudain, Max se remet à faire le pitre, et tout le monde éclate de rire.

Après avoir ri pendant dix minutes des blagues de Max, je soupire, un peu déçue.

— Bon eh bien tant pis pour la douche alors.

Marlène se lève et va chercher une grosse casserole dans un placard. Elle est énorme. Elle la remplit d'eau et commence à la faire chauffer sur la cuisinière à bois.

— Tu ne crois quand même pas qu'on va te laisser dormir dans notre maison alors que tu es toute crasseuse?

Elle me lance un sourire malicieux puis se tourne vers son fils.

— Camille, tu veux bien montrer à Cassiopée où sont rangées toutes les affaires de toilette, s'il te plaît?

Il hoche la tête et me fait signe de le suivre. La salle de bains est petite, on peut y tenir à deux, grand maximum, avec la grosse baignoire en fonte au milieu.

Me retrouver à quelques centimètres seulement d'un homme qui dégage un dangereux mélange d'hormones mâles, de sex-appeal et d'une adorable serviabilité est très troublant. Je m'aperçois que je suis en apnée depuis au moins trente secondes.

Camille me montre où sont les savons et me donne une serviette propre. J'en ai déjà une à moi, mais quand je vois qu'elle est tellement vieille qu'elle n'éponge plus rien, j'accepte avec gratitude celle qu'il me présente.

— Je te laisse te déshabiller, maman va venir t'apporter l'eau. Si tu as des affaires à laver, mets-les dans ce panier.

Hum ou pas.

Je me vois mal donner mes tangas et mes soutiens-gorge à Marlène pour qu'elle les lave. Dieu merci, j'ai eu la présence d'esprit de rejeter catégoriquement les strings. Ça aurait pu virer au drame, je m'en rends compte. Mais j'acquiesce quand même, histoire qu'il ne me prenne pas pour la prude du siècle.

Camille me sourit et sort.

Je me déshabille lentement et m'observe dans le miroir. Mes ailes sont un peu tordues d'être restées pliées dans mon dos pendant si longtemps. Je les étire un peu avec ma main et elles reprennent leur belle forme ciselée.

Marlène toque doucement à la porte et ouvre.

Je passe rapidement la serviette autour de ma taille et l'aide à porter la gigantesque marmite. Elle est remplie à ras bord, alors Marlène se concentre dessus pour ne pas faire tomber de l'eau partout. Puis elle verse le contenu dans la baignoire. Ça fume beaucoup.

Je fronce les sourcils, un peu inquiète.

— Ça a l'air hum, très chaud.

Elle relève la tête un peu essoufflée et me regarde.

— Ne t'inquiète pas, je vais te rajouter l'équivalent en eau ti…

Elle ne termine pas sa phrase et fixe quelque chose derrière moi. Je me retourne, m'attendant presque à voir passer un grizzli derrière la fenêtre, sauf que je me souviens qu'il n'y a pas de fenêtre.

Je la regarde, un peu alarmée.

— Hum, tout va bien ?

Elle me sourit mais reporte immédiatement son attention derrière mon dos.

— Cassi, pourrais-tu me montrer tes ailes ?

Je fronce les sourcils, pas très certaine de la direction que prend cette conversation quand les paroles de Marlène et de Camille me reviennent en mémoire.

Je me tourne et baisse la serviette pour les laisser apparaître complètement.

— Mes aïeux, Cassiopée, elles sont magnifiques.

Derrière son admiration, je sens une pointe d'inquiétude. Mais quand je me retourne pour la regarder, elle me sourit de toutes ses dents.

— Tu aurais pu nous dire que tu étais une Siléa.

Ah, je suis une Siléa ? Bonne nouvelle.

— C'est quoi déjà ?

— C'est ainsi qu'on appelle ceux qui ont plusieurs Sens Phare.

Je secoue la tête.

— Je n'ai qu'un seul Sens Phare. La vue. Seules mes ailes sont particulières.

— Oui c'est vrai, je parle un peu trop vite, parfois. C'est moi-même qui t'ai dit tout à l'heure que tous les Myrmes aux ailes colorées n'étaient pas Siléa. Je devrais penser avant de parler. Un peu comme mon excité de fils d'ailleurs. Il faut bien qu'il tienne cela de quelqu'un.

Elle a un rire léger.

— En tout cas tu vas faire fureur auprès des garçons avec ces merveilles.

Elle me fait un clin d'œil et sort. Elle est gentille et je me sens déjà chez moi, mais je ne suis pas sûre que mon objectif premier soit de plaire aux garçons. En fait, cet objectif se trouverait plutôt entre devenir championne du monde de golf et étudier l'histoire de la mode. Quoique s'ils sont tous aussi canon que Gabriel et Camille, je vais peut-être revoir mes objectifs à la hausse.

Elle revient quelques minutes plus tard avec la même marmite remplie d'eau tiède. Elle se retourne vers moi et se passe une main dans ses beaux cheveux bruns. Je ne sais pas qui est le père de Camille et de Max, mais ce qui est sûr c'est qu'ils ont hérité de la couleur des cheveux et des yeux de leur père.

— Tu sais Cassiopée, tu peux le dire à Camille, pour tes ailes. Au contraire, cela lui fera plaisir que tu lui en parles.

Je hausse les épaules.

— À quoi bon ? Il a certainement suivi toute cette conversation depuis le début. À mon avis il est déjà au courant.

Marlène me sourit.

— Camille entend merveilleusement bien, c'est vrai, mais il sait aussi se faire discret. Il ne t'en parlera pas tant que tu n'aborderas pas le sujet toi-même.

Franchement, lui avouer cela n'est pas dans mes priorités. Premièrement j'aime beaucoup Camille et je ne veux pas qu'il me voie différemment après ça, et deuxièmement je me vois mal lui en parler sans passer pour la dernière des frimeuses.

Elle me fait un clin d'œil, comme si elle avait lu dans mes pensées.

— Je connais mon fils, crois-moi, il appréciera, qu'il ait entendu ou non.

Marlène va sortir quand je l'arrête d'un geste.

— Merci.

Elle me sourit et sort.

Le bain est une bénédiction. J'ai l'impression de me débarrasser de tous les soucis qui me suivaient à la trace. Comme je n'ai rien d'autre à faire, je me demande si Dimitri sait où je suis. Je me demande aussi où est Martin Kirk, et ce qu'il fait à ce moment. Est-ce qu'il a changé ? Réellement ? J'ai du mal à le croire.

Il faut que j'arrête de penser à ce mec, ça ne m'apporte que des soucis. La dernière fois je me suis retrouvée perdue au beau milieu d'une cité sordide, sortie tout droit de Matrix, sans Keanu Reeves. Merci bien.

Je sors du bain et me mets en pyjama. Dehors le vent souffle à en faire trembler la maison.

Marlène et Camille sont dans la cuisine en train de parler.

— Où est Max ?

— Je l'ai couché. Il était excité comme une puce.
D'ailleurs je vais suivre son exemple. Je vous dis bonne
nuit les jeunes.

On lui répond à l'unisson.

— Tu as sommeil ?

— Nan et toi ?

Je grimace.

— Disons que je viens de passer une journée entière
sous l'effet d'un sédatif donc je ne sais pas si je vais réussir
à dormir.

J'hésite une seconde et je me lance :

— Tu sais, mes ailes sont unies, elles sont vertes.
Comme les Siléa.

Il sourit.

— Je m'en doutais. Quand on en a parlé à table, j'ai
entendu ton cœur s'affoler.

Il ne parle pas de la conversation dans la salle de bains.
J'en conclus donc qu'il n'a pas écouté l'échange entre sa
mère et moi. Comment ? Encore un mystère. Ou alors il
ne veut pas en parler, ce qui est plutôt malin parce que
ça le ferait un peu passer pour le dernier des voyeurs. Ou
entendeurs. Bref.

Il poursuit.

— J'en suis venu à la conclusion que c'était ton cas.

Le sens de ses paroles me frappe alors. Je le regarde en
écarquillant les yeux.

— Tu arrives à voir si les gens te mentent, juste en
écoutant leurs pulsations cardiaques ?

Il hoche la tête.

Est-ce que ça signifie qu'il a compris que j'étais en totale
extase devant son apparition, quelques heures plus tôt ?

C'est hum, assez embarrassant.

J'essaie de ne pas penser à cette honte cosmique :

— Mais ça n'est pas contraignant d'entendre sans arrêt
le moindre bruit ?

— Au début ça l'était. Mais maintenant je n'y fais plus attention. C'est même un atout. Quand on est sur ses gardes, c'est pratique d'avoir une ouïe surdéveloppée.

On garde le silence un moment.

Il reprend la parole en premier :

— Si la tempête se calme demain, je te ferai visiter. En attendant je vais me coucher. J'espère que tu arriveras à dormir.

Il me sourit.

— Ah, oui, et tu as des yeux extraordinaires, une couleur unique. On a dû te le dire souvent.

Je me renfrogne immédiatement, mécontente qu'on entame le sujet.

— Hem, ça arrive en effet. Quand on ne me traite pas de sorcière ou de mutante, bien sûr.

Il secoue la tête.

— Dis-toi que c'est juste parce qu'ils sont jaloux, et ils ont de quoi. Bonne nuit, Cassiopée.

Je lui souris aimablement :

— Bonne nuit Camille.

Il s'enferme dans sa chambre et je me dirige vers celle de Max. Je me glisse sous les couettes aux pieds du lit de ce dernier.

Avant que je m'endorme, je ne peux m'empêcher de buter sur un détail de notre conversation. Je suis sûre que les yeux de Camille ont brillé, lorsqu'il a prononcé le mot «unique». J'espère qu'il ne se moquait pas de moi.

28

Max me réveille avec grand enthousiasme, en me sautant dessus. Du coup, je tente de reprendre ma respiration les cinq minutes suivantes. Lui est mort de rire.

— Cassi! On va pouvoir aller se promener, la neige a cessé de tomber!

Je me soulève difficilement sur le coude et lui donne un petit coup dans le ventre en souriant.

— Chouette.

Je m'habille rapidement et entre dans la cuisine. Je ne vois Camille nulle part. Zut, la journée avait siiii bien commencé en plus!

— Bonjour Cassi, tu as eu le droit à un réveille-matin personnalisé, à ce que je vois.

Marlène lance un coup d'œil entendu à son fils qui lui sourit, fier comme Artaban.

— Oui en effet. On ne peut pas trouver plus efficace. Marlène, où est Camille?

— Il est sorti pour te prendre des vêtements adaptés pour sortir.

— Pour mes ailes tu veux dire?

Elle hoche la tête et me tend une brioche fumante.

Depuis que je suis arrivée, je me rends compte à quel point la solitude m'avait pesé. Ça fait du bien de retrouver un semblant de famille.

Camille entre, des habits sur le bras droit. Ses ailes se déploient sur toute la longueur de son dos. Elles sont argentées, comme il me l'avait dit.

Par Thor, et tous ses potes vikings, dire que ça ajoute à son sex-appeal serait un affreux euphémisme. Je suis carrément obligée de porter la main à ma bouche pour qu'il ne me voie pas baver.

Si lui est presque irrésistible avec ses ailes, je crois que si je vois Gabriel avec ces fameux pulls magiques qui les laissent apparaître, je ne répondrais plus de mon corps.

Voilà qui serait intéressant…

Je le regarde alors qu'il est occupé à se déchausser. Ouais, on peut dire qu'il est beau, pas dans le même genre que Gabriel, mais beau à tomber quand même.

— Salut Cass. Tiens, prends ça. Maman va te montrer comment le mettre.

Il me tend une espèce de pull à boutons. Je le tourne dans tous les sens, ce qui fait rire Max.

— Viens, je vais te le mettre.

Elle me pousse dans la salle de bains et ferme la porte.

J'enlève le pull que j'avais enfilé en me levant et Marlène me dit de passer les bras dans celui que Camille lui a donné. Elle me le boutonne dans le dos. Le tissu est incroyablement chaud. Il faut que je sorte le plus rapidement possible ou je vais me liquéfier.

Je me retourne pour observer son ouvrage. Le pull s'emboîte parfaitement avec la forme de mes ailes. Un léger battement les secoue, comme si elles se délassaient les muscles après un long moment passé sous mes vêtements.

Marlène me sourit.

— On dirait qu'elles sont pressées de voler.

Une boule se forme dans mon estomac.

— Hum, je pense qu'elles vont devoir prendre leur mal en patience, parce que je suis incapable de m'élever à plus d'un mètre du sol, j'ai le vertige.

Ce qui est quand même superbizarre, suis-je obligée de remarquer, puisque étant petite je crapahutais sur un séquoia géant dès que j'en avais l'occasion. Allez comprendre.

— Au début tu auras du mal, mais ça finira par venir. Allez, viens. Camille t'attend.

Ce dernier est en train de taquiner son petit frère quand il me voit. Ou plutôt quand il voit mes ailes.

— Waouh ! Eh Camille, vise ses ailes ! Elles sont trop belles ! Tu crois que j'aurai les mêmes plus tard ?

Camille ne prend même pas la peine de lui répondre. Il me regarde avec une étincelle dans les yeux, que je ne lui avais encore jamais vue. En fait il me regarde exactement comme je suppose que je le regardais quelques minutes plus tôt. On dirait...

Mais oui ma belle, on dirait bien que tu l'impressionnes.

Max le sort de son enchantement en le poussant vers la porte.

— Allez ! Y'a mes copains qui m'attendent dehors ! Et il y a ma nouvelle copine !

Son frère ricane.

— Ta nouvelle copine ? J'aimerais bien voir ça !

Camille ouvre la porte et nous laisse sortir, Max et moi. Ce dernier se retourne, tout sourires.

— Bienvenue à Tornwalker !

Nous nous retrouvons dans une rue où se côtoient les mêmes petits chalets en rondins. En fait, on ne peut pas vraiment parler de rue, puisque les maisons sont disposées sans organisation précise. La neige recouvre les toits, le sol et les arbres. Les arbres. Des conifères. Il y en a partout. On dirait que les habitants ont juste coupé le strict minimum pour y construire leurs maisons, et ont laissé le reste de la forêt telle quelle.

En face de la maison des Thomson, un groupe de Myrmes aux longues ailes argentées parlent joyeusement entre eux.

La porte est à peine fermée que tous les regards se braquent sur moi.

181

— Ne fais pas attention Cass. Ils n'ont pas vraiment l'habitude de voir des Siléas.

— Mais je ne suis pas une Siléa, protesté-je. Ce sont juste mes ailes qui ont cette couleur.

Il hausse les épaules.

— C'est bien ça le problème.

Quèsaco ?

Au fur et à mesure qu'on avance dans le village, les conversations s'éteignent. J'ai de plus en plus envie de me terrer dans un trou de souris.

Tous les Myrmes ont sorti leurs ailes. Elles sont de tailles différentes selon les individus, mais presque toutes uniformément argentées. Une fois, je croise une Myrme aux ailes tachetées de violet. Mais je n'en vois aucun avec une couleur particulière.

Mais encore plus incroyable, je ne croise pas une seule fois un vieillard. De temps en temps, un Myrme de plus de cinquante ans passe près de moi, mais c'est rare. La moitié de la population semble avoir mon âge. C'est hyper-déroutant.

J'essaie de me détendre et de ne pas faire attention aux murmures que déclenche mon passage.

Mon pull est blanc, mais je ne vois aucun autre Myrme habillé de cette couleur.

— Camille, le pull de cette couleur, c'est pour me reconnaître en tant qu'Apprentie ?

— Presque. Disons que si cela ne tenait qu'aux résidents permanents, on se rendrait compte que tu ne fais pas partie du village. En fait, cette couleur c'est pour reconnaître tes collègues.

Je le regarde, intriguée.

— Mes collègues ?

Il me sourit et hoche la tête.

— Oui, avec toi sont arrivées une cinquantaine de nouveaux Myrmes.

— C'est Gabriel qui s'est chargé de tous les rapatrier ? demandé-je avec incrédulité.

Je note encore une fois un tressaillement au nom de Gabriel. Il me répond un peu tendu :

— Non, bien sûr que non. Chaque nouvelle recrue possédait son Rabatteur. Il t'observe pendant une bonne période, puis te donne la Caïna.

La Caïna ? Qu'est-ce que c'est encore que ce truc ?

— Dès que tu arrives à déchiffrer le code, c'est que tu es prêt à nous rejoindre. Chaque code est évidemment différent selon le Sens Phare que la recrue est susceptible de développer, mais ça c'est une autre paire de manches.

Ça explique le fait que je me sentais surveillée depuis le moment où j'avais quitté l'orphelinat. Mais pas pourquoi Dimitri m'avait attaquée.

Je vais lui poser la question quand une autre la remplace sans que je m'en aperçoive.

— Y a-t-il des Siléas dans le village ?

— Oui il y en a deux. Notre «leader», Soraya en est une. Elle a deux Sens Phare et ses ailes sont violettes. Et puis il y a...

Mais je n'entends pas la suite. Nous venons de tourner au coin d'une maison et nous nous retrouvons dans ce qui doit être la place du village. Très large de diamètre, une multitude d'arbres subsistent en son sein. Des Myrmes se pressent et s'apostrophent amicalement et une joyeuse agitation règne. Mais ce ne sont pas ces détails qui attirent mon attention.

Devant moi, se tenant de dos, il y a un Myrme Siléa. Il parle avec une femme. Ses cheveux noirs volettent de-ci de-là selon les caprices du vent. Mais ce qui m'interpelle chez lui, ce sont ses ailes : immenses, couleur de nuit, liserées d'argent et constellées de points blancs. On dirait que Dieu s'est amusé à reproduire la voie lactée dessus. Jamais, de ma vie, je n'ai vu une chose aussi merveilleuse et sombre à la fois que cette paire d'ailes.

Voyant que la femme s'est arrêtée de parler pour me regarder, bouche bée, le Myrme se retourne.

J'oublie comment on fait pour respirer. Je connais cet homme. C'est Gabriel.

★★★

On se contemple sans rien dire pendant dix secondes, aussi surpris l'un que l'autre.

Ses yeux passent de mes ailes à mon visage et de mon visage à mes ailes. Un mélange de surprise et de cynisme se reflète dans son regard bleu. Je me sens rougir jusqu'à la racine de mes cheveux alors que mon estomac entame une drôle de danse folklorique.

Qu'est-ce que je disais déjà à propos de mon corps ?

Camille finit par intervenir. Il s'est placé derrière moi, les bras croisés.

— Salut, Gab, toujours aussi bavard pas vrai ?

Il faut que j'intime à mon cœur de se calmer parce que Camille va finir par se poser des questions. C'est déjà bien assez embarrassant qu'il puisse lire en moi comme dans un livre ouvert. Je continue à respirer normalement tout en me concentrant sur mon rythme cardiaque pour le faire ralentir.

Gabriel finit par détacher son regard du mien et se tourne vers Camille, un sourire dégoulinant de mépris sur les lèvres :

— Salut Camille, toujours aussi drôle pas vrai ?

Camille ne répond rien mais je le sens se tendre alors qu'il se trouve derrière moi. Un silence embarrassant s'installe entre les deux hommes, moi coincée au milieu comme une saucisse dans un hot dog. Autant dire que s'il leur prend l'envie de se cogner dessus, je suis mal.

La tension atteint son paroxysme et je suis sur le point d'être transformée en merguez tant il y a de l'électricité dans l'air, quand une petite voix hurle mon nom. Je connais cette voix. Sauf que je ne comprends pas pourquoi

184

je l'entends. Je dois halluciner, ce n'est tout simplement *pas* possible.

Je me tourne dans tous les sens, cherchant l'origine de l'appel, et je la vois, qui court vers moi.

— Cassi! Je suis là! Je ne t'ai pas abandonnée!

Tiphaine se jette dans mes bras.

29

OK, panique totale.

Je l'attrape par les épaules pour qu'elle me regarde dans les yeux.

— Tiphaine, bon sang de bonsoir, qu'est-ce que tu fous ici ?

C'est Gabriel qui répond.

— Figure-toi que quand j'ai voulu laisser la voiture dans un bois pas trop loin du village pour continuer à cheval, j'ai entendu qu'on donnait des coups dans le coffre. Et je l'ai trouvée recroquevillée dedans. Elle était totalement frigorifiée et presque morte d'asphyxie. Je n'ai pas eu d'autres choix que de l'amener.

— Ouais c'est ça ! Dis plutôt que c'est parce que *je* ne t'en ai pas laissé le choix.

Elle se tourne vers moi, fière comme un paon.

Je regarde à tour de rôle Gabriel, qui a l'air excédé, mais amusé, et Tiphaine, qui elle me sourit de toutes ses dents, contente de son coup.

Je la regarde, les yeux manquant de sortir de leur orbite. Je finis par retrouver mes esprits et me tourne vers Gabriel.

— Mais t'es idiot de nature ou tu as pris des cours pour te perfectionner ? Elle va être signalée comme enfant disparue, on va voir sa photo partout dans les prochaines semaines !

Il fronce les sourcils sous l'insulte mais je ne lui laisse pas le temps de répondre. Je me tourne de nouveau vers Tiphaine, totalement furax.

— Ah tu peux être fière de toi! Mme Anderson doit être morte d'inquiétude! Et tu as pensé à tous les enfants que tu as laissés seuls là-bas, alors que je te les avais confiés? Tu te rends compte des soucis que tu m'apportes? Et en plus, imagine que ce type ait été un véritable psychopathe pervers ou un truc comme ça, il t'aurait tuée et personne n'aurait rien vu!

Gabriel plisse les yeux aux mots «psychopathe pervers», et Camille met sa main devant sa bouche pour étouffer un fou rire. Je fais comme si je n'avais rien vu.

Tiphaine hausse les épaules à mes propos. Ils ont l'air de l'émouvoir autant qu'un match de golf. Tout à coup elle découvre les appendices fixés à mon dos.

Elle écarquille les yeux et ouvre la bouche à s'en décrocher la mâchoire.

— Waouh! Elles sont trop cool tes ailes! Carrément mieux que toutes celles que j'ai vues pour le moment. Quand je suis arrivée dans le village, il y a deux jours...

— Deux jours?? Ça fait deux jours que je suis ici? Mais j'ai dormi combien de temps?

Camille bâille légèrement.

— Presque vingt-quatre heures.

Tiphaine continue dans sa lancée comme si de rien n'était :

— ... quand j'ai vu tous ces gens avec leurs ailes j'ai cru qu'on était arrivés dans une forêt enchantée ou un truc comme ça, et que je me retrouvais avec des elfes. C'était carrément excitant.

Elle se renfrogne.

— Mais après Gabriel m'a dit qu'il n'y avait aucune magie dans tout ça. Il aurait pu me laisser rêver un peu!

Alors qu'elle continue de monologuer, je sens une vague de lassitude me submerger. Pourquoi est-ce que ça m'étonne ? Ce genre de truc n'arrive qu'à moi, de toute manière.

Depuis que je parle avec Gabriel, les Myrmes se sont rassemblés autour de nous. Ils me regardent avec moins de méfiance. Ça me détend un peu. Je pensais que le fait que je sois à moitié Siléa me vaudrait d'être enviée ou n'importe. Mais là où je pensais découvrir de la jalousie, j'ai vu de l'inquiétude.

Je sens les yeux de Gabriel me transpercer, alors je lève la tête. Il semble un peu agacé. En effet, je l'ai quand même insulté deux fois en l'espace de deux minutes. Ce n'est pas un record mais c'est quand même beaucoup. Paradoxalement, je sens une nouvelle vague de reproches naître dans ma bouche.

— C'est vraiment n'importe quoi. Est-ce que ça t'arrive de réfléchir ? Tu imagines ce que tes actes irréfléchis vont occasionner ? Tu...

Je n'ai pas le temps de finir ma phrase. En deux pas il est sur moi. Il me prend par les épaules et me plaque violemment contre un tronc d'arbre. Je pousse un couinement de stupeur alors que l'air s'expulse de mes poumons et le regarde, les yeux écarquillés.

Immédiatement, mon cerveau se met en alerte rouge. Je vois presque un voyant clignoter avec marqué «panthère va manger gazelle» dessus. Je vous laisse deviner qui est qui.

Il y a une vague de murmures inquiets, dans la foule rassemblée autour de nous, qui ne me rassurent pas *vraiment*.

Ses yeux se dilatent jusqu'à devenir deux billes noires comme de l'encre, puis ses lèvres se retroussent, dévoilant une rangée de dents blanches, impeccablement alignées.

Ce type a-t-il un seul défaut physique ?

— Je veux bien qu'on m'insulte une fois, une deuxième fois c'est un peu trop, mais une troisième fois ça n'est plus possible. Alors ne t'avise plus de le faire, d'accord ?

Je retiens un frisson et lui lance un regard de défi.

— Ou quoi ?

Pour toute réponse il retrousse un coin de ses lèvres, souriant légèrement. Je sens chaque cellule de mon corps se glacer sous l'insinuation.

— Lâche-la, tout de suite !

Je jette un coup d'œil furtif sur le côté. Camille est en garde, et si Gabriel ne me lâche pas dans les trois secondes, je sens qu'il va y avoir un accrochage. Et j'aimerais autant avoir les pieds sur terre si ça arrive, histoire que j'évite les hypothétiques dommages collatéraux.

Le sourire de Gabriel s'évanouit et il redevient sérieux. Ses yeux retrouvent petit à petit leur belle couleur bleu marine.

Il inspire profondément et me lâche, sans toutefois bouger d'un millimètre. Je retombe lourdement sur mes pieds.

Puis il se penche en avant et murmure, son souffle chaud chatouillant ma joue, me provoquant des torsions d'estomac plus qu'ambiguës :

— Fais attention à toi, Cassiopée. Tu sais ce qu'on dit, à propos des apparences.

Du coin de l'œil, je vois Camille tressaillir, mais je n'y prête pas attention.

Je fixe Gabriel en plissant les yeux. Cette phrase n'était pas une menace, plutôt une recommandation.

Sans me laisser le temps de répondre, il me lance un léger sourire amusé, puis se tourne et fend la foule qui s'est attroupée depuis quelques minutes, en lançant un regard dédaigneux à Camille au passage.

OOOOK...

C'est ce moment précis que choisit Max, béni soit cet enfant, pour s'accrocher à ma jambe, comme si nous ne venions pas juste de frôler la catastrophe nucléaire.

— Eh Cassi ! Tu as rencontré ma nouvelle amie ?

Il se précipite sur Tiphaine et lui prend la main. Elle le regarde comme une grande sœur regarderait son gentil petit frère.

189

Lorsque je relève la tête, Gabriel s'est éloigné, je ne vois plus que des étoiles danser sur le fond bleu de ses ailes.

***

On se promène tranquillement de maison en maison, ce qui permet au tremblement de mes jambes de s'atténuer un peu.

Ce type est un détraqué. Enfin bref.

Tiphaine m'a dit qu'elle était logée chez une famille sans enfant et qu'elle s'amusait bien.

— Mais Tiff, tu te rends compte que Mme Anderson doit être morte d'inquiétude? ai-je répété, essayant de lui faire comprendre la gravité de ses actes.

Elle m'a regardée en haussant les épaules.

— J'ai dit aux autres de lui annoncer que j'étais partie te rejoindre.

Cette petite est une lumière.

— Mais Tiphaine tu es stupide ou tu le fais exprès? Je dois certainement passer à l'instant même sur un flash info. Tout le monde doit penser que je t'ai kidnappée!

La dernière chose dont j'avais envie était que l'on me prenne pour une ravisseuse. En tout cas ça n'a pas eu l'air d'émouvoir Tiphaine. Elle a de nouveau haussé les épaules.

— Mais non, tu t'inquiètes pour rien.

Et puis elle est repartie jouer avec les enfants du village.

Ben voyons, voilà maintenant que je m'inquiète pour rien. Pourquoi est-ce qu'elle ne me traite pas carrément de paranoïaque dérangée?

Pourquoi est-ce que dès que ma situation semble s'arranger, il y a irrémédiablement des complications?

Camille, qui a finalement retrouvé son naturel placide, a fini par me rassurer et on est repartis marcher.

Les maisons ici ont toutes le même style : chalet en bois, le toit en pente recouvert de neige. Partout où l'on pose le regard, il y a des arbres. Et au-delà des arbres, des montagnes enneigées. C'est un paysage magnifique.

D'un coup une question me vient à l'esprit.

— Camille, pourquoi je n'ai vu aucun Myrme voler pour le moment?

— Parce que nous ne volons que si c'est nécessaire. Voler demande une dépense d'énergie énorme. Tu te doutes que, pour faire battre des ailes à une puissance suffisante pour soulever une masse dix fois supérieure à son poids, ce n'est pas de tout repos.

— Et comment est-ce que vous faites pour faire pousser des ailes dans le dos? Et pourquoi les enfants n'en ont pas? Et c'est quoi, «la Caïna»?

Un léger frisson me parcourt des pieds à la tête lorsque je prononce ce mot.

Camille se baisse, dos à moi, semblant ramasser quelque chose.

— Une chose à la fois Cass. Toutes ces questions, ce sera ton instructeur qui y répondra.

— Qui est mon instruc…

Je n'ai pas le temps de finir ma phrase car une énorme boule de neige s'écrase sur mon visage. Je tombe sur les fesses, ne comprenant pas ce qui m'arrive. Derrière la neige qui m'encombre le visage, je vois Camille qui rit tant et si bien qu'il est plié en deux.

Je me lève en ramassant discrètement une poignée de neige dans ma main. Je m'approche de lui en m'époussetant et en grommelant.

— Ça n'est pas marrant Camille, j'ai froid partout maintenant.

Il rit de plus belle, sauf qu'il ne s'est pas rendu compte que ma main était légèrement cachée derrière mon dos.

Lorsque je suis assez près, je lui écrabouille la neige sur le visage et c'est à mon tour de rire devant son incompréhension.

S'ensuit une bataille de boules de neige délirante, dans laquelle se joignent tous les enfants du village, dont Tiphaine et quelques adultes. On se divise en deux groupes, sans se consulter et on se jette des boules de neige en se protégeant tant bien que mal derrière les maisons et les arbres.

Tiphaine est dans mon équipe et on se partage les tâches : elle me fait des boules de neige et je les jette sur ceux d'en face.

Je vais en jeter une sur Camille, quand la douleur m'irradie le cerveau. Je tombe à genoux, le souffle court, ma tête entre mes mains. J'ai l'impression qu'une perceuse est en train de se frayer un chemin à travers mes neurones. La douleur va croissant, monopolisant maintenant toutes mes pensées, m'empêchant de réfléchir. Puis sans crier gare, elle disparaît.

J'ouvre doucement les yeux. Personne ne semble s'être rendu compte que je n'allais pas bien, à part Tiff. Elle me regarde, la main posée sur mon épaule, la mine inquiète.

Je la rassure d'un geste de la tête. Une chose m'intéresse au plus haut point, de sorte que je ne prends pas la peine de lui expliquer quoi que ce soit.

Je vois chacun des mouvements des Myrmes présents, avec une précision et une netteté époustouflantes. J'arrive à distinguer chacun des cheveux de leur tête, mais le plus incroyable, je vois leurs boules de neige arriver sur moi en tournoyant, comme au ralenti. Chacun de leur mouvement, aussi infime soit-il, est décomposé en des centaines de séquences, donnant un résultat effarant. J'ai l'impression d'être une actrice dans une scène où je serais la seule personne à me mouvoir à une vitesse normale, les autres étant tout aussi lents que des escargots. J'avais déjà expérimenté la vision «loupe» et la nocturne, mais jamais celle-ci. Je pense que mon acuité visuelle s'aiguise.

Je souris et me relève.

Camille tente de me toucher avec une grosse boule. Quelques secondes auparavant, je l'aurais reçue en plein visage. Là je l'évite comme si elle avait mis une minute à m'atteindre. Avant qu'il ne revienne de sa surprise, j'attrape une boule que me tend Tiff et la lance de toutes mes forces en visant son nez. Il n'a pas le temps de l'éviter et elle s'écrase en plein sur sa cible.

Je ris aux éclats tout en évitant les boules de mes adversaires. Ceux-ci, voyant qu'ils n'atteignent plus leur but, cessent de tirer sur les autres Myrmes de mon camp et s'acharnent sur moi.

J'évite chacun de leur projectile avec plus ou moins de facilité, certains me frôlant parfois de quelques centimètres. Malgré tout, aucun de mes adversaires ne parvient à me toucher de nouveau.

En ayant assez d'être sur la défensive, je passe à l'attaque.

Je me baisse prestement et rafle deux boules avec mes deux mains, que j'envoie sur une fille et un garçon de mon âge. Celle de la main gauche atteint la fille à la poitrine, et celle de la main droite frappe le garçon en plein visage.

Je ris tant et si bien que j'en ferme les yeux.

Ah ah! Ils font moins les malins maintenant!

Malheureusement l'euphorie ne dure que la fraction de seconde qu'il me faut pour me rappeler que ma vision de ninja ne me sert que si j'ai les yeux ouverts. Quel boulet!

Je ne vois pas Camille lâcher ses boules de neige et courir vers moi à une vitesse défiant toute probabilité. Lorsque j'ouvre les yeux il n'est plus qu'à quelques mètres de moi. J'ai à peine le temps de pousser un cri de stupeur avant qu'il ne me plaque au sol et me barbouille le visage de neige. Tout le monde rit et Camille pousse un cri victorieux. Je ne me suis jamais sentie aussi bien.

30

Janvier

Dans la semaine qui passe, j'apprends à connaître le monde qui m'entoure, et Camille et moi devenons chaque jour qui passe plus complices.

Il m'apprend tout ce que j'ai à savoir, me réconforte quand je suis nerveuse et me fait rire. Un peu comme le grand frère que je n'ai jamais eu. Enfin, je pense que je le considère comme un grand frère. Étant donné que je suis fille unique, je ne peux pas être sûre à 100 %.

Bref. Camille me dit que les Myrmes ont toujours eu des ennemis, leurs opposés, les Narques. Il m'apprend qu'ils ont aussi un leader là-bas, que l'on nomme Manassé. Cela faisait des dizaines d'années que ce dernier ne s'était pas manifesté, et les Myrmes avaient fini par croire naïvement que le conflit les opposant depuis des siècles avait peut-être définitivement cessé. C'est alors qu'il y a six mois, les Narques ont lancé une offensive contre le village, kidnappant des enfants, leur spécialité.

On ne les a jamais retrouvés.

Quand je demande à Camille ce qu'ils sont devenus, il me dit qu'il ne le sait pas, que ses semblables n'ont jamais réussi à localiser le Quartier Général des Narques. Dimitri doit certainement en faire partie, ce qui expliquerait

pourquoi il tenait tant à me surveiller. Il craignait sûrement que je passe dans le camp opposé au sien. Ce qui s'est finalement produit en fait. De toute manière, avec toutes les décharges qu'il s'est prises, il y a de fortes chances qu'il soit :
1) mort,
2) qu'il se prenne dorénavant pour une vieille femme sénile, entourée de chats.

Qu'est-ce que je donnerais pour voir ça !

Un matin, le lendemain de la bataille de boules de neige, Camille me montre comment on joue au Poker. Je suis plutôt douée au bluff. Normal, ma vie entière avant que je rencontre Gabriel était une énorme farce.

Bref, je finis par lui poser la question qui me brûle les lèvres depuis la veille :

— Camille, pourquoi lorsque les villageois ont vu mes ailes, ils m'ont paru effrayés et méfiants ? Et ne me dis pas que c'est parce qu'ils n'avaient pas l'habitude d'en voir de cette couleur, s'il te plaît.

Camille soupire.

— Eh bien c'est en partie pour cela je te signale.

— Oui et en autre partie ?

Il hésite quelques secondes puis lâche :

— Les Myrmes ont toujours été superstitieux. Rien de plus stupide, je te l'accorde. Et le vert de tes ailes est exactement la couleur qui est synonyme de malheur.

Je l'observe, incapable de croire une chose pareille.

— Attends... tu es en train de me dire qu'on me juge sur la couleur de mes ailes ?

Il baisse la tête, les yeux perdus dans le vague.

— Pour l'instant c'est le cas, oui. Mais une fois qu'ils apprendront à te connaître, ça passera, fais-moi confiance.

Ouah, c'est super-rassurant tout ça.

Au cours des jours qui suivent, je rencontre presque tous les Apprentis Myrmes. La plupart me rendent mon sourire lorsque je les croise, mais quelques-uns, dont une certaine Morgane, me regardent de travers en chuchotant sur mon passage.

Je suis arrivée le lundi 23 décembre, et les cours commencent dès le lundi suivant. Je n'ai pas spécialement hâte.

Deux jours avant que je ne retourne à une vie d'étudiante, l'envie me prend d'aller faire un tour en forêt. Seule. Sans Tuteur, ni Myrmes, ni village d'ailleurs. J'ai trop longtemps vécu en solitaire pour m'habituer aussi brutalement à une vie en communauté.

Je fausse donc compagnie à Camille qui est parti faire une sieste après son repas et je traverse le village au pas de course, tout excitée à l'idée d'explorer le Bois Nord. Il paraît que c'est là que se trouvent les Sources Chaudes. Je vais essayer de ne pas me perdre. Cet endroit ne m'a pas l'air petit.

En quittant une ruelle je débouche sur la grande place. Et m'arrête net.

Gabriel se tient accroupi, tout sourires, un petit groupe d'enfants agglutinés autour de lui, Tiphaine faisant partie du comité. Elle passe ses bras autour de son cou et se pend littéralement à lui en riant. Gabriel se retourne doucement et l'embrasse tendrement sur la joue.

Je suis médusé par la scène à tel point que je me surprends à ouvrir la bouche comme un poisson sorti de son bocal.

Après une rapide vérification que personne n'a aperçu ma subite métamorphose en carpe agonisante, je me redresse et me remets à marcher, sans cesser de l'espionner.

Mais comment est-ce possible ?

Qui eût cru que cet ours mal léché soit aimé des enfants ? Et surtout, qu'il les aime lui-même ? Le mouvement attire son attention et il lève la tête, toujours souriant.

Mon estomac se tord de douleur à l'instant où nos regards se croisent. Pourquoi est-ce que je me sens obligatoirement rougir dès que je me trouve à moins d'une dizaine de mètres de lui ? Je dois avoir l'air ridicule. En plus, ce type m'exècre.

Et, nom de Zeus, qu'est-ce que ce dernier commentaire vient faire là ? Je me moque bien de ses sentiments à mon égard. Je ne l'aime pas non plus de toute façon.

Il faut absolument que mon cerveau se mette en mode veille.

Son sourire s'estompe un peu sous l'effet de la surprise, mais il garde un air décontracté et amical que je ne lui connais pas et qui me liquéfie littéralement sur place.

Je dois me faire violence pour ne pas m'arrêter net. Je sens de drôles de frétillements dans mon estomac s'ajouter à la douleur. Qu'est-ce que ça m'agace ! À chaque fois que je le croise, c'est la même rengaine. C'est certainement parce que je ne le supporte pas. Ça DOIT être pour cette raison.

Il me fixe un moment puis hoche la tête, presque imperceptiblement.

Mon cœur explose en mille morceaux qui vont s'éparpiller un peu partout autour de moi et j'ai l'impression que je ne pourrais jamais plus respirer.

Je m'arrête pour de bon, complètement assommée. J'aimerais ne pas lui répondre mais je sens ma tête bouger toute seule et même un petit sourire idiot se peindre sur mes lèvres.

Mon Dieu, je dois avoir l'air totalement stupide. Je suis sûre qu'il m'a prise pour une demeurée totale.

Je presse le pas et baisse la tête afin de cacher tant bien que mal mon visage cramoisi. Je ne me suis jamais sentie aussi humiliée de toute ma vie.

Quelle crétine.

Tiphaine finit par me rattraper. Elle marche quelques instants à mes côtés sans rien dire, puis elle se lance :

— On est vraiment bien ici, Cassi. Je me suis fait plein de nouveaux amis et j'ai l'impression d'avoir une vraie famille. Esther et Thomas, le papa et la maman qui m'ont accueillie sont tellement gentils avec moi. Je veux dire, j'ai l'impression pour la première fois de comprendre ce que sont un papa et une maman...

Je m'arrête de marcher, les larmes aux yeux.

Une réalité plutôt dure me saute au visage, subitement : j'ai été affreusement égoïste. Ces derniers jours c'était «moi», toujours «moi». Je ne pensais pas au mal que je pouvais causer, trop accaparée par mes petits problèmes. J'ai souvent tendance à oublier que Tiphaine a autant souffert de l'absence de parents que moi. Peut-être même plus... Comment est-ce que j'ai pu être assez égocentrique pour l'oublier ?

Quoi qu'il en soit, Tiphaine sera bien mieux ici qu'à l'orphelinat.

Je ravale mes larmes de culpabilité et m'accroupis près d'elle en lui souriant tendrement.

Ses grands yeux marron sont noyés de larmes.

Je suis la pire grande sœur de substitution que la Terre ait portée. Pas étonnant que Tiphaine se rabatte sur Gabriel. Il est certainement meilleur que moi dans ce rôle.

Je lui essuie ses joues baignées de larmes et élargis mon sourire, tentant tant bien que mal de ne pas me mettre à pleurer à mon tour.

— Oh Tiff, j'ai été si horrible avec toi, je te demande pardon. Je t'aime ma belette. Je suis heureuse que tu m'aies suivie.

Je sens la lourde culpabilité qui pèse sur ses épaules s'envoler quand elle me rend mon sourire. Et la mienne s'allège un petit peu.

Je cligne plusieurs fois des yeux.

— Allez, va rejoindre les autres, va. Je suis sûre que Max t'attend.

Elle ne se le fait pas dire deux fois. Après m'avoir embrassée vigoureusement elle s'élance, plus joyeuse que je ne l'ai jamais vue.

Je repars, le cœur un peu allégé de la voir si insouciante. J'en oublie presque Gabriel. Presque.

J'arrive à la limite de Tornwalker. Les maisons se font plus rares, les sapins plus nombreux. Et puis finalement, j'entre dans la forêt.

J'observe avidement le paysage qui m'entoure. Des conifères, partout d'immenses conifères. De temps en temps un rocher recouvert de neige.

Mon esprit vagabonde de-ci de-là alors que je marche en observant le monde fascinant qui m'entoure. Je ne suis pas en possession de ma supervue, mais je n'en demeure pas moins émerveillée par la majesté de cette forêt gigantesque, que la neige épaisse qui la recouvre rend encore plus fantastique.

Tout ici a l'air d'avoir été conçu à l'échelle de titans.

Comme j'essaie de ne pas penser à Tiphaine, mon traître de cerveau se rabat sur un autre visage. Celui de Gabriel. J'essaie de le chasser, agacée qu'il me suive jusque dans mes songes, mais l'image n'en est que plus précise. Je renonce et tente plutôt d'analyser la situation.

Cet homme est beau, divinement beau. Même Camille, qui lui n'est pas en reste côté physique, ne lui arrive pas à la cheville. Mais eh! Il est absolument insupportable, arrogant, il ne m'aime pas et il m'a délibérément menacée il y a quelques jours. Cela ne devrait-il pas *normalement* me suffire à le détester? Et je le déteste d'ailleurs. Enfin, peut-être un peu moins qu'avant… en fait, il a l'air adorable avec les enfants, bien que cela ne l'excuse en rien, et même Tiff l'adore apparemment. Généralement nous avons les mêmes goûts, alors je suis sûre qu'au fond il a une personnalité absolument fantastique…

J'écarquille les yeux et m'arrête sous le coup de la surprise. Mais comment ai-je fait pour passer d'«insupportable, arrogant», et de «je le déteste» à «adorable» et «personnalité fantastique», en moins d'une minute?

Totalement flippant.

Je secoue la tête et me remets à marcher.

Au moins je sais ce que je ressens pour Camille. Lui est tout le contraire de Gabriel. Il est doux, drôle et gentil. Je l'aime énormément. Comment? Je n'en sais rien, en fin de compte.

Tu tournes en rond.

Pour une fois, ma conscience a raison. Je ne comprends pas mon propre raisonnement.

Je secoue une nouvelle fois la tête d'incrédulité. Les garçons sont un sujet compliqué, bien trop compliqué pour moi. Hors de question qu'un de ces spécimens étranges ne m'approche de trop près.

Un grognement sourd me fait sursauter.

Ni une ni deux, toutes les recommandations de Camille à propos des loups et des ours me reviennent en mémoire.

Ben voyons. C'est tellement plus pratique de s'en souvenir au moment où j'en rencontre un.

Je reste tétanisée par la peur. Une minute passe, puis deux.

Je me décide enfin à esquisser un pas. Pas de réaction. J'ai peut-être rêvé.

Je prends la décision prudente de faire demi-tour quand une plainte s'élève devant moi. Une plainte chargée de tant de douleur et de désespoir que je n'hésite pas une seconde et m'avance vers la source du bruit.

Je marche sur quelques mètres puis je freine des deux pieds, un tremblement de terreur me parcourant des pieds à la tête. Je ne suis pas, mais alors pas du tout préparée à ça. Rien n'aurait pu, rien.

À quatre ou cinq mètres de moi, le plus gigantesque des grizzlis que j'ai eu l'occasion de voir se tient allongé sur le flanc. Baignant littéralement dans son sang. Une de ses pattes arrière broyée par un piège de trappeur.

31

Pendant cinq secondes je ne bouge pas, pétrifiée par cette apparition effroyable. Qu'est-ce que je suis censée faire? M'enfuir en courant? Et s'il cassait le piège et se mettait en tête de me poursuivre pour me réduire en miettes? S'il me prenait pour le responsable de sa mutilation?

OK. Calme-toi Cassiopée. Ceci est une situation délicate. Mais un ours n'est pas aussi intelligent que ça. Il ne se rendra même pas compte que tu es partie.

Écoutant la Voix de la Sagesse, je fais un pas en arrière. Trop brusque. Beaucoup, *beaucoup* trop brusque. L'énorme tête de l'animal se redresse vivement, sur le qui-vive. Ses petits yeux noirs se plantent dans les miens. Tout mon corps se glace. C'est bon, je suis morte.

L'ursidé pousse un grognement de fureur, tellement puissant que je sens mon cœur descendre dans mes chaussettes.

Il tente de se lever mais la chaîne du piège est attachée à l'arbre et, à peine a-t-il tiré dessus qu'il se retrouve de nouveau étalé dans la neige, un peu plus mutilé qu'auparavant.

Mon cœur, qui a quitté mes chaussettes pour revenir à son emplacement normal, se serre de douleur. Cet ours est un prédateur, une machine à tuer de huit cents kilos, au bas mot, mais il ne mérite pas de mourir en agonisant ainsi.

J'ai toujours adoré les animaux, toujours prête à prendre leur défense. Mais je pense pouvoir dire sans exagérer que je me trouve devant un beau dilemme. Je ne peux pas m'approcher de cet animal sans être sûre d'être transformée en chair à saucisse. Sérieusement, ce truc a des dents aussi longues que des poignards, et je ne vous parle pas des griffes. Mais je ne peux tout simplement pas le laisser mourir ici. Si je le laisse, les loups vont le flairer et il va se faire bouffer. Rien que cette pensée me révolte. Cette bête majestueuse, ce roi de la forêt ne peut pas finir en steak pour canidés sauvages. Totalement inacceptable. Je n'en dormirais plus la nuit.

L'ours s'est mis à haleter péniblement. La neige autour de lui est rouge sang, griffée, retournée en tous sens, témoin des nombreuses tentatives vaines de l'animal pour se libérer.

Il m'observe du coin de l'œil, l'air pas franchement content de me voir là.

Je me racle la gorge et risque un pas en avant.

Le grizzli retrousse ses énormes babines et rugit. Cela suffit amplement à stopper ma progression.

Tu t'attendais à quoi? Qu'il te laisse le libérer puis te fasse un gros câlin en guise de remerciement?

Je n'écoute pas la voix dans ma tête. Cet animal a besoin de soin. Seul un barbare pourrait se résoudre à le laisser comme ça. Je ne peux pas retourner au village chercher de l'aide, peut-être se sera-t-il fait tuer entre-temps. Non il me faut le libérer au plus vite.

— Eh… euh mon tout beau, ça va aujourd'hui?

Tu attends peut-être qu'il te réponde? Sans parler de ça, sa journée n'a pas l'air d'avoir bien commencé si tu veux mon avis.

Non, non, je n'ai pas spécialement envie de l'avoir.

Je prends ma voix la plus cajoleuse et la plus douce et avance d'un pas tout en murmurant:

— Salut euh… Goliath. Tu permets que je t'appelle Goliath? Non parce qu'on m'a toujours appris que le premier pas vers l'amitié était l'échange des identités. Alors moi c'est Cassiopée. Je ne te veux aucun mal, je veux juste te libérer.

Je fais trois pas vers la bête mais elle se met à grogner avec une nouvelle vigueur. Ses yeux sont fous de douleur et de peur.

De *peur*?

Attends... elle n'a pas dû faire la comparaison.

*Cassiopée O'Brien, trente-neuf kilos, un mètre soixante : chances de tuer un ours réduites à celles de devenir un jour championne du monde de golf. Ou d'avaler d'une seule traite tous les menus du McDonald's.

*Ours Goliath, huit cents kilos, un mètre cinquante au garrot, deux mètres vingt sur les pattes arrière : peut réduire Cassiopée à l'état de pâtée pour chien à peu près aussi facilement que s'il se préparait un sandwich. Si les ours se préparaient des sandwichs, s'entend.

Ça y est, je délire. Ça n'est pas une bonne idée. Ça n'est pas une bonne idée. Ça n'est pas une bonne idée. Ça n'est pas...

Le grizzli se redresse péniblement sur trois pattes en me lançant un regard assassin. De sa patte droite il fait voler une gerbe de neige dont le sens, parfaitement compréhensible, est très dissuasif. Il penche la tête sur le côté et rugit en claquant ses énormes mâchoires dans ma direction.

Tout à coup, la colère me gagne. Pourquoi cette bestiole est-elle aussi débile? Elle ne comprend pas que je ne pourrais jamais la tuer, même si j'en avais envie? Proportionnellement c'est comme me faire affronter Tony Parker au basket-ball. Ou pire, me demander de mettre Bruce Lee au tapis. Franchement je n'aurais aucune chance.

— Bon ça suffit ce cinéma. Soit tu me laisses approcher sans me réduire en brochettes, soit tu gardes ton bracelet et je m'en vais, c'est à toi de voir.

Nous ne te ferons aucun mal, mon ami.

La voix dans ma tête résonne comme une caresse. L'espace d'un instant, je la visualise, parcourant l'espace qui me sépare de l'ursidé, et l'atteindre comme une douce brise.

C'est à ce moment-là que tous les muscles de la bête se relâchent et qu'il renifle dans ma direction, curieux et intéressé.

Qu'est-ce qu'il vient de se passer ?

Cet échange fantastique ne dure pas plus d'une fraction de seconde et j'ai l'impression de ressortir d'un rêve.

L'ours s'effondre tout à coup en gémissant et pose sa tête sur une motte de neige.

Je ne réfléchis pas. Si je dois mourir, ça sera en héroïne. Ou presque.

Je parcours les derniers mètres qui me séparent de lui d'une traite.

Il se remet à grogner, mais je vois bien qu'il s'agit là de formalité, et pas de véritable menace. Pour le moment.

J'essaie de maîtriser les tremblements de mes mains. Me retrouver à côté d'une machine à tuer aussi efficace m'emplit de terreur. Et d'une euphorie extatique.

Je me penche sur sa patte arrière. Le piège l'a broyée jusqu'à l'os.

Je grimace.

Berk.

Comment des hommes peuvent-ils être assez cruels pour dresser de tels pièges ?

Je l'observe de plus près.

Il est énorme et possède deux mâchoires à ressort garnies de dents pointues qui ont parfaitement fait leur travail. La peau n'est plus qu'un souvenir et l'os est visible, bien que pas encore atteint à mon avis.

En me penchant, je distingue quelque chose de plus intéressant. Ce piège est conçu pour s'ouvrir à volonté. Sur chaque côté des mâchoires, il y a deux petits leviers remontés à la verticale.

Toute à mon excitation, je me baisse et tente d'appuyer sur les leviers pour ouvrir les mâchoires. L'ours, surpris par ma soudaine mobilité, se redresse à moitié et se remet à grogner.

— Couché Goliath.

Il relève la tête vers moi, l'air de dire que je peux toujours aller voir ailleurs s'il y est.

Je ne peux pas attendre éternellement. Il ne va pas supporter bien longtemps un bipède dérangeant, connexion fantastique avec ledit bipède ou pas.

Je décide de tenter le tout pour le tout. M'appuyant contre le tronc d'arbre sur lequel la chaîne du piège est arrimée, je place un pied sur chacun des leviers, de part et d'autre des mâchoires. Goliath rugit sous l'effet de la douleur. Il commence à gesticuler. Je n'ai plus que quelques secondes avant qu'il ne m'envoie valser.

Je me ramasse sur moi-même et effectue un demi-saut qui me fait retomber sur les leviers. Ceux-ci cèdent dans un grincement. Les mâchoires s'ouvrent d'un coup sec et je me vois tomber en arrière. J'atterris lourdement sur les fesses. Heureusement une épaisse couche de neige amortit ma chute.

Je vais pousser un grognement quand une ombre me fait lever la tête. Goliath se tient à quelques mètres de moi, sa gueule entrouverte sur des crocs à la taille impressionnante.

Je voudrais me relever parce que là, j'ai l'impression de me retrouver au pied d'une montagne de muscles tendus comme des ressorts, prête à passer à l'attaque. Je n'aurais jamais imaginé, même pas dans mes rêves les plus fous, qu'un grizzli puisse être aussi énorme.

Goliath grogne et balance sa tête de gauche à droite dans un mouvement nerveux. Puis il fait voler de la neige plusieurs fois avec sa patte avant droite.

OK. Selon mes connaissances, ceci n'est pas de bon augure. Pas de bon augure du tout. Les ours grattent le sol lorsqu'ils s'apprêtent à charger. Ou dans des parades d'intimidations. Je vais mourir.

Goliath rugit encore, fait tournoyer violemment sa tête de haut en bas, m'aspergeant de filets de bave au passage, puis cesse son remue-ménage. Il s'approche en roulant des épaules jusqu'à renifler mes cheveux de sa grosse truffe humide. Je n'ose plus respirer.

Je regarde le sol, de peur de le contrarier si je lève les yeux.

Il me donne plusieurs petits coups de museau sur les joues en soufflant bruyamment puis fait demi-tour comme si de rien n'était. Il disparaît entre les arbres en claudiquant sur trois pattes.

Une fois qu'il se trouve hors de vue, je m'affale sur le sol, un sourire incrédule sur le visage. Je tremble de tous mes membres, je n'ai jamais eu aussi peur de toute ma vie, pourtant une certitude s'impose à moi : je n'ai jamais été aussi vivante.

32

La veille de ma «rentrée», alors que Camille et moi marchions dans les bois, je lui ai posé une question:

— Camille, je n'ai pas encore vu l'Oulda – il m'avait appris que c'était le terme qui désignait le leader des Myrmes –, pourquoi?

— Elle s'occupe des démarches à suivre. Surtout en ce qui concerne les Narques. Elle n'a pas souvent le temps de venir se promener dans Tornwalker.

— Ah.

— Mais, normalement, elle passera saluer les nouveaux Myrmes demain.

Comme j'ai hâte.

Bien entendu je n'ai parlé à personne de ma mésaventure de la veille. Même pas à Camille. Il était suffisamment inquiet lorsque je suis rentrée. Et j'ai bien cru que Marlène allait m'écarteler. C'est dingue, j'ai l'impression de retrouver un semblant d'autorité parentale. C'est fou comme ça fait du bien.

J'ai juste demandé à Camille, l'air de rien, si les Kamkals avaient la faculté de communiquer avec les animaux.

Je vous jure que le regard qu'il m'a lancé m'a fait froid dans le dos. Un regard où l'angoisse et la curiosité se mêlaient, pour former un tableau cauchemardesque.

— Non, pas que je sache… pourquoi, tu sais quelque chose ?

Oh, mon coco, ai-je pensé, si tu crois que je vais te dévoiler quoi que ce soit… en revanche, lui ne me disait pas toute la vérité, c'était flagrant.

— Non, non, ai-je éludé. C'est juste que comme on se rapproche des animaux avec ces supersens et nos ailes, je me posais la question.

Il a eu l'air déçu. Ou rassuré. Je ne sais pas. J'ai radicalement changé de sujet, mal à l'aise.

Tôt le matin même, je suis retournée à l'endroit du piège. Camille a tenu à m'accompagner. Il a poussé un sifflement surpris quand il a découvert toutes les traces de sang et le piège.

Il m'a bombardée de questions mais je lui ai simplement dit que j'avais trouvé l'endroit tel quel la veille, et que je voulais retirer le piège. Il n'a pas insisté, mais n'a pas mordu à l'hameçon non plus. Au contraire, il n'arrêtait pas de me lancer des regards suspicieux. De temps en temps, alors que nous nous acharnions sur la chaîne, il faisait un petit commentaire :

— Quelle bête ! Tu as vu les traces de ses pas ? Cet ours doit être énorme. Pas étonnant qu'il ait réussi à se libérer.

Tu ne crois pas si bien dire.

***

Je me réveille en sursaut, le cœur battant et le dos en sueur. Encore un cauchemar. Mais il y a autre chose.

Je regarde l'heure sur le vieux réveil à remonter. Trois heures moins le quart. Il y a quelque chose qui cloche. Un sentiment qui ne me quitte pas. Un malaise bizarre.

Je me redresse sur les coudes et regarde par la fenêtre. La lune est pleine et on y voit clair dans la pièce.

Je sens mes paupières lourdes de fatigue se refermer d'elles-mêmes.

Tout à coup, un pas fait crisser la neige et une ombre passe devant ma fenêtre. Je sursaute sous l'effet combiné du sommeil qui me guette et de la surprise. Mais je me ressaisis sans tarder et saute du lit pour regarder à travers la vitre.

La silhouette s'éloigne dans la nuit. Sans ce sentiment de malaise que j'ai depuis mon réveil, je me serais rendormie aussitôt, me disant que ce n'était qu'un insomniaque faisant une petite marche digestive.

Mais je ne fais qu'hésiter une ou deux secondes et, ma décision prise, je m'empresse de m'habiller et je sors discrètement en fermant la porte derrière moi. Je cours en évitant de mon mieux les parties trop enneigées, pour ne pas trahir ma présence. Mais je ne vois plus l'ombre nulle part.

Je m'arrête, un peu hésitante et, sans prévenir, la douleur annonciatrice d'une vue décuplée m'irradie le cerveau. Je plaque mes mains de part et d'autre de ma tête.

Ça va passer, ça doit passer. Ça va passer, ça doit passer. Ça va passer, ça doit passer. Ça va...

Elle s'en va comme elle est arrivée.

Je rouvre les yeux, me massant les tempes. J'y vois encore plus clair que s'il faisait jour. Les mouvements des arbres, aussi imperceptibles soient-ils, n'ont plus de secret pour moi. Alors c'est sans peine que je discerne une forme mouvante à une cinquantaine de mètres de moi.

Je me remets à marcher, légèrement. La silhouette dépasse la dernière maison et s'enfonce dans la forêt.

Je suis toujours à plus de cinquante mètres de lui. Puis tout à coup je me rends compte de ma bêtise. Si ce Myrme a comme Sens Phare l'ouïe, je suis grillée. Mais il ne semble pas m'avoir remarquée, ce qui aurait été le cas si son ouïe était surdéveloppée. Si jamais il a l'odorat, je ne suis pas détectable, j'avance contre le vent. Quant à la vue, à moins qu'il marche à reculons, ou qu'il ait des yeux derrière la tête, je vois mal comment il pourrait percevoir ma présence.

Je continue à avancer silencieusement, slalomant entre les arbres et les maisons, jusqu'à l'orée de la forêt. Je m'arrête alors, indécise.

Je n'ai pas spécialement envie de m'enfoncer dans les bois, en pleine nuit, dans le coin le plus perdu de la planète. Et en plus, pourquoi est-ce que je suis ce type? De quoi est-ce que je me mêle? Il a bien le droit de se promener dans la forêt à trois heures du matin si ça lui chante. Je serais bien mieux sous ma couette.

Je discerne toujours l'ombre, mais de moins en moins. Il faut que je prenne une décision rapide, après il sera trop tard.

Je pousse un soupir et franchis la limite du monde civilisé pour entrer dans la forêt.

33

Le mélange de pleine lune, de neige et de super vue donne au décor qui m'entoure une allure fantastique. Tout est bleu ou blanc et incroyablement silencieux. Des conifères se dressent de toutes parts, et la brise glacée transporte des effluves de pins.

Nous marchons plusieurs minutes à une distance respectable l'un de l'autre et je me maudis de ne pas avoir apporté de manteau. Et de ne pas avoir le sommeil plus lourd.

Soudain une chose énorme bondit devant moi, faisant un boucan de tous les diables. C'est un cerf que j'ai effrayé. Je me retiens à temps de pousser un cri de terreur. Crétin de cervidé. Cet idiot a révélé ma présence.

Je me cache prestement derrière un arbre et je ne bouge plus, je ne respire même plus. Quelques secondes passent et je risque un coup d'œil dans la direction du Myrme. Il vient de se retourner pour continuer son chemin.

Je vois ses muscles se relâcher à plus de cinquante mètres. Je vais devoir rester sur mes gardes maintenant, l'animal a dû le rendre prudent.

J'avance à pas de loup, calculant au centimètre près l'endroit où je vais poser mes pieds. De petits écureuils roux jouent en se courant après d'arbre en arbre, et je vois un pic-vert tirer un vers frigorifié du tronc d'un sapin, à une vingtaine de mètres sur le côté.

Je suis presque effrayée de constater avec quelle précision j'appréhende le monde qui m'entoure, au beau milieu de la nuit.

L'homme disparaît derrière un arbre.

J'avance lentement jusque-là et je regarde discrètement. Il est passé derrière un bouquet d'arbres.

Je marche et je traverse ledit bouquet. Je ne le perçois plus aussi bien qu'avant, il disparaît souvent derrière des troncs, la forêt est devenue épaisse et plus sombre.

Je suis trop occupée à ne pas perdre de vue la silhouette et je ne fais pas attention où je mets les pieds. Deux secondes plus tard, je trébuche sur une racine et m'écroule de tout mon long sur le sol. En tombant, j'aperçois le type se retourner prestement.

Eh mer…

Je m'aplatis, face dans la neige.

Quand je relève la tête, il a disparu. Une pleine poignée de neige dans la bouche, je peste intérieurement en me relevant. Les alentours sont calmes, mais je me tourne de tous côtés, à la recherche d'un danger. Au niveau du sol, il n'y a rien. Mais j'oublie, bien entendu, que 90 % de la population locale a des ailes.

Un violent coup de vent me projette en avant, et avant que je ne puisse me retourner, quelqu'un me crochète les jambes et je retombe sur le ventre pour la deuxième fois en moins de deux minutes. Un record à mon avis.

J'ai à peine le temps de rouler sur le dos qu'une main se plaque sur ma bouche et que le Myrme s'appuie de tout son poids sur mes jambes. Je peux vous dire que je ne peux plus bouger d'un poil.

Je regarde l'homme qui est dressé au-dessus de moi, les yeux agrandis par la peur, essayant de pousser des hurlements étouffés par sa main. Puis ils s'agrandissent encore, mais de surprise cette fois.

Il a le poing levé, prêt à me l'aplatir sur le visage.

Pendant une seconde, il semble vraiment à deux doigts de le faire. Puis ses yeux noirs me reconnaissent et il baisse le poing en levant les yeux au ciel l'air vraiment, vraiment excédé.

Il ôte sa main de ma bouche.

— Bon sang Cass, j'ai failli te casser la gueule !

Je reprends mon souffle et me rassois tant bien que mal. Je lui lance un regard furibond.

— Ouais c'est trop gentil de m'avoir reconnue avant, je tiens à mon nez si tu veux savoir. T'es pas censé avoir une super vue d'abord ?

Gabriel fulmine en silence, me fusillant du regard. Je me demande s'il n'est pas en train de revenir sur sa décision de m'en mettre une.

Je recule sur les fesses. On n'est jamais trop prudent.

— Si, la meilleure. Mais j'ai tendance à frapper et à poser les questions ensuite.

Je lui lance un sourire railleur.

— Comme c'est étonnant.

Heureusement qu'il n'est pas armé, parce que je crois qu'il m'aurait payé une nouvelle boutonnière.

Il fronce les sourcils et inspire un grand coup. Je vois ses muscles se détendre les uns après les autres. Pourtant je suis certaine qu'au moindre pépin il bondira comme la foutue panthère qu'il semble devenir à chaque fois qu'il est en colère.

— Qu'est-ce que tu fous ici, en plein milieu de la nuit, et de surcroît dans la forêt ?

Alors là, c'est le pompon.

— Qu'est-ce que *je* fais là ? Je ?? Mais t'es pas culotté toi au moins ! Je te retourne la question, James Bond. Parce que ma raison à moi, c'est que je te suivais. Et la tienne ?

Il me regarde, interloqué.

— Tu me suivais ? On t'a jamais appris à faire attention ? T'es aussi bruyante qu'un troupeau de gnous en mouvement.

Il me sourit, moqueur. Je hausse les épaules.

— J'espère pour toi que ça n'est pas le cas, parce que tu ne m'as remarquée que bien plus tard. Alors soit tu n'es pas assez doué pour remarquer un troupeau de gnous en mouvement et dans ce cas c'est triste pour toi, soit je ne suis pas aussi bruyante que tu veux bien le faire croire.

Je lui lance un regard narquois et il se passe une main dans les cheveux, la tête tournée vers le ciel et les arbres, tentant de se calmer, je suppose.

Je vois quelques étoiles se refléter dans ses pupilles dilatées à l'extrême.

Il finit par me regarder de nouveau et s'appuie contre un arbre, les mains dans les poches de son jean.

— Je peux savoir pourquoi tu me suivais?

Je hausse vaguement les épaules.

— Oh je ne sais pas... peut-être le fait que j'ai trouvé un tout petit peu bizarre qu'un gus se tape une promenade digestive à trois heures du matin. Alors je me suis habillée rapidement pour te suivre. Et toi, qu'est-ce que tu faisais là?

Son regard se perd dans le lointain, comme s'il réfléchissait à mes propos. Un rayon de lune passe à travers les frondaisons de la forêt. Durant une fraction de seconde, le noir de ses yeux devient brillant, réfléchissant la lumière comme ceux d'un chat. J'ai la fugace impression de me retrouver en face d'un fauve.

Il garde le silence. Prenant mon courage à deux mains, je me lève et m'approche doucement puis lève la tête.

Même appuyé contre un arbre, il fait une bonne tête et demie de plus que moi.

— Gab, qu'est-ce que tu faisais là? Tu trouves ça normal de te promener dans les bois au beau milieu de la nuit?

Il soupire.

— Ce que je faisais ne te regarde pas. (Il tourne la tête vers l'endroit où il se trouvait avant de m'entendre.) Ce qui est sûr, reprend-il, c'est que maintenant ça ne sert plus à rien.

— Pourquoi?

Il me fixe et pour la première fois depuis que je le connais, le dédain et la suffisance quittent son regard et ses traits s'adoucissent.

Il se redresse et me pousse dans la neige en souriant. Je tombe sur les fesses avec un petit cri de surprise.

Trois fois en dix minutes. Maintenant c'est officiel, record battu.

— Parce que Cass la Petite Fouine est intervenue, tiens, voilà pourquoi.

Il s'approche et me tend la main pour m'aider à me relever. S'il croit s'en sortir aussi facilement, il se fourre le doigt dans l'œil jusqu'au coude.

J'attrape sa main, mais au lieu de me soulever, je m'arc-boute en arrière de toutes mes forces et l'entraîne dans la neige avec moi.

Il est tellement surpris qu'il s'aplatit de tout son long dans la poudreuse sans réagir et moi, je ricane de satisfaction.

Après être revenu de son étonnement, il me regarde, la mâchoire crispée de colère. Je sens toute ma bonne humeur s'envoler d'un coup.

— Deux fois que tu me surprends Cass, c'est peu commun, je dois le dire. Malheureusement, cette fois je ne serai pas aussi clément. Personne ne me jette dans la neige sans en subir les conséquences. Et je n'aime pas que l'on se moque de moi.

Sa voix est sourde, coléreuse. J'essaie de déglutir mais la salive reste coincée dans ma gorge et je manque de m'étrangler.

Je me vois déjà enterrée vivante dans la forêt. Personne ne me retrouvera jamais, on croira que je me suis fait bouffer par des loups ou piétiner par un troupeau de caribous.

Il se met debout sans me quitter de son regard haineux puis, sans prévenir, il perd son sérieux et éclate du rire le plus frais, le plus joyeux que j'ai jamais entendu.

Pendant une ou deux secondes, je le prends pour le plus grand dérangé mental que la Terre ait porté, ce qui me donne la furieuse envie de m'enfuir en courant. Sauf que je finis par comprendre qu'il s'est en fait fichu de moi.

— Si t'avais pu voir ta tête ma pauvre, c'était à mourir de rire, j'ai eu du mal à garder mon sérieux.

Je toussote en grommelant quelques paroles inintelligibles afin de cacher mon embarras. Son rire redouble d'intensité.

Je me sens rougir, mais il est tellement communicatif et surtout, pardonnez-moi, tellement beau, que je l'imite sans pouvoir m'en empêcher.

Il m'aide à me relever pour de bon, essuyant ses larmes d'un revers de la main et retrouve son calme petit à petit.

Il lance un coup d'œil derrière lui puis me regarde à nouveau.

Je sens mon cœur tressauter dans ma poitrine. Heureusement qu'il n'a pas l'ouïe aussi fine que Camille.

Il lève la main, a une infime hésitation, puis retire quelque chose de mes cheveux. J'ai un mouvement de recul instinctif qui le fait sourire. Il ne retire pas sa main pour autant et m'enlève une aiguille de pin des cheveux.

— Très classe comme déco, si tu aimes le style sapin de Noël bien sûr.

Je lève les yeux au ciel alors qu'il me lance un de ses sourires à double sens dont il a le secret.

— Allez viens Catwoman, on rentre avant que tu ne finisses congelée.

34

Le lendemain, je sens une présence juste à côté de moi en me réveillant, ce qui me fait ouvrir les yeux. Max me fixe, les yeux grands ouverts, presque exorbités, ce qui me vaut une mini crise cardiaque matinale.

Dès qu'il voit que j'ouvre les yeux, il se lève et se met à sautiller dans la pièce en appelant Marlène.

— Maman! Maman! C'est une Siléa! C'est une Siléa, j'en étais sûûûûr!

J'essaie d'analyser les mots qui sortent de sa bouche, mais je n'en comprends qu'un sur dix. C'est le matin et il est tôt pour ma défense.

— Max, tu veux bien te calmer s'il te plaît?

C'est Camille qui parle de la cuisine.

— On ne peut pas deviner si quelqu'un est un Siléa juste en le regardant. Arrête un peu tes délires et laisse-la se réveiller tranquille, tu veux?

Je m'assois doucement sur le lit en me frottant les yeux. Ma petite escapade nocturne ne m'aide pas beaucoup à m'éveiller.

Je remarque alors que ma vision ne s'est pas encore atténuée. Mais au lieu d'y voir clair dans la pénombre comme la veille, ma vision est précise, tranchante comme un scalpel. Je vois tout avec une netteté redoutable et arrive même à zoomer sur des détails qui m'intéressent.

Je décide de ne pas parler de ce que j'ai vu hier, je ne veux pas attiser la tension qu'il y a entre Gabriel et Camille.

Lorsqu'on est rentrés, je n'ai cessé de me poser des questions.

Comment Gabriel me perçoit-il? Je n'arrive pas à le cerner, c'est terrible. Un coup il a l'air d'apprécier, ou tout du moins de supporter ma présence, l'instant d'après j'ai l'impression qu'il va me planter un poignard dans le dos dès qu'il en aura l'occasion, puis danser autour de mon cadavre.

Et puis, quel âge peut-il bien avoir? Lorsque je lui ai posé la question, il m'a lancé un regard de biais sans répondre, ce qui m'a énervée au plus haut point. On a gardé le silence jusque chez Marlène et il a attendu que je rentre avant de partir.

Mais celle qui prédomine toutes les autres: bon sang de bonsoir, qu'est-ce qu'il trafiquait en pleine forêt au milieu de la nuit? J'ai beau me répéter qu'il devait avoir des problèmes d'insomnie ou de digestion et qu'il se promenait pour se détendre un peu, franchement, même moi je n'arrive pas à avaler ça.

Je me dirige vers Camille et m'assois sur une des chaises de la table de la cuisine.

— Pourquoi Max pense que je suis une Siléa?

Camille hausse les épaules en souriant.

— Ne cherche pas à comprendre, c'est un excité de nature, je ne sais pas vraiment ce qui peut bien lui passer par la tête.

— Tu as seulement l'ouïe comme Sens Phare?

Il hoche la tête en beurrant une tartine.

— Oui. Je suis un Auditif. C'est comme ça qu'on appelle les Kamkals qui possèdent mon Sens Phare. La plupart du temps j'entends tout ce qui fait le moindre bruit. Mais ça m'arrive d'avoir quelques «bugs» de temps en temps.

Je baisse la tête et triture la nappe, soudain inquiète.

— Camille, je crois que je ne suis pas… normale. Ma vue n'est pas permanente comme ton ouïe l'est. Elle ne vient qu'aléatoirement et ne dure jamais plus de deux jours.

Camille me sourit d'un air rassurant.

— Tu n'as aucun souci à te faire Cass, tous les Apprentis passent par là à leurs débuts, je suis idiot de ne pas t'avoir prévenue. Ce qui se passe c'est que le Sens Phare se manifeste de plus en plus souvent et dans une période de plus en plus longue, jusqu'à ne plus rétrograder du tout. Bientôt ta vue sera permanente. Tu as déjà dû t'apercevoir que tes périodes de clairvoyance s'allongeaient considérablement.

Il a raison, je vois encore très bien alors que cela fait plusieurs heures que ma vue est extrapolée. Pas encore d'altération de ce côté-là.

J'observe Camille à la dérobée. Avec ses cheveux en bataille et son regard doux, il est vraiment très attirant.

Il me jette un coup d'œil.

— Hey, tu ferais mieux de t'habiller, tu commences ton Apprentissage aujourd'hui. Les profs n'apprécient généralement pas beaucoup les retardataires.

Je le crois sur parole. J'ai autant envie de commencer les «cours» que d'aller me pendre. Mais je quitte quand même la cuisine et m'habille rapidement. J'arrive à me mettre les pulls sans l'aide de Marlène. Ce n'est pas non plus une victoire mais c'est déjà ça.

Mes ailes sont un peu tordues, comme tous les matins, alors je les étire doucement avec mes mains. Elles reprennent leur forme initiale. Lorsque je les touche, que je sens cette épaisse membrane au toucher de pêche, je me demande comment il est possible de voler avec. Elles doivent peser au moins cinq kilos et je ne les sens même pas.

Je tourne la tête et je vois Camille qui me regarde, par l'entrebâillement de la porte. Dès qu'il voit que je l'ai surpris, il détourne vivement le regard, rouge comme une pivoine, et va s'affairer dans sa chambre.

Je souris malgré moi.

Alors que je termine de m'habiller, mes pensées virevoltent jusqu'à Gabriel.

D'un seul coup, mes ailes fendent l'air puissamment. Les rideaux volent, une lampe tombe au sol et deux cadres subissent le même sort. Mais je n'y prête pas attention sur le moment. Non. Parce que mon corps, l'espace de deux secondes, a fait un bond hallucinant dans les airs.

Je retombe néanmoins lourdement sur le sol et me réceptionne sur les mains. Je reprends mon souffle, interloquée. Un seul battement. Un seul battement a failli faire tomber les murs et m'a soulevée à au moins cinquante centimètres du sol. Peut-être bien qu'il est possible de voler après tout.

Mon corps se met à trembler légèrement, j'ai un vertige et je m'appuie contre le mur en fermant les yeux.

Camille, alerté par le vacarme dans ma chambre, entre, le visage soucieux.

Lorsqu'il me voit, assise sur les fesses, l'air assommé et qu'il remarque le mobilier sens dessus dessous, il se précipite sur moi.

— Cass, Cass! Qu'est-ce qu'il y a? Tu t'es fait mal?

Sa voix est paniquée.

Il me soutient et m'aide à me relever. J'ai encore du mal à comprendre ce qui vient juste de se passer.

— Non, non ne t'inquiète pas, j'ai… je suis juste tombée, je n'ai rien, je marmonne.

Je lui souris gauchement. Il plisse les yeux, apparemment pas convaincu, mais il ne me pose pas d'autres questions.

Je me rends compte alors que ma vue est redevenue normale. Et aussi que je retournerais volontiers au lit.

— Tu es prête? Je dois t'accompagner jusqu'à ta salle de cours.

Je continue à trembler un peu, et je me sens honteuse. Je me déteste vraiment des fois. J'espère que les cours de vol ne sont pas pour tout de suite, parce que sinon je suis dans la panade. J'ai l'air aussi gracieuse qu'un éléphant. Sans parler du vertige qui me prend dès que je me trouve à plus d'un mètre du sol. Ça aussi, ça risque de poser un léger souci.

Max me fait un baiser sur la joue pour me souhaiter bonne chance et nous sortons, Camille et moi, dans la rue. Il y a des Apprentis partout. Ils sont facilement reconnaissables grâce à leur pull blanc. Je le sais, je porte le même. Mais je ne comprends pas pourquoi nous n'allons pas tous dans la même direction. Quand je pose la question à Camille, il me répond :

— C'est simple, Cass. Tous les nouveaux n'ont pas la vue comme Sens Phare. Vous allez être rassemblés en groupe de même Sens, et votre professeur l'aura aussi. Il est beaucoup plus simple d'apprendre quand on n'a qu'un Sens à gérer.

Je me demande s'il est possible que mon prof soit Gabriel. Cela se pourrait, nous avons le même Sens Phare.

Je sens mes ailes se mettre à frémir et je m'arrête aussitôt de penser à lui. Ça a tendance à me rendre un peu trop légère.

— Tu es prof, toi ? Et Gabriel ?

Je vois Camille serrer la mâchoire. C'est dingue l'effet que lui fait ce prénom.

— Non je ne suis pas prof, ça ne m'intéresse pas comme profession et ouais Gabriel est prof, mais ne t'inquiète pas, il n'enseigne que ceux qui ont des capacités spéciales et des mômes. Pour l'instant tu débutes, alors c'est trop tôt pour savoir si tu en possèdes aussi.

Qui a dit qu'on s'inquiétait ?

— Tu veux dire qu'il y a plusieurs niveaux d'apprentissage ?

— Oui puisqu'il y a des Myrmes plus doués que d'autres, il faut bien s'adapter à leur niveau. On arrive.

Je détourne le visage pour regarder ma classe. Ils sont tous en train de discuter avec d'autres Myrmes, certainement leurs Tuteurs. Mais une minorité d'Apprentis s'est rassemblée en petit comité et discute. Dans l'un d'eux, je perçois un rire cristallin et je cherche l'origine du bruit.

221

Je tressaille.

Oh non… il ne manquait plus que ça.

Morgane, l'Apprentie qui m'avait regardée de travers en chuchotant il y a de cela quelques jours, est dans ma classe. Pire, elle semble déjà s'être fait des amies, toutes aussi belles et pulpeuses et classe et grandes et…

Ça y est je suis jalouse.

Sale pimbêche.

Oh ! Vilaine ! Vilaine conscience !

Elle s'apprête à rire de nouveau quand elle se rend compte de la présence de Camille. Ses grands yeux de biche s'ouvrent encore plus grand.

Elle se détache du groupe, suivie de deux de ses magnifiques copines, et s'approche de moi.

Je me raidis, pas vraiment à l'aise.

Elle me sourit finalement, un doux sourire qui illumine son visage.

— Salut Cassiopée, moi c'est Morgane, et voici Hashley et Sidney.

OK, j'ai peut-être exagéré quand j'ai pensé que c'était une grosse pimbêche.

Elle jette un coup d'œil à mon Tuteur et lui sourit en triturant timidement une mèche de ses cheveux blonds. Elle reporte finalement son attention sur moi.

— Je suis vraiment contente qu'on soit dans la même classe. Ça fait un moment que j'ai envie d'entamer la conversation avec toi, mais je n'osais pas.

Elle a un petit rire nerveux.

OK, je l'ai très certainement mal jugée.

Elle attend, ses grands yeux marron posés sur mon visage, que je lui réponde. Elle me semble tellement vulnérable que je me sens affreusement coupable de lui avoir collé une étiquette avant même de la connaître.

Je finis par tendre ma main et lui sourire.

— Enchantée Morgane. Tu n'aurais pas dû hésiter, je ne mords personne.

Elle serre ma main avec chaleur.

222

Je me tourne vers Camille.

— Et voici Camille, mon Tuteur.

Lui, de sa voix suave, la salue. Je vois ses pommettes rosir et elle lui sourit en retour.

Je sens une pointe de jalousie me serrer le cœur. Ce n'est pas *son* Tuteur, c'est le *mien*. Qu'elle ne s'avise pas de...

Je me reprends aussitôt. La pauvre a bien le droit de succomber au charme de ce beau blond aux yeux verts. C'est pratiquement impossible de ne *pas* y succomber de toute façon.

Elle se tourne vers moi, les yeux pétillants.

— On se demandait, avec les filles, si tu ne voulais pas traîner un peu avec nous après les cours. On pourrait aussi s'asseoir ensemble en classe! Et je voulais aussi te dire que tu as des yeux magnifiques, comme je t'envie!

Ses amies approuvent vivement en souriant.

C'est à ce moment précis que je ressens comme un malaise. Je ne sais pas d'où cela vient, peut-être de l'allusion à mes yeux, que moi je trouve horribles, mais je le chasse aussitôt, trop heureuse de la situation.

— Oui, bien sûr! Et merci, c'est gentil.

— Mesdemoiselles, messieurs, je vais vous demander d'entrer dans la salle.

Un vieux Myrme se tient dans l'embrasure de la porte, l'air sévère.

Elle me fait un clin d'œil et désigne la salle de classe:

— On y va?

Je lui souris, tout excitée à l'idée que je me sois fait des amies de mon âge pour la première fois depuis des années.

Je les suis et nous nous avançons en riant, alors qu'elle me parle d'elle et de ses amies. Mais dès que nous sommes à l'intérieur, son expression se ferme, une ride se forme entre ses sourcils et elle me toise de la tête aux pieds avec une expression si méprisante que j'ai immédiatement l'impression d'être une fiente de pigeon.

Je me fige, incapable d'assimiler ce changement soudain de comportement.

Elle se penche vers moi, si près que je sens son parfum capiteux me piquer les narines. Elle met les mains sur ses hanches et me toise d'un air dur.

Ses deux amies ricanent derrière elle.

— Désolée Cassiopée, mais les filles et moi nous n'étions pas sérieuses. Je déteste voir une fille comme toi, une moins-que-rien, se prendre pour la reine du monde parce qu'elle a quelque chose de spécial. Et je voulais te faire comprendre qu'ici, il y en a qui sont bien plus malignes et intéressantes que toi. Alors continue à te pavaner comme si la Terre entière t'appartenait, comme si Camille t'appartenait. Rappelle-toi juste en le faisant que ça te retombera dessus à un moment ou à un autre.

Chacun de ses mots est comme un coup de poignard. Je sens les larmes me piquer les yeux.

Sans me laisser le temps de répondre, elle se retourne en me fouettant le visage de sa crinière dorée et part rejoindre son groupe, déjà assis sur des bancs.

Je vais m'asseoir à l'arrière, seule et à deux doigts d'éclater en sanglots.

35

Je passe les dix premières secondes à me demander comment une personne qui a tout pour elle, la beauté, un corps voluptueux, un caractère qui semble adorable, peut se transformer en un instant en un véritable suppôt de Satan. Et à retenir mes larmes.

Comment peut-elle me juger alors qu'elle ne me connaît même pas ? Qu'est-ce que je lui ai fait ?

Je ne me suis jamais sentie aussi nulle.

Ce genre de fille aurait bien besoin qu'une vieille femme décrépite lui lance un sort pour la rendre aussi laide extérieurement qu'elle ne l'est intérieurement. Genre, la Belle et la Bête, mais dans l'autre sens.

Mais que voulez-vous, les sorcières ne sont jamais là où on a besoin d'elles !

Puis le prof se met à parler.

Je me concentre sur sa voix et réussis à refouler mes larmes.

— Bonjour, je m'appelle Marc. Je serai votre professeur jusqu'à la fin de votre apprentissage, sauf si je décèle chez certains d'entre vous des capacités qui ne relèvent pas de mes compétences.

Ça me fait superbizarre de voir une personne âgée, il y en a si peu dans ce village.

Morgane lève gracieusement son doigt parfaitement manucuré.

Je ne peux m'empêcher de baisser les yeux et de regarder mes mains. L'humiliation encore présente rougit mes joues.

Il y a une hésitation puis Marc l'interroge :

— Je t'écoute.

La voix suave de Morgane résonne dans la salle.

— Pourriez-vous être plus précis s'il vous plaît ?

Je sens mon cœur meurtri se serrer un peu plus. Pourquoi est-ce que je me sens aussi malheureuse ? Cette fille n'en vaut vraisemblablement pas la peine. Pourtant... pourtant j'ai l'impression d'avoir été poignardée en plein cœur. Et même si je sais que ses mots n'ont absolument aucun fondement, je me sens coupable.

— Si tu ne m'avais pas interrompu, je serais déjà en train de l'expliquer.

Ma tête se relève si brutalement que je suis surprise de ne pas me péter une vertèbre.

Morgane vire au rouge. Ah. Eh bien on dirait que tout le monde n'est pas dupé par cette fille.

Il la fixe encore pendant cinq secondes, puis continue son discours.

— Quelques Apprentis parmi vous vont révéler des capacités supérieures aux autres. Par exemple, certains passeront les épreuves avec brio, alors que les autres seront dans la moyenne. Ou encore, d'autres se rendront compte qu'ils possèdent plusieurs des quatre Facettes de la vue. Ils iront donc dans la classe au-dessus de celle-ci. Et ainsi de suite. Plus vous montez en grade, plus les épreuves sont difficiles, voire dangereuses. Si vous avez bien suivi, il y a trois niveaux. Le premier est celui où vous vous trouvez en ce moment. Le deuxième est réservé aux Apprentis ayant plusieurs facettes, et le troisième, eh bien...

Il sourit, légèrement moqueur.

— ... c'est celui que vous n'atteindrez certainement jamais, étant donné qu'il vous faut rassembler tous ces critères et être également un Siléa, c'est-à-dire avoir plusieurs sens.

Il pose de nouveau le regard sur Morgane.

— D'autres questions?

Elle secoue la tête.

— Au cas où vous n'auriez pas compté, vous êtes trente-cinq dans la classe, un mélange de nouveaux, c'est-à-dire tous ceux qui ont été recrutés, mais aussi de tous les Apprentis Sentinelles qui sont nés de père et de mère Myrme.

Quelqu'un frappe à la porte. Marc jette un coup d'œil à l'intrus puis son visage s'adoucit.

— Entre donc, Soraya.

Une jeune femme entre d'un pas souple dans la salle et se dirige vers Marc.

Je remarque les ailes dans son dos. D'un violet soutenu, brodé de blanc.

Elle s'adresse à lui avec respect.

— Merci Marc de me permettre de venir me présenter.

Puis elle se tourne vers les Apprentis et les observe un par un. Son regard glisse sur la plupart d'entre eux puis elle arrive à ma rangée. Elle me fixe une fraction de seconde de plus que les autres et je sens plus que je ne vois un sourire éclairer son visage.

— Je me présente, je suis l'Oulda, une sorte de présidente si vous préférez. Je m'appelle Soraya et je suis fière de rencontrer chacun d'entre vous. Grâce à votre aide, nous espérons pouvoir, sinon venir à bout, du moins tenir tête aux Narques, et à la menace qu'ils font peser sur nos épaules. Écoutez vos professeurs et témoignez-leur du respect.

Elle regarde Marc et poursuit:

— Certains d'entre eux se battent pour notre cause depuis de très nombreuses années. Alors ne leur rendez pas la tâche compliquée, sans quoi ils devront sévir. Néanmoins, je dois vous dire que vous nous êtes d'un secours inestimable et que nous ne vous serons jamais

227

assez reconnaissants du sacrifice que vous avez fait en nous rejoignant.

Je baisse le regard, embarrassée. Je préfère mille fois être ici que dans la ville qui m'a vue grandir.

Je me suis fait de nouveaux amis, et même si certaines personnes comme Morgane sont abominablement méchantes, je sais que je peux compter sur ma nouvelle famille d'accueil.

Cette pensée me réconforte et me fait redresser les épaules. Il ne vaut mieux pas qu'elle me cherche encore, parce qu'elle ferait une erreur en pensant que je suis inoffensive et sans défense. Une grosse erreur.

— Je dois visiter les autres classes, merci de votre attention, passez une agréable journée.

Elle fait un signe de tête à Marc, qui le lui rend et elle sort, de son pas royal.

Je ne sais pas pourquoi, mais je l'aime déjà.

— Aujourd'hui nous n'allons faire que de la théorie. Je vais vous expliquer de A à Z en quoi consiste la vie ici, et tout ce qu'il y a à savoir sur la Caïna, la transformation, l'histoire ou autre. Si vous avez des questions durant l'exposé, n'hésitez pas et levez la main.

La matinée passe plus ou moins lentement. Marc nous enseigne l'histoire des Myrmes, leur commencement. Sauf qu'apparemment c'est assez flou. On pense que quelqu'un a découvert la fleur vénéneuse qui déclenche la transformation et il y aurait eu une sorte d'épidémie parmi les Potentiels. C'est la seule fois où la transformation s'est effectuée par contact. Comme un feu de paille. Beaucoup d'hommes et de femmes se sont métamorphosés et puis sans crier gare, ça a été terminé.

Cette fleur trouve apparemment son origine en Russie, dans des contrées glacées et lointaines, désertées par l'homme. Une fleur archirare.

De cette transformation, une communauté est née, les Myrmes, et ils ont décidé de s'isoler du monde extérieur, pour se protéger de l'humanité.

Lorsqu'on est différent, on est toujours attaqué, d'une façon ou d'une autre. Il y a cinq cents ans c'était le bûcher pour hérésie ou sorcellerie. De nos jours les organisations secrètes du Gouvernement ou paramilitaires n'hésiteraient pas à faire des expériences sur un Kamkal. Juridiquement parlant, nous ne sommes plus humains. La Constitution des droits de l'homme et du citoyen ne nous concerne plus, ce qui arrangerait bien les gens qui nous décortiqueraient vifs.

J'écoute avec attention tout ce que dit Marc, attendant avec impatience qu'il passe à la partie qui m'intéresse le plus. Mais il continue à parler de l'histoire. Il nous apprend qu'un jour, la population des Kamkals s'est scindée en deux groupes : un qui voulait rester caché, et vivre en paix, loin du regard de l'humanité, et un autre, plus radical, qui cherchait à faire le plus de mal possible à ceux qui leur en voulaient.

C'est ainsi que les Narques sont apparus. Ils ont déclenché un grand nombre de conflits humains, s'arrangeant souvent pour être l'étincelle qui mettait le feu aux poudres.

Marc sort une carte de l'Europe et l'accroche au mur. Il nous désigne un petit point proche de la Serbie.

— Un exemple type, la Première Guerre mondiale. Vous avez certainement tous entendu parler de l'attentat de Sarajevo ? Et de l'homme qui a exécuté l'archiduc François-Ferdinand, héritier de l'Empire austro-hongrois ? Tout le monde pense que c'est le nationaliste Gavrilo Princip qui a déclenché la guerre. Cela n'est pas exact. Nous avons découvert qu'un Narque nommé Manassé avait tiré en même temps que l'homme et avait touché sa cible. On n'a jamais retrouvé la balle de Gavrilo, et pour cause, son arme était vide. Bien entendu, personne n'en a parlé, ni n'a divulgué ces informations, puisqu'il était le coupable idéal. Personne n'a cherché à aller plus loin. Les nations étaient sur des charbons ardents et l'incident ne fut que l'excuse qui déclencha le conflit.

Je fronce les sourcils. Manassé était le tireur de Sarajevo ? Mais il doit être centenaire maintenant ! Je ne suis définitivement pas bonne en calcul mental, mais j'en sais assez pour comprendre qu'il y a quelque chose qui ne tourne pas rond.

Marc continue son exposé sans faire de commentaire supplémentaire sur le dirigeant des Narques. J'essaie de cacher ma déception. Ce personnage m'intrigue au plus haut point.

Il nous dit que les Myrmes ont changé de discours et ont tenté de retenir tant bien que mal la folie meurtrière de leurs sombres voisins. Ils ont souvent réussi, même si les Narques faisaient beaucoup de mal autour d'eux, et surtout chez les humains.

Un jour, ils s'en sont pris aux Myrmes, tentant de les dissuader de se mettre en travers de leur chemin. Des Myrmes sont morts, mais ce n'était pas une tentative d'extermination, juste un avertissement.

Et depuis deux décennies, la Caïna a disparu, totalement disparu de la surface de la Terre. Elle ne pousse plus, et plus aucun spécimen n'a été découvert depuis, peu importe de combien on s'enfonce dans les steppes de Russie.

Les Myrmes se servent donc de vieilles fleurs fanées tout en espérant qu'un jour la Caïna se décidera à réapparaître.

Dès qu'ils trouvent de nouveaux Potentiels, ils les recrutent. Ces recrutements se font principalement par vagues, comme dans mon cas. Ils rentrent dans des dossiers les noms des jeunes Potentiels, qu'ils repèrent grâce à leurs analyses sanguines, puis attendent d'en avoir assez pour les transformer tous en même temps. Il nous explique que comme nous sommes viscéralement différents, notre comportement fait que nous sommes souvent mis à l'écart, rejetés par notre entourage.

La plupart des recrutés n'ont aucun lien affectif avec leur famille. Mais si c'est le cas, les Rabatteurs les laissent vivre leur vie tranquille.

En attendant, la petite histoire que je contais aux enfants me paraît bien loin de la réalité maintenant.

Quelqu'un lève la main. C'est un garçon roux à l'air enfantin, bien qu'il doive avoir le même âge que moi. Marc lui fait signe de poser sa question.

— Vous dites que cela fait longtemps que les Myrmes existent.

— Plus de huit cents ans, à ce qu'on en sait.

— Je comprends que personne n'ait découvert cet endroit dans le temps où la technologie n'existait pas. Mais avec les détecteurs infrarouges par satellites ou les drones espions que possèdent la NASA et le Gouvernement, comment se fait-il que vous n'ayez jamais été détectés ?

Marc sourit au rouquin.

— Voilà une question intéressante. Je vais t'expliquer. Il y a de cela une soixantaine d'années, lors de la Seconde Guerre mondiale, des Myrmes sont venus porter secours aux gouvernements alliés et étaient, entre autres, présents lorsque les Américains ont investi Berlin. Alors que les Alliés étaient occupés à chercher le dirigeant de l'Allemagne nazie, ou à fêter leur victoire sur les forces de l'Axe, les nôtres ont découvert un laboratoire souterrain, caché par les décombres des bâtiments bombardés. Seules des recherches approfondies auraient pu révéler sa présence au commun des mortels. Mais il fut détecté par l'un de nos Siléa qui sentit une odeur particulière due à des produits chimiques. Le laboratoire fut pillé quelques jours plus tard, mais nous en avions déjà retiré ce qui nous intéressait. Un dispositif très sophistiqué, permettant de dissimuler la chaleur corporelle sur plusieurs kilomètres carrés. Ainsi que tous les signes physiques ou non d'une quelconque activité humaine.

Au cours des décennies qui ont suivi, nous y avons apporté quelques améliorations. Aujourd'hui il fonctionne à l'énergie solaire et il est dissimulé de sorte que les personnes mal intentionnées aux sens un peu trop aiguisés ne puissent le détecter.

Aux yeux de l'humanité, nous sommes totalement invisibles, inexistants.

Ceci explique cela.

Je lève timidement la main. Marc me toise puis finit par me sourire.

— Je me posais une question, vous dites que ce sont les Narques qui ont déclenché la Seconde Guerre mondiale, et qu'ils s'en prennent aux humains. Mais ce sont bien les dirigeants des pays qui se sont battus entre eux, non ?

— En effet. Il se trouve que les Narques se contentent souvent de servir d'étincelle entre les parties belligérantes. Nous avons l'exemple de Sarajevo que je viens de vous citer. Les Narques ont juste déclenché la guerre en laissant les humains s'entre-tuer. Ils ont bien failli réussir lors de cette guerre, mais le pire des cas est celui de Cuba. Les Narques ont suivi de près les tensions qui opposaient l'URSS aux États-Unis. Forcément, puisque si une guerre éclatait, elle serait nucléaire et inclurait une bonne partie des États du monde, une Troisième Guerre mondiale, en cent fois plus meurtrière. Ils ont infiltré les leurs dans les deux camps. Les Narques russes ont participé à l'installation des missiles de Cuba alors que ceux qui avaient infiltré l'armée américaine excitaient l'opinion publique et la politique contre l'URSS. Les deux partis ne cessaient pas pour autant de s'échanger des informations pratiques sur leurs camps respectifs. Enfin, pour faire simple, ils ont alimenté les tensions de toutes parts durant cette crise. Certains étaient aux côtés de Khrouchtchev, d'autres de Kennedy. Quelques-uns sur les navires américains, d'autres à bord des sous-marins russes. Nous sommes alors intervenus, en infiltrant nous aussi les forces armées des parties opposantes, et sans en prévenir qui que ce soit, nous avons désarmé tous les principaux missiles des deux superpuissances. Ça n'a pas été bien difficile, les nôtres n'ont eu qu'à échapper à la surveillance des gardes à bord des navires ou à se faufiler dans les sites de lancement. Le plus dur a été de se procurer les codes de désarmement, mais là, cela serait trop long à expliquer. Bref, cela n'a pas été utile puisque les parties belligérantes ont fini par s'entendre, et c'était bien mieux ainsi.

— Risquent-ils de déclencher un nouveau conflit?

Marc me regarde d'un air grave.

— C'est en effet ce que nous craignons, et vous êtes là pour éviter cette catastrophe.

Je pose une dernière question:

— Les Narques sont-ils réellement dangereux pour nous, les Myrmes? Ont-ils déjà tué depuis l'affrontement dont vous nous avez parlé?

— Non, pas depuis. Ce n'est pas leur but. Souvent nous recevons des invitations à nous joindre à eux. Ils ne nous veulent pas du mal à nous. Ils en veulent aux humains.

Il regarde sa montre.

— Bien, vous pouvez sortir, je veux que vous soyez là dans une heure et demie. Les retardataires iront faire le ménage chez moi.

Je sors, soucieuse. Je ne pensais pas que l'humanité était passée à côté de l'extinction autant de fois. Ça donne froid dans le dos.

Quelqu'un m'attrape par le bras. Je me retourne, surprise, et mon cœur se serre. Morgane me sourit de toutes ses dents, avec une telle gentillesse que j'en viens presque à me demander si je n'ai pas rêvé l'épisode d'avant la classe.

Presque.

Je la regarde droit dans les yeux et lui dis d'une voix posée mais sèche:

— Si tu veux récupérer ta main en entier, je te suggère vivement de me lâcher.

Je crois qu'elle ne s'attendait pas à ça, parce que l'espace d'une seconde ses yeux s'agrandissent de stupeur et elle me lâche le bras.

Cette garce ne sait pas à qui elle a affaire.

— Mais… mais je croyais que nous étions amies!

Elle se tord les mains et papillonne des paupières pour chasser une larme imaginaire.

Jamais, au grand jamais, je n'ai rencontré une telle comédienne.

Je ricane et me redresse de toute ma taille en la toisant. Elle fait un pas en arrière, et je crois qu'elle ne joue plus la comédie.

— Ça, c'était avant que tu ne me traites de moins-que-rien. En plus, j'ai cru comprendre que tu ne voulais pas me servir de nounou. Qu'à cela ne tienne ! J'ai autre chose à faire que supporter Clara Morgane.

Elle vacille sous l'insulte.

— Excuse-moi ?

— Quoi ? En plus d'être crétine tu es sourde ? C'est bête, vraiment je suis désolée pour toi.

Je lui lance un regard entendu :

— Ou pas. Enfin, si tu le permets, et même si tu ne le permets pas, hein, quelque part j'en ai rien à secouer, je vais rejoindre mon Tuteur parce que là tu es en train de me faire perdre mon précieux temps.

Après un dernier regard dédaigneux, je lui tourne le dos.

Elle a dû être choquée pendant un bon bout de temps, parce que j'avais presque fait la moitié du chemin vers Camille quand elle m'a rattrapée par le bras.

Je la fusille du regard et elle me lâche aussitôt en me souriant gentiment.

— Écoute, murmure-t-elle, sans cesser de sourire, comme si nous avions une agréable conversation, je ne vais pas te menacer, tu m'as l'air d'être une fille assez intelligente. Alors je vais juste te dire que, dans ton intérêt, il vaudrait mieux que tu acceptes de ne rien dire à personne sur ce qui s'est passé en classe, encore moins à lui.

Elle désigne Camille du menton.

Oh, elle veut du spectacle ? Elle va en avoir.

Je bombe le torse, tout en m'assurant que Camille nous regarde.

— Ah ouais ? Et sinon quoi, espèce de nymphe en manque ? Tu vas me fouetter avec tes cheveux ? Me griffer ? Laisse-moi te dire quelque chose.

Je fais une petite pause puis désigne à mon tour Camille d'un geste du menton.

— Tu n'es absolument pas son genre. De toute manière il ne regarde pas de film pornographique.

Elle lève la main pour me gifler mais se souvient au dernier moment que nous ne sommes pas seules. Dommage. J'aurais adoré botter son adorable petit c...

— Espèce de salope, persifle-t-elle entre ses dents, petite prétentieuse, crois-moi sur parole, tu vas le regretter, tu...

Je l'interromps en secouant la tête :

— Morgane, Morgane, Morgane, tu ne dois pas souvent réfléchir non ? Pourtant je t'assure que des fois ça peut rendre de grands services. Penses-y un de ces jours. Je vais te confier un secret. Tu vois mon Tuteur ? Son Sens Phare est très intéressant. Il lui permet d'entendre tout, absolument tout, à des centaines de mètres à la ronde.

Je la vois blêmir.

— Désolée ma belle, mais pour un rencard il faudra passer ton tour, je le crains.

Camille explose de rire alors que je le rejoins, laissant une Morgane humiliée au beau milieu de la clairière.

36

À table, Max nous raconte comment il a réussi à mettre une punaise sur la chaise de son prof, alors que c'est une Sentinelle, c'est-à-dire un Myrme à la vue comme Sens Phare. Moi ça me fait me plier en deux, mais sa mère n'est pas très fière et Camille lui donne une petite tape derrière la tête. Max rit, alors que Marlène lui ordonne d'aller faire la vaisselle tout seul, comme punition. Je leur raconte à mon tour ma matinée. Je finis par leur demander des précisions sur Manassé. Comment il a fait pour faire des dégâts il y a plus de soixante ans et être encore craint aujourd'hui alors qu'il doit être aussi efficace qu'un vieux croûton.

Marlène toussote doucement et Camille regarde ses mains, l'air très intéressé tout à coup par ses ongles.

— Quoi, qu'est-ce que j'ai dit?

— Nous ne sommes pas censés t'apprendre ce genre de choses, me dit Marlène. Mais je peux juste te dire qu'il est encore très vigoureux.

De la cuisine, j'entends Max qui crie :

— Ce qu'elle veut dire c'est qu'il a trois cents ans et qu'il en fait à peine quarante.

Je regarde Marlène et Camille, qui eux fusillent Max du regard, prêts à lui en mettre une d'une minute à l'autre.

J'éclate de rire.

— Ha ha ! Elle est bien bonne celle-là Max.

Mais quand je vois le sérieux de sa mère et de son frère, j'arrête de rire.

— Non mais vous pouvez me donner une explication rationnelle, je suis prête à l'entendre, pas besoin de me raconter des craques comme à Max.

J'entends celui-ci pousser un cri de protestation.

— Hé je ne suis pas un gam...

— Max occupe-toi des assiettes ! aboie sa mère.

Je l'entends grommeler.

Camille soupire.

— Malheureusement, ce qu'il a dit est vrai. Il est très âgé, on ne sait pas exactement quel âge, mais il approche de celui que t'a donné Max.

Je le regarde, comme s'il venait de me dire que le Père Noël existait, et qu'en prime c'était lui.

— Arrête ton char, Camille, personne ne peut vivre jusque-là, c'est totalement impossible.

— Pour les humains, en effet. Mais grâce à ta Caïna, notre espérance de vie est décuplée.

Je le regarde en plissant des yeux. Il se penche vers moi et rajoute, comme s'il avait peur que mon cerveau n'analyse pas correctement ce qu'il venait de me dire :

— Notre espérance de vie à *tous*... toi comprise.

Je sens une bouffée de colère me monter au visage.

— J'en ai marre ! Depuis que je suis arrivée, on ne me parle que par énigmes, ou on me cache toute la vérité. Je suis une Myrme, non ? On pourrait quand même me mettre au courant de ce genre de petits détails ! Ce n'est pas rien ! Maintenant je me rends compte qu'au lieu de vivre un petit siècle, tout au mieux, je vais en vivre plusieurs au pire ! C'est le genre de chose que l'on dit ça ! Comme : ici c'est les toilettes, demain tu vas à l'école, tu as encore cinq cents ans à vivre !

Je me lève, furieuse, et me mets à marcher de long en large. La perspective de vivre des années et de voir les gens autour de moi vieillir et mourir ne m'enchante guère. Mais

237

bon, je suppose que s'énerver comme ça ne va pas arranger les choses d'une quelconque manière. Et puis, il y a pire comme nouvelle.

Je respire à fond et me tourne vers mon Tuteur.

— Quel âge as-tu, réellement Camille?

Il me regarde, un peu gêné.

— Je ne suis pas vieux, Cass, je n'ai que vingt-trois ans. Lorsque j'en aurai vingt-cinq, j'aurai mon apparence permanente, du moins pendant les cent cinquante prochaines années.

La tête me tourne. Je réfléchis un moment et mes yeux se posent sur l'horloge.

Oh. Mon. Dieu.

— Nous ne t'avons rien dit parce que tu allais apprendre tout ça cet après-midi et…

— Camille! Les cours reprennent dans dix minutes!

Il saute de son siège et attrape son manteau avant de l'enfiler. Je fais de même et nous sortons en vitesse. On court jusqu'à la salle, qui heureusement n'est pas très loin, à environ cinq minutes à marche normale.

Tous les Apprentis sont déjà rassemblés devant la salle, mais Marc n'est pas encore là. J'aperçois Morgane et une seconde plus tard elle croise mon regard. Elle rougit jusqu'aux oreilles, se rappelant certainement toutes les ignominies qu'elle m'a dites depuis le début de la matinée.

Camille rit et je l'imite avant de lui dire au revoir.

***

— Bien. J'espère que vous avez bien mangé. Assez parlé histoire, je vais vous enseigner le côté scientifique de votre transformation.

J'avoue qu'avec ce que je viens de manger (du poulet accompagné de pommes de terre et de carottes juteuses, plus un gâteau au chocolat pour dessert) j'ai plus envie de dormir que d'écouter. Mais cette partie m'intéresse alors je m'efforce de me concentrer.

— J'espère qu'aucun d'entre vous ne s'est imaginé s'être transformé grâce à un sort, un coup de baguette magique ou une autre bêtise de ce genre. Parce que vous allez être déçus. Nous ne sommes pas dans un conte de fées mais dans une réalité scientifiquement explicable.

Des soupirs faussement déçus et des « oh non ! » moqueurs s'élèvent dans la salle.

Marc fait comme si de rien n'était, mais je remarque que le coin de sa lèvre se retrousse légèrement dans un sourire.

— Nous devons nos capacités extraordinaires à cette fleur, que nous nommons la Caïna. C'est une plante très vénéneuse, capable de transmettre son venin, même quand elle est totalement sèche.

Comme je vous l'ai dit ce matin, elle est étroitement liée à l'histoire des Kamkals, dès leur commencement, et nous ne saurons certainement jamais ni pourquoi, ni comment.

Bref, après de nombreuses années de recherches, nous nous sommes rendu compte que la fleur ne faisait pas qu'inoculer un poison qui rendait malade celui qui la touchait. Ce poison contient des composants chimiques qui ont la particularité de faire muter un gène présent seulement chez les Potentiels, un gène qu'on pourrait qualifier de « dormant ». Ce gène, une fois muté, s'occupe de commencer la fabrication du cocon qui protégera les ailes durant leur formation. C'est pour cela que vous avez sans doute tous ressenti une brûlure intense après vous être fait piquer.

Aucun problème pour ça, je m'en souviens *très bien*.

— Ce gène, que nous avons nommé X12, est à l'origine des ailes qui sont apparues dans votre dos. Vos facultés visuelles ultra-développées sont également le résultat de la substance qui vous a été inoculée. Comme pour vos ailes, elle fait muter un gène en particulier, responsable, soit de votre vue, soit de votre ouïe, soit de votre odorat.

Comme vous êtes tous des Sentinelles, je vous parlerai donc de la mutation qui concerne l'œil.

Pour faciliter la compréhension lors des explications, nous utilisons quatre animaux pour expliquer les quatre Facettes visuelles des Sentinelles, dont je vous ai parlé ce matin. La vision du Chat, celle de l'Aigle, de la Mouche et plus rare, celle du Serpent.

Nous nous regardons tous, pas sûrs de savoir s'il se fiche de notre poire ou s'il est sérieux.

Il capte notre regard incrédule et un petit sourire amusé s'esquisse sur ses lèvres.

— Avant de juger, veuillez écouter. Chacun d'entre vous possède une de ces Facettes : celle de l'Aigle. C'est le propre des Sentinelles. Toutes possèdent cette Facette, sans exception. Mais laissez-moi vous les décrire afin que vous arriviez à les distinguer les unes des autres.

Je me penche en avant et écoute attentivement, très intéressée.

— Commençons par la vision de l'Aigle, celle disais-je, que vous possédez tous. Ces animaux sont connus pour faire partie de l'élite en matière d'acuité visuelle. Un exemple simple : un aigle volant à mille cinq cents mètres d'altitude est capable de détecter un rongeur de seize centimètres au sol.

Des exclamations impressionnées fusent dans toute la salle. Notre professeur ne se laisse pas distraire pour autant.

— Leur œil se caractérise par une forme télescopique. En fait, pour faire simple, c'est comme lorsqu'on recule un projecteur de son écran, l'image s'agrandit. Les Myrmes possédant la vision de l'Aigle voient tout avec une clarté et une précision extraordinaire. Tout est net et ils peuvent même «zoomer» à volonté sur leur objectif.

On peut entendre les mouches voler dans la classe. Tout le monde semble estomaqué par la signification de ces paroles. Pour la première fois, je pense, je me rends compte de ce dont je suis capable.

— Maintenant, parlons de celle du Chat, poursuit Marc. Les chats ont un grand nombre de cellules en forme de bâtonnets. Ces cellules leur servent à voir dans le noir.

De plus, ils ont une pupille à la géométrie variable : ronde et dilatée lorsqu'il fait noir, verticale et fine lorsque la luminosité est intense. Vous avez certainement remarqué sur certains Myrmes, ou peut-être même sur vous-même, ces mêmes pupilles dilatées à l'extrême. Il s'agit en fait de personnes étant en possession de leur vision nocturne, la première Facette. Enfin, les chats ont une membrane réfléchissante derrière l'œil, qui leur permet de capter la moindre parcelle de lumière.

Le « mystère Gabriel » est élucidé. Je comprends enfin pourquoi il avait des pupilles ultra dilatées lorsqu'il était dans l'obscurité ou, au contraire, légèrement verticales lorsqu'il se trouvait dans un lieu à l'intensité lumineuse importante. Il se peut même que j'aie les mêmes dans le noir. Il faudra que je pense à regarder dans un miroir.

Marc continue ses explications.

— Cette seconde Facette, vous l'aurez compris, concerne les Myrmes ayant la vision nocturne.

Du coin de l'œil, je vois Morgane se tortiller sur son siège, un sourire suffisant sur les lèvres. Je lève les yeux au ciel. Pas besoin d'être extrêmement futé pour comprendre qu'elle possède la Facette du Chat. Elle est pratiquement en train de tomber en pâmoison. La voix de Marc me ramène à la réalité et je reporte mon attention sur lui et son cours, beaucoup plus intéressants.

— La Facette de la Mouche est certainement une des plus extraordinaires.

Je vois Morgane se dégonfler comme une baudruche et je dois retenir un ricanement.

— Les mouches sont capables d'assimiler deux cents images à la seconde, ce qui leur permet de tout voir comme au ralenti. C'est pour cela, d'ailleurs, qu'il est si dur de les attraper. Imaginez que vous vous trouviez au cinéma et qu'une scène se déroule très lentement. C'est exactement ce que voient les Myrmes ayant la Facette de la Mouche. Il est très difficile, pour ne pas dire impossible, de les toucher par surprise, pour la seule et bonne raison que leur vision est décortiquée en centaines d'images à la seconde.

Enfin, je vous parlerai de la vision du serpent, même si celle-ci n'implique pas directement l'œil. La famille des pythons, par exemple, est pourvue d'une particularité fascinante. Ils possèdent ce qu'on appelle des fossettes thermosensibles qui leur permettent de voir la chaleur. Ils perçoivent le monde dans des nuances allant du rouge foncé pour les corps vivants, au bleu froid pour le reste des objets inertes. Il est vrai que cette forme de vue n'implique pas la netteté : en effet, les corps sont vus par rapport à leur chaleur et sont pour cela très flous. Elle est pourtant la plus désirée de toutes car, qu'il fasse jour ou nuit, par temps de neige ou par un soleil implacable, un Myrme possédant cette vision peut surprendre n'importe quel être vivant, qu'il se trouve à un mètre de lui ou à cinquante, qu'il soit au milieu d'un espace vide, ou caché derrière une maison. Malheureusement, très peu de Sentinelles possèdent cette Facette. En fait, elle se traduit par des trous minuscules aux coins des deux yeux qui rappellent vraiment les fossettes des pythons.

Marc fait une pause afin de reprendre sa respiration.

Je liste mentalement les Facettes que je possède : celle du Chat puisque je vois dans le noir. Celle de l'Aigle étant donné que tout le monde l'a, et aussi celle de la Mouche. La bataille de boules de neige ne laissant pas de doute là-dessus. Trois Facettes sur quatre.

Ça fait drôlement beaucoup, non ? Marc vient de dire qu'on en aurait au minimum une mais il a aussi dit que c'est plutôt rare d'en avoir plus d'une… alors trois ?

Je ne sais pas quoi en penser.

Marc reprend :

— Il y a néanmoins un détail surprenant : pour devenir un Kamkal, vous êtes obligés d'être piqués par la fleur, fils de Kamkal ou non. Nous avons aussi constaté que 100 % des enfants dont le père et la mère sont des Kamkals possèdent le gène X12 dans leur génome, sous sa forme dormante. Néanmoins, nous n'avons toujours pas compris pourquoi certains êtres humains, que rien ne semble relier aux Kamkals, possèdent le Potentiel, donc le gène X12 dans leur génome. Je parle de la plupart de ceux qui sont présents dans cette salle.

Un garçon lève la main :

— Puisque la fleur a disparu dans la nature, la cultivez-vous ici ?

Marc le regarde avec gravité.

— Malheureusement, cela fait des années que nous n'en avons pas trouvé une seule. Elle semble bel et bien disparue et c'est un des nombreux problèmes sur lesquels nous travaillons en ce moment. La fleur ne survit pas à la culture. Tous les essais pour la reproduire ou même la garder en vie se sont soldés par un échec. Et je ne parle pas d'essayer de synthétiser le poison. C'est pratiquement chose impossible.

— Et vous avez quand même réussi à nous en donner une à chacun de nous ? demande le garçon d'un air ahuri.

— Certaines de celles que nous vous avons données avaient plus de deux cents ans. Nous les conservons précieusement car nous ne savons jamais quand une nouvelle fleur poussera. Et dans notre cas, il semblerait qu'elles soient les dernières représentantes de cette espèce rarissime. C'est pour cela qu'il était si important que vous les remettiez à vos Rabatteurs.

Hum, hum.

— Nos Rabatteurs ?

Le garçon a l'air de plus en plus perdu.

— C'est ainsi que nous appelons les Myrmes qui vous apportent les enveloppes et vous ramènent au village.

C'est au tour d'une des amies de Morgane de poser une question :

— Pourrons-nous voir d'autres fleurs ?

Marc secoue la tête.

— Seule l'Oulda sait où sont entreposées les quelques fleurs restantes. Malheureusement, il y eut souvent des cas de traîtrise rapportés au sein même des Myrmes.

Étrangement, je pense à Gabriel. À sa sortie de l'autre nuit. À sa façon d'éluder mes questions. Je n'arrive pas à penser qu'il puisse être un traître mais, après tout, qu'est-ce que je sais de lui? À part qu'il m'a droguée et kidnappée, s'entend. Mais bon apparemment c'était son boulot alors faisons comme si ça n'était pas grave.

Je secoue la tête. Gabriel n'est pas un traître, je ne peux même pas en concevoir l'idée.

Marc continue.

— Une des questions les plus importantes encore en suspens est le fait que le gène X12 ne se transmet pas sous sa forme mutée. Que vous soyez un Apprenti recruté parmi les humains ou un fils de Myrme, vous serez obligés de toucher la fleur pour vous métamorphoser. Nous avons aussi remarqué que ceux qui ont des facultés particulières transmettent généralement ces prédispositions à leurs enfants, comme ceux qui ont plusieurs Facettes…

Son regard se pose sur moi et la quasi-totalité de la classe l'imite.

— … ou sont Siléa.

Ils continuent à me regarder quelques instants, certains avec animosité, d'autres avec envie, et puis certains plutôt amicalement. Mon envie de disparaître n'en est pas pour autant diminuée. J'ai envie de hurler «JE NE SUIS PAS UNE SILÉA!!», mais à quoi bon? Mes ailes sont *vertes*.

— Ça sera tout pour aujourd'hui, finit par conclure Marc. Demain on passe aux choses sérieuses. Peut-être que certains d'entre vous ont réussi à discerner quelles Facettes ils possédaient, mais les épreuves que vous subirez nous permettront à nous, les professeurs, de les valider avec exactitude. Vous avez intérêt à bien vous reposer cette nuit.

Tout le monde sort et je vois Morgane chuchoter sur mon passage, l'air de mijoter un coup foireux. Cela n'augure rien de bon.

À l'extérieur, la neige a recommencé à tomber, et le monde semble être saupoudré de farine. Le jour commence déjà à décliner. Dos à l'arbre, à l'endroit où je le retrouve habituellement, il y a Camille. Mais il n'est pas seul. Je le vois en conversation animée, et, avant même d'avoir vu son interlocuteur, je sais avec qui il parle.

Je m'approche et m'éclaircis la gorge sans prendre la peine d'être délicate.

Gabriel s'arrête au beau milieu de sa phrase pour me dévisager. Il m'a vue arriver du coin de l'œil, grâce à sa vision, mais était apparemment trop occupé pour détourner son regard de Camille. Ses yeux lancent des éclairs, j'ai dû louper quelque chose de mémorable.

— On n'en a pas fini, murmure Gabriel.

Puis il tourne son visage vers le mien et me salue, glacial :

— Bonne soirée, Cass.

Nous le regardons s'éloigner et je me tourne vers Camille, qui a l'air d'avoir avalé un balai tellement il est raide :

— Il est toujours d'aussi bonne humeur?

Il essaie de se calmer en inspirant et expirant profondément.

— Et encore t'as rien vu. Là c'était sa façon de me conter fleurette. Quand tu le verras de mauvaise humeur, il y en aura certainement un de nous deux qui sera mort sur le sol, baignant dans son sang.

Charmant.

Il se met en marche, l'air morose et je le suis silencieusement.

— De quoi parliez-vous, si ce n'est pas indiscret?

Il se raidit un peu plus.

— De choses qui le mettent en boule, si j'en crois sa réaction.

Je n'insiste pas. Après tout, ce ne sont pas mes affaires.

37

Sur le chemin du retour, il m'est venu l'envie d'aller me prendre un bain aux Sources Chaudes. Je ne le dis pas à Camille, qui serait capable de m'en empêcher, sous prétexte que je me ferais attaquer par l'Abominable Homme des Neiges, le Yeti ou Big Foot, pour ce que j'en sais. Et j'ai vraiment envie de me détendre dans l'eau chaude, sous les doux flocons qui virevoltent dans la fin de l'après-midi.

Alors j'attrape quelques affaires propres, une serviette, et je me dirige vers une des Sources, à un kilomètre ou deux de Tornwalker.

Dix minutes plus tard, après avoir vérifié que personne n'était dans les parages, je me déshabille rapidement et saute dans l'eau avant que la morsure du froid ne me brûle trop. L'eau est encore plus chaude que je ne l'imaginais, à la limite du supportable. Mais c'est délicieux.

Je reste là, les yeux fermés et la tête posée sur un rocher, seule partie de mon corps qui dépasse de l'eau fumante, et je sens mes muscles se délasser les uns après les autres. Je ne me suis plus sentie aussi bien depuis des lustres.

J'attrape le savon que j'ai emprunté dans la salle de bains et je me frictionne les bras et les jambes, sans jamais rester bien longtemps en dehors du bassin. L'air est aussi froid que l'eau est chaude.

La nuit ne va pas tarder à tomber et même si, pour une fois, je ne suis pas parano, je préfère ne pas tenter le diable.

Je me prépare alors à sortir à contrecœur, quand une brindille craque, à quelques mètres de moi. Je me fige, attendant d'autres bruits qui me révéleraient une présence, mais je n'entends plus rien. Je me détends un peu, mais pas longtemps.

Deux mains écartent tranquillement les buissons qui cachent la Source, et Morgane se faufile gracieusement entre eux, ses deux toutous la suivant comme son ombre.

Je fais un bond dans l'eau.

Oh non ce n'est pas possible…

Elle me sourit, la tête penchée sur le côté, alors qu'elle brandit mes vêtements au-dessus de sa tête.

— Alors ma belle, on prend un bain de minuit?

Décidément cette fille n'a pas inventé la machine à courber les bananes. Les bains de minuit sont, comme leur nom l'indique, habituellement pris au milieu de la nuit et pas en début de soirée.

— Non, je me lave. Justement, si j'ai choisi cet endroit c'était pour ne pas avoir à supporter ce genre de situation.

Son sourire se fait éclatant et j'ai envie de l'étrangler tant elle est belle.

— Oh oui, il vaut mieux être seul dans ces moments-là, parce que tu te ridiculiserais grandement.

— De ta part, je prends ça comme un compliment. Tu peux me rendre mes vêtements, s'il te plaît?

Elle penche la tête sur le côté, et me regarde, une étincelle de malice dans ses prunelles marron.

Personne, pas même moi, n'aurait pu deviner que derrière ce visage angélique se cachait en fait le diable.

Mes vêtements traînent dans la neige. Je vais la tuer.

— Hum… Laisse-moi réfléchir.

La mauvaise humeur prend le dessus sur le bon sens.

— Eh ben essaie d'accélérer le processus, tu veux? J'ai pas envie que ça nous prenne la nuit.

Aïe, apparemment elle n'a pas trop apprécié. Elle me fait un doigt d'honneur et je fais mine d'être offusquée. Oh ! Quel goujat !

— Puisque tu le prends comme ça... je comptais te rendre tes habits, mais je vais finalement les emporter avec moi.

Elle ricane.

— Mais je suis charitable, je te laisse tes sous-vêtements, histoire que tu ne sois pas *totalement* ridicule lorsque tu arriveras à Tornwalker.

Elle les balance dans l'eau.

Je les attrape vivement avant qu'ils ne soient trempés, mais le mal est fait.

— Eh mais t'es malade ! Je me serais transformée en stalagmite avant d'avoir fait dix mètres !

Elle prend un air grave et pour la première fois je me sens vraiment intimidée.

— Ça, ma chérie, il fallait y réfléchir *avant* de me faire passer pour une parfaite idiote.

Elle regarde ses amies.

— Vous n'avez pas faim les filles ? Moi j'ai vraiment la dalle !

Elle me lance un dernier regard dur.

— Bonne baignade Cassiopée, me dit-elle sans un sourire.

Et elles s'en vont avec mes habits, bavardant entre elles comme si elles ne venaient pas juste de signer mon arrêt de mort.

Une fois qu'elles ont disparu, je me retrouve seule, avec comme seule compagnie les bruits inquiétants des animaux nocturnes, partant en chasse.

***

Mais quelle crétine, quelle crétine !

Ça fait une demi-heure que je fulmine. Pourquoi est-ce que je n'ai pas laissé Morgane m'insulter en silence ?

Pourquoi est-ce qu'il a fallu que je lui fasse un sale coup ? Ah, c'est sûr que sur le moment je me suis sentie puissante. Mais maintenant, à poil dans un bassin alors qu'il fait presque nuit, et sans moyen de revenir au village, je me trouve un peu moins maligne.

J'ai étudié toutes les possibilités : sortir en sous-vêtements, et arriver au village telle quelle, en supposant que j'y arrive. Mais j'y renonce, hors de question que l'on me voit à moitié nue. Je suis déjà assez complexée *avec* quelque chose sur le dos, alors sans, je crois que je meurs d'une crise de mortification. Sans parler du fait que je risque de finir congelée.

Je pourrais aussi crier pour qu'on vienne m'aider. Un Auditif pourrait m'entendre sans problème, mais bonjour l'humiliation. Je n'ai pas assez d'humilité pour me rabaisser à cette solution.

Je pourrais aussi attendre la nuit et rentrer quand tout le monde dort, mais je me ferais sûrement bouffer par une meute de loups affamés. Ou mourir d'hypothermie. Aucune de ces deux options ne m'enchante.

Alors je me dis que Camille va bien finir par s'inquiéter et partir à ma recherche.

J'en suis là dans mes réflexions, lorsqu'un bruit me fait lever la tête. Une bête rôde autour de la Source, j'en mettrais ma main au feu. La neige étouffe les bruits de pas, mais je sens une présence. Je crois même entendre un grognement.

Pendant dix minutes je reste tétanisée, puis l'impression étrange disparaît et j'ai de nouveau la sensation d'être seule. Je me remets à respirer normalement.

Je baisse la tête lorsque les fourrés devant moi s'écartent. Je sursaute et pousse un hurlement apeuré avant de soupirer de soulagement.

Gabriel se fraie un chemin à travers les buissons épineux en jurant. Il se prend le pied dans une branche basse et manque de plonger tête la première dans la mare.

Il lève enfin la tête et me lance un regard exaspéré.

Merci mon Dieu.

Il se plante devant la mare, bras croisés, et secoue la tête.

— Ça te prend souvent de piquer une tête dans un bassin, seule au milieu de nulle part, à la tombée de la nuit et dans ton plus simple appareil, en plus ?

Bon Dieu qu'il est agaçant. Toujours une parole pour mettre de bonne humeur.

— Tu connais pas ma vie, mon pote, on n'a pas élevé les cochons ensemble.

Il lève un sourcil, visiblement intéressé.

— Eh ben vas-y, je suis *tout* ouïe, tu as capté *toute* mon attention.

Je lève les yeux au ciel.

— Bon tu veux bien m'aider ou tu vas me reluquer comme ça toute la nuit ?

Il penche la tête sur le côté, et me regarde, malicieux.

— Ça dépend. Pourquoi as-tu besoin d'aide ?

— Figure-toi qu'on m'a subtilisé mes vêtements, et je n'ai pas envie de rentrer à Tornwalker presque nue et transformée en bâtonnet de poisson congelé.

Il sourit légèrement.

— Oh zut. Seulement *presque* ? Je pensais que j'aurais enfin la chance de te voir dans toute ta simplicité.

Je l'asperge d'eau, qu'il évite sans problème.

— S'il te plaît, Gabriel, aide-moi, je n'ai pas de moyen de rentrer, pourrais-tu aller me chercher des vêtements chez Camille ?

Son visage prend un air renfrogné.

— Alors d'une part, il est hors de question que je supporte sa petite personne plus d'une fois par jour, et d'autre part, je ne vais certainement pas te laisser seule ici alors qu'il fait presque nuit.

Son regard s'assombrit un peu plus.

Il lève la tête et semble humer l'air.

— Il y a des loups dans les parages, et à mon avis ils ne cracheraient pas sur un peu de viande blanche.

Je rougis.

— Merci du compliment! Bon, dans ce cas, donne-moi quelque chose à me mettre sur le dos.

Il hausse les épaules.

— Je peux te passer mon manteau.

Je grimace.

— C'est cela oui. Je vais arriver à Tornwalker avec ton manteau sur le dos. Tu ne veux tout simplement pas crier sur les toits qu'on est allés le prendre ensemble, ce bain?

Il hausse de nouveau les épaules, nonchalamment.

— Oh bien tu sais, si tu me le demandes gentiment...

— Gabriel!

Il rit.

— Non sérieusement, Cass, je n'ai pas pour habitude de me balader avec des habits féminins sur moi. Alors c'est soit tu prends le manteau, soit tu y vas en sous-vêtements, à toi de voir.

Je pousse un gros soupir, mi-énervée, mi-vaincue. Je n'ai pas vraiment le choix.

— Bon OK. Retourne-toi le temps que je m'habille. Et si je te surprends à me reluquer, je te promets que je te colle la pire claque que tu n'aies jamais reçue.

Il se retourne en souriant légèrement.

J'enfile le plus rapidement possible mon soutien-gorge et mon tanga, d'abord parce que j'ai froid, et après parce que j'ai l'impression que Gabriel peut me voir, même de dos, ce qui est absurde bien sûr.

— Passe-moi ton manteau.

— Et avec ceci? me demande-t-il en retirant son manteau.

Même avec son pull, je discerne sa silhouette musclée. Je peux deviner les muscles de ses bras, son torse puissant qui se soulève à chaque respiration...

Oh, reviens sur Terre ma vieille.

Bonne idée. Je me surprends quand même à me demander comment il est possible que quelqu'un soit aussi incroyablement beau.

Il me lance son manteau sans se retourner et je l'enfile rapidement en repliant les pans du tissu sur ma poitrine. Je remarque la marque de son jean, un Levis, mais ce n'est pas le même que celui de la dernière fois.

D'où ce type sort-il assez d'argent pour se fringuer en marque, et surtout où trouve-t-il les boutiques? Je tiens à rappeler que nous sommes quand même certainement perdus dans le coin le moins civilisé de notre planète, après l'Antarctique et le Sahara. Et encore, au Sahara, il y a des chameaux et des dromadaires. Mais ne nous égarons pas.

— C'est bon?

— Ouais.

Il se retourne et m'aide à sortir de l'eau. Une fois mes pieds sur le sol, je me raidis en grimaçant. S'ils ne tombent pas de froid une fois arrivée, j'ai de la chance.

Il remarque mon malaise.

— Je vais te porter.

Je le repousse rudement.

— Alors là tu rêves. C'est déjà assez gênant d'être secourue par toi et d'être à poil sous ton manteau, alors je ne vais pas subir une humiliation de plus.

Il hausse les épaules.

— À ta guise. Après tout, ce ne sont pas mes pieds qui sont sous la neige. Mais je te parie que dans dix mètres tu reviens sur ta décision.

Je commence à marcher et le bouscule en passant à côté de lui.

— Cours toujours mon pote.

C'est plus dur que je ne le pensais. La neige me mord les pieds, et je les vois qui changent de couleur. De rouge vif, ils passent au bleu. Je commence à ne plus avoir de sensation dans les orteils. Je fais quand même vingt mètres avant de lui demander de me porter.

— J'en étais sûr.

— T'avais dit dix mètres. Alors ne fais pas le malin.

Il me soulève sans difficulté et avance comme s'il ne portait qu'un sac de plumes.

Il hausse un sourcil.

— Eh! T'aurais pas grossi?

Je lui donne une tape sur le torse avec ma main droite.

— Ça n'est pas une critique, vu que même avec dix kilos en plus tu serais encore dans la catégorie «anorexique».

— La ferme.

Soudain, je me pose une question.

— Pourquoi tu es venu à la Source?

— Parce que ton *Tuteur* était dans tous ses états de ne pas te voir rentrer.

Il crache le mot «Tuteur» comme il aurait parlé d'une crotte de chien collée sous sa semelle.

— Mais comment tu as fait pour me retrouver?

— Ton odeur.

Je suis de plus en plus intriguée.

— Quoi, mon odeur?

Il hausse légèrement les épaules.

— Tu as une odeur bien à toi, comme tous les êtres humains sur cette Terre.

— Quoi? Tu as aussi l'odorat pour Sens Phare?

Il acquiesce. Je n'en reviens pas. Je me tortille, tiraillée par la curiosité.

— Ah... euh, et quelle est mon odeur si particulière?

Il hausse de nouveau les épaules, et si je ne le connaissais pas, je dirais qu'il est embarrassé.

— Ça n'est pas aussi simple à décrire que tu ne le penses. Mais tu sens la cannelle, et le sucre, certainement à cause de ton sang. Certaines personnes ont le sang plus sucré que d'autres. Et puis chaque personne a une odeur corporelle qui, mélangée à un savon quelconque, donne un nouveau «parfum», unique à son propriétaire. Le tien est très... reconnaissable.

J'ai de nouveau envie de lui en coller une mais je me retiens. Je ne sais pas vraiment ce que ça voulait dire, de toute façon.

— Je vais prendre ça comme un compliment...

Il semble amusé.

Il se met à respirer l'air du sous-bois, tout à coup. Il me dépose sur un rocher et fouille sous un buisson.

Je l'entends pousser une exclamation de triomphe.

— Ah ah!

Je me penche le plus possible sans avoir à descendre de mon rocher.

Il se relève, brandissant victorieusement mes vêtements, mouillés et sales certes, mais entiers, et me sourit. Mais son sourire s'efface presque immédiatement, alors qu'il regarde derrière mon épaule. Un voile passe devant ses yeux. Je crois que c'est de la peur. Il hume l'air et se retourne vivement.

— Quoi? Qu'y a-t-il?

Il s'avance extrêmement lentement vers moi et me chuchote tout en se tournant à droite et à gauche:

— Ne fais plus un geste.

J'obtempère alors qu'il scrute la pénombre devant nous, tout en faisait un lent tour complet sur lui-même.

Je murmure à mon tour.

— Vas-tu me dire ce qu'il se passe?

Il me fixe, avec l'air de quelqu'un qui n'a pas une très bonne nouvelle à annoncer.

— On a été pris en chasse. Une meute de quinze loups vient de nous encercler. Je ne les ai pas sentis parce que le vent était derrière nous et je ne les ai pas vus parce qu'ils étaient trop loin. Mais ils se sont rapprochés. Ils sont à une soixantaine de mètres de nous, de tous côtés, et ils arrivent.

38

Je vacille sous le choc.

Oh non... on va mourir...

J'essaie de garder une certaine contenance et demande, une pointe d'espoir dans la voix :

— Mais... ils ne vont peut-être pas nous attaquer, les loups hurlent normalement avant de chasser. Et puis... et puis... les loups ont peur des humains !

Il ne prend même pas la peine de me regarder pour me répondre :

— C'est cela oui. On n'est pas sur Planète Animaux ici ma grande. Ici, c'est l'hiver et la viande se fait rare, alors nous on est des biftecks sur pattes.

Pourquoi est-ce que ce genre de choses n'arrive qu'à moi ?

Je m'enveloppe un peu plus dans le manteau, comme si le tissu pouvait me protéger des mâchoires des bêtes.

— Est-ce qu'on ne pourrait pas voler ?

Il se tourne vers moi pour me répondre et je vois ses yeux qui s'agrandissent, ses pupilles qui se dilatent. Il me plaque violemment et nous tombons dans la neige, sur le côté.

Je vois une silhouette noire me survoler en grondant. Un loup vient de lancer l'attaque.

À peine sommes-nous tombés que Gabriel saute sur ses pieds en sortant d'un geste souple un poignard de sa ceinture. Le loup qui nous a attaqués nous regarde, les babines relevées, ses yeux d'ambre miroitant dans la nuit d'un feu sauvage.

L'espace d'un instant, je remarque que j'ai exactement les mêmes yeux que lui. Pas étonnant que je foute la trouille aux gens avec. Et puis, je pense à Goliath, comment j'ai réussi à communiquer avec lui, et j'ai la certitude que je peux recommencer.

J'implore silencieusement ma conscience de renouveler le tour de magie, mais cette garce reste étonnamment silencieuse. Je la cherche partout, je cherche à l'agacer, à la faire sortir de sa cachette, mais rien n'y fait. Je suis seule dans ma tête. Évidemment, dit comme ça, ça pourrait sembler louche. Cette traîtresse ne paie rien pour attendre. Ou alors je n'ai la capacité de communiquer qu'avec les plantigrades…

Des silhouettes inquiétantes se rapprochent de nous à pas lents. Des dizaines d'yeux luisent entre les arbres. Un tremblement me secoue de la tête aux pieds.

Gabriel me regarde, et ses yeux me donnent la chair de poule.

— Monte à un arbre.

Sa voix est calme mais sourde. Il fixe le loup noir devant nous.

— Quoi ? Et toi ? Tu ne vas…

— Monte !

Sa voix me fait sursauter, elle n'autorise aucune protestation. Je pense qu'il va me falloir obéir si je ne veux pas passer un sale quart d'heure.

Je m'approche à reculons de l'arbre le plus proche et me retourne pour essayer d'y grimper. La branche la plus basse se trouve assez près du sol, je devrais pouvoir l'atteindre en sautant.

— Cassiopée grouille-toi, ils ne vont pas tarder à attaquer.

256

— Mais tu ne vas pas rester en bas quand même? S'ils te bouffent, je fais comment pour rentrer moi?

— Très drôle. Il faut que je les fasse fuir. Si on reste à deux dans les arbres ils vont tourner autour pendant des heures et on mourra de froid.

Je me retourne et tente d'attraper la branche. Je la manque de quelques centimètres.

Concentre-toi Cassiopée.

Tiens, la voilà de retour!

Je lui hurle dessus mentalement, lui ordonnant de me laisser communiquer avec la meute. Elle ne me répond pas plus que tout à l'heure.

Je tends les mains le plus haut possible, en fermant les yeux. Puis je saute de toute la puissance de mes jambes. Ma peau entre en contact avec l'écorce rugueuse de l'arbre. Je m'y accroche de toutes mes forces et commence à me hisser à bout de bras à la branche.

Soudain, j'entends un loup pousser un grondement sauvage, avant d'atterrir dans la neige dans un cri.

Je tourne la tête, toujours pendue à ma branche. Le loup vient de lancer l'attaque, et même si le poignard de Gabriel l'a éventré sur toute la longueur, tous les autres se précipitent sur lui. Il ne bouge pas, sa lame à la main, attendant que le prochain s'approche, ce qui ne devrait pas tarder.

Je me concentre de nouveau sur mon arbre, et tente de me hisser tant bien que mal sur la branche. Mais un poids mort s'abat sur mon manteau.

Je lance un coup d'œil hagard vers le bas et je vois un loup accroché au tissu.

Je pousse un petit cri, plus énervée qu'apeurée. Je n'ai aucune envie de me faire bouffer aussi facilement, alors je lui balance un violent coup de pied dans la gueule. Il résiste et je lui en donne un deuxième. Il finit par lâcher avec un couinement.

J'entends des hurlements derrière moi, mais ce ne sont pas ceux de Gabriel.

Je décide de ne pas me retourner, et je grimpe à l'arbre. Je me hisse sur quelques mètres et me recroqueville dans une fourche de l'arbre. Puis je finis par observer la scène, un peu inquiète.

Gabriel se trouve au milieu d'une marée de loups. Plusieurs gisent à terre, inertes. J'en compte quatre. D'autres lui sautent dessus, la gueule grande ouverte. Il les esquive avec souplesse, avant de leur asséner systématiquement un bon coup de poignard. Son arme virevolte, comme une extension de son bras. Certains loups s'enfuient en courant, d'autres reviennent à la charge.

Un loup plus vif que les autres arrive à mordre son avant-bras. Gabriel grogne mais ne se laisse pas distraire plus d'une seconde. D'un geste motivé par la fureur et la douleur, il attrape le loup par la peau du cou, l'arrache à son bras et le soulève avant de le projeter violemment sur le rocher où je me trouvais quelques minutes plus tôt.

Il y a un craquement sinistre et la bête ne bouge plus.

Les loups continuent de tourner autour de lui, mais ils sont moins nombreux, il n'y en a plus que cinq. Ils cherchent le bon angle d'attaque. Les yeux noirs de Gabriel reflètent la concentration et la colère. Ça me rappelle le jour où il m'a sortie du traquenard dans lequel j'étais tombée, avec les agresseurs. Il les avait mis K.-O. en deux coups bien placés, presque tranquillement.

Il fait tourner son poignard, menaçant.

Les loups ont l'air de vouloir y réfléchir à deux fois. Un dernier tente sa chance, mais il l'évite avec autant de facilité que les autres, tout en lui administrant un coup de poing dans les côtes. Le loup s'écrase par terre en hurlant, avant de s'enfuir, la queue entre les pattes. Les autres doivent juger que le jeu n'en vaut pas la chandelle, parce qu'ils suivent leur congénère, quelques secondes plus tard.

Gabriel se tourne de tous côtés en faisant tourner son poignard, satisfait.

— Ça va Gab ? Tu n'as rien ? Ton bras ! Tu saignes !

Je suis un peu inquiète, mais sa blessure m'a l'air superficielle, même si elle saigne beaucoup.

— Ne t'inquiète pas, les bêtes sauvages ne sont plus ce qu'elles étaient, dit-il d'un ton moqueur.

Il rengaine son arme et se baisse pour ramasser le contenu de ses poches qui s'est déversé par terre alors qu'il faisait la fête aux loups.

Et c'est là que je le vois, un loup énorme, blanc comme la neige. Il profite que Gabriel soit de dos, et avance sournoisement, sans trahir sa présence. Gabriel n'a pas la vision du Serpent, il n'a pas vu que tous les loups n'étaient pas partis. Juste qu'il n'y avait plus de mouvement aux alentours. Ce vicieux devait se tapir là depuis le début, attendant le bon moment pour attaquer.

J'ai peur que, si je crie, le loup ne saute sur lui sans qu'il ait le temps de se retourner. En plus ce crétin a remis son poignard dans sa ceinture.

Je réfléchis une fraction de seconde, mais mon cerveau embrumé ne trouve aucune solution. Enfin si, il en trouve une.

Alors je fais la chose la plus stupide, mais aussi la plus dingue de toute ma vie. Je me laisse tomber sur lui.

Le loup est totalement désarçonné par ce poids qui s'écrase soudain sur lui, je crois qu'il ne se doutait pas qu'il y avait un bipède perché dans les arbres.

Nous roulons dans la neige, je lui passe le bras autour de son cou et lui fais une clef avec mon bras, en serrant de toutes mes forces. Il se débat, et la prise glisse. Alors je passe une jambe sur son corps et je m'appuie sur lui de tout mon poids.

J'entends sa gueule claquer tout près de mon oreille, si près que j'ai peur qu'il ne me l'emporte. Il grogne, et je me dis que si je lâche il se fera une joie de me faire la peau. Cette pensée m'incite à tenir bon et à resserrer mon étau.

Il se tord de plus belle, et je sens son énorme masse m'échapper petit à petit.

Je l'implore mentalement de se calmer, que je ne lui veux pas de mal, mais ça n'a aucun effet. Peut-être que je ne parle que l'ours, après tout.

Sans crier gare, je le lâche vivement tout en roulant le plus loin possible.

Il se relève, les yeux fous de rage. Il se ramasse sur lui-même, s'apprêtant à me sauter dessus, mais une ombre énorme fond sur lui et lui assène un tel coup de patte qu'il tourne deux fois sur lui-même avant de s'écraser contre un arbre, son sang éclaboussant l'écorce et la neige à un mètre de circonférence.

Il retombe sur le sol, inerte.

Je lève la tête, un peu perdue. Goliath se trouve à quelques mètres de moi, haletant, ses yeux lançant des éclairs.

Je suis son regard et aperçois Gabriel juste derrière moi, stupéfait par cette apparition terrifiante.

La bête l'observe quelques secondes puis pousse un rugissement qui fait trembler la forêt et tomber la neige des arbres. Comme à son habitude, il fait voler de la neige de sa patte avant et grogne, menaçant.

Je sens Gabriel qui se penche vers moi.

— Cass, passe derrière moi, de suite.

Goliath charge sur un mètre ou deux, ce qui fait reculer Gabriel. Il s'arrête, pousse un deuxième rugissement et recommence son manège. Je comprends alors que ce comportement agressif n'est pas dirigé vers nous. Il est dirigé vers Gabriel, et lui seul. Goliath ne lui permet pas d'approcher. Il le considère comme une menace pour moi.

Le grizzli, qui en a finalement assez de tourner autour du pot, charge, une petite tonne de muscles fonçant comme une locomotive sur Gabriel avec la nette intention de le transformer en purée de Myrme.

Je me relève précipitamment et m'interpose en barrière entre Gabriel et Goliath, les bras écartés en signe d'apaisement.

Le grizzli freine des quatre pattes en lançant des regards meurtriers par-dessus mon épaule.

J'entends Gabriel hoqueter derrière moi.

— T'as pété un câble, qu'est-ce que tu fabriques ? souffle-t-il. Mets-toi derrière moi, immédiatement !

— La ferme Gabriel ! Tu la boucles pour une fois et tu m'écoutes ! Tu vas te faire tout petit et tu vas la fermer, sinon je te jure que je le laisse te bouffer !

Sans attendre sa réponse, je me retourne vers Goliath, tout à coup intrigué par la tournure qu'ont pris les événements.

— Eh, salut mon tout beau, ça va ? Ta patte a l'air d'aller mieux, on dirait.

Je fais quelques pas vers lui. La bête ne réagit pas, se contentant de lancer des petits coups d'œil méfiants vers Gabriel.

Celui-ci s'étouffe à moitié :

— Mais qu'est-ce que tu trafiques ?!

Goliath, au son de la voix de Gabriel, pousse un grognement menaçant et tente de me contourner, afin de l'atteindre.

Je me déplace sur le côté, lui barrant le passage.

— Goliath, arrête. Cet homme est gentil, c'est mon ami. Tranquille mon beau, il ne me fera pas de mal, tu n'as pas besoin de t'en faire.

Je fais encore quelques pas, jusqu'à me retrouver à moins d'un mètre de lui.

Je jette un petit coup d'œil à Gabriel. Pour la première fois, je vois une terreur folle briller dans ses yeux. Ses poings sont serrés, son corps tendu. Sa bouche s'ouvre et se ferme à toute vitesse. Je comprends qu'il me supplie de reculer, mais aucun son ne sort de sa bouche. C'est super-comique, j'ai envie d'éclater de rire.

Je lui lance néanmoins un regard rassurant et me retourne vers l'ours. Celui-ci halète tranquillement, regardant tour à tour Gabriel et moi.

Je sens une décharge électrique parcourir tout mon corps et l'impression qu'une porte s'ouvre dans mon esprit me fait cligner des yeux.

Aussitôt après, mes pensées se fondent avec ma conscience, ne formant plus qu'un seul courant :

Tout doux, Goliath, l'homme est gentil. Ne t'inquiète pas.

Il pose un regard doux sur moi, penche la tête sur le côté et pousse un petit gémissement. Il a reçu le message. Aussitôt qu'elle s'est ouverte, la porte se referme. Je souris.

— Oui, voilà mon grand, tu vois, ça va très bien. Je suis vraiment heureuse que tu sois intervenu.

Puis je rajoute plus fort :

— L'autre limace derrière aurait mis trois plombes à comprendre ce qui se passait.

Gabriel ne profère pas un son, signe qu'il doit encore chercher un moyen de recouvrer la parole. Une première, je dois dire.

Je m'avance un peu plus vers Goliath. Je tends la main sans hésiter et plonge mes doigts dans son épaisse fourrure. Gabriel hoquette derrière moi et je ne peux m'empêcher de sourire. Et j'avoue, oui, je me la pète un peu, là.

Je gratte un peu derrière l'oreille de l'ours et il pousse un grognement de plaisir. Puis je me baisse et examine sa patte, tout en caressant machinalement son énorme poitrail de la main gauche. Il me renifle les cheveux avec curiosité.

Je hausse les sourcils, surprise.

— Hé ! On dirait que ça commence à cicatriser, je suis contente !

Tout à coup, Goliath se met à grogner avec une telle intensité que je peux sentir de légères vibrations dans le sol et que ma main tressaute sur son poitrail.

Je lève la tête, alarmée. Mais le grizzli ne me regarde pas. Ses yeux sont rivés par-dessus mon épaule. Je me retourne à moitié, toujours accroupie, puis lève les yeux au ciel. Gabriel a avancé d'un pas, ce qui ne plaît pas du tout à Goliath, mais alors pas du tout.

— Hé ! Mais pourquoi moi il ne veut pas que je m'approche ?

— Reste derrière idiot, je persifle entre mes dents, sinon je ne pourrai pas l'empêcher de te réduire en hachis Parmentier.

J'hésite un instant puis rajoute en lui souriant avec malice :

— Et c'est *mon* ours, pas le tien. Va t'acheter une peluche en magasin, si t'es jaloux.

Goliath lui lance un regard méfiant avant de reporter son attention sur moi.

Je me relève doucement et pose ma main sur son front en lui susurrant des mots doux. Il me donne un petit coup de museau sur la poitrine, ce qui me fait quand même trébucher en arrière.

J'adore cette bestiole.

— Eh, oh ! Je ne suis pas un arbre, j'ai autant de force qu'une brindille alors vas-y doucement.

Je prends son énorme tête entre mes mains et enfouis mes doigts dans sa fourrure.

Il renifle mon bras, curieux et je lui gratte l'oreille. Quand j'y pense, je suis en train de faire des papouilles au carnivore le plus dangereux de la planète. Franchement si quelqu'un m'avait dit qu'un jour je câlinerais un grizzli de huit cents kilos, et qu'en plus il apprécierait, je lui aurais ri au nez.

L'animal me chatouille doucement la joue de sa grosse truffe en poussant de petits grognements affectueux. Je suppose que c'est sa façon à lui de me faire des bisous.

Goliath s'ébroue soudainement, puis après avoir certainement jugé que la situation n'était pas dangereuse, il fait demi-tour, sans manquer de lancer à Gabriel un regard chargé de menaces. Il disparaît finalement entre les arbres.

Je le regarde partir, les bras ballants, et je me sens étrangement vide de toute émotion. Mais pas très longtemps car, sans crier gare, je sens comme une fissure se frayer un chemin dans ma poitrine jusqu'à mon cœur.

Je tombe à genoux dans la neige, tremblant de tous mes membres, le visage dans mes mains.

39

Sans savoir exactement pourquoi, j'éclate en sanglots.
De gros sanglots qui me secouent comme un prunier.

Je reste prostrée dans la neige, un torrent d'émotions
me submergeant, menaçant de me noyer complètement.

Des pas précipités se dirigent vers moi. Je sens Gabriel
me soulever et me palper tous les membres, à la recherche
d'une blessure qui n'existe pas.

— Cass, tu es blessée ? Il t'a fait mal ?

Mais de quoi il parle cet idiot ?

J'essaie de le repousser, d'une part parce que les événements qui se sont déroulés en l'espace d'une heure me font
littéralement péter un câble, mais aussi parce que le contact
de ses doigts contre ma peau m'électrise.

Il ne me lâche pas pour autant, au contraire, il accentue
sa prise sur mes bras et me serre contre sa poitrine en me
berçant doucement d'avant en arrière. J'entends son cœur
qui bat à toute allure.

Il murmure finalement à mon oreille, d'une voix
légèrement tremblante.

— Ne recommence jamais ça. Tu m'as fichu la peur de
ma vie.

Au bout de ce qu'il me semble une éternité, je finis par me
calmer et m'écarte de sa poitrine. J'essuie machinalement

mes joues mouillées et tente tant bien que mal de me mettre debout. Gabriel se précipite pour m'aider.

J'évite de croiser son regard, absolument mortifiée de la faiblesse qui vient juste de s'emparer de moi quand il me soulève le menton.

— Cass, tu veux bien m'expliquer pourquoi un grizzli carnivore mangeur d'hommes a voulu me réduire en hot dog, alors que toi il te faisait des bisous d'ours ?

Je hausse les épaules.

— Goliath et moi on a une histoire en commun, il ne me fera jamais de mal. Il a juste cru que tu étais une menace pour moi.

Gabriel écarquille les yeux.

— Goliath ? Une histoire en commun ? Une menace pour toi ? C'est le monde à l'envers. J'ai du mal à comprendre. Il va falloir que tu t'expliques, parce que là, je suis perdu.

Je lui tire la langue comme une gamine et me détourne.

— Cette histoire ne te regarde pas, elle est entre moi et Goliath. Et de rien, au fait. Après tout, ce n'est pas comme si je venais de t'éviter de finir en viande hachée. Deux fois.

Il m'attrape par le bras et me retourne doucement vers lui.

— Hé.

Il appuie sa main contre ma joue, comme une caresse.

— Merci.

Ses yeux expriment une gratitude sincère.

— Si tu n'étais pas intervenue, j'aurais été obligé de tuer ce pauvre loup et ensuite de faire sa fête à ton pote l'ours…

Je le pousse rageusement alors qu'il s'esclaffe. Quel crétin !

— Non je suis sérieux Cass, je n'ose même pas imaginer ce qu'il serait advenu d'eux… pauvres bêtes.

— Pauvre type !

Je le repousse et me mets à marcher, tout à coup en colère contre lui. Et contre moi.

— Eh, attends, tu vas congeler si tu marches pieds nus.

— M'en fiche. Je n'ai pas besoin de toi. Je vais rentrer à pied et tu vas me laisser en paix, OK?

Il roule des yeux.

— Mais oui c'est cela.

Et sans écouter mes cris de protestation, il me jette sur son épaule, tel un vulgaire sac de patates.

***

Nous arrivons aux abords du village.

— Je vais te déposer ici et tu feras le reste à pied, OK? Tu ne vas pas me frapper, hein?

Ça fait un moment que j'ai arrêté de ronchonner. Je pianote sur son dos avec ma main gauche et tiens mon menton avec ma main droite.

Je soupire.

— Je ne te garantis rien.

Il me dépose délicatement sur le sol.

— Accompagne-moi jusque chez Camille, que je te rende ton manteau.

Il secoue la tête.

— Pas la peine. Il doit être trempé. Tu me le rendras une prochaine fois.

Un ange passe et je décide de m'écorcher la bouche :

— Merci. D'être venu me chercher.

Ses yeux brillent avec malice.

— Il le fallait bien, si tu devais compter sur Camille pour te sortir de là, tu aurais fini par évoluer en poisson, à force d'y rester dans ton bassin. Ou tu aurais une meute de loups qui seraient venus te tailler une bavette.

C'est vraiment le grand amour entre ces deux-là.

***

Je rentre dans la maison. Marlène est assise à la table, l'air soucieux.

— Oh mon Dieu, tu es là! Mais où étais-tu passée? Nous nous faisions un sang d'encre! Camille est encore en train de te chercher!

Je baisse la tête, penaude. Je me sens un peu égoïste d'avoir fait peur à tout le monde. Surtout qu'avec la soirée que je viens de passer ils avaient de quoi s'inquiéter. Mais je vais éviter de le préciser.

— Excuse-moi, Marlène, je…

Avant que je ne finisse ma phrase, un Camille furieux déboule dans la maison et se dirige vers moi. J'ai l'impression que je vais passer un sale quart d'heure. Il n'oserait pas me frapper, si?

— Est-ce que tu te rends compte de la peur que tu m'as fichue?

Je pique un fard, vraiment honteuse. Je sens les larmes qui se sont taries quelques minutes plus tôt me remonter aux yeux.

— Oui Camille, je suis désolée, je ne pensais pas mal faire, je…

Il continue sur sa lancée, ne prêtant pas attention à ce que je dis.

— Je te signale que je suis responsable de ta sécurité! S'il t'arrive malheur, je suis dans la panade.

Je le regarde, interloquée. C'est donc ça. Il ne s'inquiète pas de ma sécurité. Juste du poids de ses responsabilités.

J'essuie mes yeux d'un geste de la main et m'entends prononcer d'une voix dure:

— Oh mais ne t'inquiète pas, Cam, je sais me débrouiller toute seule. Si tu ressens ma présence comme un fardeau, je te rassure, tu n'auras plus à la supporter plus longtemps.

J'ai parlé d'une voix acide, que je ne me reconnais même pas. Camille a l'air aussi surpris que moi.

Je tourne les talons et vais m'enfermer dans ma chambre. Demain on enterrera certainement la hache de guerre, mais pour le moment j'ai juste besoin de me réchauffer et de me reposer. Je viens quand même de me faire faucher mes vêtements, de faire de la lutte avec un carnassier et

267

d'empêcher quelqu'un de finir en hamburger pour ours. Je n'ai que des sous-vêtements et un long manteau sur le dos. Par le temps qu'il fait, c'est léger.

Je me déshabille rapidement, tout en pendant le manteau à Gabriel derrière la porte de ma chambre. Dans le salon, j'entends Marlène et son fils qui discutent.

Je m'enfouis sous les draps avec un soupir de plaisir, quand quelqu'un vient frapper à la porte. C'est Marlène, je le sais. Elle passe la tête dans l'entrebâillement de la porte.

— Je voulais juste te dire de ne pas en vouloir à Camille. S'il a réagi comme ça, c'est qu'il était réellement inquiet pour ta santé, et non pas pour sa réputation, comme il l'a laissé entendre.

Elle jette un coup d'œil compatissant vers la chambre de Camille où ce dernier doit se trouver.

— Mais ce n'est pas ce qui l'a fait réagir ainsi. Non, la cause, c'est la culpabilité. Son ouïe l'a lâché du moment où tu as disparu à celui où tu es rentrée. Il avait peur de ne pas t'entendre appeler au secours si tu en avais besoin.

Elle sourit légèrement cette fois :

— Et puis tu sais, il est un peu déçu que Gabi t'ait retrouvée avant lui.

J'entends Camille qui tousse exagérément fort à ce moment précis.

Je souris, amusée, et je dis bonne nuit à Marlène. J'essaie de m'endormir, mais le sommeil ne vient pas. J'ai beau me tourner dans tous les sens, je n'arrive pas à passer dans les bras de Morphée. Je jette un coup d'œil à la porte où est pendu le manteau et je me lève pour l'examiner. C'est un Levis.

Tiens, tiens.

Je vais me recoucher et je caresse son étoffe laineuse. Tout en le fixant, sans vraiment le voir. C'est plutôt vers son propriétaire que mes pensées s'évadent. Il m'a adressé un regard plus doux qu'il ne l'avait jamais fait auparavant, lorsqu'il a mis sa main sur ma joue.

J'approche le col de mon visage, sans m'en rendre vraiment compte. Il a une odeur de pins, de forêt. Son odeur. Et derrière, une note musquée, authentiquement masculine, qui déclenche un frisson sur toute la longueur de mon dos.

T'es atteinte, ma pauvre Cassiopée...

Je pense que s'il me surprenait à sniffer son manteau, il flipperait un petit peu.

Je me couche sur le côté, le col près de mon visage et le reste contre mon cœur. Ça me détend immédiatement et je m'endors, alors que son odeur s'imprime profondément dans ma mémoire.

40

« Rendez-vous dans la forêt, côté sud-est du village, marchez sur trois kilomètres à partir de l'orée du bois. Marc. »

Nous sommes rassemblés en arc de cercle devant l'écriteau, cloué sur la porte de la classe. Un peu indécis, on hésite à suivre les instructions de notre professeur. D'une part parce que personne n'a la moindre idée d'où se situe le « côté sud-est du village » et qu'on n'a pas envie de passer pour des ploucs en demandant, et d'autre part parce qu'il neige et qu'on a du mal à voir à plus de cinq mètres devant.

Arthur, le rouquin, se retourne et s'avance résolument vers une petite mare gelée. Il casse la fine couche de glace avec son pied et se met à chercher quelque chose autour de lui.

— On peut savoir ce que tu fabriques, Poil de Carotte ?

Morgane et ses paroles délicates.

Il continue sans la regarder :

— Je pourrais bien essayer de t'expliquer, mais je ne suis pas d'humeur à me répéter dix fois.

La moitié de la classe rit sans vergogne, l'autre fait semblant de trouver la remarque impolie. Je me trouve forcément dans la première.

Arthur pousse un cri de triomphe en brandissant ce qui reste d'une feuille. C'est un vrai miracle qu'il en ait trouvé une à cette saison. Je commence à me poser le même genre de question que Morgane.

Je m'approche discrètement de lui et lui demande, mine de rien, ce qu'il est en train de fabriquer.

— Une boussole, me répond-il sans plus de précision.

Je le regarde faire, de plus en plus intriguée.

Il sort une aiguille et un aimant de sa poche et frotte le bout de l'aiguille avec l'aimant, toujours dans le même sens. Puis il pose délicatement l'aiguille sur la feuille qu'il place dans la mare. Elle se met à tourner jusqu'à s'arrêter, pointant une direction, du bout aimanté.

Je regarde Arthur, admirative.

— Où as-tu appris à faire ça?

Il hausse les épaules, modestement.

— C'est mon grand-père qui me l'a montré quand j'étais tout petit. Depuis je ne me déplace jamais sans ces composants.

— Et euh… avec une boussole ça n'aurait pas été plus facile?

Il me sourit.

— Si, certainement, mais aussi beaucoup moins drôle.

Morgane s'impatiente.

— Bon les amoureux, vous avez fini? Je commence à me geler alors si on doit aller demander à quelqu'un la direction je propose qu'on tire à la courte paille.

Arthur lui répond d'un air dédaigneux:

— Hors de question. Non seulement tu trouverais le moyen de tricher, mais en plus je sais où se trouve le sud-est.

Il pointe un paysage boisé et montagneux de son index, et commence à marcher. Tout le monde lui emboîte le pas, y compris Morgane, qui a tout de même un air coincé.

Je le rattrape et chemine à côté de lui.

— Moi c'est Cassiopée.

— Je sais comment tu t'appelles, me dit-il. Tu es une des seules filles qui ne m'a pas l'air complètement idiote.

J'essaie de ne pas paraître trop vexée.

— Hum, merci.

271

Un petit silence s'installe et je reprends :

— Tu viens d'où, au juste ?

— Arizona.

Quatre syllabes, un mot. On ne peut pas dire qu'il est très bavard.

Je respecte son envie de garder le silence et j'admire distraitement le paysage. Toujours cette neige, ces montagnes, ces pins…

Je pense à Gabriel. Mais je cesse très vite, de peur de me déconcentrer.

On commence à grimper dur, et la neige continue à tomber dru. Comme tous les Apprentis, mes ailes sont au chaud, protégées sous mon pull. Il neige trop pour qu'elles voient la lumière aujourd'hui. C'est Camille qui m'a dit de les mettre sous un pull. Il s'est excusé sincèrement pour m'avoir blessée la veille, et tout est rentré dans l'ordre.

— Merci.

Je me tourne vers Arthur, un peu désarçonnée. J'avais oublié que nous marchions côte à côte. Nous entrons dans une vaste clairière.

— Merci de quoi ?

— De ne pas m'avoir raconté ta vie. Ou de ne pas m'avoir posé d'autres questions.

Je le regarde, un peu énervée.

— Mais tu es misogyne ou quoi ? Je te signale que toutes les filles ne sont pas des hurluberlues qui ne pensent qu'à bavarder sur la longueur de leurs cheveux ou de leur dernière manucure.

Ma remarque le fait sourire.

— Non je ne suis pas misogyne, heureusement parce que j'ai grandi au milieu de filles. Mais j'ai appris à me méfier de votre curiosité insatiable.

Là j'avoue que j'ai du mal à savoir si j'ai bien entendu ou si c'est mon cerveau qui me joue des tours.

Je m'apprête à lui jeter une réponse bien placée à la figure, lorsqu'un garçon du groupe pousse un cri.

Arthur et moi nous retournons juste assez vite pour le voir observer, ahuris, un large trou dans la neige.

272

41

Une seconde de surprise passe, puis tout le monde se met à crier. Les balles fusent de tous côtés. Je reste tétanisée, ne sachant quoi faire. Arthur m'attrape par la main et m'entraîne derrière un arbre.

— Tu veux te faire descendre ou quoi?

Je dois avoir l'air un peu trop hagard parce qu'il plisse les yeux et me donne la claque du siècle. On peut dire qu'elle fait son effet.

Je lui saute dessus, les mains serrées en étau autour de son cou.

— Ne refais *jamais* ça, sifflé-je. Je le lâche un peu et marmonne tout bas : mais merci quand même.

Il me repousse et on se cale le plus possible derrière l'arbre. Tout autour, on entend les cris des membres de notre classe qui s'égayent dans toute la clairière. Je remarque néanmoins que les tireurs embusqués ne nous tirent pas directement dessus. Ils se contentent de nous empêcher de regagner le sous-bois. Je vois certains de mes camarades tomber au sol, les mains en coupe autour de leur crâne. Je comprends qu'ils sont en train de récupérer leur vue.

— Qui est-ce que ça peut bien être à ton avis?

Il va me répondre lorsque je perçois un mouvement dans l'arbre devant nous, à une vingtaine de mètres. Je plisse les yeux et il suit mon regard. Caché entre les branches, il y a quelqu'un qui nous vise avec le canon noir de son arme.

J'écarquille les yeux, et on saute chacun d'un côté, juste à temps pour éviter le tir.

Je cours sans me retourner, les balles fusant autour de moi. Une me frôle l'oreille de si près que je peux sentir la brûlure. Je me rends compte que nous sommes encerclés. Dès que je tente de sortir de la clairière, un tir me repousse vers l'intérieur.

Ils nous acculent comme des lapins.

La douleur me transperce le crâne, sans prévenir. Elle est dix fois, cent fois plus intense qu'à l'accoutumée. Je ne vois plus rien, je n'entends plus rien. Je ressens juste cette douleur qui me consume le cerveau jusqu'à ce qu'elle monopolise la totalité de mes pensées.

Je m'écroule dans la neige, insensible au tapage qui m'entoure.

Elle va passer, la douleur va passer, elle *doit* passer. Elle passe toujours, il me suffit d'attendre. Mais faute de diminuer, elle s'amplifie. Je ne sais pas depuis combien de temps je suis allongée là, inerte. Une minute, une heure ? Aucune idée. Je ne vais pas tenir longtemps, je sens déjà toutes mes forces qui me quittent, petit à petit.

Je vais mourir.

Peut-être ai-je été touchée, finalement.

Tout à coup j'ai l'impression que l'intensité de la douleur stagne. Puis elle diminue, doucement, sans se presser. Je finis par ne plus rien sentir.

Je garde les yeux fermés et bouge doucement mes membres, un à un. Je fais bien attention, d'une part parce que j'ai peur de ne plus avoir la force de les soutenir, mais en plus parce que j'ai remarqué que mon immobilité m'a retirée des cibles des tireurs.

Je soulève imperceptiblement la tête et je vois. Oui, je *vois*.

Il y a sept tireurs, tout autour de nous, perchés dans les sapins. J'arrive à distinguer leur silhouette derrière les feuillages. Mais je ne vois pas leur visage. Il est dissimulé par une cagoule. Je vois un des tireurs cligner des yeux. Un autre froncer le nez de dégoût.

Je me détourne et observe la scène qui se déroule autour de moi.

Un petit groupe d'Apprentis s'est rassemblé derrière des rochers et essuie tant bien que mal les tirs des ennemis. Je cherche des yeux mes autres camarades. Et c'est là que je le vois.

Le massacre.

Tous ceux qui, plus tôt, avaient récupéré leur vue gisent sur le sol, une large tache de sang sur le blanc immaculé de leur pull. Il y en a partout. Des dizaines et des dizaines d'Apprentis de ma classe, morts parce que leur Sens Phare s'est manifesté. Je ne vois pas d'autre explication. Pourquoi les tireurs auraient attendu avant de nous viser, sinon ?

Je sens la nausée me monter à la gorge et un goût de bile s'installe dans ma bouche. Je m'intime l'ordre de me calmer et baisse les yeux en inspirant et expirant profondément. Puis je lève un bras, puis un autre. Je suis en pleine possession de mes capacités. Pourtant la crise d'il y a cinq minutes m'a donné l'impression de me vider de toutes mes forces.

Je me soulève un peu et je vois un des tireurs me regarder. Il dirige le canon de son arme vers moi et me vise. Je saute sur mes pieds et évite avec une assez grande facilité la totalité de ses balles, qui arrivent vers moi comme au ralenti.

Mouche.

C'est la première fois que je me sens fière d'être comparée à cet insecte nuisible.

Enfin, c'est sûr que ce ne sont pas des boules de neige, mais c'est juste une question de rapidité. Pourtant, chaque balle qu'il tire se rapproche inexorablement de moi. À un moment ou à un autre, il m'aura.

J'ai envie de lui hurler de cesser le feu, que je me rends, mais une boule se forme dans ma gorge et je ne réussis qu'à m'étrangler.

Tous ces morts... tous ces morts. Je ne veux pas... non je ne veux pas...

Un sanglot s'échappe de ma bouche et je crie alors qu'une balle siffle à mon oreille.

J'ordonne à mon cœur de se calmer et cherche les autres du regard. Ils sont à une dizaine de mètres, à l'abri derrière des rochers. Je peux les rejoindre. Je peux le faire.

Je cours ventre à terre, et évite les balles autant par instinct de survie que grâce à la Facette de la Mouche. Mon cerveau est en autopilote. Tout ce à quoi je suis capable de penser ce sont aux balles qui sifflent autour de moi et à la sécurité des rochers devant moi.

Miraculeusement, je les atteins. Entière. J'en pleurerais de soulagement si la situation n'était pas aussi critique. Nous ne sommes pas sortis d'affaire pour autant.

Arthur et quatre autres Apprentis résistent encore. Trois garçons et une fille : Morgane. Je lève les yeux au ciel. Il y a au moins quinze filles dans la classe et c'est elle qui survit. Elle n'aurait pas pu y passer?

Non. Personne, personne, pas même cette garce, ne mérite de mourir ainsi.

Mais où sont les renforts?

Je m'affale derrière eux, enfin à l'abri. Arthur me tourne le dos mais sans prévenir il me saute dessus, et me jette son poing à la figure. Je roule sur le côté en poussant un glapissement de surprise, juste à temps. Il se penche au-dessus de moi, le poing levé.

Non mais il délire? Il ne manquait plus que je me fasse attaquer par mes propres coéquipiers! Je lis de la surprise mêlée à du soulagement dans ses yeux.

— Cassiopée? Mon Dieu, j'ai cru qu'ils t'avaient eue.

Il est en possession de son Sens Phare, comme tous les autres.

Je me frotte le front tout en essayant tant bien que mal de garder mon calme.

276

— Je vais bien Arthur, juste un léger mal de tête. Alors évite de me frapper, je ne pense pas que ça arrange la situation.

Il secoue la tête, désespéré, alors que les autres essaient de se protéger derrière les rochers.

Je reste vigilante pour ne pas recevoir une balle mais, même à couvert, ce n'est pas simple.

— On ne va pas tenir longtemps… il faut que l'un de nous arrive à percer leurs lignes de tirs pour aller demander de l'aide.

— Non, on ne va pas faire ça.

Il me regarde, comme si j'étais une folle. Je le regarde, la supplication perçant dans ma voix :

— C'est exactement ce qu'il ne faut pas faire, tu comprends ? Si on fait ça, lorsque nous reviendrons il n'y aura plus aucun survivant. Tout le monde sera… sera…

J'essaie d'étouffer un nouveau sanglot. Sans grand résultat.

Arthur me tapote maladroitement le dos tandis que je reprends le contrôle.

Non je ne vais pas mourir. Pas ici, pas maintenant, ni demain. Je viens d'apprendre que j'ai encore six cents ans à vivre et, nom de Zeus, je vais en profiter.

Soudain, les yeux d'Arthur s'illuminent et je comprends qu'il a une idée.

— Il faut que l'on se serve de notre vue pour les mettre hors service !

J'entends un des garçons gémir :

— Ils sont trop nombreux et mieux armés que nous, on ne va jamais s'en sortir !

Mais si ! C'est ça ! On a un genre de superpouvoir, alors s'il y a bien un moment où nous devons apprendre à nous en servir, c'est maintenant.

Je me retourne vers eux, fébrile.

— Est-ce que tout le monde est en possession de son Sens Phare ? Je veux dire, est-ce que tout le monde est bien en possession de la Facette de la Mouche et de celle de l'Aigle?

Ils se tournent vers moi, les yeux écarquillés, se demandant sûrement pourquoi est-ce que je me mets à parler d'aigles et de mouches au beau milieu d'une fusillade. Ils acquiescent néanmoins, et je soupire.

— Bon il va nous falloir passer de l'autre côté, de proie à chasseur, sinon on va devoir rester ici jusqu'à ce qu'ils n'aient plus de munitions, et je pense que ça risque d'être long. Si on attend trop, je crains qu'ils ne descendent de leurs perchoirs et qu'ils finissent le travail à... à... à la main.

Il y a des gémissements puis Morgane me regarde, méprisante.

— Ah ouais, et toi qui es si maligne, qu'est-ce que tu nous proposes?

— La ferme Morgane, laisse-la parler.

C'est un garçon brun et costaud qui vient de la couper. Il me regarde en approuvant de la tête, m'invitant à continuer.

Je prends une longue inspiration pour me donner du courage. J'ai bien un plan, mais je ne suis pas spécialiste en la matière. Si l'un d'entre eux y passe à cause de moi, je ne m'en remettrai jamais.

— J'ai peut-être un plan pour nous tirer d'affaire. Ça risque d'être long d'attendre qu'ils n'aient plus de munitions, mais par contre, ils devraient sans tarder devoir recharger. Il faut qu'on soit rapides, parce qu'on n'aura sûrement pas d'autres moments de répit avant longtemps si on loupe celui-ci. Il y a sept tireurs, répartis en cercle autour de la clairière.

Je leur désigne les arbres où sont perchés nos agresseurs et ils approuvent, sans rien dire.

Une rafale de balles s'écrase tout près de nous et nous bondissons à l'unisson.

— Est-ce que vous pouvez les voir?

Ils hochent de nouveau la tête.

— Nous sommes six. Dès que le premier tireur sera à court de balles, il faudrait que celui qui se débrouille le mieux en corps à corps coure vers lui et se débrouille pour le mettre hors service, et bien sûr de se rendre maître de son flingue. Vous me suivez?

Personne ne bouge.

— Vous ne risquerez rien, côté balles, la vision de la Mouche vous empêchera d'être atteints. Est-ce que quelqu'un s'en sent capable?

J'ai presque supplié. Un des trois garçons, un métis, lève la main.

— J'étais champion de free fight avant de venir ici.

Je soupire de soulagement.

— Parfait. C'est quoi ton nom?

— Ethan.

— Ethan, il faut que tu coures le plus vite possible dès que ce tireur sera en rade, et tu lui prends son arme, mais tu ne le tues pas, compris? On doit en garder au moins un en vie. Je veux savoir pourquoi ces enfoirés nous tirent dessus. Une fois là-haut, tu recharges et tu canardes autant que tu peux les autres snipers tout en nous couvrant si besoin est.

Mon visage se durcit. Je ne me suis jamais sentie aussi insensible.

— Tu les flingues tous jusqu'au dernier, ces enfoirés. On n'a pas le temps pour les états d'âme. À partir de maintenant, on est une équipe et seule notre survie compte. Vérifie bien que tu tires sur les ennemis, et pas sur nous, surtout. Ça nous permettra de monter directement dans les arbres sans avoir besoin de se battre.

Je tourne la tête vers les autres.

— Les autres vont être à court de balles pas longtemps après, certainement dans les secondes qui suivront. Alors on va partir chacun notre tour pour suivre l'exemple d'Ethan. Avec de la chance il en aura déjà descendu un, ce qui nous permettra d'occuper les places vides et de nettoyer le reste des snipers. Est-ce que ça vous paraît possible ? Vous en pensez quoi ?

Le troisième Apprenti, celui qui n'a pas encore parlé, m'apostrophe :

— Ouais, comment tu peux savoir qu'ils ne vont pas descendre Ethan une fois qu'il aura mis l'autre hors service, là-haut ?

Je rougis. Ma gorge se serre mais je garde contenance :

— Je ne peux pas le savoir, mais si tu as une meilleure solution, je t'en prie, fais-nous-en part.

Un mouvement à l'extrême angle de mon champ de vision me fait faire un demi-tour sur la droite. Un des agresseurs se débat avec quelque chose et a cessé de tirer.

Je le montre du doigt et me tourne vers Ethan :

— À toi !

Sans hésiter il fonce tête baissée vers l'arbre que je lui ai désigné. Les autres snipers le prennent tous en joue et il esquive tant bien que mal leurs tirs. Une balle lui frôle le bras et j'ai l'impression qu'il va y passer. Je me mords la lèvre pour étouffer mon cri.

Mais il continue, sain et sauf.

J'en profite pour observer les oiseaux sans plumes perchés là-haut. Il y a une femme parmi eux.

Je touche Morgane et la désigne du doigt. Elle hoche la tête. Elle a compris. Pour une fois elle ne semble pas trouver à redire à ce que je lui demande. On a peut-être une chance de s'en sortir, finalement.

Au moment où Ethan atteint l'arbre, deux des autres tireurs tombent à court de balles. La fille en fait partie. Morgane se lève et zigzague jusqu'à elle. Le garçon costaud, qui plus tard me dira qu'il s'appelle Tom, saute dans la direction opposée, vers l'autre ennemi.

Ils atteignent leurs objectifs en quelques secondes.

J'entends un cri rauque et, en me retournant, j'ai le temps de voir le tireur d'Ethan tomber bruyamment de l'arbre.

C'est étrange, ça semble trop simple...

Je n'ai pas le temps de terminer ma pensée que je vois Tom s'écraser lourdement sur le sol. Il n'a pas réussi à désarçonner son adversaire.

Je porte la main à ma bouche et implore Ethan du regard en faisant de grands gestes pour désigner l'arbre de Tom. Le tireur est concentré sur lui. Il a rechargé son arme et se penche tranquillement au bord de l'arbre en visant Tom qui se relève difficilement.

Je me cache le visage avec les mains – pas vraiment malin quand on vous tire dessus, je sais – et j'entends que quelque chose s'écrase sur le sol.

J'écarte les index et les majeurs de mes yeux et manque de défaillir de soulagement en voyant qu'Ethan a réussi à atteindre le tireur avant qu'il ne tire sur Tom.

Je lève les deux pouces vers ce dernier en souriant et il me répond. Je pourrais presque m'évanouir de soulagement. Deux de moins. Dont un qui n'aura certainement plus l'occasion de se servir d'une arme. J'espère qu'Ethan n'a pas tué son tireur. On a besoin de lui pour comprendre ce qu'ils nous voulaient.

Au même moment, le quatrième et le cinquième sniper se voient dans l'obligation de recharger. Je fais un signe de tête à Arthur et à Michael, un grand type baraqué à la peau mate, et ils se précipitent vers leur objectif.

Ethan continue à canarder les arbres ennemis.

Je vois la sniper de Morgane dégringoler de l'arbre. C'est lui qui l'a atteinte. Je ne m'attendais pas vraiment à ce qu'elle arrive à la faire tomber toute seule. Elle la remplace mais elle ne comprend pas comment fonctionne l'arme de la femme.

Je plaque les mains sur mon visage, de rage cette fois. Pourquoi faut-il qu'elle gâche tout ? Je mets mes mains en coupe alors qu'elle me fait des signes d'impuissance :

— Est-ce qu'elle a rechargé avant de tomber ?

Elle se penche pour regarder et hoche la tête.

J'essaie de me calmer. Si ce n'est pas un sniper qui la descend, c'est moi qui vais le faire.

J'articule comme si je parlais à une demeurée :

— Alors pose ton petit cul derrière ce foutu flingue et appuie sur la gâchette qui est en dessous du canon. Et n'oublie pas de te servir de ta vision d'Aigle pour viser, tant qu'à faire !

Elle disparaît derrière le gros canon et tire une salve tout autour de moi.

Je hurle en me recroquevillant derrière les rochers. Au vu de son sourire je me doute que c'était fait exprès.

Je l'inonde de mots fleuris en désignant comme une furie les autres tireurs. Elle a compris et après une dernière balle tirée vers moi, elle vise nos adversaires.

Cette fille est dingue.

Michael a un peu de mal avec son tireur. Ce dernier l'empêche de grimper. Mais après avoir sauté comme une folle en désignant son arbre, Tom, Arthur – dont le tireur a été descendu par un des garçons –, Morgane et Ethan s'acharnent sur lui. Le pauvre ne peut éviter toutes les balles et il finit par s'en prendre une dans la gorge. Le sang qui s'éclabousse autour de lui me fait dire que nous n'aurons plus à nous en soucier.

Je détourne le regard. Je me connais. Dès que tout ça sera terminé, tous ces morts me hanteront, même si nous n'avons fait que nous défendre.

L'avant-dernier tireur se trouve en manque de munition. Je mets une seconde avant de comprendre que personne ne peut y aller à ma place.

Je tremble de tous mes membres mais je fonce sur lui comme une folle. La neige me fait déraper une ou deux fois. L'homme là-haut m'a vue et se hâte encore plus de recharger. Mais que font-ils tous ? Pourquoi est-ce que personne ne lui tire dessus ? Lorsque j'atteins le pied de l'arbre, je vois des petits liteaux de bois fixés à l'écorce. C'est ce qui leur a permis de grimper plus facilement.

Je me penche pour regarder ce que font mes amis. Il n'y en a plus qu'un qui leur tire dessus. C'est Morgane. Et elle se concentre sur le dernier tireur qui n'a pas été maîtrisé.

L'homme là-haut tente de me jeter des projectiles alors que je commence à escalader. Je les évite tant bien que mal. Mais je tremble tellement que je n'arrive pas à contrôler mes mouvements. Je manque de glisser à plusieurs reprises.

Arrivée au niveau de ses jambes, il cherche à me donner un coup de pied dans le visage.

Je me baisse juste à temps et attrape la matraque qu'il a posée à côté de lui, d'un geste fluide. Je lui en assène un bon coup sur la cuisse. Il arrête de se débattre pendant quelques secondes et je me hisse à sa hauteur. C'est alors qu'il me lance un coup de poing au visage. Je me penche vivement sur le côté pour l'éviter mais, malheureusement, je glisse au même moment et me concentre pour ne pas tomber. Son poing s'écrase sur mon oreille.

Je suis sonnée pendant une ou deux secondes, ce qui lui permet de me soulever pour me jeter dans le vide. Je ne me laisse pas faire et lui empoigne les cheveux d'une main, tout en lui plantant les doigts de mon autre main dans les yeux, de toutes mes forces.

Si je tombe, il tombe.

Il pousse un hurlement de douleur et me lâche. J'atterris lourdement sur le ventre, sur une branche voisine, et me relève en suffoquant. Il faut que je me débarrasse de lui tout de suite. Je m'épuise un peu plus à chaque offensive.

Je m'appuie contre le tronc. L'homme tente de me donner un coup de poing, plus à l'aveuglette qu'autre chose et je l'évite. Je serre les dents et écrase le plat de ma botte dans son estomac. De toute la puissance dont je suis humainement capable. L'air s'expulse de ses poumons et il tombe à la renverse. J'entends le bruit sourd de la neige qui amortit sa chute.

Après un coup d'œil pour m'assurer qu'il a son compte, je m'assois face à l'arme. Je ne me suis jamais servie de ce genre de flingue. Une espèce de grosse mitraillette fixée au bois. Les autres essaient de recharger et je me rends compte qu'Arthur a de nouveau des problèmes avec son sniper qui n'était pas aussi mort qu'il en avait l'air, et que le septième tireur n'a pas été descendu.

Je me tourne de tous côtés et trouve les balles. Je fronce les sourcils. Je n'avais jamais vu ce genre de projectiles. On dirait de grosses billes rouges liées entre elles pour former une bande ultra longue.

Je hausse les épaules et insère les premières balles de la bande dans le chargeur, puis vise le sol. J'appuie sur la détente et un flot de projectiles fait voler la neige.

Je souris et vise le tireur d'Arthur. J'inspire et expire pour me calmer et je tire, une seule fois.

Le tireur tombe, touché en plein cœur. Arthur me fixe à vingt mètres de distance et je peux le voir distinctement secouer la tête d'un air désabusé, un léger sourire aux lèvres.

Je ne réponds pas à son sourire. Je suis sur le point de vomir alors que je réalise que je viens d'ôter la vie. Sans réfléchir davantage à mon geste, je me tourne vers le dernier tireur. Mais bien vite je me rends compte qu'il est inutile de tirer. Il a les mains bien en évidence.

Et il applaudit.

Oui, oui, je ne délire pas, il *applaudit*.

Je fronce les sourcils, et mon cœur rate un battement lorsque l'homme retire sa cagoule.

— Ce n'est pas possible, murmuré-je, interloquée.

Je me tourne vers les autres.

— Arrêtez de tirer !

Ils s'exécutent tous.

— Restez là-haut, pendant qu'il descend, et visez-le, au cas où.

Je commence à descendre prudemment de l'arbre et m'avance en chancelant vers le milieu de la clairière. Il fait de même, les deux mains bien en évidence. Nous nous retrouvons face à face, et je sens une boule se former dans ma gorge.

— Camille, qu'est-ce que tu fiches, bon sang ?

42

Les autres sont descendus et viennent nous rejoindre. Ils forment un cercle prudent autour de Camille. L'incompréhension se lit dans leurs yeux.

Morgane prend la parole.

— Camille, pourquoi t'as fait ça, pourquoi vous nous tiriez dessus ?

Une voix lui répond, derrière nous.

— Parce que c'était un exercice.

Marc apparaît soudainement derrière un arbre, un bloc-notes et un crayon à la main.

Je mets quelques secondes à assimiler sa phrase.

— Quoi ? Attendez, mais… tout le monde est mort, j'ai bien vu les Apprentis. Ils sont tachés de sang !

Un silence de mort suit ma phrase.

— Les balles ne vous ont pas paru un tout petit peu bizarres ? demande Camille en regardant ses ongles.

Je me tourne vers lui.

— De quoi est-ce que tu parles ? Bon sang, expliquez-vous parce que je vous jure que je vous tue !

Marc fronce les sourcils.

— On se calme jeune fille.

Ce vieux schnock s'est fichu de nous pendant une demi-heure et il veut que je me calme ? Il a commandité une fausse embuscade, nous faisant croire que tout le monde était mort et *il veut que je me calme*?

Je sens chaque muscle de mon corps se tendre comme un ressort.

Heureusement pour lui, quatre autres vieux Myrmes avec d'autres blocs-notes apparaissent derrière son dos, ce qui me distrait et lui évite de finir étranglé.

Et soudainement, des Myrmes armés d'arcs et de flèches surgissent de tous les côtés et me visent. Moi seule. Arthur attrape mon bras.

Je cligne plusieurs fois des yeux et remarque que j'ai la matraque de mon tireur dans la main. Et que je commence à la serrer *vraiment* très fort.

Je regarde Arthur et il secoue la tête.

Oooo-K... voilà un trait de personnalité plutôt sympathique que je ne me connaissais pas... la schizophrénie meurtrière. Il faudra que j'ajoute ce remarquable atout à ma liste déjà très longue d'avantages naturels.

Je desserre mon emprise sur l'arme et la laisse tomber par terre.

Tout le monde semble soupirer de soulagement. Les nouveaux venus baissent leurs arcs, sans cesser de les bander pour autant. Au cas où je péterais subitement un câble, et essaierais de réduire tout le monde en bouillie, je suppose.

Ce qui a failli arriver à Marc, si vous voulez mon avis. J'étais carrément en mode «killer» deux secondes plus tôt. Hé! Mais à qui la faute? Ils n'avaient qu'à pas nous faire croire qu'une bande de malades tentaient de nous massacrer sauvagement avec des mitraillettes! Vous en connaissez beaucoup, vous, des profs qui utilisent ce genre de méthodes d'enseignement?

Je baisse les yeux et me place derrière Arthur. Celui-ci prend la parole:

— Ces balles rondes contenaient en fait de la peinture, n'est-ce pas? Et une dose concentrée de chloroforme?

De quoi endormir un troupeau d'hippopotames si nécessaire. Quand la bille s'écrasait sur l'un d'entre nous, le chloroforme s'évaporait, ce qui endormait presque instantanément le touché.

Camille hoche la tête imperceptiblement. Ethan se tourne vers lui.

— Pourquoi est-ce que vous nous avez autant opposé de résistance ? Mon tireur a voulu me donner un coup de matraque !

Camille hausse les épaules.

— Il fallait que l'exercice soit réaliste, sinon vous n'auriez pas montré tout votre potentiel. À mon avis, vous pouvez remercier vos tireurs, grâce à leur performance d'acteur, vous allez pouvoir passer au niveau supérieur.

Je le regarde. Le niveau supérieur ? Mais qu'est-ce qu'on peut bien en avoir à *foutre*, du niveau supérieur ? On vient de subir la situation la plus traumatisante de notre vie, et lui il nous parle de promotion ?

Tom s'éclaircit la gorge, mettant momentanément fin à mes fulminations silencieuses.

— Euh Camille, les autres Myrmes, ils vont bien ? Vous n'aviez pas peur que sous le coup de l'émotion on en trucide un ? Et qu'est-ce que vous allez faire de tous les Apprentis dans la neige ?

— Ne t'inquiète pas, pour tuer ces Myrmes, il faudrait être un Narque, et un bon. Et pour les Apprentis, nous allons attendre que l'équipe médicale arrive pour les aider à rentrer. De toute manière, ils ne devraient plus tarder à se réveiller.

Il se tourne vers les arbres.

— Je demande à chacun d'entre vous d'aller voir le Myrme qu'il a attaqué. Vous allez l'aider à se relever. Normalement il ne devrait pas être endormi, ils ne sont pas sensibles au chloroforme. Ils n'ont pas opposé beaucoup de résistance, ils se sont laissé faire.

Je serre les lèvres et les poings, à deux doigts d'exploser :

— Laissé faire? Il y en a un qui m'a donné un coup de poing! Et je te signale que nous les avons mis K.-O. par notre seule ingénuité!

Les autres approuvent et Marc nous regarde, un sourire narquois sur les lèvres :

— Dans ce cas vous pourrez les remercier de ne pas avoir utilisé la totalité de leurs capacités.

Et il nous fait signe de nous mettre au travail. On part tous en grognant dans une direction.

Un de ces jours, il va lui arriver un pépin à ce vieux, et je ne serai peut-être pas blanche comme neige.

Je discerne un pied de «mon» Myrme derrière son arbre, et je m'approche doucement, au cas où il n'aurait pas compris que c'était terminé. On n'est jamais trop prudent.

Il est allongé dans la neige, sur le dos, les mains derrière la tête et les yeux mi-clos. Il ne lui manque plus que le cocktail et la piscine.

Je m'approche en grimaçant. Il tourne nonchalamment la tête vers moi, et me sourit, ravi.

Je retiens une remarque cinglante, et prie intérieurement pour que ce sourire suffisant dégage de ses lèvres en vitesse.

J'inspire un grand coup et me campe solidement sur mes jambes, les bras croisés.

— Ça va ton ventre?

Il hausse les épaules.

— Ça peut aller. C'est surtout mon cuir chevelu qui me brûle. Et ton oreille?

Je souris malgré moi :

— J'ai certainement perdu mon ouïe de ce côté, mais ça ira aussi.

Je m'avance et lui tends la main. Il l'attrape mais se relève sans se servir de l'appui.

— Et moi je ne vois plus très bien, si ça peut te rassurer.

Je ris, ce qui fait échapper les kilos de tension accumulée au cours de la dernière heure. Ce type a l'air plutôt sympa, en fin de compte.

La réalité de la situation s'impose définitivement à moi : personne n'est mort. Ce n'était qu'un exercice. Tous vont bien.

Je me sens idiote d'avoir failli sauter sur Marc quelques minutes plus tôt. Et un petit peu honteuse. Je n'ai jamais manqué de respect à un adulte. Si on ne compte pas Dimitri et les clochards, bien sûr. Mais il faut dire qu'il l'avait mérité.

On revient vers la clairière en parlant. Mon tireur s'appelle Henry, il a trente-trois ans, mais comme beaucoup de villageois, il en fait à peine vingt-cinq.

Camille est assis sur un des rochers qui nous servaient de protection durant l'attaque. Il sifflote tranquillement alors que tous les autres arrivent aussi avec « leur » agresseur.

Les professeurs et leurs gardes du corps ont disparu.

Je vois la Myrme de Morgane, d'une beauté à couper le souffle. Et je dois avouer que même avec mes yeux ultra-performants, je n'arrive pas à lui déceler un seul point noir. Elle a la peau mate, et les yeux presque noirs. Ses longs cheveux ondulés sont rassemblés en une queue-de-cheval. Elle n'a pas l'air d'avoir souffert du chloroforme.

Dès que tous les Myrmes et Apprentis sont réunis, je peux reconnaître les visages, je les ai tous au moins aperçus une fois, sauf la belle Hispanique. Tous les garçons présents la dévisagent, comme si elle sortait tout droit du paradis.

Je ne sais pas pourquoi, mais une réelle antipathie se forme en moi à l'égard de cette fille.

Même Camille a l'air de l'admirer, et je sens la jalousie me serrer la gorge.

— Bien, vous allez repartir tous les six en classe, où Marc vous attend. Il va vous expliquer certaines choses, et vous pourrez repartir chez vous pour la journée.

Camille me fait un discret clin d'œil mais je décide volontairement de l'ignorer.

Je commence à m'avancer quand Arthur me rattrape, puis Ethan, Tom et Michael. Ils se mettent tous à parler en même temps, sous l'excitation, et du coin de l'œil je vois Morgane couler un regard furieux à l'Hispanique.

Je ris et me dis que, pour une fois, Morgane et moi avons un point en commun.

43

Cela fait tout de même drôle de discerner tous les détails qui vous entourent, avec une précision diabolique. Surtout ceux que l'on a jamais remarqués : les milliers de petits vaisseaux rouges dans les yeux de quelqu'un, le fin duvet qui nous recouvre le visage… forcément, dit comme ça ce n'est pas très mélioratif, mais il n'y a pas que des détails sordides : les innombrables couleurs qui se mêlent dans l'iris de nos yeux, alors qu'auparavant on n'en voyait qu'une, les petites rides qui se forment sur le visage lorsqu'on sourit, qui nous font paraître plus doux, les dégradés de couleurs de notre peau. Et ce ne sont que des exemples.

Alors que nous retournons vers le village, je ne me lasse pas de regarder mes voisins, de découvrir de nouvelles choses sur leur visage, que je n'avais pas vues avant. J'observe aussi la nature dont tous les secrets me sont révélés. J'ai l'impression que chaque nouvelle vue est meilleure que la précédente.

J'ai retrouvé mon calme.

Arthur me sort de mes rêveries.

— Cassiopée, tu peux arrêter de me reluquer comme ça ? Tu commences à me faire flipper.

Ethan surenchérit :

— Ouais moi aussi s'il te plaît, ça me met un peu mal à l'aise.

Michael continue dans leur lancée, un sourire révélant une rangée de dents blanches et alignées sur ses lèvres :

— Oh moi tu peux me fixer autant que tu veux, Cass, je sais que je suis parfait de toute façon.

Je hausse un sourcil :

— Ha ha.

Morgane pousse un soupir d'exaspération. Je ne me demande même pas pourquoi et je fais comme si je n'avais rien entendu.

— Dites, les gars, votre famille ne vous manque pas parfois ?

C'est Tom qui a parlé.

Arthur rit, amer :

— Ça, ça ne risque pas. J'ai été élevé par une tante et mes cousines n'avaient qu'un but dans la vie : me pourrir l'existence. Je ne vivais même plus à la maison quand mon Rabatteur m'a recruté.

Ethan hausse les épaules :

— Mon père est en taule et ma mère est partie quand j'étais tout petit…

Michael prend un air rêveur.

— Moi je vivais seul avec mon frangin. On a fait les quatre cents coups ensemble. Mais il a disparu l'été dernier. Alors plus rien ne me retenait dans l'Utah.

Tom grimace :

— Ouais, c'est ce que je pensais, vous les recrutés vous êtes tous des blessés de la vie.

On le regarde, légèrement vexés et Michael prend la parole :

— Je ne suis pas un *blessé de la vie*, avec mon frère on a vécu des trucs énormes, alors ce n'est pas parce que c'est ce que tu ressens que c'est notre cas.

Tom lève les yeux au ciel.

Je le regarde, un peu agacée, et lui demande :

— Parce que toi tu es différent, c'est ça ?

Il me regarde, railleur :

— Évidemment, je suis *né* ici. Je ne connais pas d'autres choses que ces sapins et ces chalets en bois.

C'est vrai, j'avais oublié que les recrutés et les fils de Myrmes suivaient leur Apprentissage ensemble.

Les autres ne cessent de lui poser des questions. Michael se moque gentiment de lui en lui disant qu'il est un paysan analphabète. Bien sûr, Tom part au quart de tour.

J'ai gardé le silence depuis ma dernière intervention, tout en observant distraitement le paysage qui m'entoure.

Ils se tournent soudain vers moi, à l'unisson.

Je les toise en plissant des yeux.

— Quoi? C'est un interrogatoire ou quoi?

Arthur me donne un coup de coude :

— Allez c'est bon, fais pas ta sainte-nitouche, une seule Morgane ça nous suffit.

Celle-ci le fusille du regard.

— C'est assez marrant de la part de quelqu'un qui ne voulait même pas dire d'où est-ce qu'il venait.

Il ne prête pas attention à ma remarque et me fixe toujours.

Je soupire, exaspérée.

— Je n'ai jamais connu mon père, et ma mère a été tuée dans un accident de la route quand j'avais six ans. La voiture a franchi la glissière de sécurité et plongé dans la rivière en contrebas.

Je ne parle pas de la cicatrice sur mon bas-ventre.

Je soupire encore, de tristesse cette fois.

— Un homme a essayé de la ranimer, mais elle était restée trop longtemps dans l'eau. J'y ai moi-même échappé de justesse.

Ils écarquillent tous les yeux et Michael pousse un sifflement admiratif :

— T'étais dans la bagnole quand elle a eu l'accident?

Je sens ma gorge se serrer et un poids m'oppresse la poitrine, comme à chaque fois que je pense à ma mère et à l'accident. Je suis incapable de répondre.

293

Tom doit remarquer mon malaise parce qu'il change immédiatement de sujet et se met à parler football. Je ne comprends rien à ce sport insupportable. Alors je fais semblant d'écouter tout en tentant de me calmer.

Nous arrivons finalement au village, puis à la salle de classe. Morgane, qui nous suivait à distance depuis la clairière, nous bouscule pour rentrer la première. Je ne suis pas de très bonne humeur, alors je lui fais un croche-pied et elle manque de s'étaler sur le palier.

Elle se retourne, furieuse, et les autres partent dans un fou rire.

Je regarde le plafond d'un air innocent.

— Asseyez-vous au lieu de faire les ânes.

Marc est de dos en train d'effacer des chiffres au tableau. Les garçons s'installent sur le banc de droite et Morgane prend celui de gauche.

Je m'avance vers l'estrade, agacée mais déterminée, et me racle la gorge. Marc se retourne et lève un sourcil.

— Je m'excuse monsieur, de vous avoir manqué de respect tout à l'heure.

Ses traits s'adoucissent.

— C'est oublié, va t'asseoir.

Je ne me fais pas prier.

— Bien, pour commencer félicitations, il est rare que je voie autant d'Apprentis passer le test numéro un avec brio. Les quatre autres juges et moi-même avons suivi l'exercice du début à la fin, et nous avons estimé avec certitude que vous étiez tous en possession de la Facette de la Mouche.

Je hoche la tête. Je m'en étais déjà rendu compte.

— Les tireurs ont éliminé au fur et à mesure ceux qui n'avaient visiblement pas cette Facette, continue Marc, ne vous laissant que vous six. Ensuite, ils ont eu l'ordre de ne plus vous viser directement. Nous ne voulions pas vous endormir, juste voir comment vous alliez appréhender une situation de crise.

Je ne peux retenir un reniflement méprisant. J'espère qu'il est satisfait des résultats, parce que je ne suis pas prête à recommencer ce petit jeu.

— Une question, qui a eu un mal de tête plus douloureux et plus long que la normale?

On lève tous la main et Marc hoche la tête.

— Bien, c'est ce que je pensais. Ne vous demandez pas à l'avenir pourquoi votre vue normale ne revient pas. Parce que, dorénavant, votre vue normale est celle que vous possédez actuellement.

Je ressens un petit pincement au cœur. Mon ancienne vue ne reviendra plus, c'est comme si je perdais un peu de mon ancien moi, encore une fois. Mais les autres n'ont pas du tout la même attitude et leur euphorie finit par me gagner.

— Silence s'il vous plaît. À partir de demain vous changez de classe et d'instructeur. Vous passez dans la classe du niveau deux, réservée à ceux qui ont plusieurs Facettes et vous aurez un nouvel instructeur pour vous six. Ce test nous a permis également de savoir si vous étiez capable de vous servir de votre vue dans un moment critique, à une fin pratique. Encore une fois, vous avez entièrement répondu à nos attentes. D'ici quelques jours, certains de vos camarades de classe vous rejoindront peut-être, si nous découvrons chez eux une des deux Facettes restantes. Nous vous testerons aussi le moment venu.

Son regard s'attarde une seconde sur mon visage.

— Je suis ravi que nous ayons réussi à déceler de grandes capacités chez autant de jeunes Apprentis.

Il baisse le nez pour examiner des papiers.

— Vous pouvez sortir, votre nouvelle classe se situe plus près de la sortie du village, à quelques maisons d'ici. Vous êtes libres pour l'après-midi, et pour toute la journée de demain, je vous libère.

Je sors, encore sous le choc.

Les gars me rejoignent et m'administrent des claques dans le dos. J'essaie de respirer après cet excès de violence sur ma frêle personne et lorsque je relève la tête en riant, je l'aperçois.

Il est en train d'aider l'équipe médicale à transporter les Apprentis encore ensuqués.

Je l'observe, immobile, alors qu'il porte une fille de ma classe pour l'amener dans la salle qui sert d'hôpital. Lui non plus je ne le vois plus de la même façon. Il me semble plus parfait qu'avant. Si cela est possible.

Je crois que je suis gravement atteinte. J'ai dû me prendre un coup sur la tête sans m'en rendre compte.

Mes quatre copains se sont arrêtés à quelques mètres de moi et leur visage fait la navette entre Gabriel et moi. Ils se mettent à ricaner, mais je ne les écoute pas.

Il vient de m'apercevoir, et nos regards se croisent. Je ne détourne pas les yeux, lui non plus. Il lève un sourcil et un coin de sa bouche se retrousse en un sourire amusé.

Oh mon Dieu. Il a dû apprendre que j'avais failli faire une scène de massacre à la tronçonneuse tout à l'heure... ou plutôt massacre à la matraque.

Je voudrais détourner le regard, faire comme s'il n'existait pas, mais cela m'est impossible. Il attire mon regard comme un aimant.

Et là, comme un cheveu sur la foutue soupe, l'Hispanique arrive et plante un énorme baiser débordant de tendresse sur ses lèvres.

44

J'ai été obligée de prendre congé parce que sinon j'aurais commis un, voire deux meurtres. Pas que je m'en serais voulu par la suite, oh non. Mais je n'avais pas le matériel nécessaire sur moi. Je n'avais pas de gants en latex, pas de perruque ni de lunettes de soleil et surtout il y avait trop de témoins aux alentours. Le risque de recourir à l'assassinat à cause de la colère et de l'embarras était trop grand et j'ai préféré m'éclipser. Mais rien ne dit que les conditions ne seront pas réunies prochainement. Bref.

Les gars ont décidé de passer l'après-midi à fouiner dans le village pour y trouver je ne sais quel bidule intéressant. Ils ont insisté pour que je les suive mais je n'avais pas vraiment le cœur à m'amuser.

Surtout qu'ils ont assisté à l'arrachage de bouche de l'Hispanique, et que j'ai bien cru que j'allais mourir de honte, en plus de la colère.

Sérieusement.

Ils n'ont pas arrêté de toussoter nerveusement pendant cinq minutes alors que je fulminais. Je n'avais pas spécialement envie de supporter ça tout un après-midi.

Je vais tuer Gabriel. Après avoir étranglé l'Hispanique avec ses propres cheveux, bien sûr.

Ce type a le don de me rendre dingue. Mais qui c'est cette fille pour lui, d'abord ? Sa copine ? Sa femme ? Qui sait... si ça se trouve ils ont tous les deux deux cents ans et ils sont mariés depuis plus d'un siècle.

Je suis là, à me morfondre sur mon rocher près de la Source Chaude où Gabriel m'a trouvée la veille. De menus détails se révèlent à moi depuis que ma vue s'est définitivement installée : je vois les milliers de gouttelettes de condensation s'évaporer de la mare. Je vois la forme de chacune d'elles, jusqu'à ce qu'elles se fondent dans l'humidité ambiante, quelques mètres plus haut. Je m'amuse à zoomer sur n'importe quoi, un flocon de neige, un oiseau frigorifié à trente mètres de là, alors que mon esprit élabore diverses théories sur les deux personnages.

Tout à coup, une détonation assourdissante manque de me faire tomber dans l'eau.

Je me tourne dans tous les sens, prête à sauter sur tout ce qui serait susceptible de bouger. Mais tout est calme et absolument silencieux. Je ne détecte aucun mouvement, et la Facette de l'Aigle me procure une vue trop nette pour que je puisse me tromper.

Je me force à me rasseoir et à respirer profondément. Je crois que cette matinée m'a un peu trop éprouvée, je ferais mieux de rentrer me reposer avant de voir apparaître un troupeau de taupes volantes.

Je me lève et de nouveau le bruit se fait entendre. C'est un bruit sourd, comme si quelque chose s'écrasait dans la neige. Mais c'est tellement assourdissant que ce quelque chose serait de la taille d'un arbre.

Mon cœur bat à cent à l'heure alors que je grimpe rapidement à un sapin voisin, toute sensation de vertige oubliée. Du haut de la deuxième branche j'inspecte chaque parcelle de neige autour du tronc, mais je ne remarque rien de suspect.

Un petit mouvement attire mon attention, sur un arbre à une dizaine de mètres du mien. C'est une goutte d'eau qui tombe du haut d'une branche pour venir s'écraser dans la neige. Je la regarde, complètement hypnotisée. Dès qu'elle

tombe, une autre la remplace. Elle grossit sur la pointe de
sa stalactite puis tombe, tombe...

Scrraaach!

Je sursaute en voyant le petit trou qu'a fait la goutte.
Mais ce qui me surprend le plus, c'est le bruit qu'elle
a produit. Exactement le même que celui qui vient de
me faire peur deux fois d'affilée il n'y a même pas trente
secondes.

Je reste pantoise, à regarder à tour de rôle le trou dans
la neige et le début de la nouvelle goutte sur sa stalactite.
Celle-ci tombe, mais sans le moindre murmure.

Je secoue la tête. À quoi je pensais? Une goutte d'eau
ne peut pas faire un tel raffut. Je dois être en train de
devenir zinzin. Le surplus de pression, sans doute. Pourvu
que je ne me mette pas à siffler et fumer comme une
Cocotte-Minute.

Je me tourne pour regarder derrière moi, mais je ne vois
que la forêt qui s'étend à perte de vue. Je perçois quelques
petites silhouettes animales sautillant à une centaine
de mètres mais c'est bien trop petit pour être dangereux
et surtout pour faire autant de boucan.

Je me retourne à l'instant ou une nouvelle goutte s'écrase
par terre.

Scrraaach!

Oh. Mon. Dieu... ne me dites pas que...

Je dégringole de mon arbre et m'écrase lourdement
par terre. Sans attendre, je saute sur mes pieds et cours à
toute allure vers le village, laissant derrière moi ces petites
gouttes furieusement bruyantes.

★★★

Notre professeur a eu l'amabilité de nous laisser la
journée du lendemain libre. Je passe ma matinée à dormir et
l'après-midi à lire les quelques livres que Marlène possède
dans sa bibliothèque, alors que Camille part travailler. Ça

fait tellement de temps que je n'ai pas eu ce plaisir, que je ne vois pas le jour décliner.

On se rejoint le soir et nous parlons de tout et de rien autour d'un bon repas préparé par Marlène. L'ambiance est chaleureuse et nous rions souvent. J'ai l'impression d'avoir toujours vécu ici.

Oubliée, la mésaventure en forêt et les fusillades.

Cette nuit-là, quelqu'un me réveille en me secouant par l'épaule. J'ouvre un œil, puis l'autre. Camille se tient accroupi devant moi, la mine renfrognée.

Je me lève sur un coude en me frottant les yeux.

— Camille ? Qu'est-ce qui se passe ? Tout va bien ?

Il inspire profondément et se relève.

— Tout va bien. En tout cas pour moi. Tu dois te lever Cass, désolé.

Je plisse les yeux. C'est quoi ce délire ? Je jette un coup d'œil sur le réveil : deux heures trente.

Je m'affale sur mon lit et rabats la couverture sur ma tête. Ce type est dingue. Aucune chance que je me lève à cette heure.

Camille me secoue un peu plus fort.

Je baisse le haut de la couverture, juste pour laisser apparaître mes yeux.

— Dis, Camille, tu sais que si tu as des addictions à la drogue il faut en parler. Y a des numéros spéciaux pour ce genre de problèmes. Se réveiller à deux heures trente du matin, et secouer les gens en leur faisant croire qu'il est l'heure de se lever, c'est assez inquiétant. Après je te dis ça en tant qu'amie, hein ?

Je l'entends qui rit doucement.

— Arrête de faire ton bébé, tu dois te lever, c'est une épreuve à part entière.

Comme par hasard.

Je soupire théâtralement et sors de dessous les couvertures. Il fait noir comme dans un four dans ma chambre alors je ne crains pas que Camille me voie en sous-vêtements. Mais bon, les manières sont les manières.

300

— Tu veux bien sortir, s'il te plaît ? À moins que tu ne comptes tenir mon jean et mon pull le temps que j'enlève mon pyjama ?

Je le vois rougir jusqu'aux oreilles et je me retiens d'éclater de rire. Malheureusement pour lui, je vois aussi bien qu'en plein jour.

Il se met à ronchonner.

— Arrête de te fiche de moi. Tu crois que je ne t'entends pas ?

J'éclate définitivement de rire. Il sort en grommelant des propos inintelligibles.

Je m'habille en quatrième vitesse, en me demandant ce qui peut bien m'attendre à l'extérieur.

Après l'attentat-exercice de l'avant-veille, je ne suis pas hyper rassurée.

Camille stationne devant la porte. Il a les bras croisés et l'air de quelqu'un qui est vraiment de mauvais poil. Il m'ouvre sans un mot et me laisse sortir.

Une personne attend dehors.

Je pousse un grognement exaspéré lorsque je reconnais la silhouette familière.

— Oh non, misère, dites-moi que c'est une blague !

— Ah, ben quand même ! Il vaut mieux tard que jamais, je suppose.

Je regarde Gabriel.

La nuit va être longue, très longue.

Je lance un regard assassin à Camille qui hausse les épaules d'un air désolé et referme la porte sans autre explication.

Je reporte mon attention vers Gabriel qui tape du pied impatiemment.

— Mais qu'est-ce que c'est que ce cirque ? Qu'est-ce que tu fiches ici, toi ?

J'avoue que j'ai encore en travers de la gorge l'incident de l'après attentat-exercice. Quand j'y repense, ça me donne la nausée. Et l'envie de lui sauter au cou pour l'étrangler.

— Merci de l'accueil, ça me touche. Maintenant arrête de parler et suis-moi.

Son obstination ne fait que me mettre encore de plus mauvaise humeur.

Je croise les bras et me campe fermement sur mes jambes.

— Cours toujours. Je ne te suivrai pas si tu ne m'expliques pas ce qu'il y a.

Il perd patience. Enfin, dans l'improbable hypothèse où il saurait ce qu'est la patience. Et j'en doute sérieusement.

Il s'avance vers moi et je plisse les yeux jusqu'à ce qu'il ne reste que deux fentes.

Il a intérêt à faire attention à ses faits et gestes ce soir, je ne suis pas *très* bien réveillée.

Ouais une baston, une baston!

Tiens, ça faisait longtemps…

— Écoute Cass. Je tiens à te signaler que je ne suis pas ravi d'être là. Je préférerais largement être dans mon pieu et finir ma nuit que devoir accompagner une gamine râleuse vers une de ses épreuves. Alors soit tu me suis sans faire d'histoire, soit je te porte jusque là-bas.

Ses propos me vexent et je sens un sentiment d'injustice transpirer par tous les pores de ma peau. Et mes joues brûler sous l'effet combiné de la colère et de l'humiliation.

Rah! Mais qu'est-ce que je lui trouve au juste à ce type?

— Idiot!

Dans un geste aussi ridicule qu'inutile, j'essaie de le pousser.

Il attrape ma main avant qu'elle n'atteigne son torse et après avoir soupiré d'agacement, il me charge sur son épaule, sans ménagements.

— Gabriel! Lâche-moi! Arg!

Je me débats comme un diable mais il continue à avancer comme si je n'étais qu'un ver de terre.

— Tu es tellement mignonne quand tu es en colère, je suis désolé mais je vais continuer à en profiter autant que possible.

Je l'entends sourire à travers ses paroles.

Je pousse un cri de rage pure et tente de lui donner des coups de poing mais cela semble être aussi efficace que mes protestations.

Je vais le tuer, je vais le tuer, je vais le tuer, je vais le tuer, je…

Je sens une boule m'obstruer la gorge.

Cet idiot me fait souffrir le martyre, il joue avec mes sentiments, et le pire c'est qu'il ne s'en aperçoit même pas. Qu'est-ce que je dois faire pour être plus explicite ? Remuer une banderole sous son nez avec marqué : « Hellooo ! réveille-toi ! Ouvre tes foutus yeux ! Je suis totalement dingue de toi, pauvre abruti ! » ?

Mouais, je sais pas, on fait mieux comme déclaration.

Oh, la ferme.

Super. Maintenant j'ai la nausée.

— Beurk… S'il te plaît, Gabriel, lâche-moi.

Il doit sentir que quelque chose ne va pas, parce qu'il s'arrête net et me dépose sur le sol, avant de faire un pas en arrière, les yeux grands comme des soucoupes.

J'inspire profondément et tente de chasser la nausée.

Tout va bien, je vais bien. Tout va bien, je vais bien. Non, je ne vais pas vomir. Non je…

Je me tourne brusquement et déverse le contenu de mon estomac sur le sol.

Du coin de l'œil, je vois Gabriel qui se précipite vers moi pour m'aider mais je l'en dissuade d'un geste de la main.

Combien de fois mon Dieu, mais combien de fois vais-je devoir m'humilier devant lui ?

Je rafle une poignée de neige et me gargarise quelques secondes avec, puis m'essuie la bouche avec une autre poignée.

Je me redresse, dos à lui, et inspire profondément.

Làààààà. Voilàààà. Mieux qu'un Freedent.

Lorsque je me retourne, prête à recevoir une quelconque moquerie à la figure, je suis surprise de ne voir que de l'impuissance sur son visage.

Il se tord nerveusement les mains, et ouvre la bouche plusieurs fois pour finalement la refermer. Il a l'air tellement désemparé qu'il me fait presque de la peine.

Je plisse les yeux.

— Quoi?

— Je… je… désolé, c'est de ma faute.

Je soupire et regarde sur le côté.

Il faut que je garde la tête froide. NON, l'étrangler et/ou l'enterrer vivant ne sont pas des solutions envisageables. Quoique, cette dernière alternative mérite réflexion.

Bon. Je vais arrêter de faire ma mauvaise tête et le suivre. De toute manière c'est sa vie, il fait ce qu'il veut et il *embrasse* qui il veut. Maintenant c'est à moi de me détacher de lui. Ça ne devrait pas être compliqué, non? Il faut qu'il garde ses distances.

Je le regarde à nouveau et hausse un sourcil.

— Bon tu me guides? Je ne peux pas deviner où on va.

Il se passe une main dans les cheveux, s'apprête à dire quelque chose, puis se ravise. Il fouille dans sa poche et en sort une lanière de cuir.

— J'ai failli oublier, il faut que je te passe ce bandeau, tu ne dois pas pouvoir voir où nous allons.

Je me frotte les yeux avec le pouce et l'index et soupire.

— Génial. Je sens que cette épreuve va être d'un fun terrible. Je suppose que je n'ai pas le choix?

Il approuve d'un signe de tête et m'attache le morceau de cuir devant les yeux. Je les ouvre, mais étrangement, je ne vois strictement rien.

— Hum, et je vais faire comment pour marcher?

— Donne-moi ta main.

J'ai un mouvement de recul.

— Hors de question.

— Et comment comptes-tu te diriger sinon? J'ai pas de labrador sous le coude, désolé.

Je pousse un deuxième soupir et tend ma main à l'aveuglette. Sa grande main vient attraper la mienne et la serre avec douceur.

Bon, pour les distances c'est foutu.

Je tente de déglutir mais la boule qui s'est formée dans ma gorge un peu plus tôt manque de me faire étouffer. Sa main est chaude et ferme. Calleuse à certains endroits. Je pourrais ne jamais la lâcher. Je ne voudrais jamais la lâcher.

Alerte rouge! Cassiopée O'Brien est amoureuse!

45

Nous marchons durant ce qui me semble une éternité, main dans la main. Je suis sûre que nous sommes dans la forêt, l'odeur des pins est trop forte.

Gabriel a passé un bras derrière mon dos et me guide doucement.

J'essaie de rester concentrée sur mes pas, mais ce surplus de contact sature mon cerveau et me donne le tournis.

Il ne parle pas, à part pour me donner des instructions et pour m'avertir des obstacles qui se trouvent sur le chemin.

Au bout d'un moment il lâche ma main et j'essuie ma paume moite contre mon pantalon.

So sexy.

— Je peux enlever mon bandeau?

— Une fois que je serai parti.

J'arrache le bandeau sans préambule.

— Pardon???

Je le vois qui secoue la tête, exaspéré.

— Au moins toi tu comprends quand on te parle.

— Gab, tu ne vas pas me laisser seule ici! Avec la chance que j'ai, je vais me perdre ou pire me faire bouffer par une horde d'écureuils carnivores!

Je dois vraiment faire de la peine avec mon air de chien battu, parce que je vois de la pitié dans ses yeux.

De la pitié!

— Désolé Cass, je n'ai pas le choix, c'est l'épreuve qui le veut.

Je le supplie du regard et il détourne le visage.

Je m'apprête à m'agripper à lui quand il se ramasse sur lui-même et s'envole à coups de battements d'ailes puissants. Le vent plaque mes cheveux en arrière et je dois m'accrocher à un tronc pour ne pas tomber. La bourrasque fait pleurer mes yeux.

Il m'a abandonnée. Il m'a abandonnée au milieu de la forêt. Il m'a abandonnée au milieu de la forêt en *pleine nuit*.

Je jette de petits coups d'œil nerveux autour de moi. Ah, oui, ça pour l'avoir la vision du Chat, je l'ai. Mais est-ce qu'ils étaient obligés de me larguer au beau milieu des bois pour s'en assurer ? Ils ne pouvaient pas juste me le demander gentiment ?

Je jure que si jamais j'en sors vivante, je fais la peau à tous ces vieux schnocks, et au diable les bonnes résolutions !

Je ravale les larmes de peur et de frustration qui me submergent et essaie de me concentrer sur le décor qui m'entoure.

Je ne reconnais pas cet endroit. Je suis perdue dans un endroit que je ne *connais pas*. Et mon sens de l'orientation est aussi aiguisé que ma connaissance en matière de golf.

Un craquement derrière moi me fait sursauter.

Je scrute le sous-bois, cherchant à déceler une quelconque présence mais je n'arrive à apercevoir que quelques mouvements entre les arbres, à une cinquantaine de mètres de moi.

Je ne pourrais vous dire comment cela arrive. Je ne pourrais l'expliquer. Tout ce que je sais, c'est que j'ai plissé les yeux et que tout a changé. Ma vue a changé. Comme on change un diaporama. Au lieu de voir le monde qui m'entoure comme en plein jour, au lieu de tout voir avec une précision à couper le souffle, je me suis mise à voir tout en bleu et vert froid. Et surtout, à une cinquantaine de mètres devant moi, j'ai vu une énorme masse rouge se déplacer en arc de cercle autour de moi.

Ma première pensée est *Serpent*. Ma deuxième est *Goliath*.

Une bouffée de reconnaissance me submerge comme un tsunami. Où que je sois, cet animal veille sur moi. Je suis sûre que je ne risque plus rien.

Je sèche rapidement mes yeux larmoyants et regarde ma main, abasourdie. Ce n'est plus qu'une grosse masse rouge. J'arrive à discerner mes doigts, mais on dirait qu'ils ondulent, au rythme de la chaleur qui émane d'eux.

Je lève les yeux et contemple le décor fantastique qui a remplacé le précédent. Je ne distingue presque plus les arbres ou les rochers. En revanche, je découvre une vie cachée dont je ne soupçonnais même pas l'existence cinq minutes plus tôt.

Une famille de mulots court dans des galeries sous la neige, à dix mètres de moi. Un mammifère, que je soupçonne être un renard de par sa corpulence, s'en approche à pas lents. Il se fige soudain, puis saute d'un coup sur un des mulots, le museau dans la neige. Un petit cri, puis plus rien, la boule rouge du mulot se fondant avec celle du renard.

Je détourne les yeux et reporte mon attention sur Goliath. Il est toujours à la même distance. De temps en temps je le vois qui fait demi-tour, reprenant inlassablement sa ronde.

Des écureuils apeurés par ma présence me font lever la tête. Ils se mettent à courir dans les branches des arbres au-dessus de moi, en poussant de petits cris perçants. Au moins, ça m'assure qu'ils ne sont pas carnivores. Une hermine, que je devine être blanche, sort son museau du petit terrier qu'elle a au pied d'un arbre et me remarque. Elle souffle et rentre de nouveau la tête dans son trou. Je la suis des yeux jusqu'au fond et je découvre quatre petites boules rouges qui se précipitent sur le ventre de leur mère.

Un sourire se dessine sur mes lèvres.

Cette Facette est la plus incroyable de toutes. Je peux griller n'importe quel être vivant à cent mètres à la ronde. Totalement *amazing*.

Tu comptes t'extasier toute la nuit ou trouver aussi un moyen de rentrer?

Pas bête la belette. De toute manière j'ai une chance sur deux. Goliath étant devant moi, je décide de prendre la direction opposée. À mon avis, s'ils s'étaient croisés avec Gabriel, je l'aurais su.

J'avance prudemment parce que je ne vois plus aussi bien les arbres autour de moi. Trois fois je trébuche sur une racine et manque de me prendre un arbre. Je suis d'autant plus déstabilisée que je suis maintenant habituée à une vision de compétition.

Je grommelle en enjambant un tronc d'arbre mort. Il faut que je réussisse à reprendre ma vue habituelle.

Je m'immobilise et essaie de me souvenir de ce que j'ai fait pour «enclencher» la vision du Serpent. Je paniquais, j'ai plissé les yeux pour savoir ce qu'il y avait devant moi... j'ai imploré ma vue de devenir plus précise et...

Bim! La vue du Chat prend le pas sur celle du Serpent.

Je soupire de soulagement. Cette Facette est d'une praticité à toute épreuve, mais côté netteté ce n'est pas top non plus.

Je continue à avancer inlassablement, droit devant moi.

Je crois que je me suis trompée de direction. Je ne vois aucun signe de vie, ni même de civilisation humaine.

Je marche ainsi durant plusieurs minutes, lançant de temps en temps des coups d'œil nerveux par-dessus mon épaule. Et si je me trompais de direction? Et si les Narques me kidnappaient? Et si les écureuils carnivores existaient *vraiment*?

Au bout d'un moment, j'en ai assez de tergiverser.

Je m'arrête une nouvelle fois et plisse les yeux. Presque aussitôt, ma vision se plie à mon désir. Je vois de nouveau en infrarouge.

Je remarque que Goliath a disparu. Tout d'abord, cette constatation m'inquiète. Puis, je me rends compte que s'il m'a quittée c'est qu'il y a une bonne raison. Peut-être que je ne suis plus très loin... je reporte mon attention devant moi. Des centaines de points rouges lointains se révèlent à ma vue. Mon cœur fait un bond dans ma poitrine et je me mets à courir, évitant les arbres autant que je peux. Les boules rouges grandissent, grandissent jusqu'à prendre forme humaine. L'une d'entre elles se détache du groupe et atteint une taille réelle.

Je change de vision et découvre Gabriel adossé à un arbre de l'orée de la forêt, les mains dans les poches.

Je m'approche de lui, les poings serrés, le cœur battant. Il ne m'a pas vue, ni sentie.

Je. Vais. Le. TUER !!!

Je me jette sur lui et le laboure de coups de poing.

— Espèce de psychopathe ! J'étais totalement perdue !

Il pousse un cri et porte une main à son cœur.

— Moi, psychopathe ? C'est toi à qui il manque une case ! Tu m'as fichu la trouille de ma vie !

Je pointe un doigt accusateur vers son torse.

— Ben ça, c'est pour m'avoir larguée au beau milieu des bois, en pleine nuit, dans un coin regorgeant de loups-garous, d'ours affamés et d'écureuils carnivores !

Il me tire la langue et m'ébouriffe les cheveux.

— Arrête de râler Calimero. Tu es encore entière à ce que je sache.

Je me soustrais à son contact et le pousse des deux mains. Il rit. Sa bonne humeur ne cache pas pour autant le soulagement que je lis dans ses traits. Cette information n'atténue en rien ma mauvaise humeur.

— Je suis peut-être encore vivante mais ça n'est pas grâce à toi !

Son attitude change du tout au tout. Il prend cet air de prédateur qui lui sied naturellement et s'approche de moi, un sourire séduisant sur les lèvres.

J'écarquille les yeux mais mets un point d'honneur à ne pas esquisser un geste.

Il s'arrête, sa bouche à une dizaine de centimètres de la mienne. Je peux presque voir l'électricité crépiter autour de nos corps. De quoi alimenter une ville pendant une dizaine d'années, à mon avis.

Il lève une main et coince nonchalamment une mèche de cheveux derrière mon oreille, sa main s'attardant plus que nécessaire sur ma joue. Un frisson de magnitude 25 sur l'échelle de Richter part de là où sa main est posée, jusque dans mes orteils.

— Le monde entier sait que je ne te laisserai jamais courir le moindre risque.

Un rire étranglé s'échappe de mes lèvres.

— Tu veux que je te fasse une liste ?

Ses yeux noirs pétillent et j'ai la nette impression que la faible distance qui nous sépare s'amoindrit petit à petit.

Il murmure, son souffle chaud s'attardant sur mes lèvres :

— Pas besoin, j'ai une mémoire infaillible.

Par tous les dieux grecs, mayas et celtes, nos bouches ne sont plus qu'à *un centimètre* l'une de l'autre !

Tout mon sang a afflué sur mes joues, mon cœur bat comme un tambour et je sens comme des anguilles remuer dans mon estomac.

Je ferme les yeux.

— Cassiopée ? Gabriel ? Ah ! Vous êtes là. On pensait que vous étiez encore en train de chercher la sortie.

La voix de Camille me fait tellement sursauter que je fais un bond en arrière, presque aussi grand que celui de Gabriel. On se tourne tous les deux dans le sens opposé l'un de l'autre en toussotant nerveusement.

Suspect à point.

Heureusement Camille se préoccupe plus de me voir entière que de notre comportement bizarre.

— J'étais vraiment inquiet, Cass. Ça s'est bien passé ?

Je rougis comme une pivoine avant de sourire, comme si je sortais de je ne sais quel manège à sensations fortes. Un sourire d'extatique.

Parce que ce qui vient de se passer était vraiment... intense.

— Hum, hum, oui, euh très bien. C'était super, je me suis drôlement amusée.

Allô? Je suis bien chez le service des crétins chroniques?

Du coin de l'œil je vois Gabriel qui s'étouffe et se met à tousser violemment pour masquer son hilarité.

Traître.

Camille me regarde comme si je lui avais dit que je revenais d'un univers parallèle peuplé de trolls et de chèvres qui parlent. Je peux comprendre.

— Ah, euh, bon, ben tant mieux.

Il se tourne vers Gab qui fait ce qu'il peut pour garder son sérieux.

— Bon, comme tu es obligé de nous accompagner pour faire ton rapport je propose qu'on fasse ça de suite.

Traduction : Moins je te vois, mieux je me porte.

Et Gabriel a l'air tout à fait d'accord avec ça.

Il acquiesce, non sans me lancer un regard amusé. Est-ce que ce mec a déjà été sérieux une seule fois dans sa vie?

Il se tourne vers Camille.

— Serpent et Chat.

Ce dernier, qui avait commencé à s'avancer, pile littéralement et se tourne lentement vers lui.

— Tu peux répéter?

Gabriel a un sourire méprisant.

— Bien sûr, après tout, ce n'est pas comme si je parlais à un *Auditif*. J'ai dit, Cassiopée a les Facettes du Chat et du Serpent.

Camille est tellement ébahi qu'il ne relève pas la pique. Je me tourne vers Gabriel.

— Comment sais-tu pour la vision du Serpent?

Il me sourit en penchant la tête sur le côté.

— Je t'ai... observée d'assez près lorsque tu es revenue. J'ai vu les minuscules fossettes thermosensibles qui indiquent que tu peux voir en infrarouge.

Attends... mais ça veut dire que...

Je sens la colère bouillonner en moi alors que le sens de ses paroles me frappe. J'aurais dû me douter qu'il ne s'était pas approché de moi pour autre chose. À quoi est-ce que je pensais ? Je ne suis vraiment qu'une pauvre idiote.

Quel enfoiré ! Je jure que ça n'arrivera plus.

Camille passe devant et j'attends qu'il ait le dos tourné pour balancer un coup de pied dans le tibia de Gabriel, sans oublier de lui lancer mon fameux regard meurtrier.

Hé ! Il l'a bien mérité !

Il couine lamentablement en se tenant la cheville, mais je vois bien qu'il a du mal à contenir son hilarité.

Ma colère redouble d'intensité. Autant dire qu'on n'est pas loin de la catastrophe nucléaire.

— Crétin.

Gabriel passe devant moi en boitant légèrement, un sourire débile sur les lèvres.

Je suis les deux hommes, qui marchent d'ailleurs à une distance de sécurité de cinq mètres l'un de l'autre. Ç'en serait presque comique si je n'avais pas à ce moment même des pulsions meurtrières.

Ils s'avancent vers une salle où sont rassemblés tous les Apprentis Sentinelles. Trente-cinq Sentinelles, dont mon groupe d'amis.

Je leur fais un petit signe de la main et Arthur me répond en souriant de toutes ses dents. Gabriel se poste à ma droite, ce qui me fait sursauter. Camille, lui, se positionne à ma gauche. J'ai l'impression d'avoir une escouade de gardes du corps.

Je pense qu'on est en train de faire la queue. Je voudrais interroger un des deux hommes mais le silence dans la salle est tellement lourd que j'ai peur qu'on ordonne ma mise à mort si je le brise.

Sur une table, à l'estrade, sont rassemblés les cinq juges de la forêt. Le reste des Tuteurs et des Rabatteurs font la queue pour atteindre ce bureau en compagnie de leur Apprenti.

Les cinq juges écoutent le rapport d'un Rabatteur et je vois Marc, mon ancien professeur, observer attentivement la jeune Apprentie qui se trouve devant eux. Il prend une feuille et la tamponne vigoureusement.

— Aigle et Chat. Tu passes au niveau supérieur. Suivant !

Toujours en rogne contre Gabriel, je me penche vers Camille, qui a aussi l'ouïe la plus fine de nous trois.

— À quoi ça servait de nous balancer dans les bois, au beau milieu de la nuit, sifflé-je entre mes dents serrées, ça n'aurait pas été plus simple de nous amener directement ici ? Cette pièce est tellement sombre que si je n'avais pas la Facette du Chat, je me prendrais un mur.

Camille a un léger rire.

— C'est le protocole, murmure-t-il d'une voix quasi inaudible. On vous largue dans les bois. Vous retrouvez votre chemin : vous avez la Facette du Chat. Vous vous paumez, on revient vous chercher pour faire notre rapport : vous n'avez pas la Facette. Exercice pratique, et évaluation de vos capacités.

Je ne desserre pas les dents.

— Totalement idiot, marmonné-je.

Camille se contente de hausser les épaules. Gabriel me lance un regard désapprobateur et je plisse les yeux, le défiant d'ajouter quoi que ce soit. Il détourne le regard en secouant la tête.

La file s'amoindrit. Sur les trente-quatre candidats, seuls quatre ont la vision du Chat. Aucun du Serpent. Arthur en a hérité, mais ni Michael ni Tom ni Ethan. Les trois autres sont des filles, dont Morgane. Nous allons donc nous retrouver avec deux Apprenties de plus dans notre classe. Morgane, Arthur et moi sommes les seuls à posséder plus de deux Facettes.

Je suis tellement stressée que j'oublie tout mon ressentiment envers Gabriel, et ne pense qu'à ce qui va se passer quand viendra mon tour.

Et malheureusement, mon tour vient.

Je triture le pan de mon manteau alors que Camille s'avance d'un pas assuré vers l'estrade.

— Cassiopée O'Brien, Facettes de l'Aigle et de la Mouche.

Gabriel pose sa main sur mon épaule, la presse en signe d'encouragement, et me pousse vers l'estrade. Je sais que je me suis juré une demi-heure plus tôt de ne plus le laisser approcher, mais sa main m'est d'une aide précieuse et je préfère me parjurer plutôt qu'il me lâche.

Il s'arrête devant Marc, qui m'observe attentivement. La salle est très sombre. Je pense que mes pupilles doivent être un minimum dilatées.

— Cassiopée a passé l'épreuve de ce soir avec succès. Elle a révélé deux nouvelles Facettes. Celle du Chat comme vous pouvez le constater à ses pupilles.

Il se tourne vers moi.

— Et celle du Serpent.

Une marée de murmures s'élève derrière moi et je me tasse sur moi-même. Même les juges échangent des regards surpris. Et certains ont l'air sceptiques.

Marc toussote et se tourne vers Gabriel.

— Tu comprends Gabriel que nous devons vérifier tes dires. Samuel, qu'est-ce que tu en penses ?

Gabriel fronce les sourcils et me tire violemment en arrière, par les épaules.

Je me retrouve collée à son torse, paralysée par l'absence *totale* d'espace entre nos deux corps.

— Mettrais-tu ma parole en doute ?

Ledit Samuel, qui s'était levé de la table des juges, se rassoit aussitôt.

Marc se fait conciliant.

— Gabriel, tu sais bien que ce n'est pas le cas. Il nous faut juste vérifier, c'est le protocole. Une simple validation.

Gabriel plisse les yeux puis me pousse doucement en avant, vers Samuel.

Faudrait qu'il se décide, je ne suis pas une maraca.

Celui-ci se penche en avant et je dois faire un effort surhumain pour rester immobile. Quelques secondes s'écoulent puis je vois le visage de Samuel se parer d'une incrédulité sans bornes. Il se tourne vers Marc, les yeux écarquillés.

— Serpent. C'est une Serpent. C'est la première fois depuis des années. Six je crois!

Oh là là! Amazing!

Gabriel hoche la tête et me fait de nouveau passer derrière lui.

S'il continue à me secouer comme ça, je vais lâcher une huître sur le sol, pour la deuxième fois de la nuit.

Camille prend le relais et pose un bras protecteur autour de mes épaules. Ces deux-là se détestent, c'est clair comme de l'eau de roche. Mais quand il s'agit de me protéger, ils sont aussi coordonnés qu'un commando entraîné.

Marc m'observe quelques secondes puis prend deux tampons et frappe la feuille devant lui.

— Aigle, Chat, Mouche et Serpent. Cassiopée O'Brien, tu es une jeune Apprentie exemplaire. Soit la bienvenue parmi nous.

Je me sens rougir.

Comment ça, *exemplaire*?

Et pourquoi est-ce qu'il me félicite, d'abord? Ce n'est pas comme si j'avais fait quelque chose pour mériter des éloges. Non, je suis juste née avec ces capacités. Elles ont seulement eu besoin d'être déclenchées par une fleur. Une *fleur*! Comme tous les Apprentis ici présents. Pourquoi est-ce qu'il n'a pas félicité les autres? Eux, parce qu'ils n'ont pas autant de Facettes que moi, ne méritent pas leur statut de Myrmes, c'est ça?

Je sens que mes poings se serrent, ainsi que mes lèvres. Une vague de protestations menace de sortir de ma bouche d'une seconde à l'autre.

Gabriel tourne la tête vers moi à ce moment-là et écarquille les yeux. Il se retourne vivement vers les juges en leur lançant un sourire contrit.

— Nous y allons, si cela ne vous embête pas. Cassiopée est fatiguée et a besoin d'une bonne nuit de repos pour être en forme demain.

Et avant que je n'aie eu le temps de dire un mot, il me prend par le bras et me traîne vers la sortie.

Camille suit, les sourcils froncés.

— Mais qu'est-ce que tu fabriques au juste?

— Aïe! Gabriel arrête, tu me fais mal!

— Lâche-la de suite ou je te fous mon poing dans la gueule.

La soudaine violence dans les mots de Camille me surprend tant que je tourne la tête vers lui, et que Gabriel me lâche pour en faire autant.

Mon Tuteur se place entre moi et Gabriel.

— Ne t'avise plus de t'approcher d'elle. Jamais.

Gabriel reprend immédiatement contenance et il me semble qu'il prend également dix centimètres de plus. Moi j'ai envie de disparaître. Ou d'être enlevée par des extraterrestres. Tout de suite.

— Sinon quoi, Camille? Je m'approche de qui je veux, quand je veux.

Il fait encore un pas en avant et son torse touche presque celui de Camille.

— Et ce n'est pas toi, petit blond prétentieux, qui m'en empêchera.

Camille lève le bras et c'est là que je sors de ma transe. Je le pousse et me mets au milieu des garçons.

— Vous êtes devenus dingues? C'est quoi cette histoire? Vous me prenez pour une poupée sans défense? Sans opinion? Je tiens à vous rappeler à vous deux que je peux très bien me débrouiller toute seule et que j'ai toujours agi sans l'aide de personne, alors ce n'est pas la peine de vous énerver. Vous avez dix-huit ans de retard. Je n'appartiens à personne, vous m'entendez? Personne! Alors, Camille, si je veux que Gabriel s'en aille, je lui ferai savoir par mes propres moyens. Et il comprendra, tu peux me faire confiance.

Je me tourne vers Gabriel.

— Et toi ne t'avise plus de m'arracher un quelconque membre, parce que je te promets que tu le regretteras.

— Arrête Cass, t'es pas douée pour les menaces.

Je plisse les yeux.

— Tu diras ça quand je les aurais mises à exécution. Allez viens Camille, on rentre.

Et je les plante tous les deux là, furieuse.

***

Durant tout le chemin du retour, Camille reste penaud à côté de moi. Quand je pense qu'ils ont failli se battre pour moi, ça me donne envie de leur mettre des claques. Mais c'est surtout le fait que Camille ait essayé de régenter ma vie et que Gabriel n'ait pas cessé d'agir comme un grand frère surprotecteur qui me fait fulminer. Je peux quand même décider par moi-même, non?

Ça m'énerve qu'ils agissent en grands frères.

Et si je n'avais pas envie d'avoir de grands frères? Si je voulais autre chose? Surtout de la part de Gabriel. Entièrement de la part de Gabriel en fait.

J'en ai assez qu'on ne me demande pas mon avis, qu'on me fasse tourner en rond comme une bourrique. Qu'*IL* me fasse tourner en rond comme une bourrique. Je ne sais plus quoi penser. À un moment j'ai l'impression que je lui plais, l'instant d'après il se moque de moi en embrassant une fille dix fois plus belle que moi. Ras le bol.

Camille finit par se tourner vers moi.

— Je suis désolé Cass, je n'aurais pas dû réagir comme ça, tu as raison, je ne peux pas décider à ta place.

Je soupire, fatiguée.

— Ne t'inquiète pas Camille, je n'aurais pas dû m'énerver comme ça non plus. On peut dire qu'on est quittes.

Il me sourit.

Si seulement ça pouvait être aussi simple avec Gabriel…

46

Trois semaines passèrent en un battement de cils. Trois semaines durant lesquelles ma vie devint d'une douce monotonie.

Mon nouveau professeur, un jeune Myrme (ou en tout cas il ne paraît pas avoir plus de vingt-cinq ans, comme 95 % de la population locale) nommé Stephan, nous exerçait régulièrement, cinq heures d'entraînement intensif par jour, puis nous congédiait et nous avions carte blanche pour le restant de la journée.

Je m'attendais à me retrouver face à des exercices compliqués, voire même dangereux, puisque je me retrouvais dans la Seconde Classe. Il n'en fut rien.

Le professeur nous a appris à changer de Facette la première semaine, nous a entraînés à les aiguiser la deuxième et a solidifié nos connaissances la troisième.

Je m'ennuyais un peu. J'étais la seule des huit élèves à posséder les quatre Facettes. Les autres se contentaient d'avoir celles de l'Aigle et de la Mouche et, pour quatre d'entre eux, celle du Chat. Ce qui était déjà un exploit en soi. Stephan ne nous a entraînés que sur ces trois Facettes, s'adaptant aux Facettes de chacun. Celle du Serpent, m'avait-il expliqué, ne pouvait être contrôlée que d'une seule façon, et cette façon changeait d'un Myrme à l'autre. Aucun Serpent n'était parvenu à donner des indications identiques et précises sur sa manière de déclencher la Facette, même pas à en approcher une d'une autre.

Je devais me débrouiller seule pour contrôler cette Facette capricieuse. Et je n'avais que des difficultés relatives.

Stephan nous a expliqué que notre principale Facette était l'Aigle. Celle-ci ne nous quitte jamais, c'est en quelque sorte notre vue « normale ». Celle du Chat et de la Mouche viennent se superposer sur celle de l'Aigle. Je peux donc voir dans le noir complet, avec une précision de rapace. Mais pas utiliser les autres Facettes en même temps, comme celles de la Mouche et du Chat. Pour cela, nous avons dû apprendre à passer d'une Facette à une autre.

Morgan et Arthur ont eu besoin des exercices pour apprendre à passer à volonté des Facettes de la Mouche à celle du Chat. Il leur a fallu ces trois semaines pour y arriver, et encore, ils ne sont pas encore au point. Moi, quelques jours m'ont suffi. Je ne tiens pas à être prétentieuse, je n'ai jamais eu de raisons de développer ce défaut. N'empêche que je m'ennuyais.

Stephan a essayé de corser les exercices : alors que les autres étaient lâchés en groupe dans la forêt, je devais me débrouiller seule. Je ne devais pas éviter un, mais plusieurs projectiles en même temps. Il me surprenait, tentait de me prendre au dépourvu. Au début, cela fonctionnait. Mais au bout de trois jours, j'avais atteint un tel niveau qu'il m'a lancé, un peu perplexe :

— Cassiopée, je suis désolé mais il va falloir que je te prépare un programme personnalisé.

Après cette journée, les exercices sont devenus plus compliqués. Et je me suis un peu plus amusée. Néanmoins, j'étais heureuse de voir que je progressais, que je pouvais, d'une seule demande à mon cerveau, devenir aussi précise qu'un vautour, ou voir aussi bien dans le noir total qu'en plein jour. La vision de la Mouche était la plus amusante. Dès que j'ai su la maîtriser avec aisance, je m'amusais à la déclencher et à devancer tous les mouvements des gens de mon entourage.

Je faisais rire aux éclats Michael et Ethan alors que je singeais Morgane et ses deux nouvelles amies, anticipant leurs moindres faits et gestes.

Arthur et Tom étaient plus sérieux, ils cherchaient avant tout à progresser et il s'en fallait de peu qu'ils ne se mettent à rivaliser avec moi. Je jouais le jeu et les laissais gagner la plupart du temps, même si je m'octroyais le plaisir d'une petite victoire de temps en temps.

Stephan nous a enseigné le tir à l'arc. Enfin, en tout cas il a essayé. Les autres sont devenus des archers compétents, du moins ont-ils su toucher leur cible au bout d'une semaine ou deux.

Moi, j'avais beau avoir des compétences certaines en matière de vue, j'étais la plus nulle de toute la classe au tir à l'arc. Voire de tout le continent. Ou de tout l'univers.

Neuf fois sur dix je me luxais un muscle en bandant l'arc, la dixième fois je faisais tomber la flèche à mes pieds.

Stephan s'arrachait les cheveux. Au bout de trois semaines infructueuses, alors que toute la classe, y compris Morgan, était passée à un niveau acceptable, j'en étais encore à me demander de quel côté on tenait la flèche. Et j'exagère à peine.

Il a finalement baissé les bras et a décidé de me rediriger vers un autre exercice. La semaine d'après, je m'essaierai au lancer de couteau.

J'avais quelques doutes sur le résultat. Si je n'étais pas douée à l'arc, je ne voyais pas pourquoi je me débrouillerais avec un couteau. Tout ce que je risquais de faire, c'était de crever un œil à quelqu'un. Ou de me transpercer le pied.

Morgane est devenue la meilleure archère de notre groupe. Elle était plutôt médiocre en ce qui concernait le Sens Phare mais était remarquable quand elle avait un arc à la main. Elle touchait la cible à chaque fois, et la flèche se fichait au milieu presque une fois sur deux.

Je n'étais pas jalouse, hé !, on ne peut pas être bon en tout paraît-il, mais elle ne ratait pas une occasion de me rappeler à quel point j'étais mauvaise, profitant que Stephan ait le dos tourné pour me lancer des remarques méprisantes.

Les garçons prenaient ma défense à chaque fois, et elle a fini par renoncer à m'humilier lorsque Michael s'est avancé vers elle, les poings serrés. Ethan l'a retenu à temps et on a évité de justesse un épisode de *Règlements de comptes à OK Corral*.

Elle ne m'a plus lancé un seul regard.

Au fur et à mesure des jours, notre petit groupe se soudait un peu plus et j'étais stupéfaite de découvrir à quel point avoir des amis de mon âge m'avait manqué.

Dès que nous n'étions pas en train de nous entraîner, nous passions notre temps ensemble, traînant à droite et à gauche, riant et débattant sur quel film d'horreur était le plus flippant.

Chaque jour qui passait m'apportait une évidence, s'imposant à moi, s'insinuant jusqu'au plus profond de mon âme : je m'étais éveillée d'un long rêve il y a un mois. Tout ce que j'avais vécu antérieurement, du moment où ma mère était morte à cette journée où Gabriel m'avait amenée au village, n'était qu'une illusion floue, un passage de quelques lignes sur les centaines de pages de ma vie. Un paragraphe dont j'avais déjà tourné la page.

Lorsque je n'étais pas avec ma bande, je retrouvais Tiphaine. Elle aussi avait changé. Elle n'était plus la petite fille timide qui était entrée dans ma chambre ce jour-là pour m'offrir le pendentif qui ne me quittait jamais. Elle avait grandi, son corps bien sûr, mais surtout son esprit. Épanouie aurait été plus juste. À chaque nouvelle visite, je la trouvais plus resplendissante, plus heureuse, plus malicieuse. Elle taquinait Esther et Thomas, le couple trentenaire qui l'avait accueillie. Elle était la seule enfant de la maison et ils l'avaient complètement adoptée, la considérant à part entière comme leur propre fille. Ils n'avaient jamais pu avoir d'enfant et se montraient tellement prévenants et, n'ayons pas peur des mots, parents poules, qu'à chaque fois mon cœur se serrait de bonheur. Je ne la voyais jamais aussi radieuse et rayonnante que quand elle se trouvait en leur compagnie, enlaçant Esther ou bataillant gentiment avec Thomas sur le canapé de leur salon. Elle les appelait encore «Esther et Thomas» mais je ne doutais pas que cela change bientôt. Ils m'invitaient souvent à dîner, et dès que Marlène me le permettait, je répondais positivement à leur invitation.

Marlène.

Elle se comportait en maîtresse de maison exigeante. N'admettait pas que je rentre au-delà de l'horaire fixé par ses propres soins, que je parte me balader sans l'en avoir avisée auparavant. Et que je lui aie donné la destination exacte, même si je me trouvais en compagnie de tous les garçons. En particulier si je me trouvais en compagnie de tous les garçons.

Bien qu'elle soit parfois agaçante au-delà du supportable, je la considérais avec une tendresse infinie. Elle ne ratait jamais une occasion de me parler, de me sourire ou, lorsque je me sentais un peu découragée ou fatiguée, de me réconforter. Grâce à elle, je réussissais à imaginer de nouveau ce qu'était avoir une mère.

Lorsque j'arrivais à échapper à sa surveillance militaire, je m'esquivais dans la forêt, à la recherche de Goliath. Plusieurs fois durant ces trois semaines, j'ai battu les bois, appelant discrètement l'animal, scrutant chaque fourré, chaque clairière que je croisais, de mes quatre Facettes.

Il n'a plus réapparu.

Je me suis rassurée finalement en me disant qu'il saurait se manifester dès que la situation l'exigerait.

Le soir, nous nous réunissions, Camille, Max, Marlène et moi, et nous nous racontions nos journées, rigolions aux bêtises de Max, qui souvent avait droit à des regards mi-exaspérés, mi-amusés de sa mère.

Ce dernier était un vrai casse-cou. À la première bêtise qui se présentait à lui, il saisissait l'occasion comme s'il s'agissait d'une obligation et qu'il se devait d'honorer les dieux des crétins.

Moi, ça me faisait rire aux éclats, mais Marlène et Camille étaient plus sévères, surtout quand ils recevaient des plaintes outrées de professeurs ayant subi les tours de la Terreur.

Aucun n'en avait réchappé m'avait expliqué sa mère, sauf un qu'il appréciait, voire même adorait quasiment.

Camille et moi parlions souvent tard le soir, je ne le voyais pas la journée comme il travaillait à différentes tâches dans Tornwalker. Il me racontait son enfance, des anecdotes drôles, certaines moins amusantes, qui jalonnaient son adolescence.

Il a grimacé lorsqu'il m'a raconté la fois où la fille qu'il aimait et avec qui il sortait depuis des mois, une certaine Kala, l'avait largué et était partie avec quelqu'un d'autre. Genre une fille, sur cette Terre, serait assez dérangée pour repousser un canon pareil. Totalement inimaginable.

Aujourd'hui elle devait s'en mordre les doigts.

Il m'a raconté comment, un jour, il était sorti en vitesse de la salle de cours parce que le prof leur avait demandé de disséquer des grenouilles et qu'il n'avait pas eu le cœur à les tuer. Il s'était éclipsé, avait couru jusqu'à un cours d'eau et avait relâché toute la boîte de grenouilles dans le ruisseau, ce qui lui avait valu d'être collé tout un samedi.

Un jour, je lui ai demandé où était son père. Il avait soigneusement évité d'évoquer la moindre chose en rapport avec lui depuis que je le connaissais et n'y avait fait allusion qu'une seule fois. Marlène s'était empressée de changer de sujet.

Il m'a regardée, surpris par la soudaineté de ma question puis s'est mis à rougir fortement, aussitôt imité par moi.

— Excuse-moi, Camille, je ne voulais pas être indiscrète... je... ça ne me regarde pas, mais... comme je n'ai jamais connu mon père non plus... euh... enfin...

Il m'avait souri pour soulager mon embarras.

— Ce n'est pas grave Cass, de toute manière ce n'est pas un sujet tabou.

Ah bon ? Pourtant c'est bien imité.

Il est redevenu sérieux et ses yeux se sont perdus dans le vague.

— Mon père nous a quittés, lorsque j'avais seize ans.

Il n'a pas fait d'autres commentaires, de sorte que je n'ai pas su si sa phrase était une allusion métaphorique à la mort, ou si son père s'était genre réellement barré. Et je n'ai certainement pas osé lui demander de préciser.

Le seul point négatif de ces trois semaines a été l'absence totale de Gabriel. Je l'ai cherché des yeux durant plusieurs jours, juste après la cérémonie où nous nous étions accrochés, sans jamais l'apercevoir.

J'ai fini par poser innocemment la question à Marlène qui m'a répondu d'un vague geste de la main :

— Il a été assigné à une mission de réapprovisionnement. Il sera de retour dans une semaine ou deux.

Trois semaines ont passé et il n'est toujours pas revenu.

Je me console en me disant que cette absence me permet de faire le point sur le fouillis qui compose mes sentiments et de prendre de la distance. Pas terrible comme excuse, je sais, mais je n'ai rien trouvé de mieux.

Ce soir, cela fera un mois que j'habite ici. J'ai l'impression de n'avoir jamais vécu ailleurs.

47

Février

Un après-midi, alors que je rentre d'une de mes escapades solitaires, toute à la pensée que Gabriel est revenu la veille, je trouve Tornwalker en effervescence.

Je fronce les sourcils et m'avance vers la place du village. J'essaie de trouver quelqu'un que je connais mais tout le monde court en tous sens l'air vraiment affolé. Je finis par dénicher Arthur et sa bande murmurant dans un coin.

— Eh les mecs, qu'est-ce qui se passe ? J'ai raté quelque chose ?

Michael roule des yeux.

— T'étais passée où darling ? Ça, pour s'être passé quelque chose, il s'est passé quelque chose. Mais on n'est pas vraiment sûrs de quoi. On essaie de se renseigner depuis tout à l'heure mais personne ne s'arrête pour nous répondre.

Je scrute la foule qui s'agite tout autour de nous. Un visage familier passe non loin de moi et je me précipite vers lui.

— Camille, bon sang que se passe-t-il ?

Il s'arrête une seconde et me regarde en poussant un soupir de soulagement. Il a un air grave sur le visage que je ne lui ai jamais vu.

— C'est pas vrai, où étais-tu passée, j'étais au bord de la crise de nerfs !

Waouh, pause... Est-ce qu'il est en train de me crier dessus, là ?

Il ne prête pas attention à mon air ahuri et m'attrape par les épaules. J'écarquille les yeux de surprise.

— Cassiopée, rentre à la maison, et dis à maman de prendre le souterrain, elle comprendra. Si tu peux, prends tes amis aussi.

Il repart mais je le retiens par le bras.

— Vas-tu me dire ce qu'il y a ? Si tu ne le fais pas je ne bouge pas d'ici.

Il me fusille du regard et je dois avouer qu'il est presque aussi intimidant que Gabriel quand il est en colère. Presque.

— Il y a que les Narques sont en route, voilà ce qu'il y a !

Un mélange de peur et d'excitation se met à parcourir mon corps.

Je vais enfin rencontrer l'ennemi tant redouté. Ça fait tellement longtemps que j'en entends parler maintenant, que j'en étais venue à penser que leur existence n'était qu'une légende.

Camille continue dans sa lancée, imperturbable.

— Ils ne sont même pas à six ou sept kilomètres d'ici. Ce sont des Moaks. Nos Pisteurs et nos Auditifs les ont repérés, et on ne sait pas ce qu'ils veulent. Alors je te le répète encore une fois, va te mettre à l'abri, est-ce que c'est clair ?

Hein ?

Je fronce les sourcils, de plus en plus perdue :

— Hé, oh ! Attends ! C'est quoi ça des Mouks ?

Mais il a déjà disparu dans la foule. Après quelques instants d'étourdissement je me précipite vers ma bande qui me regarde avec des yeux avides. Ils posent tous la question en même temps :

— Alors ?

— Mauvaise nouvelle, les Narques sont à quelques kilomètres d'ici, personne ne sait ce qu'ils veulent. Camille m'a dit d'aller nous abriter.

Michael est surexcité :

— Attends, tu délires, on ne va pas aller se cacher comme des mauviettes alors qu'on peut aider nos semblables !

Il montre la rangée de Myrmes qui s'arment de sabres grands comme moi et qui m'ont l'air *vraiment* tranchants.

Je lui donne une tape derrière la tête.

— T'es pas sérieux là ? On n'est pas dans un jeu vidéo, Mario Bros. Là c'est la vraie vie et si tu prends un de ces machins tu vas te couper un membre. En plus, je n'ai pas envie que tu décimes la population entière, Narques ou Myrmes. Alors suis-nous et laisse faire les habitués, on apprendra bien assez tôt à se battre si tu veux mon avis.

Ethan prend la parole :

— Elle a raison, viens Mick. Je pense que les femmes et les enfants vont avoir besoin de notre protection.

Il a fait mouche avec son argument et Michael finit par nous suivre en bougonnant.

On court à toute vitesse, aussi vite que nos jambes nous le permettent. Partout autour de nous les femmes crient, les enfants pleurent. On se croirait en plein milieu d'une scène dramatique dans un film de guerre.

Je vois Marlène qui tord son tablier nerveusement alors que nous sommes encore à une dizaine de maisons de la sienne. Elle finit par nous apercevoir et pousse un cri en agitant la main. Je souris malgré moi. Comme si nous ne l'avions pas vue.

— Cassiopée, vite, viens !

On s'arrête près du pas de la porte, essoufflés.

— Allez, pas le temps de respirer ! Ils arrivent, bougez-vous !

— Camille te fait dire de nous amener au souterrain et de…

Elle s'énerve.

328

— Non mais qu'est-ce qu'il croit celui-là ? Que je vais vous laisser vous balader pendant que je fais du tricot ?

Elle entre dans la maison et tire un tapis qu'elle balance sans ménagement contre le mur. Le parquet est apparent mais je ne vois rien qui pourrait me faire penser qu'il y a une trappe. Marlène disparaît dans la chambre de Max et actionne quelque chose. Un nuage de poussière s'envole alors qu'un carré se déplace doucement sur le côté, jusqu'à laisser un trou béant sur le sol.

Elle revient, une lampe dynamo à la main et nous fixe un à un.

— Il vous faut quoi ? Une invitation ?

Les garçons se bousculent pour descendre dans le souterrain. Vu l'humeur de Marlène il vaut mieux pour eux en tout cas. Moi je ne bouge pas. Un doute affreux se propage en moi comme du poison.

— Cassiopée, descends, dépêche-toi.

Je me tourne brusquement vers elle.

— Marlène, ce trou est un souterrain ou une cave ?

— Tu crois que c'est le moment de poser des questions de tourisme ?

— Réponds-moi c'est important.

Elle soupire.

— C'est un souterrain. Il court sur un kilomètre et demi en s'enfonçant à une dizaine de mètres sous la terre. C'est notre sortie de secours lorsque les Narques nous attaquent. Ils ne l'ont pas encore découvert, Dieu merci, mais ça ne devrait pas tarder. C'est la deuxième fois que nous l'utilisons et certainement la dernière. Descends maintenant.

La tête me tourne.

Oh non...

— Comment fait-on pour refermer la trappe ? Et où est Max ?

— Max est déjà parti, il est en sécurité. La trappe s'ouvre de sa chambre, dans son armoire il y a une planche plus décolorée que les autres. Mais arrête donc de poser des questions et ne t'en fais pas pour cela, elle se ferme aussi de l'intérieur.

Je hoche la tête.

— Bien, passe la première, je dois aller chercher quelque chose de très important dans mon sac.

— D'accord mais dépêche-toi !

Elle descend et je fais mine de courir vers ma chambre. Mais au dernier moment je prends le côté opposé et je m'engouffre dans la chambre de Max, ouvre l'armoire et appuie sur la planche décolorée. J'entends la trappe se fermer.

Je cours vers celle-ci et je vois Marlène qui me regarde, toute l'incompréhension du monde dans ses yeux.

— Excuse-moi Marlène, je ne peux pas venir. Ne m'attendez pas, partez, je dois faire quelque chose d'important.

Elle voudrait me répondre, mais la trappe se réenclenche dans le parquet avec un bruit sec, et je ne la discerne plus.

Je cours dans ma chambre en priant pour que les garçons arrivent à la faire partir. J'attrape mon sac, remets le tapis en place et me précipite dehors. La vue de Tornwalker me terrifie. Il n'y a plus un chat dehors. On le croirait vide.

Je me donne une claque virtuelle et je cours vers la maison qui se trouve être de l'autre côté du village. Certaines maisons sont protégées par un ou une Myrme armé d'un énorme sabre. En cours nous avons appris qu'heureusement les Narques dénigrent les armes à feu humaines.

Je n'ai pas eu le courage de dire au prof que j'en avais rencontré un que le port d'un silencieux ne semblait pas étouffer sous les scrupules.

Les Myrmes que je croise tentent de m'intercepter ou me crient d'aller me cacher. Je les évite sans prêter attention à leurs ordres.

J'arrive à la moitié du chemin quand un effroyable coup de vent me fait vaciller et je vois une ombre me survoler un dixième de seconde. Le dixième de seconde d'après nous roulons sur le côté dans un méli-mélo de bras, d'ailes et de jambes.

Aïe.

Le Narque se relève en premier et se positionne sur mon dos pour m'immobiliser. Il m'attrape le poignet et me plante une aiguille dans le bras. Surprise par la sensation soudaine de piqûre, je pousse un cri. La douleur me fait l'effet d'un coup de fouet.

Je ramène mon bras devant mon visage d'un coup sec et lui mords la main jusqu'au sang. Il hurle et j'en profite pour le pousser et pour me relever.

Quelle espèce de taré! Mais qu'est-ce qu'il vient d'essayer de faire, là?

Je me redresse afin d'observer l'ennemi tant redouté. Mais je reste scotchée. Je ne vois qu'un Myrme, se tenant le poignet et jurant de tous les diables. Il est en tout point identique à nous. Des cheveux châtain clair coupés court, taille moyenne, et toujours cette impression de jeunesse dans ses traits. Il y a seulement un je ne sais quoi dans ses yeux qui me laisse penser qu'il n'hésitera pas à utiliser les grands moyens si cela s'avère nécessaire.

On se regarde, hésitant l'un et l'autre sur ce qu'on doit faire.

Je réagis la première en déclenchant la Facette de la Mouche et plonge la main dans la couture ouverte de mon sac. Il répond en se jetant sur moi plus promptement qu'une panthère mais je l'évite en sautant vivement sur le côté et en m'écrasant sur le chemin de terre.

Je brandis mon Taser et le vise en lui administrant une bonne dose d'électricité.

Il s'écroule dans un soubresaut et je vois ses ailes fumer. De petites alvéoles noires apparaissent sur le duvet gris.

Je regarde l'arme avec un air mi-horrifié, mi-ravi.

Sans demander mon reste, je me remets à courir. Des Narques apparaissent à tous les coins des maisons et engagent le combat avec les Myrmes.

Mais je suis plutôt soulagée, je craignais qu'il n'y en ait beaucoup plus.

Presque avec ironie, une gigantesque ombre me survole soudain, provoquant un tel coup de vent que je tombe, face contre terre. Tous les objets non fixés s'envolent et sont balayés comme des fétus de paille.

Je lève les yeux et mon cœur rate un battement. Une nuée de Narques arrive. Des dizaines. Ils ne sont plus qu'à quelques mètres de moi.

Je me relève d'un bond et accélère encore, tellement que j'ai l'impression de voler. Je m'engouffre dans une ruelle, entre deux maisons. Le dos collé au mur, les mains sur les genoux, j'essaie de reprendre mon souffle tout en regardant nerveusement autour de moi. Les Narques ne m'ont pas suivie, jugeant certainement les combats plus intéressants.

Je secoue la tête, incrédule.

Comment arrivent-ils à voler sur une distance aussi longue ?

Lorsque j'arrive de nouveau à respirer normalement, je m'élance vers la petite chaumière que j'arrive à distinguer au bout de la ruelle, à droite.

En passant devant un chalet, j'entends un cri à vous faire dresser les cheveux sur la tête. Sans hésiter une seule seconde, je m'engouffre dans la maison et je vois une Myrme allongée, baignant dans son sang. À côté, il y a une petite fille endormie.

Des larmes de colère et d'incompréhension se mettent à couler sur mes joues. Encore une orpheline. J'espère qu'elle a un père.

Un mouvement sur ma droite me fait sursauter. De dos, il y a une Narque qui s'affaire tranquillement, essuyant la lame de son poignard sur le tapis du salon.

Elle ne doit pas être une Auditive parce qu'elle ne m'a pas entendue.

Je ne comprends plus rien. Pourquoi l'a-t-elle tuée ? Ce n'est pas le genre des Narques ! Ils ne tuent pas les Myrmes !

Sans réfléchir, sentant la fureur me submerger, j'attrape un tisonnier et la frappe violemment derrière la tête.

Elle s'effondre et roule sur le dos. Ses yeux sont flous, comme ceux de quelqu'un qui va perdre connaissance, mais son regard est posé sur moi.

J'attrape le poignard qui est dans sa ceinture et lève le bras. Mais je m'arrête avant de commettre l'irréparable. Je n'ai jamais tué personne. Je ne suis pas une criminelle. Et ce n'est pas aujourd'hui que ça va commencer.

Je lâche le poignard et l'attrape par le col.

— Pourquoi tu as fait ça ? Quelle est ta mission ? Parle !

Je la secoue sans ménagement, mais n'obtiens en échange qu'un sourire moqueur.

Je serre les dents et l'attrape par les cheveux. Je soulève brusquement sa tête et la fracasse contre le sol, de toutes mes forces.

Elle n'ouvre plus les yeux.

Je vais vers la petite fille et lui enlève les menottes avec les clefs de la Narque pour les enfiler à cette dernière. Je prends la fillette dans mes bras et je sors.

Dehors c'est la cohue. Au bout de la ruelle, à ma droite, je vois des Myrmes et des Narques à terre, immobiles, alors que d'autres se battent.

C'est effrayant.

Un Myrme jette un coup d'œil dans la ruelle et j'ai peur qu'il ne me prenne pour une ennemie comme je porte la petite fille. Mais il se désintéresse rapidement de moi pour parer une attaque. Il vaudrait mieux que je prenne le large avant qu'on ne s'intéresse de trop près à moi.

Des Narques se battent et d'autres mettent les maisons sens dessus dessous. Ils semblent chercher quelque chose.

Tout à coup, tous les protagonistes tournent la tête vers l'est. Je ne sais pas ce qu'ils regardent, mais tous ceux de l'ouest viennent les rejoindre à grand renfort de cris. Le côté gauche de la ruelle est alors désert, et plutôt silencieux.

Je pose doucement la fillette sur le sol et j'enlève mon pull. Dessous je porte le chandail qui permet de laisser les ailes à l'air libre. Je pense que si cela m'est vital, j'arriverai à m'envoler. Mes ailes s'étirent de toute leur longueur et je peux voir leur couleur jouer avec la lumière sur les ardoises des maisons.

Je repars avec mon fardeau et marche le plus vite possible vers la dernière maison. Je ne cesse de regarder nerveusement autour de moi, mais les Narques n'ont pas encore investi la ruelle.

J'entre prudemment dans le chalet et pose la fillette sur un canapé, le dossier dos à la porte.

— Tiphaine! Tiphaine, c'est moi, Cassiopée! Où es-tu?

Je chuchote pour ne pas trahir ma présence mais j'ai peur qu'elle ne m'entende pas. Alors je recommence un peu plus fort:

— Tiff! C'est moi, Cassiopée, ou es-tu? Je viens t'aider, montre-toi, vite!

Un murmure me conduit jusqu'à une petite chambre à l'arrière de la maison.

— Cassi, je suis là, dans l'armoire.

Elle pleure. J'ouvre l'armoire et elle me saute dans les bras.

Je regarde le plafond avec soulagement.

— Merci mon Dieu! J'étais sûre que tu ne voudrais pas descendre avec ta fichue claustrophobie.

— C'est pas ma faute, Esther et Thomas sont partis se battre. Ils m'ont enfermée dans ce trou mais j'ai réussi à en sortir. Ils font partie des guerriers du village. Je ne veux pas prendre le souterrain sans eux! De toute manière je serais morte étouffée, là-dedans.

Je marche sur la pointe des pieds et jette un coup d'œil dans le salon.

— Oh mais ne t'inquiète pas, on va sûrement mourir aussi.

Je marche rapidement vers le canapé.

— Bon il va falloir que tu me lâches et que tu marches, comme tu le vois il y a quelqu'un qui ne peut pas se déplacer tout seul.

Je lui désigne la petite fille. Elle écarquille les yeux.

— C'est Tina. Elle va bien ?

Je détourne le regard en repensant à sa mère allongée dans son salon.

— Oui elle est juste endormie. Reste là, je vais aller ouvrir le levier.

Elle se tourne vers moi, les yeux agrandis par la peur et agrippe mon pull.

— Attends, tu rigoles là. Je te dis que je ne peux pas descendre là-dedans, tu le sais bien ! Moi vivante, tu ne me feras pas rentrer dans ce trou à rat.

Je la regarde d'un air narquois.

— Aucun problème, j'ai mon Taser dans mon sac.

Je sais très bien pourquoi elle a cette phobie, et je suis peut-être sans cœur, mais c'est une question de vie ou de mort.

Elle pousse un soupir théâtral et je ne peux m'empêcher de rire en allant vers la chambre homonyme de Max. J'espère que le système est le même partout.

J'entre dans la chambre mais je n'ai pas le temps d'ouvrir l'armoire.

Un cri résonne dans le salon.

Je me précipite vers la porte, mon arme à la main. Il y a un Narque qui tient Tiphaine par les cheveux.

À peine ai-je atteint la porte qu'il me lance, sans même me regarder :

— Tu ne bouges plus, ou elle est morte.

Il tient un poignard sous sa gorge et je m'immobilise. Elle non plus ne bouge plus. Je ne vois que ses larmes glisser sur ses joues.

— OK, OK, je ne bouge pas. Libère-la s'il te plaît.

Il rit et relève la tête, mais son rire meurt dans sa gorge. Je crois que je suis aussi surprise que lui.

C'est Dimitri.

★★★

La température a chuté de quelques degrés dans la pièce. Je ne sais pas si cela est dû à la porte qui est ouverte sur la rue ou si c'est Dimitri qui me fait cet effet-là.

Certainement Dimitri.

Damned! Moi qui espérais l'avoir mis hors-service la première fois! Je prenais visiblement mes rêves pour des réalités. Il ne semble pas se prendre pour une vieille femme entourée de chats.

Quelle désillusion.

Il prend une pose décontractée, mais tient toujours fermement Tiphaine.

— Tiens, Cassiopée, je suis heureux de voir que tu es finalement arrivée jusque-là.

Ses ailes sont déployées dans son dos. Et elles ont des tas de petits trous cicatrisés.

Gloups...

J'ai le Taser à la main et s'il le voit cela risque de raviver des souvenirs fort douloureux. Je tente de le cacher discrètement derrière mon dos mais il me surprend.

Ses sourcils se froncent et il aboie:

— Lâche ça!

Je m'exécute immédiatement et je le fais glisser vers lui. Il le ramasse et le soupèse, d'un air satisfait.

— Je préfère ça. La dernière fois que tu t'en es servie je n'ai pas apprécié, surtout que maintenant, grâce à toi, j'ai deux jolis gruyères à la place des ailes. Mais ne t'en fais pas pour moi, ce n'est pas irréversible. Maintenant, si tu veux, j'ai un marché à te proposer.

Une goutte de sueur glisse le long de mon échine et j'arrive à articuler:

— Je t'écoute.

— La petite contre toi.

Tiff veut protester mais il lui colle la main sur la bouche en appuyant un peu plus le couteau sur sa gorge. Son regard s'arrête au-dessus de mon épaule et je vois ses yeux briller de cupidité.

Je sais ce qu'il regarde. Ce sont mes ailes.

Comme je ne sais pas trop quoi répondre, il ajoute :

— Manassé ne sera que trop content de t'accueillir. Il aime les nouvelles recrues, d'autant plus si celles-ci sont des Siléas.

Je n'ose pas lui dire qu'il va être sacrément déçu, puisque je NE SUIS PAS UNE SILÉA, car je vois une goutte de sang glisser sur le cou de Tiphaine avant de disparaître sous son T-shirt. Alors j'acquiesce. Il me fait signe d'approcher et dès que je suis assez près il me vise avec le Taser et pousse Tiphaine dehors.

— Approche.

Je fronce le nez de dégoût.

— Je crois que je suis assez près.

D'un geste vif il m'attrape par les cheveux et me cogne violemment la tête contre le battant de la porte en bois. J'aurais pu éviter le coup sans problème, mais je ne voulais pas mettre Tiff en danger.

Je tombe à genoux et je sens un liquide chaud couler le long de mon nez pour arriver jusqu'à ma bouche. La douleur est si atroce que j'ai l'impression qu'il m'a fendu le crâne.

Quel psychopathe ! Encore un coup comme ça et il pourra faire de la confiture avec mon cerveau.

Je me relève en titubant et m'agrippe au chambranle de la porte pour ne pas m'écrouler de nouveau. Dimitri me saisit de nouveau par les cheveux et approche mon visage du sien.

— Ne joue pas à la plus maligne avec moi O'Brien, ma patience a ses limites.

Il me colle le Taser derrière la tête et chuchote à mon oreille.

— Ne fais pas d'histoires, ou sinon il la tue.

Il me désigne Tiphaine, qu'un Narque immense a attrapée. Nous nous sommes fait avoir toutes les deux. En sortant je remarque au moins avec soulagement que personne n'a vu la fillette allongée sur le canapé.

Le coup sur mon front m'a sonnée, tout est flou autour de moi et mes jambes flageolent. Je ne sais même pas si je vais arriver à marcher. Mais contre toute attente, quand Dimitri me pousse dans la ruelle, je ne m'affale pas sur le chemin pavé.

Il me soutient alors que nous marchons vers une zone calme, où personne ne semble se battre. Ils nous amènent vers une sortie du village où ils ne risquent pas de rencontrer des opposants. Je ne comprends pas vraiment ce qu'il se passe, j'ai la tête qui me tourne, je crois que je ne vais pas tenir longtemps. Sur ma droite et sur ma gauche je vois les chalets défiler mais je m'en moque. Je veux juste fermer les yeux...

Un chat traverse la rue et je sursaute.

Non! Je dois rester éveillée, je n'ai pas le droit d'abandonner Tiphaine que j'entends déraper derrière moi.

Je m'appuie plus fermement sur mes jambes pour faire comprendre à Dimitri qu'il peut me lâcher.

Je n'apprécie pas énormément la sensation de ses mains autour de ma taille.

J'ai du sang dans les yeux, dans la bouche. Alors déjà que je ne vois pas clair, maintenant tout est rouge. Nous quittons la petite ruelle et débouchons sur la rue principale du village. Dimitri se met à marcher plus vite et paraît plus nerveux. Les combats se concentrent principalement de l'autre côté du village, on peut entendre le fer et les cris, mais ici nous sommes plus exposés.

Je secoue la tête, désabusée.

— Comment peux-tu faire des choses pareilles à tes semblables? Tu n'es pas digne de détenir de tels pouvoirs.

Il ricane.

— C'est toi qui oses me parler de ce qui est digne ou pas? Je pense que tu es plutôt mal placée pour ça, ma chère.

Je fronce les sourcils.

De quoi est-ce qu'il parle, ce taré?

Je vais lui poser la question lorsque je crois apercevoir la forêt à une vingtaine de mètres, mais allez savoir. Ici, il y a des arbres partout.

Pourtant, au fur et à mesure que nous avançons, je vois plus précisément ce vers quoi nous nous dirigeons. C'est bien la forêt.

Un mouvement attire mon attention.

Comme je ne vois pas clair, je plisse les yeux et, au prix d'un effort de concentration supérieur à d'habitude, j'enclenche la Facette du Serpent. Et ce que je vois ne me plaît pas du tout. Mais alors *pas du tout*.

Des silhouettes se cachent derrière presque tous les arbres.

Je tente de freiner mais Dimitri me pousse sans ménagement vers l'ombre des sapins. Je ne sais pas quoi faire, je suis à cours d'idées. Alors je me laisse emporter jusqu'aux Narques en opposant une résistance minime.

Mais lorsque je les vois débouler vers nous et commencer à ligoter Tiphaine, je panique. Le très grand Narque qui avait porté ma petite sœur s'approche de moi, un rouleau de Scotch et des menottes dans chaque main.

Je perds le contrôle. Je me mets à crier, à me débattre, mais il n'y a rien à faire, Dimitri me tient trop fort, plante ses doigts dans la peau de mes bras.

Le Narque se précipite sur moi pour m'empêcher de rameuter tout le village. Alors je crie le premier prénom qui me passe par l'esprit:

— Gabriel! Gabriel!

Je ne crie plus son nom, je le hurle. Je me débats comme un diable et les Narques ont du mal à me maîtriser.

Je continue de l'appeler, en m'arrêtant seulement pour reprendre mon souffle brièvement.

Dimitri me tourne rageusement vers lui et me gifle. Sauf que ses mains ont la souplesse d'un parpaing et que j'ai l'impression de me manger un mur.

Je m'écroule par terre, sonnée pour de bon. Je ne pourrai pas me relever cette fois. De toute manière je n'ai plus les idées très claires, je ne sais pas vraiment ce qui se passe, où je suis, voire qui je suis. Je sais juste que j'ai froid, là, ma tête et mon corps à moitié enfouis dans la neige.

Je regarde le ciel mais je n'arrive pas à le discerner, il y a trop de sapins, trop de sapins.

Le paysage se colore en noir et je finis par ne plus rien voir, alors je ferme les paupières. Je pense à ma mère, si belle et si courageuse, je me demande comment elle réagirait si elle me voyait, là, étendue dans la neige sans opposer aucune résistance. Est-ce qu'elle serait fière de moi quand même ?

Je sens une larme glisser sur ma joue et tomber dans la neige, silencieusement. Ça me fait penser à la dernière fois, dans la forêt, lorsque les gouttes d'eau sur la stalactite faisaient un bruit d'arbres qui s'écrasent.

Tout à coup j'ai envie de rire, mais je n'y arrive pas, tout mon corps est paralysé. Par le froid, la peur, la douleur ? Je ne sais pas.

Un Narque m'a passé les menottes alors que je pensais. Je n'ai rien fait pour l'en empêcher, je suis bien trop épuisée. De toute manière je sens que je ne vais pas rester éveillée longtemps. Déjà, la rigidité me gagne et je me sens partir.

Autour de moi c'est le bazar. Tout le monde crie, se pousse. Mais je ne sais pas du tout ce qui se passe, et je n'ai pas envie de le savoir. Des gens parlent, je ne comprends pas le sens de leurs paroles. Mais je reconnais une de ces voix. Je dois délirer.

Tout à coup je sens qu'on me soulève. La dernière chose que j'entends c'est cette voix rassurante qui me répète doucement :

— Ça va aller, ça va aller.

48

Il y a des gens qui parlent autour de moi. Et puis aussi une sorte de brouhaha, mélange de gémissements, de cris et de pleurs. Rien de bien rassurant.

J'entends une voix familière, puis une autre, celle de Camille.

J'ouvre les yeux et me rends compte avec plaisir que j'y vois parfaitement bien. Sauf que tout est double. Mais bon on ne peut pas tout avoir.

Je suis dans une sorte de salle aménagée juste pour les blessés. Il y a des lits alignés partout avec des Myrmes plus ou moins en mauvais état. Je ne sais pas ce que je fais ici. D'autres personnes doivent avoir plus besoin de ce lit que moi.

Je tourne doucement la tête et je découvre Camille, Marlène et Gabriel en grande conversation. Je m'éclaircis la voix. Tout le monde se retourne en même temps.

Camille vient s'asseoir au bord du lit, l'air inquiet.

— Hé, comment tu te sens?

Je me soulève sur les coudes et me passe une main sur le visage. Je sens quelque chose de rugueux sur mon sourcil et mon œil me fait souffrir.

— Ça peut aller. Où est Tiphaine, est-ce qu'elle va bien?

Camille regarde ses pieds et c'est Gabriel qui prend la parole. Il se tient debout, les bras croisés.

— Toujours à prendre des nouvelles des autres avant les tiennes, hein ? Saches que tu avais l'arcade ouverte et elle est fêlée. Mais ça ne devrait pas te faire souffrir.

Je le regarde, un peu énervée, mais Marlène s'approche avant que je ne puisse dire un mot.

— Espèce de... de... tu as failli te faire enlever ! Tu te rends compte de ton attitude ? J'étais morte de peur, heureusement que les garçons m'ont raisonnée parce que je serais remontée pour te ramener par la peau des fesses !

Elle me soulève par le col de mon pull et j'écarquille les yeux de surprise. Je ne pensais pas que Marlène pouvait être aussi intimidante.

— Euh excuse-moi Marlène mais je savais que ma petite sœur ne voudrait jamais descendre là-dedans... que s'est-il passé au juste ?

Quelqu'un appelle Camille et Marlène à l'autre bout de la salle. Ils y vont mais elle me menace encore de son doigt :

— Toi, tu ne bouges pas. Je n'en ai pas terminé.

Gloups.

Ils s'éloignent et je reste seule avec Gabriel. Il s'approche et s'accroupit près du lit.

— Je ne dois pas être jolie à voir non ?

Il se retourne et attrape un miroir sur une table de chevet voisine et me le met devant moi. Il sourit de toutes ses dents, j'ai l'impression qu'il est à deux doigts d'exploser de rire.

Je lui arrache le miroir des mains et me regarde. En effet je fais peur. J'ai tout l'œil droit noir et bleu et mon arcade sourcilière est couverte de points de suture.

Je m'affale sur mon coussin et soupire, exaspérée. J'en ai ras le bol de me faire taper dessus.

— Bon, est-ce que tu vas te décider à me dire ce qui s'est passé ?

Son regard est plus doux, presque affectueux. Il me réchauffe le cœur.

Qu'est-ce que je peux être pathétique parfois.

— Tamina et moi étions en train de défendre Soraya quand je l'ai soudain vue regarder vers le côté opposé où les combats avaient lieu.

Il se gratte la tête en tentant tant bien que mal de réprimer un sourire.

— Elle m'a dit que quelqu'un hurlait mon nom à pleins poumons.

Je gémis et colle mon coussin sur mon visage, aussi douloureux que cela puisse être. Il continue en souriant un peu plus :

— Bien sûr, je n'avais rien entendu mais Tamina est une Auditive. Alors on a accouru vers les cris et on a tous les deux discerné des silhouettes derrière les arbres.

Il se tait une minute et je le regarde par-dessus l'oreiller.

— J'ai vu cet enfoiré de Dimitri de donner une gifle.

Il se raidit et je vois un muscle de sa mâchoire se contracter.

— On s'est cachés mais ça n'était pas utile, ils étaient trop occupés à essayer de vous contenir. Bref Tamina est arrivée et a pris Dimitri en otage. Avec un couteau sous la gorge, il faisait beaucoup moins le malin. Les autres ont été forcés de te libérer. Je t'ai portée jusqu'ici et on t'a recousue.

Je me masse la paupière gauche, puisque la droite me fait trop souffrir. J'avoue avoir du mal à m'y retrouver.

— Mais qui est-ce au juste, cette Tamina ?

Il me désigne d'un signe de tête une jeune femme qui s'affaire auprès des malades. Je la reconnais immédiatement. C'est l'Hispanique.

Je me lève et m'assois sur le lit, en face de lui.

— Oh oui, je vois, ta copine.

Il me regarde avec des yeux de merlan frit avant d'éclater de rire.

Je sens le rouge me monter aux joues et je le pousse sans ménagement. Comme il rit toujours, je me retourne vers lui :

— Pourquoi ont-ils tué ? Je croyais que les Narques ne tuaient pas leurs semblables !

— On ne sait pas. C'est la deuxième fois dans notre histoire que ça arrive.

Je soupire, puis me lève prudemment.

— Où est Tiphaine ? Je dois aller la voir.

Étrangement, son sourire s'efface.

Il se lève et s'approche de moi en se passant une main dans les cheveux. Il a l'air plus vieux d'un coup. Et plus fatigué.

— Écoute Cass, ta sœur n'a pas pu être secourue. Ils l'ont emmenée.

Chaque mot me fait l'effet d'une douche froide. Et pourtant je ne les saisis pas.

— Quoi ? Mais ce n'est pas possible. Je... je veux dire, vous étiez là, vous aviez la situation en main !

— Nous t'avons récupérée, mais Tamina n'a pas pu maîtriser Dimitri longtemps. Il est entraîné, il s'est libéré très vite, trop vite. Il lui a donné un coup de coude dans les côtes et ils ont failli te récupérer. J'ai juste eu le temps de venir te chercher. Mais ensuite... ils se sont enfuis avec la petite. Cass, je suis désolée.

Je m'approche et je le pousse rageusement.

— Non. Non ! Tu aurais pu la sauver ! Tu aurais pu la choisir elle ! Ce n'est qu'une petite fille !

Son visage se durcit alors qu'il m'attrape les poignets et me répond d'une voix sourde de colère :

— Qu'est-ce que tu crois ? Que je t'ai choisie pour tes beaux yeux ? Tu penses que j'allais hésiter une seconde entre une Siléa et une vulgaire fillette ? Si tu arrêtais de penser une seconde à ta petite personne tu te rendrais compte qu'on a besoin de gens comme toi ici. Et au lieu de te mettre à l'abri, toi tu fonces tête baissée dans la gueule du loup ! Tu cherches à créer des problèmes, c'est ça ?

Cette tirade de reproches me laisse sans voix. Il me regarde, les yeux remplis de colère.

Je sens des larmes couler le long de mes joues. Des larmes de désespoir. Tiphaine est partie. Et finalement, peut-être que je pensais qu'il m'avait choisie pour mes beaux yeux. Mais je ne suis qu'un instrument. Rien de plus, rien de moins.

Je dégage mes poignets d'un geste brusque et le contourne sans un mot.

Je sors et me dirige vers la forêt.

★★★

Je trébuche à chaque pas. La neige et les larmes qui m'obstruent la vue ne m'aident pas. Je sanglote tant que tout mon corps en est secoué. Mais personne n'est là pour le voir. Ils sont tous avec leurs proches, à l'hôpital, ou chez eux. Moi je suis seule. Ma mère n'est plus là, Tiphaine non plus. Je suis seule au monde et ça fait mal de le réaliser.

Quand je sors du village, je vois l'endroit où ils l'ont amenée et je tombe à genoux, la tête entre les mains. Je suis seule et je ne peux rien y faire. C'est de ma faute, tout est de ma faute. Que lui font-ils ? Est-elle encore en vie ? Toutes ces questions me torturent. Je me sens emportée dans un tourbillon infernal.

— Cassiopée ?

— Laissez-moi tranquille bon sang !

J'entends un reniflement et je me retourne. Il y a un homme derrière moi. D'abord, je n'arrive pas à me souvenir de lui. Puis ça me revient. Le test, le Myrme que j'ai fait dégringoler de l'arbre. C'est lui. C'est Henry.

Je m'essuie rapidement les joues et me relève doucement. Mais je vois que ce n'est pas utile de lui cacher ma faiblesse. Il est tout aussi malheureux que moi, si j'en crois ses yeux rougis par les larmes et sa voix brisée.

— On m'a dit qu'on t'avait vue, sortant de chez moi avec une petite fille blonde dans les bras.

J'ai peur de comprendre. Mais je hoche la tête, imperceptiblement.

345

— Lorsque je suis rentré, pour voir si ma famille était bien à l'abri, j'ai trouvé ma femme allongée dans le salon. Elle était morte. À côté, il y avait une Narque assommée. La responsable de la mort de mon épouse. Ma fille avait disparu. J'ai de suite pensé que les Narques l'avaient emportée. Mais un ami me l'a ramenée saine et sauve, quelques minutes plus tard. Elle était juste endormie. Il m'a dit qu'elle était couchée sur son canapé, de sorte qu'elle ne pouvait être vue de la porte d'entrée. J'ai voulu savoir ce qui s'était passé et on m'a raconté ce que je t'ai dit plus tôt.

Il inspire profondément, mais sa voix est pleine de sanglots. Des larmes se remettent à couler sur ses joues.

— Un Myrme qui regardait par là a vu une jeune Apprentie sortir de chez moi avec Tina dans les bras. Il l'a reconnue à ses ailes vertes.

Il a l'air tellement malheureux que je m'en veux de m'apitoyer sur mon sort. J'ai perdu ma petite sœur, mais il y a de grandes chances qu'elle soit toujours en vie. Et je pourrai la retrouver. Sa femme, elle, ne reviendra pas. Jamais. J'essaie de parler d'une voix convaincante et douce. Mais elle sonne faux à mes oreilles.

— Tu ne me dois rien, Henry. J'ai fait ce que tout le monde aurait fait à ma place.

Il vient s'asseoir à côté de moi et nous fixons tous deux la forêt. D'ici je peux apercevoir les traces de lutte dans la neige. Je ne sais pas si c'est son cas.

— Je te dois la vie, puisque tu as sauvé celle de ma fille. À partir de maintenant je veille sur toi, tu peux y compter.

Je soupire douloureusement en secouant la tête.

— Je crains que mon cas soit désespéré. Personne, pas même le meilleur des Myrmes sur cette Terre, ne sera en mesure de m'aider.

Il pose une main sur mon dos puis se lève.

— Eh bien c'est ce qu'on verra. Je vais enterrer ma femme. Et mettre la Narque dans un endroit sûr. Nous avons un autre prisonnier, tu le savais ? On l'a trouvé dans la rue. Il avait les ailes brûlées.

Je prends un air innocent et hausse les épaules.

— On va le placer avec la Narque. Avec un peu de chance on apprendra la raison de cette violence soudaine.

Il s'éloigne en silence, me laissant à nouveau seule.

49

Gabriel avait raison : les traces de pas s'arrêtent net quelques mètres après l'endroit où je me suis effondrée, à moitié inconsciente. Ils sont partis en volant. Je me demande comment ils font pour voler autant sans être vidés de leur énergie. D'autant plus qu'ils portaient d'autres personnes.

Henry m'a redonné courage, sans même s'en rendre compte. Je ne vais pas baisser les bras ainsi, je vais la retrouver. Je pensais essayer de suivre leurs traces, mais sans marque au sol, je ne peux y arriver. Il va falloir que je trouve autre chose.

Je bâille et c'est alors que je réalise à quel point je suis fatiguée. En même temps, je me suis levée aux aurores pour aller en classe, j'ai appris que Gabriel était de retour, on a subi une attaque surprise venant de nos ennemis, j'ai été copieusement battue et ma petite sœur a été enlevée.

Je pense que j'ai de quoi être fatiguée.

Je fais demi-tour en jetant un dernier regard à la forêt.

Le village est plutôt silencieux. Je ne vois personne dans les rues, grandes ou petites. Les Myrmes doivent profiter de leur famille, s'il leur en reste.

J'atteins la maison de Camille et entre après m'être essuyé les pieds sur le tapis de l'entrée.

Je jauge la situation en un coup d'œil. Camille et Marlène parlent à table, une tasse de thé à la main pour elle, une de café pour lui.

Je perçois des mouvements dans la chambre, à travers la serrure, et je devine que c'est Max qui s'amuse. Je suis soulagée de le savoir chez lui. Au moins lui n'a pas été enlevé.

Marlène se tourne vers moi, un sourire sur les lèvres.

Je l'observe. Son visage est détendu, ses traits ne sont pas crispés. Mais ses yeux expriment de la tristesse. Je me détends un peu. Je ne pense pas qu'elle me fasse la morale ce soir.

— Cassiopée, viens, je t'ai préparé de quoi dîner.

Je secoue la tête.

— Non merci Marlène, c'est très gentil mais je n'ai pas faim. Et je suis épuisée. Je crois que ce dont j'ai le plus besoin c'est d'aller me coucher.

Elle se rassoit doucement, un peu déçue. Camille me regarde comme s'il tentait de lire dans mes pensées.

Je me dirige vers la chambre puis je fais demi-tour et vais m'asseoir à côté de lui.

— Bon, tu as raison Marlène, je pense que je dois manger un peu.

Elle sourit et se lève pour aller me servir un bol de soupe.

Je regarde Camille :

— Tu ne manges pas ?

Il hausse les épaules en regardant son café.

— J'ai déjà mangé.

Il est étrangement froid. Marlène m'apporte ma soupe et je bois en silence. Je me sens un peu mal à l'aise face à la distance de Camille. Ça m'enlève le peu d'appétit qu'il me reste.

Après m'être excusée, je me lève, débarrasse mon bol et vais dans ma chambre. Je mets mon pyjama et m'affale dans mon lit, totalement vidée de mon énergie. J'essaie de ne pas penser à Tiphaine, ou à Camille.

En tournant la tête vers ma porte, je vois le manteau de Gabriel que Marlène a suspendu là pour le sécher. Bizarrement, penser à lui est encore plus douloureux que de penser à Tiphaine. Mais finalement, je ne mets pas plus d'une minute à m'endormir.

***

Je suis dans une forêt semblable à celle qui entoure le village. Il fait nuit et même avec ma vue, je n'y vois presque pas. Je marche au hasard, sans but, dans ces bois interminables. Je devrais peut-être avoir peur, mais je ne ressens que de la lassitude.

Tout à coup, une plainte se fait entendre et quelqu'un hurle mon nom. Je me tourne vers l'appel et me mets à courir. C'est Tiphaine, elle souffre, je l'entends à sa voix. Des branches me giflent le visage, mais je ne ralentis pas.

Le hurlement se répète mais derrière moi cette fois. Je fais demi-tour et cours vers cette direction. Elle crie toujours quand un nouveau hurlement résonne sur ma gauche, puis sur ma droite. Je me tourne en tous sens, déboussolée. Les cris sont de plus en plus déchirants, de plus en plus fréquents. Ils se font plus forts. Je ne peux pas les écouter.

Je me bouche les oreilles mais ils sont tellement puissants que les vibrations me clouent au sol. Je suis submergée par les appels incessants de ma petite sœur qui me demande de l'aider, et je suis impuissante. Je me mets à pleurer, alors que les cris augmentent encore en intensité, m'obligeant à les entendre.

Je me réveille en sursaut, les joues baignées de larmes. Le rêve était tellement réel que je n'arrive pas à m'arrêter de sangloter. Au contraire, mes pleurs redoublent.

Je m'assois sur le lit, les bras autour de mes jambes, la tête appuyée contre le mur.

Il faut que je me calme, parce que si Camille se réveille il va m'entendre, c'est sûr.

Je m'efforce de respirer profondément mais cela ne fait qu'augmenter mon désespoir et accentuer mes hoquets.

J'entends la porte qui s'ouvre doucement. Quelqu'un traverse la pièce et se glisse dans les draps.

Camille passe un bras autour de mes épaules et m'attire contre lui. Je me laisse faire sans m'arrêter de pleurer.

Il me caresse doucement les cheveux en m'assurant que tout va s'arranger, qu'on va la retrouver. Je ne pleure pas que de tristesse. Je me sens aussi soulagée de le sentir à côté de moi, pour m'aider à supporter ça. La solitude... je n'en peux plus de la solitude.

Je sanglote, mon corps faisant des soubresauts à chaque mot :

— J'ai peur, Camille. Ce... Dimitri, il... est tellement violent et... imprévisible, je crains qu'il... ne s'en prenne à elle... pour calmer sa colère. Il... m'a frappée à... plusieurs reprises hier, je... ne veux pas qu'il la touche...

Je sanglote de plus belle.

Il se couche en m'attirant avec lui. Je me serre contre son torse.

Il pose ses lèvres sur mon front et me passe doucement la main dans les cheveux. Je respire l'odeur de son cou. C'est vrai que celle de Gabriel est la meilleure au monde, mais la sienne n'est pas désagréable non plus. Je me sens bien, je me sens en sécurité.

Au bout de deux minutes je finis par me calmer. Deux minutes encore et je dors à poings fermés.

50

Ce sont les cris des oiseaux qui me font ouvrir les yeux. Je grogne. Ils ne sont pas censés être tous *morts* de froid ? Je cligne des yeux plusieurs fois et tourne doucement la tête vers la droite. Je suis couchée sur le bras de Camille. Celui-ci a les yeux fermés, il dort encore. Tout d'abord je suis surprise de le voir là. Puis je me rappelle du cauchemar d'hier. Mes yeux glissent plus bas et je regarde sa poitrine se soulever régulièrement, au rythme de ses inspirations. Il est très beau et, logiquement, je devrais me sentir gênée, allongée contre lui. Mais je ne ressens qu'une profonde affection, et un sentiment de sécurité. Son contact ne me fait pas le même effet que celui de Gabriel, je n'ai pas cette drôle de douleur dans le ventre quand il me touche, ou je ne me sens pas comme si j'étais sur le point d'imploser quand il se trouve près de moi. Mais auprès de Camille, je me sens bien.

Quoi qu'il en soit, je dois arrêter de penser à Gabriel. Il ne m'aime pas, il est mauvais, n'a aucune délicatesse, aucune compassion. Une relation amoureuse avec Camille m'apporterait bien moins de problèmes.

Je me soulève doucement et l'enjambe avec une lenteur infinie, de peur de le réveiller. Mais il se contente de soupirer dans son sommeil.

J'attrape mes vêtements : un jean et mon pull qui laisse dépasser mes ailes, et le manteau de Gabriel. Je sors juste la tête de la chambre mais personne n'est dans le salon. Je hausse les sourcils. Il doit être drôlement tôt pour que Marlène ne soit pas encore levée. Je m'avance vers la cuisine et jette un coup d'œil à l'horloge : cinq heures trente.

Je me passe une main sur le visage. Même les coqs ronflent encore à cette heure-là. Mais je dois faire ça avant que le courage me manque.

Je me dirige vers la salle de bains et m'habille en silence. Puis, je sors, le manteau à la main.

Dehors l'air est vivifiant. Il fait encore nuit noire. Normal. Nous sommes en hiver et il est quand même cinq heures trente *du matin*.

Je commande à mon cerveau de passer en Facette Serpent. Cela m'est de plus en plus simple. C'est comme se concentrer pour comprendre quelque chose que l'on n'avait pas saisi la première fois.

Je remonte le col de mon pull, résistant à l'envie d'enfiler le manteau de Gabriel. Le ciel est étoilé. J'aime les constellations. Je vois la Grande Ourse, il est trop tard pour apercevoir sa petite sœur. Et je vois aussi Cassiopée.

Je souris en pensant que mon prénom est inscrit dans le ciel. Je me rappelle ce que ma mère me disait quand elle voulait que je m'endorme plus vite, après m'avoir raconté l'histoire des Myrmes :

— *Cassiopée était une reine majestueuse. C'était la mère d'Andromède. À sa mort, Zeus l'a honorée en lui donnant sa place parmi les étoiles. Un jour que je la regardais, j'ai brièvement discerné ses traits. Elle était extraordinairement belle. Et quand tu as vu le jour, lorsque je t'ai regardée pour la première fois, j'ai cru que les étoiles avaient quitté le ciel pour venir sculpter ton visage. Tu devais t'appeler comme cette reine.*

Et moi bien sûr ça me faisait rêver.

Quand j'étais en sixième, j'ai décidé de me renseigner sur l'histoire de Cassiopée, juste par curiosité. Eh bien laissez-moi vous dire que ma mère avait drôlement enjolivé l'histoire.

Cassiopée n'était pas une reine majestueuse mais une vieille bique menteuse et prétentieuse qui avait mis Poséidon en colère parce qu'elle avait dit que sa fille était plus belle que les Néréides du dieu des océans. Elle avait promis sa fille Andromède à Persée s'il réussissait à la sauver. Une fois que Persée a fini de trucider le monstre marin que Poséidon avait envoyé pour se venger de Cassiopée, elle a repris sa parole.

Tu parles d'un exemple.

Zeus avait dû fumer deux ou trois joints avant de décider de créer une constellation à son nom. Ou alors elle l'avait tellement soûlé qu'il a préféré lui promettre un supertruc pour qu'elle lui foute la paix.

Aujourd'hui j'en rêve encore, mais pas de la même façon. Je m'émerveille juste de l'amour unique qu'une mère a pour son enfant.

Ces souvenirs m'arrachent un soupir triste alors que je slalome entre les maisons. Il y a trois semaines j'aurais été terrifiée de me déplacer seule alors qu'il fait encore nuit, dans ce labyrinthe de chalets. Aujourd'hui ce silence me fait du bien. Après le chaos de la veille, c'est un soulagement de sentir la paix nous envahir. Et puis il y a trois semaines je n'y voyais pas comme en plein jour, vingt-quatre heures sur vingt-quatre.

J'aperçois la maison que je cherche. Elle est silencieuse. Je me concentre un peu plus et discerne deux gros points rouges, chacun à l'extrémité du chalet, en position allongée.

Je croise les bras. Deux ?

Tamina, bien sûr.

Mais s'ils sont ensemble pourquoi ne dorment-ils pas dans la même chambre ? J'ai soudainement envie de jeter le manteau par terre, de le piétiner, d'essuyer mes semelles dessus et de repartir. Mais ça ne serait pas bien vu, je pense.

Alors je prends une grande goulée d'air et marche résolument vers le chalet. En arrivant à proximité je ralentis et marche sur la pointe des pieds. L'Hispanique est une Auditive et je n'ai pas envie qu'elle me surprenne à rôder autour de la maison de bon matin.

Je m'arrête devant la porte et tends l'oreille. Mais la maison est toujours silencieuse et les corps allongés.

Je cherche un endroit où poser le manteau et finis par accrocher le col à un clou sur le battant droit de la porte. Le vent se lève et vient souffler dans mon dos.

Je recule et repars d'où je suis venue. Au bout d'une dizaine de pas, j'entends du bruit dans la maison. J'hésite entre me barrer en courant comme une folle et plonger dans la neige pour me planquer. Mais finalement, résignée, je ne fais que continuer à marcher, raide comme un balai.

La porte s'ouvre et je me sens obligée de regarder qui c'est.

Je sens une vague paradoxale de soulagement et d'appréhension m'envahir. Une silhouette gigantesque se tient en ombre chinoise devant la porte. Il n'y a que lui pour me faire ressentir ce genre de sentiments.

Je m'arrête, les pieds plantés solidement dans la neige, les mains dans les poches. S'il croit que je vais m'avancer…

Il attrape quelque chose et sort. Il se chausse grossièrement de ses baskets. Il a dû enfiler rapidement un jogging mais a apparemment oublié le pull. Il est en débardeur.

Il referme doucement la porte et s'approche. Ses ailes immenses, couleur de nuit étoilée, se déploient derrière son dos. J'ai du mal à les distinguer car elles se confondent avec les constellations du ciel.

Je hausse les sourcils et croise les bras.

— T'as pas l'impression d'avoir oublié quelque chose ?

Il se frotte les yeux. Il a les cheveux ébouriffés, couverts d'épis et ça lui donne un air plus jeune, plus doux.

— Désolé, je n'ai pas l'habitude de recevoir de la visite à six heures moins le quart du mat' et encore t'as de la chance que je ne sois pas sorti plus dénudé... nom de... Cassiopée qu'est-ce que tu fais ici ?

Je lui réponds d'une voix blanche, d'où ne perce aucune émotion.

— Rien, je te rapportais ton manteau, c'est tout.

J'étouffe un bâillement. J'aurais peut-être dû rester au lit avec Camille, finalement.

— Comment as-tu su que j'étais là ? Tu as aussi l'ouïe comme Sens Phare, c'est ça ?

Il croise les bras et je ne peux m'empêcher d'admirer les muscles qui courent sous sa peau mate. Il n'y a pas un seul frisson sur ses bras dénudés. Moi, si je sortais comme ça, je gèlerais en dix secondes chrono...

— Non, j'ai reconnu ton odeur, me dit-il de sa voix de basse.

Il fronce les sourcils, visiblement en colère. Son intonation change. Je sens qu'il se maîtrise mais il bouillonne de l'intérieur, comme un volcan s'apprêtant à entrer en éruption.

— Et celle de Camille. Vous avez dormi ensemble, c'est ça ?

Il fait une grimace de dégoût, en secouant la tête.

— C'était agréable ?

Je sens la colère me serrer la gorge. Et autre chose aussi... de la culpabilité. J'arrive pourtant à lui cracher ma façon de penser au visage.

— Ouais ça l'était, si tu veux savoir. Je me suis réveillée en sanglots cette nuit après avoir rêvé que Tiphaine souffrait et que je ne pouvais pas l'aider, que j'étais impuissante. *Lui* est venu me calmer, en me disant que tout allait s'arranger. *Lui* ne m'a pas dit que je n'étais qu'un objet parmi tant d'autres, jugée seulement à partir de mes compétences. *Lui* s'est comporté en ami, en frère. Je crois que je ne peux pas en dire autant de tout le monde. Alors je crois que je peux dire que c'était agréable, très agréable. Je recommencerai sûrement cette nuit, qui sait ?

Je lui désigne le manteau accroché au battant et lui dis d'une voix glacée :

— Marlène l'a lavé et repassé. Alors tu n'auras ni mon odeur ni celle de Camille dessus, ne t'inquiète pas.

Je lui fais un signe de tête et je lui tourne le dos.

Je fais un pas mais pas deux. Il m'attrape par le poignet. Je me retourne brusquement, le poing serré, prêt à l'abattre sur lui. Mais je m'abstiens. Ses yeux ne sont plus colériques. Ils sont désolés. Et tristes.

Il détache chaque syllabe comme si chacune d'elles le faisait souffrir.

— Je suis désolé Cassiopée, pour Tiff. Désolé…

Je le regarde froidement.

— Ça y est, tu te sens mieux ?

Je veux me retourner mais il me retient encore.

— Non. Je ne me sens pas mieux. Je voudrais revenir en arrière mais je ne le peux pas. Mais si c'était possible et que je ne puisse choisir que l'une d'entre vous, je te choisirais toi. Sans hésiter.

Je tire violemment sur mon poignet sans réussir à me libérer. Sa main le retient fermement, comme un étau, sans pour autant me faire mal. Mais son contact m'électrise.

— Ouais je sais. Je suis pleine de promesses. Quelle valeur peut bien avoir une petite fille ayant toute la vie devant elle face à moi, hein ? Et puis techniquement parlant, je suis beaucoup plus intéressante, niveau capacités. Alors qu'elle, dis-je en écartant mon bras libre d'un geste fataliste, elle est totalement inutile.

J'arrête de tirer sur mon bras, voyant que c'est infructueux et attends sa réponse.

Il lâche ma main et se passe une main dans les cheveux en regardant le ciel. Puis ses yeux se posent de nouveau sur moi.

— Cassiopée, il faut que tu saches quelque chose sur moi. Je ne suis pas quelqu'un qui exprime ses sentiments avec facilité. À vrai dire, je n'y arrive pas. Alors écoute-moi bien attentivement parce que ce n'est pas mon genre de dire ça.

Il s'approche jusqu'à ce qu'il n'y ait plus que quelques centimètres pour nous séparer.

Oh, oh! Je suis tout ouïe.

La colère est toujours présente, mais la curiosité l'emporte.

Je l'écoute, les bras autour de la poitrine pour me protéger du froid. Ou me donner une contenance, je ne sais pas.

— Tu crois que je n'hésiterais pas une seconde à te choisir toi si c'était à refaire, parce que tu es spéciale? Je t'en prie Cassiopée. Tu ne t'es pas rendu compte que j'adore Tiphaine? Tu crois que je ne suis pas aussi malheureux que toi? Je suis désolé de t'avoir dit toutes ces choses affreuses à l'hôpital. Je ne les pensais pas. J'avais juste... honte.

Il inspire profondément.

— Hier j'ai agi sur un coup de tête. Je me suis laissé guider par les émotions. Et par une impulsion plus qu'égoïste.

Je déglutis difficilement.

— Je t'en prie, éclaire-moi.

Il inspire une nouvelle fois et j'ai l'impression qu'il vide tout l'espace de son oxygène. Mais c'est sûrement parce qu'il se trouve à moins de vingt centimètres de moi et que j'oublie de respirer une fois sur deux.

Il lâche la suite à toute vitesse, comme s'il avait peur de regretter ses paroles en cours de route :

— Je me sens bien en ta présence, mieux qu'avec n'importe qui. Et je n'ai pas envie que ça cesse.

Je secoue la tête. Je veux lui répondre exactement ce que je ressens alors je choisis mes mots :

— Je voudrais pouvoir te cerner Gabriel, mais je n'y arrive pas. Je n'arrive pas à deviner tes réactions, à déceler les traits de ta personnalité. Tu me fais devenir dingue, je ne sais pas ce que je dois faire, ni comment je dois réagir en ta présence. Je n'arrive pas à savoir ce que tu penses réellement de moi et ça me fatigue. Non, ça *m'épuise*.

Ses yeux noirs brillent dans l'aube naissante.

Il pose doucement sa main sur ma joue. Elle recouvre complètement la moitié droite de mon visage et mon cœur fait un tel bond que j'ai l'impression qu'il va exploser ma poitrine.

— Je me rends compte que j'ai été un sale enfoiré avec toi. Je crois que je ne savais pas comment réagir en ta présence. Et je réalise vraiment que j'ai été un abruti complet. Mais maintenant, je suis sûr de ce que je veux. Et si ce n'est toujours pas clair, tu peux toujours me demander.

Mes joues sont en feu. Mon corps entier est en train de brûler.

Je demande, du bout des lèvres :

— Qu'est-ce que tu veux ?

Il me regarde, et je me surprends à réduire encore plus l'espace qui nous sépare.

Il m'imite et se penche pour murmurer :

— Toi.

Nos lèvres ne sont plus qu'à quelques centimètres les unes des autres quand la porte s'ouvre brusquement.

— Gabi ?

Je fais un bond en arrière. Je penche la tête pour regarder vers la porte et serre les dents.

Je crois que je l'aurais tuée. Non sans rire, sans la puissante maîtrise de soi que je me suis obligée à conserver, Tamina serait morte à l'heure qu'il est.

Il se retourne brièvement vers la porte d'entrée et me regarde de nouveau. Tamina l'a aussi fait sursauter alors, à mon grand regret, il ne me touche plus. Mais il remédie rapidement à la situation. Il passe son bras droit autour de ma taille et me ramène doucement vers lui.

Je me raidis. Je ne sais absolument, mais alors *absolument* pas comment je suis censée réagir.

J'ai du mal à avaler, à respirer ou à faire quoi que ce soit d'autres quand je le sens si près de moi. Est-ce que je dois moi aussi passer un bras autour de lui ? Oh bon sang, je suis totalement perdue.

Mais ça ne semble pas le perturber. Pas le moins du monde en fait. Il fait le travail pour deux.

Il se penche et dépose un baiser sur mes lèvres, tellement tendre et doux que je me mets à trembler de la tête aux pieds. Le contact de ses lèvres sur les miennes me retourne douloureusement l'estomac.

Je tressaille alors qu'il glisse une main derrière ma nuque. Mon corps passe en autopilote. Il se sépare totalement de ma pensée.

Ma pensée me dit : « Oh mon Dieu, oh mon Dieu, oh mon Dieu, qu'est-ce que je dois faire ? »

Mon corps lève les yeux au ciel et répond : « Nom de Zeus, heureusement qu'on est là. Allez les gars, on intervient. »

Mes lèvres s'entrouvrent et ma main droite vient se poser sur sa poitrine tandis que la gauche glisse dans ses cheveux.

Il sourit contre mes lèvres et répond à l'invitation sans se faire prier. La pression de ses lèvres, jusque-là très légère, se fait plus forte, plus passionnée.

Toutes mes sages résolutions s'effondrent comme un château de cartes. J'avais prévu de me rapprocher de Camille mais, manifestement, ce n'est pas lui qui m'attire. M'a-t-il seulement attirée une seule fois depuis que je le connais ? Ou ne suis-je pas plutôt raide dingue de Gabriel depuis le début ?

— Avec qui tu parles ?

Bon sang elle n'a pas autre chose à faire, cette enquiquineuse ?

Je soupire et marmonne contre ses lèvres :

— Je crois que ta mère s'impatiente.

Il rit, sans s'écarter.

— Elle ne doit pas être contente de t'entendre parler d'elle ainsi.

Je hausse les épaules.

Qu'est-ce que j'en ai à faire de ce qu'elle pense ?

Je suis de nouveau en colère. Contre Tamina. Contre lui. Pourquoi vit-il avec cette femme ? Est-ce qu'il s'en fait plusieurs à la fois ?

Cette pensée me révulse.

Je voudrais me libérer mais il me tient solidement.

— Tu devrais rentrer, vous avez certainement des choses à faire tous les deux.

Ses yeux deviennent flous, ils regardent dans le vide. Il réfléchit, semble troublé par une chose qui m'échappe.

Une bourrasque se lève et il en profite pour se pencher à mon oreille et me dire d'une voix à peine audible :

— Il faut que je te parle de choses importantes. Ce soir ce ne sera pas possible, je pense que tu seras trop fatiguée pour faire quoi que ce soit. Mais demain soir c'est bon. On n'a qu'à se retrouver aux Sources Chaudes.

Son sourire s'étire jusqu'aux oreilles, malicieux.

— Ça te permettra de prendre un p'tit bain !

Je le pousse en protestant :

— Hé !

Je veux lui donner un coup dans les côtes mais il fait un petit bond en arrière, un sourire taquin sur les lèvres. Je croise les bras.

— OK pour l'endroit où tu aimes jouer les pervers.

Il sourit et lève le bras pour écarter une mèche de cheveux qui me vient sur le visage. Il fait glisser ses doigts de mon front à mon menton en s'attardant sur mes lèvres. Ses doigts laissent une traînée brûlante sur ma peau.

— Gabriel s'il te plaît rentre, tu as vu comment tu es habillé ?

Je fronce les sourcils :

— C'est pas vrai, c'est vraiment ta mère ou quoi ?

Il hausse les épaules et, durant une fraction de seconde, je vois une détresse infinie luire dans ses yeux. J'ai à peine le temps de cligner des yeux que c'est déjà passé. Je me demande même si je ne l'ai pas rêvé.

— Non mais il faut bien que quelqu'un joue son rôle.
Il se retourne.
— Gab, attends !
Il me regarde et j'hésite à poser ma question :
— Tu... tu ne m'as jamais dit quel âge tu avais.
Il me fixe quelques secondes avant de répondre avec sérieux.
— J'ai vingt-cinq ans.
Je sens un énorme poids disparaître de ma poitrine. Merci mon Dieu, il n'a pas deux siècles au compteur. Mais en même temps, j'ai peur qu'il pense que sept ans soient une différence d'âge trop importante.

Avant qu'il ne s'en aille, je l'interpelle une dernière fois, mon ton un peu pressant.
— Hé, Gab, je connais que ton prénom, c'est quoi ton nom de famille ?
Il croise les bras, puis se rapproche de moi en souriant d'un air amusé.
— C'est quoi toutes ces questions, tout à coup ?
Il s'arrête à dix centimètres de ma bouche et son souffle chaud caresse mes lèvres.
J'essaie de hausser les épaules avec désinvolture. J'essaie. Mais avec son visage aussi près, c'est un *tout* petit peu compliqué.
— Quoi, t'es un genre d'agent secret et tu ne peux pas divulguer ton nom, sous peine de représailles, ou un truc comme ça ?
Il prend un air sérieux :
— Un truc comme ça.
Je tente de refréner mon impatience quand il me sourit soudain de toutes ses dents.
— Mais non, je te fais marcher ! Je m'appelle Paricio. Gabriel Paricio.
Ouah, ça fait très... Olé.
Il doit lire dans mes pensées, parce qu'il se met à rire.
— Mon père était espagnol.

Il me sourit en se mordillant la lèvre et coince une mèche de cheveux derrière mon oreille.

— Bonne fin de nuit, Cass.

Il fait demi-tour et rentre dans le chalet. Tamina claque furieusement la porte derrière lui.

51

Tout le long du trajet je sens mon cœur cogner contre ma poitrine et je n'arrive pas à maîtriser le tremblement de mes mains.

Je n'ai jamais fréquenté de garçons, encore moins d'hommes. Je ne sais même pas comment on embrasse. Enfin, ça n'a pas l'air d'être un gros problème, vu la façon dont mon corps se met à fonctionner tout seul. Et surtout vu comment Gabriel *Paricio* prend les choses en main. Il a l'air d'avoir de l'expérience, le saligaud. Rien que cette pensée me fait frémir de jalousie.

Quel nom sexy ! Ça fait drôlement exotique. Mon esprit extatique de jeune fille enamourée ne peut s'empêcher d'additionner 2+2. Cassiopée Paricio. Hum, oui ça sonne plutôt bien.

Crétine.

Pour une fois je suis franchement d'accord. Parfois j'ai envie de me claquer.

Mais, est-ce qu'un baiser c'est officiellement de l'amour ? Et surtout, est-ce qu'il ne compte pas juste s'amuser avec moi ? Si c'est le cas, et que je l'apprends, il n'aura plus jamais l'occasion de s'amuser du tout.

L'aube commence à s'installer. Les étoiles s'éteignent une à une, laissant la place à la lumière rose du matin. De la buée sort de ma bouche quand j'expire et je suis gelée. J'étais tellement pressée de le ramener ce foutu manteau, que j'en aie oublié de prendre le mien. Les volets des maisons s'ouvrent au fur et à mesure que j'avance, je vois les lumières à l'intérieur, et leurs habitants. C'est gênant d'entrer dans l'intimité des gens sans pouvoir faire autrement, alors je marche en regardant mes pieds.

En levant un peu la tête j'aperçois la ruelle où je dois tourner pour rentrer. Je m'y engage et inspire profondément avant de pousser la porte du troisième chalet sur ma droite.

Comme je m'y attendais, Camille et Marlène sont levés. Max dort toujours. Camille est en débardeur et jogging. C'est drôle, comme Gabriel. Sauf que lui il a dormi comme ça. Normal, il n'allait pas s'installer dans mon lit en caleçon.

Il me regarde, un peu suspicieux, alors que sa mère m'intime l'ordre de venir m'asseoir.

Je sens que ça va être ma fête. Je pose mes fesses sur une chaise et explore obstinément du regard une petite fissure dans le bois de la table.

Du coin de l'œil, je vois Marlène poser les poings sur la table, en face de moi.

— Écoute-moi Cassiopée. Je ne suis pas ta mère, d'accord, je ne suis pas de ta famille, d'accord. Mais je me suis engagée à te loger, à veiller et à m'occuper de toi. Et je me suis beaucoup attachée à toi. Alors quand je me lève, que je vois mon fils sortir de *ta* chambre en me disant que tu n'es plus là, je manque de faire une syncope. Je ne veux plus que tu t'en ailles sans prévenir, aux aurores ou à toute heure de la journée. Non, écoute-moi jusqu'à la fin. Je ne t'empêche absolument pas d'aller et venir, non. Mais je veux savoir à peu près où tu es. C'est la règle de cette maison, est-ce que je me suis bien fait comprendre?

J'acquiesce, rouge comme une écrevisse. Camille a envie de rire. Je ne sais pas si c'est à cause de ma nouvelle couleur de peau ou de l'allusion de sa mère comme quoi nous avons passé la nuit ensemble.

Elle se tourne vers lui et le menace de son doigt.

— Oh, mais ne ris pas trop toi, j'ai des choses à te dire et je ne vais pas me gêner.

Il ouvre de grands yeux paniqués alors que son sourire s'efface instantanément.

Sa mine déconfite est tellement drôle que je sens un fou rire hystérique monter dans ma gorge. Je fais mine d'avoir fait tomber quelque chose par terre et je me penche pour le ramasser en riant un bon coup.

— Et si la hyène en dessous voulait bien se taire, elle saurait que je l'entends très bien.

Je m'arrête net. Je n'avais jamais demandé à Marlène quel était son Sens Phare. Maintenant je le sais.

Je pose ma tête entre mes bras, sur la table.

— Je ne sais pas ce que vous avez fait tous les deux cette nuit...

Camille proteste, sans vraiment y croire.

— Maman, on n'a rien fait.

— Ne m'interromps pas, s'il te plaît.

Elle inspire un grand coup et reprend sa tirade :

— Je ne sais pas ce que vous avez fait mais je ne peux pas tolérer cette attitude chez moi. Alors c'était la première et dernière fois, compris ?

Camille soupire et hoche la tête. Marlène se tourne vers moi et attend. J'imite Camille, en soupirant encore plus fort.

Marlène sourit.

— Bien. Cassiopée mange, tu as bien grossi mais ce n'est pas encore ça, et à mon avis aujourd'hui tu vas encore plus te dépenser. S'il te plaît Camille, va me chercher les bouteilles de lait dehors.

Il se lève et passe à côté de moi en m'ébouriffant gentiment les cheveux.

— Allez petit veau, mange, il faut t'engraisser.

Je ris et avale tout ce qui est à la portée de mes mains.

Je ne sais pas ce qu'ils ont tous à penser que je vais être crevée ce soir, mais je préfère leur faire confiance.

Camille fait la vaisselle. Il s'arrête soudain dans son geste et semble écouter. Puis il reprend son travail et sans même me regarder il m'informe :

— Tes amis arrivent, ils sont à une centaine de mètres. Mieux vaut que vous alliez ensemble en cours aujourd'hui.

J'ouvre des yeux grands comme des soucoupes.

— Tu les entends *déjà* ?

Il hausse les épaules.

— Ce n'est pas compliqué, ils sont aussi bruyants qu'un troupeau de buffles.

Pourvu que nous n'ayons pas été aussi bruyants ce matin...

Une ou deux minutes plus tard, on frappe à la porte. Je vais ouvrir et je vois Tom, Michael, Ethan et Arthur qui débattent sur je ne sais quel sujet.

— Mais non, t'as rien compris au film !

— Ah ouais, et comment il fallait le comprendre selon toi ?

— Ben il préfère faire semblant qu'il est dingue, pour qu'on le lobotomise. Parce qu'il ne peut plus supporter la vérité. Il n'a pas totalement pété un plomb ! C'est sa femme qu'a buté les gosses, lui il a juste tué sa femme.

Je vais vers Tom.

— De quoi ils parlent ?

Il fait un geste vague avec la main. Il ne prend pas part à la discussion.

— De je ne sais quel film à succès. Je ne peux pas vraiment les aider à comprendre parce que c'est rare que je regarde un film.

Je souris et me tourne vers l'intérieur.

— Marlène, je vais en cours !

J'entends qu'elle approuve et je sors.

Le chemin jusqu'à la salle de classe me paraît interminable. Les garçons discutent de choses et d'autres en évitant soigneusement le sujet de l'attaque de la veille. Ils doivent savoir pour Tiff.

367

La classe se trouve à l'extrémité sud du village, elle est un peu plus petite. C'est normal, ils n'ont pas l'habitude de voir beaucoup d'élèves au deuxième niveau.

Michael s'avance pour ouvrir la porte mais Arthur l'arrête d'un geste et frappe avant. Je lève les yeux au ciel. Avec sa désinvolture il va finir par lui arriver des bricoles à celui-là.

Une voix féminine nous intime l'ordre d'entrer. Je n'y prête pas vraiment attention avant de l'associer au visage auquel elle appartient. Mon cœur fait un raté.

C'est l'Hispanique, c'est Tamina.

I. Am. So. Dead.

Au moment où elle m'aperçoit, je la vois retrousser les lèvres en un sourire carnassier. Un frisson glacé me parcourt l'échine.

Ouh là ! Je sens que ça va être ma fête.

Mais qu'est-ce que tu as bien pu faire ??? Si la réincarnation existe, tu as dû faire des choses atroces dans ta vie antérieure pour mériter tout ça.

Elle désigne les chaises devant son bureau d'un signe de la main, toujours ce sourire mauvais sur le visage.

Je m'assois sans faire le moindre bruit. Pas la peine de se faire plus remarquer. Je remarque avec agacement que les mecs par contre sont ravis d'avoir Tamina comme nouveau prof. Tu m'étonnes John.

Mais où est passé Stephan ?

Morgane et ses deux nouvelles copines pénètrent à leur tour dans la salle et s'assoient à l'écart de notre groupe. On ne mélange pas les torchons et les serviettes.

Je garde soigneusement les yeux fixés sur mes baskets alors que Tamina commence à parler.

— Bonjour tout le monde. Je suis votre professeure de vol.

Je sens un immense soulagement mêlé à une énorme appréhension m'envahir. Le soulagement parce que si elle est juste notre prof de vol, nous ne la verrons que rarement.

De l'appréhension parce qu'avec mon vertige elle va s'en donner à cœur joie.

— Comme je ne suis pas du genre à tourner autour du pot...

Elle pose un regard appuyé sur moi, tellement perçant que même les yeux baissés je le sens me brûler le front.

— Je vais immédiatement vous faire connaître mes exigences.

Elle marche lentement autour de son bureau, se frottant les mains comme si elle savourait déjà l'humiliation cuisante que, j'en suis sûre, elle va me faire connaître.

— Nous allons aller près d'une falaise, dans cinq minutes. Je veux qu'à la fin de la séance chacun d'entre vous puisse voler au-dessus du vide pendant au moins trois secondes.

Je sens mon cœur chuter dans mes chaussettes. Je dois me concentrer sur ce qu'elle dit sinon je vais vomir.

Michael s'appuie sur le dossier de la chaise d'un air décontracté et lève la main.

Elle le regarde avec tendresse et ça le rend encore plus sûr de lui. Et moi je me sens de plus en plus mal.

— M'dame...

— Appelle-moi Tamina.

Michael est aux anges et je dois me retenir pour ne pas le claquer.

— Hum Tamina, de quelle hauteur la falaise surplombe-t-elle le sol ?

Elle fait une moue indécise avec sa bouche.

— Oh... à peine trente mètres je pense.

J'ai un hoquet d'effroi. Mais au moins je ne suis pas la seule à avoir peur. Tom s'étouffe avec sa propre salive et Arthur et Ethan deviennent livides. Les deux copines de Morgane, Eliza et Mélanie je crois, glapissent de terreur. Seule Morgane reste stoïque, même si elle n'arrête pas de déglutir.

Michael est le seul qui semble aussi à l'aise qu'un foutu poisson dans l'eau.

Ethan prend la parole, d'une voix mal assurée :

— Vous… vous plaisantez, on ne va pas se suspendre comme ça, dès le début, dans le vide à plus de trente mètres du sol !

Elle le regarde et je me sens très mal pour Ethan. Mais lui ne baisse pas les yeux.

— Tu déformes mes paroles. D'une part tu ne vas pas te «suspendre» mais voler et d'autre part je ne vais pas vous pousser dans le vide sans vous montrer comment ça marche…

Elle se touche les ailes avec sa main droite, puis me jette un coup d'œil.

— … bien que parfois la tentation soit bien grande.

Elle claque dans ses mains et nous sursautons tous.

— Bon fini de parlementer, sortez et suivez-moi je vous prie.

Sans attendre, elle sort à grandes enjambées et attrape un arc et un carquois attachés au battant de la porte. On se regarde un instant, indécis et on finit par se lever en se précipitant pour la suivre.

Elle marche sans se retourner et on court pour la rattraper. Durant le trajet, personne ne parle. Les trois garçons et moi parce qu'on est trop occupés à se faire violence pour ne pas fuir dans la direction opposée, et Michael parce qu'il bave devant Tamina. Morgane redouble d'efforts pour ne pas se salir, et Eliza et Mélanie semblent lutter pour garder leur petit déjeuner, si j'en crois leur face de cachet d'aspirine.

On marche pendant dix bonnes minutes au pas de course. Alors que nous sommes encore sous le couvert des bois, je distingue une trouée à une cinquantaine de mètres de là. Les autres ne l'ont pas encore vue. Je crois que mon acuité visuelle s'améliore de jour en jour. Mais je n'y prête pas attention, non. Car devant moi, la trouée est toute bleue, comme le ciel. Il n'y a rien autour.

Je sens mon cœur qui s'emballe. Cette folle dingue veut vraiment nous faire sauter…

Et si elle tentait de m'assassiner ? Non, pas devant témoins, quand même ? Si ?

Je crois que je vais vomir.

Au bout d'une vingtaine de mètres, Tamina repère l'endroit et accélère le pas. Alors que nous débouchons sur la « clairière », je sens tout le sang refluer de mon visage. Nous sommes sur un surplomb rocheux qui s'étend à ma droite et à ma gauche sur une cinquantaine de mètres. Devant moi, à environ sept mètres, les rochers s'arrêtent pour laisser place à du vide. Seulement du vide.

Alors que je me tiens en retrait sous les arbres, je peux distinguer l'immense forêt qui s'étend en dessous, avec en arrière-plan des sommets enneigés. Je me dis avec ironie qu'au moins la vue est jolie. Mais dans quelle contrée paumée m'ont-ils amenée ?

— Bien, mes chers élèves, il en va de votre santé que vous m'écoutiez attentivement.

J'ai les oreilles qui bourdonnent. Je vais faire de mon mieux mais ce n'est pas gagné…

— Les muscles qui font fonctionner vos ailes ne répondent pas comme le font vos bras, vos jambes ou tout autre membre de votre corps. Ceux-ci sont capricieux, un peu individualistes. Ils réagissent non à un ordre du cerveau mais à des impulsions, des envies, une sorte d'instinct animal. Ainsi il est totalement inutile de se forcer à les bouger. Par contre, il y a de grandes chances qu'une nuit, alors que vous rêvez que vous volez, vous vous réveilliez en suspension au-dessus de votre lit.

Elle nous lance un sourire moqueur. Je suis sûre que si elle n'avait pas embrassé Gabriel je les aimerais bien, elle et son humour noir.

Mais non. Non, non, ça ne passe pas du tout, là.

— Le secret c'est de penser à quelque chose qui vous rend léger.

Elle ferme les yeux et semble penser à quelque chose.

371

Je serre les poings et les dents. Tout mon corps se contracte et je dois me retenir de ne pas profiter de sa cécité temporaire pour la pousser dans le vide.

Cette sale garce est en train de penser à Gab, j'en suis sûre.

Je vois ses ailes frémir, puis un coup puissant la fait décoller du sol alors qu'un sourire s'épanouit sur son visage. Je vire au cramoisi.

La... la...

Les mots ne sont pas assez forts, il faudrait que j'en invente d'autres.

Les battements de ses ailes se font plus rapides, mes cheveux sont rabattus en arrière alors que le vent qu'elles produisent s'abat sur nous. Je suis obligée de plisser les yeux car la poussière vole en tous sens. Elle fait des allers-retours gracieux entre la falaise et nous. Je panique presque pour elle. Presque.

Elle finit par écarter les bras et ses ailes prennent une cadence moins rapide. Elle avance ses pieds en avant et se pose sur le sol. J'ai l'impression d'avoir assisté à l'atterrissage d'une colombe. Elle lève les yeux et nous regarde comme si nous étions des êtres inférieurs, genre un aigle royal toisant un troupeau de dindons.

— Bien entendu, le phénomène est quasi immédiat pour un Myrme entraîné, mais j'ai préféré vous faire une lente démonstration pour que vous compreniez mieux.

Pour prouver ses dires elle s'élève à nouveau, sans prévenir. Ses ailes se sont mises à battre d'un coup.

Et vas-y que je me passe de la pommade !

Qu'est-ce qu'elle essaie de prouver au juste ? Qu'elle est meilleure que nous ? Formidable, maintenant que c'est fait on peut toujours lui remettre une médaille.

Elle retombe souplement sur ses pieds. Avec ses ailes, ses cheveux noirs comme l'ébène et son corps élancé et musclé, elle me fait penser à une Walkyrie. C'est le seul compliment que je me sens capable de lui faire. Ses ailes ne sont pas parfaitement argentées, elles sont légèrement plus grises. Une joie mesquine m'envahit quand je pense que j'ai quelque chose qu'elle n'aura jamais. Je sais, lamentable.

Avant que je puisse finir de m'interroger de qui d'elle ou moi aurait le dessus si on se battait, elle nous fait signe de nous approcher.

Je déglutis et tente de calmer les protestations de mon estomac.

Tu peux le faire, tu n'es pas différente des autres, tu en es capable!

Je souffle un grand coup et je rejoins les autres qui sont déjà au bord de la falaise.

— Très bien, nous allons commencer par la pensée classique «j'ai envie de voler». Certains ont plus de facilité que d'autres en vol et ce stimulus fonctionne parfaitement.

Elle me jette un regard et hausse un sourcil.

— Pour les autres on verra plus tard.

Pour la première fois, je croise les bras et ose la défier du regard. Hors de question qu'elle continue à me rabaisser devant les autres. J'ai un minimum d'amour-propre.

Comme personne ne réagit, elle fixe le groupe avec des gros yeux et crie:

— Oh! Qu'est-ce qu'il vous faut? Vous attendez que je vienne vous tenir la main ou quoi? Ça, mes chéris, ça ne risque pas d'arriver alors BOUGEZ!

Le dernier mot, elle l'a crié si fort qu'il se répercute une bonne dizaine de fois dans la vallée en contrebas. Dans le groupe c'est la panique, tout le monde essaie de trouver un endroit assez éloigné du bord, mais en même temps pas trop loin de Tamina. Celle-ci se frotte les yeux de lassitude.

Je me place le plus loin possible du bord et ferme les yeux. Il faut que je me concentre. Que je pense à voler.

Voler. Voler. Voler. Voler…

Non, cette pensée ne va pas m'aider, au contraire, elle me laisse les pieds cloués au sol. Pour moi, voler c'est le vide, l'attraction terrestre et de la compote humaine.

J'essaie de changer mon mode de pensée et je réfléchis à la beauté des paysages que je pourrais voir, aux nuages que je pourrais toucher si je volais. Mais rien à faire. Les muscles sont particulièrement paresseux chez moi.

Je commence à paniquer alors que j'entends des bourdonnements à ma gauche et à ma droite. Les garçons et les trois filles ont déjà les ailes qui vibrent, plus ou moins. Tom est celui qui arrive à les faire battre en premier. Le vent en résultant ne fait que me distraire un peu plus. Mon cœur s'affole à la pensée que je suis la seule à avoir les ailes immobiles.

Tamina me fixe, le visage impassible. Pour une fois je ne distingue pas de moquerie dans son regard, juste de l'attente.

Je ferme les yeux et me concentre à nouveau.

Cassiopée, te rends-tu compte que si tu parviens à voler, tu arriveras à retrouver Tiff plus facilement ?

À cette pensée, je sens un frisson d'excitation remonter le long de ma colonne vertébrale et se propager dans mes ailes. Elles se mettent à vibrer doucement, mais sans s'arrêter.

Je manque de défaillir de soulagement et d'excitation. Un coup puissant me fait décoller du sol, mais je retombe presque aussitôt.

J'ouvre rapidement les yeux et regarde les autres, Tom est aussi retombé, mais ses bonds se font plus nombreux, plus réguliers. Bientôt il ne tombera plus. Mais j'ai encore une chance de le devancer.

Aux grands maux les grands moyens ! Et au diable les conventions !

Je croise les bras, ferme de nouveau les yeux et me concentre sur le stimulus qui me paraît le plus efficace.

Je le vois arriver, un demi-sourire aux lèvres, il s'approche de moi et me prend les mains. Ses yeux océan me détaillent avec douceur, alors qu'ils paraissent si sombres. Un étrange mélange. Il passe une main autour de ma taille et m'attire vers lui.

Je sens sa respiration, je peux détailler chacun de ses muscles. Il est tellement plus grand, c'est un géant. Il se baisse vers moi et pose ses lèvres sur les miennes.

J'ouvre les yeux en grand. Je me trouve à au moins cinq mètres du sol. Les autres me regardent avec la bouche ouverte jusqu'aux orteils et Tamina m'a l'air plutôt satisfaite, même si elle semble quand même déçue.

Les ailes qui battent puissamment dans mon dos produisent un tel vent qu'ils ont du mal à se tenir debout en bas. Mes cheveux volent en tous sens et je me sens poussée irrésistiblement vers la falaise.

Je sens la peur m'envahir, comme un feu de brousse, me dévorant les entrailles, se propageant à toute vitesse dans mon organisme. Mes ailes ratent un battement. Non ! Je ne veux pas que l'on sache que j'ai le vertige. Je ferme les yeux, serre les dents et inspire à fond en laissant mon excitation baisser lentement. Mes ailes battent moins vite et je descends par à-coups. Lorsque j'ouvre les yeux je ne suis plus qu'à un mètre du sol.

Je cesse de contrôler ma peur et me laisse tomber par terre. Ce n'est pas aussi gracieux que l'atterrissage calculé de Tamina, mais je fais avec les moyens du bord.

Si je n'ai pas réussi alors c'est que Tamina me hait vraiment.

Ils me regardent bouche bée. Même Michael semble m'admirer.

Je halète. Je ne pensais pas que c'était aussi épuisant.

D'un coup, je me sens vraiment ridicule de ma pensée. Et puis je hausse les épaules. Aucune importance, ce n'est pas comme si la télépathie faisait partie des compétences de Tamina. J'ai le droit de penser à ce que je veux, tant que ça ne regarde que moi. De plus, ça vient de faire ses preuves...

Tamina garde les lèvres pincées alors que mes amis me demandent tous en même temps comment j'ai fait. Elle semble réfléchir, peser le pour et le contre. Elle finit par claquer dans ses mains pour obtenir le silence. Tout le monde se tourne vers elle.

— Je suis heureuse de vous dire que vous avez tous réussi l'épreuve pratique. Maintenant, je ne pense pas qu'il vous faille voler au-dessus du vide...

Un soulagement indéfinissable me submerge.

— ...mais je dois encore vérifier une dernière chose.

Elle se tourne vers la falaise et nous fait signe d'avancer et de regarder dans le vide. Je laisse faire les autres, très peu pour moi.

— Je veux que vous me rapportiez chacun une brindille du nid d'aigle que vous pouvez apercevoir. Chacun votre tour. En volant, escaladant, enfin, ce que vous voulez tant que vous le faites.

La nausée me submerge. Je recule de plusieurs pas, comme assommée.

— Qui y va en premier ?

Personne ne réagit.

— Ah oui j'allais oublier, vous avez intérêt à ne pas trop tarder parce que pour le moment les parents ne sont pas là. S'il y en a un qui arrive, je vous garantis que ça va être votre fête. Alors, qui se décide ?

Je tourne lentement la tête vers elle et écarquille les yeux. Cette fille est dingue, ou alors elle plaisante... mais non, elle est tout à fait sérieuse, elle nous prend vraiment pour des alpinistes.

Je vois Arthur souffler et s'avancer vers le précipice. Il se tourne et passe prudemment une jambe par-dessus bord, tout en s'agrippant à la paroi de toutes ses forces. Les jointures de ses doigts blanchissent. Je vois ses bras trembler et j'ai peur qu'il ne lâche.

Je lance un regard paniqué à Tamina. Elle est en train d'admirer ses ongles, pas vraiment intéressée à ce que nous faisons. Du moins c'est ce qu'elle veut nous faire croire. Sa mâchoire est crispée, tous ses muscles sont tendus sous ses habits et ses doigts blanchissent autour de son arc.

Elle a la tête légèrement tournée vers la falaise ; elle tend l'oreille. Elle doit suivre le moindre de ses mouvements.

Je plisse les yeux pour passer en Facette du Serpent. Je ne vois plus que la chaleur de son corps. Et à l'endroit où c'est le plus chaud, au niveau du cœur, les pulsations sont affolées.

Elle est aussi tendue que nous.

Je repasse en vision diurne tout en secouant la tête. Qui est-ce qu'elle croit tromper ? Mais bon quelque part, c'est rassurant, je pense qu'elle ne nous laissera pas tomber sans rien faire.

Je ne distingue plus la tête d'Arthur. Mes jambes, mes bras, tout mon corps est secoué de tremblements.

Je m'approche du rebord où tous les autres sont regroupés. Très prudemment, je me penche et regarde dans le vide. Arthur est à quatre mètres sous nos pieds, le nid est deux mètres plus bas. Je sens mon estomac remonter jusqu'à mes lèvres.

Je recule précipitamment, la main sur la bouche, hoquetant convulsivement. Si je me penche encore, je vomis pour de bon, il n'y a plus aucun doute.

Et je ne pense pas qu'Arthur ait besoin d'une douche personnalisée.

Je sens le regard de Tamina sur moi, mais je ne le lui retourne pas.

Je plaque mes mains sur mes hanches en inspirant et expirant profondément, la tête renversée en arrière. Dos au bord, face à la forêt, je me sens bien mieux. Mais je sais que ça ne va pas durer. Bientôt ça sera mon tour. Que va-t-il se passer ? Je ne peux pas regarder dans le vide, alors comment pourrais-je descendre en rappel, sans être assurée ?

Mon cœur bat vite, trop vite. Ma respiration est tout aussi rapide. Et pour ne rien arranger, mes tremblements redoublent d'intensité. Si je ne m'assois pas je vais m'écrouler.

Alors, mine de rien, je m'assois en tailleur sur la terre rocailleuse, le plus loin possible du bord de la falaise.

J'observe, anxieuse, l'endroit où tout le groupe est rassemblé. Je ne vois pas Arthur, mais au moins tous les autres l'encouragent. Même Morgane lui lance un «Allez, Poil de Carotte, fais un effort, quoi!», ce qui est sa façon à elle de soutenir, je suppose.

Une main surgit du vide, une brindille coincée à l'intérieur. Je me détends avant de me rendre compte qu'il y est arrivé, et que quelqu'un d'autre va le remplacer. Bientôt ça sera mon tour.

Tom, Ethan et Michael le tirent pour l'aider à remonter.

Après quelques bonnes claques dans le dos, Arthur s'approche de Tamina et jette la brindille à ses pieds, sans un regard pour elle.

Il vient s'asseoir à côté de moi. Pendant ce temps, Tom l'a remplacé. Je ne vois plus que le haut de son corps.

Arthur tourne la tête vers moi et me sourit. Il s'arrête immédiatement. Je tourne la tête vers lui et je me rends compte que ma vue est trouble. Je touche mes paupières. Elles sont trempées. Je ne me suis même pas rendu compte que je pleurais.

Amazing, voilà que maintenant je me ridiculise *à mon insu*. Totalement fantastique.

Je m'essuie les yeux, gênée.

— Cass, ça... ça va? Tu es blanche comme un cachet d'aspirine.

Je lui suis reconnaissante de ne pas mentionner mes larmes.

J'essaie de lui sourire, mais je crois que le résultat doit bien plus me donner l'air d'être constipée.

— Oui, oui je pense que ça va, un simple vertige.

S'il savait combien c'est vrai. Je contracte tous mes muscles pour les empêcher de trembler. Arthur tourne la tête vers le rebord, évitant soigneusement de me regarder. Puis, n'y tenant plus, il pose une main sur mon épaule, la presse gentiment et se lève pour aller encourager Tom.

52

Morgane est en train de remonter. J'ai envie de rire quand je vois sa tête cramoisie, ses joues gonflées d'air. Mais je m'arrête net. Elle au moins est descendue. C'était la dernière. Maintenant c'est mon tour. Je veux me lever, mais je suis paralysée. Impossible de faire bouger un seul de mes orteils.

— Tous ceux qui sont déjà descendus vous repartez au village, vous avez réussi l'épreuve avec brio, félicitations.

Les garçons, tous regroupés autour de moi, leurs mains sur mes épaules, se regardent, hésitants.

— Allez-y, je vous raconterai.

Ma voix est faible, presque inaudible.

— Tu es sûre?

— Oui Ethan, merci, c'est gentil.

Il hoche la tête et se lève. Les autres l'imitent et je les entends pénétrer dans la forêt. Leurs pas font un bruit doux et feutré dans la neige. Ça me détend.

Morgane, essoufflée, laisse tomber sa brindille aux pieds de Tamina et s'en va, ses deux copines la suivant en blablatant. Je me demande si elle a enfin renoncé à me pourrir la vie, ou si elle attend juste le bon moment.

Une fois tout le monde hors de vue, je dis d'une voix faible :

— Merci.

Elle hausse les épaules.

— La pression du groupe n'allait pas t'aider, je ne suis pas sadique.

Ah bon?

Je fais une nouvelle tentative et cette fois j'arrive à me mettre sur mes deux jambes. Elles sont chancelantes mais elles me portent.

Je m'avance vers le bord. À chaque pas, je sens mon estomac tourner un peu plus, comme si on l'essorait. La nausée qui s'était estompée au cours de la dernière demi-heure réapparaît de plus belle. Les vertiges aussi. Lorsque j'arrive près du précipice, je ne suis plus qu'un bloc de gélatine secoué de tremblements. Tout le sang a reflué de mon cerveau, comme s'il ne voulait pas voir ce qu'il allait se passer. Si j'avais pu faire pareil, je n'aurais pas hésité.

Je n'ose pas jeter un seul regard dans le vide.

Tamina s'approche de moi et me parle gentiment pour la première fois.

— Il ne faut pas que tu sois obsédée par le vide. Ce qui doit retenir toute ton attention, c'est la paroi rocheuse. Cet endroit est pétri de prises accessibles et faciles. Tu n'auras aucun mal à descendre et remonter. Ne prends pas de brindilles, si cela t'est impossible, mais descends au moins au niveau du nid.

— Et... et pour l'aigle?

Elle tapote doucement son carquois.

— Je suis une des meilleures au tir à l'arc, il n'aura pas le temps de t'atteindre.

Je hoche la tête, pas rassurée pour autant. Aigle ou pas aigle, je suis sûre que si je me laisse pendre dans le vide, je vais tomber et m'écraser, trente mètres plus bas.

Et je ne suis pas forcément emballée à l'idée de finir empalée sur un sapin comme une saucisse sur un cure-dent.

Je reste plantée là, les bras ballants, incapable de faire un geste.

Tamina s'impatiente.

— Allez, Cassiopée, maintenant tu dois y aller. Je ne vais pas t'attendre tout l'après-midi.

J'ai envie de lui faire remarquer qu'il n'est que onze heures, mais à quoi bon me la mettre un peu plus à dos ?

Je m'approche pour de bon en déglutissant et me penche pour regarder dans le vide.

Mon corps se paralyse, mes muscles se tétanisent et un brouillard vient voiler mes yeux.

Le vide est immense, il est entier. La hauteur est tellement importante que j'ai l'impression de me tenir sur le toit du monde. Mais le pire, c'est cette impression que le vide m'aspire, la certitude absolue que je suis en train de glisser, glisser, glisser…

Un vertige titanesque me fait chanceler.

L'angoisse et la terreur reprennent le dessus. Je n'arrive pas à esquisser un mouvement. Je n'arrive même plus à inhaler.

Mes membres sont secoués de violents tremblements, pourtant je n'arrive pas à reprendre le contrôle de ma motricité.

Tamina dit quelque chose, mais ses paroles sont étouffées, comme si j'avais le conduit auditif bourré de coton.

Mon regard est fixé sur le sol, trente mètres en contrebas, comme lorsqu'on n'arrive pas à détacher son regard d'une scène morbide.

J'ai l'impression d'être prisonnière de mon propre corps.

Puis, tout à coup, mes jambes se dérobent, mes muscles se relâchent complètement, mes yeux se révulsent et je bascule en avant, mon corps aussi mou qu'une poupée de chiffon.

La dernière chose à laquelle je pense avant de perdre définitivement connaissance est que mon corps ne tombe pas du bon côté. Il bascule dans le vide.

★★★

Des petites tapes sur mes joues me sortent de l'état brumeux dans lequel je me trouve.

J'ouvre les yeux et papillonne des paupières pour chasser le voile opaque de mes yeux.

Une fois que j'ai recouvré la vue et mes esprits, je remarque une Tamina morte de trouille penchée au-dessus de moi.

— Cass? Comment tu te sens? Tu as des vertiges, tu te sens faible?

Pendant trente terribles secondes, je me demande ce qu'elle peut bien trafiquer au-dessus de mon corps, et qu'est-ce que ledit corps fout allongé sur du roc.

Et puis soudain je me souviens que j'ai perdu connaissance à cause de mon vertige et que je ne devrais pas être là, étendue en haut de la falaise, mais plutôt écrabouillée à ses pieds.

Je me relève en grimaçant et m'assois. Je remarque avec soulagement que je me trouve loin, très loin du bord, ce qui me permet de respirer plus facilement. Mes muscles se détendent petit à petit et je me retrouve secouée de tremblements nerveux.

Tamina est accroupie à côté de moi, l'air anxieux.

J'ai très froid, tout à coup.

Je la regarde en frissonnant.

— Qu'est-ce qu'il s'est passé? lui demandé-je d'une voix faible.

Elle lâche un soupir de soulagement.

— Tu t'es évanouie tout au bord du gouffre. Ton corps a basculé en avant mais, heureusement, j'ai réussi à te rattraper par le pull. Mazette, tu m'as fichu une de ces trouilles! J'ai déjà eu des élèves sujets au vertige, mais jamais l'un d'entre eux n'a frôlé la chute libre à cause de ça.

Le fait que j'ai failli tomber, et finir les os du corps broyés comme dans un mixeur, a l'air de l'avoir radoucie considérablement. J'y penserai la prochaine fois.

Je tente de me remettre sur mes jambes, mais elles sont aussi fermes que du coton et je me rassois en soupirant.

Tamina sursaute et se met à fouiller frénétiquement ses poches :

— Oh, attends, j'ai un morceau de sucre sur moi. (Elle me le tend.) Mange-le, ça va te redonner de l'énergie.

Je le saisis tout en me demandant intérieurement quel genre de personne garde des morceaux de sucre sur elle, en cas de situation de ce genre. Le genre fille prévenante, je suppose. Le genre fille prévenante-et-parfaite.

Je hais cette nana.

Elle m'aide à me lever et me prend le pouls avec deux doigts sur mon poignet, puis une fois qu'elle est sûre que je ne suis pas en train de faire un arrêt cardiaque, elle entreprend de vérifier chaque membre de mon corps, au cas où je me serais luxé un muscle en tombant dans les vapes.

Ce genre de choses arrive tous les jours, non ?

— Bon, tu as l'air d'aller mieux. Ce qui est sûr c'est qu'on ne va pas s'y prendre de cette façon pour t'apprendre le vol.

Sage décision.

Elle semble réfléchir.

— Voilà ce qu'on va faire. Je vais te donner des cours particuliers entre les leçons habituelles. Le but sera de t'habituer au vide et d'essayer de chasser le vertige.

Nooooooooooon !

Elle hésite puis ajoute :

— Je vais noter que tu as réussi l'épreuve, ce qui est vrai puisque tu as volé comme les autres, même mieux. Cette étape-là est moins importante. Maintenant, éloigne-toi du bord et rentre te reposer. Je ne veux plus que tu t'approches à moins de cinq mètres d'un précipice, c'est compris ? J'étais là cette fois-ci, mais je n'ai pas envie que tu t'évanouisses de nouveau avec personne à côté. Est-ce clair ?

Je hoche la tête, déprimée.

383

Non seulement j'ai loupé l'épreuve, mais en plus je vais devoir faire des heures sup avec Tamina. Des heures sup de vol.

Je veux mourir.

Elle me regarde quelques instants, hésitant entre me réconforter et me laisser gérer ma douleur par moi-même. Toute trace de dégoût ou de mépris a disparu de son visage. C'est déjà ça de gagné.

Elle consulte sa montre et tressaille. Elle me désigne la forêt.

— Allez, viens, on va rejoindre tes camarades. Il faut que je rentre tous les résultats sur un carnet.

Je panique tout à coup, à mille lieues de vouloir marcher avec elle pendant une dizaine de minutes. Et puis, je ne me sens pas dans mon assiette…

Je me mets à bafouiller à toute vitesse, en priant pour qu'elle choisisse de partir sans moi :

— Ah, euh, merci mais je me sens encore trop faible pour marcher, je préfère attendre quelques minutes ici.

Elle me toise, méfiante.

— Je vais attendre aussi alors, je ne veux pas que tu repartes toute seule.

J'ai envie de la secouer par les épaules en lui hurlant de me foutre la paix, mais j'ai un dernier sursaut de clair-voyance et je continue, plus calme :

— Non, tout va bien, c'est juste que j'aurais besoin d'être seule, un moment. S'il vous plaît.

Elle fronce les sourcils, encore réticente :

— Tu ne t'approches pas du bord, Cassiopée, on est bien d'accord ? Parce que sinon je jure que si je l'apprends, je te fais la peau moi-même.

Je la regarde, sarcastique :

— Je déteste le vide, Tamina. Je ne vois pas pour quelle foutue raison je me rapprocherais de cette foutue falaise.

Elle consulte sa montre encore une fois et se balance d'un pied sur l'autre, mal à l'aise :

— Bon, je rentre en volant et je t'envoie les autres pour qu'ils te rejoignent rapidement.

J'acquiesce, trop heureuse de l'avoir persuadée de me lâcher la grappe.

Elle me lance un dernier regard bourré de mises en garde, puis court vers le précipice. Elle se jette dans le vide, mais mon hoquet horrifié n'a pas le temps de franchir la frontière de mes lèvres qu'elle s'est déjà élevée de plusieurs mètres.

Je la regarde faire demi-tour et disparaître au-dessus de la cime des arbres.

C'est alors que je tombe à genoux et éclate en gros sanglots amers.

53

Quelle nulle, quelle nulle, quelle nulle!

Je ne me suis jamais sentie aussi incapable.

Après dix minutes de sanglots et de hoquets nerveux, je finis par me calmer. Tout est calme autour de moi. Plus de prof lunatique sur le dos. Plus de copains qui me regardent faire. Enfin la paix.

Mais je suis quand même malheureuse. J'ai été d'une incompétence brillante aujourd'hui.

1) Je n'ai pas réussi à descendre.

2) Je me suis carrément évanouie devant ma rivale amoureuse.

3) Je suis la seule de ma classe à avoir échoué.

4) Je dois me taper des leçons particulières avec ladite rivale, des leçons de vol, pour combattre mon vertige.

Je ne sais même pas pourquoi je ne me jette pas tout de suite dans le vide, histoire d'en finir.

Le froid me mord la peau, mes tremblements nerveux se sont mués en frissons glacés. Mais je ne veux pas revenir. J'ai trop honte.

Depuis que je suis toute petite, j'ai toujours eu l'habitude d'être la meilleure en tout. Et surtout de répondre aux défis avec une volonté de fer. Mais là, là j'ai carrément succombé à une peur morbide, une phobie stupide et mon orgueil est tellement blessé que je me demande si je vais réussir à me montrer en public à nouveau.

Soudain, un mouvement me fait lever la tête. C'est un oiseau. Un aigle. Il est encore très loin, sûrement à plus de six cents mètres, mais je perçois chaque détail de son anatomie. Mais ce que je vois surtout, ce sont ses mouvements gracieux, reposants. Il est beau, alors qu'il est ainsi suspendu sur rien.

Il s'approche et je sais pourquoi. Il vient nourrir sa progéniture. Il se sert de sa capacité à planer pour s'occuper d'elle.

Je sens l'espoir renaître en moi. Je ne peux pas faire ce que m'a dit Tamina tout de suite, j'en suis incapable. Mais j'y arriverai. Pour sauver Tiphaine. Je le ferai pour elle, je ne baisserai pas les bras.

Je me lève résolument et époussette mon pull.

En une fraction de seconde je reprends le contrôle de moi-même et mon visage retrouve son impassibilité habituelle.

— Cassiopée O'Brien tu es vraiment une grande, grande malade.

Le son de la voix me fait sursauter et je tombe sur les fesses en poussant un glapissement surpris.

Pétard, c'est pas vrai ! Je venais juste de me relever !

Quatre visages, le sourire jusqu'aux oreilles, sont tournés vers moi. Et moi assise sur les fesses, je me sens légèrement irritée, surtout après avoir glissé sur le derrière aussi facilement.

Michael me tend la main en souriant. Je la saisis et il m'aide à me lever.

— Ça vous prend souvent de terroriser inutilement de jeunes filles innocentes ?

Ethan regarde ses ongles.

— Innocente, innocente, faudra le dire rapidement.

Hein ? De quoi il parle ?

Je ne relève pas, néanmoins, et lui lance un sourire sarcastique :

— Ha ha, super drôle ! Bon, sérieusement, qu'est-ce que j'ai bien pu faire pour qu'on me qualifie de, je cite, « grande, grande malade » ?

Arthur hausse les épaules, comme si ma question était totalement hors propos.

— Ça tombe sous le sens, non ? T'as volé hyper haut et hyper longtemps tout à l'heure. J'ai à peine réussi à décoller mes pieds du sol, et ça vaut pour les autres aussi.

Michael proteste :

— Non, c'est faux ! J'ai réussi à m'élever bien plus haut que toi, tocard.

— La ferme, Michael.

Tiens, c'est vrai que j'ai réussi à faire ça, déjà. Je n'ai pas été disons, *totalement* naze sur ce coup.

Arthur passe ses doigts dans sa crinière rousse.

— La prof nous a dit de venir te voir. Elle nous a dit que tu avais passé l'épreuve avec brio.

Ma paupière se met à tressauter nerveusement et je prie intérieurement que ça ne se remarque pas, tout en la maudissant copieusement.

Michael fouille tout à coup ses poches et me montre avec fierté un petit appareil électronique. Sur le coup je ne reconnais pas son utilité.

J'écarquille les yeux :

— Tu as un appareil photo ?

Il hausse les épaules.

— Ben ouais, pourquoi pas ? Les téléphones portables ne sont pas autorisés parce qu'on pourrait nous repérer, mais les appareils photo, il n'y a pas de soucis.

Je suis toujours aussi incrédule.

— Mais avec quoi tu le charges bon sang ?

— Des piles, chérie. Tu sais ces petits tubes contenant assez d'énergie pour faire fonctionner les appareils électroniques. L'ère de la technologie ça te dit quelque chose ? Les Myrmes font souvent des expéditions à la civilisation et nous ramènent ce genre de petites merveilles.

— Et toi tu es allé piocher dans la réserve, c'est ça? Je le taquine.

Il hausse encore les épaules.

— Non. J'ai demandé à Gabriel s'ils en avaient et il m'en a donné plein. C'est lui qui les a rapportés. Il fait souvent des expéditions alors il m'a dit qu'il en aurait d'autres bientôt.

Alors qu'il mentionne Gabriel, leurs visages se tournent vers moi en même temps et ils me regardent d'un air entendu.

Je tourne la tête de tous les côtés puis me renfrogne:

— Vous voulez ma photo ou quoi?

— Oh non, plus besoin justement, j'en ai une qui me convient *parfaitement*...

Je me mets à paniquer.

— Hein? De quoi tu parles? Montre, tout de suite!

Je tente d'attraper son appareil, mais il le tient à bout de bras, en me lançant un sourire triomphal.

— Ha ha! Si tu *savais* le DOSSIER que j'ai sur toi, ma pauvre! Tu vas devoir accomplir mes quatre volontés quand tu la verras.

— Quoi, maintenant tu joues les paparazzi? Va plutôt jouer le voyeur chez Tamina, espèce de pervers!

Comme il n'en démord pas, je cesse de sauter en essayant d'attraper l'appareil et lui balance – plutôt violemment – un coup de poing dans son estomac sans protection.

Il se plie en deux en gémissant.

— Aïeuh! T'es folle? T'as dû me briser trois côtes!

— Au moins, raillé-je en attrapant le petit appareil.

Je l'allume et fais défiler les images. Quand je tombe sur *la* photo, je sens le rouge me monter aux joues, tellement puissamment que je suis surprise de ne pas m'embraser sur-le-champ.

C'est une photo de Gab et de moi, devant chez lui, en train de s'embrasser. En train de *s'embrasser*. On nous distingue plutôt bien, dans l'aube naissante.

Je vais tuer Michael.

Je m'empresse de supprimer l'objet du litige et vérifie rapidement qu'il n'y en a pas d'autres.

Michael m'arrache l'appareil des mains et gémit une nouvelle fois lorsqu'il constate que j'ai supprimé la photo.

— C'était une photo si bien réussie ! J'aurais pu gagner le Pulitzer avec !

Je le pousse, partagée entre le soulagement, la colère et l'amusement devant sa déconfiture.

— Le Pulitzer c'est le prix des journalistes, ignare.

— On s'en fiche, je l'aurais eu quand même.

Arthur me lance un regard innocent.

— C'est vrai que c'était une jolie photo. Le genre à faire le tour du Web en deux temps, trois mouvements, et à démarrer des débats passionnés.

Tom surenchérit :

— Le genre à inspirer un roman.

Ethan prend un air rêveur :

— Peut-être même un film. Et puis, ce décor enneigé, c'est tellement romantique comme ambiance. Je voyais déjà le titre de la photo, dans une galerie d'art : « L'amour naissant dans l'aube timide ».

Michael soupire dramatiquement :

— Oui, c'était une très belle photo.

Je les regarde tour à tour, mortifiée :

— Michael, à combien de personnes as-tu montré cette photo ?

Il hésite un instant :

— En comptant celles de Facebook et de Twitter ?

J'ai un hoquet horrifié, mais Arthur me tape dans le dos en riant.

— Relaxe, Max, il ne l'a montrée à personne. C'est pas notre genre, quand même. On te faisait marcher, c'est tout.

Je sens un soulagement infini m'envahir tout entière.

Je me tourne vers Michael et le menace du doigt :

— Ne m'espionne plus jamais, ou je te tue !

Il lève les bras en l'air en signe d'abdication :

— OK, OK, nul besoin de te montrer aussi désagréable.

Je secoue la tête, désabusée.

— On peut rentrer, maintenant?

Tom me pousse gentiment du coude:

— Allez, venez, on va manger. J'ai une de ces dalles!

On commence à se diriger vers la forêt.

En arrivant au village, Arthur me donne un coup de coude pour attirer mon attention:

— T'as pas voulu, descendre, hein?

Je secoue la tête, la gorge nouée.

— Et qu'est-ce qu'elle t'a dit?

Je hausse les épaules en soupirant:

— Ben, en gros que ça n'était pas grave, qu'elle allait m'aider à combattre mon vertige.

— Je savais qu'elle était intelligente cette prof.

Je regarde Michael de travers.

— Évidemment, tant qu'elle est sexy et à forte poitrine, elle est intelligente hein?

— Ha, ha. Enfin, si j'étais toi, je ne critiquerais pas trop vite les femmes à forte poitrine...

Il louche volontairement sur la mienne et j'essaie de lui donner une claque derrière la tête, un bras sur la poitrine.

Il l'évite en riant.

— Bon alors, on y va, j'ai faim moi!

Tom nous invite.

— Venez chez moi, ma mère nous préparera un truc.

— Je vous rejoins, je dois aller prévenir Marlène.

Sans attendre leur réponse, je cours vers la maison de mon Tuteur.

54

Marlène n'a pas dit non. Au contraire, je pense qu'elle était ravie que je sois invitée par mes amis. Bien qu'elle ne sache pas que les amis en question ne sont pas de sexe féminin. Je n'ai pas jugé nécessaire de le préciser. Un mensonge par omission, c'est un mensonge quand même ?

En tout cas, la mère de Tom est supersympa. Elle nous a gavés comme des oies, tant et si bien que je ne réussis pas à bouger de ma chaise.

— Cassiopée, ma jolie. Est-ce que tu t'es vue ? C'est parce que tu te sens complexée que tu es aussi mince ? Mais tu sais, les belles femmes célèbres ont *toutes* des rondeurs !

Elle rougit. Elle, c'est sûr que ses rondeurs ne passent pas inaperçues.

— Maman !

Elle ne prête pas attention à Tom.

— De nos jours, le monde de la mode fait croire à toutes les jeunes filles qu'il faut ressembler à un squelette pour être belle. Mais ce n'est pas vrai du tout ! Et puis c'est très mauvais pour la santé. Tu risques de faire des malaises régulièrement. Mais ne va pas croire que je critique, hein ? Non parce que toi… hum… tu as tout de même quelques formes.

— Maman !!

Tom semble sur le point de vomir.

Je sens que je me transforme en écrevisse.

— Mais ça n'empêche qu'il va falloir te remplumer ! Je parie que tu peux compter tes côtes sans problème, je me trompe ?

Alors que je tente de ne pas défaillir de honte, je remarque que tous les garçons ont le nez dans leur assiette. Mais eux c'est parce qu'ils se retiennent de rire.

Tom change de tactique.

— Qui veut faire un basket-ball ?

Je me lève tellement vite que ma chaise manque de se renverser.

Finalement je suis tout à fait capable de me lever. Il me fallait juste la motivation nécessaire.

Tout sauf rester ici une minute de plus. Mme Brown est très gentille mais je crois avoir subi assez d'humiliations pour la journée.

Tout le monde se lève après avoir demandé si elle avait besoin d'aide pour débarrasser. Puis nous sortons dans la rue. Comme je m'attarde un peu pour dire merci à la mère de Tom, Arthur se retourne et me dit d'un air malicieux :

— Bon, tu viens Betty Boops ?

Super. Je sens que ça va me suivre longtemps.

On se retrouve sur le terrain d'entraînement à l'escrime, qui est pavé de grandes dalles lisses, puis on se confectionne deux paniers d'égale hauteur à l'aide d'arbres et de deux cerceaux accrochés assez haut. Tom a un ballon. J'ai d'abord peur qu'il ne rebondisse pas bien sur le terrain légèrement irrégulier, mais en fait c'est plutôt réussi.

Nous formons un trois contre deux ; Arthur, Tom et Michael ensemble ; Ethan et moi dans le camp adverse.

J'ai toujours adoré le basket-ball. À l'orphelinat, nous avions un terrain derrière et nous jouions souvent, garçons contre filles. Et croyez-le ou pas, les filles gagnaient la plupart du temps.

Notre duo fonctionne à merveille. Nous sommes les rois de la passe furtive, aucun de nos trois adversaires n'arrive à nous l'arracher. Michael est très bon joueur, il parvient une fois à l'intercepter et marque un panier.

En fait c'est le talon d'Achille de notre duo. Pour gagner au basket-ball, il ne suffit pas de savoir se faire des passes ou de bien dribbler. Il faut savoir marquer. Ce n'est pas le fait de viser qui est un problème, car nous calculons très bien les trajectoires. C'est plutôt l'immense carcasse de Michael qui se fourre en plein dans notre ligne de mire qui est gênante.

Je pense que les habitudes ont la vie dure. Comme je n'ai jamais été forte au panier, je dois réussir à changer ma façon de marquer pour être plus efficace.

Au contraire, dans l'équipe adverse, ils ont de très bons tireurs. Tom et Arthur se débrouillent bien, mais Michael fait un panier dès qu'il a la balle en main. Il n'en manque pas un seul.

Alors que nous faisons une sorte de mi-temps, je lui demande, essoufflée, comment il a appris à jouer aussi bien au basket.

Il me répond avec une pointe de nostalgie dans la voix :

— Mon frère et moi on y jouait tout le temps. On était inscrits à l'équipe du lycée et on faisait partie des meilleurs joueurs.

Je ne lui pose pas d'autres questions de peur de réveiller des souvenirs trop douloureux.

Alors qu'ils mènent 9-3, je perçois un mouvement sur ma droite. Camille sort du bois, une hache à la main. Il a dû sortir couper du bois pour le feu.

Je tente l'expérience et prononce son nom d'une voix normale.

Une puis deux secondes passent et le voilà qui se tourne vers moi, cherchant mon visage des yeux.

Je souris et lui fais signe de venir. Il a vraiment l'ouïe fine.

Il accepte de venir jouer avec nous. La roue tourne. Déjà nous sommes de force égale. Et Camille est aussi doué que Michael, personne n'arrive à intercepter ses tirs.

J'observe sa façon de marquer et je tente le coup à mon tour. Je marque mon premier panier de la partie.

Bien vite notre score remonte. 9-6 ; 9-9.

— La première équipe arrivée à trente a gagné, OK ?

Michael essaie de gagner du temps.

Ha ha ! petit mauvais joueur va !

Cette pensée me fait sourire.

Comme on compte les points trois par trois, cela devrait être plutôt rapide.

Sans même nous concerter, nous créons une stratégie gagnante. Ethan et moi sommes doués pour nous faire des passes, et pour intercepter les balles. Camille, lui, ne rate pas sa cible. Alors il reste près du panier tandis que nous ramenons la balle vers lui. Une fois entre ses mains, il marque.

Le score défile à toute vitesse : 12-9 ; 18-12 ; 21-18.

Nous finissons par mener 27-24.

Camille se concentre comme si sa réputation était en jeu. Michael et les autres serrent les dents de détermination et Ethan et moi nous préparons à courir après nos adversaires.

Ils ont la balle dans leur camp. Arthur fait une passe à Tom qui dribble sur quelques mètres et refait la passe à Arthur.

Je manque de l'intercepter d'un cheveu. Arthur dribble à son tour et veut faire la passe à Micháel pour permettre à celui-ci de marquer. Mais c'est sans compter sur la rapidité d'Ethan. Au moment où le ballon s'envole, il fait un bond vertigineux pour l'attraper.

Je crois avoir vu ses ailes battre pendant une seconde.

Les commissures de mes lèvres s'étirent.

Le petit tricheur…

Il dribble sur plusieurs mètres puis s'arrête lorsque Tom le bloque.

Je le suivais en parallèle et il veut me faire la passe mais Michael me fait barrière de son corps. Il faut dire qu'il doit faire au moins vingt centimètres de plus que moi. Mais cet apparent avantage n'en est pas un. Je me glisse avec souplesse sous son bras et attrape la balle.

Je cours en dribblant, fais rebondir la balle une fois vers Camille et celui-ci marque notre ultime panier.

On a gagné! On a battu Arthur, Tom et Michael! Cela fait longtemps que je n'ai pas été aussi fière de moi.

Je tape dans la main d'Ethan alors que les autres se lamentent, puis je me retourne pour féliciter Camille.

Je me cogne contre son torse, tant il est près. Il se penche et m'embrasse doucement sur la joue.

Je vire à l'écarlate et le regarde, les yeux exorbités par la surprise.

What the hell?!

Il me sourit et je me demande depuis quand il a les yeux aussi verts. Un vert très foncé, un vert émeraude.

Avant que je n'aie pu revenir de ma surprise, il se tourne vers les autres et lance :

— Bon les jeunes c'était cool mais il faut que je rentre.

Il me regarde de nouveau et me dit comme si de rien n'était :

— À tout à l'heure Cass.

Alors qu'il s'est éloigné, j'entends un concert de sifflements moqueurs.

Je ne me retourne même pas.

Michael prend une voix mielleuse et imite celle de Camille :

— À tout à l'heure, Cass.

— La ferme.

Ils rient.

— Hey Ethan, je t'ai vu mettre ton agresseur à terre quand ils nous ont testés dans la forêt, c'était superimpressionnant. Trois coups et BIM! Il était K.-O. Tu nous fais une petite démo ?

Je remercie silencieusement l'esprit volatile de Michael de m'éviter une demi-heure de railleries.

Ethan hoche la tête.

— Ouais mais pas ici. Il y a trop de monde et le sol est trop dur, vous risqueriez de vous faire mal.

— Modeste !

On le suit jusqu'à l'orée de la forêt, là où la neige reprend le dessus.

Ethan met les trois garçons par terre, chacun leur tour. Mais le plus drôle, c'est qu'il le fait tout en douceur, alors que les autres se précipitent sur lui comme des fous.

Je suis pliée en deux, tellement je ris.

— Hé miss Boops, dit Michael alors qu'il se relève en se frottant douloureusement le dos, tu ne voudrais pas nous faire rigoler un peu à ton tour ?

J'arrête de rire et me renfrogne.

— Cours toujours.

— Suffit de demander.

Il m'attrape par la taille et me jette sur son épaule comme un sac de pommes de terre. Je proteste en donnant des coups de poing dans son dos, mais autant frapper un mur. Il me fait tomber les fesses dans la neige, juste face à Ethan qui sourit d'un air amusé.

Je me relève en boudant.

— Hum bon, qu'est-ce que je dois faire ?

— Attaque.

Je roule des yeux.

— C'est cela. Pour mieux me faire mettre par terre ? Non mer...

Avant même d'avoir fini, je me retrouve à voler dans les airs et je retombe sur le dos, le souffle coupé.

Une silhouette apparaît au-dessus de moi. Je reconnais la peau sombre d'Ethan.

— Tu aurais dû attaquer.

Les trois guignols se bidonnent alors qu'il m'aide à me remettre sur pieds.

Comment a-t-il fait son coup ? Je ne l'ai même pas vu bouger !

Cette fois je reste sur mes gardes. J'arrive à parer son premier coup, un croche-pied, mais me retrouve par terre l'instant d'après quand il me donne un petit coup de pied dans le ventre. J'étais trop concentrée sur son croche-pied, je n'ai pas vu que c'était une diversion. Il ne me fait pas mal, mais ça suffit à me déséquilibrer.

Je tombe de nouveau sur les fesses.

La moutarde me monte au nez. Ça commence à me fatiguer cette histoire.

Je passe en vision Mouche.

Je me remets debout avant qu'il n'ait eu le temps de s'approcher et balance mon poing sur son visage. Il l'évite, évidemment, mais j'ai moi aussi fait une diversion et balance l'autre dans son ventre. Il ne s'y attendait pas et met plus longtemps à réagir, mais son expérience lui fait faire un bond en arrière. Je le manque de peu.

Il m'observe, étonné. Silence du côté de l'assistance.

— Joli, c'était pas loin.

Je souris.

— Attends, on n'a pas terminé.

Il hausse un sourcil et me tourne lentement autour. Je reste face à lui, tendue comme un ressort.

Quand je crois qu'il est assez près, je fais mine de vouloir lui donner un coup de poing mais lui crochète les jambes. Malheureusement, il ne se fait pas avoir une seconde fois.

Il évite ma feinte et se rue vers moi.

Comme je ne sais pas quoi faire à part paniquer, je m'écarte au dernier moment en poussant un glapissement. Le mouvement a un effet totalement inattendu.

Ethan dérape et bute sur mon pied. Il s'étale dans la neige, face contre terre.

Je fonds sur lui sans attendre, mais il est beaucoup plus entraîné que moi. Il roule sur le dos et me soulève avec ses jambes pour me faire passer par-dessus lui. J'atterris encore une fois dans la neige dans un plouf. Cette chute n'a pas été aussi douce que les précédentes. Je dois attendre une seconde avant de pouvoir me relever. Mais je n'en ai pas le temps, Ethan saute sur moi, et coince mes bras et mes jambes sous son corps. Il est trop lourd pour moi et je n'arrive pas à me dégager. Il plaque sa main gauche sur mon torse pour m'empêcher de bouger, et son avant-bras droit vient se poser sur ma gorge. Il n'appuie pas et pourtant j'ai un peu de mal à respirer.

— OK, t'as... t'as gagné, j'articule, la voix étranglée.

Il sourit, se lève et me tend la main. J'accepte son aide en riant. C'est bien la première fois que je me bats pour m'amuser. Un vrai garçon manqué.

Les trois autres applaudissent en sifflant. C'est vrai que j'ai réussi à le faire tomber. Ça n'était pas prévu, mais ils ne sont pas obligés de le savoir.

Je secoue la tête, abasourdie.

— C'est dingue, je suis sûre que tu combats mieux que beaucoup d'habitants de ce village.

Il se gratte le cou, gêné. C'est vrai qu'il est plutôt timide dans le genre Bruce Lee.

— Je n'ai aucun mérite, j'ai grandi dans la rue et on faisait des tournois tous les jours. Et puis j'ai pratiquement été élevé par un maître du kung-fu.

Michael regarde sa montre.

— Hé! Déjà seize heures trente, l'heure du goûter!

Il sourit jusqu'aux oreilles, les yeux pétillants et pendant cinq secondes il ne fait plus ses dix-neuf ans.

Arthur secoue la tête, désabusé.

— C'est pas possible, tu as combien d'estomacs?

Il bombe le torse. Pendant deux secondes, je crois, mortifiée, qu'il va se frapper la poitrine avec les poings en poussant le cri de Tarzan.

— Le nombre nécessaire pour faire fonctionner ce corps de titan.

Je passe à côté de lui et le pousse doucement. Il dérape et tombe sur les fesses.

Je suis tellement surprise que je mets ma main sur ma bouche et le regarde, les yeux ronds. Il est aussi étonné que moi, voire plus. Cette scène est trop drôle. J'éclate de rire.

— Toi ma vieille...

Il grince des dents.

Je me baisse pour l'aider à se mettre debout en le suppliant, toujours morte de rire :

— Désolée, désolée, désolée ! Je te *jure* que je ne l'ai pas fait exprès !

Il s'époussette d'un air vexé. C'en est encore plus hilarant.

À nous voir tous rire, ses lèvres finissent par se retrousser puis il rit malgré lui. On est partis dans un fou rire incontrôlable. Arthur a le visage aussi rouge que ses cheveux, Tom se tient les côtes et même Ethan, qui d'habitude est plutôt réservé, pleure et nous supplie d'arrêter, ce qui ne fait qu'empirer les choses.

Au bout d'un moment qui me paraît interminable, nous finissons par nous calmer.

J'ai les joues baignées de larmes, mais pour une fois, ce n'est pas de tristesse ni de désespoir. Une pointe de culpabilité me serre le cœur. Je ris alors que Tiphaine souffre peut-être... mais qu'est-ce que je devrais faire ? M'asseoir en tailleur dans un coin et pleurer en jeûnant jusqu'à ce qu'elle revienne ? J'ai besoin de me détendre, sinon je ne vais pas tenir le coup. Surtout après la matinée que je viens de passer.

Michael sourit alors que je pose ma main sur son épaule.

— Ça va ton amour-propre ?

Il a une étincelle dans les yeux.

— Ça ira beaucoup mieux une fois que je me serai vengé.

Je penche la tête sur le côté.

— Mon pauvre, tu vas devoir attendre longtemps.

— Aucun problème, la vengeance est un plat qui se mange froid. En plus, j'ai encore des moyens de pression efficaces.

Je fronce les sourcils, inquiète, quand j'entends toussoter derrière moi. Les trois autres attendent, l'air désinvolte.

— Si on vous dérange, dites-le et on vous laisse en tête à tête, hein ?

Je regarde Arthur en louchant.

— Superdrôle, le génie. Bon c'est quoi, ces moyens de pression efficaces?

Michael fait comme s'il n'avait rien entendu et se tourne vers les autres :

— Alors, on se le fait ce goûter?

Assentiment général. On repart et ils débattent sur qui a le plus de chance de battre Michael au bras de fer. Moi je me délecte en silence de ces moments de paix, sachant qu'ils se font plutôt rares, ces derniers temps.

55

La journée du lendemain passe plutôt vite. Quand j'ai vu que Stephan était de retour, je lui ai pratiquement sauté au cou.

Pas étonnant qu'il me regarde maintenant comme si j'étais une menace pour sa vertu. Bref.

Il nous a fait revenir en forêt. Je dois dire qu'après toutes les crasses que nos semblables nous avaient fait subir ces derniers jours, j'étais plutôt méfiante.

Mais l'épreuve consistait simplement à éviter les billes de peinture dans la même clairière où nous avions été attaqués par surprise. Un exercice éliminatoire en quelque sorte.

Stephan nous a ordonné de ne plus bouger une fois qu'une bille nous avait touchés. Elles étaient sans chloroforme cette fois.

Morgane est tombée la première, ce qui m'a plutôt étonnée étant donné qu'elle n'est pas mauvaise du tout à son habitude. Les deux filles, Mélanie et Eliza sont tombées après elle. Ensuite Tom puis Michael, Ethan, moi et enfin Arthur qui a été le dernier à être debout.

J'étais assez contente. Avant-dernière, c'est plutôt pas mal, non ? Ou plutôt deuxième dans le classement.

On a fait plusieurs autres manches jusqu'à ce qu'on soit tellement fatigués que les tireurs nous touchaient du premier coup.

Avant de nous relâcher, Stephan nous a dit que nous continuerions ainsi jusqu'à ce que plus aucun d'entre nous ne soit touché. Heureusement que notre espérance de vie est décuplée, parce que je pense qu'on en aura pour quelques plombes.

Alors que nous rentrons en riant, nous sommes couverts de rouge, en particulier Tom qui a reçu une bille en plein sur le front. Il a une bosse qui se forme à cet endroit, je me souviens que j'ai rendez-vous ce soir. Cette pensée me rend encore plus excitée.

Les garçons me proposent de les accompagner pour aller se détendre, mais je décline l'invitation. Je fonce chez Marlène.

Alors que je cours sur le chemin enneigé, des Myrmes me lancent des regards amusés. Je mets ça sur le compte de ma démarche empressée, jusqu'à ce qu'un petit garçon m'arrête en m'attrapant par le bras.

Il toussote légèrement et retire quelque chose accroché dans mon dos. Il me tend sa trouvaille sans rien dire et repart comme si de rien n'était. C'est un morceau de papier avec marqué « Cassiopée Paricio » dessus.

Oh l'enfoiré ! L'ordure !

Il va me le payer, c'est clair !

Je rentre en fulminant et en cherchant un moyen de me venger correctement de Michael, tout en le traitant intérieurement de sale gamin rancunier.

Mais qui fait encore ce genre de blagues débiles ? Je me suis arrêtée au primaire ! Il a carrément du retard. Tout ça parce que môssieur a été mis à terre par une fille. Involontairement en plus.

Je pousse la porte en remuant mes idées noires, sans pouvoir chasser l'amusement que me procure la situation. Après tout, c'est un gars, à quoi je devrais m'attendre ?

Je salue Marlène et enlève mon manteau.

— Je vais dans la salle de bains, me laver.

— Bonne idée, tu en as besoin.

J'attrape des affaires propres dans mon armoire et vais prendre un bain. L'eau est encore chaude, Marlène pense toujours à tout.

Après m'être décrassée, je sors et me sèche avant de me poser devant le grand miroir. C'est vrai que je suis maigre et même si j'ai considérablement grossi ces derniers jours, toute la graisse que j'ai gagnée s'est immédiatement changée en muscle et s'il me restait des parties grasses sur mon anatomie, elles ont disparu avec les séances d'entraînement intensif.

À part ça, j'ai des points de suture sur le sourcil et les bleus sur ma joue et mon œil tournent au jaune sur les bords. Pas très sexy.

Je passe une main dans mes cheveux emmêlés. La couleur s'est un peu estompée, mais le résultat n'est pas trop mal. C'est plus quand ils vont repousser que ça me fait peur. L'effet racine n'est pas ce qu'il y a de plus tendance, de nos jours.

Sans que je leur aie commandé de le faire, mes doigts parcourent doucement la cicatrice sur mon ventre. J'avais toujours espéré qu'elle partirait. Pas parce que ce n'est pas esthétique, ça je m'en moque. Mais parce qu'à chaque fois que je la vois ou la sens, un flot de souvenirs douloureux me submergent.

C'est ce qui se passe à ce moment-là. Je revois la voiture, le camion et…

Je ferme les yeux. Je ne dois pas penser à lui ce soir. Demain peut-être mais pas ce soir.

Je m'habille et tente de m'arranger tant bien que mal. C'est peine perdue. De toute façon, je me sens ridicule. Pourquoi est-ce que je tiens absolument à me faire belle ? Il ne m'a pas dit qu'il allait me demander en mariage, que je sache.

Je hausse les épaules et sors de la salle de bains, traverse rapidement le salon et attrape mon manteau pendu près de la porte.

Je m'apprête à l'ouvrir lorsqu'une voix s'élève dans la cuisine.

— Où vas-tu comme ça jeune fille ?

Je me crispe.

Oh bouse, la geôlière Marlène est de garde ce soir. Je suis cuite.

— Je… je sors voir un ami.

Je n'aime pas mentir. Mais là je ne dis que la vérité, même si celle-ci est plutôt vague.

— Et où ça, je peux savoir ?

Je me frotte les yeux. Je sens que ça ne va pas être facile.

— Aux Sources Chaudes.

Silence radio du côté de la cuisine. Je retente ma chance.

— Alors, je peux ?

— Non.

La réponse est claire et sans hésitation. Marlène vient vers moi.

— Il est hors de question que je te laisse aller seule aux Sources Chaudes à cette heure de la soirée. Qui plus est pour aller rejoindre quelqu'un là-bas. Tu me prends pour une idiote ?

Je la regarde avec des yeux suppliants.

— Je t'en prie Marlène, il va m'en vouloir à mort si je n'y vais pas, j'ai promis ! Je dois tenir mes engagements !

Elle croise les bras.

— Des engagements tu en as ici aussi. (Elle fait une petite pause et tente de prendre un ton neutre. Je vois néanmoins la curiosité briller dans ses yeux.) Qui est-ce ?

Je reste silencieuse. Elle hausse les épaules.

— Très bien, je t'autorise à y aller, à condition que Camille t'accompagne.

Je manque de m'étrangler. On risque l'incident apocalyptique si je viens avec mon Tuteur. Un de nous trois ne s'en sortira pas vivant.

— Je ne peux pas Marlène, c'est euh, pas possible. *Incompatible.*

Elle plisse les yeux et je crois distinguer un mince sourire naissant aux commissures de ses lèvres.

— Oh je vois, c'est très clair. Eh bien tu diras demain à ton *ami* que s'il veut te voir la prochaine fois, il n'a qu'à ramener son joli petit derrière devant notre porte et frapper, comme tout le monde. C'est à prendre ou à laisser.

Elle se retourne puis se ravise.

— J'aime énormément Gabriel, Cassiopée, mais je ne peux décemment pas te laisser seule avec lui. Ça a beau être un jeune homme sage de vingt-six ans...

— Vingt-cinq.

Mais qu'est-ce que tu racontes, toi?

Marlène ne semble pas m'avoir entendue.

— ... qui a fait ses preuves, ça n'en reste pas moins un homme. Et crois-moi, il vaut mieux rester sur ses gardes avec ce genre d'animal. Ça compte pour mon fils aussi. Je ne t'empêche pas de le fréquenter. Mais je préférerais que ce soit en public et en journée. Maintenant viens m'aider à préparer le repas, s'il te plaît.

Elle a l'air de parler en connaissance de cause.

Qu'est-ce que vous voulez que je fasse à part obtempérer? Je me sens supermal. Gabriel va croire que je l'ai oublié...

56

Je passe une très mauvaise nuit. Je ne cesse de me demander s'il va m'attendre longtemps. Et je me demande aussi ce qu'il avait à me dire.

Je finis par trouver le sommeil, mais je fais des mauvais rêves.

À l'exercice, le lendemain, je suis tellement distraite que je me fais abattre du premier coup. Les autres fois j'essaie d'être plus concentrée, mais c'est peine perdue. Je suis toujours la première à tomber.

Les autres me harcèlent de questions, ils veulent savoir pourquoi j'ai été «aussi nulle aujourd'hui» (citation texte des douces paroles de Michael). Mais je ne suis pas d'humeur et je préfère rentrer sans répondre.

Je marche en broyant du noir, appréhendant et souhaitant en même temps le rencontrer.

Il est seize heures trente. Je le sais, j'ai regardé la grosse horloge qui est placée sur le plus imposant des chalets. Je ne sais pas ce que c'est d'ailleurs, comme bâtiment.

Les enfants viennent juste de sortir de cours normalement. J'en ai la confirmation quelques minutes plus tard, quand je les vois courir en chahutant, leur cartable sur le dos.

Cette scène me fait sourire. Je me souviens que Tiphaine et moi étions toujours pressées de quitter l'établissement scolaire où nous nous trouvions pour venir lire à la biblio-thèque de l'orphelinat. Tout cela semble si loin maintenant.

Un rire retentit dans une salle de classe à ma droite. Je ne sais pas pourquoi, mais je m'approche en catimini et jette un coup d'œil par la fenêtre. Mon cœur fait un bond. Gabriel est là, en train d'effacer le tableau. Il est de dos et donc ne peut pas me voir. Et le vent est face à moi. On dirait qu'il parle à quelqu'un, mais je ne vois que son bureau.

J'hésite une minute. Est-ce que je devrais aller le voir ? Ou cela paraîtrait-il malvenu après que je lui ai posé un lapin la veille ?

Je décide de m'avancer vers la porte. De toute manière il m'est totalement impossible de rester éloignée de lui. Ce serait comme demander à une mouche de ne pas s'approcher d'un pot de miel.

OK, mauvais exemple.

Je vais frapper à la porte quand une silhouette s'avance vers l'estrade.

Je me fige. Cette silhouette élancée, ces boucles blondes, je les connais bien.

Je me mets un peu en retrait pour observer la scène.

Morgane s'assoit sur le bureau, jambes croisées dans une posture digne d'un magazine de mode, ce qui me fait trembler de rage. Elle, ça lui va très bien, mais si moi je faisais ça, le monde entier s'esclafferait jusqu'à mourir d'étouffement.

Gabriel range je ne sais quoi sur son bureau.

Je sens comme un bloc de glace se former dans mon estomac. Et lorsqu'il rit alors qu'elle lui dit quelque chose, je sens ce bloc fondre sous l'intensité de ma colère.

What ?

Apparemment il aime beaucoup Morgane. Assez pour que cette garce le fasse rire. Je sens mes yeux s'embuer de larmes. Mais le pire, c'est que je suis certaine qu'elle sait que je suis là. Et ça ne la dérange pas, au contraire, elle le fait *exprès*.

Morgane tend la main vers le visage de Gabriel et je détourne le regard, je ne peux pas en voir davantage.

Je m'éloigne lentement. Marlène avait raison. Il ne faut pas faire confiance au sexe faible. Ces débiles ne pensent qu'au-dessous de la ceinture. Alors que nous, pauvres femmes, nous pensons avec nos sentiments. À part lorsque ces femmes s'appellent Morgane, s'entend.

Sauf que la prochaine fois que je le croise, je vais penser avec mes pieds. Et mes sentiments vont considérablement le blesser, au sens *littéral* du terme.

Si je ne savais pas ce qu'avoir le cœur brisé pouvait faire, maintenant je comprends exactement ce qu'on ressent. Et étrangement, la sensation se rapproche beaucoup de la métaphore.

Et ça fait aussi très mal aux oreilles. En fait, le déchirement que l'on subit dans notre cœur est vite submergé par la douleur aux oreilles.

Attends… qu'est-ce qu'une douleur aux oreilles vient faire là-dedans?

Je m'arrête, soudain incapable de marcher. J'ai l'impression qu'on m'enfonce une énorme perceuse, non, plutôt un marteau-piqueur dans l'oreille, au rythme de mes battements de cœur.

Je plaque mes mains sur mes oreilles et tombe à genoux. C'est pire que mes maux de tête. Pire qu'un coup de battant de porte. En fait c'est pire que tout ce que j'ai pu subir jusque-là.

Je sens quelque chose d'humide sur mes mains. Je les porte à mon visage en tremblant. J'arrive à peine à les distinguer tellement la douleur brouille ma vue, mais je vois clairement qu'elles sont couvertes de rouge. Et je suis sûre que ce n'est pas de la peinture.

J'entends un long gémissement sortir de ma bouche. Enfin, je ne l'entends pas, je le sens. Car mon ouïe a été remplacée par un bourdonnement incessant, insupportable.

Je ne pense plus à Gabriel, ni à Morgane. Je ne pense plus à Marlène ni à Camille, ni à qui que ce soit d'autre.

Dans ma tête, une seule question est omniprésente, lancinante :

Nom de Zeus! Mais qu'est-ce qui m'arrive?

Le vent a changé, je le sens. Je sens aussi qu'il fait plus froid. Mais c'est peut-être parce que je suis roulée en boule dans la neige. Sur mon visage, des centaines de petits picotements apparaissent soudain.

J'ouvre légèrement les yeux. Il neige. Et pas qu'un peu. En fait, je crois qu'une tempête se prépare.

Une pensée fugitive me réconforte légèrement : au moins mes ailes sont bien au chaud sous mon pull.

Mais bon, quand je me souviens de la tempête qu'il y a eue lors de mon arrivée, je me dis que si je ne bouge pas vite fait, je ne rentrerai jamais. On me retrouvera tranquillement couchée ici, les mains sur les oreilles, surgelée et prête à la consommation.

Je me lève sur les coudes, les mains toujours plaquées sur les oreilles. Dès que j'essaie de les enlever, le froid mordant décuple la douleur. À travers le brouillard de ma vue, je vois quelques gouttes tomber sur la neige. Un rouge riche, profond, sur de la neige éclatante. C'est vraiment beau et je pourrais peut-être l'apprécier si un pic-vert ne s'était pas installé dans mon conduit auditif.

Je me lève en chancelant, mais une bourrasque me fait de nouveau tomber par terre. Une vague de fatigue me submerge.

La douleur est trop forte. Une vague de vertiges de plus en plus puissants me submerge. Je sens que je commence à perdre connaissance.

Oh et puis à quoi bon bouger, je suis bien ici. Couchée dans la neige, le vent est moins fort. Il fait froid mais tant pis. C'est toujours mieux que d'être attaquée par les bourrasques glaciales.

Mes paupières s'alourdissent. Je ne sens plus trop la douleur. Mais le sang coule toujours, réchauffant mes mains. C'est plutôt agréable.

Le sommeil m'emporte. Je ne sens plus rien, je suis déconnectée des choses qui m'entourent. Une petite voix en moi me souffle que si je m'endors maintenant, je ne me réveillerai plus. Mais, bizarrement, cette pensée ne m'effraie pas. Une douce torpeur m'enveloppe et je perds connaissance.

Tout à coup, une force inconnue me décolle le buste du sol. Je n'essaie pas d'ouvrir les yeux, mes paupières sont trop engourdies, trop lourdes, et moi je suis trop loin. Mes bras ont glissé de mes oreilles, ils sont tombés dans la neige, inertes. Je suis sûre qu'il y a de jolies traces rouges dessus, maintenant.

On me donne une claque. Puis deux. Les bleus sur ma joue me lancent, mais ce n'est pas très douloureux. Je sens vaguement qu'on me fait m'asseoir, et ma tête part en arrière. Des bras puissants passent sous ma nuque, empêchant ma tête de tomber à nouveau.

On me soulève complètement du sol. Et, d'un coup, il ne fait presque plus froid. Je suis enveloppée dans quelque chose, tout contre une source de chaleur. C'est encore plus agréable que les bras de Morphée.

Mais ce qui me fait revenir à moi, ce qui me fait bouger les bras, et battre doucement les paupières, c'est l'odeur. Du pin et une autre, indéfinissable. Mais tellement bonne que j'inspire profondément. Il fait tout noir autour de moi. Mais nous sommes toujours dehors, je sens mes pieds geler sous les coups furieux du vent. Et ils sont ballottés à cause du mouvement.

Je lève une main lourde pour toucher la paroi à la fois dure et douce contre laquelle je suis serrée. Je sens un tissu, et plus haut de la peau.

Une petite ouverture se crée au-dessus de moi, et j'aperçois un bout du visage de Gabriel. Son front et ses yeux. Il a l'air mort d'angoisse, je vois qu'il essaie de me dire quelque chose, mais je n'entends toujours rien.

Je ferme de nouveau les yeux, et je perds connaissance, bercée par la marche rapide de Gabriel.

57

La chaleur...

C'est la chaleur qui me fait revenir à moi. Sans ouvrir les yeux, je porte une main à mon oreille. Elle me fait un peu mal, c'est étrange. Des sons me parviennent, d'abord étouffés, une voix, quelque chose qui tombe et des craquements, puis plus clairement j'entends la même voix qui me parle en continu. J'ai du mal à saisir le sens de ses paroles.

— Ouvre! allez!... yeux!... pas dormir!

Je finis par comprendre qu'il souhaite que j'ouvre mes paupières.

J'obtempère très lentement. Mes yeux papillonnent autour de moi. Au premier plan, il y a Gabriel qui me secoue comme un prunier, me donnant des claques toutes les dix secondes, sur les côtés je vois les murs en bois d'un chalet et au fond un feu qui crépite dans la cheminée.

Je suis assise sur un canapé, le dos sur le dossier pour m'empêcher de m'allonger, les pieds sur le côté. Une couverture chaude m'enveloppe confortablement.

Mes yeux se posent de nouveau sur Gabriel. Je vois encore un peu flou, mais je peux sans peine distinguer à quel point il est anxieux. Au cours des derniers jours, j'ai appris à deviner les sentiments des gens, juste à l'expression de leur visage, aux rides, aux sourcils, etc.

Gabriel est angoissé, ses sourcils sont froncés, sa bouche est crispée par l'affolement, et sa pomme d'Adam fait du Yo-Yo.

Je ne l'ai jamais vu dans cet état.

Je sors la première phrase qui me vient à l'esprit. Ma voix me semble si lointaine et faible que je me demande si c'est bien la mienne.

— Qu'est-ce que tu fais là?

Non pas qu'est-ce que *je* fais là, mais qu'est-ce que *tu* fais là.

Des fois, je me demande comment j'ai fait pour gagner sur les autres spermatozoïdes, dans la course de la vie. Sérieux, on ne peut pas dire que je suis une lumière.

Ma question le déstabilise totalement, je ne sais pas si c'est parce qu'il ne s'attendait pas à ce que je parle, ou si c'est à cause de la bêtise de l'interrogation.

Il n'empêche qu'il ouvre des yeux ronds et se passe une main tremblante sur le visage. Un bruit étrange s'échappe de sa bouche. C'est à mi-chemin entre le fou rire nerveux et le sanglot.

Je suis mal à l'aise, je ne sais pas comment réagir. Alors je me relève un peu sur mon canapé et pose mes jambes par terre, pour être assise bien face à lui.

Fausse bonne idée. Mes jambes et mes mains tremblent tellement que je manque de m'affaler sur lui. Un vertige me prend et je me vois contrainte de me caler de nouveau contre le dossier dans un grognement.

Gabriel se frotte les yeux quelques secondes et me regarde, les yeux brillants mais de nouveau maître de lui.

— O'Brien, tu m'as fichu la peur de ma vie.

Mon esprit est embrumé et je ne vois pas ce qu'il veut dire, je n'arrive pas à me rappeler comment je suis arrivée ici. Je vois du sang sur son pull gris.

Je lève la main et touche l'endroit où le tissu est maculé de rouge.

Est-ce que c'est… *mon* sang?

Puis ça me revient d'un coup. La douleur aux oreilles, le sang, la tempête…

Je jette un œil par la fenêtre. On ne distingue plus rien, tant il y a de la neige. Elle tourbillonne, semblant de connivence avec le vent violent qui mugit à l'extérieur.

Je regarde ma main. Elle est barbouillée de rouge. Paniquée, je porte mes mains à mes oreilles, cherchant à savoir si le sang coule toujours. On dirait que non.

Je veux me lever pour aller vérifier sur le miroir de la salle de bains, mais Gabriel pose doucement sa main sur mon épaule, m'obligeant à rester tranquille.

— Eh, tout doux, inconsciente. Tu viens juste de revenir à toi, laisse-toi le temps de te remettre.

Je chasse la nausée provoquée par le vertige.

— Où est Tamina ?

Mais pourquoi est-ce que je pose des questions aussi *nulles* ?

Il fait un geste vague avec sa main.

— Je n'en sais rien, sûrement partie se réfugier chez un ami.

— Et tu as laissé Morgane toute seule ?

Même si je lui en veux terriblement de ce qu'elle a fait, la savoir perdue dans le blizzard me donne la nausée. Et puis, soyons honnête, c'est une bonne occasion de le disputer.

Il lève les yeux au ciel.

— Bien sûr que non. J'ai senti ton odeur, en classe, j'ai envoyé Morgane se mettre à l'abri et j'ai demandé à un Myrme qui passait par là de l'amener chez elle. Et puis je t'ai cherchée. Mais tu étais apparemment partie. Je me suis inquiété, ce n'est pas prudent de rentrer seule alors que le blizzard se lève. On peut se perdre en un rien de temps. Je m'apprêtais à te rattraper, quand un coup de vent m'a fait sentir de nouveau ton odeur, tout près. Je t'ai trouvée quelques secondes plus tard, tu étais roulée en boule dans la neige, les mains sur les oreilles, les yeux fermés. À en croire la rigidité de ton corps, ça faisait bien dix minutes

414

que tu étais dans cette position. Quand j'ai vu la pâleur de ton visage, j'ai cru que tu étais morte. Bon sang, Cass, je n'ai jamais eu aussi peur de ma vie, je te le garantis. Et en plus tu saignais. C'est après que je me suis rendu compte que ça venait de tes oreilles. Tu as eu une Douleur, n'est-ce pas ?

Je suis un peu énervée, il s'éloigne du sujet « Morgane » et moi j'ai envie de l'approfondir.

— Non, tu crois ?

Mon ouïe est quasiment redevenue normale.

— Ce que je veux dire, c'est que tu as eu *la* Douleur, celle qui précède l'apparition de ton Sens Phare.

J'ai un peu de mal à comprendre, sans compter que chacun de ses mots s'amplifie un peu plus que le précédent.

Je grimace.

— Peux-tu parler un peu moins fort, s'il te plaît ? Je ne suis pas sourde.

Il me regarde, surpris, et articule lentement :

— Cassiopée, je chuchote, là.

Je m'apprête à lui faire connaître le fond de ma pensée quand un craquement terrifiant me fait faire un énorme bond sur le canapé. Ça vient de la cheminée j'en suis sûre.

Je jette un coup d'œil affolé, pensant que le feu s'est étendu et est en train de dévorer une poutre ou quelque chose d'énorme comme ça, mais il est toujours en train de lécher « sagement » les bûches qu'il y a dans l'âtre.

De nouveau, le craquement se fait entendre, plus fort que la fois précédente et j'aperçois une petite étincelle voler et s'évanouir avant d'avoir pu toucher le sol. Mon cœur fait un bond dans ma poitrine.

Ce qui se passe par la suite est un cauchemar. Tout se met à faire du bruit. Les tic-tac de l'horloge murale résonnent dans ma tête plus fort que des coups de massue sur de la pierre et je sens mon cœur s'emballer. Les crépitements familiers du feu se sont mués en craquements sauvages.

Le vent dehors est tellement assourdissant que j'ai l'impression qu'il va emporter le chalet d'une seconde à l'autre. Les volets claquent contre le mur, comme si un géant sorti des mythologies grecques ou vikings essayait d'abattre la maison à coups de pied furieux.

Chaque coup me fait trembler, et mes muscles se tétanisent un peu plus à chaque fois.

Je plaque mes mains sur mes oreilles. Le choc me vaut un nouveau bruit encore plus puissant que les autres, sans compter l'onde de douleur qui se propage dans mon crâne et amplifie ma terreur.

Et je crie. Je crie, je crie, je crie, jusqu'à ce que ma gorge me fasse mal.

Une boule se forme dans mon estomac et je sens un sanglot naître dans ma gorge.

Je me recroqueville sur le canapé, tentant d'assourdir le plus possible les sons infernaux qui m'entourent.

Je ferme les yeux de toutes mes forces, pour essayer d'échapper à ce moment épouvantable, mais c'est peine perdue.

J'entends Gabriel se lever. Oh oui, ça, je l'entends. Les articulations de ses jambes craquent, mais je devine que sans mon nouveau Sens Phare, je ne l'aurais pas remarqué.

Il s'assoit le plus délicatement possible sur le canapé, geste que j'apprécie. Un bruit assourdissant de moins, c'est déjà ça.

Il passe doucement un bras autour de mes épaules et une autre sous mes jambes, me soulève et me pose sur ses jambes à lui.

Mon cerveau m'ordonne de me dégager mais je fais totalement le contraire et pose ma tête contre son torse.

Mon corps n'est qu'un *sale traître*.

Il m'attire tout contre lui et pose sa main gigantesque sur mon visage, comme s'il voulait me protéger du reste du monde.

Là, avec son bras gauche autour de mes épaules, sa main posée sur ma taille et l'autre sur ma joue, les bruits me paraissent moins effrayants. Normal, je suis quand même *collée* à lui.

Nom de Zeus, pourquoi est-ce que je n'ai pas plus souvent des otites carabinées?

Un son particulier attire mon attention. Il est très puissant, assourdissant en fait, mais il ne me remplit pas d'épouvante.

Au contraire, il est régulier, rythmé. Il est rassurant, il m'apaise. Je cherche l'origine du bruit et je le découvre quelques secondes plus tard. C'est son cœur. Son cœur qui bat juste sous mon oreille droite.

Je m'accroche à ce son comme à une bouée de sauvetage. Je ne veux entendre que lui, et bientôt, tous les autres bruits s'estompent. Seules restent les pulsations puissantes et apaisantes de son cœur. Et sa merveilleuse odeur de pin. Comment est-ce que des pins peuvent sentir aussi bon?

Au bout de ce qui me paraît une éternité, mon corps contracté se détend. Je desserre ma prise sur mon oreille gauche et plisse le front d'appréhension. Mais les bruits ont disparu, et ceux qui subsistent n'ont plus rien de terrifiant.

Je bats plusieurs fois des paupières et essaie de décrisper mes traits. Puis je lève la tête.

Gabriel me regarde, pas vraiment rassuré. Le pauvre chou a l'air totalement impuissant.

OK, mauvais, *mauvais* adjectif.

Ses lèvres forment silencieusement les mots «ça va?»

— Han han.

Je ne suis pas sûre qu'il sache si ça veut dire oui ou non, mais je suis tellement perturbée mentalement que je ne saurais pas dire non plus comment je vais.

Je repose doucement la tête contre son torse. La musique de son cœur qui me parvenait assourdie alors que je m'étais éloignée réapparaît comme par magie.

J'essaie de régler ma respiration sur la cadence, comme si je voulais que nos deux corps forment un orchestre synchronisé.

Les bruits alentour ont disparu. Mais je n'ai pas envie qu'il me lâche. S'il sait que je n'ai plus peur, il va sûrement me reposer sur le canapé. Hors de question que je le laisse me faire faux bond.

Alors, pour parer à cette éventualité, je me pelotonne un peu plus contre lui. Les battements de son cœur s'accélèrent légèrement. Une bouffée de pure joie gonfle le mien.

Yeeeeeess !

Je ne lui suis pas insensible.

Je lâche mon oreille et dégage doucement ma main qui est coincée sous la sienne. Sans hésiter, de peur qu'il ne me rejette, je passe une main derrière son dos et m'accroche à lui.

Qui eût cru que mon apparence de sainte-nitouche cachait en fait une dévergondée ?

Petite cachottière, va.

OMG, il faut absolument que je mette mon cerveau en veille.

Pour la première fois depuis que je l'écoute, son cœur fait un raté, perturbant la cadence parfaite de ses pulsations. Mais ce nouveau rythme me paraît encore plus beau.

Soudain, sa main glisse jusqu'à mon menton et le soulève doucement.

Je le regarde, les yeux rivés sur ses doigts. Ce qui doit me faire loucher.

Je suis tellement, mais tellement glamour parfois.

— Cass… ?

Je lève finalement le regard, surprise par l'intonation de sa voix. Sourde. Basse.

Oh my, oh my, oh my… personne n'a jamais prononcé mon nom comme ça. Ça me provoque toutes sortes de sensations délicieuses à toutes sortes d'endroits que je n'oserai jamais citer.

Ses yeux sont noirs, encore plus noirs que je ne les ai jamais vus.

O-Kaaaaaaaay.

Il y a aussi une question dans ses yeux, une hésitation.

Mais sans attendre ma réponse, il se penche et pose un baiser léger comme une plume et doux comme du velours sur mes lèvres.

58

Je n'ai jamais vraiment eu d'amie, encore moins de confidente. Mais j'ai vécu plusieurs années dans un orphelinat où les filles dormaient ensemble, dans de grands dortoirs impersonnels. Alors plus d'une fois j'ai entendu des filles parler avec romantisme et excitation de leur premier smack, et de ce qu'elles avaient ressenti.

Je ne pouvais m'empêcher de ressentir un petit mépris envers ces filles. Elles me semblaient si superficielles quand je les entendais parler de «papillons dans l'estomac», de «frissons sur tout le corps» ou de «bonheur intense». Je ne voulais pas m'attacher à des descriptions qui me semblaient tout droit sorties d'un livre à l'eau de rose. Je ne voulais pas, si un jour un garçon m'embrassait, être déçue ou me sentir mal à l'aise parce que, évidemment, je n'allais pas lui dire : «Humm… Non, non désolée mon pote c'était vraiment trop nul, je m'attendais à beaucoup, beaucoup mieux de ta part. Loser! Ciao, et ne reviens pas tant que tu n'auras pas pris des cours. Incapable!»

Lorsque Gabriel m'embrasse, c'est si soudain que je n'ai pas le temps d'avoir peur ou de me demander comment je vais faire. Mon cerveau disjoncte et mon corps reprend le contrôle. Il me semble vraiment, vraiment expérimenté celui-là.

Sans m'en rendre compte, je ferme les yeux, et je passe une main dans ses cheveux. Ses lèvres se posent sur les miennes. Il y va tout doucement, sans me mettre la pression.

C'est là que je les sens. Ces foutus papillons. Ils sont bien là, je les sens se cogner dans les parois de mon ventre, tout affolés qu'ils sont.

Ils se sont donné le mot avec mon cœur, qui lui est carrément au bord de l'infarctus, de la crise cardiaque ou de l'arrêt complet, voire même de tous ces problèmes cardiaques en même temps, même si ce sont plus ou moins les mêmes.

Je ne suis plus assez proche du sien pour l'entendre, mon ouïe est redevenue normale. Ce son me manque, je ne veux pas qu'il disparaisse. Alors sans réfléchir je retire doucement la main que j'avais glissée derrière son dos et la pose délicatement sur son torse, à l'emplacement de son cœur.

Au contact de ma main, je le sens faire un bond et passer à la cadence supérieure. Il était déjà rapide, maintenant il bat à toute vitesse.

La main qu'il avait posée sur mon visage glisse en s'attardant plus que nécessaire sur ma gorge et il prend celle que je viens de poser sur sa poitrine. Il ne la retire pas, il la serre et entrecroise ses doigts dans les miens.

Puis il s'écarte doucement.

Nooooon! Ça ne peut pas être déjà fini!

Enfin, s'il n'avait pas eu la présence d'esprit de reculer, je serais morte d'asphyxie. Quoique, il pourrait y avoir pire comme mort.

Son visage est tout près du mien, nos nez se touchent.

Je ferme les yeux et pose mon front sur le sien. Finalement je suis bien comme ça même s'il ne m'embrasse pas, sentir son corps contre le mien et ressentir son affection est déjà pas mal.

— Je crois que je ne vais plus te lâcher, Cassiopée O'Brien. J'espère que ça ne te dérange pas, parce que tu n'as plus le choix.

Je passe distraitement mon doigt sur son torse, dans un sourire.

— Hum, je crois que je vais pouvoir le supporter.

Comme pour appuyer mes paroles, j'entoure son corps de mes bras, et le serre fort. Si je pouvais être physiquement collée à lui, je le ferais. Il fait pareille avec mon corps. Sauf que moi, je n'arrive pas à toucher mes mains, lui pourrait faire un deuxième tour.

Il s'installe un peu plus confortablement sur le canapé et pose son menton sur ma tête. Moi je regarde la neige tomber par rafales. Je ne me suis jamais sentie aussi heureuse d'être coincée dans une maison par une tempête de neige. C'est presque que je prie les cieux de continuer à déverser leur fureur. Je ne peux malheureusement pas rentrer.

Comme c'est *horrible*...

Il semble lire dans mes pensées.

— Je pense que la tempête va au moins durer toute la nuit, tu ne peux pas rentrer. De toute manière, nous n'avons pas le droit de sortir par ce temps.

— C'est vraiment pas ma veine.

Il me caresse les cheveux. Je sens son sourire.

— Mais il faut prévenir Marlène sinon elle va s'inquiéter.

Je soupire. Il a raison, je n'ai pas envie qu'elle se rende malade d'angoisse. Surtout que la connaissant elle serait capable de sortir et de partir à ma recherche pour me botter les fesses.

Quand elle va apprendre où je me trouve, elle va faire une crise de nerfs. À tous les coups, elle va penser que j'ai fait tout ça pour réussir à rester coincée chez lui toute une nuit. Je ne peux pas lui en vouloir, si j'avais eu l'idée plus tôt je n'aurais pas hésité.

Je m'écarte et tente difficilement de me lever. J'ai les jambes chancelantes à cause de ma récente hypothermie.

Ben voyons, comme si c'était la raison principale…

Mon pull se soulève alors que je me mets sur mes jambes.

Gabriel attrape ma main soudainement et me fait sursauter.

Je le regarde, surprise. Ses yeux passent de mon ventre à mon visage, plusieurs fois.

— Qu'est-ce qui t'est arrivé?

Il désigne mon ventre. Instinctivement, je pose mes doigts sur le tissu, à l'endroit où court ma cicatrice. J'ai les yeux dans le vague, le flot de souvenirs ressurgissant soudain, comme une boîte de Pandore mal refermée.

— L'accident, dis-je d'une voix blanche. L'accident qui a tué ma mère.

Je me retourne vers lui. J'essaie de dégeler le froid que ça a jeté, mais ça sonne carrément faux.

— J'ai eu le droit à un souvenir maison. Je sais, c'est horrible.

Il me regarde avec tristesse. C'est étrange de voir qu'il a l'air aussi touché par cette tragédie que moi.

Il se lève et me glisse une mèche de cheveux derrière mon oreille, avant de me caresser la joue.

— Ce n'est pas horrible, c'est triste. Mais ça fait partie de toi, alors il faut que tu l'acceptes. Vois-la comme une preuve que tu es une survivante, une battante.

Je renifle en retenant un rire amer. Moi, une battante? Tu parles. Tout ce que je sais faire c'est me mettre toute seule dans des situations impossibles. Alors je change de sujet, tandis qu'il me prend par la main, et se dirige vers une radio.

— Gabriel, pourquoi est-ce que tu m'aimes?

Nom de Zeus… pourquoi, mais POURQUOI?

Je n'écoute pas les lamentations pitoyables de ma conscience et attends sa réponse.

Il s'arrête et me regarde.

— Je ne t'ai jamais dit ça.

Je sens mon cœur se déchirer en deux. Ce n'est pas possible…

C'est alors que je vois le petit sourire qui naît sur son visage. Je souffle bruyamment.

— Espèce de crétin.

Me voilà vexée, je boude. Il rit.

— Est-ce que je te demande pourquoi tu aimais ta mère ? Si ce n'est pas de l'amour, c'est ce qui s'en approche le plus en tout cas.

Je plisse les yeux.

— Me voilà rassurée.

Il me pince la hanche et je fais un bond sur le côté. Je suis trop chatouilleuse et il le sait. Je souris d'un coup.

— Viens, on va envoyer un message à Marlène.

J'ai envie de tester quelque chose. Je sais, ce n'est vraiment, vraiment pas mature.

— Oui, les pauvres, Camille doit être mort d'inquiétude.

Il se crispe d'un coup, et sa main broie la mienne. Autant dire que je ne m'attends pas à la retrouver entière.

Je pousse un couinement de douleur.

— Aïe !!

Il baisse la tête sur ma main et la lâche. Il marmonne un vague « désolé », même s'il n'a pas vraiment l'air de s'en vouloir. Je mets mes mains sur les hanches, soulagée de voir que la droite a encore tous ses doigts.

— Qu'est-ce que tu as ?

Stupide question, je sais ce qu'il a.

Il ne répond pas, trifouillant la radio en me tournant le dos. Ce n'était pas une bonne idée de poser cette question. Sa réaction dépasse mes espérances, mais en même temps elle me met dans une colère folle.

Je serre les poings et inspire profondément.

— Gabriel, regarde-moi.

Il continue obstinément à me tourner le dos.

— Gabriel, répété-je plus fort, REGARDE-MOI.

Il se retourne brusquement, s'adosse au bureau et me fixe, les bras croisés. J'écarte les bras en haussant les sourcils.

— On peut savoir ce qu'il te prend ?

— Je ne suis pas partageur Cass. Et encore moins avec ce type. Je n'aime pas la façon dont tu parles de lui.

J'ai un hoquet surpris et outré. Est-ce qu'il est sérieux ?

— Je parle de qui je veux, comme je veux !

Il se crispe. J'analyse l'expression de son visage, incertaine. La jalousie y est, oui, bien sûr. Mais il y a plus. Comme un éclair de douleur. Une souffrance que je n'arrive pas à comprendre. La culpabilité remplace presque aussitôt ma colère.

Je trouve néanmoins le moyen d'en rajouter une couche :

— Tu crois que j'aime te voir parler et rire avec elle, moi ?

L'expression de douleur disparaît, remplacée par la confusion. Il se redresse, fait trois pas pour réduire la distance qui nous sépare, puis attrape mon bras et le serre fort. Je ne pense pas qu'il réalise qu'il est capable de me briser le membre sans problème.

Je grimace sous l'effet de la douleur et il desserre son emprise. Il est toujours en colère, mais maintenant il a aussi l'air surpris. Il me secoue.

— De quoi est-ce que tu parles ?

J'essaie de me dégager, mais franchement c'est pitoyable.

— Eh, oh ! Arrête de me secouer ! Je suis pas un Kinder Surprise ! Et puis, fais pas comme si tu ne voyais pas ! Tout à l'heure, quand tu faisais du gringue à Morgane ! C'est ça ton passe-temps ? Tu utilises les filles comme des jouets pour mieux les jeter par la suite ?

Une voix se met à hurler dans ma tête. Elle me hurle de la boucler. Elle me hurle que j'en ai déjà trop dit.

L'expression douloureuse réapparaît. Il cligne des yeux, visiblement blessé, et me lâche en secouant la tête.

— Comment tu peux penser un truc pareil ?

Je suis à deux doigts de lui dire que je ne le pense pas, mais je me tais.

— Cette fille, la blonde, elle squattait ma classe. Je ne suis pas mal élevé et je ne voulais pas la jeter dehors, du moins pas tout de suite.

Je sens une joie absurde m'envahir. Un sourire se dessine sur mes lèvres.

— Tu as mis Morgane… dehors ? Elle doit être furieuse !

Il me toise un moment, immobile.

— C'est vrai que ça a l'air de gravement choquer ta conscience, finit-il par répondre lentement, visiblement sarcastique.

Non, non c'est vrai que ma conscience est absolument paisible sur ce point de vue-là, la preuve elle ne la ramène pas pour une fois. N'empêche que de son point de vue à lui, je me sens plutôt nulle.

— Je suis tellement désolée, je pensais… quand j'ai vu que tu as ri, j'ai cru que…

Je ne termine pas ma phrase. Chaque mot est plus humiliant que le précédent. Qu'est-ce que je peux être bête. Tout allait parfaitement bien et j'ai tout gâché.

Il me regarde encore un moment et se rapproche, les sourcils froncés. Ses yeux noirs reflètent la lueur du feu de bois.

Je me retiens de faire un pas en arrière.

— Que les choses soient claires entre nous, dès le début.

C'est déjà ça, il ne me parle pas de fin au moins.

— Je ne suis pas le type de mec à sauter tout ce qui bouge, OK ? J'ai des principes, et oui, également du respect pour les sentiments et les émotions des autres. Alors si tu ne le savais pas avant, je n'aurais jamais fait des avances à une autre. Et j'en attendrai autant de toi. Mais je ne veux pas te partager avec qui que ce soit, encore moins avec Camille alors tu…

Je ne le laisse pas finir. Je passe mes bras prestement autour de son cou et pose mes lèvres sur les siennes.

Il est tellement mignon en petit ami possessif !

426

Sa première réaction est de me repousser mais il finit par me rendre mon baiser. Et pas qu'à moitié. Il me tient le cou de ses deux mains et m'attire à lui, plus vite que lorsque nous étions sur le canapé. Je le serre un peu plus.

Je recule une demi-seconde et dis dans un souffle :

— Pardon.

Ma voix est presque inaudible, mais je sais qu'il a entendu. Il m'embrasse avec plus de passion, passant ses doigts dans mes cheveux.

Il s'éloigne de moi brièvement et marmonne en prenant un air faussement grave :

— Je t'excuse.

Ben voyons…

Je souris et colle à nouveau mes lèvres contre les siennes. Je pourrais faire ça toute la soirée.

Il est redevenu doux, et même s'il me serre fort contre son corps, j'aime ce contact, ce mélange de puissance et de précaution. Comme s'il avait peur que je me casse.

Il me pince légèrement la hanche et je m'écarte en poussant un petit cri.

— Hé, tu sais que je ne supporte pas les chatouilles !

Il me pince de nouveau en riant.

— Oui mais ça me perturbe de ne pas pouvoir attraper ta peau. Il va falloir te remplumer un peu ma jolie.

Je me sens la fille la plus chérie au monde, avec ce petit mot.

— Si j'étais payée un dollar à chaque fois qu'on me dit ça, je serais riche comme Crésus. Mais justement, j'ai les crocs, tu nous prépares quoi à manger ?

— Tu pourrais bien être surprise.

— Je ne demande que ça.

59

On est assis sur le canapé, on parle de tout et de rien, alors que la tempête fait rage dehors.

Ça fait deux heures et demie que nous sommes chez lui, que nous sommes officiellement amoureux, mais j'ai l'impression que nous sommes ensemble depuis des années. Il y a deux heures et demie je n'osais pas m'approcher de lui par timidité, maintenant j'ai la tête posée sur ses genoux et il joue avec les mèches de mes cheveux.

Je suis allée me laver la figure, pour faire disparaître toute trace de sang, et c'est vrai que je ressemble un peu moins à Jimmy dans *Jurassic Park*, quand il se prend le jus sur la clôture électrique.

— Pourquoi est-ce que Tamina habite chez toi?

— Ça te travaille ça, hein?

— Hum oui.

Petite pause.

— Son chalet est en réparation, un arbre a chuté sur son toit. Je lui ai proposé de loger chez moi entre-temps, on est amis depuis qu'on est gosses.

Je grimace.

— Oui, d'ailleurs tous les amis d'enfance se disent bonjour en s'embrassant sur la bouche, c'est bien connu.

— Primo c'est elle qui m'a embrassé, deuzio je ne m'y attendais pas et tertio elle ne me l'a fait qu'une fois... ou deux.

Je ne relève pas.

— Mais parlons plutôt de la façon dont tu m'as posé un lapin hier soir. Parce que soit dit en passant, j'ai quand même patienté une heure et demie dans le froid.

— Je t'en prie, tu ne crains pas le froid. La dernière fois tu es sorti en débardeur, à cinq heures du matin, alors qu'il faisait genre −150 °C.

Je détourne le sujet parce que je me sens coupable.

— Réponds-moi.

Je soupire.

— Marlène m'a empêchée de sortir, elle ne voulait pas que j'aille te voir à la tombée du jour, sans personne qui m'accompagne. Elle a dit que tu étais un jeune homme respectable mais qu'il fallait que je me méfie du sexe faible.

Je penche la tête en arrière pour le regarder, et il me sourit.

— J'aime beaucoup Marlène, elle est franche et on peut lui faire confiance, contrairement à son fils.

Je me relève, et m'assois en tailleur, face à lui. Il soutient mon regard, me défiant de défendre Camille.

— Que lui reproches-tu, au juste ?

Il hausse les épaules d'un geste vague.

— Je ne sais pas, je ne lui fais pas confiance, c'est tout. On se connaît depuis qu'on est gosses mais on ne s'est jamais appréciés.

Je suis sûre qu'il ne me dit pas la vérité. Il doit y avoir plus qu'une simple antipathie là-dessous. Je lis un réel ressentiment dans ses yeux, comme s'il lui en *voulait*.

— Marlène voulait qu'il m'accompagne aux Sources Chaudes.

Gabriel me lance un sourire carnassier. Par les dieux de l'Olympe, heureusement que je n'ai pas suivi son conseil.

— Tu aurais dû accepter, on aurait bien rigolé.

— Non. Je ne crois pas, non. J'ai besoin de vivre assez longtemps pour retrouver Tiphaine.

— Bah toi tu ne risquais rien. Tu comptes aller chercher Tiphaine ? Mais tu ne sais même pas où se cachent les Narques, personne ne le sait.

— Il y a un début à tout. J'ai déjà perdu ma mère et la seule personne qui comptait encore à mes yeux a été enlevée. Mais je peux la ramener. Elle n'est pas morte, j'en suis sûre.

Gabriel regarde loin devant lui, il a l'air ailleurs.

— À quoi penses-tu ?

Il revient brusquement sur Terre et me sourit.

— À rien de spécial.

Il fait une pause hésitante puis reprend :

— Je sais que ton cœur est déjà bien rempli, mais tu y ferais une petite place pour moi ?

Je l'observe gravement.

— Je crois que tu occupais déjà tout l'espace disponible, bien avant que tu ne me ramènes au village. Il ne se passait pas une journée sans que je pense à toi. Je ne m'en rendais pas compte, mais j'étais tombée sous ton charme. C'était une première, les garçons ne m'ont jamais intéressée.

Il prend un air faussement choqué :

— Quoi, tu préfères les filles ?

Je le regarde un peu excédée.

— Évidemment que non, tu sais très bien de quoi je veux parler, je veux dire, je n'ai... jamais eu de copain.

Je me sens gênée de ma révélation. Je ne devrais pas dire ça. Je n'aime pas dévoiler mes sentiments, j'ai toujours peur que ça se retourne contre moi. Et ça pourrait le mettre mal à l'aise.

— Désolée.

Il est surpris.

— De quoi donc ?

— D'avoir dit ça, je ne voulais pas te gêner.

Il secoue la tête, mais il ne sourit plus.

— Tu es quand même une drôle de fille, Cassiopée.

Je regarde mes mains qui sont posées sur mes cuisses pour qu'il ne me voie pas rougir. Comparées aux siennes, elles sont minuscules, et pourtant quand il les serre, j'ai l'impression qu'elles s'emboîtent parfaitement ensemble.

Il les attrape et m'attire vers lui. Je me blottis contre son corps. Je ne veux plus m'en aller. Mais ce bonheur semble trop beau pour être vrai, j'ai peur qu'il ne me soit enlevé bientôt.

Il se penche et chuchote tout près de mon oreille :

— Je ne vais pas m'enfuir Cass, je t'ai dit que je ne te lâcherai plus et je ne vais pas changer d'avis. Alors tu peux essayer de me gêner autant que tu veux pour te débarrasser de moi, ça ne marchera pas.

Il m'entoure de ses bras pour appuyer ses propos.

Je n'en demandais pas tant.

★★★

Je bâille et je m'étire. Harassante journée.

Gab me regarde.

— Allez viens, on va se coucher. Tu veux que je dorme sur le canapé ?

Je me penche et l'embrasse brièvement.

— Non. J'ai dormi avec Camille et je me sens affreusement coupable. Alors, (je hausse les épaules avec désinvolture) je pense pouvoir supporter ta présence pour une nuit.

— J'espérais que tu dirais ça.

Il se lève et m'aide à me mettre sur mes jambes. Je suis tout engourdie à force de rester assise et je suis lessivée.

Il entrecroise ses doigts avec les miens et m'amène dans la chambre. Je note qu'il a la délicatesse de garder son jogging. Mais il enlève son pull et je sens mon estomac se retourner douloureusement.

Oh. My. God.

Tout ce à quoi je pouvais m'attendre est loin, faramineusement loin de la réalité.

Ses pectoraux, parfaitement dessinés, laissent place à trois rangées d'abdos. Je vois les muscles de ses bras jouer sous sa peau et ceux de ses larges épaules rouler alors qu'il range son T-shirt.

Je sens mes joues brûler, et je dois être tellement rouge que je dois évoquer une tomate. Je me sens totalement ridicule, plantée là comme une courgette, à le regarder préparer la chambre.

Je ne m'attendais tellement pas à ça que je le contemple, la bouche ouverte, pendant plusieurs secondes.

Mais le truc carrément déconcertant ce sont les tatouages. Un sur son pectoral gauche, un prénom : Kala.

Pendant une ou deux secondes je reste persuadée que j'ai déjà entendu ce prénom quelque part, mais mon regard est tout à coup attiré par une tache noire, un peu plus bas.

C'est une toute petite inscription en lettres gothiques noires qu'il a sur la hanche gauche.

Je plisse les yeux et ma vision s'ajuste immédiatement.

«Appropinquasti in die quando invocavi te;
dixisti: ne timeas»

Je crois que c'est du latin. Mais étant donné que j'ai toujours fui ce cours comme la peste, je ne peux pas en être sûre.

Il capte mon regard. Un sourire mi-amusé, mi-triste apparaît sur ses lèvres.

— C'est un passage de la Bible. Du livre des Lamentations, chapitre 3, verset 57. Ça veut dire : «Tu t'es approché le jour où je t'appelais. Tu as dit : n'aie pas peur.»

Je reste estomaquée.

1) Gabriel a des *tatouages*.

2) L'un d'entre eux est un passage de la *Bible* et je ne m'attendais pas à ce que ce soit son livre de chevet.

432

3) Je pensais que la Bible n'était qu'un flot barbant de sermons incompréhensibles alors que cette phrase est plutôt jolie et poétique.
4) Et ce passage a l'air de signifier bien plus pour lui qu'il n'en laisse paraître.

Je finis par ouvrir la bouche :

— Je ne pensais pas que tu étais un grand lecteur de la Bible.

Il hausse les épaules.

— Je n'ai pas dit ça. Mais pour moi c'est certainement le livre le plus sage qui ne soit jamais paru.

Je fronce les sourcils :

— Tu es croyant ?

Il me regarde droit dans les yeux.

— Je l'ai toujours été. Pas toi ?

Je hausse les épaules.

— Si, il doit bien avoir quelque chose là-haut, mais je n'attends plus rien de lui depuis que le prêtre à l'enterrement de ma mère a dit qu'elle était morte parce que Dieu l'avait rappelée.

Il secoue la tête, désabusé.

— Cet abruti n'a jamais dû ouvrir une Bible de sa vie. Tu ne crois pas que si Dieu est amour ça veut dire qu'il n'est pas responsable du malheur des gens, mais plutôt de toutes les petites choses qui font notre bonheur ? Moi je pense qu'il doit en avoir sacrément marre qu'on lui mette tout sur le dos.

Mon regard se perd dans le vague. Oui, c'est vrai que je n'avais jamais vu les choses sous cet angle. Mais ça ne veut pas dire que je vais me mettre à me tatouer des passages de la Bible sur le corps.

Il attrape un oreiller et le balance sur le lit.

Quelque chose me chiffonne. J'arrive enfin à mettre le doigt dessus et j'écarquille les yeux.

— Gab ! Où sont tes ailes ???

Il retrouve son sourire espiègle :

— Je les ai rangées dans le placard.

— Ha, ha! Allez, dis-moi!

Pour toute réponse, il se met dos à moi. Mes yeux s'agrandissent encore.

— Co... comment... qu'est-ce qui s'est passé?

Il se tourne vers moi et prend un air grave.

— Je t'avais bien dit que j'étais un X-men.

Je lève les yeux au ciel.

Mon expression le fait rire.

— Mais non, je suis exceptionnel, c'est vrai, mais là ça n'a rien à voir avec mes compétences inestimables. Tous les Myrmes entraînés savent faire ça.

— Mais c'est quoi au juste, *ça*?

Dans son dos, et jusqu'à ces omoplates, il y a comme un tatouage géant. Couleur bleu nuit, parsemé de taches blanches. Le tatouage disparaît sous son jogging.

— Regarde.

Il prend ma main et me fait toucher l'endroit où sa peau est colorée. Il y a des reliefs. Ce n'est pas un tatouage.

Je commence à comprendre.

D'un coup le dessin se met à bouger, à onduler. Puis, petit à petit, les ailes ressortent par le milieu de son dos. Elles sont tellement pliées que j'ai peur qu'elles ne se brisent. Mais c'est sans compter sur les souplesses du matériau. Puis elles finissent par sortir entières et battent doucement, comme pour se délasser. Ces petits mouvements produisent un fort courant d'air. Ses ailes paraissent encore plus gigantesques dans cette petite pièce. Elles frôlent le plafond.

— C'est plus pratique pour dormir, tu ne trouves pas? Et en plus ça permet de passer inaperçu lorsque tu es avec des humains. Les Myrmes ont dans leur dos une peau plus fine au-dessus de l'épiderme, ce qui permet de «ranger» les ailes si besoin est. Mais tu l'apprendras plus tard.

Ses ailes font le chemin inverse et se replient dans son dos. Pendant un moment je ne les vois plus puis un bout se met à dépasser sur chaque omoplate, jusqu'à ses pectoraux.

— Je vais voir dans les affaires de Tamina si je peux te trouver un pyjama.

— Nan.

Il se retourne.

— Quoi, «nan»?

— Comment te faire comprendre... tu viens chez Marlène et je te propose des affaires à Camille pour dormir, comment réagis-tu?

— Premièrement je ne viens pas dormir chez lui, deuxièmement je me mets en boxer même si tu n'es pas contente, et troisièmement qu'est-ce que tu es exigeante, bon sang!

Je lui souris, fière de moi.

Il part farfouiller dans son armoire, ce qui me laisse *tout* le loisir de détailler les muscles sous son «tatouage».

Il se retourne brusquement, et surprend mon regard. Il se retient de sourire alors que je rougis en regardant mes pieds.

— Est-ce que ceci vous conviendrait, princesse?

— Ça sera très bien, beau gosse.

J'attrape les vêtements qu'il me lance et je vais me changer dans l'autre pièce.

Lorsque je reviens, habillée d'un de ses T-shirts qui m'arrive presque aux genoux et d'un short, il est déjà couché, les yeux mi-clos, les mains derrière la tête.

Je me glisse dans les draps, tout intimidée. Il y a un espace entre nous et je n'ose pas le franchir.

Il se positionne sur le côté et me regarde. Nous avons tous les deux la capacité de nous détailler parfaitement dans le noir le plus complet.

Une rafale fait claquer le volet de la chambre et je sursaute. Je suis trop nerveuse, il faut que je me calme.

Je réduis progressivement l'espace qui nous sépare en espérant qu'il ne s'en rende pas compte.

Il ouvre les yeux et se rapproche de moi d'un coup.

Il passe un bras autour de ma taille pour m'attirer un peu plus vers lui.

— C'est plus simple comme ça, non?

— C'est le moins qu'on puisse dire.

Il soupire profondément alors que je cale ma tête dans son cou.

Un moment passe où nous restons silencieux et j'en viens à penser qu'il s'est endormi.

— Quel âge tu as, Cass?

Aïe… mauvaise, très mauvaise question.

En plus ça fait superbizarre que mon petit copain me pose une question aussi évidente! Bon, pour sa défense, on n'a pas vraiment eu le temps de se connaître en profondeur avant de se mettre ensemble.

Je pourrais peut-être faire semblant de dormir?

— Et ne fais pas semblant de dormir, je sais que tu es éveillée.

Loupééééé, chantonne la Voix.

— Je ne veux pas te mentir alors je ne te le dirai pas.

Il se soulève sur un coude, alarmé.

— Détends-toi, je n'ai pas seize ans non plus.

— C'est censé être rassurant ce que tu me dis?

Je regarde le plafond. Il va bien falloir que je lui dise un jour ou l'autre.

— J'ai… dix-neuf ans.

Je triche un peu sur mon âge mais, franchement, quelques mois de plus ou de moins ne vont pas changer la donne.

Il se recouche lourdement sur l'oreiller et pose ses mains sur son visage.

Je remarque qu'il s'est un peu éloigné.

— C'est pas vrai… je pensais que tu étais beaucoup plus vieille… six ans c'est énorme, bon Dieu.

— Et alors? Si tu n'avais pas posé la question, tu n'aurais rien remarqué.

— C'est bien ça le problème.

— Mais… (J'essaie de garder mon calme.) Mais quand on aura trois cents ans, on se fichera pas mal de savoir si on a dix ou vingt ans de différence!

Je suis si triste de le sentir si loin d'un coup. Depuis le temps que je le désirais, voilà que je l'avais enfin pour moi toute seule. Et quelques heures plus tard tout tombe à l'eau. À cause d'un simple nombre.

— Personne, c'est vrai. Mais nous sommes encore loin des trois cents ans.

— Qu'est-ce que tu vas faire alors ? Décider de ne plus me voir ? Décider de m'abandonner alors que tu as promis le contraire ?

Ma voix est blanche mais j'appréhende la réponse.

Il écarte les doigts et me regarde, pesant le pour et le contre.

— Je serais tenté de te dire oui.

Quelque chose se dégonfle dans ma poitrine et je sens que mes yeux s'embuent de larmes.

— Mais je te mentirais. Maintenant que j'y ai goûté, je ne crois pas pouvoir me passer de toi.

Le soulagement me submerge. Il n'aurait pas pu le dire plus tôt, cet imbécile ?

— Mais ?

— Mais on ne va pas se montrer en public avant un moment. Je ne veux pas que l'on commence à ragoter. On a beau être une communauté unie, on n'en est pas moins des humains.

Je soupire et hoche la tête. Je préfère ça que de le quitter.

Je me roule en boule dans le coin du grand lit. J'ai un peu froid d'un coup.

J'attrape le coussin qu'il m'a donné et j'enfouis ma tête dedans. S'il ne veut plus me toucher, grand bien lui fasse. Je ne vais pas lui montrer que cela m'affecte.

— Tu veux savoir ce que m'a dit Marlène quand je lui ai assuré que tu étais à la maison ?

Ici, par temps de tempête, les familles échangent par messages en morse.

— Non pas vraiment, non, mais quelque chose me dit que tu vas me le dire quand même.

J'ai toujours le visage planqué dans l'oreiller. Je me sens frustrée en plus. Celui-ci n'a pas son odeur.

Il ignore ma dernière remarque et reprend, imperturbable :

— Qu'elle était rassurée et qu'elle me faisait confiance. Je pense que ce qu'elle voulait dire c'est «je suis rassurée, mais je n'ai pas intérêt à apprendre des choses qui ne me plaisent pas».

— Ben ne va pas lui répéter, je ne pense pas qu'elle ait des caméras planquées dans ta baraque. Ou alors je vais dormir sur ton canapé, c'est ça que tu veux ?

— Je rêve ! Est-ce que tu serais en train de bouder ?

Il m'attrape par les bras et me tire vers lui.

J'appuie de tout mon poids sur le matelas mais je ne suis même pas sûre qu'il perçoive la différence. Le coussin a suivi et je ne change pas de position.

Il m'enlace tendrement, attrape le coussin et le fait voltiger à travers la chambre.

— Ah bravo ! Et moi je fais comment pour dormir ?

Pour toute réponse, il tire son oreiller pour le partager avec moi.

Hum, forcément, s'il me prend par les sentiments...

Je lui demande quand même avec ironie si ça ne va pas faire travailler sa conscience.

Il me serre un peu plus en riant.

— Si, je pense que si, mais tu es tellement mignonne quand tu râles que je ne peux pas résister.

Je me débats pour lui échapper, mais sans grande conviction. Je me sens trop bien là où je suis.

— Gab ?

— Hum ?

— Ta vraie personnalité c'est glacial et cynique ou tendre et drôle ? Parce que je t'avoue qu'ayant bien connu la première, je suis surprise maintenant de te voir adopter la deuxième.

Il pose sa main sur ma joue et la caresse doucement. De petits allers-retours qui font bondir mon cœur dans ma poitrine.

— Les deux. Je suis toujours froid quand je ne connais pas, c'est comme ça. Ou quand je veux cacher mes sentiments. Mais si ta question c'est «est-ce que tu joues la comédie, là?» la réponse est non. Je ne suis pas tendre et affectueux avec tout le monde, je n'en vois pas l'utilité. L'être avec toi me semble naturel.

Sa réponse me satisfait. J'attends la suite mais il semble avoir fini.

Sa respiration ralentit et son étreinte se relâche. Il s'est endormi.

★★★

J'essaie de dormir aussi, mais je n'y arrive pas. Je n'ai jamais dormi dans le même lit qu'une autre personne et jamais, au grand jamais! avec un homme.

Enfin si, techniquement si. Avec Camille. Mais ça n'est pas pareil! Dormir avec quelqu'un qu'on considère comme son frère et quelqu'un avec qui on s'imagine avoir des gosses, ça n'est décidément pas du tout la même chose!

Alors le sentir tout près de moi, un bras autour de ma taille et son cou touchant presque mon nez, m'empêche de dormir. Son odeur à cet endroit est irrésistible.

Je ferme les yeux et inspire profondément.

Je ne dors pas aussi parce que j'ai bien peur que ce soit la dernière fois avant longtemps que je dorme avec lui. Et je veux en profiter un maximum.

La fatigue finit par me gagner et mes paupières s'alourdissent.

Je passe une main autour de la taille de Gabriel, pour être sûre qu'il ne s'éloigne pas durant la nuit.

Je me laisse aller dans les bras de Gabriel, bien plus agréables que ceux de Morphée.

60

Un bruit dans la cuisine me fait sortir de ma torpeur.

Je lève la tête pour regarder par la fenêtre. La tempête s'est un peu calmée, d'ici une heure ça sera terminé.

Je sens une pointe de déception m'étreindre au niveau la poitrine.

Le jour est levé depuis une demi-heure environ, si j'en crois l'intensité de la lumière diffusée.

Je retombe lourdement sur l'oreiller en inspirant profondément. Son odeur est là, immuable.

J'étends la main pour le toucher, croyant qu'il s'est éloigné pendant la nuit, mais elle ne rencontre que du vide.

Je m'assois d'un coup en le cherchant dans la pièce, mais il n'est pas là. Un nouveau bruit se fait entendre dans la cuisine et mon cœur se calme. J'avais peur qu'il soit parti. Je ne sais pas pourquoi.

Pour la deuxième fois, je me laisse tomber sur le lit et plaque la couette au-dessus de ma tête.

Je recommence à m'endormir quand des pas se font entendre dans la pièce, puis juste à côté du lit.

— Allez debout, paresseuse !

Je grommelle quelques propos inintelligibles sans sortir le nez de dessous les couvertures.

Il y a un temps mort et la seconde d'après je n'ai plus de couette. Il l'a tirée du côté de mes pieds. Un frisson me parcourt de la tête aux pieds, j'ai la chair de poule. Je gémis lamentablement en plaquant le coussin sur mon crâne.

Comme rien ne se passe et que je commence vraiment à avoir froid, je me résigne et m'assois sur le lit en me frottant les yeux.

— J'ai connu mieux comme réveil…

Il est debout, les bras croisés, ses longues ailes dépassant largement le haut de sa tête. Ses cheveux sont humides et plusieurs mèches tombent sur ses paupières. Il y a des étincelles de malice dans ses yeux.

Je n'ai jamais eu une apparition aussi délicieuse pour mon réveil, malgré tout ce que je puisse dire.

Un frisson me parcourt de nouveau et je frémis dans l'air frais de la chambre. Un poids fait bouger le lit.

Il me pousse doucement et je retombe pour la troisième fois de la matinée sur le lit. Il me recouvre de son corps imposant et m'embrasse doucement. Il sent le savon. Une odeur de pin.

Quand, pour la première fois depuis qu'il m'embrasse, je sens sa langue toucher mes lèvres, j'ai un sursaut de panique. Mais tout naturellement, sans que je lui en aie donné l'ordre, ma bouche s'entrouvre et je découvre une myriade de sensations nouvelles qui me tordent délicieusement l'estomac. Mes mains trouvent le chemin de ses cheveux et les siennes s'aventurent sous mon T-shirt.

À l'instant où je sens que je vais mourir de plaisir, il reprend son souffle et observe ma réaction.

— C'est mieux?

— Hum oui. Je pense que je pourrais bien y prendre goût.

Il sourit et m'embrasse sur le front.

— Allez lève-toi la marmotte, j'ai préparé le petit déjeuner.

J'obtempère en souriant.

— Quel exploit! Qu'est-ce que je vais devoir te donner en échange?

— Ton adoration éternelle suffira.

441

Il me tient la main jusque dans la cuisine.

★★★

— Tu as pris toute la place cette nuit, il me restait à peine un demi-centimètre carré de coussin ! J'ai failli aller dormir sur le canapé, mais tu étais tellement agrippée à moi que je n'ai pas pu te décrocher.

— T'es culotté ! Moi j'ai eu froid parce que tu monopolisais la totalité des couvertures.

Il secoue la tête de certitude.

— Im-po-ssible. Je n'ai pas dormi du tout, j'ai passé la nuit à te regarder baver sur *mon* coussin.

Je m'étouffe avec un morceau d'œuf, offusquée.

— Tu rigoles ou quoi ? C'est moi qui t'ai regardé dormir, et c'était tellement profond que tu t'es mis à ronfler.

Il hausse les épaules.

— C'était une ruse. Pour tromper l'ennemi.

Je secoue la tête en souriant. Quelle mauvaise foi.

— Ben voyons.

Je hausse les épaules.

— La prochaine fois j'apporte *ma* couette et *mon* coussin et je squatte *ton* lit pendant que toi tu occupes le canapé.

— Dans tes rêves.

— Alors comme ça tu es prof ? Je demande en changeant totalement de sujet.

— Eh oui, j'aime beaucoup les gosses. Avec eux on ne se prend pas la tête au moins.

Je touille innocemment ma cuillère dans mon café.

— Oui, c'est sûr. Et puis, même dans ta classe de Siléas, les élèves doivent être vraiment plus intéressants, surtout les filles...

— Ben c'est clair. Et comme elles sont toutes folles de moi, j'en fais ce que j'en veux.

Je lui balance la cuillère à la figure mais il l'évite en riant.

On continue à se lancer des petites piques alors qu'on mange. Je n'ai plus envie de me séparer de lui, quand il y

442

a trop de distance entre nous, je ressens comme un vide. Il ne cesse de passer une main dans mes cheveux alors qu'il m'embête gentiment. Et moi je ris. C'est troublant de se sentir aussi bien et aussi proche d'une personne que l'on connaît à peine. Et pourtant c'est mon cas.

Il s'arrête de parler un moment et reprend doucement.

— Tu as raison, je ne t'ai pas regardée cette nuit, mais ce matin, si. Et... je n'ai jamais été aussi heureux de voir quelqu'un parasiter mon lit.

Il fait une petite pause.

— Je n'osais plus bouger parce que tu avais un bras passé autour de moi et je ne voulais pas que tu l'enlèves. Je n'ai jamais ressenti ça pour personne.

La plus belle déclaration d'amour du monde n'aurait pu égaler celle-ci.

J'ouvre la bouche pour lui demander qui a déjà parasité son lit, mais je me ravise quand je vois son expression. Il a l'air honteux.

— Tu te souviens que j'avais quelque chose d'important à te dire ?

Non, j'avais totalement oublié.

Je hoche la tête quand même mais il n'a pas le temps de s'expliquer car on tambourine violemment à la porte. Le bruit me fait sursauter et je manque de tomber de ma chaise.

Gabriel me détaille de la tête aux pieds. Je l'imite. Je suis dans son T-shirt, et habillée de son short. Franchement ambiguë comme situation, d'un point de vue extérieur.

Il me désigne la salle de bains du menton. Ses yeux ont repris leur éclat froid.

Je descends de ma chaise avec mille précautions et cours vers la salle de bains tout aussi silencieusement. J'espère que le vent là-dehors couvrira le bruit de mes pas. Parce que je sais exactement qui se trouve derrière cette porte. Et je prie pour que cette matinée ne commence pas par un assassinat, quel qu'il soit.

J'entends la porte qui s'ouvre et il y a des éclats de voix. Je passe à la vitesse supérieure et enfile mes vêtements avec une rapidité étonnante. Des bribes de la conversation me parviennent.

— … Dans la salle de bains… arrive bientôt.

La voix de Gabriel est plutôt calme, ça m'aurait rassurée si celle de Camille n'était pas aussi acide :

— Si tu l'as… te… et tu le regretteras.

La voix de Gabriel baisse d'une octave, se faisant sourde et menaçante. Je tends l'oreille pour comprendre sa phrase :

— … rien à me dire là-dessus sale hypocrite. *Rien du tout.* Je la protégerai de toi, je t'empêcherai de lui faire du mal, comme…

Un bruit inquiétant se fait entendre et je sors précipitamment de la salle de bains.

Les deux hommes se tiennent face à face, les bras le long du corps, les poings serrés. On se croirait dans le choc des titans.

Je crois que Camille vient de pousser Gabriel.

Camille pose son regard sur moi et je me fais violence pour ne pas retourner me planquer dans la salle de bains. Lui qui a toujours l'air si doux, son expression me fait encore plus peur que celle de Gabriel.

Je m'approche et me place aux côtés de Gabriel.

— Salut Camille, ça va ?

— Sors, dépêche-toi.

Je deviens livide. Gabriel perd ce qui lui restait de self-control et s'approche de Camille.

— Elle sortira quand elle en aura envie.

Pour toute réponse Camille m'empoigne violemment par le bras et me tire à l'extérieur. Je pousse un glapissement surpris.

Gabriel attrape Camille par le col de son manteau.

— Lâche-la tout de suite ou ça va très très mal se passer.

Son ton est aussi menaçant que les yeux de Camille.

444

Ce dernier lève le poing mais avant qu'il ait eu le temps de passer à l'acte, je me dégage et me poste devant Gabriel, face à Camille, les bras écartés en signe d'apaisement.

— Oh! Ça va pas bien dans ta tête? Qu'est-ce qui te prend bon sang? Je me retrouve coincée dans une tempête de neige, Gabriel me trouve et m'invite à m'abriter chez lui jusqu'à ce que ça se calme, et c'est comme ça que tu le remercies? T'as un grain, ou quoi?

Ni trop faux, ni trop vrai.

Camille ne desserre pas les dents et fixe toujours Gabriel.

— Ne te mêle pas de ça Cass ou tu vas toi aussi avoir des problèmes.

Je le regarde, franchement éberluée. Est-ce qu'il vient de me menacer? Mon si doux et si gentil Camille vient-il de me dire qu'il allait s'en prendre à moi?

Je sens la colère envahir chaque cellule de mon corps.

Je croise les bras en plantant mes ongles dans ma peau.

— Essaie un peu pour voir.

Gabriel pose une main sur mon épaule et me pousse doucement sur le côté, mais je ne bouge pas. Je suis loin de me sentir menacée. Très très loin.

Mais je dois essayer de sauver la situation.

Je ravale ma colère comme on déglutirait une pleine gorgée de fiel. Plutôt amèrement.

Je prends un ton conciliant :

— S'il te plaît Camille, je t'en prie, ne fais pas quelque chose que tu regretteras par la suite. Je… j'aime Gabriel.

Ce dernier tourne la tête vers moi, et je vois de la surprise dans ses yeux. Et du soulagement.

Et pour la première fois, Camille baisse la tête vers moi. Il a l'air plus qu'énervé, il a l'air blessé. Ses yeux remontent pour défier ceux de Gabriel.

— Ne t'approche plus d'elle, ou tu auras affaire à moi.

Attends… Quoi???

La colère réapparaît instantanément et cette fois je ne fais aucun effort pour la repousser.

Je pointe un doigt menaçant vers son torse.

— Camille, je t'interdis de lui parler comme ça ! Et je t'interdis d'autant plus de t'insinuer dans mes décisions. Dans *ma* vie ! Je sais que je peux avoir confiance en lui ! Est-ce que tu as écouté ce que je t'ai dit ? Je suis a-mou-reu-se. Je l'aime. Et je n'ai aucun compte à te rendre, je suis une adulte et je sais me débrouiller seule. Alors si j'ai envie de passer la nuit avec lui, je le ferai. Tu n'es pas mon père, même pas mon frère. Je ne te dois rien, aucun respect.

Mais yeux lancent des éclairs. Je suis furieuse contre lui alors je n'hésite pas à laisser planer le doute sur ce qui a bien pu se passer cette nuit.

Pourtant, Camille ne s'arrête pas sur ma phrase ambiguë. Il me regarde d'un air ironique :

— Ah oui, tu peux lui faire confiance ? Eh bien puisqu'on en est aux confessions, j'ai appris quelque chose de très intéressant ce matin. Ma mère m'a parlé d'une Kamkal qu'elle avait connue. On en parlait justement à cause de toi, parce que tu avais de grandes capacités et que cette Kamkal avait été le meilleur espoir de la communauté pendant un temps. Le nom qu'elle utilisait chez nous était James. Mais je suppose qu'elle a changé pour O'Brien. Myriam O'Brien.

J'ai l'impression de recevoir un coup de poing dans la poitrine. Je n'ai plus d'air dans les poumons et je n'arrive pas à respirer. Je dois avoir mal compris, ce n'est pas possible, il doit se tromper.

Camille continue sur sa lancée, comme si le fait de me poignarder en plein cœur n'avait pas amplement suffi. Comme si mon monde ne venait pas déjà de s'écrouler sous mes pieds.

— Maman n'a pas fait le rapprochement, mais moi oui, de suite. Et tu sais ce qui est le plus drôle ? C'est que les Rabatteurs s'occupent personnellement des analyses de sang de leur Potentiel. Ils ne vérifient pas seulement qu'ils possèdent le gène X12. Ils étudient aussi leur parenté.

Je n'arrive pas à comprendre ses paroles. Mon cerveau semble s'être mis en mode «économie d'énergie». Et analyser les informations ne semble pas faire partie des options de ce mode.

Je me retourne vers Gabriel, attendant qu'il s'explique à son tour.

Il a l'air affreusement honteux. Il n'en veut même pas à Camille.

— Gabriel... c'est vrai ce qu'il dit? Mais... c'était peut-être une autre Myriam, je veux dire, le prénom Myriam n'est pas si rare!

Je me tourne vers Camille, furieuse contre lui:

— Ça peut être n'importe qui!

Gabriel prend la parole, las:

— Non, c'était elle. Je ne savais même pas quel nom elle avait adopté en quittant cet endroit. Personne ne le savait. C'était son but: disparaître. Je l'ai appris lorsque nous avons étudié ton ADN, pour le Potentiel. C'est là qu'on a découvert ta parenté avec Myriam.

Je l'observe, sous le choc.

Il le savait lorsqu'il est venu me chercher. Il le savait avant même qu'on se rencontre.

Il tend une main vers moi, une main désespérée. Je n'esquisse pas un geste:

— C'est ce que je voulais te dire, tout à l'heure. Je suis désolée Cass, nous n'avions pas le droit de parler de ce genre de choses... c'est vrai, je le savais... et je l'ai connue, j'avais cinq ou six ans. Je pensais qu'elle t'avait expliqué ce qu'elle avait été, mais quand tu m'as parlé d'elle la première fois, j'ai compris que tu n'étais pas au courant. J'allais te le dire, je te le promets.

Il pose une main sur mon bras mais je me dégage et recule en secouant la tête. Il a l'air malheureux, mais je n'arrive pas à penser à lui. Je me dis que ma mère était une Myrme avant et que je ne le savais même pas.

Tu parles d'une crédibilité!

Mais en même temps ça explique pas mal de choses : pourquoi elle me racontait l'histoire des Myrmes, pourquoi est-ce que j'avais toujours eu l'impression qu'elle avait des yeux derrière la tête et pourquoi elle me semblait si pudique… je ne l'avais jamais vue sans au moins un T-shirt sur elle. Mais ce n'est pas le fait de ne pas avoir été mise au courant qui me blesse autant. C'est le fait que Gabriel, l'homme que j'aime, ne m'ait pas fait assez confiance pour me l'avouer, alors que moi je lui aurais dit tous mes secrets les plus intimes.

Il faut que je digère l'information. Il faut qu'ils me fichent la paix, que je me calme.

Camille regarde Gabriel d'un air satisfait et attrape de nouveau mon bras, plus doucement cette fois et m'entraîne vers la maison.

Je manque de tomber à plusieurs reprises tant il marche vite.

Je proteste, essayant de me libérer, le menaçant, criant, me débattant. Mais ça rentre dans l'oreille d'un sourd. Au sens figuré bien sûr. Et finalement je m'affale sur le sol.

Il me remet sur pieds comme si de rien n'était, mais j'en ai ma claque. Mon poing prend de l'élan et s'abat finalement sur sa mâchoire avec une violence qui m'est peu commune. Mes phalanges craquent.

Il me lâche, et pose une main sur sa joue, une expression incrédule sur le visage. Si je n'étais pas aussi remontée je pourrais en rire.

Je sens des larmes couler le long de mes joues. C'est trop. Beaucoup trop, je ne peux plus le supporter. Entre deux respirations haletantes, je siffle :

— Tu vas me lâcher maintenant ! Tu crois que tu as gagné le droit de me donner des ordres ? Parce que tu m'as avoué que Gabriel m'avait caché certaines choses ?

Je le défie du regard et martèle chaque mot, ma voix allant crescendo :

— Mais tu te prends pour QUI ?!

Je me mets soudain à hurler.

— Tu ne vaux pas mieux que lui avec la scène de jalousie que tu viens de faire ! Tu es dix fois pire que lui, tu ne lui arrives même pas à la cheville ! Où est passé l'ancien Camille, le gentil Camille que je connaissais ?

Je me tourne dans tous les sens, les mains en coupe autour de ma bouche et me remets à hurler, complètement hystérique :

— Camille !! Camille !!

Puis je le regarde à nouveau, les yeux pleins de larmes, les dents serrées. Je suis sûre qu'à ce moment précis je ressemble à une folle. Une folle meurtrière tant j'ai la rage.

Cela semble le faire redescendre sur Terre. Ses yeux perdent leur fureur et ils redeviennent doux, désolés. Il s'approche de moi.

— Cass, je suis désolé, je...

— Ne me touche pas ! hurlé-je, hors de moi.

Ma voix doit porter à travers tout le village, mais je m'en moque.

Je le pousse violemment des deux mains.

— Tu as eu un comportement d'attardé mental tout à l'heure. *Vous* avez eu un comportement d'attardés mentaux. Vous me fatiguez, tu m'entends ? Vous me fatiguez !

Je le pousse encore une fois pour éviter de lui mettre la gifle que je rêve de lui donner, et je me retourne et marche vers la forêt.

Je me ravise et le regarde une dernière fois. Je sens comme un volcan en moi, qui n'attend qu'une chose : entrer en éruption.

— Ne t'avise pas de me suivre ou je te tue.

61

Je marche. Je ne suis plus qu'une masse de souffrance aveugle.

Il neige de plus en plus fort, mais je ne le remarque même pas.

J'essaie d'analyser ma douleur, ma fureur. Je ne comprends pas pourquoi je me sens aussi affligée. Je devrais me sentir fière de savoir que ma mère était une Myrme puissante, certainement une Siléa avec deux – voire trois ! – Sens Phare. Je ne comprends pas pourquoi je suis malheureuse comme les pierres. Parce que ce n'est pas de la faute de Gabriel, ni de Camille, je le sais au fond de moi.

Une sorte de visseuse se fraie lentement un passage à travers mon corps jusqu'à mon cœur pour mieux le pulvériser. C'est un sentiment que je n'ai jamais ressenti pour ma mère. Jamais.

C'est là que je mets le doigt dessus.

C'est le sentiment d'avoir été trahie.

Je m'arrête net. Oui c'est exactement ça. Et ça explique aussi la tristesse infinie qui m'oppresse. J'ai en fait l'impression qu'un mythe tombe, qu'un des piliers sur lesquels reposait ma vie tout entière s'effondre lamentablement.

Rien d'étonnant à ça. Pour moi, ma mère a toujours été l'exemple de la perfection même. La personne que je plaçais sur un piédestal sans jamais douter de sa sincérité. Une personne que j'admirais tant que c'en était à la limite de l'adoration. Et quand elle est morte, bien loin de s'émousser, mon admiration n'a fait que s'amplifier. Je la voyais presque comme une divinité. Si quelqu'un avait eu des reproches à faire sur elle, je l'aurais défendue jusqu'à la mort, s'il avait fallu. Elle ne pouvait avoir tort, c'était la raison même. C'était ma mère.

Et elle m'avait trahie. Elle m'avait menti. Tout ce que je pensais sur elle était peut-être faux, qui sait ?

Je me penche sur le côté avec un horrible haut-le-cœur et je vomis tout le contenu de mon estomac.

Je pensais qu'après avoir tout rendu je me sentirais mieux, mais ça n'arrive qu'à me faire sentir plus vide encore.

Je me remets à marcher, totalement au hasard. Je ne sais pas combien de temps je marche, à travers l'épais rideau de neige. Mais je sais que je me suis dangereusement éloignée du village. Tout est calme autour de moi, il n'y a pas même un souffle de vent. Les gens vont peut-être commencer à s'inquiéter...

Qu'ils aillent tous se faire voir, ces sales hypocrites !

Je me serais détestée de penser comme ça, une heure plus tôt. Parce que maman détestait ce genre de pensées. Mais maintenant à quoi bon chercher à lui faire plaisir ? Elle est morte. Et elle m'a menti.

Je me sens couler un peu plus dans la déprime.

Une pensée qui ne m'a jamais traversé l'esprit s'impose à moi. Martin Kirk est peut-être encore plus détruit que moi par l'acte qui l'a conduit en prison, douze ans plus tôt. Mais j'étais tellement malheureuse et en colère que je ne pouvais pas imaginer que je sois la seule à souffrir. Et il me fallait bien un coupable.

Un bruit que je n'entends pas fait fuir des oiseaux. Ils s'envolent avec des cris paniqués.

Je les regarde, distraite. Ce pays, quel qu'il soit, est assez étrange. Il y a des forêts et des montagnes partout et il neige tout le temps.

Un bruit, audible cette fois, m'alerte. On dirait que quelque chose est tombé dans la neige épaisse. Ou s'est posé.

J'essaie d'observer les alentours, mais il neige trop fort. Le mouvement constant de cette pluie blanche perturbe la Facette de la Mouche. J'essaie celle de l'Aigle mais le résultat est le même. Tout ce blanc perturbe mes Facettes. Mais j'arrive quand même à remarquer que je ne suis pas seule. Je suis sûre que ça a bougé devant moi, sûre.

Il ne me reste plus qu'à utiliser la dernière Facette.

Je plisse les yeux. Aussitôt, le rideau de neige se fait plus discret et je perçois toutes les formes de vie qui m'entourent en rouge, et les autres objets dans une palette de bleus plus ou moins froids. Et croyez-moi, ce que je découvre ne me plaît pas. Mais alors pas du tout.

Il y a quinze, peut-être vingt formes rouges, de taille humaine, qui m'encerclent consciencieusement.

Une battue. C'est une battue. Je ne peux pas leur échapper.

Je me mets à paniquer. Je pense à retirer mon pull pour voler, mais il neige trop fort, mes ailes seront abîmées, peut-être irrémédiablement. Et même sans ce détail, je sais que je n'arriverai même pas à décoller.

Instinctivement, je me baisse et farfouille dans la neige d'un air distrait. Comme si je n'avais que ça à faire. Ma main rencontre enfin ce qu'elle cherchait et je me relève nonchalamment.

Je me tourne à droite puis à gauche, comme si je voulais décider quelle direction j'allais prendre. Les silhouettes se trouvent encore loin, une vingtaine de mètres.

Je décide d'avancer comme si de rien n'était, même si ça m'est insupportable. Du coin de l'œil j'observe les chasseurs. En regardant droit devant moi, j'arrive à en

voir neuf, parfaitement répartis en demi-cercle. Il doit y
en avoir autant derrière moi.

*Ne pas regarder en arrière. Ne pas regarder en arrière. Ne
pas regarder en arrière.*

Les silhouettes se sont immobilisées, mais pas moi.
Elles ne doivent pas savoir que je les ai découvertes. Elles
attendent que je me trouve à leur portée.

Dix mètres.

Sept mètres.

Je serre l'objet en le cachant légèrement derrière mon
dos.

Cinq mètres.

Ne t'arrête pas, ne montre rien.

Je vois celui qui se tient exactement devant moi se
préparer à me sauter dessus. S'il croit que je vais me rendre
comme ça...

Je baisse les yeux.

Deux mètres...

Sans prévenir, je franchis d'un bond la distance qui me
sépare du chasseur et le frappe violemment sur la tempe
avec ma pierre. Il n'a même pas eu le temps de réagir. À
croire que tous les Kamkals n'ont pas les mêmes niveaux de
capacité. Je suis presque vexée qu'on ne m'ait pas envoyé
une personne plus compétente.

Sans même jeter un œil au Narque immobile par terre,
je me mets à courir comme une furie. Je n'ai jamais été
mauvaise à la course. Au contraire, avec mon poids léger
et mes jambes longues pour ma taille, je surpassais toutes
les filles de mon école. Mais là il ne s'agit pas de course
entre adolescentes, malheureusement.

Tout en courant, je jette un regard par-dessus mon
épaule. Les silhouettes me paraissent très éloignées. Je ne
sais pas combien de mètres j'ai parcouru, mais soit elles
sont moins rapides que moi, soit elles ne se pressent pas.

Je m'arrête très brièvement pour les observer. Certains
se sont rassemblés autour du corps inerte dans la neige.

D'autres avancent au pas. Je ne comprends pas leur tranquillité.

Je me retourne et me cogne de plein fouet contre un homme.

Je pousse un glapissement terrifié et regarde son visage, mais je ne vois que du rouge.

Après être passée en Facette de l'Aigle, je reconnais les traits familiers et rassurants de Camille.

Je manque de défaillir de soulagement.

— Camille, il faut partir! Les Narques sont juste derrière, ils sont une vingtaine, viens!

— Je sais Cass, je sais.

Il est étrange.

Je regarde nerveusement derrière moi mais je n'ai pas le temps de me retourner à nouveau. Une main se plaque brusquement sur mon visage et je sens le tissu d'un mouchoir se coller sur ma bouche.

De peur, j'inspire pour pousser un cri. Mais il ne sort pas. Une odeur que je connais bien me pique les narines et une seconde plus tard je vacille et je tombe dans les bras de Camille.

Du chloroforme.

Tout tourne autour de moi et mes paupières se ferment sans mon consentement.

Il me dépose sur le sol et me regarde d'un air satisfait. C'est la dernière image que je vois avant que le noir complet ne me submerge.

★★★

Un ballottement suivi quelques minutes plus tard par le son d'une conversation me sort de ma torpeur. Je n'arrive pas à me concentrer sur les voix parce que je sens mon estomac remonter dans ma gorge. J'ai la tête en bas. Un premier haut-le-cœur me fait hoqueter.

— Elle va vomir!

Aussitôt, je glisse de la monture, tête la première. Heureusement que j'ai le réflexe de la rentrer parce que je me serais rompu le cou.

J'atterris sur les omoplates d'abord puis le reste du corps suit. Sans attendre, je me redresse et vomis. Mais je n'ai plus rien à rendre. C'est la deuxième fois de la journée que j'ai la nausée.

Je me mets à genoux et redresse la tête pour regarder le ciel. Le soleil vient à peine de se lever. Quand on m'a endormie, nous étions tard dans la matinée. Si j'avais respiré uniquement du chloroforme, je me serais réveillée bien avant la nuit. Que m'ont-ils administré ?

Derrière moi, quelqu'un saute de cheval. Je ne me retourne pas, trop occupée à observer le paysage qui m'entoure, la respiration laborieuse.

Je ne le reconnais pas. Il y a bien des arbres mais on arrive à la limite. Devant moi se dressent, majestueuses, les hautes montagnes que j'arrivais à voir de temps en temps lorsque j'étais au village. Mais là, c'est différent. Elles sont toutes proches, et il n'y a plus de forêt après. Celle-ci se trouve juste derrière moi. Et entre les bois et les montagnes, il y a un lac immense.

Je ne peux pas les laisser m'emmener, personne ne me retrouvera jamais s'ils parviennent à leur fin. Un visage s'affiche sans prévenir dans ma tête. Des mèches noires, des yeux bleus…

Je reste immobile mais plonge discrètement la main sous la neige. J'attrape une grosse poignée de tout ce qu'elle rencontre et je continue à regarder le ciel d'un air hébété.

Une main se pose sur mon épaule et je me retourne en lançant ma poignée avec un cri de rage.

Camille reçoit un cocktail détonant de neige-terre-cailloux en plein dans les yeux.

Il vacille en hurlant, les mains sur le visage. Je suis tentée de le pousser et de lui donner un coup de pied mais je préfère ne pas tenter le diable. Il y a des tas de chevaux avec leur cavalier derrière moi, mais devant la voie est libre.

455

Je trébuche sur quelques mètres et parviens finalement à me mettre debout. Mais je n'ai pas le loisir de faire un pas de plus. Une main empoigne mes cheveux et me tire en arrière sans ménagement.

— Eh Camille, tu ne nous avais pas prévenus que cette fille était une vraie furie… d'abord ce pauvre Nathan, maintenant toi.

Il me retourne violemment vers lui pour que je le regarde. Il est plutôt petit, comparé à Camille ou Gabriel. Pour l'âge, je ne peux pas dire. Tout le monde fait jeune ici.

Il passe doucement son index sur ma joue. J'ai un mouvement de recul, mais il me tient bien. S'il s'avise de s'approcher trop près de ma bouche il va le sentir passer.

— Mais trésor, il faut que tu saches qu'avec moi tes petites ruses ne fonctionneront pas.

Je sens toutes mes forces me quitter. Cet ultime sursaut d'énergie que j'ai eu quelques secondes auparavant s'est évaporé. Je trouve quand même le courage de faire de l'esprit.

— Les gens font souvent l'erreur de me sous-estimer.

— Oh ça, je n'en doute pas. Qui penserait qu'à l'intérieur de ce petit corps fragile se cache quelqu'un d'aussi déterminé?

Tu sais ce qu'il te dit, le petit corps fragile?

J'ai une terrible envie de lever violemment le genou. Et c'est la raison pour laquelle j'obtempère avec entrain.

Mais il avait raison. Mes petites ruses semblent inefficaces avec lui.

Il fait un bond en arrière juste au moment où mon genou aurait dû frotter ses… parties sensibles.

Tout ce que je récolte, c'est une claque et un ricanement méprisant.

— Lâche-la immédiatement! Je t'interdis de la toucher, tu m'entends? Manassé va t'écorcher vif, s'il l'apprend.

Je n'ai pas l'impression que ce soit une métaphore, vu le ton de Camille.

— Calme-toi preux chevalier, je lui faisais juste comprendre qu'il est inutile d'essayer de se barrer. Et Manassé en viendra aux mêmes solutions que moi: avec cette fille, il n'y a qu'une façon de se faire comprendre: la force.

Pauvre Cro-Magnon pas fini.

Camille le pousse et il lâche enfin mes cheveux. Je commençais à croire qu'il allait me les arracher.

Je vacille et Camille me soutient. Il a les yeux rouges et cette vision me réjouit.

Je le repousse violemment, furieuse.

— Comment tu as pu me faire ça? Comment tu as pu faire ça à ta propre mère! Qu'est-ce qu'elle va penser quand elle ne nous verra pas rentrer? Sale traître!

Il me laisse pour aller farfouiller dans un sac. Je m'appuie sur son cheval pour ne pas tomber. J'aime bien ces animaux, leur présence m'apaise. En jetant un coup d'œil par-dessus la monture je vois que les autres attendent patiemment que l'on reparte.

Je m'attarde sur un visage. Il est jeune, cette fois je le sais. Il ne fait pas vingt-cinq ans, il doit avoir mon âge. Et il a une grosse balafre qui lui parcourt la joue droite. Elle est encore couverte de sang.

Il croise mon regard et je suis surprise de voir qu'il n'y a pas d'animosité dans ses yeux. Pourtant c'est bien moi qui lui ai fait ça. Quelque chose sur son visage fait battre mon cœur plus vite, mais je n'arrive pas à mettre le doigt dessus.

— Mets-lui la dose cette fois! Je ne veux pas avoir à lui courir après à nouveau!

Camille sort une seringue et la presse pour faire sortir l'air de l'aiguille.

— Qu'est-ce que tu fais? Non, arrête!

— Désolée Cass, mais Manassé ne veut pas que tu saches où nous habitons.

— N... nous?? Mais depuis quand tu es un Narque?

— Depuis toujours je suppose.

Je réfléchis un instant. Une foultitude de détails me revient subitement en mémoire. Je vois la relation plus que tendue entre Camille et Gabriel, et je vois une nuit… une nuit où j'ai soupçonné la mauvaise personne.

Je secoue la tête, médusée.

— C'était toi. Une nuit quelqu'un est passé devant ma fenêtre. C'était toi. J'ai cru que c'était Gabriel qui faisait des excursions nocturnes, mais ce n'était pas lui le coupable ! Qu'est-ce que tu faisais en plein milieu de la nuit dans les bois ? Tu allais donner des renseignements à tes amis, comme un lâche ? Ou…

Quelque chose fait tilt dans ma tête.

— … tu cherchais l'endroit où ils entreposent la Caïna, n'est-ce pas ? Là où il y a les dernières fleurs ?

Comme il ne réagit pas à mes accusations, je passe aux insultes.

— Dire que tu as osé traiter Gabriel de menteur, ça me sidère. Tu ne lui arriveras jamais à la cheville, tu le sais ?

Il a un rire sans joie.

— Ouais je sais, tu me l'as déjà dit. N'empêche que je ne le vois pas arriver pour te secourir ton héros, moi.

Aïe. Un point pour lui.

Il s'avance vers moi à grands pas.

Je n'ai pas le temps de bouger. De toute façon je n'en ai pas la force.

L'aiguille s'introduit dans mon cou avec adresse. La dernière fois que ça m'est arrivé c'était Gabriel qui tenait la seringue. C'est fou comme la vie peut être ironique parfois.

Je lui lance un regard assassin « toi tu perds rien pour attendre » avant que ma vue se brouille. Il n'a pas l'air désolé. Il a plutôt l'air triste. À quoi il s'attendait au juste ? Que je lui saute dans les bras en hurlant « À bas les rabat-joie ! » ?

Je m'assois par terre juste avant que l'effet du produit agisse. Je ne veux pas le voir me porter. Quelques secondes plus tard je sens la fraîcheur de la neige sur ma joue, puis c'est de nouveau le noir le plus total.

62

Le silence. C'est le silence qui me réveille. Pas de cri, pas de voix, juste ce lourd silence encore plus terrifiant que n'importe quel bruit.

J'ouvre prudemment les yeux. Une chambre. Je suis dans une chambre immense. Allongée sur un lit à baldaquin rose et blanc. Il est disposé sous une fenêtre. Cette fenêtre est à l'opposé de la porte de la chambre. À gauche de la porte, le mur fait un angle droit, ce qui fait qu'on a l'impression qu'il y a deux pièces dans une seule. Et dans cette sorte de pièce, il y a un autre lit, même genre, même couleur. Sauf que le voile de celui-ci est découpé de tous les côtés et que le résultat donne des trous en forme de Mickey Mouse, de fleurs, d'étoiles et de lapins Playboy… et que sur le mur au-dessus du lit, en grosses lettres noires, est taguée la phrase «Einstein était de mèche avec Dark Vador».

Un grand et beau lustre est pendu au plafond.

Je n'ai jamais vu une chambre aussi spacieuse, même dans un hôtel.

— *You don't have to beee beeeautiifuuuul!*

Le bruit soudain me fait faire un bond vertigineux. Après avoir ordonné à mon cœur de se calmer, j'écoute la voix qui vient du fond de la pièce.

Je n'en crois pas mes oreilles. Quelqu'un est en train de chanter *Kiss* de Prince.

— *I just want your extraaaaa time and your... kiss!*

Avec des notes vraiment fausses en plus.

Je me lève lentement et m'approche à pas de loup de l'autre lit. Et dans le coin je remarque une autre porte, qui n'avait pas attiré mon regard jusque-là. C'est de là que vient la voix.

Je plisse les yeux et adopte la Facette du Serpent. À travers les murs je vois une forme se dandiner devant le miroir, avec devant la bouche ce que je suppose être une brosse.

Je reprends la Facette de l'Aigle et recule vivement pour courir vers l'autre porte d'entrée. Je l'ouvre d'un coup.

Quelqu'un se tient face à moi, un arc bandé entre les mains.

Je lève lentement les yeux. En face de moi, il y a un jeune homme avec une grosse cicatrice sur le visage.

J'avale ma salive. Après être revenue de ma surprise et surtout de l'horreur que m'inspire la situation, je lève lentement les mains en signe d'apaisement, recule et ferme la porte le plus délicatement possible, tout en lançant un sourire contrit au gardien. Autant ne pas le contrarier.

Je m'appuie dos à la porte.

Ils sont malades! Ils veulent ma mort, ce n'est pas possible! Ils me mettent le type que j'ai défiguré comme geôlier, ils veulent qu'il me flingue ou quoi?

Sauf que je n'y crois pas moi-même. Encore une fois j'ai été surprise par l'expression de ses yeux. Pas de colère ni de ressentiment. Juste de la curiosité.

Et encore cette sensation qui me remue les entrailles. Comme un déjà-vu.

— Ah, enfin tu es réveillée! Oh là là! J'ai cru que *jamais* tu ne sortirais de ton lit!

Pour la deuxième fois en moins de deux minutes, je bondis comme un kangourou, tout en lançant un regard effaré vers l'origine de la voix.

Une fille de type asiatique sort de la salle de bains, une serviette nouée dans les cheveux, en soutien-gorge et culotte. La première chose que je remarque chez elle, c'est la beauté irréaliste et peu commune qui caractérise ses traits.

— Je te signale que je suis restée là *au moins* une demi-heure à te regarder. Je me disais que la pression allait te réveiller, mais non. Tu as un sommeil de plomb. Et de très jolies ailes... hum?

J'ouvre des yeux ronds. Elle est en train de choisir des vêtements dans sa commode et me tourne le dos. Mais comme je ne lui réponds pas, elle se tourne vers moi, les mains sur les hanches.

— Qu'est-ce que t'as? T'es muette? T'as perdu ta langue? C'est pas très poli de ne pas se présenter. Moi je m'appelle Saphira.

Mais ce n'est pas parce que je ne veux pas lui parler que je reste coite. Ce sont ses ailes qui me font cet effet. Elles sont blanc nacré et des dessins tribaux couleur or parcourent toute la surface.

Elle hausse les épaules.

— À ta guise Sophie – je peux t'appeler Sophie?

Sans attendre ma réponse elle continue son monologue en enlevant sa serviette pour se brosser les cheveux. Une immense cascade de mèches soyeuses et noires comme l'ébène tombent sur ses épaules.

— Tu t'imagines qu'on n'a même pas de sèche-cheveux? Ou de téléphone portable? Ou d'ordinateur? Ça ne te manque pas toi? Non parce que moi je suis une vraie geek en temps normal. Et là je suis carrément obligée de me doper au yoga pour passer le temps! Du *yoga* tu te rends compte? Et j'ai tellement fait de fitness que je n'ai plus rien à perdre.

Ah ça, pour ne plus rien avoir à perdre, elle n'a plus rien à perdre. Sauf que contrairement à moi, elle n'est pas maigre. Juste fine et musclée.

Elle secoue la tête d'un air médusé.

— Mais le pire dans tout ça Sophie, c'est la solitude.

Elle me fait un grand sourire.

461

— Mais maintenant que t'es là on va pouvoir tuer le temps ensemble !

Ouais, ça promet d'être superdrôle.

***

Finalement, sous ses airs nunuches, Saphira est très intelligente. Elle m'informe sans que j'aie eu besoin de le lui demander qu'elle étudiait le développement cellulaire dans une grande université avant d'être amenée ici. Apparemment sa famille lui manque, mais ce qu'elle regrette le plus ce sont ses «petits joujoux de labo». Puis elle se lance dans une description si longue et si compliquée des cellules souches qu'à la fin j'ai du mal à me rappeler mon propre prénom.

— Mais tu sais Sophie, le plus important, c'est de savoir que nous ne sommes rien dans cet univers, et que rien n'est arrivé par hasard. Tu connais les frères Bogdanov ? Évidemment, que tu les connais. Qui ne connaîtrait pas ces deux génies ?

Je profite d'un des rares moments où elle reprend sa respiration pour en placer une :

— Tu es une Narque ?

Question simple et précise ; risque de déviation sur un autre sujet : mineur.

— Eh bien je suppose que oui. Enfin, pas que je le veuille bien sûr. Mais Sophie, franchement, si tu te poses objectivement la question et si tu es honnête envers toi-même, tu découvres qu'en habitant ici et en ne faisant rien pour échapper à leur contrôle, tu es complice de leurs actes.

Elle ouvre de grands yeux désolés.

— Alors oui je suis une Narque. Ou peut-être pas en fait. Oh, je ne sais plus à la fin ! De toute manière, la philosophie ça n'a jamais été mon fort. Tu sais que j'ai eu seulement un B en philo à mon examen de fin d'année quand j'étais au lycée ? Un B ! Non mais j'en étais malade. Parce que sinon en sciences et en biologie j'avais eu des A+. J'étais

462

la meilleure de ma classe mais je ne le faisais pas exprès, maman et papa me bombardaient d'informations sur les météorites alors que je n'étais même pas née. Et...

Elle continue à déblatérer sur un sujet finalement totalement différent du sujet source. Je ne sais pas comment elle fait, mais elle ne semble pas avoir besoin de respirer pour parler. Il n'y a aucune interruption entre ses phrases. Certainement une sorte de mutation accidentelle.

Il faut que j'arrive à récolter les informations qui m'intéressent. Elle n'est pas ici de son plein gré apparemment. Elle doit être une Siléa avec des ailes pareilles.

— Saphira ! Je vais avoir besoin de toute ta concentration ! Alors réponds-moi précisément comme si c'était un questionnaire de maths.

J'obtiens toute son attention.

— Tu es prisonnière ?

— Oui, mais comme je te l'ai dit...

— Oui ou non ?

— Hum oui. Oui je suis vraiment prisonnière.

— Pourquoi est-ce qu'ils ne te laissent pas sortir de cette chambre ?

Elle hausse les épaules.

— Oh ils le font de temps en temps, mais c'est juste pour ma séance quotidienne de bourrage de crâne. Genre, «c'est nous les gentils et bla-bla-bla».

— Tu es une Siléa ? Si oui, combien de Sens Phare ? Et combien de Facettes ? Lesquelles ?

Elle n'a absolument aucun mal à répondre à toutes ces questions à la fois. En fait elle a l'air ravie. La pauvre, elle a vraiment dû s'ennuyer.

— Oui je suis une Siléa avec deux Sens Phare, l'odorat et l'ouïe. Je ne sais pas ce que sont ces Facettes dont tu viens de me parler. Mais le plus incroyable c'est d'étudier comment cette fleur peut agir sur le cerveau pour décupler nos sens...

— Et comment es-tu arrivée ici ?

463

Le fait que je l'interromps sans arrêt n'a pas l'air de la déstabiliser.

— Je finissais tard le soir à l'université. Une fois je suis partie à dix heures du soir, tu connais le topo, des thèses à finir, des calculs sur la mitose à peaufiner…

Non je ne connais pas mais je me garde bien de le préciser.

— Et quand je suis sortie pour aller prendre ma voiture et rentrer chez moi, je me suis fait enlever par cette bande de psychopathes. Ils m'ont fait toucher ce qu'ils appellent la Caïna et je me suis retrouvée avec ces deux trucs dans le dos. Soi-disant que mes analyses sanguines révélaient que j'étais une Potentielle et que je devais être transformée.

Elle fait des gestes agacés avec la main.

— Mais je suis née humaine. Et même si mes parents me rejetaient, je ne serais pas décidée à les exterminer pour autant.

J'ouvre de grands yeux.

— Ils veulent *exterminer* les humains?

Elle hausse les sourcils, surprise.

— Quoi, Sophie? Ne me dis pas que tu n'étais pas au courant. Je sens sur toi que tu es une Siléa et si on t'a enlevée aussi c'est parce qu'ils veulent le plus possible de soldats compétents.

Si, en plus je le savais. Mais c'est quand même choquant de l'entendre pour de bon.

— Tu as déjà essayé de t'échapper?

Elle lève les yeux au plafond, semblant réfléchir. Mais la réponse sort presque immédiatement.

— Oui. Six fois. Le mieux que j'ai pu faire c'est atteindre le hall d'entrée. La plupart du temps c'était bourré de gardes partout. Et ils avaient été prévenus que je pouvais tenter de m'enfuir. À la fin c'était juste pour leur pourrir la vie que je sortais de ma chambre. Puis ils ont mis un garde devant ma porte, regarde.

Avant que j'aie eu le temps de l'en empêcher, elle se lève et va ouvrir la porte d'un coup sec. Moi je reste sagement assise sur mon lit.

— Mais où est Serge ? On a changé de...

Elle s'arrête net en regardant le visage de Nathan, impassible. Il a l'arc entre les mains et il ne bouge pas d'un poil, méfiant.

— Quoique, on n'a pas perdu au change, hein Sophie ? Salut mon joli, on t'a déjà dit que tu avais un charme fou ?

Elle agite ses doigts dans la direction de Nathan, avant de lui claquer la porte au nez.

Je suis médusée.

— Je ne peux pas résister aux cicatrices, tu ne trouves pas ça *hyper* sexy ?

— Saphira, c'est un Narque, un tueur.

Elle balaie mon argument d'un geste.

— Mais non, il est beaucoup trop jeune pour ça, et les Narques ne tuent pas les autres Kamkals, hum comment ils s'appellent déjà... hum les Myrmes. Ni les humains en fait. En tout cas pas directement. Enfin si des fois directement. Mais c'est quand même plutôt rare. Ils préfèrent provoquer les incendies plutôt que de les nourrir. Et puis même si c'était le cas, Dieu nous a faits avec des yeux, c'est bien pour qu'on puisse voir les belles choses, non ? Ça me rappelle mon ancien petit ami, il était couvert de tatouages. J'aime beaucoup les tatouages, mais à dose homéopathique, parce qu'un peu c'est superbeau, mais trop ça gâche tout, tu ne trouves pas ? Et un jour...

— Saphira. Les Narques tuent. Je suis une Myrme et ils m'ont enlevée. Ils ont tué la femme d'un de mes amis, sans scrupule. Alors je ne vais pas chercher à les disculper.

— Ouah, tu es une Myrme ! C'est génial ! Moi j'ai été transformée directement en Narque.

Elle fait une moue déçue.

— Même pas eu le temps de passer par la case départ. Mais je n'approuve pas ce qu'ils font pour autant. C'est bizarre, d'habitude ils ne tuent pas les Myrmes, au contraire

465

ils veulent s'allier avec eux. Ça devait être un cas extrême. Peut-être que tu ne le sais pas Sophie, mais je ne suis pas du tout d'accord avec ce genre de façon d'agir. Tu sais, tuer pour parvenir à ses fins. En fait ça me fait penser aux X-men, tu vois, il y a Magneto d'un côté et le professeur X de l'autre. Et Magneto ne veut pas faire de mal à ses semblables gentils, mais lorsqu'il veut atteindre un but il n'hésite pas à faire des sacrifices. En fait je détestais Magneto avant de voir le dernier X-men. Et là, tu dois bien avouer qu'on lui pardonne un peu ses méchancetés. Son acteur jeune est quand même à tomber par terre. Et comme je le disais...

C'est quand même fou cette faculté de changer de sujet comme ça. Je n'ai jamais rien vu de tel de toute ma vie. Et le pire c'est que c'est une faculté naturelle dans laquelle elle semble exceller.

— Saphira, qui est cet homme que tu as appelé Serge ?
Elle vient s'asseoir sur le lit à côté de moi.

— Oh Serge c'était mon geôlier. Supercool. Enfin pas au début. Au début c'était le genre coincé, avec la panoplie balai, serpillière et seau enfoncés dans le derrière, un peu comme toi en fait.

Je ne sais pas si je dois me sentir vexée. Mais Saphira n'a pas dit ça méchamment. Je ne crois pas qu'elle puisse être véritablement méchante en fait.

— Et puis comme je restais toute la journée à lui parler devant la porte, il a fini par me répondre et après on faisait même des jeux ensemble, tu sais, deviner ce à quoi pense l'autre, etc. Je sais c'est pas ce qu'il y a de plus intellectuel mais je n'allais pas lui parler des mutations protozoaires. Et pourtant c'est un sujet absolument fascinant. Est-ce que tu savais que les protozoaires phagocytent leur nourriture contrairement à leurs deux autres cousins protistes ?

Pauvre Serge, je le plains. Elle devait tellement le saouler avec ses protozoaires qu'il n'a pas dû trouver d'autres moyens de la faire taire.

— Mais il te laissait sortir ?

— Non, il ne voulait pas mais je ne lui laissais pas le choix. Je laissais la porte ouverte et je m'asseyais juste devant. Au début il protestait, mais après c'est passé comme une lettre à la poste. Qu'est-ce que tu crois ? Ils ne peuvent pas nous tuer ou même nous tirer dessus. Nous sommes trop précieux aux yeux de Manassé...

Je tique mais elle ne semble pas remarquer.

— ... C'est pour ça que, ton garde dehors, je n'ai absolument pas peur d'aller lui tailler une bavette si j'en ai envie. Et j'en ai vraiment envie. Sérieusement Sophie, tu as remarqué à quel point il est mignon ? Et puis cette cicatrice sauvage sur la joue lui donne un air de guerrier.

Elle secoue ses longs cheveux noirs et papillonne de ses yeux de la même couleur.

— Tu crois que j'ai une chance ?

Pour la première fois depuis des lustres il me semble, je souris.

— Je ne sais pas Saphira, tu n'as qu'à essayer.

Elle me donne un coup de coude dans les côtes.

— Oh, mais s'il t'intéresse, je ne m'interposerai pas entre vous, parole de scout.

Elle lève la main droite.

Je ris.

— Je ne pense pas que ça l'intéresse. Premièrement, c'est moi qui lui ai fait ça.

Elle m'attrape les mains.

— C'est *toi* qui lui as fait cette mégaentaille dans la joue ? Ouah. Je ne savais pas que c'était aussi torride entre vous. Et c'est quoi le deuxièmement ?

Je rougis et je regarde mes pieds. Sans crier gare elle se lève et se met à sautiller dans toute la pièce.

— Je le savais ! Je le savais ! Je connais ce regard ! Il y a quelqu'un n'est-ce pas ? À part le superbe jeune homme qui stationne devant notre porte, s'entend. Tu aimes quelqu'un ? Qui c'est ? Je veux savoir, raconte-moi ! Aie pitié d'une pauvre fille en manque de romantisme depuis au moins un mois et demi !

467

— Ça fait seulement un mois et demi que tu as été enlevée ?

Je remarque que ça fait aussi à peu près un mois et demi que je suis chez les Myrmes. J'ai pourtant l'impression que j'y suis depuis toujours.

— Oui, oui. Mais ne change pas de sujet de conversation, s'il te plaît !

Ha ! C'est quand même l'hôpital qui se fout de la charité, là !

Je ne pensais pas que je pourrais raconter à qui que ce soit mes sentiments pour Gabriel. Qui plus est à une personne que je connais depuis à peine deux heures. Et pourtant c'est ce que je fais. Au début, je ne rentre pas dans les détails, mais petit à petit, devant l'attention et parfois la compassion que me témoigne Saphira, je me confie un peu plus. Elle ne m'interrompt pas une seule fois. Je pensais que je ne pourrais pas en placer une, mais elle se tait et m'écoute attentivement, mes mains dans les siennes. Je suis un peu mal à l'aise de la sentir si près de moi, je n'ai jamais apprécié les contacts rapprochés. Sauf avec Gabriel.

Une fois que j'ai terminé, elle se laisse tomber comme une masse sur le lit.

— Sophie, c'est une merveilleuse histoire d'amour. Je suis sûre que Joël...

— Gabriel.

— Oui, Gabriel va venir te trouver et il va te sauver. Je suis certaine qu'il est déjà parti.

Je hausse les épaules en repensant à ce que m'a dit Camille.

— Il m'a laissée partir avec un autre homme, il ne m'a pas retenue. Alors je ne sais pas s'il va s'embêter pour moi.

Je sens une main claquer derrière ma tête.

— Ne sois pas idiote, tu sais très bien que c'est faux. Qu'est-ce que tu croyais ? Qu'il allait te courir après en te harcelant ? Non, il voulait te laisser le temps de t'en remettre. Moi, je dis que cet homme sait comprendre les femmes. Et il sait surtout comprendre celle qu'il aime. Comment aurais-tu réagi s'il ne t'avait pas laissée tranquille, franchement Sophie?

Je grimace.

— Je pense que je l'aurais envoyé paître comme je l'ai fait pour Camille.

— Exactement, dit-elle sur le ton du triomphe, ce Camille n'est pas très doué en compréhension féminine. Mais ton Raphaël, lui, il sait comment te prendre, et c'est pour ça que je suis certaine qu'il doit te chercher activement à l'heure qu'il est. Quelle heure est-il d'ailleurs?

Elle se soulève sur les coudes et regarde l'horloge accrochée au mur.

— Hum, bientôt midi trente. Ça tombe bien, j'ai une faim de loup. Mon nouveau jeu c'est de manger le plus possible pour essayer de grossir. Comme ça je pourrais reprendre le fitness. Et tu sais avec tout ce qu'ils nous donnent à manger, ce n'est pas un objectif inatteignable. Ils doivent nous prendre pour des oies ou je ne sais pas trop quoi parce que ça s'approche quand même du gavage.

Elle louche sur mes hanches.

— Hum, ça te dirait de le faire avec moi? Non parce que, sans vouloir te vexer, ce n'est pas quinze kilos de plus qui te feraient du mal. Tu ressembles à Christian Bale dans *The Machinist*. Superfilm, mais franchement quand tu vois l'acteur de Batman se transformer en squelette ambulant c'est assez flippant.

Je n'ai jamais vu ce film. Pourtant je suis quand même vachement cinéphile. Mais ça ne doit pas être un compliment.

— ... et cette fille elle avait tout perdu! Elle n'avait même plus de cheveux! Et ses dents tombaient une par une, comme si elle avait des dents de lait tu vois, mais sauf que là c'était ses dents définitives qui se faisaient la malle. Et ses ongles ont arrêté de pousser. Il paraît même que son horloge interne était totalement déréglée. En même temps quand tu es aussi maigre, il ne faut pas t'attendre à être en pleine forme, Sophie. Alors si j'étais toi, je n'attendrais pas plus longtemps avant de me remettre à manger.

Pourquoi tout le monde a l'air de penser que je suis anorexique volontairement ? Et puis, de quoi est-ce qu'elle parle, au juste ?

— … ma cousine Carla tu vois. Elle était carrément obèse. En fait, le secret c'est le fitness. Tu peux manger tout ce que tu veux mais il faut que tu dépenses l'équivalent en faisant du sport. Mais bon, toi, on va d'abord commencer par te faire grossir. Le sport ne te ferait pas du bien dans ton état. Une fois que tu auras pris au moins une dizaine de kilos, on commencera les exercices.

Apparemment je n'ai pas mon mot à dire. Le moulin à paroles « Saphira » est de nouveau déchaîné. Pas moyen de la faire s'arrêter. Alors je hoche docilement la tête.

Quelqu'un frappe doucement à la porte. Puis celle-ci s'ouvre et Nathan entre avec deux plateaux à la main. Remplis à ras bord de nourriture de toute sorte. Avant même que j'aie le temps de faire un geste, Saphira est déjà à l'autre bout de la pièce.

— Merci mon chou, ça c'est vraiment cool, minaude-t-elle. Sophie avait très faim et comme tu peux le voir, on a du boulot pour la remplumer.

Là tout de suite, j'ai envie de me planquer sous le lit.

Nathan me regarde et je crois apercevoir un petit sourire amusé sous ses traits impassibles. Saphira lui prend les plateaux en le remerciant encore et il sort.

Je n'en reviens pas. C'est au-delà de ma compréhension. Cet homme que j'ai défiguré peut-être à vie ne semble pas m'en vouloir et, plus incroyable encore, il semble même amusé par cette folle de Saphira. Quand on me parlait des Narques, je m'imaginais des êtres sanguinaires qui ne pensaient qu'à tuer. C'est sûrement vrai, mais peut-être pas pour tous.

Mince alors, qui est ce type, et pourquoi est-ce que j'ai l'impression de le connaître ?

Nathan ne ferme pas la porte. Saphira revient avec les plateaux alors que j'observe ce trou béant dans le mur.

Quelqu'un approche. Il va entrer dans quelques secondes. La silhouette apparaît et mon souffle se coince dans ma gorge.

C'est Camille.

63

— Bonjour Cass. Nat' m'a prévenu que tu étais réveillée. Et Manassé veut te voir au plus vite. Tu veux bien me suivre ?

Pendant une ou deux secondes, je vois l'ancien Camille. Celui avec qui j'ai ri à table, celui qui m'a réconfortée alors que j'avais fait des cauchemars. Celui qui voulait me protéger de Morgane. Mon ami. Mon frère. Mais tout ça, ce n'était que de la comédie. Une mascarade.

En moins de temps qu'il ne faut pour le dire, je perds totalement le contrôle.

— Espèce de salopard !

Je me jette sur lui et commence à l'étrangler de toute la force de mes mains.

Peut-être que je l'aurais tué, si Nathan ne m'avait pas passé un bras autour de la taille et tirée violemment en arrière.

Camille suffoque, la main sur la gorge, ses yeux ahuris fixés sur mon visage.

Je sens ma respiration siffler entre mes dents serrées, les bras puissants de Nathan toujours autour de ma taille, m'enserrant comme un étau. Puis tout à coup la colère s'évapore et est remplacée par un néant intergalactique.

Je me sens totalement indifférente.

C'est comme si on avait... aspiré la moindre émotion hors de mon corps.

Camille se relève en titubant :

— Ta colère... est... légitime. Mais bon sang Cass, t'avais vraiment l'intention de m'étrangler à mort ?

Si je ne me trouvais pas actuellement dans un trou noir émotionnel, je lui aurais peut-être répondu en lui crachant au visage, ou en lui arrachant les yeux pour jouer aux billes avec. Mais là j'ai juste l'impression de m'être transformée en robot.

Nathan me lâche enfin et j'ai la sensation affolante que toutes mes émotions se manifestent à nouveau, comme si elles m'assiégeaient en une énorme vague confuse.

La colère est remplacée par une irritation sans bornes, mais je ne me sens plus aussi vide, aussi insensible que quelques secondes plus tôt.

Comme je n'ai pas le temps de m'interroger sur cet incident plus que flippant, je me détends du mieux que je peux et Saphira me presse le bras.

— Ne t'inquiète pas, ils vont certainement te demander de te rallier à eux, rien de bien méchant. Moi je n'ai jamais rencontré Manassé, tu dois vraiment l'intéresser.

Camille s'écarte généreusement pour me laisser passer, alors que Nathan me conduit à l'extérieur.

Il me regarde, toujours aussi silencieux, et lorsqu'il croise mon regard, je comprends enfin pourquoi mes intestins semblent s'essorer à chaque fois que je le vois.

Oh mon Dieu, non, dites-moi que c'est une blague !

Camille pose une main sur mon épaule, m'obligeant à ignorer momentanément le choc que je viens de recevoir dans la poitrine.

Je ne me dérobe pas parce que ça a toujours été mon moyen de défense le plus efficace : la feinte.

Il m'entraîne à travers une foultitude de couloirs et de salles. Je dois être dans un château, ce n'est pas possible. Il y a des portes partout, des Narques dans tous les coins.

Quand ceux-ci me voient, ils me font un signe de tête. Je suppose qu'ils s'adressent plus à Camille qu'à moi.

On finit par s'arrêter devant une porte au fond d'un couloir. Elle est énorme, épaisse et ouvragée. Camille frappe trois coups avec sa main libre et attend.

La porte se déverrouille et on ouvre le battant.

Je recule en trébuchant et me cogne de plein fouet contre la poitrine de Camille.

Il n'y a pas beaucoup de choses qui me terrifient. Il y a la crainte de perdre ceux que j'aime. Il y a celle de décevoir ma mère, même si maintenant ça n'a plus beaucoup d'importance. Et il y a cet homme, qui m'inspire une peur morbide.

Je me serre contre Camille alors que Dimitri me sourit de toutes ses dents, d'un air mauvais. C'est vrai que j'en veux à Camille. Mais les habitudes ont la vie dure, et je préfère mille fois être collée à lui qu'à Dimitri.

Camille siffle entre ses dents, ses mains sur mes épaules d'un geste protecteur.

— Pousse-toi de là.

Dimitri s'écarte sans cesser de sourire.

Je me décale du côté opposé d'où il se trouve et rase le battant de la porte.

Nous nous trouvons dans une pièce spacieuse, meublée avec austérité. Un secrétaire se trouve au fond avec une fenêtre le surplombant. Quatre coins, tapisserie au mur. Une immense bibliothèque couvrant la totalité du mur à ma droite, ce qui me ferait baver d'envie si je n'étais pas aussi flippée. Bref le résultat est un peu vieillot mais pas moche.

— Sors maintenant. Manassé n'a pas dit qu'il avait besoin de toi. Je suis même sûr qu'il veut être seul avec elle.

— Qu'est-ce que tu en sais, Camille?

Il lui répond, narquois:

— Tu crois être le seul à être perspicace? On va attendre dehors, elle ne peut pas s'échapper de toute façon.

La question qui me brûle les lèvres sort sans que je lui en aie donné l'autorisation.

— Vous vous connaissez?

Ma curiosité me perdra.

Aussitôt, je regrette d'avoir ouvert la bouche et recule lentement vers un coin sombre.

Camille et Dimitri se font face, le premier visiblement en colère, l'autre plutôt las. Quelque chose me dérange alors que je vois leur visage côte à côte.

— Pour sûr que je le connais, finit par répondre Camille, c'est mon géniteur.

J'ai l'impression d'avoir mal compris, que mon ouïe me joue des tours. Camille, si doux, si gentil, serait apparenté avec cette brute épaisse? Pis, ce serait son père? Je n'arrive pas à l'accepter. Mais avant que j'aie pu de nouveau parler, ils sortent de la pièce.

Je réfléchis un moment. Oui ça se tient. En fait, j'ai remarqué que Camille avait des airs à son père. Ils ont les mêmes yeux verts, les mêmes cheveux blonds. L'image de Max me revient en mémoire. Lui par contre c'est le portrait craché de son père. Un frisson me parcourt le corps. Pourquoi est-ce que je ne suis pas un peu perspicace? J'aurais dû remarquer que Camille se crispait dès que je parlais de son père. Bon sang de bonsoir, ce sont pratiquement des photocopies! Ça n'a pas l'air d'être le grand amour entre ces deux-là. Reste à savoir pourquoi.

Je calcule l'âge de Max. Il a sept ans. Ce qui veut dire que, dans un cas extrême, cela fait sept ans que Dimitri a quitté les Myrmes. Parce que je suis sûre que c'en était un. Marlène n'aurait jamais été une Narque, elle est trop droite pour ça. Donc… Gabriel avait dix-huit ans et Camille seize. Je comprends un peu mieux pourquoi ils ne s'entendaient pas. Gab n'avait pas confiance en lui à cause de son père, parce qu'il avait vu ce qui s'était passé. D'abord ça m'aurait paru injuste pour Camille, mais finalement cette méfiance n'était pas infondée.

Des bruits se font entendre au-dehors, interrompant le cours de mes pensées.

Je recule vivement dans le coin de la pièce.

La porte s'ouvre. Un Narque de grande taille entre et referme la porte derrière lui. La première chose que je remarque, c'est son port de tête, la noblesse qui émane de son corps tout entier, qui me donne envie de le respecter. Mais je me reprends immédiatement. Cet homme est méprisable, comme les autres.

Puis, alors qu'il s'avance vers la lumière, je discerne enfin la couleur de ses ailes. Une couleur que je connais bien, puisque c'est la même que moi. Vert profond, vert émeraude.

J'ai du mal à respirer. Je ne peux quitter des yeux les grandes ailes qui dépassent de derrière son dos. Je ne peux pas y croire. Je ne veux pas y croire. Je pensais être la seule à porter cette couleur. Et maintenant je découvre que le chef des Narques possède la même que moi.

Je comprends pourquoi les gens avaient peur de moi quand je suis arrivée.

« *Le vert chez les Myrmes est un peu une couleur porte-malheur.* »

Tu m'étonnes John. Faut plus s'étonner pourquoi.

Le Narque inspecte tranquillement les coins de la pièce. Ses yeux finissent par se poser sur moi.

— Bonjour Cassiopée. Je m'appelle Manassé. Je suis le leader de cette communauté.

— Je sais.

Ses traits me sont familiers. Je suis certaine que je les ai déjà vus. Un nez droit, des cheveux poivre et sel. Cet homme est beau. Je suis sûre que c'est le genre à faire retourner toutes les femmes sur son passage. Il fait ses quarante-cinq ans, bien que je sache qu'il est plus que centenaire. Et tout en lui, son attitude, ses traits, son port, inspire le respect.

476

Mais le plus troublant, le plus flippant, c'est la couleur de ses yeux. Exactement la même que moi. Un ambre irréel.

Un éclair ironique passe dans mon regard. Mince alors, moi qui pensais être unique!

Le Narque s'adosse à son bureau, les bras croisés, le visage détendu.

— Tu veux bien approcher? Je te vois très bien dans ton coin, mais à la lumière ce serait parfait.

Une voix, dans un coin reculé de mon cerveau, me hurle de l'envoyer se faire foutre.

Et pourtant, sans même une seconde d'hésitation, je m'avance vers lui, dévorée par la curiosité et la perplexité.

Je m'arrête à un mètre de lui. Son visage s'adoucit.

— Ce que tu as grandi. La dernière fois que je t'ai vue, tu étais encore une toute petite fille. Maintenant tu es une femme.

Il jette un coup d'œil derrière mon dos et sourit.

— On m'avait assuré que tes ailes étaient semblables aux miennes, mais je n'aurais jamais cru que c'était à ce point.

Mon cœur fait un raté. Je reconnais enfin ce visage.

Nom de Zeus et par toutes les divinités grecques!

Dans mes souvenirs je l'avais enlaidi, il avait un rictus mauvais sur les lèvres, je lui avais presque rajouté des cornes. Pas étonnant que je ne l'ai pas reconnu de suite. Rien à voir avec le Kamkal au physique noble et au visage serein que j'ai devant moi. Et pourtant c'est bien lui, ses dernières phrases ne me laissant plus aucun doute.

Je me tiens devant l'assassin de ma mère.

***

Je vois qu'il a compris que je l'ai reconnu.

— Oui, ton dernier souvenir de moi n'est pas le meilleur, n'est-ce pas?

C'est le moins qu'on puisse dire, mon pote.

Je ne réponds pas. Pas par provocation ou je ne sais quoi. Non, cette révélation m'a juste cloué le bec. Je ne sais pas quoi faire. Des milliers de fois pourtant je me suis visualisé ce moment, cette fameuse rencontre. Et à chaque fois je me demandais comment je réagirais. Je n'en avais aucune idée. Et voilà que mon cauchemar le plus récurrent prend vie sous mes yeux.

Je retiens un haut-le-cœur.

Il ne baisse pas le regard, ses yeux plantés dans les miens.

— Je pourrais te dire que c'était un accident, mais je te mentirais. Pourtant je n'aurais aucun mal à te le faire croire, je ne suis pas trop mauvais au mensonge, trois cent soixante-dix ans de pratique aidant.

Un mot sort tout seul de ma bouche :

— *Quoi ???*

Il a l'air satisfait de ma réaction. Il attendait que je parle. Il ne va pas être déçu.

— Vous avez tué ma mère et je vous détestais déjà rien que pour ça. Et maintenant vous me dites que c'était voulu ? Quel genre de monstre êtes-vous ?

Il s'adosse au mur en croisant les bras. Tout chez lui n'est que nonchalance. Pourtant, sous cette apparence tranquille, je peux sentir le danger et la puissance émaner du moindre de ses gestes.

— Tu déformes mes paroles Cassiopée. Je n'ai pas dit que je voulais tuer ta mère. J'ai dit que l'accident n'en était pas un.

Je ne l'écoute plus, je ne suis plus qu'une masse de colère alors que lui est le calme incarné.

— Vous avez tué ma mère et vous avez essayé de me tuer, moi ! Et maintenant quoi ? Comme vous avez échoué il y a douze ans vous allez réessayer ?

Il sourit et je le déteste un peu plus.

— Je n'ai pas essayé de te tuer Cassiopée. C'est pour toi que j'ai provoqué cet accident.

Ma fureur sourde se calme un peu. Qu'est-ce qu'il vient de dire ? Je ne comprends rien. Comme je ne réponds pas, il soupire, un peu ennuyé.

— Allons Cassiopée. Je ne t'aurais jamais fait de mal, je suis sûr que tu le sais.

Je me mets à crier :

— Si vous ne me vouliez pas de mal, pourquoi m'avez-vous laissée couler, pourquoi vous *nous* avez laissés couler ? Vous vous êtes enfui comme un lâche ! J'avais une vie satisfaisante, heureuse ! Mais qu'est-ce que vous nous vouliez bon sang ? Je ne vous connais même pas Martin !

Ça me fait bizarre de prononcer ce nom. Et lui ça ne lui plaît pas trop vu la tête qu'il fait. Mais il se détend immédiatement et me répond avec le calme qui le caractérise :

— Oui, c'est vrai que c'est ce que j'ai fait croire à tout le monde. Que je m'étais enfui. Et je suppose que l'on t'a aussi dit qu'un passant avait été témoin de l'accident et était venu te tirer de l'eau, c'est ça ?

Je le défie du regard. Mais comment fait-il pour conserver une telle maîtrise de soi ? Moi je dois me faire violence pour ne pas lui jeter tout de suite la lampe de bureau à la tronche.

Il se penche vers moi et ses yeux ambrés plongent dans les miens.

— Je suis certain que tu sais exactement ce qui s'est *réellement* passé, mais que tu occultes ce souvenir avec une efficacité redoutable. Je me trompe ? Parce que tu étais là, tu sais.

Je regarde Manassé, ou Martin, je ne sais plus. Il hoche la tête.

Tout à coup, sans que je comprenne pourquoi ni comment, mes souvenirs me reviennent. Ils n'y étaient pas avant mon réveil chez les Narques, j'en suis sûre. Que s'est-il passé ?

Je m'abandonne à cette toute nouvelle version des faits.

★★★

L'homme perd le contrôle de son véhicule.

Il effectue plusieurs dérapages incontrôlés, tentant visiblement de reprendre le dessus sur l'engin. Mais rien n'y fait. Après un dernier dérapage, il vient s'écraser tout droit sur la petite citadine rouge. Il n'y a aucun moyen d'éviter le choc. La voie rétrécie par les travaux empêche toute retraite.

Les travailleurs s'égayent en criant. La petite fille a juste le temps de pousser un cri avant que la voiture ne fasse un tonneau, ne fracasse la glissière de sécurité et ne vienne plonger dans le torrent glacé en contrebas.

L'eau trouble commence à remplir l'habitacle, alors que la voiture dérive tout en s'enfonçant inexorablement dans les profondeurs sombres de la rivière.

La fillette sanglote. Au liquide froid qui lèche à présent son ventre se mêle une teinte rouge, totalement invisible dans la pénombre, et qui ne fait qu'assombrir un peu plus l'eau noirâtre qui les submerge. Le choc de la camionnette contre leur voiture a fait voler la vitre arrière en éclats et un débris s'est profondément enfoncé dans l'abdomen de la fillette. Elle ne cherche pas à l'extraire, elle ne se rend même pas compte qu'elle est gravement blessée. Toute son attention est concentrée sur le corps à l'avant. Il est immobile.

Elle hurle, elle appelle sa mère, elle la supplie de se réveiller, de lui répondre, mais elle reste inerte. Rassemblant les forces qui lui restent, elle tente de s'extraire de son siège. La ceinture de sécurité lui cisaille le bas-ventre, enfonçant plus profondément le morceau de verre qu'elle a reçu dans l'estomac. La douleur lui coupe le souffle et lui arrache un cri.

Finalement, le froid et le sang qui coule par l'entaille ont raison d'elle. Elle perd connaissance alors que l'eau la submerge.

Mes souvenirs «officiels» s'arrêtent là.

Mais d'autres commencent à affluer par vagues avec une clarté étonnante.

Quelqu'un casse la vitre arrière. La voiture a atteint le fond de la rivière, mais le courant est très fort.

La petite fille n'a presque plus d'oxygène. Ses poumons la brûlent. Elle ne sait pas ce qu'est la noyade, elle n'a pas eu le temps de l'apprendre. Mais par réflexe, son corps lui interdit de respirer. Elle sent que quelqu'un manipule sa ceinture de sécurité. Sa mère ! Sa mère est venue la sauver. Elle ouvre les yeux. Mais ce n'est pas sa mère. Elle ne reconnaît pas la silhouette qui la soulève de son siège auto. L'eau est trop sombre, il fait trop noir pour qu'elle y voie quoi que ce soit, mais elle sait que sa mère se trouve toujours à l'avant. Elle ne sait pas comment mais elle en est certaine. L'homme la tire en dehors de l'habitacle. Il nage avec dextérité. Elle se débat, elle ne veut pas laisser sa mère seule au fond de cette eau noire et froide. S'il n'y avait pas toute cette eau, elle sentirait ses larmes couler le long de ses joues.

Sa tête émerge de l'eau. Elle tousse une fois puis prend une grande inspiration. Elle continue d'alterner entre les pleurs, la toux et sa respiration difficile. L'homme nage vers le bord. Il n'a même pas l'air de remarquer le fort courant latéral. Une fois sur la terre ferme, il dépose la petite fille trempée sur la terre.

— Écoute-moi bien. Je vais retourner chercher ta maman, tu ne bouges pas d'ici, tu m'entends ?

Elle s'agrippe à lui parce qu'elle ne veut pas rester toute seule dans le noir. Elle a peur du noir. Mais son regard est apaisant, il représente quelque chose pour elle. Mais elle ne sait pas quoi. L'homme a dit qu'il allait chercher sa maman et sa maman a plus besoin de lui qu'elle.

Enfin c'est ce qu'elle croit.

Elle le lâche. Si l'homme avait su, il n'aurait certainement pas replongé.

Son corps disparaît sous l'eau trouble et mouvante.

Elle fixe avec anxiété les flots mais son regard n'arrive pas à percer la surface. Pis, il devient de plus en plus flou. Elle ne voit plus très bien et elle a des vertiges. Elle baisse les yeux sur son pull trempé, et avec la faible lueur du réverbère qui éclaire un peu le contrebas, elle voit qu'il est couvert de rouge. Elle soulève doucement le tissu et ce qu'elle voit lui fait très peur. Il n'y a plus de peau à cet endroit. Juste une immonde entaille aussi longue que son petit ventre. Et elle est dangereusement profonde. Son sang coule à flots. Comme la rivière il ne semble pas vouloir se tarir.

Elle reporte son attention sur l'eau mouvante. Le monsieur n'est pas remonté.

Elle tombe lourdement sur le sol. Son petit cœur est tout affolé et son corps secoué de tremblements. Il y a quelqu'un qui crie sur le pont mais elle ne comprend pas ce qu'il dit. Elle tourne la tête vers la rivière. Deux formes se rapprochent. Sa maman est remontée. Elle peut fermer les yeux. Elle peut dormir.

Les larmes coulent le long de mes joues alors que j'essaie désespérément de comprendre. Puis je le regarde. Le même homme. Il n'a pas changé en fait. Il sait que je me souviens.

Mais le pire, c'est que je sais. Je sais pourquoi il a fait ça. Je sais pourquoi son visage m'est si familier, qu'il est si troublant de plonger mon regard dans le sien.

— Vous… Vous êtes… ?

— Ton père. Tu es ma fille, Cassiopée.

64

Comment est-ce que je ne m'en suis pas rendu compte la seconde où il est apparu dans cette pièce ? Comment est-ce que j'ai pu passer à côté ? Je suis son sosie. Je lui ressemble comme deux gouttes d'eau. Pas étonnant que j'aie été troublée en sa présence ! J'avais reconnu mon propre *père*. Les yeux que je voyais habituellement dans mon miroir étaient en train de me fixer à travers un visage masculin. C'est perturbant au-delà de l'imaginable.

Forcément, ma conscience choisit ce moment tragique pour la ramener :

Ah… Elle a les yeux de son père… me susurre-t-elle avec son habituel sarcasme.

Si j'avais le moyen de l'étrangler, là tout de suite, je le ferais.

— Mais *pourquoi* ?

— Parce qu'elle est partie ! Avec toi, mon seul enfant, du moins à cette époque.

Hein ?? Waouh, pause ! comment ça, « à cette époque » ?

Il semble étranger à ma stupeur parce qu'il continue :

— Je ne voulais pas la tuer, j'avais prévu de vous ramener toutes les deux. Mais j'ai perdu le contrôle du véhicule avec toute cette foutue pluie… et le choc a été beaucoup trop violent. La voiture a sauté la glissière de sécurité et est tombée dans l'eau. J'ai pu te ramener au bord vivante, mais je n'ai pas réussi à ranimer ta mère. Et tu étais blessée, grièvement.

Ses souvenirs lui sont douloureux.

— Tu as oscillé entre la vie et la mort pendant trois jours. Et tu as été hospitalisée pendant deux mois.

Il se tait et regarde par la fenêtre. Il n'y a que les montagnes et la neige ici.

— Pourquoi êtes-vous… es-tu allé en prison ? Tu aurais pu t'échapper, tu en étais largement capable, non ?

— Parce que tout ce que j'ai fait au cours de ma vie, je l'ai réussi. Tout. Que ce soit la mise en pratique d'un plan d'attaque ou le simple fait de faire germer une fleur. Mais la fois où j'aurais dû réussir plus que toutes les autres, j'ai échoué. Lamentablement. Je voulais juste vous barrer le passage. Vous parler. Mais ta mère n'était pas dupe. Elle m'a reconnu. Elle a paniqué. Et moi aussi.

Je suis sûre qu'il n'y a pas que ça. Il me cache quelque chose, impossible de deviner quoi.

— J'ai partagé plus de soixante-cinq ans de vie commune avec ta mère et…

C'est là que ça fait tilt.

— … pour la première fois je me suis rendu compte que je ne méritais pas cette liberté. Alors j'ai laissé les humains faire leur loi. Et ça me permettait de régler deux trois affaires dans le coin sans éveiller l'attention…

— Attends, attends… tu dois te tromper, ma mère était une Myrme. On vient de me l'apprendre. Elle n'a pas pu passer soixante-cinq ans avec toi alors que tu étais déjà un Narque !

Un sourire se dessine sur ses lèvres.

— On dirait qu'elle t'a caché pas mal de choses hein ?

Quelques secondes plus tôt j'étais sûre de moi. Maintenant, un doute s'insinue dans mon esprit, comme un serpent.

— Eh oui Cassiopée. Ta mère m'a suivi dans tous mes raids pendant soixante-cinq ans de sa vie. C'était ma supportrice la plus fervente. Elle n'a jamais tué d'humains, c'est vrai. Enfin, pas directement.

Je déglutis. Je sais qu'il dit la vérité. Je crois que je le saurais s'il mentait. Bien qu'il ait lui-même avoué qu'il était passé maître dans l'art. Mais si ça avait été le cas, pourquoi aurait-il été franc sur l'accident ?

— Bref, ta mère était la seule personne que j'ai jamais vraiment aimée. Mais ça, c'était avant que tu n'arrives.

Il esquisse un geste vague.

— Elle est partie un matin. Je ne l'ai plus revue pendant six longues années. Et puis, à force de recherches et de temps, je vous ai retrouvées. La suite, tu la connais.

Je fais une moue dubitative.

— Elle a eu d'autres enfants ?

— Non. Tu es la seule. En revanche j'ai un fils. Un tout petit peu plus jeune que toi. Mais là encore, je suis sûr que tu sais qui c'est. Vous avez beaucoup en commun.

Tu parles Charles que je sais qui c'est ! On pourrait nous appeler le trio infernal des yeux flippants. TIFF.

Je sens l'émotion me serrer le cœur.

Il y a une demi-heure j'étais orpheline, sans famille. Maintenant j'ai un frère et un père. C'est vrai que je hais le dernier et cela depuis longtemps. Mais je ne suis plus seule ! C'est mon père, quand même !

D'un coup je me souviens de quelque chose. Mon cœur fait un bond à l'idée que j'ai pu l'oublier.

Je me mets à crier.

— Tiphaine, où est Tiphaine ? Je veux la voir ! Montrez-la-moi !

Sans hésiter, Manassé appelle Dimitri.

Celui-ci entre si rapidement que j'ai l'impression qu'il avait la main crispée sur la poignée.

— Va chercher la petite.

— Non !

Je toise Dimitri et Manassé me regarde, surpris.

— Pas lui. Envoie Camille. Je ne veux pas qu'il l'approche.

— Espèce de…

— Dimitri !

Le ton de Manassé me fait sursauter. Jusqu'ici il a été doux et calme. Si j'avais un quelconque doute sur sa capacité à tuer, il s'est évaporé avec son brusque changement d'attitude. La violence et la puissance prédatrice qui découlaient de chacun de ses mouvements viennent d'exploser, littéralement exploser, et je découvre enfin pourquoi les Myrmes craignent autant ce Kamkal.

Ses yeux sont devenus aussi noirs qu'une obsidienne et sa mâchoire est crispée. Je sens des ondes de danger parcourir la pièce, ayant comme origine son corps tendu comme un arc.

Son ton est tellement intimidant que j'ai presque pitié pour Dimitri. Presque.

Il s'approche de son second et sa démarche me rappelle étrangement celle de Gabriel, quand il me fait tant penser à une panthère. Sauf que Manassé semble dix fois plus mortel.

— J'ai déjà laissé passer le fait que tu l'as brutalisée. Mais c'est la dernière fois, tu m'entends ? La prochaine fois, si j'ai le moindre doute ou si tu t'avises de ne serait-ce que la regarder d'une façon qui m'incommode, tu le regretteras.

Les trois derniers mots ont été prononcés dans un murmure glacial.

— C'est toi le patron.

Camille lance un sourire de triomphe à son père puis s'en va.

Je réalise mon erreur. Je suis en train de me faire endoctriner. Manassé est peut-être gentil avec moi, peut-être est-il sincère, mais c'est un Narque. Un tueur. Je dois partir, je dois m'enfuir avec Tiff. Et Saphira, si possible. On doit rentrer à la maison.

Après plusieurs minutes d'attente insupportable, un tumulte se fait entendre non loin de la porte.

— Lâche-moi, espèce de débile !

486

Deux silhouettes entrent dans la pièce. La plus petite, Tiphaine, se débat pour essayer d'échapper à la poigne de Camille. J'aime cette petite.

Dès qu'elle m'aperçoit, son visage s'illumine. Contrairement à ce que je pensais, elle a l'air en parfaite santé. Elle donne un gros coup de pied dans le tibia de Camille et celui-ci la lâche en jurant de tous les diables. Elle se précipite dans mes bras alors que je ris. Je suis si heureuse de voir qu'elle est restée égale à elle-même !

— Cassi ! J'étais sûre que tu viendrais me chercher, je le savais !

Elle lance un regard mauvais à Manassé alors que Camille se tient sur une jambe, le tibia à la main.

— Je te l'avais bien dit, vieux schnock.

Je ressens une pointe de culpabilité. Je ne suis pas vraiment venue de mon plein gré, mais ce n'est pas la peine qu'elle le sache. Comme je sais que je n'ai pas beaucoup de temps et qu'ils ne vont pas me laisser parler longtemps, je l'attrape par les épaules et déballe mes instructions à toute vitesse :

— Écoute-moi Tiff. Ces gens sont des méchants. Quoi qu'ils disent, ne les crois pas, d'accord ?

Elle prend un air choqué.

— Franchement Cassiopée, tu me prends pour un bébé ou quoi ? Tu crois que je t'ai attendue ? Je te rappelle que je ne suis pas une Potentielle, du moins en tout cas ça n'est pas sûr, alors je ne vais pas développer une haine contre ma propre espèce.

Ça me fait un choc de l'entendre parler comme ça, elle a tellement mûri !

— Cassiopée, arrête tes bêtises. D'une part Tiphaine n'est pas là pour qu'on lui bourre le crâne, et de deux tu sais que c'est une nécessité pour tous que l'espèce humaine disparaisse. Si tu savais ce qu'ils ont pu nous faire…

Je regarde Camille.

— Qu'es-tu devenu ?

— Rien de plus que ce que j'étais avant. Sauf que je ne le montrais pas.

Tiphaine reprend d'un air méprisant.

— Gabriel ne t'aimait pas, ça se voyait. Et moi non plus.

Elle se tourne vers moi.

— Il m'a dit que si jamais un jour je devais me faire enlever, je devrais toujours continuer à penser par moi-même. J'ai suivi son conseil et voilà le travail.

— Attends… Gabriel et toi vous… parliez?

— Ouais, souvent. Tous mes copains et copines l'adorent, il est supersympa avec nous, il ne nous considère pas comme des gamins. Après la classe des fois il faisait un foot avec nous. C'était marrant.

J'essaie d'imaginer Gabriel riant en train de jouer au foot avec des enfants. Cette image m'attendrit tellement que je m'attends à me liquéfier sur le parquet ciré de Manassé. Pas sûr qu'il apprécie que je lui pourrisse son sol en chêne massif.

Elle me jette un regard de biais.

— Quoi?

— Ben… souvent il venait me parler. Et notre sujet de conversation c'était toi. Il m'interdisait de te le dire.

Je sens plus que je vois Camille se tendre. En lui jetant un bref coup d'œil, je vois qu'il a serré les poings et qu'il est devenu tout rouge.

Je n'en crois pas mes oreilles. Gabriel parlait de moi. Alors que j'avais l'impression que je ne l'intéressais pas. Quel crétin!

Une voix sèche me renvoie sur Terre.

— Camille, raccompagne Cassiopée à sa chambre. Et toi Tiphaine tu rentres avec Dimitri.

Je fais un bond et me plante devant Manassé.

— Non! Dimitri n'a qu'à me raccompagner, laisse Camille avec Tiphaine.

— Ce n'est pas toi qui commandes ici, ma fille. Et si tu continues à semer le trouble chez mes hôtes, tu auras de mauvaises surprises.

Je le regarde en plissant les yeux.

— Ce n'est pas parce que je sais depuis cinq minutes que tu es mon paternel que je vais te considérer comme tel, je siffle entre mes dents. Si tu crois qu'on va se mettre à entretenir une relation père-fille dans laquelle on rattraperait gentiment le temps perdu, tu te fourres le doigt dans l'œil jusqu'au coude. Je n'ai jamais eu de père, et je n'en aurai jamais. Alors ne m'appelle pas «ma fille», tu n'as pas gagné ce droit.

Je me retourne vers Tiff, de l'urgence dans la voix.

— Tiphaine, qu'est-ce qu'ils te font, ici?

Dimitri la prend par le bras.

— Rien du tout, j'ai juste été enfermée. Mais on me nourrit bien et je ne suis pas battue, ne t'affole pas.

Elle tire violemment sur son bras et se rapproche de moi, ses yeux soudain agrandis par l'inquiétude. Elle se penche sur mon oreille et murmure d'une voix presque inaudible :

— Cassiopée... les enfants disparus. Les enfants des Myrmes enlevés par les Narques, ils ne sont pas ici...

Dimitri la rattrape et la serre plus fort et elle pousse un cri.

Je lui saute dessus.

— Lâche-la enfoiré !

Mes mains se referment autour de son cou épais. Mais seulement une seconde. Celle d'après je me retrouve soulevée par la taille et d'une traction Manassé me fait lâcher son homme de main. Il se tourne et me pose sans ménagement par terre.

Je tombe sur les fesses, furieuse.

— Dimitri, tu ne fais pas de mal à la petite. Quant à toi (il pointe un doigt menaçant vers ma poitrine), tu vas retourner illico presto dans ta chambre et je compte sur ta docilité si tu veux que ta petite copine ait de quoi manger pour les prochains jours.

J'ai l'impression d'être une petite fille punie parce qu'elle n'a pas été sage. Sauf que la punition implique une autre personne.

J'ouvre de grands yeux.

— Quoi ? Non tu ne ferais pas ça ! Elle n'a rien fait, ce n'est pas de sa faute !

— Justement. Si tu ne veux pas qu'il y ait d'injustice tiens-toi bien. J'ai toute une communauté à diriger et si tout le monde essaie de s'entre-tuer on ne va pas s'en sortir.

Tiphaine sort, Dimitri lui tenant le bras.

Camille s'approche mais je le dissuade d'un seul coup d'œil de me toucher.

Je me lève et le bouscule en passant à côté de lui.

Comment est-ce que j'ai pu les trouver civilisés ? Ce n'est qu'une façade, qu'une bande de dictateurs de plus voulant arriver au pouvoir.

Nathan est toujours devant la porte, les yeux dans le vague. Ces yeux, qui me faisaient toujours ressentir des émotions, sans que je sache pourquoi. Ces yeux si identiques aux miens.

Puis il m'aperçoit et se pousse pour me laisser passer. Je ne peux pas lui en vouloir à lui. À Camille oui, ça je peux sans aucun problème. À mon sadique de père, idem. Mais à lui non.

Parce que c'est mon petit frère.

65

— Bon alors! Raconte-moi! Qu'est-ce qu'ils t'ont dit?

— Pas envie.

Ça va faire une heure que Saphira me harcèle. Quand je mangeais j'avais une excuse pour ne pas répondre, mais j'ai récuré la moindre trace de sauce dans mon assiette. Je vais exploser.

— Allez!

— Bon ça va!

Je finis par lui raconter parce que sinon je n'aurais jamais la paix.

— Ouah! Attends... tu es en train de dire que le beau gosse qui stationne devant notre porte est ton frère? Ça c'est vraiment, vraiment intéressant...

Ça ne m'étonne pas qu'elle n'ait retenu que cette partie.

Du coup, elle passe tout l'après-midi dans la salle de bains à faire je ne sais quoi et je peux enfin avoir la paix.

Franchement, je ne pensais pas un jour comprendre ce que ressentait Luc Skywalker. Mais aujourd'hui je n'éprouve plus aucune difficulté à me mettre à sa place. Et je peux vous dire que ça n'a rien d'agréable. Parce qu'avoir Dark Vador comme père, ça *craint*. Ça craint même un max. Enfin bref.

Comme je suis seule, je réalise que je ressens un grand vide depuis que je suis arrivée. Et encore plus maintenant que je suis au calme. On dirait qu'il me manque quelque chose. Et pourtant j'ai gagné une famille ce midi. Pas le genre de famille qu'on rêverait d'avoir, mais bon, c'est toujours mieux que pas de famille du tout... enfin je suppose.

Soudain je pense à Gabriel. C'est lui qui me manque. J'avais goûté à son corps près du mien et une nuit m'a suffi pour devenir totalement addict.

Je soupire. Il doit bien aller. Tiphaine va bien. En quelque sorte, tout va bien, non ?

Oh oui, tout est au mieux dans le meilleur des mondes.

— Comment tu me trouves ?

Saphira me fait sortir de mes rêves.

Je la regarde, distraite, mais pas longtemps. Elle s'est faite belle. Et je peux vous dire que quand elle est simple elle est déjà très belle, alors maintenant qu'elle est coiffée et maquillée elle est à tomber.

C'est ça qu'elle faisait dans la salle de bains. La situation me donne envie de rire aux éclats.

— Qu'est-ce qu'il y a de si drôle ? C'est le maquillage, c'est ça ? Oui je le savais. Mélanger des fringues franchement immondes avec un maquillage sophistiqué c'était pas une bonne idée. Je crois que c'est le bleu et...

Avant qu'elle ne parte dans une tirade longue de dix minutes, je l'interromps.

— Tu es très belle Saphira, je ne crois pas qu'on puisse te résister.

Et je le pense sincèrement. Elle sourit et vient s'asseoir à côté de moi.

— Si tu savais ce que j'ai pu m'ennuyer avant que tu arrives. Ma seule distraction c'était quand ils se décidaient à venir me parler.

— Ils ne t'ont pas fait visiter ?

Elle me lance un regard éloquent.

— Ben voyons. Pour que je trouve un peu mieux la sortie ? Tout ce que je sais c'est que nous nous trouvons dans une sorte de bâtiment principal qui est composé de deux étages. Nous, nous sommes au dernier. Ce bâtiment est le plus gros du village.

— Un village ?

— Oui, construit sur un plateau. Derrière le village, il y a la montagne. Devant, il y a le vide.

— Comment ça le vide ?

Je sens ma gorge se serrer.

— Quoi, ne me dis pas que tu n'as pas regardé par la fenêtre ? Le village est construit sur un plateau, qui lui est sur une montagne.

Elle me fait un dessin.

— Ce qui fait que si on avance vers le fond du village on va se heurter à la paroi de la montagne qui monte encore sur plusieurs centaines de mètres. Et si on s'avance vers l'avant du village, on tombe dans le vide. Je te conseille d'aller jeter un coup d'œil à la fenêtre, la vue est imprenable.

C'est vrai qu'avec toute l'agitation qu'il y a eue depuis ce matin, je n'ai même pas pensé à regarder.

Je me mets à genoux sur mon matelas et regarde à travers la vitre. Devant moi il n'y a qu'une chaîne de montagnes enneigées. Comme je ne vois pas le sol, je me lève et regarde de plus haut. Ça y est, je vois les bases du bâtiment. Et le vide qui n'en finit pas. Ma chambre est en surplomb dans le vide. Ce satané château est au bord du précipice.

Ça me fiche une telle trouille que je tombe en arrière et recule jusqu'au fond de la pièce. Saphira me lance une œillade amusée :

— Tout va comme tu veux ?

— Ils sont fous ! On va tous tomber si ne serait-ce qu'un centimètre de roche se détache !

Un sourire se dessine sur ses lèvres.

— Est-ce que tu aurais… le vertige ?

Je m'aperçois que je suis dos au mur, les mains collées sur la paroi, tout au fond de la pièce. Très perspicace cette Saphira.

493

— Oui j'ai le vertige ! Et pas qu'un peu ! S'il te plaît ne reste pas là, tu me donnes des sueurs froides.

Elle obtempère en riant et vient s'asseoir sur son lit. Je l'imite mais reste tendue.

— Co… comment tu sais tout ça sur le village ?

— On me l'a dit.

Je la regarde, suspicieuse.

— Ils te l'ont dit ?

— Sophie, tu as dû remarquer que je parle beaucoup.

C'est peu de le dire.

— Eh bien j'ai remarqué au cours de ma vie que les gens ont du mal à se méfier d'une fille qui paraît superficielle et idiote. Alors, avec moi, toutes les langues se délient. C'est vrai, qui penserait qu'une pauvre idiote pourrait se servir de tous ces détails intéressants ?

Elle me sourit et je vois une lueur rusée danser dans ses yeux.

Nom. De. Zeus.

Cette fille est machiavélique. Elle n'est pas écervelée. Mais alors pas du tout. C'est une sorte de stratégie, comme moi j'en ai une, pour paraître inoffensive. C'est vrai que ça doit être dans sa nature d'être comme ça, mais je pense surtout qu'elle en tire un grand profit. Comment se méfier de quelqu'un qu'on sous-estime grandement ?

Je lui souris en retour.

— Saphira ma chère, je pense qu'on va bien s'entendre.

***

On passe l'après-midi à bavarder et à rire.

Je sais ce que vous vous dites. Que je suis bien guillerette pour une fille qui vient d'apprendre :

1) que son père est un remake d'Hitler,
2) que sa mère était une superméchante,
3) que Dimitri et Camille sont père et fils et
3) que j'ai un frère un tout petit peu plus jeune que moi qui me sert de geôlier.

494

Mais vous savez quoi ? Tout ça, ce n'est que du vent. Et je crois que j'en ai tellement pris dans la figure ces derniers temps que plus rien ne m'affecte. Si une météorite tombait sur le château, là tout de suite, la seule chose que je regretterais ce serait de ne pas voir la tronche de mon père alors qu'il comprendrait que tous ses plans pour conquérir le monde tomberaient à l'eau. Je ne voudrais manquer ça pour rien au monde.

M'enfin.

On finit par nous apporter le repas du soir. Personnellement je ne sais pas comment je pourrais faire pour avaler quelque chose de plus.

Saphira, elle, a autre chose en tête. Elle saute sur la porte et l'ouvre, tout sourires. Je vois immédiatement qu'elle est un peu déçue. Mais elle se reprend vite.

— Tiens, salut Serge ! Tu es revenu depuis longtemps ?

Je me penche pour apercevoir la personne qui se tient à l'entrée.

C'est le psychopathe qui m'a attrapée par les cheveux près du grand lac.

Je pousse un grognement agacé et me laisse tomber lourdement sur le lit, la tête sous un oreiller. Le monde est décidément vraiment trop petit.

— Salut Saphi, oui c'est moi qui vais faire les nuits. Nat' s'occupera de la garde du jour. Mais dis-moi, tu es vraiment superbe !

Et toi t'es vraiment trop petit.

Saphira enroule une de ses mèches autour de son doigt et minaude :

— Merci beaucoup.

Elle ferme la porte et apporte les plateaux.

— Ça n'est pas la peine Saphira, je n'ai pas faim.

— Oh si tu as faim, de toute façon tu n'as pas le choix.

— Tu paries ?

Elle me regarde droit dans les yeux et parle tellement bas que je suis obligée de me pencher pour entendre un mot sur deux.

495

— Tu dois te douter que nous sommes surveillées, alors reste naturelle. Tu veux t'échapper ou tu comptes moisir ici ? Alors je te conseille vivement de prendre du poids parce que ce ne sont pas tes trente kilos tout mouillés qui vont nous aider.

Elle pose le plateau devant moi et attaque le sien.

Je soupire et commence à manger. Elle n'a pas vraiment tort. Et puis, la nourriture est vraiment trop bonne.

La soirée s'annonce ennuyante alors j'ai une idée.

— Il nous faudrait une cible.

Je regarde autour de moi, mais Saphira me devance :

— Donne-moi ce sachet de ketchup.

Je lui tends et elle se lève et va dessiner quatre cercles sur la porte, dont le plus petit est le centre de la cible.

Elle se retourne vers moi en haussant les sourcils.

— Et maintenant ?

— Maintenant viens.

J'essaie de ne pas me rappeler que le vide est tout près et je recule pour m'éloigner de la porte, un couteau à viande à la main. C'est ridicule, je vais vivre ici et je ne compte pas rester cloîtrée toute la journée au même endroit.

Saphira a compris. Elle prend son couteau à viande et me rejoint.

On passe la soirée à lancer. Au début on est mauvaises, on ne plante pas le couteau dans la porte en bois. Mais Saphira trouve la bonne façon de lancer et on s'améliore à chaque coup. Elle est quand même plus douée que moi.

Pourtant, Stephan avait raison. J'ai trouvé mon arme.

66

Un jour passe, puis deux. Je n'ai plus aucune nouvelle de mon père ni de Camille ni de Tiphaine. Seul le va-et-vient des plateaux et le bavardage incessant de Saphira rompent la monotonie. Mais il m'arrive d'avoir la paix quand elle va dans la salle de bains. Ici nous avons l'eau courante chaude. Un système de récupération des sources qui descendent de la montagne, chauffées au charbon m'a-t-elle expliqué. C'est dingue le nombre d'informations qu'elle a réussi à récolter.

Quand elle n'est pas là, je me précipite vers la porte d'entrée pour l'ouvrir. Sauf que je n'ose pas. Alors je regarde par la serrure et je l'observe. Il a toujours l'air pensif, dans les nuages. Ça lui donne un air enfantin alors qu'il a le physique d'un adulte.

Le soir du deuxième jour, alors que Saphira se douche et que «Serge» n'est pas encore arrivé, je prends mon courage à deux mains et ouvre la porte.

Nathan ne sursaute même pas. Mais il serre les doigts sur l'arc qu'il ne quitte jamais. Il doit être Auditif.

— Oh euh non. C'était pour toi que je venais, enfin, je veux dire que je voulais te parler un peu… je ne cherchais pas à m'enfuir…

Je sens que je m'enfonce alors j'ouvre la porte et m'assois juste à la limite de la chambre et du couloir.

Il plisse les yeux, méfiant. Je peux comprendre. Si j'avais la même cicatrice je serais aussi sur mes gardes.

— Tu t'appelles Nathan, c'est ça?

Pas de réponse. Il reste debout à me regarder, toujours sur ses gardes.

Je décide d'en venir au fait.

— Je m'excuse... pour ton visage. Je... c'était un réflexe de défense, je ne me rendais pas compte. Enfin, je n'ai pas réfléchi.

Il continue à me regarder. Je vois qu'il hésite, qu'il pèse le pour et le contre, pour savoir s'il peut me faire confiance ou pas.

— Tu sais, si tu ne veux pas m'adresser la parole je comprendrai.

Son visage s'adoucit aussitôt et il secoue la tête. Il porte la main à sa gorge et la tapote. Puis il secoue de nouveau la tête.

— Oh... tu ne parles pas?

Il secoue de nouveau la tête et s'assoit prudemment face à moi mais assez loin pour pouvoir me viser, si besoin est.

— Est-ce que... est-ce que tu sais que je suis ta sœur?

Il hésite un moment et hoche la tête.

— Depuis longtemps?

Il semble hésiter un court instant, puis se décide et me tend sa main droite.

Je la regarde, interloquée, puis je l'interroge du regard. Il me lance un sourire tout doux, confiant, et je pose ma main dans la sienne.

Pendant une seconde, rien ne se passe.

Puis quelque chose explose dans mon crâne. Ça n'a rien de douloureux, c'est juste que je ne suis plus seule. Je ne suis plus seule dans ma tête.

Une voix profonde, riche, résonne tout à coup dans mon crâne:

« Je suis désolé, c'est la seule façon que j'ai de communiquer. »

Je vous mentirais si je vous disais que je n'ai pas totalement flippé.

Je veux retirer ma main, mais il la tient fermement. Tout à coup, je sens mes muscles se réchauffer.

Je ressens un sentiment de sécurité, une sensation apaisante envahir mon corps, chaque cellule de mon anatomie. Mais je comprends qu'elle ne vient pas de moi. Elle émane de l'esprit de Nathan. Il me fait comprendre que je peux lui faire confiance.

J'hésite un instant en le fixant avec des yeux exorbités.

La voix résonne à nouveau, grave et pleine de chaleur :

«Tu n'as rien à craindre de moi, je ne te ferai aucun mal. Si tu veux que je sorte, dis-le-moi juste et j'obtempérerai.»

Je déglutis avec difficulté :

— Co... comment tu fais ça ?

Il semble se détendre, et je ressens une vague de soulagement. Comme s'il avait eu peur que je ne le rejette. Ses émotions sont aussi claires pour moi que les miennes pour lui, j'ai l'impression.

«Je suis Tactile», ajoute-t-il simplement, avec un sourire.

Ça existe, comme Sens Phare ? Pourquoi est-ce que personne ne m'en a parlé ?

«Oui, ça existe, nous sommes juste tellement rares que les Kamkals ne voient pas l'utilité d'en parler.»

Je ne sais pas ce qui m'horrifie le plus : le fait qu'il ait lu dans mes pensées, ou la nette impression qu'il ne me dit pas toute la vérité.

Apparemment, il m'a encore entendue, parce qu'il me lance un sourire contrit :

«Désolé, j'entends tout ce que tu penses, je n'y peux rien, nous sommes en osmose.»

Il évite soigneusement de parler de son Sens Phare.

J'essaie d'assimiler la masse d'informations nouvelles que l'on tente de me faire avaler :

— Alors pourquoi je n'entends pas les tiennes ?

Il me lance un sourire radieux. Seigneur, je n'ai jamais vu quelqu'un sourire avec autant de douceur.

«Tu les entends, lorsque je te parle. Mais je suis habitué à communiquer de cette manière, et forcément je n'ai plus l'habitude de penser "à voix haute" lorsque je suis dans la tête de quelqu'un.»

Il ne me laisse pas le temps de réfléchir et embraye aussitôt, la tête penchée sur le côté.

«Manassé m'a souvent parlé de toi et de ta mère.»

Je tente de garder toutes mes pensées et mes émotions à distance, en vain. Le pire, c'est que je sais, je *sens* qu'il ressent toutes mes pensées, mes sentiments, mes sensations. Il en est de même pour moi envers lui. Néanmoins, il semble faire un effort surhumain pour ne pas m'influencer et pour faire abstraction de mes pensées et de mes sentiments. Comme si nous avions une conversation normale, dans une situation normale.

Je me détends un peu et lui rends son sourire, tout en restant sur mes gardes :

— Quel âge as-tu Nathan ?

Il sourit doucement.

«J'ai dix-huit ans.»

Je suis étonnée.

— Tu viens de les avoir ou...

Il hoche la tête.

— On a pratiquement le même âge.

Je reste pensive. Manassé a dû vouloir oublier ma mère quand elle est partie sans explication. Et maintenant j'ai un petit frère. Je devrais peut-être lui en vouloir, mais Nathan a tellement l'air gentil et je suis si contente d'avoir un vrai frère que je me rends compte que je l'en remercie.

Le sourire de Nathan s'élargit un peu plus.

Oh bouse, il faut que j'arrête de penser, il entend tout ce que je dis...

— Je sais que cette question est puérile, mais... me pardonnes-tu... pour ce que je t'ai fait ?

Il porte la main à sa joue. La plaie est quasiment cicatrisée, mais elle est quand même bien visible.

Il hausse les épaules.

«Ce n'est pas grave», répond-il. Et il dit la vérité. Je ne ressens pas la moindre rancune en lui, juste une curiosité infinie.

— Nathan, pourquoi es-tu un Narque ? Tu ne sembles pas en avoir les critères.

Il sourit et je réalise que ce que je viens de dire pourrait passer comme une insulte à ses yeux.

— Oh euh non, ce n'est pas ce que je voulais d…

Il m'arrête en secouant légèrement la tête.

«Je suis né ici et j'ai confiance en mon père. S'il pense que c'est le mieux, je le suivrai les yeux fermés.»

— Pourquoi c'est toi qui gardes la porte ?

Je suis un peu agacée, comment est-ce qu'on peut avoir confiance en ce gars ?

Ma colère doit être aussi palpable que du granit parce qu'il secoue la tête, d'un air désolé.

«Tu ne le connais pas. Au premier abord il a l'air injuste et dur, mais il fait vraiment tout ça pour nous.»

— Oui mais il fait des choses mauvaises aussi ! Les hommes sont des sauvages, des brutes c'est vrai, mais tous ne sont pas comme ça, tu y as réfléchi ?

Il me regarde, ses yeux couleur ambre reflétant toujours autant de douceur. Ça me fait tellement bizarre de voir la couleur de mes yeux sur un autre visage que le mien !

Il appuie sa main libre sur son menton, à l'aise.

«C'est juste une façon différente de voir les choses. Je ne pourrais te dire laquelle est la bonne. Seulement, tous les deux, nous avons deux points de vue différents, et qui sait ? Peut-être avons-nous tous les deux raison, ou tous les deux tort.»

Je remarque qu'il a relâché son attention et que son arc repose sur ses genoux. Si je voulais je pourrais essayer de m'enfuir. Mais il sait que je ne le ferai pas.

Il me fait un clin d'œil, comme pour appuyer cette idée.

Je me renfrogne un petit peu, mais juste pour la forme :

— Arrête de lire dans mes pensées !

Il fronce les sourcils, un air faussement agacé sur le visage :

« Alors arrête de penser tout haut ! »

Ne pouvant retenir plus longtemps mon hilarité, j'éclate de rire. Il me répond par un sourire joyeux.

Il reprend finalement :

« Et pour répondre à ta vraie question, si je surveille ta porte c'est parce que je voulais te voir. Et si je suis venu pour te ramener, c'est parce que notre père me l'a demandé. »

Je souris.

— Dommage que notre première rencontre n'ait pas été plus civilisée.

C'est le moins qu'on puisse dire…

Toute sa bonne humeur s'envole d'un coup. Je sens ses muscles se crisper au son de la voix de ma conscience et il ne peut retenir la foule d'émotions qui le submergent, et que je perçois parfaitement.

Parmi elles, je ressens de la peur et même de la panique.

J'ai un mouvement de recul instinctif, comme si je venais de me prendre un mur.

Il se penche en avant, blanc comme un linge :

« Qu'est-ce que tu viens de dire ? »

Je déglutis devant son air grave. Ses sourcils sont froncés et toute trace de joie a déserté ses traits. Il est aussi tendu que son arc. Son esprit, néanmoins, est vidé de toute émotion, comme s'il se forçait à ne rien ressentir.

— Je… je… rien. C'est juste que…

J'hésite à lui parler de ça. Il va carrément me prendre pour une folle.

Il secoue la tête en signe de dénégation et m'invite à continuer, ses yeux plantés dans les miens.

Oh et puis, qu'est-ce que je risque ? Je passe déjà pour une psychopathe aux yeux de toute la planète. Un de plus, un de moins, quelle importance ?

Je soupire :

— C'est juste que j'ai une conscience envahissante qui a tendance à se faire entendre plus qu'elle ne le devrait.

Il lâche soudain ma main et lève les yeux au plafond, comme s'il cherchait un soutien quelconque. Il passe une main nerveuse dans ses cheveux et prend une inspiration saccadée.

Ouh là… ça doit être sacrément le bazar dans sa tête en ce moment, s'il a préféré me lâcher.

Il rive à nouveau ses yeux dans les miens et attrape ma main :

«Cassiopée, écoute-moi bien. Tu ne dois parler à personne de cette voix, d'accord? PERSONNE. Encore moins à Manassé. Ne l'évoque même pas. Est-ce que tu m'as bien saisi?»

Il a le contrôle sur ses émotions, mais j'arrive quand même à percevoir la panique derrière ses mots.

Je hoche la tête, interloquée. De toute manière je ne me voyais pas raconter à mon paternel tout fraîchement revendiqué que j'entendais des voix. Je me sens assez tordue comme ça.

Cette pensée semble le détendre à l'extrême et il acquiesce à son tour, visiblement rassuré.

— Tu trouves ça prudent, Nat'? Cette fille est vicieuse comme un serpent.

«Serge» se trouve en face de moi. Je ne l'avais même pas remarqué. Même Nathan, qui pourtant semble avoir des réflexes de ninja, sursaute au son de sa voix. Il me lance un dernier regard d'avertissement avant de me serrer brièvement la main avec chaleur.

Puis il me fait un clin d'œil :

«Dis-lui de me laisser tranquille et de se détendre. Je sais parfaitement ce que je fais.»

Je lève la tête, un sourcil haussé avec dédain :

— Il a dit: «va te faire foutre, et pète un coup, ça te fera du bien. Et tant qu'on y est, enlève le balai que t'as dans le derrière, tu te sentiras beaucoup mieux».

503

Nathan écarquille les yeux avant d'éclater d'un rire silencieux.

Il me lâche la main, se lève et se retourne vers un Serge bouillonnant de l'intérieur.

Il pose une main sur son bras et semble lui dire quelque chose. Serge n'a pas l'air surpris plus que ça que quelqu'un entre dans sa tête pour communiquer. Il est peut-être habitué.

— Dixit le joli souvenir qu'elle t'a laissé sur la joue.

Nathan hausse les épaules, semblant dire que ce n'est pas grave.

— C'est ça. Tu sais quoi Nat'? Tu es trop sentimental. Tu peux partir, je prends mon tour.

Nathan se retourne et me fait un petit signe de la tête. Un geste simple qui pourtant en veut dire long : «bonne nuit», «content de t'avoir parlé», «n'aie pas peur»...

Aussitôt, je pense à ce passage de la Bible. Au tatouage de Gabriel.

«Tu t'es approché le jour où je t'appelais; tu as dit : n'aie pas peur.»

À ce moment-là, je me fais une promesse silencieuse. Je quitterai cet endroit. Peu importent les moyens. Et je n'aurai plus peur. Parce que je sais que quel que soit l'endroit où je me trouve, il y aura toujours quelqu'un que j'aime pour me rassurer.

Je me relève et attrape la porte. Je regarde bien Serge dans les yeux et la lui claque au nez.

67

— C'est dingue, ça fait quatre jours qu'on n'est pas venu me parler !

Saphira et moi sommes adossées au mur, sous la fenêtre qui surplombe le vide. J'ai fini par m'y habituer. Elle lance à son tour sa fourchette sur la cible. Nous devenions trop bonnes à ce jeu. Saphira plantait son couteau au centre de la cible à tous les coups et pour moi c'était sensiblement pareil. Alors nous avons compliqué les règles. Au lieu de lancer un couteau, on lance une fourchette. L'objet va heurter les traces de ketchup avant de retomber sur le sol.

Elle se retourne vers moi.

— Ça me manque presque ! Depuis que tu es arrivée je suis privée de sortie.

Je lance ma fourchette. Elle tourne à toute vitesse pour venir se ficher dans le cercle extérieur de la cible. Durant une demi-seconde elle y reste, mais elle finit par retomber comme celle de Saphira.

Je laisse tomber ma main en soupirant. Ça fait deux jours que j'ai parlé à Nathan, depuis je n'en ai plus eu l'occasion. Saphira ne reste plus aussi longtemps dans la salle de bains et c'est hors de question que je lui parle en sa présence, elle ne saurait pas se tenir. Bref, je commence à m'ennuyer ferme. Il faut que nous trouvions le moyen de sortir d'ici.

— Ouais c'est vrai que je commence à comprendre ce que tu disais quand tu parlais de tuer le temps.

Je plisse les yeux et adopte la Facette du Serpent, pour observer le Narque planté derrière la porte. Vu la taille et la corpulence il s'agit de Nathan.

Je repose ma tête contre le mur et ferme les yeux. Des fois j'espère voir la porte s'ouvrir sans crier gare alors qu'une de nous deux lance son projectile. Mais cette envie ne me prend que tard le soir. Comme je sais que c'est Nathan qui est actuellement devant l'entrée j'ai bloqué la porte avec une commode. Je n'ai pas envie de le blesser.

Saphira revient avec nos fourchettes. Elle lance la sienne avec tant de fureur qu'elle se plante dans la cible en vibrant pendant dix secondes.

Elle pousse un cri de triomphe et se met à danser.

— Oui ! Voici Saphira John, la meilleure tireuse de fourchettes de tous les temps, un tonnerre d'applaudissements pour elle messieurs, dames !

— Comment tu fais pour gagner tout le temps ?

Je suis exaspérée mais je souris devant sa danse folklorique.

— Ma chère Sophie, ça c'est un secret de famille vieux comme le monde, si je te le disais, je serais obligée de te tuer ensuite. De toute manière je ne pense pas qu'il te soit très utile, on voit bien que tu n'es pas très habile de tes mains…

Je lance ma fourchette et elle va se planter directement au milieu de la cible. Un bien meilleur score qu'elle.

— OK j'ai rien dit.

Un bruit se fait entendre derrière la porte.

Je plisse les yeux. Deux silhouettes se trouvent devant l'entrée. Il y a Nathan et… une silhouette mince et élancée. De grande taille. Je ne vois que Camille qui réponde à cette description.

Je me précipite et pousse la commode, puis j'ouvre brusquement la porte.

Camille me regarde visiblement surpris. Il sourit.

— Eh bien je ne pensais pas que tu serais aussi pressée de me voir.

Je montre les dents, sarcastique :

— J'aurais embrassé ton père s'il était venu me sortir de cette cage.

Nathan sourit et Camille se renfrogne.

— Allez, suis-moi, ton père veut te voir.

— Sans blague ?

Je me retourne vers Saphira et lui fais un clin d'œil. Elle me tire la langue.

— Nat', tu veux bien parler un peu avec Saphira ? Je pense que ça lui ferait vraiment plaisir.

Nathan me lance un regard surpris puis acquiesce en souriant affablement.

Je me tourne de nouveau vers elle. Elle articule silencieusement « Je t'adooooore ».

— Bon c'est fini ces messes basses ?

— Pourquoi, t'es jaloux ?

Je passe devant lui et il me suit. Même si je n'ai fait le chemin qu'une fois, je m'en souviens très bien.

Arrivée devant la porte je m'arrête. Je ne sais pas comment réagir.

Camille s'approche pour frapper mais une voix à l'intérieur nous intime l'ordre d'entrer. J'ouvre la porte et entre sans une hésitation. Manassé est seul.

Je suis soulagée que son toutou ne soit pas dans les parages.

— Salut Martin. C'est bon Camille, tu peux sortir.

Manassé se crispe. Je sais qu'il n'aime pas que je l'appelle comme ça. Et je sais qu'il apprécie encore moins que je donne des ordres à ses sujets. Moi ça m'amuse beaucoup.

Il fait un signe de tête à Camille.

— C'est bon, tu peux sortir.

Il s'exécute.

— Comment vas-tu Cassiopée ?

507

— En mettant de côté le fait que je m'ennuie comme un rat mort ? Plutôt bien. La bouffe est extra, je crois que j'ai grossi.

— Tant mieux, ça ne peut pas te faire de mal. Et ta colocataire ?

Je sens le piège plutôt que je ne l'entends.

— Hum très agaçante. Je ne sais pas vraiment comment je vais faire pour la supporter un jour de plus.

Il a l'air satisfait. Je n'ai pas envie d'être séparée d'elle juste parce qu'il a peur qu'on se monte le bourrichon.

— Tu as vu ton frère ?

Mon visage s'adoucit à la pensée de Nathan. Ça doit assez bien se voir parce qu'il sourit.

— Oui. Il est adorable. Je l'aime beaucoup.

— Et pourtant... on ne peut pas dire que tu aies été sympathique avec lui.

— Et on ne peut pas dire que tu as été très malin, *Martin*. Si j'avais envoyé des hommes capturer ma fille, je n'y aurais certainement pas inclus son frère.

Je sens qu'il commence à perdre sérieusement patience mais, sincèrement, je n'en ai vraiment rien à faire. Avant qu'il n'explose pour de bon je reprends la parole.

— Que me veux-tu ?

Il se lève et contourne son bureau pour s'approcher de moi.

— Te faire une proposition.

Je tends l'oreille, intéressée.

— Tu acceptes d'habiter ici avec moi et ton frère, ta vraie famille. Tu oublies ces ploucs qui habitent de l'autre côté de cette montagne et tu m'aides à faire de ce monde un endroit approprié où les Kamkals pourront vivre.

Je ricane.

— Ça fait beaucoup de services, ça. Et qu'est-ce que j'obtiens en retour ?

— La libération de ta petite protégée.

C'est vrai que c'est plutôt tentant.

— Certains de ces ploucs sont morts à cause de toi. Des amis à moi.

— J'en suis désolé, alors qu'est-ce que tu en penses ?

— J'en pense que si je pouvais te faire confiance peut-être que j'accepterais, mais encore ce n'est pas une certitude. Alors quand je vois que tu as tué des gens de ta propre espèce, je ne suis pas du tout décidée à te divulguer quoi que ce soit.

Manassé croise les bras. Puis il me sourit.

— Soraya était au courant.

Je fronce les sourcils.

— Plaît-il ?

— Soraya sait depuis le début qui sont tes parents. Je lui ai dit que je voulais te récupérer. Cela pouvait se faire dans la douceur. Elle n'avait qu'à te livrer. Mais je l'ai prévenue que si elle refusait, j'enverrais des gens te récupérer mais la règle de ne pas toucher à son adversaire serait temporairement obsolète.

J'écarquille les yeux d'horreur.

— Tu as tué tous ces gens à cause de moi ?

Je me souviens tout à coup de la façon dont Soraya m'a regardée quand elle m'a aperçue alors qu'elle se présentait à la classe. Elle avait l'air de me jauger. Maintenant je sais pourquoi.

— Je devais bien trouver un moyen de te faire venir à moi. Et, tu vois, elle tenait plus à toi que je ne l'aurais cru. Ou alors, et c'est probablement ça, elle cherchait à m'agacer. Sauf que quand je promets quelque chose je m'y tiens quelles qu'en soit les conséquences. Ça te va comme gage de ma bonne foi ?

Je suis horrifiée.

— Si ça me va ? Tu as tué pour moi ! Un ami à moi a perdu sa femme par ta faute, TA FAUTE ! Tu n'es qu'un monstre, père ou pas je ne pourrai jamais te faire confiance, jamais ! Tu tues des humains innocents en te donnant comme excuse que tu fais ça pour le bien des Myrmes et des Narques. Tous les hommes ne sont pas mauvais !

Beaucoup œuvrent pour le bien des autres! Et je n'ai jamais entendu d'exemples sur des humains nous maltraitant, alors c'est quoi la vraie raison de ta haine envers eux?

Je sens les larmes me monter aux yeux. Et, visiblement, je l'ai mis très, très en colère. Il se retourne et va chercher des dossiers dans un des tiroirs de son bureau.

Il les jette violemment dessus et me regarde.

— Approche.

J'ai beau être en colère, la peur prend le dessus. Je n'ai jamais été aussi terrifiée par quelqu'un. Ses yeux habituellement ambre sont devenus noirs, tant leur pupille est dilatée. Tous ses muscles sont tendus. Ses mâchoires sont serrées et j'ai l'impression qu'il a pris dix centimètres. Dimitri fait office de caniche à côté.

Alors je lui obéis.

— Tu veux des exemples? Tu vas être servie.

Il prend une feuille de papier et la plaque violemment sur son bureau, juste devant moi. J'essaie de ne pas sursauter.

Peine perdue.

— An 1500, Espagne. Jeanne vit dans une petite maison sans prétention avec ses trois enfants. Deux fils et une fille. Elle est une Kamkal. C'est normal, dans la famille la Fleur Sacrée se transmet de génération en génération. En ce temps-là, il n'existait que des petits groupes éparpillés à travers le monde, nous ne nous étions pas rassemblés ici, Myrmes ou Narques. Elle avait trente ans et était transformée depuis une dizaine d'années. Elle avait une peur bleue des souris mais elle n'avait pas le courage de les tuer alors elle les piégeait avant de les relâcher plus loin. Peu lui importait de vivre longtemps. Tout ce qu'elle voulait c'était que ses enfants eux vivent une vie heureuse et paisible.

Il tape sur l'image.

— Regarde.

Je continue à le fixer.

— REGARDE!

Je sursaute et baisse les yeux. Une jeune femme est représentée sur une toile. Cette toile a été prise en photo mais elle est tout aussi claire et nette que si j'avais l'original devant les yeux. La jeune femme a l'air paisible. Elle regarde devant elle. Le peintre l'a représentée de profil. Elle est très jolie. Son visage m'est familier.

— Tes humains innocents sont arrivés un jour de printemps. C'était le temps de la chasse aux sorcières. Un de ses voisins l'avait dénoncée au clergé local. Il avait dû s'apercevoir d'une façon ou d'une autre qu'elle était différente.

Il se penche vers moi et ses yeux brillent de fureur.

— Les hommes l'ont prise, elle et ses deux fils. Ils n'ont pas trouvé la petite qui s'était cachée. Ils l'ont brûlée vive sur la place du village le plus proche, et ses deux fils avec. Tu sais ce que c'est de brûler vif ? D'abord, la fumée te fait suffoquer, te brûle la gorge comme un feu intérieur. Tu n'arrives plus à respirer tant tes poumons te sont douloureux. Tu as l'impression que l'air s'est vidé de tout son oxygène. Puis les flammes viennent te lécher les pieds alors que tu agonises. Si tu as une famille et qu'elle a pitié de toi, elle paie le bourreau pour qu'il t'étrangle avant que les flammes ne te brûlent, mais Jeanne n'avait pas de famille proche. Et elle n'a pas eu le loisir de payer pour épargner cette souffrance indescriptible à ses fils.

Je sens mon estomac se retourner douloureusement et un goût de bile me monte à la bouche.

Manassé se redresse.

— Sa fille s'en est sortie. En fait il se trouve que c'était ma grand-mère. Elle a eu mon père cent cinquante ans plus tard. Celui-ci s'est pris d'amitié avec un humain. Ils sont devenus inséparables. An 1800. Nous sommes en plein dans l'ère de l'esclavage, encore une grande réussite de l'humanité, si tu veux mon avis.

Sa voix est pleine de venin.

— Bref, mon père a pensé un jour qu'il pouvait se confier à son ami sans craindre de se faire trahir. L'autre a d'abord bien réagi. Quelques jours plus tard, ton grand-père a été enlevé en pleine nuit par une bande d'humains violents. Il a appris par la suite que son ami l'avait vendu pour une coquette somme d'argent à une équipe de «scientifiques». Pendant un mois entier il a subi plus d'horreur et de souffrance que tout ce que toi et moi ne pourrons jamais en connaître dans une vie entière.

Mais contre toute attente il a fini par s'échapper. La première chose qu'il a faite, c'est de se rendre chez son cher ami pour lui demander pourquoi il avait fait ça. L'autre était en train de se soûler dans sa nouvelle et luxueuse maison. Tu sais ce qu'il lui a répondu?

Je secoue la tête alors que des larmes roulent sur mes joues. Je ne me sens pas triste. Je suis juste terrifiée.

— «Philippe, l'amitié ne compte plus quand on vous propose autant d'argent.» Et tu veux savoir ce qu'a fait mon père?

Non, non, j'avoue que ça ne me tente pas vraiment.

Mais je ne réponds pas. J'ai bien trop peur qu'il ne s'en prenne à moi.

Il se penche et ses yeux brillent d'une folie meurtrière. Il n'est pas en colère pour ça. Non ce n'est pas possible. Il doit y avoir autre chose.

— Il l'a forcé à se suicider en le faisant se noyer dans un fût de bière.

Manassé continue de me donner les exemples que j'ai tant attendus, et au fur et à mesure qu'il raconte, qu'il énumère, me montrant parfois des photos à l'appui, je sens la nausée me gagner un peu plus.

— Trois ans plus tôt.

Je relève la tête. C'est très récent, trop récent.

Il pose une photo sur le bureau mais garde la main à plat dessus.

— Ah, le second millénaire, que de promesses, n'est-ce pas? Promesses de civilisation, de paix. Promesses de respect des Droits de l'homme et du citoyen.

Sa voix s'est faite plus lente. Il me regarde et je vois que derrière la fureur se cache une souffrance indescriptible.

512

Il enlève sa main de la photographie et je hoquette, sous le choc.

— Oui. J'étais en prison si tu calcules bien. Un peu à cause de toi c'est vrai, mais là n'est pas la question. J'avais voulu y aller et j'en porte toute la responsabilité. Mais je lui manquais. Alors, malgré mon interdiction, il est quand même venu me rendre visite avec Dimitri. Bien sûr j'étais vraiment furieux contre mon ami qui l'avait laissé venir. Mais il m'a dit que s'il n'avait pas cédé, il y serait allé tout seul. Alors j'ai profité de sa présence, la présence de mon fils, ma seule famille.

Mes joues sont baignées de larmes. Je ne veux pas entendre la suite, mais je ne bouge pas pour autant. La photo montre un Nathan plus jeune, souriant.

— Le lendemain, Dimitri m'a fait parvenir un message. Je me le rappelle mot pour mot : « Nathan a disparu, embuscade à l'aéroport. Suis pas en état de me débrouiller seul. Sors immédiatement. »

Les gardiens me connaissaient bien, ça faisait neuf ans que j'étais un pensionnaire respectueux et modèle. Un en particulier s'était entiché de moi. Il m'a autorisé à sortir pour une nuit, une seule. Je devais être de retour au matin sinon il alerterait la sécurité et j'aurais de gros ennuis. Bref. J'ai retrouvé Dimitri. Il avait été grièvement blessé, par balles. Je l'ai laissé là où il était. Me suivre n'aurait fait qu'aggraver son état. Je t'ai déjà dit que je n'avais jamais rien raté dans ma vie ? Eh bien c'est vrai. J'ai mis une heure à le retrouver. Son odeur m'a amené à une sorte de labo souterrain, un peu à l'extérieur de la ville. Quand j'ai forcé la porte et que j'ai descendu l'escalier qui y menait, tous mes poils se sont hérissés. J'ai ouvert une porte sur une salle mal éclairée. Il était là, couché sur le ventre, sur une table d'auscultation. L'air était imprégné de son odeur mais aussi saturé de celle de son sang et de celle vraiment écœurante de ses ravisseurs. Tout autour il y avait ces hommes qui le dépeçaient comme des rapaces dépècent leur repas. Quand je me suis approché, j'ai vu ses yeux.

513

Dieu merci il était évanoui mais pas depuis le début, je te le garantis. La souffrance devait avoir fait son effet. Bref il avait les yeux grands ouverts.

Il s'arrête une seconde et essaie de se calmer.

— Tu sais, quand j'étais gosse, j'ai toujours été fasciné par les poissonneries. Parce qu'on y voyait tous ces poissons étalés sur de la glace, leurs yeux agrandis. On aurait dit qu'ils exprimaient de la peur, mais en même temps ils étaient étrangement vides.

Il me regarde les larmes aux yeux.

— C'est exactement ce regard-là qu'avait Nathan. Ses bourreaux lui avaient ouvert le dos et commençaient à découper les os fins qui relient la base des ailes aux muscles qui les actionnent. Heureusement, rien d'irrémédiable. Mais quand je me suis approché, j'ai remarqué une flaque de sang sur le sol. Et une juste à la base de son cou.

Il se frotte les yeux avec son pouce et son index. Et moi je crains ce qu'il s'apprête à me dire.

— Ils lui avaient coupé les cordes vocales. Pour pas qu'il ne les indispose dans leur tâche avec ses cris.

Un sanglot s'échappe de ma bouche et je plaque ma main sur mes lèvres. J'arrive à articuler :

— Que leur as-tu fait ?

Ses yeux s'allument d'une lueur sauvage :

— Il y avait sept humains. J'ai commencé par les neutraliser, puis je leur ai fait exactement ce qu'ils avaient fait à mon fils. Je les ai regardés se vider de leur sang alors que le dernier humain, une sorte d'assistante je suppose, recousait mon fils. Le ranimait avec une douceur vraiment touchante.

L'ironie sonne comme un glas dans sa voix.

— Et lorsqu'il a été hors de danger, je l'ai tuée aussi.

Il s'assoit sur la chaise qui est en face de son bureau et se met à ranger tous les documents éparpillés dessus. Puis il attrape la photo de Nathan et la regarde avec une douleur non dissimulée.

— Il venait d'avoir quinze ans. Tu vois Cassiopée, tes humains innocents, ils ont aussi fait *ça*.

***

Camille me ramène à ma chambre. Il voit que j'ai l'estomac dans les chaussettes parce qu'il n'arrête pas de me lancer des petits coups d'œil inquiets. Manassé ne voulait pas que je reste plus longtemps, il devait se calmer. En effet, je pense que c'était mieux comme ça. Il en allait quand même de ma capacité à rentrer toute seule ou avec de l'aide dans ma chambre.

Juste avant que je ne sorte, Dimitri est entré. Il a vu que son ami était mal. Et j'ai eu droit à des regards assassins.

Camille m'attrape par le bras. Je le regarde, fatiguée.

— Cassiopée, je t'aime.

Allons bon, manquait plus que ça.

J'éclate en sanglots. Ce n'est pas vraiment à cause de ce qu'il vient de me dire. Mais la situation en entier m'épuise. Je ne sais plus quoi faire et je ne sais plus vraiment ce que je veux.

— Camille… ça n'est… vraiment… pas le moment.

— Et ça le sera quand ? Ça fait des semaines que j'essaie de te le faire comprendre, mais on dirait que tu t'en moques !

Il n'a absolument pas l'air d'être déstabilisé de me voir transformée en lance d'incendie. Ça ne lui viendrait pas à l'esprit que j'ai juste envie qu'on me foute la paix, hein ? Non, mais non bien sûr. Pourquoi est-ce qu'il attendrait pour me faire une déclaration pareille, je vous le demande ? Après tout, c'est le *parfait* moment !

Enfin bref, il ne semble pas remarquer que je suis sur le point de noyer tout le château s'il ne me laisse pas regagner ma chambre, parce qu'il poursuit, imperturbable :

— J'ai demandé à être ton Tuteur. J'ai fait tout ce qui était en mon pouvoir pour que tu te sentes à l'aise. Mais tu n'en avais que pour Gabriel. Que t'a-t-il apporté au juste ?

515

Il n'a fait que se moquer de toi du début à la fin. C'est ce qu'il a toujours fait. Moi je saurais te rendre heureuse.

Comme c'est mignon.

Je plisse les yeux.

— Tu t'es aussi moqué de moi Camille. Tu m'as fait croire que tu étais un Myrme. C'était le pire des mensonges que tu aurais pu me faire. Ça aurait pu marcher si tu avais été franc. Mais là je n'ai plus confiance. Je ne sais plus si je peux croire en toi. Désolée Camille.

Ça n'est pas vraiment vrai. J'ai toujours confiance en lui. Et je l'aime. Mais ça n'est pas de l'amour. Mon cœur n'accélère pas lorsque je le vois. Ce n'est pas à lui que je pense lorsque je suis allongée, seule dans mon lit. Ce n'est pas son odeur que je regrette à en pleurer. Camille est mon meilleur ami, certainement une sorte de frère pour moi. Du moins il l'était.

Il me raccompagne jusqu'à la chambre en silence. C'est Serge-Ou-Peu-Importe-Son-Nom qui garde la porte. Je passe à côté de lui sans le regarder et je m'enferme dans la pièce.

Avant que Saphira ne me saute dessus, je l'arrête d'un geste de la main et je vais m'allonger tout habillée dans mon lit. À ma grande surprise et à mon soulagement, elle va aussi se coucher sans me harceler de questions. La lumière bleutée de la lune m'accompagne alors que je m'endors comme une masse.

68

Je me réveille d'un seul coup. La douleur est omniprésente, elle est entière. Je touche mes oreilles. Du sang.

Et rebelote !

Je plaque l'oreiller sur ma tête et attends que ça passe. La douleur s'accentue encore deux minutes, puis elle régresse. Durant ce laps de temps, je n'entends plus rien. Et je ne vois plus rien non plus. J'ai un oreiller sur le visage.

La douleur finit par disparaître. Mais un nouveau Sens Phare la remplace. J'entends tout. C'est moins terrifiant que la première fois, parce que je sais à quoi m'attendre, mais c'est quand même drôlement impressionnant. J'entends la respiration de Saphira. Très lente. On dirait qu'elle est profondément endormie. Et j'entends un vacarme plutôt lointain. Une avalanche, je devine. Quelque chose racle le mur sous ma fenêtre.

Et un autre quelque chose fait dresser les poils sur mes bras.

Deux battements de cœur. Pas le seul et unique battement que j'aurais dû entendre, celui de Saphira, mais bien deux.

Je me relève d'un coup et tends l'oreille. C'est bien ce que je pensais. En plus de celle de Saphira, il y a une respiration parfaitement audible pour un Auditif.

Mon cœur se met à battre plus vite, j'ai du mal à respirer.

517

OOOOOOOOK. Pas de panique. Il faut garder son calme.

Je plisse les yeux et observe la scène avec la Facette du Chat. Juste devant moi, à un mètre à peine, se tient une masse inquiétante. Et je la reconnais immédiatement.

Oui, oui, là tu es légitimement en droit de paniquer.

J'ouvre la bouche pour hurler, mais il plaque sa main sur mes lèvres et me soulève par mon T-shirt.

— Pas la peine de crier ma belle, personne ne peut t'entendre. Ta coloc est droguée et Ryan est allé boire un coup. Un vrai trou celui-là. Et comme je vais faire ça vite, j'aurai largement le temps de repartir me coucher avant qu'il ne revienne.

Le cerveau humain est étrangement fait, parce que la seule pensée qui traverse le mien après la tirade de Dimitri, c'est : «tiens, Serge s'appelle Ryan».

Il me plaque violemment contre la fenêtre.

— Depuis que tu es arrivée, tu ne crées que des problèmes à ton père. Tu le fais souffrir. Il essaie de t'aider et tu le rejettes. Tu n'es qu'un fardeau dont il va bientôt être débarrassé.

Il s'interrompt une seconde.

— Sans compter que je dois remédier à la faiblesse de mon fils. Je n'ai aucune envie qu'il finisse avec une crétine comme toi.

Il se penche vers moi et sourit d'un air vicieux.

— Et je dois t'avouer que ça fait longtemps que j'ai envie de faire ça.

Il m'attrape par la gorge d'une main et de l'autre ouvre la fenêtre avec une de ses clefs. Je n'arrive plus à respirer. Au moment où il l'ouvre, je projette mon poing sur son nez, le plus fort que je peux.

Il me lâche et pousse un juron.

Fuis! Ne te retourne pas et fuis!

Je rampe par terre en haletant. Il se met à rire.

— On m'avait prévenu que tu étais une furie, et je dois avouer que tu corresponds bien à la description qu'on fait de toi.

Il m'attrape par les cheveux.

Ras le bol, ça devient une habitude, là.

— Tout le monde pensera que tu as essayé de t'échapper. J'aurai commis la faute impardonnable de me faire voler mes clefs. Et tu auras peut-être la chance d'être retrouvée avant que les loups ne te dévorent, mais de toute manière quelle importance ? Une fois qu'on est mort, corps en bon état ou pas, on s'en moque.

J'entends un sanglot s'échapper de ma gorge alors qu'il me soulève.

— Pas comme ça ! Je t'en prie, fais comme tu veux mais pas comme ça !

Il s'arrête net.

— Oh je vois, mademoiselle a le vertige ? Je ne sais vraiment pas ce que mon fils te trouve. Il doit retrouver sa mère en toi je suppose. Mais Marlène en avait beaucoup plus dans le pantalon que dix comme toi. En tout cas, le spectacle n'en sera que plus distrayant.

Totalement allumé.

Il me tire sans ménagements par les cheveux alors que je griffe et mords tout ce qui est à ma portée.

Il ne s'arrête même pas.

Je me laisse aller, résignée. Cette fois je n'en réchapperai pas. Camille doit être loin avec ce que je lui ai dit hier, Saphira pionce et personne ne garde la porte. Dimitri est trop lourd, trop fort pour que je puisse me débarrasser de lui.

Nous ne sommes plus loin de la fenêtre, je peux entendre le vent gratter contre les pierres.

Attends un peu…

Ça n'est pas le vent, c'est quelque chose qui s'agrippe à la paroi ! Et ce bruit… on dirait une respiration, une troisième respiration ! Mon cœur s'affole et une bouffée d'espoir me submerge. Il y a quelqu'un qui est agrippé aux pierres de l'édifice là-dehors, et même s'il est venu pour me tuer, la surprise fera son effet.

Je me tords le cou et mords la main de Dimitri, tellement fort qu'il me lâche. Je pousse un cri à faire trembler les murs. Il se retourne et me donne une claque du revers de sa main gigantesque. Je me serais pris un parpaing, ça aurait été pareil.

Je tombe sur le sol, sonnée. Mais, immédiatement, je me reprends. Hors de question de laisser passer cette occasion.

Je marche à quatre pattes, à moitié aveuglée par le coup que je viens de prendre.

— Sale garce, ça tu vas me le payer.

Ce type est un dégénéré mental.

J'entends ses pas se rapprocher, lourds et menaçants. Mais que font-ils dans ce château? Il doit bien y avoir des Auditifs dans le lot, non? Le cri que j'ai poussé aurait réveillé un mort.

Il attrape ma cheville et tire d'un coup sec. Mon menton heurte le sol. Dommage, j'avais presque atteint la porte.

Mais sans crier gare, Dimitri me lâche. Je me soulève sur les mains en tremblant.

J'entends un méli-mélo de voix, de coups. Je n'arrive pas à faire la part des choses, c'est trop confus.

Je m'assois en m'appuyant contre le dossier d'un meuble. Et j'observe ce qui se passe.

Dimitri est en train d'essuyer les coups de l'homme qui était accroché à la paroi du bâtiment quelques minutes plus tôt. Et la vision du Chat ne laisse aucun doute sur l'identité de son adversaire.

Je n'arrive pas y croire, ce n'est pas possible, je dois rêver. Mon cœur se gonfle d'espoir. Un coup violent part, c'est Dimitri qui vient de frapper Gabriel à la mâchoire. Il lui prend le cou et le pousse vers la fenêtre ouverte. Il se penche sur lui pour le faire tomber, les pieds de Gab ne touchent plus le sol. Mais il se libère à temps d'un coup de genou bien placé et le charge en grognant, tête baissée. Ils roulent tous les deux et Gabriel prend le dessus. Il fait pleuvoir une succession de coups furieux sur Dimitri. Celui-ci les évite comme il peut mais il perd pied. Un coup de poing dans le nez, un autre dans les côtes. Il essaie de reprendre le dessus en plantant ses doigts dans les yeux de Gabriel. Mais celui-ci se dégage en étouffant un cri. Puis il attrape la tête de Dimitri, la soulève et la cogne violemment contre le sol. La brute cesse de bouger.

L'autre se relève et reprend sa respiration, les mains sur ses cuisses.

— On dirait que j'arrive toujours au bon moment, hein Cass?

Les larmes me montent aux yeux. Je me lève et me jette dans ses bras en sanglotant et en riant tout à la fois.

— Je t'avais dit que je ne te lâcherais pas.

Gabriel me caresse doucement les cheveux pour me calmer.

— Cassiopée viens, on ne peut pas rester ici, Dimitri et moi avons dû réveiller tout le château.

Je tends l'oreille. En effet il y a de l'agitation et des voix dans le couloir.

— Oui, vite, il faut y aller, ils arrivent.

— Viens, je te porte.

Je regarde en arrière.

— Attends! Saphira, ma coloc! On ne peut pas la laisser là!

Il me répond d'une voix rassurante.

— Cassiopée, tout est prévu, elles ne risquent rien, nous allons revenir les chercher. Mais pour l'instant je veux te ramener toi, d'accord?

Je ne peux que le croire quand je vois ses yeux noirs. Qu'est-ce qu'ils m'ont manqué, ces deux-là.

Je hoche la tête et il me prend dans ses bras avant d'enjamber la fenêtre.

— Ouah! Qu'est-ce que tu fais?

Je m'agrippe à lui comme une folle alors que ses jambes pendent déjà dans le vide.

— Je te fais prendre ton baptême de l'air, mon cœur.

Et là, sans prévenir, il se laisse tomber dans le vide. Je voudrais crier mais la force du vent me coupe la respiration.

Le bruit est trop fort pour mes oreilles sensibles, j'aimerais plaquer mes mains dessus, mais je suis trop occupée à m'agripper au cou de Gabriel. J'enfouis mon visage dans son vêtement et ferme les yeux de toutes mes forces.

Tout à coup j'ai l'impression que l'on ralentit.

Je rouvre un peu les yeux. Ses ailes nous portent et nous descendons doucement dans le vallon. Je m'accroche un peu plus à lui en voyant le vide et je l'entends rire.

Après plusieurs minutes qui me semblent être une éternité, j'aperçois enfin le sol. Mais il est étrange.

J'ouvre grand les yeux.

— Gabriel! On va atterrir sur un lac!

— Je sais ne t'inquiète pas, à ce moment de l'année la glace est largement assez épaisse pour nous supporter tous les deux.

Le sol se rapproche de seconde en seconde et j'ai l'impression que nous allons plus vite que je ne le pensais. Mais, au dernier moment, Gabriel accélère la cadence de ses ailes et nous nous posons tout en douceur.

Je le regarde interloquée.

— Tu n'es pas fatigué d'avoir volé? Avec moi en plus?

— Je suis entraîné Cass, plus tard quand tu viendras me secourir ça sera à ton tour de me porter, OK?

Je ne peux m'empêcher d'éclater de rire. Mais c'est nerveux. Il prend ma main et nous courons tant bien que mal sur la glace glissante.

***

Cela doit faire une demi-heure que nous courons sans nous arrêter. La glace n'en finit pas. Je souffle un instant et plisse les yeux pour percer les ténèbres. Oui, à environ cinq cents mètres je peux apercevoir la forêt. Je ne me suis jamais sentie aussi soulagée de voir des arbres.

— Pour… pourquoi on ne vole pas?

— Parce que je ne suis pas Superman et que j'ai des limites. La forêt n'est plus très loin.

522

— Ah ben il est beau le X-men ! Tu n'as pas besoin de me porter, je peux voler.

Enfin, je crois.

Il me regarde. Et son expression froide qui ne l'avait pas quitté jusque-là s'altère un peu.

— Je n'en doute pas, mais ça ne ferait que nous épuiser davantage. La forêt n'est plus qu'à quelques centaines de mètres, on y sera aussi rapidement en courant.

Il me tire et je me remets à courir. Je n'ai pas eu le temps de me rendre compte qu'il faisait froid, très froid. Je n'ai fait que courir depuis que je suis réveillée. Mais là, alors même que mes muscles sont en action, je sens le froid me mordre brutalement.

Je dérape et me rattrape tant bien que mal sur l'appui que me donne Gabriel.

— Allez Cass, on y est presque !

Il est marrant lui. Faudrait peut-être qu'il garde à l'esprit que ses jambes font approximativement ma taille.

Je redouble d'effort et nous passons la barrière protectrice des arbres sans obstacle.

Il s'arrête lorsque nous sommes déjà bien avancés.

— OK. On va reprendre notre souffle ici.

Il ne cesse de regarder autour de lui.

— Gab, comment tu m'as retrouvée ?

Il me regarde en biais, les mains sur les genoux, alors qu'il reprend son souffle.

— Grâce à mon GPS olfactif.

Je le fixe avec des yeux ronds.

— Ton... quoi ?

Il soupire.

— Mon GPS olfactif... écoute, on est vraiment obligés de parler de ça ici et maintenant, parce que...

Je plisse les yeux et il s'interrompt.

— Oui on est obligés. J'aimerais savoir comment il t'a été possible de me retrouver, alors que personne d'autre n'a jamais réussi à ne serait-ce que suivre la trace des Narques sur plus de deux kilomètres.

Il lève les yeux au ciel.

— Écoute, c'est pas si simple. Si tu veux, nous les Pisteurs nous avons un odorat surdéveloppé.

— Oui je crois que j'avais saisi cette partie-là, *Professeur*, dis-je avec sarcasme.

— Laisse-moi finir! Franchement c'est vraiment n'importe quoi de parler de ça maintenant. Enfin bref, *certains* Pisteurs ont aussi la faculté de transmettre par le toucher une hormone particulière sur les personnes. Et cette hormone te fait secréter une autre hormone, elle unique, que seul le Pisteur émetteur peut suivre, tu me suis? Donc tu as laissé à ton tour des traces de cette hormone un peu partout où tu es passée, que seul moi pouvais sentir et détecter. C'est dix fois plus compliqué mais en gros c'est ça.

Je le regarde alors qu'un sourire se dessine sur mes lèvres, bien malgré moi.

— Attends… Tu viens de m'expliquer que tu as marqué ton territoire sur moi, en fait!

Il a l'air profondément choqué, mortifié même, et je jurerais que ses joues ont rosi. Là c'est le pompon, j'éclate de rire.

— Mais non! N'importe quoi! C'est… c'est involontaire! Enfin, pas comme tu le penses! C'est volontaire mais…

Au fur et à mesure qu'il tente de s'expliquer, je sens une boule remonter le long de ma gorge. Mais lorsqu'elle est sur le point d'exploser et que je pense que je vais hurler de rire, une brindille craque.

Gabriel l'entend aussi mais moi je peux deviner qu'elle est humaine. Il me regarde et je hoche la tête.

— Ah, enfin, je ne l'attendais plus, il est arrivé.

Je plisse les yeux et passe en mode Serpent. Je perçois la forme qui se dirige droit vers nous.

Et ça me fiche les pétoches. Je n'ai plus du tout, mais alors plus du tout envie de rire.

— De qui tu parles au juste?

524

Avant qu'il n'ait pu me répondre, Camille surgit de derrière un arbre et s'approche, visiblement en colère. Je sens Gabriel qui se fige.

— Pas la peine de t'enfuir Cass, les autres arrivent. D'ici peu vous allez être rattrapés et je veillerai personnellement à ce que vous ne bougiez pas d'ici.

Gabriel s'avance les poings serrés. Il n'est plus lui-même. Il a perdu tout contrôle.

— Sale traître, je vais te tuer. À cause de toi, le village en entier croit que Cass t'a corrompu. Elle ne retrouvera jamais sa réputation.

J'ouvre des yeux ronds comme des billes.

Que *moi* je l'ai corrompu ? Ils ne manquent pas d'imagination à Tornwalker, quand même ! Je serais incapable de corrompre un flic véreux, c'est dire !

C'est un peu dégueulasse quand on sait que c'est *moi* qui ai été kidnappée !

Mais ça n'est pas le moment d'entrer dans le jeu de Camille.

Je retiens Gabriel par le bras et prends ma voix la plus convaincante.

— Non Gab, s'il te plaît, non. Il n'en vaut pas la peine, viens, on s'en va avant qu'il ne soit trop tard !

— Qu'est-ce que Manassé va bien pouvoir penser, hein Cass ? Que tu ne l'aimes pas, ou que tu préfères ce type à ton propre père. Que tu l'abandonnes, comme ta mère.

Je serre les dents.

— Quelque part il peut bien penser ce qu'il veut, j'en ai rien à foutre. Et il aurait raison, puisque je préfère bel et bien ce *type* à mon propre père.

Gabriel me regarde avec des yeux ronds. Je ne l'ai jamais vu aussi choqué.

— Je ne savais pas qu'il était mon père, Gab, je te le jure. Il me l'a annoncé il y a cinq jours. On en parlera plus tard, viens !

Camille ricane.

525

— C'est ça Gabriel. Suis-la comme le gentil petit toutou que tu es. Cette garce ne vaut pas mieux que t...

Je suppose que la phrase obtient le résultat escompté. Il n'en a pas fallu plus à Gabriel pour perdre le peu de retenue qu'il lui restait.

J'ai l'impression de voir un ours se jeter sur sa proie, toutes griffes dehors.

Il lui donne le coup de poing du siècle. Mais Camille n'est pas déstabilisé. Il roule sur le côté et donne un coup de pied dans le tibia de son adversaire. Gabriel tombe à son tour, surpris par la rapidité de Camille. Ce dernier se jette sur lui et le couvre de coups de poing.

Je rectifie ma pensée : un ours qui se jette sur un autre ours, toutes griffes dehors.

Cette scène me terrifie. Je pourrais essayer d'assommer Camille, mais j'ai peur de toucher Gabriel. Alors je reste là, les bras ballants à observer la scène, totalement horrifiée.

Gabriel attrape Camille par les cheveux entre deux coups de poing et lui met un coup de boule. Camille titube en arrière et Gab se remet sur ses pieds. Il s'approche de lui et lui attrape les cheveux d'une main et lui donne un coup de poing de l'autre. Camille vacille, le visage crispé de douleur. Gabriel lève la jambe et le frappe d'un coup puissant sur le ventre.

Camille tombe en arrière, sonné. Mais alors que Gabriel se penche pour le finir, il projette brusquement son genou gauche dans son entrejambe. Gabriel jure, plié en deux. Camille se relève, mais avant de recevoir un coup, son ennemi le charge et il reçoit sa tête dans le ventre de plein fouet. Il s'affale sur le sol, le souffle coupé. Gabriel lui saute dessus et le bloque avec le reste de son corps. Puis il passe ses mains autour de son cou et serre de toutes ses forces.

Je reste pétrifiée alors que je vois la vie quitter petit à petit les yeux de Camille.

Un cri sort enfin de ma bouche. Mais ça ne sert à rien. Gabriel a déjà relâché son étreinte. Et Camille respire toujours.

Les yeux de Gabriel brillent d'une lueur assassine alors qu'il se relève.

— Ne t'avise... pas d-de nous... nous suivre.

Un bruit juste derrière nous me laisse à penser que quelqu'un nous observe mais je ne me retourne pas.

Gabriel me regarde et pendant une seconde je ne sais pas s'il fait bien la différence entre moi et le corps haletant dans la neige. Mais son regard s'adoucit et il vient vers moi, la main tendue.

Je souris, soulagée que personne ne soit mort.

C'est alors que je le vois. Camille qui se relève en chancelant. Il retire quelque chose de sa botte.

Je tressaille à la vue de l'objet. C'est une dague rutilante, dont la lame doit faire dix centimètres.

Mes yeux s'agrandissent de terreur et j'ouvre la bouche pour prévenir Gabriel mais le son n'a pas le temps de sortir. Gab se retourne juste à temps pour voir le poignard s'enfoncer dans sa poitrine, jusqu'à la garde.

Je hurle alors qu'il s'effondre dans la neige. Il a les yeux grands ouverts, ils ont l'air surpris.

Je m'agenouille près de lui mais avant que je n'aie eu le temps de l'en empêcher, il attrape la garde d'une main mal assurée et retire le poignard.

— Non! Non! Tu vas faire une hémorragie!

Je sanglote, je supplie.

Mais c'est trop tard. Trop tard. Il a déjà retiré la dague.

Je prends sa tête entre mes mains et la dépose sur mes genoux. Son visage se crispe de douleur. J'approche mon visage du sien et mes larmes mouillent ses joues.

Il grimace un sourire.

— Eh, ne pleure pas mon cœur, ça va aller. C'est rien... rien qu'une égratignure.

Il tousse plusieurs fois et un filet de sang se met à couler le long de sa bouche.

Je ne suis pas idiote. Le poignard a dû perforer le cœur. Il n'en a plus que pour quelques minutes, au mieux.

Cette constatation me fait perdre le contrôle. Je hoquette convulsivement en le suppliant de tenir le coup. Mais pourquoi? Les Narques ne le sauveront pas. Ils le laisseront dans la neige, et il se fera dévorer par les loups. D'une façon ou d'une autre, il est condamné.

Le désespoir laisse tout à coup place à une rage qui colore le monde en rouge. La couleur du sang.

Je ramasse la dague sanguinolente d'une main tremblante et me retourne vers Camille. Il est de dos. Il se tient la tête entre les mains. J'ai l'impression qu'il pleure.

Je sens un sentiment monter en moi, comme un feu dévorant, pire qu'un feu dévorant. Je ne pense plus, je ne suis plus qu'une masse de fureur, emplie d'une folle envie de tuer.

J'essuie consciencieusement la lame sur la neige et l'attrape d'une main experte. Plus aucun tremblement ne perturbe mon geste. Puis je lève lentement mais sûrement la main et vise. Mon bras s'allonge d'un mouvement souple et expert. Mais la dague ne part pas. Au dernier moment Gabriel referme sa main sur la mienne, emprisonnant le poignard.

Je le regarde, folle de rage.

Il lutte pour garder les yeux ouverts.

— Ne fais pas ça.

Camille se retourne et surprend mon bras levé et la main de Gabriel qui me retient, dans un dernier effort.

— Tu ne vaudrais pas... pas mieux que lui.

Mes sanglots reprennent de plus belle. Parce que Gabriel ne veut pas que je tue son assassin. Parce qu'il ne veut pas que j'aie à vivre avec ça plus tard. Parce qu'il me connaît mieux que personne. Parce qu'il est en train de mourir.

Ses pupilles se sont rétractées, laissant la place à leur magnifique couleur bleu outremer.

Je prends sa tête dans mes bras et colle mon visage contre le sien, pleurant tout mon soûl.

— Je t'ai déjà dit que je t'aimais?

Je secoue la tête.

Il pose doucement sa main contre ma joue.

— Je t'aime Cassiopée O'Brien.

C'est là que je l'entends. Son cœur. La plus belle musique du monde, qui vient accompagner sa déclaration comme un dernier cadeau. Je m'accroche à ce doux bruit comme si par la seule force de la pensée je pouvais l'obliger à continuer de battre.

Boum, boum, boum, boum. Boum.

Boum.

Sa main glisse doucement et retombe dans la neige. Ses yeux se ferment et je hurle, je le secoue comme une folle. Je crie, je pleure, je le menace, je le supplie. Je ne me contrôle plus.

— Non ! Je t'interdis de me laisser ! Tu n'as pas le droit !! *Tu n'as pas le droit !!!*

Il ne réagit pas.

Je regarde ses yeux fermés, je veux voir leur couleur, la vie qui les habite, mais ils ne s'ouvrent plus...

Les bruits s'assourdissent autour de moi.

Camille pose sa main sur mon épaule. Sans même hésiter une seule seconde, je lui donne un coup de poignard dans la jambe.

— Lâche-moi immédiatement ou ça te coûtera beaucoup plus qu'une simple plaie.

Je ne reconnais pas ma voix. Elle est rauque, violente. Jamais, jamais je n'ai parlé comme ça.

Mais la main ne s'en va pas.

Je me retourne, prête à poignarder de nouveau. Mais ce n'est pas Camille qui est derrière moi, c'est Nathan.

Je regarde mon frère saigner de la jambe sans rien dire et je sens que toute ma colère se mue de nouveau en désespoir.

Je me lève et me jette dans ses bras en sanglotant. Tout autour de nous, les Narques arrivent. Il y a aussi Manassé. Il garde une expression neutre mais je perçois la souffrance dans ses yeux.

La douleur de voir sa fille malheureuse, je suppose. Ou de voir que je l'ai abandonné. Mais qu'est-ce que j'en ai à foutre, franchement ?

Moi je pleure, je pleure sans pouvoir m'arrêter, alors que l'homme que j'aime, pour qui j'aurais abandonné tout ce que j'avais, le seul compagnon de vie que je n'aurais jamais, s'en est allé, me laissant de nouveau seule sur Terre.

Nathan me tire doucement mais je me dégage.

— Non, laissez-moi ! Il a besoin de moi ! Il va avoir froid dans la neige ! Laissez-moi !

J'entends Manassé qui parle derrière moi alors que je délire.

— Elle est en état de choc, elle n'est plus cohérente. Nathan, endors-la.

Là, je vois rouge.

J'attrape le poignard que j'avais laissé dans la neige, me retourne et fends l'air avec des gestes frénétiques, plus désespérés que précis. Mais tout le monde recule, même Nathan.

— Le premier qui approche, je le plante !

J'ai la voix rauque d'avoir trop pleuré mais surtout d'être aussi en colère.

Après m'être assurée qu'on me prenait au sérieux, je referme mes bras autour de son corps. Il est encore chaud et il n'est pas rigide. Il semble si près et si loin en même temps !

La voix de Manassé résonne, menaçante :

— Nathan, je t'ai demandé quelque chose.

Du coin de l'œil, je vois Nathan secouer la tête, déterminé, et reculer d'un pas tout en croisant les bras.

Je retourne mon attention sur Gabriel.

C'est alors qu'une piqûre se fait ressentir dans ma nuque.

Je me retourne, furieuse, et lance une œillade meurtrière au Narque qui m'a visée avec son pistolet tranquillisant. Mais j'ai déjà des vertiges. Alors plutôt que de perdre mon temps, je le serre encore plus fort. Je reste accrochée à lui jusqu'à ce que le sommeil m'enveloppe, une fois de plus.

69

Une fille me parle. Elle n'arrête pas à vrai dire. Mais je ne comprends pas ce qu'elle dit. Je suis adossée au mur, sur un lit. La fille parle pourtant la même langue que moi, mais ses paroles n'ont aucun sens. Pas plus que celle de cette petite fille qui est venue me voir, qui m'a secouée en m'ordonnant de réagir. Réagir pour quoi au juste ? Et cet autre type qui me disait que je devais lui répondre, parce qu'il était mon père. Mais je n'ai jamais eu de père. Je ne sais même plus qui je suis et franchement ça m'importe peu.

Une phrase passe en boucle dans ma tête et c'est ma seule réalité, la seule chose qui caractérise parfaitement ce que je ressens à ce moment précis :

Un seul être vous manque et tout est dépeuplé.

Qui est-ce qui a écrit ça déjà ? Je sais que je l'aimais bien. Ah oui, Alphonse de Lamartine, un Français. C'est fou comme il a bien décrit la chose. Parce que la seule personne pour moi qui est encore réelle est pourtant celle qui n'est plus. Mon monde est dépeuplé. Il y a juste lui qui subsiste dans mes souvenirs. C'est drôle, quand j'y pense, on ne se rend pas compte de la valeur que la vie d'une personne peut avoir à nos yeux avant de la perdre à jamais.

Il m'a dit qu'il m'aimait. Et moi je n'ai pas répondu.

Je m'allonge sur mon lit et ferme les yeux. Je me rappelle qu'avant, je ne voulais que le bien pour les autres. Les guerres, tout ça m'effrayait. Mais maintenant c'est pire : je m'en moque. Une guerre atomique peut très bien se déclencher, on peut très bien venir me porter jusqu'à la fenêtre et me balancer dans le vide. Je m'en fous. Ça ne fera qu'accélérer le processus.

J'ai faim, et pourtant je n'ai pas envie de manger. Combien de temps cela fait-il ? Un jour ? Un mois ? Un an ? Je n'en sais rien, je suis complètement déconnectée du temps.

Plus rien n'a d'importance. Plus rien.

— Un choc peut-être ?

— Je vais voir s'il accepte.

La voix plaintive de la fille me parvient. De quoi se plaint-elle ? Je voudrais juste qu'on me fiche la paix.

Un moment passe et quelqu'un s'approche de mon lit. Je ne sais pas pourquoi, mais sa présence me fait ouvrir les yeux. C'est un homme blond. Il est plutôt grand. Il a les yeux verts.

Mais ce qui est étrange c'est qu'il réveille en moi un sentiment de colère terrible.

— Cassiopée, je ne peux pas dire que je suis désolé. Ça serait malvenu pour toi. Et le mot n'est pas approprié. S'il y en avait un plus fort c'est lui que j'emploierais. Mais ce que j'ai fait n'est pas excusable. Je m'en veux terriblement et quoi qu'il advienne, je m'en voudrai toujours. Je devrai vivre avec ça.

Et j'aurais pu vivre avec ta mort s'il ne m'avait pas arrêtée. La seule différence c'est que moi je n'aurais pas regretté.

Mais qu'est-ce que je dis ? Cet homme est exaspérant. Même s'il a l'air sincère, je ne sais pas qui il est, et ce qu'il dit n'a aucun sens. Comme ce que disent les autres. Je ferme de nouveau les yeux.

— Aucun effet.

— Il lui faut peut-être du temps ?

— Mais ça va faire trois jours, bon sang! On ne va pas pouvoir la nourrir *ad vitam aeternam* par perfusion! Je vais bientôt être à court et j'en ai besoin pour d'autres malades.

Trois jours de quoi? Qu'il est mort? Que je suis dans ce lit? Qu'ils essaient de me faire sortir de mon abrutissement? Ils disent n'importe quoi. Leurs paroles *sont* n'importe quoi.

Quelqu'un me secoue doucement l'épaule.

J'ouvre les yeux. Un visage apparaît devant moi, masquant tous les autres. Il est souriant, il est avenant. Et c'est surtout le seul qui me paraisse familier, à part celui de Gabriel. Oui, je connais ce garçon. Où l'ai-je déjà vu? Son prénom est en «an», comme revenant, sang ou mourant.

Nathan! Oui c'est ça. Je crois que c'est mon frère. Mon vrai frère.

— Elle réagit là, non?

— Elle a l'air plus alerte.

— C'est pas non plus une métamorphose.

Nathan se retourne et les chasse de la pièce à grand renfort de gestes.

Il revient vers moi et ses yeux semblent me demander comment je vais.

Les miens ne répondent pas. Parce que je ne veux pas répondre. Parce qu'ils sont vides. Je ne veux plus vivre, je veux qu'on me laisse tranquille. Alors je les ferme encore une fois. Il me prend la main et je ne peux m'empêcher de la serrer.

«Je suis désolé.»

Je le sais, je le sens.

Je m'endors d'un sommeil sans rêve. Et j'ai l'impression que plus le temps passe, plus je dors profondément. Je me lève seulement la nuit pour aller aux toilettes, puis je reviens me coucher et retombe aussitôt dans mon état d'hébétude permanent. Je me soupçonne de saboter ma propre vie. Comment ça, aucune idée. Mais, pour l'instant, je vais devoir me contenter de dormir. C'est le seul moyen que j'ai trouvé pour oublier. Pour oublier son visage, son sourire, ses yeux, le contact de ses mains sur ma peau, de ses lèvres sur les miennes. Tous ces souvenirs sont beaucoup trop douloureux. Et ils le sont parce que j'ai déjà vécu ça une fois. J'avais six ans. Bien sûr, cette fois j'avais essayé de me montrer forte, de continuer à vivre. Mais deux fois, c'est beaucoup trop pour moi. Je n'éprouvais pas le même genre de sentiments pour ces deux êtres, c'est vrai. Mais je les aimais plus que tout.

★★★

C'est la nuit, je le sais, je sens les rayons de la lune décroissante sur mon visage.

Quelqu'un me secoue le bras. Combien de temps cela fait-il que je dors sans interruption, sans ouvrir les yeux ? Il me semble que ça fait des semaines.

Je scrute l'obscurité, ennuyée. Pourquoi ne me laisse-t-on pas dormir ? C'est mon frère, Nathan, qui est accroupi à côté de moi. Il a l'air mécontent. Derrière lui il y a cette fille bavarde. Elle semble encore plus exaspérée. Et puis il y a une troisième personne. C'est la petite fille. Elle, elle est désespérée. Au moins autant que moi. Elle me regarde avec des yeux pleins d'espoir et je me sens coupable de lui faire ça, je ne sais pas pourquoi. Mais je ne vais pas me laisser avoir. Je ferme de nouveau les yeux.

Ils se sont à peine refermés qu'on m'administre une gifle violente. Je fais un bond et m'assois sur le lit, une main sur la trace rouge que celle de Nathan n'a sûrement pas manqué de me laisser.

Mais je ne réagis pas, encore trop surprise. Sa main se lève et je reçois un revers sur l'autre joue.

Mon esprit embrumé s'éclaircit avec l'aide de la colère. Ses gifles ne sont pas que douloureuses. Elles sont humiliantes.

Il lève la main pour la troisième fois mais cette fois j'intercepte son bras d'un geste précis.

Ma conscience m'envoie une brève pensée : *Mouche*.

Je regarde tour à tour les trois personnes qui me fixent, la main toujours serrée autour du poignet de Nathan. Il attrape à son tour mon poignet d'un geste sec.

J'écarquille les yeux lorsque la colère qui l'habite m'assaille comme un mur d'eau glacée.

«Tu vas arrêter de faire ta petite égoïste, de te comporter comme un enfant gâté? Tu crois être la seule à souffrir? Ouvre les yeux! Tout le monde souffre, et certains beaucoup plus que toi. Mais ils serrent les dents et ils arrêtent de se complaire dans leur douleur. Je pourrais te forcer à te reprendre, mais je préfère te laisser le choix: soit tu bouges ton cul, soit je te laisse moisir ici, comme tu le mérites!»

J'écarquille encore plus les yeux, choquée.

La violence de ses mots me fait définitivement sortir de ma léthargie.

Je cligne plusieurs fois des yeux alors que je reviens sur Terre. Bon, OK, j'ai peut-être été un peu égoïste ces derniers jours. Un peu beaucoup.

Je reconnais les deux filles. C'est Saphira. Et Tiphaine. Je sens les larmes me monter aux yeux.

Je rejette les couvertures et me mets debout en me massant les tempes.

Nathan roule des yeux et me lâche. Je devine aisément ses pensées: «Il était temps!»

— Je suis désolée Tiff, je ne recommencerai plus, promis.

Elle m'attrape par la main sans me répondre et me tire vers la porte.

— Pas le temps de parlementer Cassiopée, on doit partir.

Je m'arrête net, regarde Saphira comme si elle était dingue. Je ne sais pas si c'est parce qu'elle vient pour la première fois d'utiliser mon vrai prénom ou si c'est parce que je ne comprends pas tout à fait le sens de ses paroles.

Je regarde Nathan qui s'active à rassembler quelques affaires et les jette dans un sac. Je l'observe, les yeux exorbités.

Il pousse un soupir d'exaspération et fait signe à Saphira de m'expliquer. Celle-ci a l'air passablement remontée contre moi.

— Ton frère nous aide à nous enfuir. Ça fait deux jours qu'il prépare tout, pendant que tu te lamentais sur toi-même.

Je rougis, honteuse.

— Pardon... je... je ne le faisais pas exprès. (Je me tourne vers Nathan.) Comment comptes-tu nous faire sortir d'ici ? Il y a des gardes partout !

Il balaye mon argument d'un geste de la main et me pousse vers l'extérieur. Il ouvre la porte et s'engage dans le couloir sans une hésitation. Il n'y a personne.

Nous empruntons un couloir qui nous mène à une porte et un escalier. Nous descendons ce qui me semble être trente étages alors que nous ne sommes qu'au deuxième. J'ai les nerfs à fleur de peau, je donnerais tout pour avoir mon ouïe, là, maintenant.

Nathan s'arrête devant une porte au pied de l'escalier. Il reste immobile et nous l'imitons.

Il inspire et je me demande ce qu'il fabrique.

Je plisse les yeux, prenant rapidement la Facette du Serpent, mais je ne vois qu'une vaste salle sans grand intérêt, totalement vide de présence Kamkal.

Puis il se tourne vers moi et me fait signe de passer.

J'ouvre la porte et me retrouve dans une pièce que je n'ai jamais vue auparavant. Elle est vaste, ressemble à un salon. Tapis épais, chatoyants, meublée comme tout le château mais avec plus de chaleur. Au bout opposé, il y a une porte.

Je m'avance sans hésiter et regarde à travers cette dernière. Il y a des gardes postés devant. Nathan les a aussi repérés et me fait signe de m'arrêter. Lui continue et prend un air décontracté, tout le contraire de ce que je suis à l'instant. Je ne comprends rien à ce qui se passe. Où sont-ils tous passés? Personne ne nous entend? ne nous sent?

Nathan se déplace à pas de loup. Il est tellement silencieux que je me demande si ses pieds touchent réellement le sol.

Il pose la main sur la poignée puis se retourne vers moi. Il me fait signe de le rejoindre et me poste juste devant la porte. Je ne comprends rien à son manège, mais je fais ce qu'il me dit.

Il ouvre brusquement la porte et je recule alors que les gardes sursautent puis se précipitent sur moi avec rage.

Je les regarde, les yeux exorbités, bander leurs arcs et viser ma poitrine.

OK... c'est précisément ce genre de situation que j'aimerais éviter.

Sympa le frangin.

Les deux secondes suivantes sont incompréhensibles. Les deux gardes posent immédiatement leur arme à leurs pieds, les yeux vidés de toute expression, puis s'effondrent sans un cri. Nathan est derrière eux. Un sourire se dessine sur ses lèvres alors que je le toise, médusée.

— Comment...?

Il m'interrompt d'un geste de la main et articule «Pas le temps».

Je hoche la tête et fais signe à Saphira et à Tiphaine de nous rejoindre. Nous empruntons le petit corridor qui mène à la porte d'entrée.

Je sens une bouffée d'excitation me parvenir. La sortie! C'est la sortie!

Nathan ouvre la porte d'un geste brusque, certainement pour s'assurer d'assommer le garde devant la porte, si jamais il y en avait un. Mais l'endroit est désert. Il se retourne et me prend la main. Je fais pareil avec Tiff. Nous courons comme des dératés à travers le village endormi. Je ne comprends pas pourquoi est-ce que nous ne partons pas vers le flanc de la montagne. Nous nous dirigeons vers l'arrière du village, là où se trouve la paroi de la montagne selon Saph.

Nathan fait un brusque écart et s'engouffre entre deux maisons en pierre. Il court toujours mais je suis désorientée, je ne sais plus où je suis. Je m'oblige à me calmer et scrute attentivement les environs. La nuit est tombée mais pas la peine d'utiliser la Facette du Serpent, je sais que tous les Narques sont chez eux. Par contre j'observe les ténèbres avec la Facette du Chat pour savoir où nous allons. Je vois que nous nous dirigeons vers la limite de la paroi est de la montagne.

Je voudrais m'arrêter, demander à Nathan ce qu'il fabrique, mais il s'en rend compte et alors quelque chose d'incroyable se produit.

Il serre ma main un peu plus fort et une voix caverneuse, presque étrangère, et pourtant bizarrement familière, émane de son esprit et résonne dans ma tête.

Avance jusqu'au gouffre et ne t'arrête pas.

Nathan lâche ma main, et mon esprit se vide tout à coup, avec une seule pensée omniprésente, lancinante : atteindre ce gouffre et m'y arrêter, coûte que coûte. Je n'ai qu'un seul but, un seul objectif, qui résonne sans fin dans mon crâne : obéir à l'étrange voix qui a émané de l'esprit de Nathan. Et j'atteindrai ce gouffre, peu importent les obstacles qui pourraient se dresser sur mon chemin.

Je ne suis plus maître de mes mouvements.

Je continue à courir mais automatiquement, l'esprit vide.

Nous arrivons au gouffre et mon objectif atteint, j'ai l'impression de redevenir moi-même, alors que je reprends possession de mes pensées et de mon corps. J'ai la sensation d'émerger d'un rêve.

Je me tourne vers lui mi-furieuse, mi-curieuse.

— Nat', qu'est-ce que tu viens de me faire ?

Il attrape ma main et plante ses yeux dans les miens :

« Lorsque vous serez arrivées au bord du lac, dirigez-vous vers les bois et courez le plus vite possible. Toujours vers le nord. Lorsque vous vous retrouverez dans une vaste plaine surplombée d'un immense chêne, suivez le petit cours d'eau qui la traverse jusqu'à ce que vous regagniez la forêt devant vous. Des chevaux vous y attendent.»

— Mais comment...

Il s'impatiente et soulève Tiphaine pour la faire descendre sur le chemin étroit.

Je l'attrape par le bras et serre de toutes mes forces. Ça n'a pas l'air de lui faire un grand effet, mais il me regarde quand même, visiblement agacé.

— Réponds-moi ou je hurle pour réveiller tout le village !

Il dépose doucement ma petite sœur puis prend ma main pour communiquer :

«Je t'ai obligée à faire ce que je voulais que tu fasses. Je suis Tactile, ça fait partie de mes capacités.»

Je sens une montée d'excitation s'emparer de mon corps.

— Tu veux dire que par simple contact tu peux faire faire n'importe quoi à n'importe qui ? L'obliger à agir selon ta volonté ? Oh ! Mais je comprends ! C'est ce que tu m'as fait lorsque j'ai essayé d'étrangler Camille, l'autre fois ! Tu m'as forcée à me calmer et tu m'as vidée de toute émotion !

Il balaie mes paroles d'un geste impatient et continue :

«Oui, c'est un Sens Phare très puissant et mystérieux. Ceux qui savent le maîtriser peuvent contrôler ton corps, tes pensées et parfois faire beaucoup d'autres choses.»

— Mais comment ?

«Stop ! Tu descends, maintenant, je n'ai pas le temps de te donner un cours théorique ! Les autres vont arriver !»

Je suis toujours ahurie. Mais je hoche la tête et aide les filles à descendre. Une fois qu'elles sont en bas je me retourne vers mon frère.

— Nat', qu'est-ce que tu vas faire ? Tu ne vas pas avoir des soucis ? Viens avec nous !

Il hésite un instant, semble vouloir faire un pas en avant, puis secoue la tête, une tristesse sans fond dans ses yeux d'ambre. Il effleure doucement mon bras, pour laisser passer une simple phrase :

«Je ne peux pas.»

Il me désigne le vide. J'ai les larmes qui me montent aux yeux. Pourquoi faut-il toujours que je me sépare de ceux que j'aime?

Gabriel...

Je secoue furieusement la tête.

Non! Il ne faut pas que je pense à lui, pas maintenant! Sinon toute ma détermination va s'envoler.

Nathan me regarde une seconde et me prend dans ses bras. J'inspire une dernière fois son odeur, un mélange de sueur et de cannelle.

Je prends sa main dans la mienne, l'invite d'un rapide coup d'œil à la communication et attends l'explosion caractéristique me prouvant qu'il a investi mon cerveau. Une fois que c'est fait, je pense le plus fort possible, émue:

«Je t'aime, Nathan.»

Il passe une main affectueuse sur ma joue et me sourit:

«Moi aussi je t'aime.»

Puis il s'écarte, me prend par la taille et me soulève au-dessus du vide. Saphira me réceptionne et je jette un dernier coup d'œil à mon frère.

Il se retourne pour regarder quelque chose d'invisible derrière son dos et nous fait signe de nous hâter.

Les deux filles me prennent par la main et nous courons aussi vite que le chemin pentu et accidenté nous le permet.

70

Le passage est creusé dans la paroi de la montagne et il est tout juste assez grand pour que trois personnes s'y tiennent côte à côte. Cela doit faire plus d'une demi-heure que nous crapahutons, partagées entre l'envie de courir le plus vite possible pour échapper à d'éventuels poursuivants et celle de ramper contre la paroi pour ne pas tomber.

Enfin en ce qui me concerne, en tout cas.

Je n'arrête pas de m'imaginer écrabouillée soixante mètres plus bas. C'est *assez* pétrifiant.

Nathan a bien choisi son moment. Il neige à gros flocons et je pense que ça n'est pas près de s'arrêter. S'ils doivent nous pourchasser, ils devront eux aussi emprunter le passage puisqu'ils ne pourront pas voler. Ça nous donne une longueur d'avance.

— Cassiopée regarde !

Tiphaine pointe un lac du doigt, encore une cinquantaine de mètres plus bas. Celui de la description de Nathan. Le même que Gab et moi avons vu, celui où nous avons atterri. Une vague de tristesse menace de m'engloutir, mais je tiens bon, m'accrochant plus aux mains de Tiphaine qu'elle ne le fait elle-même.

Nous pressons le pas et je discerne le bout du chemin avant qu'elles-mêmes ne le fassent. Ma vue est incroyablement exacerbée ce matin. Il ne mène pas au bord du lac mais juste à côté de l'une de ses extrémités. Nous posons enfin nos pieds sur la terre ferme, vivantes.

Alléluia!

Une forêt imposante nous surplombe. Je sens Tiphaine frissonner alors que nous nous approchons de l'ombre inquiétante.

— Ne t'inquiète pas Tiff, la forêt sera notre meilleure alliée pour semer nos poursuivants.

— Et les loups?

Je lui souris malicieusement.

— Je m'occuperai d'eux, fais-moi confiance.

Pour la première fois Saphira esquisse un petit sourire. Elle n'a pas parlé depuis le début de notre descente et c'est un vrai record du monde. Je commence même à m'inquiéter.

Tout à coup, je ressens un coup surpuissant au niveau de la tempe.

Je tombe, les mains en coupe autour de mes oreilles. La douleur est atroce. Je n'entends plus rien et je ne vois plus rien. Elle est pire que les précédentes et elle me semble interminable. Je sens des larmes rouler sur mes joues alors que j'ai l'impression que des milliers de litres de sang affluent dans mes oreilles au rythme des battements de mon cœur.

Le mal de tête s'amplifie. Je sens que mon nez coule et mes oreilles sont toutes poisseuses. Je porte une main tremblante devant mes yeux et les ouvre. Elles sont maculées de sang.

Ce n'est pas normal. Ce n'est pas normal. Je ne devrais pas saigner autant, avoir aussi mal, si? Ma gorge vibre et je comprends que je pousse des gémissements.

Puis, sans crier gare, la douleur disparaît.

J'ouvre les yeux tout en restant prostrée. Je suis allongée en position fœtale dans la neige, les deux mains sur mes oreilles, mon corps crispé et tétanisé. Un haut-le-cœur me secoue tout entière.

Tiphaine pleure et Saphira semble horrifiée.

— Ça… ça va…

— Qu'est-ce que tu as ? Qu'est-ce qui se passe ? Tu vas mourir ?

Je pousse un grognement de douleur. La voix aiguë et hystérique de Tiphaine est trop douloureuse pour mes oreilles sensibles.

Je parle aussi doucement que je le peux, mais en faisant en sorte qu'elles m'entendent.

— Je suis très sensible aux bruits alors arrête de hurler comme une hystérique, il me faut un temps d'adaptation.

Je me relève et titube un peu avant de retrouver mon équilibre.

Je me baisse pour frotter mes mains dans la neige et perçois chaque bruit que fait mon corps pour se mouvoir. La neige fait un doux bruissement lorsque je m'en sers pour retirer le sang.

Je me redresse et fixe la forêt tout en tendant l'oreille. Elle est riche de milliers de bruits que je n'arrive pas à identifier. Elle semble vivante, comme si le vent lui faisait une respiration, et la vie des animaux un battement de cœur. Un autre son au-dessus de moi me fait relever la tête. À une distance de cinq ou six cents mètres je peux apercevoir l'endroit où Nathan nous a laissées. Et il est envahi par une foule. Les Narques descendent à tour de rôle avant de s'élancer dans la pente. J'entends leurs cris et les ordres qui sont donnés. On doit nous retrouver vivantes, en particulier moi, tant pis si Saphira et Tiphaine s'enfuient.

Je frissonne en voyant cet essaim partir à notre poursuite.

Saphira redresse la tête, tous les sens en alerte. Elle se tourne vers moi, alarmée :

— T'entends ça ?

— Malheureusement. Ils nous ont envoyé des chasseurs, ils seront là dans moins d'une demi-heure.

Elle lève les yeux et scrute le flanc de la montagne.

— Je ne vois rien.

— Qui est la Sentinelle ici ? Et puis même, entendre devrait amplement te suffire.

Je prends la main de Tiphaine et m'élance dans la forêt sans attendre sa réponse. Nous courons aussi vite que les jambes de Tiphaine nous le permettent.

Mais je les entends encore derrière moi. Ils se rapprochent. Tout ce que nous pourrons faire ne servira à rien. Nous sommes trop repérables. Nos odeurs nous trahissent. Le seul avantage que nous ayons, c'est cette averse de neige. Elle recouvrira au moins nos traces et un peu nos odeurs.

Tout à coup je repense au lac. Je tends l'oreille et souris. Il doit bien y avoir une rivière qui s'y jette dedans, non ?

Je bifurque sans prévenir et Tiphaine manque de s'étaler sous le coup de la surprise.

— Qu'est-ce que tu fais ? Nathan nous a dit de continuer toujours vers le nord !

— Je sais Saphira. Mais on ne fera pas un kilomètre si on ne peut pas brouiller notre piste.

Elle court derrière moi sans poser plus de questions, mais je sens qu'elle est énervée.

Nous courons en parallèle du lac sur un ou deux kilomètres et je commence à m'inquiéter. Est-ce que je me serais trompée ? Mais petit à petit le doux gargouillement se fait plus fort pour finir par ressembler à un rugissement.

Saphira pousse une exclamation :

— Oh ! Je crois que j'entends un cours d'eau !

Un cours d'eau ? Ce sont plutôt d'immenses rapides si j'en crois mes oreilles.

La forêt se clairsème et une rivière apparaît, plutôt large mais tranquille. Où sont mes rapides ? Je tends l'oreille et je comprends que c'est encore mon ouïe exacerbée qui me joue des tours.

Saphira a l'air bien plus habituée que moi à entendre les bruits intensifiés.

— Faites comme moi.

J'enlève mes chaussures et m'avance dans l'eau jusqu'aux genoux en manquant de m'évanouir tellement elle est gelée. Je sens que je vire au bleu. Avant de changer d'avis je plonge les mains dans le liquide froid et attrape la vase qui se trouve au sol à pleines poignées.

Je barbouille mes vêtements qui finissent par empester le poisson et la vase. Tiphaine fait pareil mais Saphira hésite.

— Saphira vite, cette odeur va masquer la nôtre, c'est la meilleure solution !

Elle inspire légèrement et plisse le nez.

— Y a pas de doute en effet.

Elle hoche néanmoins la tête et entre à son tour dans l'eau en frissonnant. Nous nous hâtons de recouvrir chaque centimètre carré de notre corps avec la substance visqueuse. La vase n'a pas autant mouillé ma peau que je le pensais et pourtant je suis gelée, frigorifiée, en hypothermie. Je vais mourir.

— A... allez Tiff ! Saph au... aussi !

On doit courir si on ne veut pas geler sur place et j'entends les Narques qui se rapprochent encore. Nous attrapons nos chaussures à la va-vite et recommençons à courir, en remontant la rivière. Nous trébuchons dans l'eau gelée quelque temps, puis nous nous en écartons progressivement, lorsque je vois un amoncellement de rochers sur ma gauche. Ceux-ci ne laisseront pas de traces susceptibles de nous trahir. Les autres ont dû penser que nous suivions la rivière pour effacer nos traces, autant ne pas leur donner raison. Et puis la délicate odeur qui imprègne maintenant notre peau est aussi présente au bord de l'eau alors ils ne risqueront pas de remarquer que nous ne sommes plus là.

On finit par se retrouver au milieu de la forêt et j'ai l'impression que le son de nos poursuivants se fait moins distinct, plus faible. Je prends ça comme une bonne nouvelle et enjoins mes compagnes de presser encore le pas. Tiphaine est encore plus endurante que moi, mais cela ne m'étonne pas, elle était la meilleure en sport. Elle souffle bruyamment (pour moi) mais garde la même cadence que nous. Saphira, elle, ne semble même pas souffrir de l'effort. Sa respiration est régulière, plus rapide qu'en temps normal mais ce n'est pas flagrant. Elle serre juste les dents à cause du froid.

Moi je ne peux pas en dire autant. Mes poumons me brûlent, je n'arrive plus à inspirer assez d'oxygène et j'entends que ma respiration est sifflante. Des haut-le-cœur me tordent convulsivement l'estomac. Mes jambes sont douloureuses, assaillies par les crampes et surtout absolument gelées. J'ai beau faire un effort surhumain pour ça, mes membres ne veulent pas se réchauffer. Mes dents claquent tellement fort entre elles que je crains qu'elles ne se brisent d'une seconde à l'autre. Mais je n'abandonne pas et continue à courir sans écouter les protestations de mon corps non entraîné. Je me maudis de ne pas m'être mise au sport plus tôt, comme Saphira.

Au bout d'une heure de course folle, les bruits des bois finissent par accompagner seuls notre fuite.

Je m'arrête un instant, pliée en deux, les mains sur les genoux et vomis tout ce que j'avais dans l'estomac, autant dire rien. Après plusieurs hoquets et crampes ultradouloureuses, je regarde derrière moi tout en écoutant.

Aucun son inquiétant ne me parvient. Tiphaine et Saphira reprennent leur souffle non loin de là, me jetant des coups d'œil inquiets.

Je me rends compte que je me focalise trop sur ma vue. Celle-ci ne va pas m'aider car il y a trop de distance entre nous et les Narques pour que je puisse les percevoir, même avec la Facette du Serpent. Alors je ferme les yeux et me concentre sur le monde qui m'entoure. Les sons les plus proches sont ceux des flocons qui tombent sur la neige, ce qui ressemble un peu à un doux crépitement. Plus loin les respirations saccadées de mes amies et il y a des animaux nocturnes qui chassent. Parmi eux je reconnais le jappement d'un renard alors que celui-ci vient de piéger une souris. J'entends son dernier petit cri résonner dans les ténèbres. Cela me rappelle la nuit où j'ai pour la première fois expérimenté la Facette du Serpent.

Je me concentre sur les bruits plus lointains. Celui de la rivière n'est plus qu'un léger murmure comme nous nous en sommes éloignées de plusieurs kilomètres déjà. Et c'est là que je les entends. Les voix. Étouffées, lointaines, mais toujours à notre poursuite.

Enfer et damnation!

Ils ne vont pas abandonner. Je me tourne vers Saphira et Tiphaine, toujours aussi essoufflée.

— Il faut qu'on reparte, ils ne vont pas tarder à retrouver notre trace, je les entends. Ils sont à peu près à l'endroit où nous sommes ressorties de l'eau. Je pense qu'ils cherchent à savoir si nous suivons toujours la rivière ou pas. Et je pense aussi que ce n'est plus qu'une question de temps avant qu'ils ne le découvrent.

— C'est... pas vrai...

Tiphaine est à deux doigts d'éclater en sanglots.

Une idée me traverse l'esprit. Elles peuvent arriver saines et sauves. Cela ne tient qu'à moi.

Je fixe Saphira.

— Il faut que vous continuiez tout droit. Surtout ne vous arrêtez sous aucun prétexte et suivez la direction du nord, toujours.

— Quoi? Mais toi tu vas où?

— Je vais prendre un autre itinéraire, histoire de les embarquer dans une fausse piste.

— Hors de question!

Je regarde Tiff d'un œil mauvais mais elle ne se démonte pas.

— Si tu t'en vas je m'en vais!

La méthode dure ayant échoué, j'essaie la douce.

Je m'approche d'elle et m'accroupis pour être à sa hauteur, les mains sur ses petites épaules.

— Tiff, arrête maintenant! Je n'ai pas dit que j'allais me livrer, juste que je vais partir de mon côté pour rejoindre le village ! Non, mieux ! On se retrouve aux chevaux, d'accord ? Ils ne m'auront pas, tu peux me faire confiance.

Je la vois hésiter.

— Mais s'ils te retrouvent…

— Ça n'arrivera pas.

Enfin, j'espère.

J'adresse un sourire confiant à Tiff et à Saphira mais cette dernière ne me le rend pas. Elle a compris. Elle me prend dans ses bras sans rien dire. Puis elle attrape la main de ma petite sœur et elles s'éloignent dans la forêt.

Je regarde leurs formes rouges encore plusieurs minutes puis décide de me rediriger vers la rivière.

S'ils arrivent vers l'endroit où nous nous sommes séparées, ils auront de quoi tourner en bourrique. Mais aussi sûr que je m'appelle Cassiopée, je suis certaine qu'au bout d'un moment ils différencieront mon odeur de celles de mes amies et se lanceront à ma poursuite. La vase c'est bien mais ce n'est pas un miracle.

J'oblique vers la rivière en marchant en diagonale. Je ne veux pas trop me presser, leurs voix sont encore trop éloignées pour que je m'en inquiète. Et puis si cette «vaste plaine» l'est autant que le laissait penser le mot de Nathan, je tomberai bien dessus si je suis la bonne direction, non ?

Le gargouillis de la rivière se fait de plus en plus fort et avec lui le bruit de mes assaillants. Ils ont changé de tactique. Ils se sont séparés pour former une ligne droite derrière nous. Cela leur permet de couvrir un maximum de terrain. Ce n'est plus qu'une question de minutes avant qu'ils ne découvrent nos empreintes dans la neige. Notre seul vrai avantage, c'est que nous sommes trop peu nombreuses pour être repérables par les Auditifs, les animaux sont plus bruyants que nous et cent fois plus nombreux.

J'atteins enfin la rivière, une demi-heure plus tard et me mets à genoux pour boire. Puis je ferme les yeux et écoute. Oui, j'en suis sûre maintenant, ils ont retrouvé nos traces. J'entends l'excitation dans leur voix. Des «par ici ! » fusent mais je sais qu'ils sont plus loin qu'il n'y paraît. Peut-être à une heure et demie d'ici. Ou un peu plus.

Mais je ne vais pas gaspiller cette précieuse avance.

Je me relève d'un bond tout en me barbouillant de vase fraîche.

Hum... Marée Montante, le nouvel Élixir de chez Hareng.
Devant moi la rivière est plus bruyante.

Je cours vers la source du bruit tout en crapahutant dans la montée. Puis, devant moi, je vois des rapides qui s'étendent sur une centaine de mètres. Si je monte tout en haut j'arriverai peut-être à voir mes ennemis. Aussitôt dit, aussitôt fait.

Je cours presque, escaladant les roches qui me barrent le passage, soufflant comme un taureau tant l'effort est insupportable.

Je décide que la hauteur est suffisante et me retourne en plissant les yeux et en adoptant la Facette du Serpent. Je vois une bonne partie de la forêt mais les arbres sont trop hauts. Je me concentre un peu et finis par discerner de minuscules formes semblables à des fourmis à plusieurs kilomètres de là. Une trentaine.

Je frémis. Ils sont si nombreux ?

La peur me donne des ailes et je recommence mon escalade. Ils sont peut-être loin mais je sens qu'ils se rapprochent de minute en minute. Si je ne trouve pas cette fichue plaine et un cheval, je serais rattrapée d'ici midi.

Je m'éloigne du bord de la rivière car les roches qui la longent sont glissantes et ce n'est pas franchement le moment de se casser une jambe. Le jour se lève et la neige tombe toujours, un peu plus fort que lorsqu'il faisait nuit. C'est difficile de voir à plus de dix mètres. Enfin je suppose que ça doit être difficile quand on n'a pas les capacités de discerner chaque forme en fonction de sa chaleur.

Je souris devant une telle aubaine.

Les voix me font revenir à la réalité. Elles se rapprochent toujours, mètre par mètre, elles réduisent la distance qui nous sépare.

Je commence à faiblir. La faim et la soif me privent de toute énergie. J'ai l'impression de sentir toutes mes forces s'évaporer avec ma transpiration. Chaque pas de plus est un calvaire.

Mais le pire de tout, ce qui est en train de me tuer petit à petit, c'est le froid. Mes vêtements mouillés ont gelé sur moi, et c'est comme avoir une chape de plomb à -10° qui vous colle à la peau.

Je tremble tellement que je manque de tomber à chaque pas.

***

Le soleil est plus haut dans le ciel. Je suppose qu'il doit être neuf ou dix heures. Ça doit faire des heures que j'ai quitté Saphira et Tiphaine. Mais au moins je sais qu'ils ne les suivent pas.

Il y a ce qu'il me semble une éternité, j'ai entendu un cri : « Elles se sont séparées ! C'est de ce côté ! »

Je m'arrête une seconde pour souffler. Comme je suis de nouveau dans les bois, je ne peux plus distinguer leurs silhouettes, il y a trop de troncs, trop de distance. Mais je peux les entendre. Très bien. « Elle n'est plus très loin ! »

« Elle s'est assise là, elle est épuisée. »

« Dans une heure on la tient. »

Je sens un frisson glacé me parcourir la colonne vertébrale pour se muer en tremblement nerveux. Leurs paroles sont effrayantes. Dans une heure ? Une seule petite heure ? Je n'aurai jamais le temps d'atteindre mon cheval. Je sens le désespoir m'engloutir, un sanglot remonter dans ma gorge.

Il faut que je rentre. Je ne veux pas retourner là-bas, pas sans Saphira. Pas sans Tiphaine.

Pas sans Gabriel.

Je me redresse d'un coup.

Cassiopée, ma fille, ils ne t'ont pas encore attrapée et s'ils veulent le faire il va leur falloir pousser la cadence.

Un son étrange me fait sursauter. Ça faisait un moment que je le percevais mais j'étais trop obnubilée par mes poursuivants pour y prêter attention. Je sens une bouffée d'espoir me gonfler la poitrine.

Ce bruit c'est le vent qui souffle dans les herbes. Et dans la forêt il n'y a pas d'herbe. Mais dans les plaines si.

71

Je cours depuis une demi-heure. J'ai toujours autant de mal à respirer, aussi mal dans les jambes, mais le son qui se rapproche me donne des ailes, blague à part.

J'entends les Narques vociférer derrière moi. Ils sont en colère parce qu'ils ne m'ont pas encore rattrapée. Ils ont encore réduit la distance qui nous sépare, je peux presque sentir leur souffle dans mon cou. Ou alors c'est le vent qui me donne cette impression.

Brusquement, je relève la tête. La forêt n'est plus aussi dense qu'avant. En fait il y a moins d'arbres. Beaucoup moins d'arbres.

Je retiens un hoquet d'espoir.

J'adopte la Facette de l'Aigle et ma vision devient immédiatement aussi acérée que celle de l'animal.

Devant, je vois de la lumière. Les arbres finissent par disparaître complètement et je débouche sur une prairie immense, s'étendant à perte de vue. L'herbe brune est si haute qu'elle dépasse de l'épaisse couche de neige, ondoyant paresseusement.

Je me tourne de tous côtés, cherchant le fameux chêne. Mais je ne vois que du blanc, et du marron. J'ai dû trop m'éloigner du chemin initial.

Je sens la panique me gagner. Si je ne trouve pas ce foutu chêne je ne trouverai pas le ruisseau et donc les chevaux. Les filles ne vont pas m'attendre éternellement.

Je décide de courir en parallèle de la forêt, vers la gauche. C'est par là que devrait se trouver l'arbre.

Je commence à perdre espoir quand j'entends les voix se rapprocher encore. Mon cœur se serre. La neige est très épaisse, et ralentit considérablement ma progression.

Soudain la cime d'un chêne immense apparaît devant moi. J'en pleure presque. Au fur et à mesure que je cours, je peux distinguer sa hauteur, compter ses branches et ses brindilles. Mais ce qui m'excite le plus, c'est le fil d'argent que je vois miroiter non loin de l'arbre.

Le ruisseau.

Je fonce immédiatement vers l'eau sans me retourner, de peur de voir les Narques sortir du couvert des arbres. Ils sont tout près maintenant. Même pas à deux kilomètres.

Je fonce aussi vite que cela m'est possible, commandant à mon corps de me soutenir encore un peu, encore un peu...

Ma jambe droite se dérobe sous moi sans crier gare. Je tombe par terre, tête la première. Le premier instant de surprise passé, je sens une brûlure sur ma cheville. J'écarte la neige et manque défaillir quand je la découvre. Elle s'est prise dans une racine et la peau est arrachée à certains endroits.

Mais qu'est-ce qu'une foutue racine vient faire dans une foutue plaine où il n'y a qu'un seul foutu arbre? Et pourquoi, oui pourquoi faut-il que ce soit précisément à cet endroit que je mette le pied? Je dois être maudite, je ne vois vraiment pas d'autres explications.

J'essaie de me dégager mais elle ne veut pas bouger et la peau se détache un peu plus. J'étouffe un hurlement. La panique se mêle à la frustration. Si je ne bouge pas d'ici, ils vont me rattraper dans quelques minutes.

Je serre les dents, des larmes coulant librement sur mes joues, puis me contorsionne pour libérer ma cheville sans avoir à la tordre. Je gémis mais finis par la dégager.

Je lève la tête. Le ruisseau est tout près, presque à portée de main.

C'est alors que je me retourne. Ce que je vois m'estomaque. Derrière moi, là où je me trouvais plus tôt, les Narques sortent de la forêt à vive allure. Ils sont excités comme des loups qui s'approchent de leur proie blessée et épuisée. Mais je ne veux pas être une proie.

Je me remets à marcher en chancelant. La douleur dans mes poumons est insupportable, pire que celle de ma cheville. Je les sens qui me brûlent, me torturant pour que je leur apporte plus d'oxygène.

Ils ne m'auront pas vivante. Même si je dois aller me jeter dans le ruisseau pour m'y noyer.

Je finis par l'atteindre et continue à courir tout en le longeant. Je me retourne mais je ne vois plus mes ennemis. Les herbes sont trop hautes. En revanche, je les entends. Ils sont près, tout près.

En relevant la tête, je m'aperçois que tout espoir est perdu. Il y a bien la forêt devant, mais elle est bien trop loin. Je ne l'atteindrai jamais à temps. Je le sais car les Narques ne sont plus qu'à cinq cents mètres de moi, et que la forêt est à la même distance. Je n'aurai pas le temps. Je suis trop épuisée, et je sens que ma tête tourne, présage d'un malaise proche.

C'est dommage, mais après tout c'était peut-être comme ça que ça devait se terminer.

Je tombe lourdement dans la neige. Mon cœur bat trop rapidement, je le sais. Ça fait des heures que l'adrénaline me repousse dans mes derniers retranchements, piochant dans mes ultimes ressources à grands coups d'espoir et d'illusions. Mais maintenant que ces deux-là ont foutu le camp, je me rends compte que je suis épuisée. Je n'ai rien mangé ces derniers jours. Les maigres réserves que j'avais emmagasinées ont fondu depuis longtemps. Mon cœur bat trop vite, il va s'arrêter d'une seconde à l'autre. Je suis sur le point de faire une crise cardiaque.

Des points noirs dansent devant mes yeux. Le sang afflue en masse dans mon cerveau. Je n'entends plus rien. D'un coup je sens comme une déchirure dans ma poitrine. Je voudrais hurler, crier, pleurer, respirer, mais ma bouche n'arrive qu'à s'ouvrir dans un râle. Je ne peux rien faire d'autre que de sentir mon cœur rater un battement, puis deux, puis trois...

À l'aide!

La voix de ma conscience a pris un ton caverneux, presque comme celle de Nathan lorsqu'il m'a obligée à courir jusqu'au précipice. L'appel se répercute tout autour de moi, inaudible pour l'ouïe. Mais je le sens, je le perçois parcourir une grande distance, dépassant allégrement les limites qu'un son aurait eues.

Noir complet.

★★★

J'ouvre les yeux. Je suis dans une cabane. Il fait très froid et tout y est rustique, vieux et sale.

Je plisse le nez de déception. Je ne croyais pas au paradis, mais maintenant que j'y suis je m'attendais à quelque chose de plus... douillet. Des nuages, une douce chaleur, des anges divinement beaux et à moitié nus me servant des coupes de fruits, ce genre de choses quoi.

Faute de quoi je suis allongée à même le sol, totalement frigorifiée et...

Un cri s'échappe de ma bouche. Ma cheville me fait atrocement mal.

Je me redresse sur les coudes. Ma tête aussi me lance. J'ai des vertiges et des fourmis dans les membres. On est supposé avoir mal quand on est mort?

Ou alors c'est l'enfer. M'enfin je ne vois pas ce que j'y ferais, je n'ai jamais commis d'acte qui mérite d'être puni par un supplice éternel, en tout cas pas à ma connaissance.

En plus, aussi désagréable que soit l'endroit, il ne peut pas non plus être qualifié de lieu de tourments éternels...

Ou alors... oui ça doit être ça. Je suis dans un monde intermédiaire et quelqu'un va bientôt entrer et me tester pour savoir si oui ou non je suis digne d'atteindre le parad...

La porte s'ouvre si brutalement que je bondis dans mes couvertures. Ma frayeur ne passe pas inaperçue de l'ange qui entre.

Je me mets à déballer à toute vitesse :

— Vous êtes là pour décider si je vais aller au paradis ou en enfer, c'est ça ? Alors avant que vous ne partiez dans des conclusions faussées et trop hâtives, je voulais vous dire que quand j'ai tiré sur Dimitri, c'était de la légitime défense, je ne voulais pas *vraiment* lui faire de mal... ou peut-être un peu, mais seulement parce qu'il le méritait. Et la fois où j'ai volé le sac de bonbons à l'épicière, j'étais vraiment trop petite pour que ça me retombe dessus, pas vrai ?

L'homme se retourne, les yeux ouverts comme des soucoupes. Je le reconnais immédiatement.

— Cassiopée, je pense que tu devrais te recoucher, ces palpitations m'ont l'air plus graves que je ne le pensais.

Je manque de défaillir, soit de soulagement, à la pensée que je ne suis pas morte, soit parce qu'Henry vient de palper ma cheville et que la douleur est insupportable.

— Mais qu'est-ce que tu fais là ?

— Je suis venu à ton secours, figure-toi.

— Quoi ? Mais comment ?

Il a l'air épuisé d'un coup. Vraiment épuisé. Les cernes violets sous ses yeux indiquent qu'il n'a pas dormi depuis longtemps et son visage pourtant si jeune en temps normal a vieilli de plusieurs années.

Il se passe une main nerveuse dans les cheveux et s'assoit en face de moi. Je distingue une forme sur le sol du fond de la pièce que je n'avais pas remarquée jusque-là, mais je n'y prête pas une grande attention.

— Je suis venu… avec Gabriel.

J'ai l'impression de ne pas avoir bien entendu… il a bien dit Gabriel?

Devant mon air ahuri, il s'explique:

— Quand tu as disparu, il a tout essayé pour convaincre Soraya de lancer des équipes de secours, il a dit qu'on avait enfin la chance de pouvoir connaître leur repère, qu'on pourrait les prendre par surprise. Mais elle n'a rien voulu savoir. Elle disait qu'elle avait déjà beaucoup trop perdu pour toi, qu'elle ne comptait pas risquer d'autres vies. Alors il s'est tourné vers les autres mais aucun n'a levé le petit doigt.

Alors il s'est préparé à partir seul. Mais je suis arrivé et je l'ai suivi. Nous avions prévu d'agir comme tel: Gabriel te ramenait dans la forêt, et moi je le couvrais à distance. Je ne suis pas trop mauvais à l'arc. Des chevaux nous attendaient, on rentrerait ventre à terre.

Je baisse les yeux et regarde mes mains. Je connais la suite de l'histoire. Mes yeux s'emplissent de larmes. Mais je me suis promis de ne pas penser à ça, pas tant que ma situation sera précaire.

Je lève la tête et regarde Henry dans les yeux.

— Qu'est-ce qui s'est passé? La dernière chose dont je me souviens c'est d'avoir eu l'impression de succomber à une crise cardiaque alors que les Narques n'étaient plus qu'à une centaine de mètres de moi… comment tu as pu me sauver?

Il se frotte les yeux avec sa main en secouant la tête d'un air ahuri.

— Je ne suis pas sûr que si je te le disais tu me croirais. Même moi je me demande encore si je n'aï pas rêvé.

Je plisse les yeux.

— Vas-y toujours.

Il inspire profondément avant d'ouvrir la bouche.

— J'étais à l'orée de la forêt, j'attendais que tu arrives. Les filles étaient déjà reparties. Oui, elles sont arrivées une heure avant et je pense qu'elles doivent être en bonne route vers Tornwalker. Bref. Je t'attendais.

Il soupire.

— Cassiopée, je pensais que tu avais été prise. Tu n'arrivais pas, les secondes s'égrenaient et tu n'apparaissais toujours pas. J'ai attendu, puis quand j'ai cru que ce n'était plus la peine, j'ai fait demi-tour. C'est là que j'ai entendu les cris. Encore faibles, mais très distincts. Je me suis aventuré à découvert et j'ai vu une forme étendue dans la neige. À cinq cents mètres de là.

Il secoue une nouvelle fois la tête.

— Je possède la Facette de l'Aigle. Alors ça ne m'a pas été difficile de deviner qu'il s'agissait de toi. Et que plusieurs centaines de mètres plus loin il y avait un groupe de Narques qui arrivaient pour te récupérer.

Il fait une petite pause, visiblement encore sous le choc des événements passés.

— Je n'avais aucune chance, ils étaient trop nombreux. Mais je n'allais pas te laisser là. Alors j'ai sorti mon arc et j'ai commencé à viser les formes qui apparaissaient dans mon champ de vision. Et, par un coup du hasard, il s'est mis à neiger tellement fort que je n'ai plus rien perçu à moins de deux mètres de moi. Cass, j'étais tellement mal que je suis resté là, à pester contre ce foutu temps qui me portait la poisse et m'enlevait mes dernières chances de t'aider.

Pauvre Henry... je m'en veux de ne pas avoir fait plus d'efforts pour atteindre la forêt quand je vois à quel point il culpabilise. Je voudrais le rassurer mais il m'arrête d'un geste de la main.

— J'allais venir te chercher. Je ne te voyais plus avec ce blizzard mais j'allais te trouver, même si je devais y passer la semaine. Je m'aventurais sur la plaine quand j'ai entendu comme un roulement de tonnerre à ma gauche. J'ai tourné la tête et... Cass, c'était incroyable. Un grizzli, frôlant la tonne j'en mettrais ma main au feu, m'a dépassé, dit-il en faisant des grands gestes, une expression extatique sur le visage. Il n'a pas prêté attention à moi ou alors il ne m'a pas vu, je ne sais pas. Quoi qu'il en soit, il a foncé droit dans la plaine, à une vitesse hallucinante. Comment est-ce qu'une bête pareille peut-elle courir si vite ? Je suis resté tétanisé devant cette apparition, jusqu'à ce que je devine vers où il se dirigeait.

Il fait une pause alors que je sens ma mâchoire tomber à mes pieds.

— Vers toi Cass, il se dirigeait droit vers toi. Je n'ai jamais été aussi terrorisé de ma vie. Sans même réfléchir je l'ai suivi aussi vite que j'ai pu, mais il était vraiment trop rapide. Je me suis dit que je n'arriverais jamais à temps. Je l'ai perdu de vue pendant une minute ou deux. Il a disparu derrière le rideau de neige. Quand je suis arrivé assez près pour te voir, j'ai distingué sa silhouette gigantesque qui s'agitait au-dessus de quelque chose. J'ai accéléré le pas, certain qu'il était en train de te réduire en chair à saucisse. Quand j'ai pu distinguer la scène avec netteté, je me suis arrêté, et sans te mentir j'ai cru que j'hallucinais complètement.

Il a un rire nerveux.

— L'ours… il… il te poussait gentiment de son museau. Il gémissait doucement en essayant de te relever. À un moment, voyant que tu ne réagissais pas, il s'est couché pour se mettre à ta hauteur et a passé sa tête sous ton corps pour te soulever. Mais il s'est figé dans son mouvement. Je l'ai vu te reposer prudemment puis se relever avec précipitation. Il s'est mis à souffler bruyamment. Moi qui me trouvais à vingt mètres de là, j'arrivais à l'entendre. Il t'a enjambée pour se poster au-dessus de toi, dans une attitude protectrice. Je te jure Cass, cet ours te *protégeait* ! Il a soudainement relevé les babines et s'est mis à grogner. C'est là que j'ai vu les silhouettes arriver vers toi en courant. Une trentaine de Narques. Qui venaient juste de voir le grizzli. Il a avancé et s'est positionné devant toi en grognant sauvagement. Quand les Narques ont vu ça, ils se sont arrêtés net, pas sûrs de l'attitude à adopter. L'ours s'est dressé sur ses deux pattes, a rugi encore une fois ou deux et est retombé sur ses pattes. Il s'est retourné vers toi et... il t'a léché la joue en gémissant. La seconde d'après il a chargé les Narques.

C'était hallucinant, certainement le truc le plus abominablement incroyable que j'ai jamais vu de ma vie. Mais c'est pas tout ! Tout à coup il y a eu des cris au-dessus de ma tête, et un essaim d'oiseaux m'a dépassé et a suivi le monstre. Une bonne trentaine de corbeaux. D'autres bestioles que je n'ai pas pu identifier à travers le rideau de neige sont sorties de la forêt, de tous les côtés. Tous attaquant les Narques.

Au même instant j'ai repris mes esprits et j'en ai profité pour courir vers toi.

Il pousse un soupir d'extrême fatigue. Moi, pendue à ses lèvres, j'attends avidement la suite.

— Je t'ai soulevée sans chercher à savoir si tu allais bien ou pas. Je suis reparti vers la forêt en jetant des coups d'œil fréquents en arrière. L'ours était en train de faire un carnage chez les Narques, j'en voyais déjà deux à terre et les autres tentaient d'encocher leurs flèches. Mais cette bête... cette bête c'était le diable en personne. Une seconde elle se tenait près d'un Narque, la seconde d'après elle refermait ses mâchoires sur le bras ou la jambe d'un autre, les empêchant de s'organiser. Ils se sont vite retrouvés débordés. Sans parler des corbeaux qui tombaient en piqué sur eux, les empêchaient d'encocher leurs flèches. Certains ont abandonné et ont fui. Je crois que d'autres ont dégainé leur épée. Quand j'ai atteint l'orée de la forêt, je ne voyais plus rien, je n'entendais plus rien non plus. Seulement le rugissement du vent. À un moment j'ai bien entendu une plainte mais je ne saurais dire si c'était mon imagination ou pas. Quoi qu'il en soit, je ne crois pas que l'ours s'en soit sorti. Je n'ai plus rien entendu. Je suis parti aussi vite que j'ai pu.

Je garde le silence pendant plusieurs minutes, assimilant toutes les paroles d'Henry. Goliath est venu à mon secours. Il a entendu mon appel silencieux. Il m'a sauvé la vie, permettant à Henry de me récupérer. Et il est certainement mort pour ça. Pourquoi cette bête s'est-elle autant prise d'affection pour moi ?

Et… des corbeaux ? D'autres bestioles ? De quoi suis-je donc capable ?

Je sens une larme couler sur ma joue, alors que je m'aperçois que j'ai perdu un ami.

Un de plus…

Une plainte s'échappe de ma gorge mais je me reprends. Henry fait un pas en avant, le visage soudain crispé par l'anxiété.

— Cass…

Je l'arrête d'un geste de la main, et inspire profondément, le temps de réprimer les sanglots qui menacent de sortir de ma bouche.

Je crois entendre deux battements de cœur différents, mais ça doit être le mien qui fait du zèle. C'est là que je m'aperçois que je possède toujours mon ouïe exacerbée.

Lorsque je prends la parole, ma voix est dépourvue de la moindre émotion. Je l'ai toujours dit. Je suis la reine quand il faut masquer ses sentiments. Si je dois pleurer Goliath, ça sera quand je serai seule. Je ne veux pas avoir à donner des explications longues et douloureuses sur la raison de ma tristesse.

— Henry, je suis vraiment touchée de ton aide mais tu n'aurais pas dû faire ça, pas pour moi. Les autres ont raison, je ne le mérite pas.

Il s'apprête à protester mais je l'interromps.

— Qu'est-ce que tu fais encore là, d'ailleurs ? Tu devrais déjà être reparti, être retourné voir ta fille. Pourquoi es-tu resté ?

Il me lance un regard excédé.

— Parce que premièrement je devais vous attendre avec les chevaux sinon vous auriez dû faire tout le chemin à pied...

C'est là que ça me frappe.

— Tu étais de mèche avec Nathan ?

J'hallucine complètement.

— Dis, tu pourrais arrêter de m'interrompre sans arrêt ? Ça commence à être légèrement exaspérant. Et oui, il est venu me trouver. Il avait senti ma présence, le soir où Camille a poignardé Gabriel. Je venais d'arriver lorsque ça s'est produit. Je me suis planqué, espérant que vous partiez vite... le lendemain il m'a retrouvé, je ne sais pas comment. Ce type est extraordinaire, et il m'a exposé son plan.

Je n'entends pas le reste de sa phrase. Ma capacité de réflexion s'est arrêtée au mot Gabriel. Soudain le sens fait son chemin dans ma tête.

— Tu l'as regardé mourir sans rien faire ? Je sens une sourde colère se répandre dans mes veines, comme un poison. Tu étais là, tu aurais pu le sauver mais tu es resté caché pour sauver ta peau ? Espèce de...

— Comment ça, je l'ai regardé mourir ?

Henry a les sourcils levés, les yeux écarquillés, il a l'air sincèrement étonné. Je ne sais pas où il veut en venir alors je ne réponds pas. Je me contente de le fixer d'un œil assassin.

— Mais Cassiopée... Gabriel est *vivant*...

Je me lève d'un bond les poings le long de mon corps. Je remarque que ma cheville blessée est bandée soigneusement. Et je ne peux pas me voir mais je suis sûre que mes yeux lancent des éclairs.

— Tu mens ! Je l'ai vu mourir, j'ai entendu son cœur s'arrêter ! Tu mens !

Au lieu de me répondre il recule prudemment vers le fond de la pièce et se baisse sans cesser de me faire face. C'est à ce moment précis que je comprends. Les battements du cœur. Des cœurs.

Il attrape le tissu qui couvre la forme que j'ai remarquée tout à l'heure et la soulève doucement.

J'étouffe un cri, la main sur la bouche. Je n'ai pas eu besoin qu'il retire le drap bien loin, ses yeux m'ont suffi. Même fermés je les reconnaîtrais entre mille.

Gabriel, mon Gabriel est vivant.

72

Je bondis littéralement vers l'autre bout de la pièce. Mes jambes protestent en manquant de se dérober sous moi mais je ne leur accorde qu'une vague attention. Henry me barre le chemin.

— Oh! Cass, je veux que tu sois cool OK? Il est vivant, certes, mais plus mort que vif si tu veux mon avis. Il ne se réveillera pas si tu lui parles ou le touches, tu comprends? Il est dans le coma.

— Mais… mais je ne comprends pas! Je… j'ai entendu son cœur s'arrêter.

— Pourtant quand je suis arrivé il battait toujours, et franchement vite. Il ne ratait pas un battement, une vraie machine.

Je repasse la scène dans ma tête. Je n'avais pas la tête collée sur sa poitrine mais dans son cou. J'étais alors en possession de mon Ouïe… et elle s'est altérée pile à ce moment-là. Je ne vois que cette explication.

Je suis en proie au soulagement le plus infini mais en même temps au désespoir le plus profond. Je suis heureuse et malheureuse. Sereine et inquiète. Je suis une bombe d'émotions à retardement.

Et je sens qu'elle ne va pas tarder à exploser.

— Henry laisse-moi le voir, s'il te plaît.

Étrangement, je ne pleure pas. Je crois que je n'ai pas assez de force pour ça.

Il me considère d'un air suspicieux puis s'écarte, toujours sur ses gardes. Je m'accroupis un peu trop vivement et le tissu du bandage frotte contre ma peau à vif, mais je m'en moque. Ma moitié est là. Et son cœur bat. Je l'entends distinctement maintenant. Je le vois respirer. Il respire ! Je suis tellement heureuse que j'en crierai.

— Le poignard… je croyais qu'il l'avait atteint au cœur.

Je m'adresse plus à moi-même qu'à Henry mais celui-ci me répond :

— La lame a loupé le cœur de cinq centimètres. La dague ne s'est pas enfoncée très profondément et j'ai pu stopper l'hémorragie rapidement. La plaie en elle-même n'était pas mortelle, si elle avait été bien soignée. Malheureusement, elle s'est infectée, et il est en train de faire un empoisonnement du sang. Sans pénicilline et sans soins intensifs, je ne peux pas le soigner. Je suis médecin mais, sans rien, aucun instrument, pas d'assistance, je suis impuissant.

Je tâte son front d'une main fébrile : il est brûlant. Son teint est pâle comme la mort et des veines bleutées et gonflées saillent de la peau de son cou. Ses paupières ne cessent de bouger nerveusement et sa poitrine se soulève par saccades. J'ai l'impression d'entendre des gargouillis dans son torse. Je ne sais même pas comment il a fait pour tenir aussi longtemps.

Je sais ce qu'est un empoisonnement du sang. Malheureusement. Je sais que sans un traitement urgent, il mourra dans les prochaines heures, au mieux dans quelques jours.

Je commence à écarter les pans de sa chemise trempée de sueur, mais Henry m'arrête d'un geste :

— Arrête, Cass. Ça n'est pas beau à voir et de toute façon je l'ai bandé. Pas la peine de lui faire attraper mal en plus.

Je ne crois pas que ça ferait une grande différence, au point où il en est, mais je n'insiste pas.

— Depuis combien de temps s'est-il fait poignarder?

Henry me regarde bizarrement. Je me rappelle alors que j'étais là et que je suis censée le savoir.

— Ça va faire trois jours.

Je reporte mon attention sur Gab. Trois jours. Trois jours qu'il se bat pour survivre alors que je me battais pour mourir. Je me sens affreusement égoïste.

— Depuis… depuis combien de temps as-tu diagnostiqué la septicémie?

Henry se passe une main sur le front. Il semble exténué:

— Hier soir. J'avais réussi à garder la plaie plutôt propre, elle semblait même prendre un meilleur aspect. Mais, hier matin, son état s'est dégradé d'un coup. Je n'ai rien pu faire.

Son visage est terreux, il a des poches sous les yeux et des cernes encore plus marqués que ceux d'Henry. Ses cheveux collent à son front comme il transpire, tant il est fiévreux. Si je ne le voyais pas respirer je dirais qu'il est mort. Ça semble de toute façon inévitable quand je vois son état.

Je lève la tête pour me calmer.

OK. Ceci est une situation complexe. Il ne faut pas désespérer, pas paniquer, rester zen.

— Oh la ferme maintenant!

Henry me regarde avec des yeux ronds et je me rends compte, mortifiée jusqu'aux os, que je viens de demander à ma conscience de la boucler. À haute voix. Devant une autre personne.

Oh mon Dieu, je suis en train de devenir folle.

Je regarde Henry et grogne.

— Oublie ce qui vient de se passer, tu veux?

Henry se détourne lentement en haussant les sourcils, la bouche ouverte dans un sifflement silencieux. Et je peux lire distinctement ses pensées: «OOOOOK… Cette fille est complètement tarée.»

Un mouvement dans un coin attire mon attention. C'est une punaise. Elle se cache dans un trou mais je vois ses antennes dépasser.

Yerk.

J'ai toujours détesté ces bestioles.

— On doit le ramener, tout de suite.

Henry, toujours dos à moi, écarte les bras d'impuissance.

— Et comment tu comptes faire ça, au juste ? Je ne vais pas le mettre sur la croupe de mon cheval et le ballotter sur soixante kilomètres !

Je me sens blêmir.

Soixante kilomètres ? Il n'en tiendrait même pas cinq…

Une idée me traverse l'esprit.

— On n'a pas besoin de le transporter sur un cheval !

Il plisse les yeux.

— Je ne peux pas voler avec quatre-vingt-dix kilos sur le dos, et je te rappelle que tu es un peu trop mince pour le porter.

— Laisse-moi finir. Je ne te parle pas de voler mais de tracter.

Je l'ai complètement perdu, là.

— On peut fabriquer une civière. Non ! Mieux, un traîneau. Pas besoin du nec plus ultra. Il suffit que ça glisse facilement dans la neige. On n'aura qu'à l'allonger dessus.

Il réfléchit.

— C'est la seule solution. Je ne peux pas retourner à Tornwalker chercher de l'aide. J'arriverais trop tard et je suis sûre que de toute façon personne ne m'écouterait. Et on ne peut pas non plus le laisser là, sinon c'est la mort assurée pour lui. On ne perd rien à essayer.

À la fin, mon ton est suppliant. Henry soupire.

— OK. Tu as raison. Il n'a plus rien à perdre.

Il fait une pause avant de poursuivre :

— On va passer par un village. Je ne pense pas qu'ils aient de la pénicilline, mais je pourrais toujours prendre le nécessaire pour le faire tenir le plus longtemps possible.

567

De quoi désinfecter la plaie et un antifièvre. Chez nous, il y a tout ce qu'il faut.

Je sens ma curiosité piquée au vif.

— Un village ? Quoi, tu veux dire un village *humain* ?

Il sourit.

— Tu ne pensais quand même pas qu'on était les seuls êtres doués d'intelligence à vivre sur cette contrée ?

Hem, si, si je le croyais, mais je me garde bien de le lui dire.

Je sens que mon cœur s'allège. Je reporte mon regard sur le visage de Gabriel. Il est malade. Très malade. Mais il est en vie. Ça me semble tellement irréel et impossible que je n'arrête pas de le toucher, de lui passer une main dans les cheveux, sur sa mâchoire, sur son nez...

Je me penche vers son oreille. Je prends sa main dans la mienne et pose l'autre sur sa joue afin qu'il puisse me sentir.

— Gab, je ne sais pas si tu peux m'entendre, mais je suis là. Je vais te ramener au village. On va te soigner. Mais pour ça j'ai besoin que tu te battes jusqu'au bout, d'accord ?

J'hésite une seconde.

— Et je t'aime aussi.

Je pose doucement mes lèvres sur son front et me redresse. Rien ne se passe, puis je sens une très légère pression de sa main dans la mienne.

J'espère qu'il m'a entendue.

Je me lève et m'approche de la porte puis m'arrête net. Un simple réflexe. J'écoute les bruits à l'extérieur. Rien d'alarmant.

Je sors. La forêt entoure la petite cabane. Certainement un refuge de trappeur. Deux chevaux somnolent non loin de là, attachés à une branche d'arbre.

Je change d'avis et reviens dans la cabane. J'ouvre tous les placards et déverse le contenu sur le sol.

— On peut savoir ce que tu fabriques ?

— Je cherche des couteaux. Je ne veux pas partir sans armes, je me sens trop vulnérable. Et l'arc ce n'est pas mon fort.

— Tu sais te servir d'un couteau, toi?

Je retiens une protestation devant le ton railleur qu'il emploie.

Je pousse une exclamation victorieuse en sortant un couteau de chasseur long comme mon avant-bras d'un tiroir. Il se replie sur lui-même.

Je regarde Henry, un demi-sourire aux lèvres.

— Je me débrouille. J'ai eu du temps à tuer ces derniers jours. Et puis comment tu comptes couper du bois pour le traîneau? Avec tes dents?

Il me sourit. Peut-être qu'on a qu'une minuscule chance sur mille de le sortir de là, mais je compte bien la saisir.

73

Cela va faire trois heures que nous chevauchons à travers les bois. Nous avons quitté les montagnes mais d'autres apparaissent, loin devant nous. Nous avons traversé une multitude de grands lacs encore pris par les glaces de l'hiver. Je commence à avoir une petite idée de l'endroit où je me trouve mais je n'en fais pas mention. Pas encore.

Le traîneau rudimentaire glisse laborieusement derrière le cheval de Henry et je chevauche juste à côté de Gabriel, lui lançant des coups d'œil inquiets toutes les deux à trois secondes.

Non que ça soit nécessaire. Je peux entendre ses battements de cœur rapides et ça me suffit pour savoir qu'il est encore en vie. Mais voir sa poitrine se soulever, même imperceptiblement, me rassure.

Nous marchons à une allure lente afin de ne pas trop ballotter le corps de Gabriel. Mais ce n'est pas suffisant. À chaque secousse, je sens mon cœur se serrer un peu plus. Il ne tiendra jamais soixante kilomètres comme ça.

Et j'en ai marre de me prendre des branches de sapin dans le visage. On dirait que mon cheval prend un malin plaisir à me faire passer sous les branches basses. Et je ne compte plus le nombre de fois où un monticule de neige m'est tombé sur la tête. Henry, lui, ça ne lui arrive *jamais* !

Je soupire en époussetant mon épaule, couverte de neige.

— Henry, quelle distance avons-nous parcourue, selon toi ?

Je le vois hausser les épaules d'un geste vague.

— Je ne sais pas, peut-être quinze kilomètres, au mieux seize.

Je soupire bruyamment. C'est trop lent.

— Quand atteindrons-nous le village humain ?

— Nous ne sommes plus très loin.

Savoir que les Narques habitent à quelques heures d'un village humain me sidère. Quoique nous ne soyons pas loin non plus. Je sens un frisson d'excitation parcourir ma colonne vertébrale alors que je pense que nous allons rencontrer des visages humains. J'ai presque l'impression d'être une espèce extraterrestre venue pour explorer la planète en toute discrétion.

Sauf que la plupart du temps, les extraterrestres dans les films ne sont pas là pour explorer, à part dans *E.T. l'extraterrestre*, mais plutôt pour anéantir l'espèce humaine. Moi je veux juste acheter des médicaments. Si ça se trouve les Narques ont des origines extraterrestres. Genre ceux dans *Signes*. Bref.

Une brise se lève soudain et elle transporte avec elle des bruits familiers. Des voix. Des bruits de ferraille. De chahut.

Je sens mon excitation augmenter encore mais ressens aussi un peu de nervosité. Comment les gens vont-ils réagir en voyant deux personnes bizarres émerger des bois sur des chevaux, semblant sorties tout droit du Moyen Âge ?

Le vent tombe et les rumeurs avec lui. Seuls quelques bruits infimes subsistent encore. Nous sommes encore loin.

— Henry, ça vous arrive souvent d'aller dans ce village ?

Je baisse vivement la tête alors qu'une branche passe à proximité de mon visage, sans manquer de lancer un regard assassin à mon cheval qui caracole, content de son coup.

J'aimerais bien que ma conscience, qui semble bien s'entendre avec ce genre de bestiole, la prévienne qu'elle a intérêt à calmer le jeu avant qu'il ne lui arrive un pépin.

— Oui de temps en temps, lorsque nous avons besoin de fournitures que nous pouvons trouver sans faire trop de kilomètres, nous venons dans les petits villages. Il y a de petites boutiques avec tout juste le strict nécessaire, mais bien souvent cela suffit amplement.

Je pense à Michael. Lui ne doit pas penser la même chose. La technologie doit cruellement lui manquer à mon avis.

— Et comment vous faites quand il vous faut des fournitures que l'on ne trouve pas dans les petits villages?

— On envoie des Myrmes dans les grandes villes se pourvoir en matériel recherché.

— Mais comment vous payez alors?

J'essaie désespérément de comprendre.

Je peux l'entendre sourire.

— C'est quoi ce soudain flot de questions?

Il n'attend pas ma réponse et poursuit:

— Nous avons des hommes à nous dans toutes les grandes villes des États-Unis. Et même en Europe. Ils travaillent sous couverture si tu veux. Une famille, des enfants, un job. Tout ce qu'il y a de plus banal. Mais une grande partie de leur argent nous sert à acheter ce dont nous avons besoin lorsque nous en avons besoin.

Je trouve ça un peu injuste.

Lorsque je le lui fais remarquer il rit légèrement.

— Ce ne sont pas des familles désignées à la courte paille qui font ce travail. Elles se portent elles-mêmes volontaires. Et puis elles ne restent qu'un laps de temps relatif, moins de dix ans, la plupart du temps. Elles sont remplacées régulièrement. Le facteur temps n'est pas un grand problème chez nous, dit-il en me faisant un clin d'œil. C'est une mission très importante, certainement une des plus importantes.

— Quelles sont les autres?

Ma curiosité est piquée au vif. On ne m'avait jamais parlé de tout ça.

Il fait un geste vague de la main. Je ne vois que son dos et pourtant je perçois l'amusement dans sa voix.

— Certains de nos hommes ont pour mission de surveiller l'activité extérieure des Narques. Nous ne sommes pas aussi bien infiltrés qu'eux dans les affaires humaines, mais nous les suivons de près. Et ils le savent.

— Qu'allez-vous faire maintenant que vous savez où ils se planquent ?

Il hausse les épaules.

— Ça, c'est à l'Oulda d'en décider.

Ben mon vieux, on est mal barré.

Je pense à elle juste maintenant. Comment va-t-elle réagir quand elle va me voir débarquer ? Moi, l'Apprentie qui lui a fait perdre tant de citoyens ? Je me sens déjà affreusement coupable et redevable. Je ne sais pas si je pourrais supporter de la rancune en plus. Je dois me changer l'esprit.

Avant que j'aie pu parler, Henry prend la parole :

— Combien as-tu de Facettes ?

Je me mords la lèvre, un peu mal à l'aise.

— Les quatre.

Il se retourne vers moi, cherchant à savoir si je plaisante. Quand il s'aperçoit que je suis sérieuse, il pousse un sifflement impressionné.

— Celle du Serpent ? Je me suis toujours demandé ce que ça donnait de voir en infrarouge…

Quand je comprends qu'il attend des détails, je hausse les épaules.

— C'est une vision très pratique mais elle n'est pas précise du tout. La plupart du temps je m'en sers pour détecter les formes de vie autour de moi. J'arrive à voir un être vivant à plus de cinquante mètres de distance, et si j'ai un promontoire ça peut aller à plusieurs kilomètres. Le reste des décors est assez banal. La plupart du temps les arbres sont bleus, la neige blanche et le ciel bleu plus clair. Il te suffit de regarder *Predator*. C'est un peu la même chose.

Il rit à ma référence cinématographique. Je fais une petite pause.

— Et toi ?

Il hausse les épaules.

— Seulement la Facette de l'Aigle. Ça me suffit amplement la plupart du temps.

Un silence gêné s'installe et je change de sujet pour un qui me semble plus léger :

— Y a-t-il des Sens plus rares que d'autres ?

— Bien sûr. Le plus courant de tous, celui que 75 % des Myrmes obtiennent, est la Vue. Après il y a environ 25 % d'Auditifs. Et environ 4 ou 5 % de Pisteurs.

Je suppose que les Pisteurs doivent être ceux qui possèdent l'Odorat. Comme Gabriel. Je coule un regard tendre dans sa direction. Il me semble si faible, si fragile, que mon cœur se serre encore un peu dans ma poitrine.

— Et... et le Goût ? Le Toucher ?

Je vois les épaules de Henry se crisper. Un mouvement qu'une vue classique n'aurait pas remarqué. Mais je n'ai pas une vue classique.

Il met quelques secondes à répondre et je commence à me demander ce que j'ai bien pu dire de mal.

— Le Goût n'est pas considéré comme un Sens Phare. Tous les Pisteurs ont aussi un Goût extrêmement développé parce que ces deux Sens sont très liés.

Je remarque que Henry a volontairement évité de répondre à la deuxième partie de ma question.

— Et hum, pour le Toucher ?

Il hésite une seconde puis parle très lentement, comme s'il choisissait ses mots avec précaution.

— Les Tactiles sont rares. Très rares. Une infime partie de l'ensemble des Myrmes et des Narques possède ce Sens. C'est un Sens Phare puissant. Trop puissant, dangereux. Les nôtres considèrent ce Sens comme une anomalie. Je sais que ça peut te paraître barbare mais... ceux qui développent ce Sens sont souvent retrouvés morts, dans des circonstances inconnues.

Je sens ma gorge se nouer, alors qu'une goutte glacée coule le long de mon dos.

— Pourquoi ?

— Parce que les Tactiles ont la capacité de faire ce qu'ils veulent de toi tant qu'ils posent une main sur ta peau. Ils sont dangereux. Manipulés et utilisés, ils peuvent créer d'énormes dégâts. Je suis contre leur extermination, et elle est interdite, comprends-moi bien, mais tous ne voient pas les choses de la même façon.

Je frissonne. Nathan a cette capacité. Et pourtant, à part les fois où la vie de quelqu'un était en jeu, il ne s'en est pas servi. Je suis absolument certaine que mon frère ne ferait pas de mal à une mouche.

— Mais… et les Narques ? Est-ce qu'ils ont autant d'animosité envers les Tactiles ?

Il hausse les épaules.

— Non, je ne crois pas. Mais, heureusement pour nous, ce Sens est quasi inexistant. Sinon, nous aurions de gros soucis.

Je suis sur le point de lui demander s'il a connu des Tactiles lorsque le vent m'apporte de nouveaux bruits.

Ils sont beaucoup plus forts. Plus près. Nous ne sommes plus qu'à quelques centaines de mètres. Je peux entendre distinctement les conversations des gens alors que la brise est tombée.

Chaque muscle de mon corps se crispe dans l'attente.

Dans un réflexe, je plisse les yeux. La forêt m'apparaît en un dégradé de couleurs allant du bleu foncé au blanc. Je vois quelques taches rouges, me signalant qu'une colonie de mulots se cache sous la neige.

Je porte mon regard plus loin. Pendant quelques minutes je ne vois rien. Puis nous arrivons au sommet d'une butte et je vois enfin le village, se situant à moins d'un kilomètre. Je ne vois pas les infrastructures, elles sont trop froides.

Mais je perçois les formes humaines. De très nombreuses formes humaines. Trop nombreuses.

Je sens une boule se former au creux de mon estomac.

Je regarde Gab puis Henry. Ce dernier semble serein mais je vois que sa main est crispée sur son arc. Et son cœur n'est plus aussi calme que quelques minutes plus tôt. Il n'est pas plus tranquille que moi.

Je l'imite et pose une main prudente sur le couteau accroché à ma ceinture. Je me félicite de m'être autant entraînée avec Saphira. Dès que je la verrai il faudra que je pense à la remercier.

Nous chevauchons dans un silence seulement rompu par le bruit étouffé des sabots des chevaux dans la neige.

Nous sortons enfin de la forêt et débouchons directement sur la place principale du village. Les cheminées des maisons fument, les gens marchent entre les ruelles d'un pas décidé, ou bavardent tranquillement entre eux.

J'ouvre de grands yeux lorsque mon regard se pose sur une rangée d'engins garés sur une sorte de parking.

Des motoneiges !

Je me surprends à me trémousser sur mon cheval avec excitation. Puis je me sens ridicule, comme si j'étais le personnage d'un film comique qui aurait fait un saut dans le temps. Mais on ne peut pas vraiment m'en vouloir. Je vis dans l'austérité depuis… depuis tellement longtemps qu'il me semble que j'ai toujours vécu ainsi.

Il y a des petites boutiques, des vendeurs de laine, de viande, de peaux, de manteaux… le village humain n'est pas tant différent du nôtre, la seule vraie différence c'est qu'ici, les arbres ont été tous coupés. Le village ressemble à une grande clairière dotée de chalets, de rues et de motoneiges.

Les gens s'arrêtent de parler sur notre passage. Ils nous regardent avec des yeux agrandis par la surprise.

Je talonne mon cheval pour me retrouver près de Henry.

— Henry, c'est moi ou ils nous regardent comme si on était des anges de la mort ?

— Comment tu réagirais toi si tu voyais deux espèces d'ermites, armés de poignards et d'arcs, sortir de la forêt à dos de cheval, traînant derrière eux un mec pratiquement mort et ne portant que de simples pulls?

J'évite de m'attarder sur le «pratiquement mort». Henry voulait juste exagérer. Enfin j'espère.

— Il ne fait pas bien froid aussi. Pourquoi est-ce qu'ils portent des couches pareilles de vêtements?

Henry ricane doucement.

— Peut-être parce que la température frise les – 25 °C.

Je sens ma tête tourner. – 25 °C? Je n'aurais jamais cru qu'il faisait aussi froid. Peut-être un ou deux degrés au-dessous de zéro, mais – 25 °C?! Je n'en reviens pas.

— Comment c'est possible?

Je chuchote et sa réponse est pratiquement inaudible. Du moins elle est inaudible pour les gens qui nous entourent. Moi je peux parfaitement l'entendre.

— La Caïna.

Une explication simple et rapide. Pas le temps d'épiloguer.

Il me lance un coup d'œil avant de désigner une petite boutique du menton.

Je pose mon regard sur le magasin et devine qu'il doit s'agir de la pharmacie du coin.

Nous nous approchons silencieusement alors que les humains s'écartent avec méfiance de notre chemin, laissant derrière nous une traînée de murmures que je n'ai aucun mal à comprendre. Je ne peux pas vraiment leur en vouloir. Nous n'avons pas exactement l'air d'enfants de chœur, à mon avis.

Henry descend de cheval. Je m'apprête à l'imiter quand il m'arrête d'un geste de la main.

— Non, toi tu restes ici. Tu gardes Gabriel et les chevaux. Moi je sais exactement ce dont j'ai besoin.

Il prend sa besace et ouvre la porte du magasin. Je me tourne en tous sens, mal à l'aise de sentir tous ces yeux posés sur moi.

Mon regard se pose à nouveau sur les motoneiges. Une d'elle est dotée d'une sorte de remorque à glissière. Je me surprends à penser que ça doit être pratique pour tracter des poids lourds, comme du bois, ou des hommes…

Je m'arrête net. Cet engin serait idéal pour amener Gabriel à destination. Il cahote sur son traîneau bancal depuis quatre heures. Je ne suis pas douée en menuiserie et ce n'est pas le point fort de Henry non plus. Je ne sais même pas comment il fait pour être encore en vie. Mais si on le ramène sur un de ces engins… il serait bien installé, ce serait beaucoup plus rapide !

Je descends de cheval et m'approche des véhicules tout en gardant une oreille à l'écoute de Gabriel. Les véhicules ne semblent pas en vente.

Je tourne autour de celui qui tracte la remorque, comme un vautour affamé autour de sa proie.

Une respiration se fait entendre derrière moi. Puis deux, puis trois. Je ne me retourne pas et fais mine de m'intéresser encore à l'engin. Des hommes, ce sont des hommes. Il y en a quatre maintenant, l'un a une respiration sifflante. Il doit être fumeur. Les autres ne sont pas très différenciables, même si l'un d'entre eux me paraît plus grand et plus costaud que les autres.

— On peut vous aider, m'dame ?

Je me retourne en prenant un air surpris. Un frisson glacé me parcourt l'échine mais je ne laisse rien paraître. *Gloups*.

Un groupe de quatre hommes me fait face. Je ne m'étais pas trompée. L'un d'eux est un géant. Au moins deux mètres. Et un autre, celui que je devine être mon interlocuteur, est vieux et a une barbe blanche sous sa pipe éteinte. Les autres sont plutôt jeunes. Tous portent des fusils à pompe dans les mains. J'analyse leur expression. De la méfiance, de la peur et de l'animosité. Je ne suis visiblement pas la bienvenue ici.

Je fais exprès de m'appuyer sur la moto en leur lançant mon sourire le plus éblouissant.

— Je regardais juste vos motoneiges. Beaux véhicules je dois dire. J'étais particulièrement intéressée par celui-ci. (Je tapote doucement le siège contre lequel je m'appuie.)

— Désolé, pas à vendre.

Les doigts de l'homme à la pipe se crispent un peu plus sur la crosse de son fusil. Les autres me regardent en plissant les yeux, certains retroussant les commissures de leurs lèvres en un sourire vicieux. Mais leur cœur les trahit. Il est rapide, fort. Ils ont beau jouer les durs à cuire, l'émotion qui en ressort est une peur viscérale.

Ils ne vont quand même pas me tirer dessus, non ?

Je pose nonchalamment mes coudes sur le dossier.

— Je suis flattée d'être la cible d'autant de précautions mais vous vous êtes donné du mal pour rien. Je ne compte pas faire de grabuge ici. Pourquoi toutes ces armes ?

— Vous êtes aussi armée. Et nous avons eu beaucoup trop de problèmes dernièrement pour ne pas rester sur nos gardes. Pourquoi portez-vous un poignard ?

Je me redresse, tout à coup intéressée. Je leur lance un sourire narquois.

— Pour la même raison que vous portez un fusil à mon avis. Quels sont donc ces événements si dangereux que vous trembliez devant une jeune femme pratiquement désarmée ?

Je regrette aussitôt mes paroles. Les insulter ne va pas vraiment arranger mes affaires. Néanmoins je souris comme si la situation m'amusait. Le plus jeune d'entre eux arme son fusil et le pointe sur ma poitrine.

Alerte rouge ! Psychopathe en perspective !

Je ne cille pas. Chaque fibre de mon corps, chaque cellule me conjure de battre en retraite, de prendre mes jambes à mon cou. Mais je ne bouge pas. D'abord parce que je ne veux pas leur montrer ma peur et en plus parce que mes jambes refusent de toute manière d'esquisser le moindre mouvement.

Je fixe le jeune énervé d'un air que je veux ennuyé. Son visage est submergé par l'émotion. De la colère. Une colère noire. Il a des yeux bridés. Il est franchement beau gosse. Et, nom de Zeus, même si je ne l'ai jamais vu, je le reconnais.

— Je te conseille de baisser immédiatement ton arme si tu comptes encore avoir des enfants.

— Et comment tu comptes arriver à tes fins ? Avec ton ridicule poignard ? Un geste et j'appuie sur la détente. T'auras même pas le temps de comprendre ce qu'il t'arrive.

Je renverse la tête en arrière et ris, plus de soulagement que d'amusement, mais ça ne doit pas faire une grande différence à leurs yeux.

— Non je ne vais pas te poignarder. (Je porte mon regard derrière son épaule.) En revanche mon ami qui est derrière toi a l'air d'être sérieusement en colère et risque de te faire vraiment mal si tu ne baisses pas ton arme. Et tu regretteras que je ne me sois pas occupée de toi avec mon poignard ridicule.

Il sourit, découvrant des dents blanches, parfaitement alignées.

— Désolé poupée, ça ne marche pas avec m...

— Ça devrait ! Toi le jeune blanc-bec tu baisses ton arme ou je te fabrique un deuxième trou de balle.

Les hommes devant moi se crispent et je me redresse. Ils se retournent doucement.

— Holà ! Doucement. Vous posez vos armes sur le sol jusqu'à ce que ma compagne soit près de moi et vous, vous restez dos à moi.

Le géant prend la parole d'un ton moqueur mais je remarque quand même qu'il ne se retourne pas.

— Ah ouais ? Tu nous prends vraiment pour des imbéciles ? On va pas lâcher nos armes avec un taré derrière nous qui ne sait peut-être même pas tirer.

Il a à peine le temps de finir sa phrase qu'une flèche vient se ficher dans sa toque en fourrure. Celle-ci vole dans les airs et avant qu'elle n'amorce sa descente, une autre vient la transpercer de part en part.

Le géant se fige. Les autres ne bougent pas non plus.

— Je manque un peu d'entraînement et d'endurance, et là, je dois vous avouer que je commence à avoir une crampe dans le bras, alors vous devriez vous décider vite fait bien fait.

Le jeune énervé baisse lentement son arme et la pose doucement sur le sol. Les autres l'imitent. Je m'avance avec précaution et passe entre le vieil homme et le jeune.

Je ralentis à la hauteur de ce dernier et ne peux m'empêcher de marmonner tout bas :

— «Poupée»? Sérieusement? On ne fait pas plus arriéré, mon pote.

Il me regarde comme s'il allait me sauter au cou. Oui, maintenant j'en suis sûre. C'est *lui*. Je n'ai même pas l'ombre d'un doute sur son identité.

Je retrousse légèrement les lèvres en un sourire provocateur qui lui est destiné et accélère pour rejoindre mon cheval.

Henry attend que je sois sur ma monture et baisse son arme pour m'imiter.

Je jette un coup d'œil déçu à Gabi et aux motoneiges. Tant pis pour le confort. On va devoir faire sans.

Le quatrième homme élève la voix comme nous nous éloignons. Henry est à moitié retourné, gardant son arc pointé sur eux, juste au cas où.

— Qu'est-ce que vous nous vouliez?

— Rien de plus que quelques médicaments pour soigner notre malade. Veuillez encore nous excuser pour ce désagrément, vous n'entendrez plus jamais parler de nous.

Je regarde derrière moi. Les hommes ont ramassé leurs armes et les pointent sur nous. Je me sens affreusement vulnérable sur cette monture lente et incapable d'éviter les balles. Mais ils semblent juste en position de défense et nous finissons par être hors de vue, sous le couvert protecteur de la forêt.

74

— T'as totalement pété un câble ou quoi? C'était quoi ce cirque? Tu es en manque de sensations fortes? T'as des pulsions suicidaires? C'est quoi ton problème au juste?

Je m'attendais un peu à cette réaction.

Je regarde droit devant moi pour ne pas montrer la honte qui se reflète dans mes yeux.

— Je n'ai rien fait de mal. Je voulais juste voir s'ils pouvaient nous louer une motoneige pour Gab. C'est eux qui m'ont pratiquement agressée. Je n'y suis pour rien.

— Quelle partie tu n'as pas saisie dans «Tu restes avec Gabi et les chevaux»? Ça n'était pourtant pas une phrase compliquée. Sujet, verbe, compléments. On parle bien la même langue, toi et moi, non?

Je n'ai jamais entendu autant de rage dans la voix de Henry. J'en suis bouleversée.

— Je… je sais! Je voulais juste aider!

— Tu l'as laissé seul sur ce foutu traîneau! Quelqu'un aurait pu venir et le menacer, t'aurais rien pu faire! Ça t'arrive de réfléchir dans ta petite tête? Tu crois tout savoir Cassiopée. Mais je pense que tu as encore beaucoup de chemin à faire avant de pouvoir le prétendre.

Je ne réponds pas. Inutile de lui dire que j'écoutais attentivement tout ce qui se passait autour de Gabriel tout le long de l'incident. De toute manière ça n'aurait pas changé grand-chose. Il est en colère et argumenter ne ferait qu'envenimer la situation.

Je baisse la tête et murmure le plus humblement possible :

— Je suis désolée. Je suis tellement inquiète pour lui... je voulais juste trouver un moyen plus rapide de le ramener au village.

Il ne répond pas mais je vois ses épaules se détendre. Je respire mieux.

Au bout de quelques minutes il finit par parler.

— Excuses acceptées. Mais je te préviens. La prochaine fois que tu me fais un coup comme ça, je te tire une flèche dans le derrière.

Je ris de bon cœur.

— En parlant de ça, tu es sacrément doué.

— Han han. Je suis surtout très entraîné.

Je hausse les épaules.

— Je suppose que l'un ne va pas sans l'autre.

Nous chevauchons en silence durant une demi-heure. Je ne cesse de jeter des regards nerveux à Gabriel. Je vois bien qu'il a de plus en plus de mal à respirer. Ses inspirations se font plus sifflantes, moins profondes. Je sens que je suis en train de le perdre et ça me rend folle.

— On va s'arrêter ici pour la nuit.

Je regarde Henry comme s'il était dingue.

— Tu rigoles, j'espère ? On ne peut pas s'arrêter maintenant ! Gab ne va pas tenir une nuit et une journée de plus. Il a de plus en plus de mal à respirer, je peux l'entendre forcer un peu plus à chaque inspiration. En plus, je crois que sa fièvre a empiré.

— Je suis désolé Cassiopée. On ne peut pas se permettre de voyager de nuit. Les loups chassent de nuit et on ferait des proies trop faciles, en particulier lui. On doit s'arrêter et faire un feu pour éloigner les prédateurs. Je vais lui administrer un antifièvre, ça le soulagera et nous fera gagner un peu de temps.

Je suis obligée de dire qu'il a raison. On ne pourrait même pas faire galoper les chevaux. Ça renverserait le traîneau, sans parler des secousses que devrait supporter Gabriel.

Henry fait un feu alors que je reste près de Gab. Je lui tiens la main, lui murmure des paroles encourageantes à l'oreille, le supplie de tenir le coup.

Je sens ses doigts trembler entre les miens lorsque je lui parle, mon visage à quelques millimètres du sien. Henry lui administre des antibiotiques et un antifièvre, mais je sais que le vrai problème est la septicémie qui est en train de lui empoisonner le sang. Son état ne s'améliorera pas. Je suis sûre qu'il essaie, qu'il se bat, mais c'est trop dur, il a déjà donné tout ce qu'il pouvait. Je sens la vie le quitter petit à petit, alors que je le regarde, impuissante.

J'ai une envie irrésistible de me révolter contre le monde, contre celui qui a décidé que ma vie ne serait qu'une succession de pertes douloureuses et d'espoirs déchus. L'idée de le perdre encore une fois m'est insupportable. Je ne peux pas l'envisager.

Je jette un regard oblique à Henry. Il s'est endormi, dos à moi.

Je me lève, fais quelques pas plutôt bruyants pour m'éloigner, puis me retourne. Il n'a pas bougé d'un poil. Sa respiration est toujours lente et régulière. Il dort comme un bébé. De toute manière c'est une Sentinelle, pas un Auditif.

Je m'excuse silencieusement et me penche pour embrasser le front de Gabriel en lui demandant de tenir encore quelques heures.

J'accroche mon poignard à ma ceinture et emprunte celui de Henry, qui repose à côté de lui. Il n'en aura pas besoin, il est bien meilleur à l'arc. Moi, mon truc, c'est les couteaux.

C'est sûr que, dit comme ça, ça fait un peu psychopathe.

Je m'éloigne à pas feutrés. J'ai remarqué que maintenant que mon ouïe est permanente et surdéveloppée, je me déplace aussi silencieusement qu'un chat.

Une fois que je suis assez loin, je me mets à courir. Je sais exactement ce que je veux faire et, même si ça paraît carrément délirant, je ne vois pas d'autres solutions.

Je cours comme une dératée vers le village humain.

***

Heureusement, nous n'avons pas établi notre campement trop longtemps après avoir quitté le village. Comme je cours, je l'atteins deux fois plus vite que nous ne l'avons quitté et me cache dans un arbre. Beaucoup d'humains sont encore dans les rues. J'écoute leurs conversations. Aucune ne m'intéresse vraiment jusqu'à ce que le jeune énervé apparaisse dans mon champ de vision et qu'il se mette à discuter avec le vieil homme à la pipe.

— Il va falloir redoubler de vigilance cette nuit. Je n'aime pas cette fille. Elle est vicieuse et prépare un sale coup, j'y mettrais ma main au feu. Tu as vu ses yeux ? On dirait ceux d'un animal sauvage. Un humain ordinaire ne porterait pas une couleur aussi flippante. Je te dis que cette fille n'est pas normale.

Quoi ? Moi, vicieuse ? Anormale ?

Franchement je suis vexée. On m'a toujours dit que j'avais l'air timide et réservée, mais vicieuse, ça jamais.

Et puis, sérieusement, ça n'est pas comme si j'avais choisi la couleur de mes iris à ma naissance !

Le vieil homme acquiesce et laisse le jeune monter la garde près des motoneiges. Je sens la frustration me gagner. Si cet imbécile est aussi borné que je le crois, il ne va pas fermer l'œil de la nuit.

Mais je patiente quand même une heure, puis deux. Puis, quand je vois qu'attendre ne me mènera à rien, je descends silencieusement de mon arbre.

J'attrape le poignard attaché à ma ceinture et avance à pas de velours vers les véhicules.

Je regarde où je mets les pieds et distingue un caillou. Je le ramasse et continue à m'avancer aussi silencieusement que possible. Le jeune est de dos, il ne m'entend pas.

Je lève le bras et jette le caillou loin à ma droite pour attirer son attention. Au bruit, il se redresse et arme son fusil.

Je profite de sa distraction pour me faufiler jusqu'à lui, attrape une poignée de ses cheveux et lui pose le couteau sous la gorge. J'approche ma bouche de son oreille.

— Salut beau gosse, tu sais que tu m'as manqué ?

Je tire d'un coup sec sur ses cheveux.

— Jette ton fusil loin de toi, je ne le répéterai pas deux fois.

Il s'exécute immédiatement.

— Je savais que tu reviendrais sale…

— Épargne ta salive, Duschnock. Je sais, je suis vicieuse, et j'ai des yeux flippants. Tu ne peux pas me sentir etc., etc. Si tu veux bien, j'aimerais qu'on passe au sujet suivant, ça nous fera gagner du temps.

Il a un mouvement de recul et j'appuie un peu plus la lame contre sa gorge.

Je sais ce que vous vous dites. Que je suis une lâche, que je menace quelqu'un de désarmé, mais là tout de suite ce ne sont pas les remords qui m'étouffent. Cet idiot l'a bien cherché. Et puis, je n'ai pas le choix.

— Co… Tu nous espionnais ? Mais comment t'as pu faire ça ? On parlait à voix basse et…

— Écoute mon chou, je serais ravie de tailler une bavette avec toi, mais seulement quand on sera en route, OK ?

Il se fige.

— Pardon ?

— Je ne sais pas conduire ce genre de véhicule et je n'ai pas le temps d'apprendre. J'ai besoin de toi pour me conduire là où j'ai besoin d'aller, le plus vite possible. Mon ami est mourant et il a désespérément besoin d'être soigné et...

— Tu peux crever.

— Je te signale que c'est *toi* qui as un couteau sous la gorge.

— Alors vas-y, tranche-la-moi. Je préfère être saigné plutôt que de t'aider d'une quelconque façon.

C'est pas vrai, pourquoi, mais pourquoi je n'ai pas les mêmes capacités que Nathan ?

J'inspire un grand coup en changeant de stratégie.

— Très bien. Dans ce cas tu ne reverras jamais ta sœur. J'étais sur le point de t'amener à elle mais tant pis. Je vais gentiment te ligoter ici et me débrouiller toute seule avec la motoneige. Tant pis pour...

Je reçois un violent coup de coude dans les côtes, qui me fait expulser tout l'air de mes poumons.

Mince alors ! Quel enfoiré, il m'a pratiquement enfoncé la cage thoracique !

Je recule de quelques pas, hoquetant et cherchant à reprendre mon souffle alors qu'il se rue vers moi. Au dernier moment, je fais un écart et il ne fait que me cogner l'épaule.

Durant la seconde qui suit, j'adopte la Facette de la Mouche. J'y vois suffisamment avec les lumières provenant du village tout proche.

Je profite d'un moment d'inattention pour lui faucher les jambes mais il vacille à peine.

Je sens le doute m'envahir.

D'habitude ce coup-là marche toujours. Cette fois-ci, ça l'a à peine fait trébucher. J'ai l'impression que ce type n'est pas un adversaire ordinaire.

Il se retourne vers moi, furieux.

Je dois changer de tactique, l'amener sur une voie où il n'a aucune chance de me vaincre. Et je sais exactement comment faire.

Je change de Facette et je vois ses yeux s'agrandir alors qu'il surprend mes pupilles se dilater comme celles d'un chat. Après un dernier sourire narquois, je me détourne et fonce vers la forêt, loin des lumières du village, en priant pour qu'il me suive.

Lorsque je me sens suffisamment loin, je me cache vivement derrière un arbre et attends qu'il arrive. Il est à peine quelques mètres derrière moi.

Ce mec est un fou furieux.

Au moment où il dépasse l'arbre, je lui fais un croche-pied et il s'étale par terre de tout son long, la tête dans la neige.

Si je n'étais pas aussi concentrée, je trouverais cette scène particulièrement comique.

Je me jette sur lui et essaie de lui enfoncer un peu plus la tête dans la neige avec ma main libre, mais il est rapide et roule sur le côté, m'emportant dans son élan. Du coup c'est moi qui me retrouve en mauvaise posture. Avant qu'il n'ait le temps de prendre totalement le contrôle sur moi je lui assène le coup de poing le plus violent dont je suis capable et le repousse avant de me remettre à courir. Nous ne sommes pas assez loin. Il y voit encore trop bien.

Il me suit mais, quelques dizaines de mètres plus loin, je l'entends hésiter.

Je sais alors que je suis en position de force. Je me mets à tourner autour de lui lentement, de façon à me retrouver derrière lui. Je vois du sang couler le long de sa lèvre. Il sent que je suis là et ça le rend dingue. Il se tourne dans tous les sens au moindre bruit, au plus petit craquement de brindille, même s'il ne vient pas de moi.

— Montre-toi espèce de lâche !

C'est cela, oui. Pour gâcher mon avantage ? Tu peux courir.

Je m'approche alors qu'un sentiment de puissance et de culpabilité mêlées m'envahit. Puissance parce que je me sens comme un prédateur chassant sa proie sans défense. Culpabilité parce que le pauvre, il n'a aucune chance.

J'attrape une branche gisant sur le sol et lui assène un coup violent sur le dos.

Il étouffe un cri et tombe dans la neige.

Alors que je le regarde ramper sur le sol, je sens la nausée me monter à la gorge. Je ne veux pas lui faire de mal intentionnellement. Je veux qu'il m'aide, c'est tout.

Je me reprends et le retourne d'un geste brusque. Il est toujours éveillé mais ses yeux sont sonnés. Je m'assois à califourchon sur son torse, bloquant ses bras avec mes jambes.

Je lui pose le poignard sur la poitrine.

— Qu... Qu'es-tu au juste? Tes yeux... ils... ils se sont dilatés, je les ai vus!

— Écoute, je serais ravie que nous prenions des cours particuliers d'anatomie ensemble, mais je suis pressée. Est-ce que tu es disposé à m'écouter ou tu veux encore me taper dessus?

Il fronce les sourcils et je vois l'expression colérique reprendre le dessus dans les yeux que j'ai tant vus ces derniers temps.

— Je ne t'écouterai jamais, je me contenterai de t'étriper et de te tuer ensuite.

— T'as pas trouvé de menace un peu plus originale?

— Va te faire foutre! Tu as enlevé ma sœur!

Mon Dieu...

— Mais bien sûr, et tu m'expliques ce que j'en aurais fait? Je suis *amie* avec ta sœur. Nous avons été enlevées presque en même temps et séquestrées dans la même pièce pendant une semaine.

Il fronce les sourcils, pas franchement convaincu.

— Elle s'appelle Saphira, elle te ressemble énormément et parle sans arrêt.

Il essaie de bouger mais j'appuie un peu plus mon poignard sous sa gorge.

— Ça c'est facile, tout le monde pourrait venir à cette conclusion juste en la regardant.

J'inspire un grand coup et continue à énoncer:

— Elle adore le fitness, elle est très intelligente et parle sans arrêt de protozoaires et autres choses incompréhensibles, elle chante Kiss très très faux dans sa salle de bains et elle m'a dit que votre cousine Carla était carrément obèse.

J'essaie de me rappeler des détails pertinents dans le monologue incessant de Saphira.

— Elle adore les films. Elle m'a dit que j'étais tellement maigre que je ressemblais à… à Christophe Male dans *The Fetichist.*

— Christian Bale dans *The Machinist.*

Il me reprend mais je perçois une lueur de doute naître dans ses yeux.

— Peu importe. Son ancien petit ami avait des tatouages. Elle adore les tatouages mais pas trop, un peu ça va. Les cicatrices ça fait guerrier elle m'a dit… euh… euh…

Il me pousse d'un coup sec et je tombe à la renverse.

Je me relève en même temps que lui et lui fais face, le poignard prêt à servir. Il ne me voit pas bien, je le devine à ses yeux qui dansent tout autour de moi mais ils ont perdu de leur animosité.

— Saphira n'aurait jamais dit ça à quelqu'un en qui elle n'avait pas confiance.

Je souris, un peu moqueuse, puis je me rends compte que ça ne fait pas de différence puisqu'il ne peut pas me voir.

— Ah bon? Moi il m'a semblé que, confiance ou pas, elle disait beaucoup de choses.

Il hésite une seconde.

— Comment est-ce que tu t'appelles?

Je devine le vrai sens de sa question.

— Je m'appelle Cassiopée, mais elle ne m'a appelée ainsi qu'une fois. La plupart du temps, pour elle, j'étais Sophie. Ne me demande pas pourquoi, je n'en ai aucune idée.

Je le vois vaciller. On dirait que j'ai marqué un point. Il hésite encore un peu et me demande, prudent:

— Tu vas me mener à elle?

Je sens l'espoir me gonfler la poitrine.

— Puisque je te le dis ! Je vais te mener à elle si tu veux bien conduire une de ces motoneiges et embarquer mon ami avec.

Il s'approche et je serre le couteau plus fort dans ma main.

— OK Cassiopée. Je vais conduire. Mais je dois te prévenir. Je ne t'aime pas et je ne te fais pas confiance, alors à la moindre entourloupe, au moindre doute, je te descends.

Il a l'air très sincère.

— Je te crois sur parole.

Il recule et part sans m'attendre pour se diriger vers les véhicules. Je ne bouge pas de l'endroit où je me trouve, me disant qu'enfin la chance s'est décidée à me sourire.

75

La motoneige glisse avec une aisance déconcertante sur la poudreuse. Je ne me suis pas trompée, le frère de Saphira est parfait pour la conduire. Il slalome avec agilité sur le mince sentier de neige et garde une vitesse constante et rapide. C'est plutôt la réaction de Henry qui m'inquiète.

Le Frère-de-Saphira n'a pas dit un mot. Il se contente de suivre mes indications. J'en viens à me demander si je ne me suis pas trompée, s'il s'agit bien de son frère.

— Arrête-toi là.

Il s'exécute et se retourne pour me regarder avec méfiance. Ses yeux n'ont pas perdu de leur animosité envers moi. Je me demande comment on peut en venir à détester autant quelqu'un qu'on connaît à peine. Puis je me rappelle que, dans la même journée, je l'ai quand même insulté, menacé et frappé. Pour résumer. Alors il a peut-être de bonnes raisons de me haïr.

— Je dois aller à la rencontre de Henry, sans la moto. Le meilleur moyen de nous faire tuer c'est d'arriver sans prévenir en plein milieu de notre campement.

— Je te donne trois minutes. Si t'es pas revenue avant je viens te chercher. Et surtout ne me sous-estime pas, tu aurais tort.

Je hausse les sourcils.

— J'allais te conseiller la même chose.

Il ricane.

— Ne t'inquiète pas pour ça, tu ne m'auras pas une deuxième fois. Tu as trois minutes.

Je cours vers la clairière. Au moment où j'atteins le traîneau où se trouve Gab, un corps me tombe littéralement dessus et nous roulons sur quelques mètres. Henry se retrouve sur moi et me regarde avec des yeux fous.

— Cass ! C'est toi ! Tu m'as foutu la trouille de ma vie ! Où t'étais passée ? Je vais te tuer. Je t'avais promis que si tu me refaisais le coup je te tuerais.

Il se lève et me remet sur mes pieds. Sans me laisser le temps de m'expliquer il m'attrape par les jambes et me balance sur son épaule.

— Là. Puisque tu es aussi bornée qu'un âne, tu vas faire le voyage ligotée à ton cheval et ça n'est pas la peine de râler parce que tu n'en descendras pas.

— Attends Henry, j'ai un moyen plus rapide de nous déplacer !

— C'est cela. Ne compte pas sur moi pour te suivre dans ce village et pour voler une de ces motoneiges. Je te connais par cœur ma pauvre.

Il me jette sur la selle et je me retrouve couchée en travers de mon cheval. Il commence à m'attacher les chevilles.

Je crie en désespoir de cause.

— J'ai déjà volé la moto.

Il se fige puis fait doucement le tour du cheval pour se retrouver juste en face de mon visage.

— Excuse-moi, j'ai dû mal comprendre, est-ce que tu peux répéter ?

Je sens que je rougis.

— Euh, je… j'ai emprunté une des motos.

Il serre la mâchoire et je vois qu'il est vraiment à deux doigts de me tuer cette fois.

Avant de commettre l'irréparable il se retourne et se passe les deux mains dans les cheveux, juste au moment où le Frère-de-Saphira entre dans mon champ de vision et donc dans le sien.

— Henry, il est avec moi, j'interviens avant qu'il ne panique. S'il te plaît je n'ai pas trouvé d'autres moyens de sauver Gabriel. Écoute, tu te vengeras comme bon te semble quand on sera arrivés mais là on doit vraiment se bouger !

— Est-ce que tu es devenue folle ?

Sa voix n'est qu'un murmure de rage. Je suis la seule à pouvoir l'entendre mais elle me donne des frissons.

— C'est un *humain*. Dès qu'il va voir notre village il va s'empresser d'aller nous dénoncer au premier venu. Tu vas tous nous faire tuer avec ton inconscience !

— Non, le rassuré-je d'une voix calme. Non il ne le fera pas. Sa sœur est l'une des nôtres et il ne souhaite que la retrouver. Je t'en prie, fais-moi confiance.

Le Frère-de-Saphira s'approche les poings serrés.

— C'est quoi le problème ? N'essayez pas de me jouer des tours parce que je vous fais la peau à tous les deux.

Henry se retourne et ricane.

— Ah ouais et tu comptes faire ça comment, Superman ?

Avant que l'autre ne réponde, je gigote comme je peux et tombe la tête la première dans la neige. Je fais une roulade et me remets debout en trébuchant, juste entre les deux hommes.

— Henry, fais-moi confiance, c'est tout ce que je te demande.

Il réfléchit, son regard passant de moi à l'inconnu puis de nouveau de l'inconnu à moi. Il se penche vers mon oreille.

— OK, je te fais confiance parce que j'ai de l'affection pour toi. Parce que tu as sauvé Tina. Mais s'il arrive malheur à qui que ce soit au village par sa faute, c'est de toi dont je m'occuperai en premier.

Je hoche la tête puis je me retourne vers le Frère-de-Saphira.

— Tu peux aller chercher le véhicule. Viens ici avec, on va avoir besoin de ton aide pour y installer mon ami.

***

Le jour est levé depuis des heures et chaque seconde qui passe me fait perdre espoir en la guérison de Gabriel. Cela doit faire quatre ou cinq heures que nous roulons. Le véhicule est cinq fois plus rapide que notre allure au pas avec les chevaux, mais j'ai l'impression que nous n'arriverons pas à temps. Il est bien trop faible. Nous avons traversé des lacs, puis de nouveau des forêts et puis encore d'autres lacs. Pour le moment nous sommes encore dans les bois.

Je suis assise dans la remorque avec lui, sa tête posée sur mes genoux pour qu'il soit un peu surélevé. Même si nous arrivons au village et qu'il est encore en vie, je ne vois pas ce qu'ils pourraient faire de plus. Ses veines sont bleues et ressortent encore plus sous sa peau translucide. J'ai l'impression que le stade de l'infection est trop avancé. Mais j'évite de penser à ça et me contente de lui parler sans m'arrêter, lui demandant de tenir encore un peu pour moi.

Henry suit au galop avec les chevaux. Il n'est pas très loin, je peux l'entendre, mais nous le distançons un peu plus chaque minute.

Tout à coup, je reconnais un bassin. Un bassin qui m'est familier.

La Source. La Source Chaude. Pas celle qui est tout près du village mais l'autre qui se trouve à environ un kilomètre de celui-ci.

Je me retourne à moitié et tape l'épaule du Frère-de-Saphira.

— Arrête-toi là!

Il stoppe le véhicule et en descend.

— Pourquoi est-ce qu'on s'arrête?

— Parce qu'on est presque arrivés et que je ne veux pas que tes amis suivent les traces de la moto jusqu'à mon

595

village. Je vais l'amener plus loin pour les entraîner sur une fausse piste.

Les lèvres de l'homme se retroussent en un sourire sarcastique.

— Mais oui, j'allais te le dire. Toi tu te barres avec mon engin me laissant ici tout seul. Tu me prends pour un crétin? Qu'est-ce qui me prouve que t'es pas en train de me piéger?

Je plisse les yeux. J'entends les sabots des chevaux qui se rapprochent.

— Tu vois cet homme? dis-je, en lui désignant Gabriel. Il représente plus pour moi que dix vies d'homme comme toi. Et pourtant je vais le laisser avec toi et Henry pour aller garer ce foutu engin ailleurs. Parce que je sais que toi tu ne le feras pas. Parce que je vais demander à Henry qu'il t'amène jusqu'à ta sœur. Parce que Henry ne sait pas conduire ce machin mais que moi si. Je t'ai vu faire. Alors écoute, si tu veux retrouver ta sœur va falloir laisser de côté ton ego surdimensionné et accepter ma proposition. Je n'ai rien d'autre à te donner que ma parole.

Henry nous rejoint à ces mots. Les chevaux sont couverts d'écume, ils sont épuisés.

Ah, il fait moins le malin le canasson, hein?

Eh ben, pour une conscience capable de communiquer avec les animaux, je la trouve plutôt dure avec les équidés. D'ailleurs, je jure que j'ai vu mon cheval me lancer une œillade meurtrière en réponse.

— Henry, amène-les jusqu'au village. Fais ce que tu dois faire avec Gab et demande à ce qu'on appelle Saphira, OK? Moi je vais amener la moto plus loin pour brouiller les pistes. Avec un peu de chance il neigera cette nuit et ils ne pourront plus suivre les traces, mais on ne sait jamais.

Les deux hommes se regardent pour se lancer des regards assassins. Je vais intervenir quand Henry descend de cheval.

— Est-ce que *ton ami* aurait l'obligeance de venir me donner un coup de main?

Le Frère-de-Saphira ricane.

— Un coup de main je ne sais pas. Mais un coup de pied, ça serait avec plaisir.

Je lève les yeux au ciel. Je ne sais pas si c'est une bonne idée de les laisser seuls.

Le jeune homme se déplace quand même et passe ses mains sous les épaules de Gabriel. Je suis à deux doigts de lui aboyer de faire attention quand je m'arrête net. Depuis qu'il a le corps de Gabriel entre les mains, il a totalement changé d'attitude. Je pensais qu'il le ballotterait comme un burin, mais il fait tout le contraire. Il marche avec précaution et déplace le corps aussi doucement que possible. Henry et lui le posent sur le traîneau qui avait suivi. Le pauvre est dans un sale état mais il fera l'affaire pour le kilomètre qui reste.

Je me tourne vers le Frère-de-Saphira.

— Merci… de… je pensais que…

Je baisse la tête.

— Que quoi? Que j'allais le balancer sur le traîneau? Avant de venir ici je faisais des études en médecine alors je sais comment me comporter avec des malades. Et jusqu'à ce que celui-là me prouve le contraire, je n'ai aucune raison de le haïr.

Je hoche la tête et il se tourne vers Henry.

— Tu comptes rester là à me regarder toute la journée? Non parce que tu peux toujours attendre. Je ne sais pas où est ton village. Au risque de décevoir tes attentes, le don de voyance ne fait pas partie de mes innombrables qualités.

Henry lève les yeux au ciel et marmonne quelque chose au sujet de la maîtrise de soi et d'envie de meurtre.

Avant de les entendre à nouveau se disputer, et de changer d'avis, je monte sur le véhicule et tourne la clef dans le contact. Je me retourne une dernière fois vers Henry.

— Surtout effacez bien vos traces. Il faut qu'ils puissent suivre les miennes, pas les vôtres.

Puis, sans attendre la réponse, je fonce à toute berzingue vers le côté opposé.

Une fois que j'ai l'impression de m'être suffisamment éloignée, j'arrête la moto et la cache grossièrement sous des aiguilles de pin. Qu'ils croient que je l'ai cachée, ça vaudra mieux. Avec un peu de chance il neigera bientôt et ils ne pourront plus suivre les traces du tout.

Je marche dans la mauvaise direction jusqu'à arriver à un petit cours d'eau. L'eau est gelée à certains endroits, mais à d'autres elle coule toujours. Je décide que c'est un bon endroit pour disparaître.

J'enlève mon pull et me retrouve avec une seule épaisseur de vêtement, le pull qui laisse mes ailes à l'air libre.

Je les sens se défroisser dans mon dos, s'étirer comme des contorsionnistes qui seraient restés prostrés trop longtemps dans un endroit exigu. Je les sens presque vibrer de bonheur alors qu'elles reprennent leur forme initiale. À moi aussi ça me fait du bien de les sentir se déployer. Je me sens bien quand elles sont visibles, à l'air libre. Je me sens *moi-même*.

Un souvenir saugrenu me revient en mémoire. C'est moi, quelques semaines plus tôt, perdue dans une grande ville, se faisant agresser par des clochards malveillants, une pauvre orpheline paumée dans un monde d'incertitude et de violence. Je ne savais même pas qui j'étais vraiment. Maintenant si. Du moins j'en ai une bonne idée. Il y a quelques semaines j'avais été terrorisée à l'idée de devoir me battre. Je n'avais aucune idée de la manière de m'y prendre. Maintenant l'idée ne me fait plus autant peur. J'aurais été horrifiée à l'idée de voler. Je le suis toujours mais je dois me maîtriser. Je sais me battre. Je sais me maîtriser. J'ai changé. Et j'espère que c'est une bonne chose.

Je respire un grand coup.

Allez Cassiopée, tu peux y arriver. Pense à Gab. Pense à Gab. Pense à Gab. Pense…

Mes ailes vibrent. Elles vibrent !

OK. OK. Reste concentrée. Gab. Gab et Tiphaine.

Un coup puissant me fait faire un bond dans les airs. Les coups se font plus puissants à chaque battement, plus réguliers. La neige autour de moi fait des tourbillons et je ne vois bientôt plus que cette minitempête.

Pour éviter de regarder en bas, je pose mon regard sur la cime des arbres et me concentre sur l'envie de les atteindre. Je vois la distance entre elles et moi rapetisser, rapetisser et puis je finis par les avoir sous mes pieds.

Je porte mon regard vers l'endroit d'où je viens et presque immédiatement mon corps suit. Il avance dans la bonne direction. J'ai la bonne inclinaison. C'est pratiquement naturel. Je sens une bouffée de pure joie se mêler à mon euphorie.

Je tends l'oreille. Je ne veux pas baisser les yeux sur ce que je survole :

1) parce que je ne verrai rien entre les arbres,
2) parce que j'ai le vertige et que je tomberai comme une pierre.

Je n'entends rien sinon le rugissement du vent dans mes oreilles et quelques bruits d'animaux en contrebas. Je ne dois pas être encore assez proche. Ou alors le bruit du vent couvre celui des conversations.

L'idée de descendre un peu me traverse l'esprit et avant même que j'aie pu comprendre ce qu'il m'arrive, je me retrouve à frôler la cime des pins.

Je tends l'oreille.

Un léger murmure venant de la gauche se fait entendre. Je tourne et me dirige vers l'origine du bruit. À vol d'oiseau la distance est beaucoup moins longue qu'en motoneige mais je commence à ressentir les effets de la fatigue. J'essaie de les ignorer et je me concentre sur le murmure qui n'en est plus un. Il s'est mué en brouhaha. Je ne dois plus être qu'à quelques centaines de mètres.

Je passe brièvement à la Facette du Serpent et aperçois, juste devant moi, des centaines de masses rouges.

Descendre. Il faut que tu descendes.

Aussitôt dit, aussitôt fait. Je trouve une percée dans la mer verte et m'y engage. Mes ailes font le travail toutes seules alors que je m'exhorte à garder le regard devant moi. Elles se mettent à battre avec plus de puissance, mais beaucoup moins vite, et je descends lentement jusqu'à ce que mes pieds touchent le sol.

Puis elles cessent de battre.

Une vraie colombe.

Je souris. Non. Pas une colombe. Un papillon.

Je m'apprête à marcher vers le bruit quand mes jambes se dérobent sous moi.

Je m'effondre de tout mon long. C'est là que les réactions en chaîne se... eh bien se déchaînent.

D'abord des crampes dans chaque infime muscle de mon organisme. Une fatigue mortelle. Le monde tourne. Il tourne autour de moi. Je n'ai plus de souffle, comme lorsque j'ai couru dans la forêt pour échapper aux Narques. Sauf que cela faisait des heures que je courais. Là j'ai volé à peine cinq minutes.

J'essaie de respirer normalement. Je prends de grandes inspirations et expire tout aussi profondément. Je ne le fais que deux fois. Après je respire vite et inspire plus rapidement que je n'expire. Mon corps a besoin d'oxygène. Chaque bouffée me donne l'impression que j'en ai été privée depuis dix minutes.

Ce manège continue pendant un certain temps, et je commence à me demander si mon cœur va tenir, quand ma respiration se fait plus tranquille. J'attends encore un peu et je me soulève prudemment sur les coudes. Ils arrivent à me soutenir. C'est une bonne chose. Je me mets sur mes jambes. Elles tremblent et mes genoux s'entrechoquent mais ils devraient me supporter au moins jusqu'au village.

Je vacille et commence à marcher vers les bruits de voix. Je suis sûre que si on me voit arriver dans cet état, on va croire que je suis bourrée : je zigzague et m'accroche à presque tous les arbres.

La Facette de l'Aigle me permet de zoomer entre les troncs. Au bout d'un moment qui me paraît être une éternité, je finis par distinguer du mouvement. Je m'approche le plus rapidement possible et débouche sur le village.

Je me sens tellement soulagée que des larmes me montent aux yeux. Ça me fait du bien d'être ici. D'être chez moi.

Je tourne la tête à droite et à gauche pour me repérer. De toute évidence, Henry a dû amener Gabriel à l'hôpital. Je me dirige vers la gauche.

Tout à coup le silence se fait devant moi. Je lève la tête pour m'apercevoir que tous les Myrmes me toisent, la bouche grande ouverte. Certains se sont arrêtés en pleine conversation et ont même suspendu leur geste. Je n'aime pas ce que je lis dans leurs yeux : de la colère, de la rancœur. Tout ça dirigé contre moi.

Les conversations reprennent dans mon dos.

« Elle n'est pas gonflée celle-ci. Revenir après ce qu'elle a fait. »

« Et elle a amené un humain ici. Non mais tu te rends compte ? Un *humain* ! Elle devrait être bannie juste pour ça ! »

« Elle n'a apporté que du malheur mais ça ne lui a pas suffi. Il faut qu'elle revienne. »

« Moi je vous le dis tant qu'elle sera là il ne nous arrivera rien de bon. »

Je n'en crois pas mes oreilles. Tous ces gens qui sont censés être de ma famille, qui sont censés me soutenir, souhaitent que je m'en aille. Je ne suis tellement pas habituée à les entendre parler de moi ainsi que les larmes se mettent à couler toutes seules.

Un mot revient sans arrêt dans leurs conversations, comme une litanie diabolique : *traîtresse*.

J'essuie mes joues mouillées d'un revers rapide de la main. Je ne veux pas montrer ma faiblesse à ces personnes.

Les messes basses continuent sur mon passage et j'ai droit à des regards meurtriers, des regards apeurés. Apeurés! Comme si j'étais la faucheuse et que ma venue signifiait que l'un d'entre eux allait devoir y passer.

L'hôpital apparaît devant moi et j'ai l'impression de découvrir un refuge en plein blizzard.

Je m'engouffre dans l'établissement en coup de vent. Les lits sont tous vides. Sauf un. Un homme se tient assis, de dos, sur la couchette d'à côté et je ne peux pas distinguer la figure du malade. Je cours vers le lit en trébuchant à chaque pas.

L'homme se retourne et je peux apercevoir et son visage et celui du malade. C'est Saphira et son frère. Le sang reflue de mon visage.

Le-Frère-de-Saphira ouvre des yeux gros comme des soucoupes en apercevant mes ailes et se lève pour s'interposer entre le lit de sa sœur et moi.

— Toi, t'approche pas, ou je te scalpe.

Je suis à deux doigts de l'inviter à essayer quand la voix de Saphira s'élève derrière lui.

— Boucle-la, Isha. Arrête de faire ton dur à cuire ou c'est moi qui te scalpe et tu sais très bien que j'en suis capable.

Isha rougit et je lui souris, moqueuse.

— Allons Isha, mon chou, écoute ta sœur ou tu vas avoir des problèmes.

Avant qu'il ne réponde, je le contourne et m'assois près du lit de Saphira, en face de son frère. Celui-ci fait manifestement des efforts sur-surhumains pour ne pas m'étriper, ce qui me donne envie de rire.

— Saph qu'est-ce qui t'est arrivé? Et... et Tiff?

Elle fait un geste vague de la main. Elle a l'air en pleine forme si on met de côté le fait qu'elle est allongée sur un lit d'hôpital.

— Ta petite sœur va bien Sophie. Et moi tu ne devineras *jamais* comment je me suis fait ça.

Elle pointe du doigt le plâtre qu'elle a au pied.

Je m'apprête à répondre mais elle me coupe l'herbe sous le pied et je me rappelle que souvent, avec Saphira, les questions sont rhétoriques.

— On était à cheval Tiff et moi et alors là une armée de loups nous est tombée dessus. Une armée c'est peu de le dire. Sérieux. Il y en avait un tout noir. Avec une étoile sur le front je m'en rappelle parce que c'est lui qui était le chef, ça se voyait. Je le sais parce qu'un jour j'ai vu une émission à la télé sur les loups. C'était fascinant. Oh c'est sûr à ce moment-là je me disais : « Oh ! Comme ils sont mignons ! » Mais maintenant je ne partage plus trop cet avis. Parce que tu vois dans l'émission il montrait le chef de meute qui ordonne en quelque sorte à ses seconds quand attaquer et comment. Et le pauvre faon il ne peut pas s'en sortir, tu comprends ? Il ne peut pas !

Elle secoue la tête d'un air triste.

Je jette un regard à Isha et sursaute en voyant le regard tendre qu'il coule à sa sœur. Ses longs monologues lui ont sûrement manqué. À moi aussi d'ailleurs.

— Et tu vois ce loup-là c'était le chef j'en suis sûre au moins à soixante-cinq non soixante-dix pour cent.

Je lève les yeux au ciel. Saphira et les probabilités.

— Ils nous ont poursuivies sur un kilomètre. Le truc qui me dégoûtait c'était que je sentais qu'on n'était pas loin du village, tu vois. Alors je les ai ralentis avec les couteaux que j'avais. Punaise, Sophie, si tu savais comme je t'ai bénie d'avoir eu l'idée de nous entraîner au lancer !

Je voudrais lui dire que je l'ai bénie aussi mais elle prend à peine le temps de reprendre sa respiration.

— J'en ai planté trois ou quatre comme ça, mais après forcément je n'avais plus de poignards. Et il y avait… (Elle fait une courte pause.) seize loups. Alors je peux te dire qu'on n'était pas sorties de l'auberge. Je me suis dit que le cheval serait un bon appât. J'ai attrapé ta sœur par la taille et on a sauté sur la première branche d'arbre qui nous venait. Elle s'est aussitôt mise à grimper mais moi j'avais l'impression d'avoir un poids qui me lestait. C'est à ce moment que j'ai senti la douleur. Terrible. Un mélange de brûlure, de plaie et de pincement. J'ai ressenti une fois une douleur pareille mais en beaucoup moins forte. C'était avec ma cousine Carla. Tu te souviens de Carla ? On faisait du vélo et…

— Saph !

Elle sursaute et me regarde. Son frère fait pareil et me fusille du regard, manifestement contrarié que j'ai interrompu sa sœur.

— Les loups. Tu parlais des loups.

— Ah ouais les loups. Ben c'était le chef. Il m'avait attrapé la chaussure. Tu m'étonnes que je n'arrivais pas à me soulever. Je lui ai donné un coup avec mon autre pied mais le mal était fait. Il m'avait transpercé la plante du pied de part en part. Il m'avait broyé l'os. C'est dingue cette puissance. J'étais hallucinée. Bref il m'a lâchée quand même et j'ai pu me hisser dans l'arbre.

Elle s'arrête et pose sa tête sur l'oreiller en me souriant. Des fois je me demande ce qu'il peut bien se passer dans sa tête.

— Saph ! Qu'est-ce qui s'est passé *après* ?

— Oh ben les Myrmes sont venus nous secourir. Il se trouve qu'on était à à peine un kilomètre du village. Les Auditifs nous ont entendues hurler et ils sont venus et ont fait fuir la meute. Et me voilà. Mais mon pied va mettre trois plombes à guérir. Je vais me taper une énorme cicatrice, à tous les coups.

La cicatrice. Gabriel.

Je me redresse et attrape Saphira par les épaules. Isha sursaute et me pousse violemment.

Sale vermine, tu l'auras cherché.

Avant qu'il ait pu parler je lui mets mon poing dans la figure et il tombe à la renverse.

Je le regarde trébucher puis s'affaler dans le lit d'à côté, avant de tomber en arrière. Il n'y a plus que ses jambes qui dépassent. C'est vraiment trop drôle. Sauf que je ne suis pas d'humeur à rire. Je vérifie qu'il a son compte et hoche la tête d'un air satisfait.

Ça lui apprendra, à cet abruti.

Je me penche de nouveau vers sa sœur.

— Saph! Gabriel, où est Gabriel?

Elle s'est redressée sur les coudes et me repousse.

— Hé! Tu ne peux pas taper sur mon frère comme ça! Je sais que c'est un crétin dépourvu de matière grise mais c'est mon frère quand même!

— Saph où il est?

Isha se relève, la main sur le nez. Du sang coule le long de sa bouche.

— C'est la goutte de trop là.

Il contourne le lit de sa sœur et dès qu'il est assez près il me balance un crochet du droit en visant mon nez.

Dziii... Mouche!

J'ai largement le temps d'éviter son coup, et son poing part dans le vide. J'attrape son bras et le tire en avant. Il perd l'équilibre et j'en profite pour lui donner un coup de pied dans le derrière, mais pas fort, juste histoire de le narguer. Ce mec a le don de m'agacer.

— Ben alors Jackie Chan? On n'arrive pas à frapper une pauvre femme sans défense? Tu veux que j'arrête de bouger pour être sûr que tu ne me manques pas?

Saphira lève les yeux au ciel et se lève en boitillant pour s'interposer entre son frère et moi.

— Arrêtez tous les deux. On croirait des gamins de la crèche. J'ai autre chose à faire que vous materner, je vous signale.

— Saph, j'ai aucun ordre à recevoir de toi.

— Bien sûr que si mon frère chéri, puisque je suis ton aînée.

— Tu ne vas pas recommencer! Tu as une avance de cinq foutues minutes!

— Je suis ton aînée quand même.

Je les regarde tour à tour.

— Vous êtes jumeaux?

605

Je vois les poings d'Isha se serrer et il se retourne vers moi, les yeux flamboyant de colère.

— Toi la naine on t'a rien demandé. Retourne jouer dans ton bac à sable et laisse les grands s'occuper de leurs affaires.

Comme une débile, je balance mon poing directement dans sa figure. Cette fois il ne se laisse pas avoir. Il le saisit d'une main et me tord le bras dans le dos. J'étouffe un cri de douleur et lui balance mon coude dans le ventre. Il pousse un vague grognement et me tord un peu plus le bras.

— Waouh, waouh, waouh! Ça suffit, oui? Qu'est-ce qu'il faut que je fasse? Que je vous mette une torgnole à chacun et que je vous envoie au coin?

Saphira fait lâcher prise à son frère, je ne sais pas comment, et me pousse loin de lui. Elle s'interpose de nouveau entre nous et nous regarde tour à tour comme si elle venait de gronder des mômes qui s'étaient bagarrés dans la cour de l'école.

Elle finit par s'adresser à moi :

— Ton Gabriel est derrière cette porte, (elle me désigne une porte à laquelle je n'avais pas prêté attention avant), ils sont en train de le soigner. Il est sacrément canon, d'ailleurs, je comprends pourquoi tu es aussi...

Avant même qu'elle ait fini sa phrase je me précipite vers la porte. J'ai la main sur la poignée quand deux mains puissantes me soulèvent par les bras et me ramène en arrière.

Je me débats comme je peux mais elles ne lâchent pas prise avant de me jeter sur un lit.

Je relève la tête, furieuse et vois Isha qui me domine de toute sa hauteur, les poings sur les hanches. J'essaie de me relever mais il me repousse sans vergogne sur le lit.

— Qu'est-ce que tu fais espèce d'abruti dégénéré?

— C'est toi l'abrutie. C'est une salle d'opération, la naine. Si tu rentres là-dedans tu vas tout contaminer. T'as déjà entendu parler de chambre stérile ? Non bien sûr, pourquoi une Cro-Magnon saurait ce que c'est ?

Il retrousse le nez d'un air dégoûté.

— Tu sais ce que c'est qu'une douche ? Tu vois pas ? Non ? Dommage, ça t'aurait grandement rendu service. C'est là où on peut se *laver*. Allez, répète après moi : une dou-che.

J'ai les nerfs tellement à vif que je sens des larmes de rage jaillir de mes yeux.

— Je vais te tuer !!

Je me jette sur lui et l'étrangle de toutes mes forces. Je crois que j'ai réellement l'intention de l'étrangler jusqu'à ce que mort s'ensuive, mais Saphira arrive à me séparer de lui.

— Arrête Cass ! Mais arrête bon sang !

Elle me pousse de toutes ses forces dans la direction opposée à son frère et se penche pour l'aider à se relever alors qu'il tente tant bien que mal de reprendre sa respiration.

Je m'assois sur le lit le plus proche et prends ma tête entre mes mains. C'est vrai que je suis une Cro-Magnon. Mon comportement ne fait que le démontrer. Et pourtant si l'occasion se présente je sais très bien que je vais lui ressauter dessus. Et pas par amour, croyez-le.

— Toi… tu n'es… qu'une psychopathe… tu devrais… être… enfermée… je vais…

— Oh la ferme Isha ! Tu l'as bien cherché aussi. Je vous préviens, le prochain qui approche l'autre à moins d'un mètre c'est MOI qui lui réglerai son compte, et ça ne sera pas aussi rigolo. Compris ?

Isha lui lance un regard noir qu'elle soutient et il s'en va dans l'autre sens. Elle se retourne vers moi et je hoche la tête.

— Biiien. Maintenant on va peut-être pouvoir se comporter comme des êtres civilisés. Cassiopée je te présente mon frère, Isha. Isha voici Cassiopée mais tu peux l'appeler Sophie.

— Alors là je préférerais…

607

— Tu la fermes j'ai dit! Bon. Désolée mais mon frère est un peu impulsif, quoique toi aussi, Sophie. À la réflexion, vous feriez un couple volcanique.

Je grimace à cette idée.

— Comment ça se fait que tu sois ici, toi?

J'ai posé ma question du ton le plus calme que je suis capable d'employer pour le moment. Autant dire pas grand-chose.

— Tu voudrais bien préciser? Je suis désolée mais je ne parle pas bien le Cro-Magnon.

Je me lève mais Saphira réagit avant moi. Elle donne une claque violente derrière la tête de son frère et celui-ci pousse un glapissement de protestation.

Je souris.

— T'as de la chance Ishachounet d'avoir une sœur aussi rapide. Si c'était moi qui m'étais déplacée, tu aurais eu plus qu'un coup derrière la tête. Et pour info, tu tiens à avoir des enfants ou pas?

Je louche volontairement sur sa braguette.

Il serre les poings.

— Essaie un peu, je t'attends.

— Oh! On rechute là! Isha tu réponds poliment à la question pendant que Sophie écoute poliment la réponse ou je vous promets que je vous descends!

— Arrête de te la jouer au sergent-chef Saph, tu ne me fais pas peur.

— Je me la joue à ce que je veux parce que je sais beaucoup trop de choses compromettantes sur chacun d'entre vous pour que vous preniez le risque d'avoir une humiliation publique et inutile.

Elle regarde son frère d'un air entendu et il rougit en baissant les yeux. Je souris et prends un ton moqueur:

— Tes menaces ne me touchent pas Saph, je ne t'ai rien révélé de compromettant.

Elle se tourne vers moi, plisse les yeux et fait la moue.

— Est-ce que tu es vraiment *sûre* de toi, Sophie?

Je m'apprête à lui rétorquer qu'elle peut toujours aller voir ailleurs si j'y suis, quand un doute affreux me fait fermer la bouche.

Oh non… je lui ai parlé de…

Oh non! Non, non, non!! Je crois que j'ai déjà mentionné ma conscience devant elle. Maudit soit le bagou de cette fille. Je suis pratiquement certaine que je lui ai avoué à un moment ou à un autre que ma conscience me parlait souvent. Elle doit penser que ça serait juste humiliant de dire qu'une voix retentit dans mon crâne de temps en temps, mais moi la peur me noue les entrailles. Nathan m'a formellement interdit d'en parler. Il devait bien avoir une raison.

Si Saphira en parle, j'ai peur qu'il ne m'arrive un pépin.

Qu'est-ce que je peux être stupide!

Je rougis encore plus fort que Isha et ferme mon clapet. Le pouvoir de Saphira est trop puissant pour moi. Il l'est peut-être même plus que le Toucher. Elle est l'incarnation vivante de la méchante belle-mère dans Blanche-Neige. En moins méchante quand même, je dois bien l'admettre.

Saphira nous sourit tour à tour d'un air satisfait.

— Donc, Isha tu réponds?

L'intéressé se tourne vers moi mais se garde bien de poser les yeux sur mon visage.

— Je suis venu pour la chercher. De New York. Parce qu'elle avait disparu et que je connaissais le mec qui l'avait enlevée.

Ma curiosité est attisée.

— C'est qui?

Il doit inspirer profondément pour ne pas s'énerver.

— Un type genre armoire à glace. La brute typiquement mafia russe tu vois.

Saphira claque des doigts.

— Ah ouais, tu dois parler du bras droit de Manassé. Elle se tourne vers moi : comment il s'appelle déjà ce type, Sophie? Ivan? Non. Sacha? Non, ça n'est définitivement pas Sacha non plus… Boris peut-être?

J'écarquille les yeux.

— Quoi? Dimitri?

Je me tourne vers Isha:

— Mais comment tu le connais?

— Ben je l'avais déjà vu dans le village avant d'aller à New York et j'étais là quand ils ont enlevé Saphira. Je l'ai reconnu alors je suis revenu ici.

Je n'arrive plus du tout à suivre.

— Comment ça tu es *re*venu?

Je sais très bien ce qu'il pense. La Cro-Magnon ne comprend rien.

— J'ai habité ici jusqu'à mes quinze ans. Après mon père nous a envoyés ma sœur et moi suivre des cours à New York, parce qu'il voulait ce qu'il y a de mieux pour nous. Et avant de partir pour mes études j'avais déjà vu ce type dans notre village, celui où tu as volé la moto.

Je m'étouffe presque.

— C'est toi qui l'as volée techniquement! Moi je n'ai fait que te faire une proposition!

Il hausse les épaules.

— Soulage ta conscience comme tu peux, la naine.

Je serre les poings.

— Appelle-moi encore une fois comme ça et il faudra plus qu'une info compromettante pour m'empêcher de te tuer.

— Cassiopée tu la fermes et toi Isha t'arrêtes de l'appeler comme ça ou c'est moi qui te fais la peau. Non mais c'est dingue vous êtes pire que des gosses, ça fait peur! Vous avez quel âge sérieusement?

Je voudrais répondre mais la porte devant moi s'ouvre et je saute sur mes pieds. Henry sort, visiblement exténué et me regarde, le visage dénué de toute expression.

76

Je reste plantée là, les bras ballants. Je ne sais pas comment réagir. J'ai trop peur de ce que Henry a à m'annoncer. Il fait le premier pas et je me décide à me diriger vers lui.

— Comment va-t-il?

Henry se passe une main sur le visage et se frotte les yeux.

— Je ne sais pas. Nous lui avons injecté le Sérum, à ce stade la pénicilline aurait été inutile. Il était à deux doigts de mourir, il s'en est fallu de peu. Mais il est faible. Très faible. Seul le temps pourra nous dire. Nous serons fixés dans une heure ou deux.

— Le... le Sérum? Quel sérum?

— C'est une solution concentrée, extrêmement rare, que nous fabriquons à base de la fleur. Il nous permet de soigner presque instantanément toutes sortes de blessures ou maladies. Nous ne l'utilisons que très rarement parce qu'il est rare.

Une voix s'élève derrière nous. Je me crispe.

— Pourquoi est-ce que vous n'en donnez pas aux hôpitaux? Ils en auraient bien besoin. Ou peut-être êtes-vous trop égoïstes pour vous en rendre compte?

Henry se retourne vers Isha. Il n'a même pas l'air en colère. Mais sa voix est cassante.

— Parce que, *Einstein,* nous avons déjà essayé de l'utiliser sur les humains. Et le moins qu'on puisse dire, c'est qu'il ne fonctionne pas. Seuls ceux de notre espèce, dont ta sœur fait partie maintenant, peuvent être soignés par lui. Le Sérum n'a... pas d'effet désirable sur les humains.

J'attrape Henry par les épaules.

— Henry est-ce que je peux le voir? S'il te plaît.

— Cass, tu l'as vu non-stop pendant deux jours. Laisse-le récupérer pendant une heure si ça n'est pas trop te demander.

Je lève les bras au ciel d'un geste contrarié.

— Et qu'est-ce que je suis censée faire, pendant ce temps? Rester assise sur un lit à supporter les jérémiades incessantes de Face de Citron?

Il me lance un sourire sarcastique.

— J'en sais rien, vous n'avez qu'à faire connaissance.

Sur ce, il me laisse et sort de l'hôpital.

Je reste face à la porte.

— J'ai mal entendu ou tu m'as appelé Face de Citron?

Je soupire.

— Ne m'oblige pas à te répondre.

— Pourquoi, tu as peur des représailles?

Je me retourne.

— Nooon, je réponds en laissant traîner la dernière syllabe d'un air sarcastique, parce que te tuer ne m'apporterait qu'un piètre soulagement, néanmoins bienvenu, et que je ne veux pas me salir avec ton sang.

— Dites, vous n'allez pas recommencer? Vous allez finir par me coller la migraine. Cass ce n'est pas supersympa, ton insulte de Face de Citron.

Isha sourit largement.

— Encore ça aurait concerné seulement mon frère je ne dis pas, mais je te signale que je suis aussi d'origine asiatique.

Le sourire de Isha s'évanouit subitement et c'est à mon tour de me moquer.

— Oui c'est vrai Saph. Désolée. Dorénavant je trouverai des insultes plus… personnelles.

Je me dirige vers un des lits mais n'ai pas le temps de m'asseoir. Un bruit au-dehors me fait tressaillir.

Je tends l'oreille. Oui c'est le murmure de la foule. D'excitation et de curiosité. Et il y a des pas derrière. De quatre personnes. Elles se dirigent vers l'hôpital.

Je serre les poings.

Saphira se retourne vers la porte.

— Oui j'entends aussi.

Je plisse les yeux. Quatre silhouettes rouges marchent avec détermination vers nous, et les Myrmes se poussent pour les laisser passer.

— Vous entendez *quoi* au juste ?

On n'a pas le temps de répondre, quand la porte s'ouvre brutalement, et que quatre Myrmes, battis comme des armoires à glace, pénètrent dans la pièce.

— Cassiopée O'Brien ?

J'ai envie de répondre non mais je me retiens. Est-ce que si je fais semblant de m'évanouir, là tout de suite, ils vont repartir ?

Hum, j'en doute.

Je hoche imperceptiblement la tête.

— Suis-nous s'il te plaît. L'Oulda veut te voir.

Aïe. Ça ne sent pas bon.

Je hoche une deuxième fois la tête et m'avance vers eux. Deux gardes se positionnent devant moi, deux autres derrière. Comme si j'étais une prisonnière qui risquait de s'enfuir.

Ça ne sent vraiment, vraiment pas bon.

Les portes s'ouvrent et je me retrouve à marcher sous les regards haineux de mes anciens voisins et amis.

Je baisse la tête pour ne pas avoir à lire ces expressions sur leur visage.

Une petite voix crie mon nom.

Je lève la tête. Max se dirige à toute vitesse vers moi. Le voir me remplit de joie, c'est dingue ce qu'il m'a manqué.

— Cassi! Cassi! Je savais que tu reviendrais! Maman elle ne voulait pas le croire mais moi je le savais.

Il trottine pour essayer de garder le rythme, alors que les gardes continuent à marcher. Je le vois tourner la tête à droite puis à gauche comme s'il cherchait quelqu'un.

— Où il est?

— Qui ça, Max?

— Ben Camille.

Il dit ça comme une évidence.

Camille? Camille…

Camille.

Mince, il m'était totalement sorti de l'esprit celui-là. Qu'est-ce qu'il a bien pu devenir?

— Écoute Max, va rejoindre Marlène, pour l'instant je ne peux pas te parler.

— Max ne t'approche pas d'elle!

Je me retourne pour regarder d'où vient la voix. Marlène avance vers moi à vive allure et je ne l'ai jamais vue autant en colère.

Elle attrape son fils par la main et le tire brusquement en arrière pour qu'il s'éloigne de moi. Puis elle me fusille du regard et s'adresse plus à moi qu'à lui.

— Elle a corrompu ton frère, Max. Il ne reviendra pas. Et c'est de *sa* faute.

Max me regarde comme s'il n'y croyait pas. Je sens une montagne d'injustice déferler sur moi. Je ne l'ai pas corrompu! Il s'est très bien débrouillé tout seul! Et c'est lui qui m'a enlevée. Je ne me suis jamais laissé faire durant toute ma captivité et c'est comme ça qu'on me remercie…

Je voudrais crier tout ça à Marlène mais elle s'éloigne déjà en tirant Maxime, qui ne comprend pas vraiment ce qui lui arrive.

Je baisse la tête pour que personne ne puisse voir les larmes de rage qui coulent sur mes joues. Je ne me suis jamais autant sentie comprise qu'ici. Mais même cette sensation m'est refusée maintenant. Et on ne peut pas dire que j'y ai beaucoup goûté.

Les gardes me poussent doucement vers le grand bâtiment qui fait office de bureau officiel de l'Oulda. Ils me font entrer et ferment la porte derrière moi.

J'attends qu'ils m'indiquent le chemin, mais quand je me retourne, ils ont disparu. Est-ce qu'ils sont sérieux?

Je tends l'oreille. Il n'y a strictement aucun bruit venant du sous-sol. Ce n'est donc pas par là que j'irai. En revanche je perçois une légère agitation à l'étage.

Je plisse les yeux. Il n'y a qu'une seule personne là-haut. Je suppose que ça ne peut être que Soraya.

Je monte doucement l'escalier, tentant de faire le moins de bruit possible avec mes pas. Mais malgré tous mes efforts, la porte du bureau s'ouvre avant que je n'aie franchi la dernière marche.

Soraya se tient debout devant l'entrée, les mains sur les hanches, une expression sur le visage que je n'arrive pas à déchiffrer, ce qui est plutôt rare.

Je me sens aussitôt mal à l'aise. Je montre du doigt la porte d'entrée.

— Hem, on m'a laissée en bas. Je me suis doutée que tu étais là alors…

Elle hoche la tête et m'invite à entrer sans un mot. J'obtempère et elle ferme la porte derrière moi. Je ne suis pas anxieuse ni curieuse. Non, je suis trop fatiguée et j'ai trop été déçue par les gens ces dernières heures. Je n'attends plus rien de personne.

— Assieds-toi je t'en prie.

J'accepte son invitation et m'assois sur le siège qu'elle m'a désigné, les mains croisées sur les genoux.

Je regarde distraitement le décor qui m'entoure. Un bureau en chêne massif. Un grand fauteuil en cuir et la chaise sur laquelle je suis installée. Des tableaux de différents animaux ornent les murs. Je ne m'y connais pas vraiment en peinture mais je devine que ce sont des aquarelles. Elles sont vraiment très belles et je me sens mieux rien qu'en les regardant. L'une d'elles attire particulièrement mon attention. C'est une petite mésange au cou jaune et à la tête bleue penchée sur le côté. Elle est posée sur une branche enneigée et ses yeux vifs et intelligents sont si bien dessinés que j'ai l'impression qu'elle va s'envoler d'une seconde à l'autre.

Soraya suit mon regard.

— Tu aimes mes peintures?

Je la regarde bouche bée et elle sourit.

— C'est toi qui dessines?

— Oui. C'est ma passion. Ça me détend et me permet de m'échapper.

Je murmure en regardant de nouveau les aquarelles, le souffle court:

— Elles sont magnifiques.

— Je te remercie.

Elle fait une pause et je devine que nous ne sommes pas là pour parler de ses loisirs créatifs. Alors je me tourne vers elle et la regarde dans les yeux, le visage inexpressif. Enfin j'espère qu'il est inexpressif. De toute manière je ne sais pas ce qu'il pourrait refléter, actuellement je ne ressens rien d'autre que du néant.

— Cassiopée… (Elle se frotte les yeux et prend une grande inspiration.) Tu nous as apporté beaucoup de soucis. Volontairement ou non. Les gens ici ne veulent plus te voir. Ils pensent bêtement que tu leur portes malheur et qu'il va encore leur arriver des bricoles si tu restes dans les parages.

Comme par hasard.

Je secoue la tête.

— Je n'ai jamais rien entendu d'aussi stupide.

— Je ne te dis pas le contraire. Mais je ne peux pas me battre contre un village tout entier. Et il n'y a pas que ça.

Elle se penche sur son bureau et j'essaie de ne pas reculer sur ma chaise.

— Ton… père nous a envoyé une missive plus de douze heures plus tôt. Il t'a officiellement revendiquée comme sa fille et a dit que tu étais la raison pour laquelle il avait tué des Myrmes. Il a aussi dit qu'il allait envoyer des hommes te chercher, et que si tu étais dans le village, il ferait un massacre.

J'ouvre les yeux grands comme des soucoupes.

— Et tu l'as fait lire à tout le village ? Tu es folle ?

Elle se recule et fronce les sourcils.

— Parle-moi avec plus de respect s'il te plaît.

Son ton est ferme et sévère.

— Et non je ne l'ai pas fait lire à tout le village parce que c'est un hérault qui est venu l'annoncer sur la place du village. Tous ceux qui étaient sur la place ont eu le loisir de l'entendre ainsi que tous les Auditifs et la nouvelle s'est répandue comme une traînée de poudre. Tous te tiennent pour responsable pour ce qui est arrivé ici. Les meurtres, les attaques. Et ils n'aiment pas Manassé. Alors toi ils ne t'aiment pas non plus. Tu es la mieux placée pour recevoir leurs reproches.

Elle fait une pause et se passe une main sur le visage.

— Tout compte fait, nous ne sommes pas bien différents des humains. Ils voulaient un responsable, un bouc émissaire, et tu es parfaite pour ce rôle.

Franchement plus rien ne m'étonne.

— Et qu'est-ce que tu comptes faire ?

Pas que je m'en soucie vraiment. Et puis je m'attends à la réponse : je viens de remarquer un sac calé dans un coin de la pièce. C'est le mien. Celui que j'avais laissé chez Marlène et qui contient tous mes effets personnels : cartes d'identité, argent ou ce qu'il en reste, etc.

— Je vais te demander de quitter le village.

Un frisson glacé me parcourt la colonne vertébrale. J'avais beau m'y attendre ça fait toujours mal de l'entendre.

— Je voudrais arranger la situation, je t'assure, surtout que tu es une jeune fille très bien et très prometteuse...

Elle a vraiment l'air désolée.

— ... mais je ne peux pas laisser Manassé frapper encore. S'il voit que tu n'es plus là, il se concentrera sur ta recherche et nous aurons un répit.

Je déteste mon père. Il a fait exprès de littéralement crier sur tous les toits du village que j'étais sa fille, parce qu'il savait pertinemment que je serais bannie et qu'il pourrait tranquillement venir me cueillir après ça. Pourquoi est-ce que je n'ai pas un père normal qui m'apprend à jouer au base-ball et me surprotège quand il s'agit de garçons? Non, moi le mien est un criminel en fuite, certainement recherché dans tous les États-Unis, kidnappeur à ses heures perdues, vieux de trois siècles, et dont les seuls buts dans la vie sont de me pourrir l'existence et d'anéantir l'espèce humaine.

Tu parles d'une veine.

Je me redresse sur ma chaise et efface toute émotion de mon visage.

Je demande d'une voix blanche, dépourvue de la moindre émotion :

— Et comment suis-je censée lui échapper?

Étrangement elle semble soulagée que je ne veuille pas rejoindre le camp adverse. Qu'est-ce qu'elle croyait? Que j'allais me rabattre sur eux comme sur une roue de secours? Je ne suis pas aussi désespérée. Pas encore.

Elle me tend une carte. Dessus il y a un nom et une adresse.

— Va voir cet homme. Il est l'un des nôtres. Il t'offrira une nouvelle identité, une nouvelle adresse, une nouvelle vie. Tu pourras tout recommencer à zéro.

Je secoue la tête et la regarde, veillant bien à ce que mes yeux soient chargés de tout le mépris que je ressens actuellement. Elle cligne plusieurs fois des paupières et a un mouvement de recul, imperceptible.

— Non, pas vraiment, non. Je ne vois pas comment je pourrais faire ça. Je ne sais pas si tu as remarqué, mais j'ai des trucs verts de près d'un mètre vingt collés dans le dos. Je vois mal comment je pourrais recommencer à zéro dans un monde humain avec *ça*. Il aurait peut-être fallu y penser avant de me transformer, *sans* mon consentement! Parce que maintenant, vous me rejetez! Vous m'auriez laissée en Pennsylvanie, on se serait épargné beaucoup de soucis!

C'est vrai quoi! Ça implique quand même de ne plus avoir de relation intime avec qui que ce soit.

Qui a envie de rester pucelle toute sa vie? Cette pensée me fait frémir d'effroi.

OK. Il ne faut pas que je stresse pour le moment. Je trouverai un moyen de cacher mes ailes comme l'avait fait Manassé en prison et comme me l'avait montré Gab: en les faisant passer pour un énorme tatouage.

Gabriel...

Je sens les larmes me monter aux yeux. Que va-t-il penser s'il ne me retrouve pas, une fois que je serai partie? Va-t-il me chercher? me détester? Sera-t-il seulement vivant?

Je secoue énergiquement la tête. Bien sûr qu'il sera vivant. Il est fort. Il va survivre.

Je sens une détermination nouvelle me soulever la poitrine. Je vais partir. Pour le protéger, pour lui permettre de vivre une vie normale avec une Myrme normale, pas avec la fille du tueur local. Rien que cette idée me donne la nausée. Mais je n'ai pas le choix.

Soraya s'éclaircit la gorge, me faisant sortir de ma rêverie:

— Cassiopée, tu dis que tu aurais pu vivre une existence normale, si nous ne t'avions pas métamorphosée. Mais c'est faux. Une étude a montré que les Potentiels qui ne subissent pas la transformation se replient petit à petit sur eux-mêmes et finissent par se mettre totalement à l'écart de la société, quand ce n'est pas elle qui les met à l'écart. Certains finissent même séniles ou se suicident. Nous t'avons rendu service en te transformant.

Ah non! Là c'est trop facile!

Je plisse les yeux:

— Qu'est-ce que je suis censée en déduire?

— Que tu nous dois une fière chandelle.

C'est le pompon. Voilà qu'elle me dit que sans son infinie bonté, j'aurais fini par être une clocharde esseulée, folle par-dessus le marché. Pas que ce soit impossible, hein, je commençais déjà à m'éloigner de tous ceux que je connaissais et à souhaiter disparaître dans un coin tranquille de la planète. Sans parler du fait que je ne suis pas seule dans ma tête, ce qui, jusqu'à preuve du contraire, est une bonne indication sur le triste état de mon psychisme. Mais quand même ! Elle n'est pas obligée de l'annoncer comme ça !

Soraya pose une main sur la mienne et je sursaute, la regardant les yeux écarquillés.

— Cassiopée, il faut que tu partes. C'est la meilleure solution, pour toi et pour tout le monde.

Je cligne plusieurs fois des yeux, horrifiée, et finis par retirer ma main, au comble du malaise.

— Oui, bon ça va. J'ai compris.

Pas la peine de me tripoter pour ça, ai-je envie de rajouter, mais je m'abstiens.

Un éclair incrédule traverse ses pupilles, puis elle plisse les yeux, juste une fraction de seconde, avant de reprendre un air impassible.

— Est-ce que tu es prête ? Un transport t'attend, tu peux partir dès maintenant.

C'est ça, jette-moi dehors à coups de savate, tant que t'y es.

Je place mes mains sur son bureau, bien décidée à cacher mon tumulte intérieur.

— Est-ce que j'ai droit à une dernière faveur ? En tant que future ex-résidente ?

Elle acquiesce silencieusement, avec un petit sourire en coin.

— Je voudrais voir Gabriel une dernière fois.

Elle n'hésite pas une seconde, trop heureuse que je ne fasse pas d'esclandre.

— Je t'attends devant l'hôpital.

***

En me dirigeant vers le bâtiment, je regarde à droite puis à gauche, gravant définitivement les images du village dans ma mémoire. Cet endroit va vraiment me manquer. Ça a été ma seule vraie maison depuis que j'ai six ans. Mais apparemment avec moi le dicton «toutes les bonnes choses ont une fin» s'applique avec une précision redoutable.

— Cassiopée!

Perdue dans mes réflexions, je n'ai pas prêté attention au son d'un véritable troupeau de bisons se dirigeant vers moi.

Je fais un bond sur le côté et tourne la tête dans la direction de l'appel. Mon cœur manque de défaillir. Arthur, Michael, Tom et Ethan se dirigent vers moi, l'air soucieux.

J'essaie de leur sourire.

— Salut. Ça faisait un bail. Eh! Arthur t'as coupé tes cheveux?

— Arrête ton char Cass, on sait qu'il se passe des trucs pas nets. On a entendu dire que Manassé t'avait revendiquée comme sa fille, c'est vrai?

Je soupire. Même eux vont m'en vouloir.

— Oui c'est vrai. Mais je ne poserai plus de problèmes au village, je m'en vais.

— C'est quoi ces âneries? Quels problèmes? C'est pas comme si c'était de ta faute, quand même.

Je relève la tête, un sentiment d'apaisement et de surprise envahissant tout mon corps.

Les paroles d'Ethan me réchauffent le cœur. Mine de rien, ça fait plaisir de voir que je vais manquer. Derrière eux, je vois Soraya venir vers moi. Je me rappelle que je n'ai pas beaucoup de temps.

— Désolée, je dois vous laisser, j'ai une dernière chose à faire.

— Pas de problème, on te suit.

Je lance un regard à Michael que j'espère éloquent.

— J'ai besoin d'être *seule*.

Il hausse les épaules.

— Dans ce cas on t'attend ici.

Je lève les yeux au ciel et reprends ma route vers l'hôpital. Pas la peine de tergiverser, têtus comme ils sont, j'y passerais la nuit.

Je m'arrête devant les portes du bâtiment, hésitante, effrayée de ce que je vais y trouver. Je n'ose pas écouter, pas regarder.

Je pousse juste la porte sans respirer, le cœur battant. Lorsque les portes se referment derrière moi, je m'autorise à ouvrir les yeux.

Gabriel est étendu sur un lit. Il parle à Isha qui est accroupi en face de lui. Il a les yeux ouverts. Il sourit même. Faiblement, certes, mais il sourit. Mon cœur fait un bond dans ma poitrine.

Peut-on mourir de soulagement?

Je sens des larmes couler sur mes joues mais je n'y prête pas attention.

Je m'avance doucement vers lui. Il aperçoit le mouvement, tourne la tête vers moi et plisse les yeux. Il semble surpris, confus. Et indécis, partagé entre l'envie de me prendre dans ses bras et celle de rester prudent. Je décide de passer outre cette étrange réaction et m'accroupis en face de lui en poussant Isha pour prendre sa place. Il trébuche en m'injuriant mais je ne lui prête pas attention.

— Cassiopée tu devrais...

Saphira me parle mais je n'écoute pas.

Je lève la main et la pose doucement sur la joue de Gabriel. Ses yeux sont grands ouverts. Et ils sont de cette magnifique couleur bleu outremer. Il ne semble pas savoir comment réagir.

— Ça va Gab? Tu as l'air d'aller mieux, je suis tellement rassurée, si tu savais.

Il lève la main et la pose sur la mienne, puis il plisse les yeux et je sais qu'il va me poser une question.

— Excuse-moi... je suis sûr que je t'ai déjà vue, on se connaît non?

PARTIE 3

77

Juin

Je suis assise dans ma cuisine, devant ma tasse de café matinale. Je regarde distraitement les oiseaux voleter devant ma fenêtre, alors que j'entends la circulation un peu plus bas. J'habite au troisième, mais je l'entends très bien.

J'habite la banlieue de New York, maintenant. Mon nom n'est plus Cassiopée O'Brien mais Ilona Buckowsky. Oui je sais. Même moi, après trois mois d'entraînement, j'ai toujours du mal à le prononcer. Par contre, j'aime beaucoup ce prénom : Ilona. Il paraît que c'est polonais. De toute façon, d'après ma nouvelle identité, je suis d'origine polonaise. Le fait que je ne parle pas un mot de polonais ne peut pas m'aider à étayer cette affirmation.

Enfin.

Ilona c'est plus simple à prononcer que Cassiopée. Et puis c'est plus doux. Et on peut m'appeler Ilo. Alors qu'avant on m'appelait «Cass» ou «Cassi». Je trouve que c'était trop cassant. Ilo c'est doux comme un murmure.

Je soupire bruyamment en pensant aux excuses ridicules que je me donne à longueur de journée pour accepter ma nouvelle vie.

Je me lève et, comme tous les matins depuis trois mois, je quitte la petite cuisine de mon F1 et vais dans ma chambre pour me planter dos au miroir. J'enlève mon T-shirt qui me sert de pyjama et je me concentre. Je voudrais que mes ailes rentrent dans mon dos. Qu'elles se tatouent à mon dos.

Elles ne bougent pas d'un pouce et je soupire bruyamment pour la deuxième fois de la matinée. La journée ne commence pas bien. Certains matins, j'arrive à les replier un petit moment sur mon dos. Mais ce matin elles ne semblent pas décidées à coopérer. Je n'insiste pas – je n'en ai ni la force ni l'envie – et j'enfile mes vêtements. Ce n'est pas facile d'enfiler ma chemise avec les appendices qui me pendent dans le dos, mais j'ai trouvé un moyen de les empêcher de former des bosses suspectes sous mon T-shirt. Je les sangle solidement avec deux ceintures, une en haut juste au-dessus de ma poitrine et l'autre autour de ma taille. La première fois que je l'ai fait, j'ai eu peur de les abîmer. Mais manifestement ces jolies petites choses duveteuses ne sont pas aussi fragiles que leur apparence ne le laisse à penser.

Je boutonne ma chemise jusqu'au col et vérifie que rien ne saille à travers le tissu. Satisfaite du résultat, je me coiffe paresseusement devant le miroir et regarde ma couleur de cheveux. Elle est marron foncé, comme elle l'a toujours été. Du moins comme elle l'a toujours été *avant* mon passage chez les Myrmes. Ça a été tellement fugace que je me demande parfois si je l'ai réellement vécu ou si ce n'était qu'un rêve. Mais mes ailes et mes supersens sont là pour me ramener à la super-réalité.

J'ai été bannie.

Je ne reverrai jamais Tiphaine.

Soraya a insisté pour qu'elle reste. Elle m'a assuré qu'elle prendrait personnellement soin de ma petite sœur et je la crois. Elle m'a dit qu'elle n'était pas une Potentielle, mais qu'elle s'occuperait d'elle comme d'un membre de la communauté à part entière. Quelque part, je préfère la savoir là-bas, entourée de personnes qui prendront soin d'elle, plutôt qu'ici avec moi, sans une vraie famille, avec un avenir incertain. Mais certains jours, son absence m'est tellement insupportable qu'elle m'empêche de penser.

Et puis je ne reverrai jamais Saphira, la seule amie que je n'ai jamais eue, et ma bande de copains qui, soit dit en passant, ont failli tuer quelqu'un quand je suis partie. Mais le pire dans tout ça c'est Gabriel. L'idée de ne jamais le revoir ne m'est pas insupportable, elle m'est impossible à imaginer. Alors je me surprends à penser certains jours que je vais le retrouver un matin attendant devant le palier de mon appartement, un grand sourire aux lèvres.

Ça va faire trois mois que j'attends.

Mais pourquoi est-ce que j'attends? Il ne se souvient pas de moi. Ou du moins je ne suis qu'une vague image familière dans son esprit.

Quand j'y pense, je sens un poids m'oppresser la poitrine et je me mets à pleurer comme une idiote. La première semaine je n'ai fait que ça. Reposer sur mon lit et pleurer tout mon soûl. Sans m'arrêter. Et puis j'ai fini par me dire que la vie devait continuer, que je devais le faire. Alors j'essaie de ne plus y penser.

Et puis, il ne pourrait pas me retrouver, même s'il le voulait, parce que je fais tout pour ne pas être détectable, à cause de mon détraqué de père.

Je n'ai pas d'abonnement téléphonique, pas de téléphone fixe, pas de télé, pas d'Internet... je ne veux pas qu'on puisse me retrouver. Je paie tout en liquide. C'est beaucoup plus sûr. Je vis pratiquement en ermite. Je n'ose pas sympathiser avec mes collègues, j'ai peur qu'il leur arrive des bricoles si jamais on me retrouve.

Je me demande des fois si le GPS olfactif de Gabriel peut toujours détecter mon hormone, ou si elle s'est évanouie avec le temps.

Heureusement, il y a les livres pour me tenir compagnie. Pour me faire oublier momentanément que je suis plus isolée socialement que Tom Hanks dans *Seul au monde*, et m'imaginer un instant qu'il n'y a qu'à la pauvre héroïne malchanceuse qu'il arrive des pépins horribles. C'est dingue ce que les livres m'ont manqué. Je ne m'en étais pas rendu compte avant de revenir à la civilisation. Mais quand je suis pour la première fois tombée sur une bibliothèque, j'ai pratiquement fondu en larmes. Depuis, je dévore presque un bouquin tous les deux jours.

Je travaille à la sécurité de l'aéroport de Newark Liberty. J'ai postulé dès mon arrivée à différents postes, dont un qui m'intéressait particulièrement, qui consistait à surveiller les aéroports. J'ai été prise pour remplacer momentanément un vigile. Je devais juste surveiller que rien de suspect ne se passait. Il se trouve qu'à peine trois jours plus tard j'ai trouvé trois flingues et deux kilos de cocaïne sur un prof de fac. Le type avait un comportement bizarre. Le chef de la sécurité a été curieux de savoir comment j'avais pu le démasquer. Forcément je ne lui ai pas dit que j'étais Œil-de-Lynx. Je lui ai dit que j'avais une bonne vue et que j'arrivais à déchiffrer le visage des gens et donc à savoir s'ils avaient quelque chose à se reprocher. Ça l'a fait rire mais il m'a prise à l'essai, «juste pour voir». Il n'a plus du tout ri quand, en continuant sur ma lancée, j'ai carrément démantelé tout le réseau.

Et j'ai définitivement été embauchée.

Comme je ne me trompe jamais, que je vois immédiatement sur le visage des gens s'ils cachent quelque chose, et que j'entends tout, y compris leurs battements de cœur, je me suis fait une réputation et on me respecte, du moins sur mon lieu de travail. Je suis finalement devenue Œil-de-Lynx. C'est assez valorisant. Sauf que je n'ai aucun mérite.

J'attrape mon sac à main et mes clefs et sors de l'appartement. Je verrouille ma porte et prends l'escalier. Je n'aime pas les ascenseurs. Une grosse boîte hermétique qui monte et qui descend, suspendue à des câbles? Non merci. Et puis j'adore prendre l'escalier. Il n'y a pas meilleur pour faire du sport.

J'habite un vieil immeuble dans le Bronx, un quartier pas trop chaud et les voisins sont sympas avec moi et me fichent la paix. J'ai tendance à légèrement flipper lorsque je croise quelqu'un, même si c'est un ado en jogging, mais il ne m'arrive jamais rien. Je suis beaucoup trop à l'affût du moindre bruit et je fuis les endroits glauques comme la peste. Je n'embête personne, personne ne m'embête, ça me convient parfaitement. Bon, je suis à plus de trente minutes de l'aéroport, dans les bons jours, mais je suis bien trop heureuse d'avoir un boulot et un appartement pour chercher mieux. En plus, ça n'est pas le loyer qui va me ruiner.

Je check le hall d'entrée avant de m'avancer vers les portes, rassurée de le trouver vide. Je sors et commence à marcher, mon regard délibérément vissé sur mes pieds mais mes oreilles guettant le moindre murmure.

Je hèle le premier taxi vide que je croise. Je donne l'adresse de l'aéroport de Newark au chauffeur.

Il lorgne mon uniforme.

— Vous n'avez pas de voiture de fonction?

Je m'arrête net dans mes gestes et le regarde.

— Franchement, est-ce que je suis obligée de répondre ou je prends un autre taxi?

Il passe la première et nous démarrons en trombe. Non mais, il y en a qui ne manquent pas d'air.

Je suis épuisée. J'ai encore fait cet horrible rêve qui consiste à me repasser vicieusement chaque détail de ma dernière entrevue avec Gabriel:

— *Excuse-moi... je suis sûr que je t'ai déjà vue, on se connaît non?*

Je le regarde, sonnée. Il ne se souvient pas de moi? Je ne peux pas y croire, il doit me faire une blague. Mais lorsque je plonge mon regard dans ses yeux bleus pour y déceler une pointe de malice, je ne vois que de la confusion. J'ai l'impression de me prendre un uppercut dans la poitrine. Je manque soudain d'air. Je me sens rougir, non pas d'humiliation, mais de désespoir. Je lève la tête vers Saphira, l'implorant du regard et elle hausse les épaules d'un air désolé. Elle murmure de telle façon que je sois la seule à pouvoir l'entendre:

629

— *Amnésie.*

Je me retourne vers Gabriel et ouvre la bouche, à deux doigts de lui dire qui je suis vraiment, à deux doigts de l'agripper par les épaules et de le secouer comme un prunier. Quelqu'un s'éclaircit alors la gorge, derrière moi, avant que je n'aie pu parler. Je me retourne. Soraya me regarde en secouant la tête. D'abord je ne saisis pas l'allusion. Mais après je comprends. Oui c'est vrai que les choses sont beaucoup plus simples ainsi.

La vie est une immense farce. Une saleté de foutue farce.

Je ravale les larmes qui menacent de couler et me tourne à nouveau vers Gabriel.

— *Non, euh… non, on ne se connaît pas… vraiment.*

Mon esprit tourne à mille à l'heure alors que je tente désespérément de réprimer le sanglot que je sens monter dans ma gorge.

— *Je… je suis celle qui t'a trouvé étendu dans la neige. Je… je t'ai amené ici.*

Il plisse les yeux, visiblement pas convaincu, mais je n'attends pas qu'il parle à son tour et je me lève précipitamment et sors de l'hôpital, les yeux rivés sur mes pieds.

Quand j'y repense, il a dû me prendre pour une folle furieuse.

Je regarde le paysage urbain défiler sous mes yeux. Mais mon esprit est encore sous les forêts de pins enneigées. Il survole les lacs gelés et les montagnes aux dômes blancs. Je vois Tornwalker, je vois même Tiphaine. Et Gabriel. Qui finalement a dû se remettre de mon bannissement puisqu'il ne sait plus que j'existe. Il ne se souvient pas de moi.

À cette pensée, je sens ma gorge se serrer et des larmes picoter mes yeux. Je secoue la tête pour les chasser.

En fin de compte c'est peut-être mieux ainsi. Il pourra vivre à nouveau, avec tout ce que cela implique. Je n'arrive pas à m'enlever de la tête que Tamina a dû sauter sur l'occasion. Cette pensée hante mes jours, mes nuits, même mes rêves. À tous les coups, elle lui a fait croire qu'ils étaient mariés ou un truc dans le genre. Quand je pense à ça, j'ai envie de demander au chauffeur de me conduire en

Amérique du Nord. De là j'arriverai bien à me retrouver. Je suis sûre que je me situais au Canada ou en Alaska.

Des coups de Klaxon furieux me ramènent à la réalité. Mon chauffeur jure et insulte les conducteurs devant nous.

Je soupire. New York c'est bien, mais franchement les embouteillages sont fatigants. Et les chauffeurs de taxi aussi.

Quand je suis arrivée dans la ville, j'ai reçu un choc violent. Cela faisait longtemps que je n'avais ni vu de voitures, ni d'écrans de télévision, ni rien qui ressemble de près ou de loin à de la technologie moderne. J'ai eu du mal à m'en remettre, mais maintenant je suis une New-Yorkaise pure et dure.

Le chauffeur louche sur mon uniforme dans son rétroviseur. Je soutiens son regard et il le repose sur la route en secouant la tête. Normal. Je porte une chemise d'été à manches courtes. Et on a beau être début juin, la température ce matin est très basse. L'été ne semble pas pressé de pointer le bout de son nez.

Mais depuis que je suis une Myrme, je ne supporte plus la chaleur. Cette température est déjà beaucoup trop élevée pour moi. Je me demande ce qu'il arrivera quand nous serons en été. Je suppose que je prendrai des semaines de congé et que je ferai une croisière au pôle Nord.

Décidément la journée commence mal : le rêve, mes ailes qui sont capricieuses, le chauffeur de taxi, la circulation, les sanglots qui menacent de franchir mes lèvres d'une seconde à l'autre... Soudainement j'ai besoin d'air.

— Arrêtez-vous là.

— Quoi ? là ? Mais nous ne sommes pas encore à l'aéro...

— Maintenant !

Il freine brusquement et je descends dans un tonnerre de Klaxons furieux.

Je balance de l'argent au hasard sur le siège passager et pars en marchant rapidement. Le chauffeur ne demande pas son reste. Je suppose que le pourboire était conséquent.

Je marche machinalement, sans vraiment voir le trottoir devant moi. Je suis bousculée par la marée humaine mais je n'y prête pas attention. Je me demande ce que je vais faire de ma vie. Je ne me vois pas rester ici longtemps. Je n'y survivrais pas, malgré tout ce que je peux me dire. Mais où est-ce que j'irais ? Je ne sais rien faire. Et je ne peux même pas avoir d'ami. Je me sens tellement seule que j'ai envie de me jeter sous les roues des taxis qui me frôlent à toute allure.

Au bout d'un kilomètre je m'arrête avec toute la populace sur le bord d'un trottoir, attendant que le feu passe au rouge pour traverser. Et je ne sais pas pourquoi, je ne sais pas ce qui me traverse l'esprit, mais je fais un pas en avant. Puis deux.

Je jure que je ne suis pas suicidaire. Non. Je pense plutôt que j'ai fait ça inconsciemment. Enfin je crois.

Tout se passe très vite ensuite. Je me vois voler sur plusieurs mètres avant d'atterrir lourdement sur le goudron. Je ne sens plus rien, je ne vois plus rien et je n'entends plus rien. C'est le noir.

***

Une lumière blanche, des voix lointaines qui crient. Je soulève mes paupières. Je me vois rouler à toute allure dans les couloirs d'un hôpital, des infirmiers et des docteurs courent autour de moi en criant et en tripotant chaque partie de mon corps. J'ai envie de leur dire que je vais bien mais quand j'essaie de bouger je sens une violente douleur à la cage thoracique me couper littéralement la respiration. Ensuite, chaque inhalation est une véritable torture.

— Un vrai miracle !

— À cette allure elle n'aurait pas dû survivre, je ne comprends pas.

Moi non plus. Ce qu'ils disent n'a aucun sens. Qu'est-ce que je fais ici ? Pourquoi est-ce que j'ai si mal, que je n'arrive pas à respirer ?

Le brancard rentre dans un bloc et les infirmiers commencent à enlever ma chemise. Je sens la panique monter en moi.

Non ce n'est pas une bonne idée, pas une bonne idée du tout.

Je veux me débattre mais je bouge à peine et je me fige aussitôt. La douleur est intense et omniprésente. J'ai l'impression que je vais mourir d'étouffement. Je ne peux plus respirer...

— Qu'est-ce que c'est que ça? Pourquoi est-ce qu'elle porte des ceintures... Nom. De. Dieu!

Aïe... grillée...

Je me lève d'un bond. Au diable la douleur. Là c'est ma vie qui est en jeu.

Je sens mes ailes se déployer de toute leur longueur dans mon dos comme je m'assois, pantelante, sur le brancard. Des cris fusent dans toute la pièce. Je n'arrive pas à savoir s'ils sont horrifiés ou émerveillés. Peu importe, ce n'est pas vraiment ce qui compte pour le moment.

Je veux me mettre debout mais plusieurs infirmiers me sautent dessus et me forcent à me recoucher. Ils doivent s'y mettre à quatre pour me maîtriser. Je ne me suis jamais sentie aussi forte. Et autant en danger.

— Arrêtez de bouger, vous allez vous blesser davantage! Annie, un sédatif! Bonté divine elle a une force herculéenne!

Ils me sanglent au brancard et tout d'un coup plus personne ne bouge autour de moi. Je sens leur regard me transpercer de toute part.

— Qu'est-ce... qu'est-ce qu'elle peut bien être?

— Je ne sais pas, je n'ai jamais vu ça. On dirait des ailes de papillon mais elles sont membraneuses. On peut distinguer les vaisseaux sanguins.

Un des hommes s'approche et je peux voir l'expression avide de ses yeux.

— C'est... magnifique, merveilleux. Nous devons lui faire passer des radios! Il faut que je voie comment elle est faite!

633

Oh mon Dieu, ça commence.

Je sens la colère s'emparer de chaque cellule de mon organisme. Un cri de rage monte dans ma gorge et il finit par franchir la barrière de mes lèvres. Je ne vais pas me laisser disséquer !

Je tire violemment sur ma main gauche, et elle glisse de sous la sangle. Revigorée, je tente la même chose avec la droite, qui ne m'oppose pas plus de résistance. Ces imbéciles n'ont même pas pris la peine de serrer au maximum.

Je lance un regard assassin aux hommes et aux femmes qui me regardent, horrifiés, et je commence à m'attaquer aux sangles de mes pieds. Mais je n'ai que le temps de me débarrasser de la gauche avant que les infirmiers ne me recouchent de force sur le brancard.

Je lève la main et attrape ce que je peux. Je sens un bras.

Tout à coup, la voix familière de ma conscience résonne dans mon crâne, plus caverneuse et autoritaire que d'habitude. Elle fait miroiter parfaitement mes désirs. J'ai l'impression que nous faisons une seule et même personne :

Écarte-toi de moi, et ne me touche plus.

Et c'est ce qu'il fait. L'homme que j'ai touché recule à pas lents, le regard vide et ses gestes aussi précis qu'automatiques. Il se cale dans un coin et semble reprendre ses esprits. Il secoue la tête plusieurs fois, en clignant erratiquement des yeux, mais ne s'approche plus de moi. Il me lance un regard empli d'une terreur sans bornes.

Je lui renvoie son regard, estomaquée. Qu'est-ce que c'est que ce bor… ?

Je n'ai pas le temps de réfléchir, parce que quatre autres infirmiers sont sur moi, à essayer de m'immobiliser pendant qu'une des infirmières prépare une solution dans une seringue.

Je frissonne et redouble d'effort. Mais ma blessure à la cage thoracique me coupe le souffle et chaque mouvement est comme un coup de poignard dans mon flanc droit. Je sens des larmes de douleur et de désespoir couler sur mes joues. Je ne veux pas finir en rat de laboratoire, je ne veux pas !

— Annie dépêche-toi ! On ne pourra pas la tenir longtemps !

Je plaque ma main droite sur la poitrine de celui qui parle et ma main gauche sur le bras d'un autre infirmier. Un nouveau cri de rage s'échappe de ma bouche. La voix résonne à nouveau, répondant à ma volonté, ne faisant plus qu'un avec mes désirs.

Lâchez-moi, et laissez-moi partir.

Les deux hommes reculent, les yeux aussi vides d'expression que leur collègue un peu plus tôt. Ils ouvrent la porte du bloc et s'écartent, les bras ballants.

Mince, quelle abrutie ! J'aurais dû leur commander de m'aider à quitter cet hôpital. Maintenant ils sont trop loin pour que je les touche.

Je cherche à me relever mais la douleur dans ma poitrine m'en empêche. Je me sens vidée de mon énergie. Il n'y a plus que deux infirmiers sur moi. Les trois autres ont reculé au fond de la pièce et restent aussi loin de moi qu'il leur est possible. Je vois de l'incompréhension dans leurs yeux. Et de la terreur.

Une seconde plus tard, un des deux infirmiers attrape mon poignet et le plaque contre le brancard. Je reprends mes esprits et tente une ultime tentative de fuite.

Je dégage mon bras d'une secousse et balance mon poing dans son visage. Il crie, une main sur son nez. Je lance un regard meurtrier à celui qui reste et il me lâche immédiatement, apparemment pas très désireux de se frotter à moi.

Je me lève d'un bond, mais j'ai oublié la douleur qui dort dans mon flanc droit. Aussitôt que je suis sur mes pieds, j'ai l'impression que toutes mes côtes se brisent les unes après les autres.

Je hurle et tombe par terre. Je me tiens les côtes, je n'arrive plus à respirer.

Je tente une dernière fois de faire appel à ma conscience, dans l'espoir de toucher un des infirmiers et de l'obliger à me faire sortir d'ici. Malheureusement, la douleur m'empêche de me concentrer.

Une piqûre dans mon bras gauche me fait tourner la tête. Celle que je suppose être Annie me plante une seringue dans le bras. Je n'ai pas la force de bouger. J'ai trop mal. Trop mal.

Tout à coup, la douleur n'est plus aussi insupportable. Puis elle devient inexistante. Et la fatigue me submerge. Une fatigue tellement puissante que je ne peux pas lutter contre.

Ma dernière pensée est que je commence à en avoir assez d'être droguée.

78

Une voix m'extirpe du sommeil.

— Non monsieur. Non. Oui. Oui. Le spécimen est encore sous sédatif.

Le spécimen ? C'est de moi dont on parle, là ? Il me prend pour quoi cet abruti ? Un papillon rare épinglé au mur ?

Une pause.

— Non monsieur le Président.

Monsieur le Président ? Comme le président des États-Unis ? Ma petite Cassiopée, je crois qu'on peut dire que tu es officiellement dans la m…

— Oui monsieur, nous vous tenons au courant, je vais commencer les analyses immédiatement. Je filme toute la procédure et je serai assisté. Vous pouvez tout suivre en direct.

Hochement de tête.

— Non monsieur Jenkins, inutile de vous inquiéter, nous avons la situation bien en main, vos unités stationnent devant chaque issue, elle ne peut s'échapper.

Ah ? Jenkins ? Nan, nan, pas le président des États-Unis. Ou alors on a loupé les élections.

Je lève légèrement la tête, vers l'origine de la voix. Je suis allongée sur le ventre, sur une espèce de table d'opération.

Quelque chose me tracasse, mais je n'arrive pas à mettre le doigt dessus. Un mal de crâne à me frapper la tête contre un mur obstrue mes pensées mais je n'ai pas mal aux côtes, c'est déjà ça. Certainement l'effet d'un antidouleur. J'essaie de voir le bon côté des choses : s'ils me donnent des antidouleurs, ils ne me veulent peut-être pas de mal.

Un homme d'une trentaine d'années se tient dans une salle jouxtant celle où je me trouve. Elle est séparée par une grande vitre qui, j'en suis sûre, peu faire glace sans tain. Il est de dos. Il parle au téléphone et n'a pas remarqué que je suis éveillée. Sa voix est étouffée mais j'arrive à comprendre ce qu'il dit.

Je fronce les sourcils. Pourquoi est-ce que je n'entends pas mieux que ça ?

— C'est incroyable, monsieur. Elle a plusieurs côtes brisées et d'autres fêlées et elle s'est débattue pendant plusieurs minutes contre cinq infirmiers ! Il semblerait aussi qu'elle ait eu une influence quelconque sur trois d'entre eux. Ils n'ont rien pu nous dire, ils donnaient l'impression d'avoir subi un lavage de cerveau. Ils ont déliré plusieurs minutes sur une voix dans leur tête qui leur intimait l'ordre de s'éloigner d'elle, mais nous n'avons pas pu en tirer grand-chose, ils étaient bouleversés. Les autres ne nous ont pas donné d'informations intéressantes non plus.

L'homme se retourne mais j'ai anticipé le mouvement et je repose rapidement ma tête. Il me jette un coup d'œil émerveillé puis se retourne vivement comme s'il avait été rappelé à l'ordre.

— Oui, monsieur, veuillez m'excuser. Non, ne vous inquiétez pas, nous nous sommes occupés d'eux.

J'essaie de faire abstraction de la dernière phrase, un nœud se formant dans ma gorge, et je relève doucement la tête pour jeter un coup d'œil à ce qui m'entoure. Je frissonne d'effroi. On dirait une sorte de bloc opératoire, il y a des paillasses sur les côtés avec des microscopes, des boîtes de Petri et des ordinateurs un peu partout. Rien de vraiment intéressant, en tout cas pour moi.

Il y a une porte vitrée coulissante à ma gauche.

Ah! Voilà qui est mieux.

Je plisse les yeux mais ils ne veulent rien savoir. Impossible d'actionner la Facette du Serpent, et de voir à travers les murs comme je peux le faire d'habitude. C'est là que je comprends. Cette sensation bizarre que j'ai depuis que je suis réveillée. Je ne vois plus aussi bien qu'avant. J'ai récupéré mon ancienne vue. Celle qui est normale à en mourir. Je sens une bouffée de panique bloquer ma respiration. Qu'est-ce qu'il m'arrive?

Je me force à rester calme. Ce n'est pas le moment de perdre mon sang-froid, il va falloir que je trouve un moyen de me sortir de ce pétrin.

Je jette un coup d'œil rapide à Lèche-Bottes qui taille toujours une bavette à «Monsieur-Le-Président-Qui-N'est-Pas-Le-Président-Des-États-Unis» puis regarde autour de moi avec plus de concentration.

Il y a un mur nu à ma droite. Enfin non. Il n'est pas nu. Il y a des photos de moi, sous toutes les coutures, un peu partout. Je ne vois pas très bien de là où je suis et ça me frustre. Avoir de nouveau la vue du commun des mortels est plus ennuyeux que je ne l'aurais imaginé. Mais je peux voir sur les photos que je n'ai rien sur moi. Du moins je n'ai rien sur le dos.

Je jure tout bas. Ces pervers m'ont déshabillée et prise en photo.

Un reflet argenté à côté de moi attire mon attention.

Oh oh...

Sur une coupelle juste à ma gauche il y a une panoplie complète d'objets tranchants: couteaux, scalpels, ciseaux... une vingtaine au moins. Je me sens frémir alors que l'utilité de ce genre d'ustensiles me revient en mémoire. C'est le genre d'accessoires qu'utilisent les chirurgiens. Ça pourrait paraître banal comme ça, à un ou deux détails près:

1) je n'ai aucun besoin d'être opérée,

2) le type qui parle au téléphone n'a pas tout à fait la tête de l'emploi et,

3) nom de Zeus! Je suis sanglée à une foutue table d'opération!

J'essaie de me lever mais les sangles sont solides. Elles ne bougent même pas. Et moi non plus.

Soudain, un sentiment puissant remplace la peur, et se met à courir dans mes veines, jusqu'à me posséder tout entière.

Je suis en colère.

En colère parce que je suis attachée à une table.

En colère parce que je n'ai rien sur le dos.

En colère parce qu'on m'a arraché ma mère et que j'ai grandi sans famille.

En colère parce que quand j'ai cru avoir retrouvé un semblant de famille on m'a gentiment foutue dehors.

En colère parce que mon père était censé être mort ou être un simple humain faisant son petit train-train sur Terre et pas un gros psychopathe cherchant à me kidnapper et à anéantir l'humanité.

En colère parce que l'homme que j'aime ne se souvient plus de moi.

Et surtout, en colère parce qu'un abruti de pervers d'humain a cru qu'il avait le droit de me capturer et de me séquestrer ici en pensant que tout était sous contrôle et que je n'allais pas opposer de résistance.

Qu'il aille se faire voir. Il ne va pas être déçu.

J'essaie de bouger le bras gauche mais mon poignet est sanglé à la table. Qu'à cela ne tienne. Même s'il faut que je me le pète je vais me libérer. Mais je n'ai pas besoin d'en arriver là. En tirant sur mon poignet, je sens celui-ci glisser doucement. L'autre idiot de Lèche-Bottes n'a pas serré suffisamment. Ça fait deux fois en quelques heures qu'un homme commet l'erreur de sous-estimer ma force et ma volonté.

Je souris et tire plus fort. Au bout de quelques secondes mon poignet gauche fait un bond hors de l'emprise de la menotte. Le bruit attire l'attention de Lèche-Bottes mais je ne bouge plus et il reprend sa conversation dans sa petite salle.

Je m'assure qu'il ne me regarde plus et je tends mon bras libéré vers la coupelle d'ustensiles se trouvant à ma gauche. Elle est trop loin.

Je me dévisse l'épaule et étire mon bras au maximum pour essayer de l'atteindre. Mon index frôle le métal froid mais je n'arrive pas à toucher ce que je vise.

Je soupire d'exaspération et tourne la tête vers mon autre bras. L'opération n'est pas simple parce que des sangles sont étirées dans mon dos, par-dessus mes ailes, plaquant celles-ci de part et d'autre de moi. J'arrive quand même à me tourner et à me concentrer sur mon autre poignet.

Diable ! Ils n'ont pas lambiné sur la sécurité de celui-ci. Il est beaucoup plus serré que mon poignet gauche. Je vais être obligée de m'arracher la peau si je veux l'enlever.

Je serre les dents et tire sur l'entrave. Je sens ma peau se froisser sous le cuir et je tire plus fort, en rendant ma main la plus petite possible. J'avance millimètre par millimètre alors que ma peau s'écorche au fur et à mesure.

J'arrête de tirer et ferme les yeux en les plissant de toutes mes forces tandis que je réprime les larmes qui menacent de couler sur mes joues. J'inspire profondément et recommence à tirer. Un liquide chaud coule sur le dos de ma main.

Au bout d'une minute la peau finit par céder ou c'est ma main qui est finalement passée, je ne sais pas, et je ne peux retenir un sanglot de soulagement.

Sans même jeter un œil à l'état de ma main, je me contorsionne à nouveau pour me tourner sur la gauche et en profite pour regarder Lèche-Bottes que je n'entends plus depuis une minute ou deux. Il n'est plus dans mon champ de vision mais je perçois quelques petits bruits dans la pièce d'à côté, alors je suppose qu'il doit préparer ses « analyses ».

Le diable l'emporte.

Je me concentre à nouveau sur la coupelle. Je déporte mon corps le plus possible vers la gauche, me déplaçant jusqu'au rebord de la table. J'étire à nouveau mon bras et cette fois j'arrive à attraper le scalpel. Un sentiment de triomphe me parcourt tout entière alors que je ramène le petit couteau vers moi.

Je regarde vers mes pieds (autant que cela m'est possible avec une famille entière de sangles sur mon dos et mon cou) et commence à scier les lanières de cuir.

Une.

Deux.

Trois.

Quatre.

Je peux me mettre à genoux maintenant mais avant je vérifie que Lèche-Bottes ne m'observe pas. Comme je ne vois personne à travers la vitre, je me redresse. Mes muscles endoloris protestent mais je ne sens rien du côté de ma cage thoracique. Tant mieux, ça ne sera que plus facile.

À genoux, je me retourne à moitié pour atteindre les lanières qui entravent mes pieds mais un bruit de porte me fait sursauter.

Je me recouche aussitôt, ramène grossièrement toutes les lanières de cuir sur mon dos et rafle tout ce que je peux attraper sur la coupelle. Je fais passer les objets dans ma main droite et garde le scalpel dans ma gauche. J'allonge les bras le long du corps et m'immobilise complètement.

Une dizaine de secondes passent et je vois quatre paires de jambes apparaître dans mon champ de vision, à travers mes paupières quasi closes. Les jambes s'approchent jusqu'à ne plus être qu'à une vingtaine de centimètres de moi. Imperceptiblement, je cache le scalpel dans ma main gauche.

— C'est tout de même étrange qu'elle ne soit pas encore réveillée.

— Peut-être lui a-t-on donné une dose trop forte à l'hôpital. On m'a dit qu'elle avait été... hum... fort peu coopérative.

Tu m'étonnes John.

— On devrait vérifier son pouls.

— Son pouls est stable docteur Kelhman, le moniteur indique qu'elle va parfaitement bien.

Il y a une pause et je me demande comment est-ce qu'ils ont fait pour ne pas avoir encore remarqué que je ne suis plus attachée que par les pieds.

Une voix s'élève. Elle me fait me tendre comme un ressort. C'est celle de Lèche-Bottes.

— Mesdames et messieurs, scientifiques et chercheurs, je vous présente EM16. C'est le premier spécimen de ce genre que nous trouvons. Une nouvelle espèce, mes amis !

Un tonnerre d'applaudissements accueille son petit discours de bienvenue.

Mais qu'est-ce que c'est que cette bande de ploucs ? C'est quoi ce nom «EM16» ? Ils se croient dans *Transformers* ou quoi ?

Une femme prend la parole.

— Elle l'est docteur Crowd. Si j'ai bien étudié le dossier, son ADN n'est pas le même que le nôtre ?

La voix de Lèche-Bottes-Crowd dégouline de fierté, comme si j'étais une sorte de Franckenstein qu'il aurait créé.

— Évidemment, docteur, qu'il est différent. Sinon elle n'aurait pas de telles merveilles accrochées dans le dos.

Il claque des mains.

— Bien, chers collègues, nous pouvons commencer l'opération. Docteur McDoguerty, nous allons anesthésier le spécimen au cas où elle se réveillerait durant l'opération. Apportez le gaz.

Quoi ? Du gaz ? Tu peux courir.

LBC s'approche de la table et caresse mes ailes du bout des doigts. Je peux presque sentir son regard se promener sur la membrane duveteuse, glisser sur ma peau puis sur mon bras et sur mon poignet…

Au moment où il réagit à la vue des entraves sciées, je balance mon bras et lui plante mon scalpel dans la cuisse, de toutes mes forces. Il pousse un hurlement de douleur et je tire le scalpel en arrière.

Profitant de l'effet de surprise, je m'attaque aux lanières à mes pieds. J'ai le temps d'en couper une avant que LBC ne se jette violemment sur moi. Du moins, c'est ce qu'il essaie de faire.

De ma main droite je fais sauter le scalpel pour attraper la lame et vise son autre jambe. Elle se fiche dans la matière souple et s'enfonce si profondément que le manche dépasse à peine de son habit chirurgical. LBC blêmit alors que je lui lance un sourire carnassier et prends une paire de ciseaux pour attaquer la dernière entrave.

Je finis de couper le cuir, et écarquille les yeux quand mon regard se pose vraiment pour la première fois sur mon poignet droit. La peau est tout arrachée, le sang coule telle une fontaine chaude le long de ma paume. C'est douloureux mais j'ai d'autres chats à fouetter pour le moment.

Je pose les pieds par terre en regardant autour de moi. Ces humains ne sont pas bien courageux. LBC agonise sur le sol, en émettant des râles ridicules, comme s'il était réellement en train de mourir. Pauvre chaton. Les quatre autres se sont éparpillés dans la pièce.

Je roule des yeux. Comme si j'allais les trucider. Enfin, surtout comme si j'en avais *le temps*.

J'attrape ce qu'il reste sur la coupelle en acier et relève la tête.

Une des femmes a repris ses esprits et court comme une furie vers une poignée rouge qui se trouve au fond de la pièce. Je devine trop tard son utilité alors qu'une alarme stridente me vrille les tympans. Je lui lance le pire des regards noirs dont je suis capable et roule sur le côté.

Je rampe vers la porte de la pièce où LBC se trouvait alors qu'il parlait à «M. le Président».

Je tire violemment sur la poignée et manque de tomber en arrière quand la porte s'ouvre en grand. Je suis surprise qu'elle ne soit pas fermée.

Je m'engouffre dans la pièce et referme la lourde porte derrière moi. Je cherche un verrou mais il n'y a même pas de serrure. Mon regard affolé danse autour de la porte et je vois deux boutons sur la droite, un rouge et un vert. Sans hésiter, j'appuie sur le rouge. Un bruit de verrou se fait entendre et je me détends un peu.

Pour la première fois depuis le début de l'action je baisse les yeux sur mon corps. Je n'ai rien, à part mon soutien-gorge, sur le dos. Un pantalon en coton bleu remplace mes habituels jeans.

Je me sens rougir d'embarras en pensant que ces hommes m'ont vue à moitié nue. Mais il y a plus alarmant. Je suis couverte de plaies. Sur mon ventre, sur mes épaules. Et une ecchymose géante de couleur mauve et bleue couvre tout mon flanc droit. Il semblerait que j'ai été renversée par une voiture… je secoue la tête. Mais qu'est-ce qui a bien pu me prendre de traverser alors que c'était vert ?

Je plaque une main sur ma poitrine et me tourne en tout sens pour trouver quelque chose à me mettre sur le dos. Il n'y a qu'une blouse de chirurgien mais je l'attrape comme si c'était le Saint-Graal lui-même et l'enfile.

De l'autre côté de la vitre il y a du remue-ménage. Deux docteurs crient en gesticulant vers la porte que j'ai remarquée plus tôt. LBC se fait soigner par un des hommes.

Je reporte mon regard sur la porte qui me semble être la seule issue et plisse les yeux, alors que l'homme et la femme qui se tiennent devant reculent vivement. Le voyant rouge au-dessus de l'embrasure passe au vert et elle coulisse sur elle-même.

Mon sang se glace dans mes veines. Une véritable marée de militaires pénètre dans la pièce. Nom de nom… Mais dans quelle organisation ultrasecrète suis-je tombée ? Et surtout, pourquoi est-ce qu'il n'y a qu'à *moi* que ça arrive ?

Non… ce ne sont pas des militaires… On dirait… des mercenaires.

— Non, non, non, non…

645

Ma voix tremble alors que je psalmodie des paroles incompréhensibles.

Les scientifiques sont évacués et la porte est verrouillée derrière eux, me laissant seule avec les soldats, armés jusqu'aux dents.

Je déglutis avec difficulté alors que l'un d'eux, au crâne rasé et au physique imposant, s'avance vers la vitre.

— Allons ma fille, sors de là, nous ne te voulons aucun mal, loin de nous cette intention. Nous, ce qu'on veut, c'est t'aider. On a fait partir ces casse-pieds, il n'y a plus que toi et nous. Nous, on ne te fera aucun mal, tu peux me faire confiance.

Les soldats se dispersent en éventail, face à moi, leurs armes braquées sur la vitre.

— Franchement, loin de moi l'idée de mettre en doute votre parole, hein, mais avec tous ces mecs qui pointent leur flingue sur moi, j'ai un peu de mal à vous croire.

Boule-de-Billard se retourne vers ses hommes et aboie :
— Baissez vos armes.

Les soldats obéissent à contrecœur tout en louchant sur les bosses que forment mes ailes sous la blouse.

— Bon, tu vois. Maintenant sors, on va discuter tranquillement.

Je m'assois sur le bureau de LBC et le regarde en souriant légèrement.

— Je vous entends très bien d'ici.

BDB bombe le torse et prend un air menaçant.

— Allez ma belle, ne nous oblige pas à employer la force.

Je fronce les sourcils en réponse à sa menace.

— Va en enfer, Crâne-d'Œuf. Et quand t'y seras n'oublie surtout pas de m'envoyer une carte postale.

Le visage de BDB vire au rouge écrevisse et la vue du haut de son crâne prenant une teinte cramoisie me donne une irrésistible envie de rire.

Je ne sais pas ce qui me prend, je ne sais pas si c'est la peur, la tension de ces derniers mois qui s'évacue, ou la couleur du crâne de BDB, mais j'explose littéralement de rire.

Je pars dans un fou rire incontrôlable. En fait c'est le pire fou rire que j'ai eu depuis des mois, voire depuis des années. Je suis pliée en deux, je n'arrive pas à respirer. Et je suis sûre que mon visage est aussi rouge que celui de BDB.

Je relève la tête entre deux hoquets nerveux.

BDB fait un signe de tête à un des soldats et celui-ci épaule son fusil et tire dans la vitre.

Je fais un bond en arrière et tombe sur les fesses. Je lève le bras par réflexe pour me protéger le visage des débris de verre, mais je ne sens rien. Pas d'éclats de glace se fichant dans ma peau, pas de balle perdue. Quand je regarde à nouveau vers la vitre je ne vois qu'une toile d'araignée géante.

Je me relève et m'approche, intriguée. La vitre est blindée. En fait c'est du plastique ultraépais. Incassable. Je vois le visage des soldats à travers des dizaines de petites lunettes créées par l'impact de la balle.

Je porte une main à ma bouche et repars dans un fou rire pire que le précédent. Je sens des larmes couler sur mes joues alors que j'essaie désespérément de reprendre le contrôle de moi-même et de respirer. J'entends Boule-de-Billard qui braille dans l'autre pièce et ça ne m'aide pas à me calmer.

Je me tiens les côtes qui commencent à m'être étrangement douloureuses.

Je me redresse soudain, alarmée. Mes côtes brisées commencent à se faire sentir. Les effets de l'antidouleur doivent s'estomper.

— Sors de là, ou je te promets que si je viens te chercher moi-même tu vas le regretter.

Je reprends mon souffle et essaie de le regarder à travers la vitre fissurée.

Je plisse les yeux.

— Va te faire voir !

Une douleur aiguë me transperce le flanc. Je me plie en deux. J'ai crié trop fort, mes côtes sont de plus en plus douloureuses. Je suis bien loin du fou rire qui m'a pris il y a une minute à peine.

— Défoncez-moi cette porte!

Je recule vers le fond de la pièce et me cogne au mur. Des coups furieux résonnent sur la porte en fer. Elle tremble sur ses gonds et chaque coup me fait blêmir un peu plus.

À quoi est-ce que je pensais? Maintenant ils ne vont pas se contenter de me capturer, ils vont aussi se venger pour l'humiliation que je leur ai fait subir. Je n'ose pas imaginer ce qu'ils vont me faire.

Je tourne la tête à droite et à gauche mais la seule issue de secours est celle que les soldats s'évertuent à massacrer.

Je me mets à trembler de la tête aux pieds.

OK. Pas de panique. PAS. DE. PANIQUE. Qu'est-ce qui pourrait t'aider à te défendre?

Je regarde dans ma main. J'ai trois bistouris et une paire de ciseaux. Mouais je ne vais pas aller loin.

Je regarde derrière moi. Il y a toute une série de placards.

Je me baisse, grimaçant sous la douleur. J'ouvre le premier placard et déverse le contenu sur le sol. Des compresses de gazes, des seringues, des boîtes de Petri, des pinces en plastique… rien qui pourrait m'être utile.

Je sursaute alors qu'un coup fait sauter un des gonds de la porte.

Je me retourne, affolée, et ouvre le deuxième placard. Il contient des dossiers. Je prie silencieusement en ouvrant le dernier placard. Il ne contient qu'une boîte. Remplie de scalpels.

Je plonge la main dans la boîte et les attrape comme s'il s'agissait de bonbons. Je sens des lames entailler mes mains, mais je n'en tiens pas compte.

Je me relève en titubant et fais face à la porte. Le deuxième gond saute sous un coup violent.

Mon Dieu, pardonnez-moi si je n'ai pas toujours suivi vos lignes de conduite. S'il vous plaît, ne me laissez pas tomber et je vous jure que je ferai des efforts à l'avenir pour me rapprocher de vous. Aidez-moi à garder le contrôle.

La porte tombe lourdement et les hommes entrent en braquant leurs armes sur ma poitrine.

Je me baisse et lance mes scalpels à la vitesse de la lumière. Les bistouris volent dans les airs et les soldats tombent les uns après les autres. Je ne vois plus aussi bien qu'avant, alors certains de mes projectiles n'atteignent pas leur cible. Je ne vise que des endroits douloureux, je ne veux pas tuer qui que ce soit.

— Ne tirez pas ! Ne tirez pas, je la veux vivante !

Un des mercenaires plonge littéralement à travers la pièce et me tacle les jambes. Je fais un bond d'au moins deux mètres et me cogne violemment la tête contre le sol. Je vois des étoiles et des tas de jolis scalpels qui dansent autour de ma tête.

Je garde néanmoins l'emprise sur les armes dans ma main droite alors que le militaire me retourne sur le ventre et me cogne le front contre le sol, pour la deuxième fois. J'ai un mal fou à rester éveillée.

L'homme pose sa main à plat sur mon dos, au milieu de mes ailes, et appuie de tout son poids. Je gémis sous la douleur, à moitié consciente. Quelqu'un attrape mes mains.

— Lâche ça !

L'homme frappe ma main qui tient les scalpels sur le sol.

— Lâche ça ou je te brise le poignet !

Résignée, je desserre ma main et les objets en métal tombent sur le carrelage en cliquetant.

Un des soldats joint mes deux mains et me passe des menottes. Il les serre tellement que l'acier rentre dans ma peau meurtrie.

J'étouffe un cri.

— Fallait pas jouer à la maligne avec moi ma belle.

La voix de BDB s'élève au-dessus de moi. Il attrape mes poignets noués et me relève, sans égard pour mes nombreuses blessures.

Je titube sous la douleur que m'infligent les menottes *et* mes côtes.

Ma tête retombe et un lourd rideau de cheveux obstrue ma vue. Si BDB ne me tenait pas je tomberais à nouveau. Mais sa prise sur mes poignets ne se desserre pas et j'essaie de rester consciente.

Il me pousse vers la porte et sans prévenir je balance mon mollet dans son entrejambe. Il pousse un hurlement à réveiller un mort et me lâche.

Une demi-seconde.

La demi-seconde d'après je suis violemment jetée par terre et rouée de coups. Ça pleut de partout. Mes jambes, mon abdomen déjà douloureux, mon visage, rien n'est épargné.

Je me sens partir, je n'arrive plus à savoir ce qui est réel et ce qui ne l'est pas. Je ne ressens même plus la douleur.

— Ça suffit. Elle a eu son compte, elle va bien se tenir maintenant. N'est-ce pas que tu vas bien te tenir ?

Bien me tenir, j'en sais rien. Je n'arrive même pas à relever la tête. Il faudra qu'il me tienne lui-même, cet idiot.

Une main agrippe mon menton et tourne mon visage vers le haut. J'ouvre les yeux. BDB me sourit. C'est plus un rictus cruel qu'un sourire, quoique.

Il me remet sur mes jambes mais je ne tiens pas toute seule. Il me supporte presque entièrement.

Je sens un liquide chaud couler de mon nez, de ma bouche et la partie gauche de mon visage est plus enflée de secondes en secondes. Je n'arrive plus à ouvrir l'œil. Et ne parlons même pas de ma cage thoracique. La douleur est de nouveau là, dix, cent fois pire qu'avant.

Ma tête retombe lourdement et mes cheveux poisseux de sang viennent se coller à mon visage.

Je sens qu'on me pousse, qu'on me tire, qu'on me traîne. Je me laisse faire. De toute manière, même si je le voulais, je ne pourrais pas bouger. Je n'ai jamais eu aussi mal de toute ma vie.

Un gémissement rauque s'échappe de ma bouche alors que je trébuche. Un petit «*cling!*» se fait entendre. Le bruit de la porte coulissante m'indique que nous sortons. Ou que quelqu'un entre, je ne sais pas.

— Mais qu'est-ce que c'est que ce foutoir, lieutenant?

Une voix tonitruante s'élève devant moi. Je n'arrive pas à relever la tête pour voir à qui elle appartient mais elle me fait sursauter. C'est bon signe, j'ai encore la capacité de bouger.

BDB se fige et moi avec.

Une deuxième voix s'exclame, exaspérée :

— On t'a posé une question, lieutenant général Harvey.

Ouah! Lieutenant général? Si j'avais su je me serais mise au garde-à-vous.

— Puis-je savoir à qui j'ai affaire?

La voix de BDB est tendue et indécise.

— Général des armées Grant et lieutenant général Katsu. Nous sommes là sur l'ordre du président Jenkins.

Je suppose que BDB doit faire le salut militaire parce qu'il me lâche brusquement et je tombe par terre comme une bouse.

— Mon général, je n'ai reçu aucune information de la part du Président, m'informant de votre visite.

Qui est ce foutu président Jenkins, bon sang?

Le ton de GAG se fait cinglant.

— Évidemment, il a été informé de ce remue-ménage par le Dr Crowd et nous avons eu l'ordre express de conduire le spécimen au QG de secours avant que les choses ne se gâtent davantage. Vous avez fait un tel boucan que la police locale risque de rappliquer d'un instant à l'autre. Il ne manquerait plus que le gouvernement vienne fourrer son nez dans nos petites affaires non déclarées, n'est-ce pas?

Quoi? Le gouvernement n'est pas impliqué? Mais alors… Qui sont ces gens?

Je peux presque sentir BDB blanchir.

LGK prend la parole.

651

— Nous n'avons pas besoin de votre assentiment, lieutenant, ordre d'en haut. Caporal Simon ! Vous embarquez la fille. Exécution.

Je sens deux bras puissants me soulever de terre et me traîner sans ménagement vers ce que je pense être la sortie.

Le général des armées et son lieutenant prennent congé de BDB et nous suivent. J'ai toujours la tête baissée, mais à travers mon rideau de cheveux et mon œil gauche, je peux voir que nous débouchons sur un garage sombre.

Le caporal me fourre tant bien que mal dans un gros 4×4 noir. On se croirait dans un film d'espionnage, sérieux.

Mais une fois à l'intérieur du véhicule et que celui-ci se met en marche, tout change du tout au tout. Et ce qui se passe est tellement dingue que je me demande si je ne suis pas morte et en train de délirer dans un monde intermédiaire.

— Mais qu'est-ce qu'elle a bien pu faire pour qu'ils la battent comme ça ?

Je connais cette voix. Mais je n'arrive pas à la remettre.

GAG répond en grognant.

— La connaissant elle a dû essayer de castrer un des types. Est-ce que tu as vu le nombre effarant de soldats qui avaient un scalpel planté dans la cuisse ?

Je sens qu'on m'allonge délicatement sur la banquette arrière. Un gémissement s'échappe de mes lèvres. Ces foutues côtes sont en train de me tuer, c'est sûr.

— C'est hallucinant. Cette nana est une vraie ninja. Une tarée de ninja.

— La ferme Isha.

Isha ? Je ne savais pas que ce prénom était aussi répandu.

Une main chaude se presse contre ma joue.

— Cass ? Cass c'est moi, ouvre les yeux.

C'est la voix de GAG. Je ne connais pas cette voix alors je ne vois pas pourquoi j'obéirais.

— Enlève ton truc, elle ne doit pas reconnaître ta voix.

— Ah ouais mince, c'est vrai.

Une pause.

— Cass, tout va bien, tu es en sécurité maintenant, j'ai besoin que tu me dises où tu es blessée.

Mon cœur fait un tel bond dans ma poitrine que je me demande s'il n'est pas sorti et qu'il n'est pas en train de se cogner contre les parois de la voiture.

J'ouvre ma seule paupière encore en état de fonctionner. Ce n'est pas possible. Ce n'est tout simplement pas *possible*. Je dois rêver. Parce que l'homme qui est assis sur la banquette en face de la mienne ne peut pas vraiment être présent. Il ne peut pas. Parce que cet homme, il ne se souvient pas de moi.

Cet homme, c'est Gabriel.

79

Je le regarde, bouche bée. Je dois être en train d'halluciner, voilà, c'est ça l'explication. En vrai, un des officiers est certainement en train de me parler et j'ai dû recevoir un coup un peu trop fort sur la tête. Ou alors je suis vraiment morte.

Mais je ne vais pas me plaindre, hein ? Cette apparition est absolument délicieuse.

— Qui… qui êtes-vous ?

Mon hallucination fronce les sourcils et lève la tête.

— C'est pas vrai, ne me dites pas qu'elle est aussi amnésique.

Il se reconcentre sur moi et met ses mains de part et d'autre de mon visage. Je pense que je dois être morte. Une hallucination ne peut pas être aussi réelle. Sauf si on s'appelle Izzie, qu'on est chirurgien et qu'on a un cancer du cerveau, bien sûr. Je ne pense pas que ce soit mon cas. Donc je suis morte.

— Parce que si c'est le cas, je n'hésiterais pas à te remettre un coup sur la tête pour te rafraîchir la mémoire. Sans compter que tu ne l'auras pas volé.

Ah non, non. Ce n'est pas une hallucination et je ne suis pas morte. C'est bel et bien lui.

— Gab ?

Un grand sourire s'allonge sur son visage.

— Je savais bien que tu ne pouvais pas oublier ma belle gueule.

Non mais quelle arrogance ! Ah, je le reconnais bien là, plus aucun doute !

Je suis en colère. Non mais vraiment. Et en plus je ne sais pas pourquoi. Pas vraiment en tout cas. Ce qui me met encore plus en colère.

Je me tortille pour essayer de lever le bras mais je suis encore menottée. L'acier laboure un peu plus ma chair meurtrie. Je grimace de douleur. Gabriel fronce les sourcils.

— Aïe, mes mains.

Il me met doucement en position assise et je manque de tourner de l'œil tant la douleur dans ma cage thoracique est horrible. Je gémis faiblement à la place.

Gabriel jure tout bas.

— Ils lui ont tellement serré ces foutues menottes qu'elle a la peau tout arrachée. Isha, file-moi la clef.

Malheureusement, lui non plus n'est pas une hallucination. Sérieux, pour le coup ça m'aurait bien arrangée.

Gabriel tripote les menottes et je ne bouge pas, à moitié consciente. Il me rallonge doucement sur la banquette et mon bras droit pend lamentablement sur le côté.

Le visage de Gabriel se rapproche du mien. Ses yeux ont perdu de leur éclat froid et j'y vois même de la tendresse.

— Cass, il faut que tu me dises où tu es blessée, à part aux mains et au visage.

— Tu m'as oubliée.

C'est tout ce à quoi j'arrive à penser pour le moment. Gabriel lève les yeux au ciel et se passe une main nerveuse dans les cheveux.

— Je t'ai oubliée une demi-journée Cass, une petite demi-journée ! Le Sérum a cet effet-là quand on l'injecte aux blessés. Et encore, tu étais la seule personne qui me semblait familière. Les autres que je connaissais depuis des années n'étaient que néant dans mon esprit. Quand je me suis souvenu, j'ai voulu partir te chercher mais on m'a attaché à mon lit pour que je ne bouge pas et que je

655

n'aggrave pas mon cas. Et quand j'ai été en état de marcher tu étais partie.

Ses yeux brillent de colère. Sa voix prend un ton indigné, que je ne lui connais pas.

— Si tu savais ce que je t'ai détestée, bon sang. Comment est-ce que tu as pu me faire ça?

Je crois que si je n'avais pas eu de côtes cassées, il me secouerait comme un prunier.

— Je n'ai pas vraiment eu le choix figure-toi! Ce n'est pas comme si on m'avait demandé mon avis!

Soudain, sa voix s'élève, je ne l'ai jamais entendu crier ainsi. Même pas avec Camille. Et encore moins sur moi. C'est encore plus terrifiant que d'être attaquée par une nuée de soldats psychopathes. Et ça me fait bondir sur la banquette de cuir.

— Mais tu as disparu! Tu ne m'as laissé aucun message, aucun signe, aucun indice pour te retrouver. Rien! *Rien!* Tu croyais pouvoir te débarrasser de moi aussi facilement? demande-t-il en m'agrippant par les épaules.

Je crois que je ne vais finalement pas pouvoir éviter la phase de secouage.

Ses yeux flamboient de rage et de désespoir et ma voix se brise.

— N'importe quoi! J'ai fait ça parce que mon père était à mes trousses et que je ne voulais pas qu'il me récupère! Tu n'as pas la moindre idée de ce que c'est que d'avoir un père comme lui! Et… et tu m'avais oubliée, merde! Je pensais que ça serait plus facile pour toi de recommencer une vie normale si tu ne savais pas que j'existais. Tu m'avais OUBLIÉE!

Des sanglots secouent ma poitrine et c'est douloureux à en mourir.

— Arrête Gabriel, t'es en train de la faire étouffer là.

— La ferme Arthur, on t'a rien demandé.

Arthur. C'est la voix que j'ai reconnue tout à l'heure.

Gabriel soupire et se passe une main nerveuse dans les cheveux.

— OK, OK, calme-toi, tu vas te faire mal. Mais comprends-moi, j'ai été tellement malade de te voir disparaître, et surtout d'être incapable de te retrouver, que j'ai failli virer taré.

— Je confirme.

Isha, qui est assis sur le siège passager, à l'avant, ricane.

— Merci Isha. (Gabriel se retourne vers moi. Ses yeux ont toujours cette lueur glacée, mais il a retrouvé son calme.) Cass dis-moi où ils t'ont frappée, il faut que je te soigne.

Je ne peux m'empêcher de lever le menton avec défi :

— Lâche-moi un peu, je n'ai pas besoin de ton aide.

Il me fusille du regard et mes dernières défenses tombent.

Je lève une main fébrile et soulève le tissu de la blouse en grimaçant.

Les pommettes encore rosées de colère de Gabriel pâlissent et Isha lâche un juron. Ça ne doit pas être joli-joli à voir.

— Ces enfoirés, murmure-t-il d'une voix lourde de menaces. Arthur, fais demi-tour, j'ai oublié de faire un truc.

— Arrête de délirer Gabriel, tu ne vas pas repartir là-bas pour leur refaire le portrait. Non seulement on a déjà dû se rendre compte que notre «ordre express» c'était du pipeau, mais en plus le plomb dans les murs t'empêchera d'utiliser tes Sens correctement, c'est du suicide.

Isha a raison. Je ne suis pas partie de là-bas pour y retourner.

— C'est bon Gab, détends-toi. Un peu de repos et j'irai mieux.

Il pose ses yeux sur mon ventre et serre les mâchoires. Puis il se redresse et soulève un peu plus la blouse. L'air froid sur ma peau contusionnée me fait frissonner. Isha me regarde, les yeux écarquillés. Gabriel se retourne et plisse les yeux.

— Isha, tu sais que je t'aime bien, mais si dans la seconde qui suit tu ne regardes pas la route, je serai obligé de te descendre.

Isha lève les yeux au ciel mais se retourne aussitôt. Gabriel m'examine à nouveau, visiblement inquiet.

— Cass, je vais compter le nombre de côtes que tu as de cassées, d'accord? Ça risque de faire un peu mal.

— Pourquoi est-ce que tu veux compter ces foutues côtes? gémis-je. Franchement une ou dix ça change quoi?

Il se colle un sourire sarcastique sur le visage et j'ai soudainement envie de lui en mettre une et de l'embrasser en même temps. Bon sang ce que ça m'a manqué!

— Parce que, mademoiselle le docteur, si je veux t'injecter correctement le Sérum il faut d'abord que je sache quelles côtes il me faut soigner.

Je soupire. Ça se tient.

Oui c'est vrai que ça fait mal. Les mains de Gabriel tâtent avec assurance chacune de mes côtes et son front est plissé par la concentration. Mais franchement, ce n'est pas la douleur que je ressens dans l'instant présent, non. Par contre, ses doigts à deux centimètres de mes seins, ah, ça oui je le sens. Et c'est assez agréable pour me faire oublier la douleur.

Gabriel recouvre doucement mon ventre et soupire.

— Quatre côtes cassées, deux de fêlées. Ils ne t'ont pas loupée.

Je souris et ça me fait super mal. J'ai dû m'ouvrir la lèvre.

— Ouais, je crois qu'ils n'ont pas trop apprécié que je les insulte.

Il rit doucement et retire délicatement les mèches de cheveux qui me sont tombées sur le visage.

— Allons, mon cœur, comme si tu n'avais fait *que* les insulter.

— Et qu'est-ce que j'aurais dû faire à ton avis? Les aider à m'attacher à la table?

Une lueur de malice s'allume dans ses yeux.

658

— Ils t'ont attachée à une table ? Voilà qui est intéressant...

Je ris mais m'arrête aussitôt quand je sens mes six côtes endommagées me faire mal comme autant de coups de poignard.

— OK, alors il faut que je t'explique que rire n'est pas conseillé quand on a des côtes cassées.

— Alors arrête de dire n'importe quoi !

— Je ne peux pas m'en empêcher, j'ai trois mois de retard horripilant à rattraper...

Je plisse les yeux.

Ses yeux brillent et il se penche doucement. Ses lèvres frôlent les miennes et il murmure, d'une voix que, j'en suis sûre, je suis la seule à entendre :

— Tu m'as manqué. Comment est-ce que tu as pu croire que ma vie pourrait être de nouveau normale sans toi ?

— Dites, vous savez qu'il y a des chambres d'hôtel pour ça ? Non parce que Gab, si tu veux que je tapisse le 4×4, continue comme ça, tu es sur la bonne voie.

On se tourne tous les deux en même temps vers le siège passager et lançons d'une même voix :

— La ferme, Isha.

Gabriel s'écarte un peu en riant et presse son front contre le mien.

— Isha, si t'as une âme sensible t'as qu'à fermer la vitre de liaison.

La vitre de liaison ? C'est quoi cette voiture ? Une limousine ?

Isha ricane.

— Et savoir que vous faites des trucs cochons à l'arrière ? Non merci, c'est pire.

— Alors regarde la route et boucle-la.

On roule sur un nid-de-poule et le 4×4 cahote. Je pousse un petit cri alors que la douleur momentanément oubliée revient en force. Gabriel fronce les sourcils.

— Eh Arthur, travaille ta conduite! Le but quand on voit des trous dans le sol c'est pas de rouler dedans.

Arthur serre les dents.

— Merci Isha pour tes conseils avisés.

— Je t'en prie, répond-il d'une voix chantante, je suis là pour ça.

Je me tourne vers Gab qui a l'air amusé.

— Où est-ce qu'on va?

— À une de nos planques. On y sera en sécurité jusqu'à ce que tu guérisses et après on avisera.

— En parlant de ça, on arrive.

Arthur braque et prend un chemin de terre. Des vaches paissent paresseusement sur le côté.

Je plisse les yeux.

— Où est-ce qu'on est au juste?

Gabriel regarde nerveusement par la lunette arrière et me répond vaguement:

— Pas très loin de New York.

Il se tourne vers le siège passager. Comme il est dos à moi, je ne vois pas ce qu'il fait mais Isha répond par un haussement d'épaules et un «je ne crois pas». Il a parlé très doucement mais j'ai parfaitement compris chaque syllabe. Quelque part, je suis rassurée, mon ouïe est revenue. Et depuis cinq minutes environ je vois de nouveau parfaitement bien. Si on met de côté le fait que j'ai une partie du visage tuméfiée et un œil fermé.

Arthur se gare et sort immédiatement. Isha et Gabriel l'imitent et je me retrouve seule, couchée sur une des banquettes arrière de la voiture.

Gabriel ouvre la portière de mon côté et me soulève délicatement. Je lutte contre le besoin presque instinctif de crier, je n'ai pas envie qu'on me prenne pour une mauviette.

Gabriel me jette un regard concupiscent.

— Tu sais que tu es drôlement sexy en blouse chirurgicale?

Je grimace de douleur alors qu'un petit rire sarcastique s'échappe de ma bouche.

— Et encore, tu serais arrivé dix minutes plus tôt tu m'aurais trouvée attachée à un billard, allongée sur le ventre avec absolument rien sur le dos.

— Oh non, j'ai manqué ça? Attends… tu t'es déshabillée pour eux et moi je n'ai même pas le droit de te compter les côtes?

— Idiot! Je me suis réveillée comme ça. Ils m'avaient déshabillée pour prendre des photos de mes ailes.

Je frissonne d'effroi :

— Beurk, quelle bande de pervers.

Il secoue la tête.

— Comment diable as-tu fait pour les convaincre de te détacher?

— Je ne les ai pas convaincus, je me suis détachée toute seule.

Il s'arrête sur le seuil de la porte et me regarde, sceptique.

— Et comment tu as fait ton compte?

— Trop long à expliquer et actuellement parler est assez douloureux.

Il hoche la tête et entre dans la maison. Je ferme les yeux et laisse ma tête reposer contre sa poitrine. J'ai un mal fou à respirer correctement et je suis épuisée. Ce n'est pas la meilleure journée que j'ai passée dans ma vie. N'empêche que chaque inspiration laborieuse m'amène des effluves de son odeur. Bon sang, qu'est-ce qu'elle a pu me manquer! Je ne sais même pas comment j'ai fait pour survivre sans pendant trois mois. C'est peut-être pour ça que j'ai mis des bougies parfumées au pin partout dans l'appartement, maintenant que j'y pense. Et que je me suis acheté des gels douche au pin.

Mais il me manquait ce petit truc, cette odeur de musc, si masculine, qui donne au tout un parfum tellement ensorcelant que je pourrais fourrer mon nez dans son cou et le respirer toute la journée non-stop.

661

Gabriel me dépose malheureusement sur un grand lit et je n'ai qu'une envie : me recoller à lui.

— Toi tu ne bouges pas, je reviens.

Je lui lance un regard sarcastique.

— Et où veux-tu que j'aille ? Batifoler dans le pré avec les vaches ?

Il me lance son sourire enjôleur et je craque complètement.

— Je n'en sais rien, je me méfie. Avec toi le mieux c'est d'envisager toutes les possibilités. Alors je te prierai de ne pas rendre visite aux vaches pour le moment, d'accord ? Demain quand tu iras mieux je te promets que je t'amènerai voir les vaches et si tu es sage tu auras même droit à des bonbons.

Je me renfrogne. Ce mec est un crétin. Un crétin sexy mais un crétin quand même.

— Va mourir.

— Ouais, on me le dit souvent.

Il me fait un clin d'œil et disparaît dans le couloir ; je ferme à nouveau les yeux. Je cale ma respiration sur les battements de son cœur. Des petites inspirations et expirations rapides qui ne me sont pas aussi douloureuses que les autres. Et j'ai un peu moins l'impression d'étouffer.

Je commence à somnoler quand mon oreille ultrasensible capte les bruits d'une conversation. Je me concentre à nouveau.

— Isha, bon sang, où sont les trois Mousquetaires ? Ils étaient censés nous suivre de près et nous rejoindre aussitôt qu'ils s'étaient assurés qu'on n'était pas suivis.

— Eh, j'en sais rien moi. Je ne suis pas leur baby-sitter, t'as qu'à demander à Arthur, c'est leur pote. Et puis, peut-être que s'ils ne sont pas là c'est *justement* parce qu'on était suivis, t'y as pensé à ça ?

J'entends Gabriel maugréer des propos inintelligibles et appeler Arthur.

— Tu as des nouvelles de Michael et compagnie ?

— Nan. Pas d'SMS, pas d'appels. Ils ont dû nous couvrir en prenant une autre route. Simple précaution, détends-toi.

— Mais qu'est-ce qu'ils fabriquent ?

— Relax, mon vieux ! Ils vont bien. Ils ne seront pas suivis par les humains. Le seul risque c'est Manassé et même s'ils se font prendre il ne les tuera pas, ce sont les seuls à savoir où on se planque.

— C'est bien ça qui m'inquiète. Bon préviens-moi quand tu as des nouvelles.

Manassé ? Mais qu'est-ce qu'il vient faire au milieu de tout ça ? Il ne peut pas se mêler de ses affaires de temps en temps ? Quoique je suppose qu'étant sa fille biologique je fais certainement partie de ses affaires.

Les pas de Gabriel se dirigent vers ma chambre et je m'apprête à lui demander ce qu'il se passe quand je note ce qu'il tient dans la main. C'est une seringue. Une ÉNORME seringue. Je me sens blêmir.

— C'est quoi, *ça* ?

Le liquide bleuté à l'intérieur attire mon attention. En me concentrant je vois des centaines de milliers de cristaux microscopiques de forme étrange le composer. Je déglutis.

— Ne me dis pas que tu vas m'empaler avec ce truc ?

Gabriel lève les yeux au ciel d'un air théâtral.

— De suite les grands mots, *empaler*. Non, je vais te soigner avec ce truc.

— Ha, ha ! C'est vraiment très sympa de ta part *mon cœur*, dis-je en accentuant ces mots avec ironie, mais j'ai décidé que j'allais guérir toute seule, comme une grande, OK ? Maintenant va gentiment déposer ton arme de destruction massive loin, très loin de cette chambre.

Ses yeux brillent de malice.

— On a peur des petites piqûres ?

— Petites ? Achète-toi des lunettes, c'est pratiquement une épée. Moi vivante tu ne me piqueras pas avec ça.

Il porte la seringue à son visage et presse le piston. Une petite giclée de produit en sort et il pose de nouveaux les yeux en haussant un sourcil.

— Je suis curieux de savoir comment tu vas faire pour te défendre avec quatre côtes cassées et des plaies partout, vraiment curieux. Mais je te demande de bien vouloir coopérer, je ne voudrais pas te faire plus mal. Mais si vraiment tu ne me laisses pas le choix…

Il hausse les sourcils.

Je soupire bruyamment, ce qui me vaut un élancement fort douloureux dans mon flanc droit.

— OK, OK. Mais je te préviens : je n'accepte pas les piqûres sur les fesses.

— Quel dommage. Ç'aurait été tellement plus efficace…

— Dépêche-toi, avant que je ne change d'avis et que tu aies à m'assommer pour me soigner.

Il s'approche, toujours ce large sourire amusé sur les lèvres et s'assoit sur le bord du lit. Je suis chacun de ses mouvements comme s'il tenait de la nitroglycérine.

Il avance sa main et s'arrête à hauteur de la blouse. Il me lance un regard interrogateur et je plisse les yeux.

— Tu permets ?

Je baisse les yeux sur le tissu et rougis légèrement. Mon Dieu, je vous en supplie, faites que ça ne se voie pas. Pour masquer mon embarras je lève les yeux au ciel.

— Tu ne m'as pas demandé la permission tout à l'heure, dans la voiture.

Il sourit à nouveau.

— C'était pas pareil. (Il baisse les yeux et fait mine de s'intéresser à la seringue, mais je vois qu'il lutte pour ne pas rire. Oh mon Dieu, je dois être de la même couleur que BDB plus tôt.) Et puis je crois que tu n'étais pas contre non plus…

Avant de rougir un peu plus je me renfrogne.

— Bon tu la fais cette piqûre ?

Il rit doucement, déboutonne ma blouse et écarte les pans du tissu. Je me retiens de ne pas frissonner. Franchement

664

on ne peut pas m'en vouloir. Je ne suis pas hyperhabituée aux contacts physiques avec la gent masculine, encore moins avec un homme ultrasexy avec des airs de dieu grec en vacances. Sans parler du fait que je suis totalement dingue de lui et que ma poitrine est… disproportionnée par rapport au reste de mon corps. Pourquoi, mais pourquoi est-ce que je ne suis pas faite comme les filles normales de ce monde ? En même temps si on va par là, j'ai des ailes vertes dans le dos et un paternel tricentenaire, dont le but dans la vie est de contrôler la planète. Alors, côté normalité, je crois que je ne suis pas gâtée.

Le visage de Gab s'assombrit. Je baisse les yeux sur mon torse. Ouah. Il y a toutes les nuances de bleus et de mauves sur ma peau. Même le jaune est de la fête. Je suis parée pour le festival de Rio.

— La vache, ils ne t'ont pas ratée. (Il me jette un coup d'œil oblique.) Franchement, je suis curieux de savoir ce que tu leur as fait, à part les poignarder, pour qu'ils se vengent comme ça.

Je fais un geste vague de la main, ce qui attire mon attention sur mon poignet. La peau est tout écorchée et sanguinolente. C'est dégoûtant, à certains endroits la chair est entaillée si profondément qu'elle est blanche. Je reporte aussitôt mon attention sur Gabriel pour ne pas tourner de l'œil.

— Un petit coup de pied de rien du tout. Le gars était juste susceptible.

— Mouais, à mon avis ça devait être bien placé, hum ?

— Est-ce que tu comptes me la faire ta piqûre ou tu fais juste durer le plaisir ?

— Bon sang ce que tu es désagréable aujourd'hui.

— Oui, les enlèvements, les scientifiques fanatiques et les passages à tabac ont tendance à me faire cet effet-là.

Sans prêter attention à l'ironie dans ma voix il reporte son regard sur ma peau. Je surveille son aiguille et je me sens tendue comme un string alors qu'il pose sa main droite sur une côte. Il plisse les yeux.

665

— Qu... qu'est-ce que tu fais?

— Je détermine où se trouve exactement la fêlure. Je dois injecter le produit à l'intérieur.

Je me sens blanchir.

— Oh non... tu es en train de dire que tu vas planter ce sabre dans chacune de mes côtes cassées?

— Détends-toi mon chou, j'ai une très bonne vue et j'ai fait ça un million de fois au moins.

J'essaie d'avaler le nœud qui s'est formé dans ma gorge.

— Détends-toi... détends-toi... c'est facile de la part de celui qui est du côté du piston.

— Je te signale que j'ai eu ma dose trois mois auparavant. Et c'était pour une septicémie à un stade critique.

Je joins les mains dans une mimique qui se veut faussement compatissante.

— Pauvre amour. Je te signale que tu étais inconscient et que je le sais puisque c'est moi qui ai tiré ton royal corps sur soixante kilomètres, *dixit* le fait d'avoir volé une motoneige pour faire parvenir ledit corps jusqu'au village à temps et...

Sans préambule il plante l'aiguille d'un geste rapide et assuré et j'arrête aussitôt de respirer, de parler, de faire quoi que ce soit en fait. Je sens l'aiguille me transpercer la peau, et pire s'insinuer dans la cassure de la côte.

Avant que je n'aie pu bouger sous l'effet de la douleur, il plaque sa main libre sur ma clavicule et presse le piston de la seringue. Je sens une vive brûlure, comme si ma côte était soudainement chauffée à blanc, mais elle s'évanouit presque aussitôt, remplacée par une merveilleuse sensation de fraîcheur.

Je me tourne vers le visage de Gabriel qui est impassible.

— T'es malade? J'aurais pu faire un infarctus juste pour ça, tu pourrais prévenir avant!

— Arrête tes jérémiades, je suis sûr que tu n'as rien senti.

— Là n'est pas la question. La moindre des choses c'est de me prévenir. Si j'avais sursauté t'aurais pu me la planter dans le cœur, ton aiguille.

— Je te tenais et je savais ce que je faisais, pas besoin de te la jouer damoiselle effarouchée. Tu étais partie pour me faire la morale pendant une demi-heure, j'ai profité de l'occasion pour te faire la première injection.

Soit cette joute verbale me donne le tournis, soit il n'y a pas que de la Caïna dans le liquide bleu…

— Nom de… qu'est-ce qu'il y a dans cette fichue seringue ?

Gabriel se prépare à m'injecter une nouvelle dose.

— Un sédatif.

Je commence à gémir.

— C'est pas vrai ! J'en ai marre d'être droguée. C'est la sixième fois au moins depuis le début de l'année ! Je suis sûre que je pourrais figurer dans le livre des records juste pour ça…

Gabriel lève les yeux au ciel.

— Cesse donc de geindre. Le produit va t'endormir progressivement parce qu'il est cliniquement prouvé que la cicatrisation et les réparations faites par le corps se font alors que nous dormons. Du moins la plus grosse partie.

Il me plante de nouveau l'aiguille dans le flanc et je grimace en essayant de ne pas bouger. De toute façon, avec sa main appuyée sur ma clavicule je ne peux pas faire grand-chose.

Injection après injection, je sens mes inspirations se faire moins douloureuses, plus assurées. Et je me sens de plus en plus fatiguée.

Après la sixième piqûre j'ai l'impression d'avoir fumé une dizaine de pétards, et je suis incroyablement de bonne humeur. En fait, je crois que je n'ai jamais été d'aussi bonne humeur.

Gabriel se relève et tend doucement le tissu sur mon ventre. Il prend mon poignet et le bande soigneusement.

Un sourire idiot s'épanouit sur mon visage.

— Je ne savais pas que tu étais doué pour jouer au docteur.

Il me regarde en écarquillant les yeux et j'ai l'impression qu'il réprime un fou rire. Mais je m'en moque. Je le trouve tellement beau.

— Il y a tellement de chose que tu ne sais pas sur moi, mon cœur.

— J'aimerais bien remédier à cette situation.

Je le regarde en clignant des yeux plusieurs fois. C'est normal que je voie double ? Oh et puis tant pis, avec deux Gabriel pour le prix d'un, je ne vais pas me plaindre !

— Cass...

Tout à coup je ne suis plus sûre. Qu'est-ce que je viens de dire au juste ? J'ai dû dire un truc de travers. Je l'aime tant... je ne veux pas qu'il se sente prisonnier ou je ne sais pas quoi. Les mecs sont tellement compliqués qu'il faut faire gaffe à ne pas les effaroucher.

Je glousse nerveusement.

— Excuse-moi, c'est ce sédatif, j'ai l'impression d'être bourrée. Oublie ce que je viens de dire.

— ... Tu as déjà oublié ce que je t'ai dit trois ou quatre mois plus tôt ?

La pièce tangue dangereusement mais j'essaie de me concentrer sur son visage.

— Je t'ai promis que je ne te lâcherais plus. Tu as réussi à m'échapper une fois. Mais tu n'y arriveras pas deux fois. Maintenant je ne te laisse plus t'éloigner de moi. D'ailleurs je pense sérieusement à t'implanter une puce électronique.

Hum... c'est tellement... sexy.

Il paraît hésiter un instant.

— Et... et ce que je t'ai dit avant de tourner de l'œil quand l'autre taré m'a poignardé... je le pensais. Et je le pense toujours.

Nom de Zeus... il s'en souvient. Et il le pense. *Il m'aime.* Moi la gamine orpheline et perturbée. Bourrée, qui plus est. Je sens un sentiment de joie brute me posséder tout entière.

Il regarde la couette, l'air d'être tout d'un coup très intéressé par les motifs en forme de fleurs.

— Il est vrai que ton opinion sur le sujet n'y changera rien, tu vas m'avoir toujours sur le dos à partir de maintenant, mais tu ne m'as jamais répondu.

Je me tortille comme un ver en souriant de toutes mes dents. Dans ma tête une petite voix scande à tue-tête :

Il m'aime ! Il m'aime ! Il m'aime ! Il m'aime !!

Je tente de reprendre un air sérieux mais c'est vraiment dur quand j'ai envie de me lever et de danser sur le lit. Et je ne suis pas sûre que ce soit entièrement dû à l'effet du sédatif.

Je m'examine un ongle en réprimant un sourire idiot sur mon visage.

— Si je te l'ai dit mais tu étais inconscient.

Il me regarde avec gravité.

— C'est vrai ? Alors je n'ai pas vraiment rêvé. J'ai cru t'entendre pendant mon inconscience. Mais peu importe, ça ne compte pas. Il faut que tu le redises une fois.

J'inspire profondément et le fameux sourire idiot s'épanouit complètement sur mon visage.

— Gabriel Paricio, je t'aime.

Un sourire merveilleux fend son visage en deux. Je pourrais le regarder comme ça pendant des heures s'il ne s'était pas rapproché soudainement de moi.

Ses lèvres ne sont plus qu'à quelques millimètres des miennes et je me sens très, très éveillée.

— Moi aussi je t'aime, Cassiopée O'Brien.

Il m'embrasse avec tendresse et j'oublie tout. La fatigue, la tristesse, la peur, mon visage tuméfié, le fait que je me sente légèrement ivre. Il n'y a plus que lui et moi.

Je lui rends son baiser et il m'embrasse plus profondément, plus ardemment. Sa langue touche la mienne et je sens comme une décharge électrique me parcourir de la tête au pied, courir dans mes veines. Sa main glisse sur mon bras et je sursaute au contact de sa peau froide. Elle

669

remonte le long de mon dos, caresse distraitement la base de mes ailes et vient se caler derrière ma nuque.

Je laisse échapper un soupir et rougis immédiatement. Mais il ne semble même pas l'avoir remarqué. Ses lèvres quittent ma bouche et viennent trouver mon cou. Elles laissent une traînée de feu derrière elles. C'est limite si je me souviens comment je m'appelle. Sa main droite est occupée à caresser ma nuque et la gauche remonte lentement le long de mon flanc droit. Je sens mes poils se dresser sur mes bras. Je suis à bout de souffle. Je ne savais pas que l'on pouvait ressentir ce genre de choses. Je suis chaude et froide, consciente et inconsciente, absolument, entièrement vivante, mais à l'article de la mort.

Mes ailes vibrent et je ne sais pas comment faire pour les arrêter. Et quelque part je m'en moque.

Quelques secondes plus tard il est au-dessus de moi, sur le lit. Je remarque quand même qu'il ne s'appuie pas sur mes côtes encore fragiles. Il m'embrasse de nouveau, avec plus de tendresse cette fois. Il prend son temps, il m'explore.

La pièce se met à tourner dangereusement vite alors je passe mes bras autour de ses épaules et m'accroche à lui pour ne pas m'envoler.

Ma main remonte lentement le long de son dos, pour m'assurer que je ne lâche pas prise, et vient se fourrer dans ses cheveux. Comment se fait-il qu'ils soient si doux ?

Je penche la tête en arrière pour lui donner un meilleur accès à mon cou, mais il se redresse, essoufflé.

— Oulah. Il faut qu'on arrête Cass.

Je gémis et essaie de l'attirer de nouveau vers moi mais il tient bon.

— Mais pourquoi ?

Il me lance un regard éloquent.

— Parce que je ne t'ai pas vue depuis trois mois, que je suis dingue de toi et que je suis un homme. Est-ce que c'est assez clair ou il faut que je te fasse un dessin ?

Je me mords la lèvre en passant mon doigt sur son torse.

— Oui c'est clair, mais je trouve ça plutôt excitant.

Il me regarde en écarquillant les yeux et je me demande un court instant ce que j'ai bien pu dire pour qu'ils semblent sur le point de sortir de leur orbite.

— Oh nom de… Cass, fais-moi penser à ne plus jamais te droguer.

Il se lève d'un bond et s'éloigne en se passant nerveusement une main dans les cheveux.

Je me soulève sur un coude mais me rallonge immédiatement. Pas une bonne idée.

— Pourquoi est-ce que tu ne restes pas?

Il me regarde en plissant les yeux et je vois qu'il a un mal fou à ne pas sauter de nouveau sur le lit.

— Parce que tu es en état d'ébriété et que je n'ai pas spécialement envie qu'on aille trop loin alors que tu ne t'en souviendras peut-être pas le lendemain, OK?

Je soupire. J'ai beau être à moitié (bon d'accord, *totalement*) éméchée, je sais qu'il a raison.

Je me sens vraiment seule d'un coup, dans ce grand lit.

Je lève les yeux vers lui et je vois qu'il a une main sur le visage et qu'il me regarde du coin de l'œil, comme si j'étais un genre de tentation hyperdangereuse et qu'il devait se méfier de moi.

Ça me donne une folle envie de rire et de l'embrasser en même temps.

— Je suis crevée. Tu veux bien venir dormir avec moi?

Il me regarde d'un air suspicieux mais il n'hésite qu'une demi-seconde.

La demi-seconde d'après il se glisse dans les draps et enroule ses bras puissants autour de ma taille, un large sourire sur ses lèvres.

— Petite dévergondée, va. Ah, elle cache bien son jeu la sainte-nitouche.

Je pose ma tête sur son biceps et me blottis contre lui.

— Et encore, tu ne m'as jamais vue danser sur les tables, dans une cérémonie de mariage.

Il y a trois ou quatre ans, un soir où je me sentais plus triste que d'habitude, j'avais fugué par la fenêtre de ma chambre et je m'étais invitée à un mariage. Je ne connaissais personne mais au début on n'a même pas remarqué ma présence. Et j'ai eu la très bonne idée de goûter au punch. Et d'y regoûter un bon nombre de fois durant la soirée. Du coup, quand j'ai commencé à vraiment me faire remarquer, en dansant sur les tables sans rien d'autre qu'un soutien-gorge, par exemple, ils ont noté que je n'étais pas invitée. Et le marié m'a gentiment congédiée, avant que je ne fasse un strip-tease complet. Je ne m'en souviens pas, c'est la directrice qui me l'a raconté le lendemain, en m'enguirlandant copieusement au passage. Mais je m'en fichais un peu. J'avais une telle gueule de bois que j'aurais voulu plonger ma tête dans un bac à glaçons.

C'est pour ça que depuis je n'ai plus avalé une seule goutte d'alcool.

Gabriel rit doucement. La seconde d'après je dors comme un bébé.

80

Je me réveille doucement, l'esprit embrumé. Pendant quelques minutes je reste sous les couvertures sans bouger, essayant de me souvenir de comment je suis arrivée ici. Mais j'abandonne alors que je me rends compte que je ne me rappelle pas comment je m'appelle. Un détail bizarre me fait frémir : je vois tout avec une netteté et une précision qui n'ont rien de normales. Et mon ouïe est beaucoup trop fine... je peux entendre le moindre murmure. Il y a une conversation entre deux hommes, quelque part dans la maison dans laquelle je me trouve. Mes idées s'éclaircissent avec les derniers signes de sommeil et je perçois enfin les éléments qui m'entourent. Une chambre avec un lit et une table de chevet comme simple habillement. Une fenêtre dans mon dos, des oiseaux qui gazouillent à l'extérieur. Un bras musclé juste sous ma tête, des...

Waouh, waouh ! Pause ! Un bras ??

J'écarquille les yeux en comprenant que les bras ne se promènent pas tout seuls dans la nature et que celui-ci doit appartenir à quelqu'un.

Je relève la tête, stupéfaite, et reste pétrifiée devant les yeux océan qui m'observent.

Le propriétaire du bras n'est pas loin. Une peau mate, des cheveux aile de corbeau qui lui tombent sur le front en mèches désordonnées, des sourcils aussi noirs que ses cheveux et une bouche aux lèvres pleines. La touche finale : des yeux qui évoquent la profondeur des océans. Je n'ai jamais vu un tel bleu. Presque outremer. Ils sont d'autant plus mis en valeur par ses cils noirs et épais.

J'ai un mouvement de recul mais il me tient tout contre lui, un bras passé autour de ma taille. Je le regarde avec un sentiment de peur panique, mêlé à de l'irritation, et je commence à me tortiller pour me libérer de son emprise. C'est un peu trop, je ne sais pas *qui* je suis, je ne sais pas *où* je suis et je ne sais pas *avec qui* je suis.

Je plaque mes mains sur sa poitrine et essaie de le faire lâcher prise. Je remarque alors que mes bras sont nus. J'oublie quelques secondes le mec sexy qui me tient dans les siens, alors que je comprends que je n'ai pas de haut, et oh mon Dieu ! Je suis en soutien-gorge.

Je sens la panique me gagner définitivement et le feu me monte aux joues. Je suis à deux doigts de hurler quand sa voix, grave et basse, s'élève pour la première fois.

— Ne crie pas. Tu t'appelles Cassiopée O'Brien, tu as eu des soucis de santé et je t'ai soignée. Je suis ton ami et tu es en sécurité avec moi.

Il a parlé avec beaucoup de tendresse et aussi délirant que ça puisse paraître, alors que je me trouve à moitié nue dans un lit avec un type hypersexy qui ne porte pas de T-shirt et qui m'enlace, je le crois. Je n'ai pas vraiment l'impression que notre relation se cantonne à l'amitié, vu la façon dont il me couve du regard, et celle dont mon corps réagit à sa vue. Et ce nom, Cassiopée, fait ressurgir des tas de souvenirs en moi, certains joyeux, beaucoup d'autres tristes, alors je suppose que c'est une bonne preuve de sa sincérité. Et même, j'ai l'impression de le connaître. Il m'inspire confiance, et surtout, mon cœur s'affole quand il pose les yeux sur moi. J'ai une envie étrange de le serrer contre moi et de l'embrasser. Je me détends un peu et me recouche sur son bras tout en continuant à l'observer du coin de l'œil.

Il lève la main qu'il a posée sur ma hanche et retire délicatement des mèches de cheveux qui me sont tombées dans les yeux. Tout en lui, ses gestes, le ton de sa voix, l'expression dans ses yeux, n'est que tendresse et douceur envers moi. Je n'arrive pas à comprendre pourquoi et pourtant je ressens la même chose pour lui.

— Je suis sûre que je t'ai déjà vu, on se connaît non?

Son visage s'illumine et un large sourire s'étend de son oreille droite à l'autre. Ce sourire fait fondre mes dernières barrières comme neige au soleil et je le regarde avec adoration.

— Je m'appelle Gabriel. Si tu as l'impression de me connaître, c'est parce que dans la vie je suis ton idole, et que tu m'adores littéralement à longueur de journée.

Je fronce les sourcils alors que ses yeux pétillent de malice. N'empêche, il a beau me faire marcher, je me demande s'il n'y a pas un soupçon de vérité dans ses paroles...

Je ne laisse rien paraître et serre la couette sur ma poitrine. Il note le mouvement et sourit d'un air amusé.

— Pourquoi... pourquoi je ne me souviens de rien?

— Le Sérum que je t'ai injecté pour te soigner est très puissant et a tendance à provoquer une amnésie temporaire. Dans quelques minutes, quelques heures au plus tard, tu auras recouvré entièrement la mémoire.

Je me sens soulagée. Un éclat de couleur attire mon attention sur son épaule. Je me concentre dessus et ma vue s'ajuste aussitôt, comme si j'avais des jumelles. Je cligne des yeux plusieurs fois, surprise. D'une part parce que je vois bien que ma vue n'est pas très normale et d'autre part parce que Gabriel a un énorme dessin sur la peau, couleur bleu nuit et parsemé de taches blanches.

Les yeux exorbités, j'avance doucement la main et touche sa clavicule. Je ne sens que la peau mais elle a des reliefs, comme si elle recouvrait des os minuscules. Je lève les yeux vers lui.

— Ne te pose pas trop de questions, parce que là, pour le coup, ça serait vraiment trop dur à expliquer. Tu vas te souvenir, laisse-toi un moment pour récupérer.

— Mais… mais qu'est-ce que… ? Qu'est-ce que c'est ?

Il lève la couette de son côté et me révèle son torse musclé et parfait, et surtout son ventre qui est aussi couvert de ce dessin étrange.

— Disons pour simplifier les choses que c'est un tatouage.

J'ouvre la bouche pour lui dire d'arrêter de me prendre pour une cloche, que les tatouages ne sont pas en relief, quand soudain je sens des choses bouger dans mon dos.

Je me retourne et me retrouve carrément nez à nez avec une aile. Oui oui, vous avez bien lu, une *aile*. Gigantesque en plus. Couleur émeraude.

Je crie et fais un bond sur le côté, ce qui fait que je cogne mon épaule dans le nez de Gabriel. Celui-ci pousse un grognement de douleur mais je n'y prête pas attention et me retourne à nouveau pour attraper le bout de l'appendice que je ramène devant mon visage.

Je l'observe, fascinée. Elle fait des soubresauts, comme si elle était dotée d'une volonté propre et qu'elle essayait de se dégager de mon emprise. Et d'un coup, je me souviens. Ce sont mes ailes. Et le tatouage sur la peau de Gabriel, ce sont ses ailes. Mais pourquoi diable a-t-il des ailes ? Parce que c'est un Myrme. Oui je suis sûre de ça. Mais un Myrme c'est quoi ?

Au fur et à mesure de mes questions j'obtiens les réponses souhaitées et sous le regard interrogateur de Gabriel, qui se frotte distraitement le nez, toute ma vie me revient en mémoire, comme une vague de souvenirs.

J'essaie de jongler avec les informations qui parviennent à mon cerveau mais je suis bientôt submergée et il me faut une bonne dizaine de minutes pour me calmer.

Au bout d'une demi-heure, je me souviens de tout. Et quand je dis de tout, ça veut aussi dire de *tout* ce qui s'est passé hier…

676

Oh buse.

Double, triple, *quadruple* buse !

— Ooooh noooooooon !! Je t'en prie, dis-moi que j'ai rêvé, je t'en *supplie* dis-moi que j'ai rêvé ce qui s'est passé hier !

— Hé, hé, tu veux parler de ta transformation subite en petite délurée ?

Je plaque mes mains sur mon visage, horrifiée, mortifiée, et gémis à nouveau :

— Oooh nooooooooon...

Il rit de bon cœur et m'embrasse partout sur le visage.

— Allons, ça n'était pas si terrible que ça ! À vrai dire c'était plutôt divertissant... je mettrai peut-être de l'alcool dans ton café de temps en temps...

Je lui donne une claque sur le bras.

— Arrête, ça n'est pas drôle ! Je ne suis pas du tout comme ça d'habitude, mais... mais l'alcool a un effet foudroyant sur moi et le sédatif que tu m'as donné hier c'était pire ! Ça n'est pas moi la fille que tu as vue hier... je ne bois jamais d'alcool justement pour cette raison-là.

Il me caresse le visage avec son index et je vois un sourire doux apparaître sur ses lèvres.

— T'inquiète pas, mon cœur, je sais très bien que tu n'es pas comme ça. De toute manière je t'aimerais même si tu décidais de devenir gogo danseuse.

Je plisse les yeux.

— Ah ben justement, puisque tu en parles...

Il rit en me pinçant la hanche.

Je le pousse et il tombe sur le dos en riant. Je roule sur le côté et me penche sur lui. Son sourire s'efface et il redevient sérieux. Je remarque avec un immense soulagement que je ne ressens plus aucune douleur au niveau de ma cage thoracique.

Je fais glisser mes doigts sur la courbe de sa mâchoire, qu'une fine barbe commence à recouvrir, et descends lentement vers son cou. Je le regarde dans les yeux.

677

— Tu sais que je n'ai pas eu l'occasion de te montrer à quel point j'étais heureuse que tu m'aies retrouvée?

Je vois sa pomme d'Adam remonter alors qu'il déglutit.

— Et tu comptes faire ça comment?

Je hausse les épaules en passant distraitement mon doigt sur son torse.

— Je ne sais pas… je pensais te tricoter un gros pull pour cet hiver, avec un caribou dessus, qu'est-ce que tu en penses?

Il me donne une claque sur le bras alors que je ris aux éclats.

Puis, sans prévenir, il prend mon visage entre ses mains et m'embrasse doucement. Je lui rends son baiser et il roule sur lui-même. La seconde d'après je suis sous lui et il m'embrasse avec une ardeur nouvelle. Je sens mes ailes vibrer dans mon dos.

Ses lèvres s'étirent dans un sourire sur ma bouche puis il effleure mon oreille:

— Même avec un œil au beurre noir tu es magnifique.

Ouh ouh! Mon estomac fait toutes sortes de choses bizarres au son rauque de sa voix.

Ses lèvres se posent sur mon cou et y déposent une succession de baisers. Il goûte ma peau, se délectant de chaque contact avec ses lèvres. Et moi je fais pareil.

— Je t'aime, je ne veux plus jamais te quitter. Je t'aime tellement.

Le murmure qui sort de ma bouche me semble rauque. Il quitte mon cou une seconde pour me regarder de ses yeux bleus.

— Ça n'arrivera pas. Tu es à moi et je suis à toi. Je ne te quitte plus Cass.

Il me mordille la lèvre en souriant et se rassoit brusquement en me jetant un drôle de regard.

Je hausse un sourcil et il glisse une mèche de cheveux derrière mon oreille.

— Tu sais… ça va peut-être te sembler bête, mais après que tu t'es endormie j'ai réfléchi longtemps. Avec toi j'ai envie de faire ça bien. J'ai envie que tout ça soit en quelque sorte… officiel.

Il regarde ailleurs en essayant de réprimer un sourire gêné.

— Est-ce que ça te dirait de m'épouser ?

Mon cœur fait un raté. L'épouser ? Ouah. C'est assez hum… inattendu. Qui eût cru que Gabriel le dur à cuire me ferait une proposition aussi… romantique. Quoique côté romantisme il ait encore du chemin à faire.

Une panique soudaine me submerge. J'ai à peine dix-huit ans et demi. Je suis une fille naïve et franchement pas douée parfois. Je n'ai jamais connu d'autres hommes. Je ne saurais pas comment m'en sortir. Et est-ce que je ne serais pas en quelque sorte… prisonnière ? Pire, et si lui se lassait de moi ? S'il se rendait compte que je ne suis pas à la hauteur de ses espérances ?

C'est alors que je lève les yeux vers Gabriel. Il me fixe, visiblement inquiet. Il a l'air embarrassé par la déclaration qu'il vient de faire. Cela lui ressemble si peu que je sens mon cœur fondre.

Pourquoi m'inquiéter ? Depuis que j'ai rencontré cet homme, un lien invisible n'a cessé de m'attirer à lui, comme si une force qui ne pouvait pas être anéantie nous réunissait, qu'importent les situations ou la distance qui pouvaient nous séparer. Comme si, au premier coup d'œil que j'avais posé sur lui ce jour-là, à la cafétéria, il y a une éternité il me semble, j'avais inconsciemment compris que je n'étais que la moitié d'une personne. Que je n'étais qu'à moitié satisfaite. À moitié rassasiée. À moitié affamée. Il me manquait une autre moitié pour me compléter. Et cette autre moitié c'était lui. Je ne pourrais pas l'expliquer. Moi-même je ne croyais pas à ce genre de lien mystique que certaines personnes prétendent partager ou à cette histoire encore plus invraisemblable d'âmes sœurs. Mais maintenant je ne suis plus aussi sûre de moi. En fait c'est tout le contraire. Je crois que s'il venait à disparaître, mon essence s'en irait avec lui. Je ne pourrais pas y survivre.

Pas seulement à cause du chagrin, non. Mais peut-on vivre avec la moitié d'un cœur? Certaines choses ne peuvent être expliquées avec des mots. Et je sais qu'il ressent et ressentira toujours la même chose, que nous sommes les seuls à le comprendre parfaitement.

Je me sens sourire.

— Rien ne me rendrait plus heureuse que de t'épouser.

Ses traits se détendent aussitôt et le plus grand sourire que je n'ai jamais vu étire ses lèvres de part et d'autre de son visage. Il se laisse tomber sur le dos en poussant un soupir où se mêlent la joie et le soulagement.

— Oh! là, là! tu m'as fichu une de ces trouilles! Pendant deux secondes j'ai cru que tu allais me mettre un vent.

Je le prends dans mes bras et le serre de toutes mes forces.

— Jamais de la vie. C'est une opportunité que je ne peux pas manquer. Comme ça, je suis sûre de t'avoir toujours à l'œil.

— Ah! Qui te dit que ce n'est pas moi qui veux te surveiller de près?

Il approche son visage du mien et s'apprête à m'embrasser quand quelqu'un tambourine à la porte.

— Gabriel! Sors de là! Et Cass aussi, hein! C'est pas le moment pour ça!

Je laisse lourdement tomber ma tête sur mon oreiller en gémissant.

— C'est pas vrai. Je vais le tuer.

Il secoue la tête.

— Non Cass. Tu ne vas pas le tuer. C'est moi qui vais le faire.

Je l'embrasse en riant et il me serre contre lui si fort que j'ai l'impression que nos corps ne font plus qu'un.

Isha continue à s'énerver sur la porte. Gab se redresse, des fusils à la place des yeux. Je crains réellement pour la vie d'Isha là, tout de suite.

Je l'attire contre moi et lui murmure à l'oreille:

— Oublie-le. Quand il ne nous entendra pas répondre, il croira qu'on est sortis et il se lassera.

Gabriel se passe une main sur le visage.

— L'ennui c'est qu'il entend tout ce qu'on dit…

Je me redresse sur les coudes.

— Comment ça ?

— Il a subi la transformation et il s'avère que c'est un Auditif.

— Vous savez que j'entends absolument tout ce que vous dites et faites ! Et j'ai vraiment envie de vomir.

Je lève les yeux au ciel. Mais de quoi il se mêle, cet intrus pervers ?

Je réponds de ma voix la plus venimeuse :

— Alors dégage de devant la porte et va vomir aux toilettes, OK ?

— Nan, j'aime pas vomir aux toilettes, c'est trop sale à mon goût, je suis quelqu'un de raffiné vois-tu. Ce palier est absolument parfait pour ça.

Il se met à faire des bruits de hoquets et je regarde Gab, interloquée.

— Mais c'est qu'il va le faire, ce taré !

Gabriel se lève d'un bond et les bruits de hoquets cessent. Il ouvre la porte d'un geste brusque et Isha nous regarde tour à tour en plissant les yeux. J'ai envie de m'enterrer dans un trou de souris. Après l'avoir tué. Et avoir dansé autour de sa carcasse sanguinolente.

Il laisse échapper un petit sifflement admiratif.

— Eh ben, apparemment j'arrive au bon moment, un peu plus Gab et tu faisais la plus grosse erreur de ta vie.

Je me sens rougir, mais de colère cette fois. Je m'apprête à lui sauter à la gorge mais Gabriel me devance. Il lui donne un coup de poing dans le ventre et l'autre se plie en deux en essayant de respirer. Tout à coup je me sens un peu mieux.

— Ça c'était parce que tu n'es vraiment qu'un sale abruti. Et encore, t'as de la chance que je te considère comme mon ami parce que sinon je t'aurais carrément arrangé le visage.

Amis tous les deux? Ça n'est pas la meilleure nouvelle de la journée.

Isha, toujours courbé en deux, grimace. Je me redresse et pose ma tête sur mes genoux, me délectant de la scène.

— Trop honoré Votre Altesse. Me permettez-vous de baiser vos pieds en signe d'allégeance?

— Arrête tes bêtises et dis-nous plutôt ce qu'il y a.

— Il faut qu'on bouge, hoquette-t-il. Pendant qu'elle dormait, Michael, Ethan et Tom sont rentrés. Ils ont dit que les hommes de Manassé étaient furax qu'on les ait entourloupés. Il faut qu'on bouge, ils ne vont plus tarder, et là, ça sera notre fête.

Gabriel lui claque la porte au nez et Isha pousse un cri de douleur et de protestation.

— Viens Cass, il faut qu'on y aille. Je t'expliquerai sur la route.

Il attrape son jean et se l'enfile en deux temps trois mouvements. J'aperçois furtivement la petite inscription qu'il a tatouée sur la hanche gauche, avant qu'il n'enfile un T-shirt. Je n'ai pas oublié ce passage:

«Tu t'es approché le jour où je t'appelais; tu as dit: n'aie pas peur.»

En quoi cette phrase est-elle importante pour lui?

Et puis, je ne le vois pas à cause du relief de ses ailes sous sa peau, mais je sais que sur son pectoral il y a un nom inscrit: Kala.

Qui est-ce?

En tout cas, moi je n'ose pas sortir de dessous la couette. Je suis en *soutien-gorge*, et j'ai beau être amoureuse, je suis hyperpudique.

Gabriel lève la tête, fronce les sourcils puis pince les lèvres. Il essaie de réprimer un sourire.

Le saligaud.

— Tout va comme tu veux?

— Ça va, arrête de me torturer je me sens déjà assez mal comme ça.

Il bataille toujours pour garder son sérieux et s'assoit sur le bord du lit.

— Mais qu'est-ce qu'il y a?

Je me retiens de lui en mettre une.

— Je suis complexée.

Il pince les lèvres et porte une main à sa bouche. Ses yeux sont plissés par son sourire.

— Complexée? Mais par quoi est-ce que tu peux bien être complexée après ce qui vient de se passer?

Je pose mon front sur mes genoux, mortifiée par la tournure que prend la conversation.

— Hem... par ma... poitrine.

Je n'arrive pas à croire que je viens de dire ça.

Il écarquille les yeux et j'ai l'impression qu'ils vont sortir de leur orbite. Puis il éclate littéralement de rire. Je redresse la tête et le fusille du regard. Son rire redouble d'intensité.

Le pire c'est qu'il est communicatif, alors même si je n'ai absolument pas envie de rire, je sens mes lèvres s'étirer de part et d'autre de mon visage. J'essaie de le cacher en le poussant et en me mettant dos à lui. Je pose les pieds sur le sol et me baisse pour attraper la blouse. Je la ramasse et l'enfile rapidement. Pour cacher mon embarras je lui balance la première remarque qui me passe par la tête.

— Et d'abord, qu'est-ce que tu faisais dans mon lit sans T-shirt et sans jean? Je ne me rappelle pas que tu les aies enlevés. Tu vas me dire que le sédatif agit encore, c'est ça?

Il pousse une exclamation offusquée:

— Oh! Tu ne croyais quand même pas que j'allais dormir tout habillé? C'est hyperdésagréable! Allez, fais pas comme si t'avais pas apprécié...

Je lui lance un regard faussement désespéré.

— Des fois, tu me fais flipper.

Un sourire machiavélique s'épanouit sur son visage et je lève les yeux au ciel en signe d'exaspération.

— Tant mieux. Il est toujours bon d'être craint.

Je réprime un sourire et lui donne un coup de poing dans les côtes. Il pousse un petit cri de protestation et m'ébouriffe les cheveux. Je me lève en riant et finis de boutonner ma blouse. Je grimace en me regardant dans le miroir.

— Franchement, tu aurais pu penser à me prendre des affaires de rechange, je ne passe pas vraiment inaperçue là-dedans.

— Eh! Je ne pouvais pas prévoir que tu t'improviserais stripteaseuse entre-temps.

— Je t'ai dit que je me suis réveillée comme ça!

Gabriel me lance un regard qui se veut dubitatif et je m'apprête à protester quand la voix s'élève de nouveau dans la maison.

— Oh! vous vous bougez, oui? On n'a pas que ça à faire que de vous écouter vous faire des mamours.

Je serre les dents et murmure d'une voix presque inaudible.

— Va te faire voir.

Il me répond tout aussi doucement, de sorte que Gab ne l'entend pas.

— Pas sans toi, mon cœur.

On s'échange quelques insultes silencieuses puis Gab et moi sortons de la chambre.

***

Lorsque je sors de la pièce, la première chose qui me frappe est l'ambiance tendue. Les cinq garçons arpentent la pièce. Arthur est blanc comme un cachet et Tom se tord les mains d'anxiété. Même Isha, qui est l'orgueil à l'état brut, a du mal à masquer son angoisse. Il joue la décontraction mais les muscles de sa mâchoire saillent et des gouttes de sueur perlent sur son front.

Je m'arrête sur le palier, abasourdie. Mais qu'est-ce que mon père a bien pu faire pour les terroriser comme ça?

Oh, à part tuer sans merci tous les Myrmes de Tornwalker qui lui passaient sous le nez et les menacer impunément de massacre? Rien, absolument rien. Mais franchement, la

684

question ne serait-elle pas plutôt qu'est-ce qu'ILS ont fait pour redouter autant sa colère ?

Par tous les dieux d'Asgaard.

Je me tourne vers Gabriel. Il scrute la route qui mène au domaine par la fenêtre. J'ouvre la bouche pour formuler la question de ma conscience quand il claque dans ses mains. Tous les garçons semblent sortir de la transe qui les maintenait hors de ce monde et ils tournent tous la tête vers moi.

Tom a un hoquet horrifié. Michael se couvre la bouche de sa main et Ethan ouvre des yeux grands comme des soucoupes. Seul Arthur et Isha ne paraissent pas vraiment surpris. Sur le moment, je ne comprends pas pourquoi, et puis je me rappelle que j'ai été battue à mort la veille. Je ne dois pas être jolie-jolie à voir.

Un ricanement me fait me retourner vers Isha. Je plisse les yeux.

— Déjà qu'avant tu faisais flipper, maintenant tu peux être sûre que toute personne se trouvant à un kilomètre de diamètre de toi va s'enfuir en courant. Et peut-être même en hurlant.

— Oh la ferme.

Tom réagit en premier. Son corps d'ours se jette sur moi et il me prend dans ses bras. Je manque d'étouffer alors qu'il me démontre expressément ô combien je lui ai manqué. Et bizarrement, il m'a manqué aussi. Beaucoup. Comme tous les autres, d'ailleurs.

Je vois Gabriel sourire du coin de l'œil. Tom s'écarte finalement et Michael arrive par-derrière et me donne une bonne claque dans le dos, ce qui me vaut une grosse quinte de toux.

— Eh ! Vas-y doucement espèce de butor, je te signale qu'elle se remet à peine de quatre côtes cassées.

Oubliant aussitôt mes douleurs abdominales, je me redresse et ouvre les yeux d'étonnement alors que je reconnais le propriétaire de la voix. Isha semble se rendre compte que, pour la première fois de sa vie, il a dit quelque chose d'aimable sur moi et se met à rougir comme une pivoine.

Un irrépressible sourire se dessine sur mes lèvres, ce qui a comme conséquences de le faire rougir encore plus.

— Hem, ce que je veux dire, c'est que si tu ne veux pas que Gabriel te démolisse, tu ferais mieux de faire attention à sa petite carcasse fragile.

Les autres garçons, tout aussi hébétés que moi par cette déclaration inattendue, éclatent de rire.

Isha se renfrogne et sort en maugréant :

— Bandes de ramollis du bulbe.

Les autres rient de plus belle et il claque la porte, vexé.

Ethan s'approche de moi et me sourit. Avec sa réserve habituelle il se penche vers moi.

— Je suis vraiment content de te revoir, Cass.

Je lui souris en retour. Je veux lui dire qu'il m'a manqué, que mes meilleurs amis m'ont manqué, mais la porte s'ouvre à la volée et un Isha affolé entre en trombe dans la maison.

— Ils arrivent ! Ils arrivent ! Les bruits des moteurs ! Ce sont ceux des Hummer de Manassé ! Ils se ramènent, ils ne sont plus qu'à quelques kilomètres. Nom de Dieu, ils nous ont retrouvés, on est morts !

81

Il y a une seconde de flottement, puis l'information parvient définitivement aux cerveaux des personnes présentes. Le mot qui définirait le mieux la situation qui suit serait : panique. Totale. Tout le monde se met à courir partout et à crier. Un vrai capharnaüm. Seul Gabriel et moi restons stoïques. Moi parce que, eh bien parce que Manassé est mon père et que je ne le crains pas. Et Gabriel... parce qu'il est Gabriel je suppose. Tout comme Isha, j'entends distinctement le bruit des moteurs. Pas des moteurs habituels. Des moteurs ultrapuissants. Le son est encore assez éloigné, quatre ou cinq kilomètres.

Gabriel est le premier à reprendre la situation en main. Il se dresse de toute sa hauteur et crie assez fort pour que tout le monde se taise et écoute :

— Tout le monde dans les 4×4 ! On se divise en deux groupes égaux. Arrivés au bout du chemin, mon groupe partira tout droit. Celui d'Isha vers la gauche. S'ils nous suivent, ça les obligera à se séparer. Isha tu prends Tom, Arthur et Michael avec toi. Cassi et moi on prend Ethan. On se donne rendez-vous au vieux hangar.

— Et si jamais l'un des deux groupes se fait coincer ?

Isha a parlé avec son habituel ton de défi mais j'entends toute l'angoisse qu'il y a cachée derrière. Je lui souris paresseusement. Seul un Auditif aurait pu percevoir la différence.

— Alors je viendrais sauver ton petit derrière de mon papa, mon choupinet.

Avant qu'il n'ait le temps d'ouvrir la bouche, Gabriel ouvre la porte et sort en courant. Comme un top départ, le reste de l'assemblée se précipite à l'extérieur.

Je m'arrête soudain, une idée affreuse s'insinuant dans mon esprit.

— Gab, attends!

Gabriel, emporté par son élan, freine des deux pieds et stoppe près d'une petite Ford rouge. Sur le moment je ne remarque pas qu'on a changé de véhicules.

— Mon père, s'il nous a retrouvés c'est qu'il doit avoir des Pisteurs avec lui. Lui-même en est un. Et il reconnaîtra mon odeur entre toutes. Il suivra notre voiture sans hésitation, avec toute son armée!

— J'y ai déjà pensé, j'ai mis des affaires à toi dans l'autre Ford. Ton odeur est dans les deux, ils ne sauront pas laquelle choisir. Maintenant grimpe.

J'hésite une seconde. Peut-être que si je lui parlais, peut-être que si j'essayais de le raisonner, il nous laisserait en paix?

C'est cela, rêve toujours.

Mouais. Pas vraiment crédible, c'est vrai.

Je me mets à courir et je saute à l'arrière de la voiture. Gabriel prend le volant et Ethan s'assoit sur le siège passager. Gab fait un demi-tour contrôlé et part en trombe sur le petit chemin en terre. Les nids-de-poule et les bosses me font faire des bonds sur la banquette et je manque une fois de me briser le crâne en me le cognant au plafond. Sans même prêter attention au panneau «Stop», Gabriel fonce sur la route en face et un tonnerre de Klaxons et de crissements de pneus retentissent derrière nous. Je plante mes ongles dans le cuir usé du siège et j'aperçois un léger sourire flotter sur les lèvres de Gabriel. Je souris à mon tour.

— Avoue que la situation ne te déplaît pas complètement, hein ? Je suis sûre que tu as toujours rêvé de te retrouver dans une scène d'action digne d'un film à la *Starsky et Hutch*.

— En effet, bien que je sois de loin meilleur qu'eux aux dérapages contrôlés.

— Bien évidemment.

Je baisse les yeux sur mes doigts, et les trous dans le faux cuir de la Ford me font réaliser un détail auquel je n'avais pas prêté attention plus tôt.

— Pourquoi on a échangé les limousines pour ces vieilles casseroles ?

— Parce que quand ils arriveront et qu'ils verront les limousines près de la maison, ils penseront que nous sommes toujours là. Et même s'ils ont des Sentinelles capables de discerner les infrarouges, ce qui m'étonnerait beaucoup, ils seront obligés d'aller vérifier qu'on est pas planqués dans une cave ou un truc comme ça. Ça nous laisse un peu d'avance. Et tu dois admettre qu'on est quand même plus discrets dans cette bonne vieille casserole.

Ethan regarde nerveusement dans le rétroviseur.

— Ils n'ont pas l'air de nous suivre. Isha a bien tourné à gauche.

— Détends-toi Sherlock, ils ne vont pas immédiatement se lancer à notre poursuite, je te dis. À mon avis on est tirés d'affaire. Pour le moment.

Vu le boucan que fait le moteur de la Ford, je n'arrive pas à savoir si les Hummer sont encore dans le coin.

Je roule imperceptiblement des yeux.

Des *Hummer*. Non mais franchement, ça ne me surprend même pas.

Tout à coup je me souviens que tout le monde me doit une explication. Je me penche en avant et apostrophe Gab.

— Raconte-moi comment tu m'as retrouvée. Et surtout comment tu as fait pour me sortir de ce labo. Bon sang, c'était bourré de mercenaires armés comme des Vikings. Et ils parlaient d'un certain président Jenkins dont ils avaient

689

une crainte morbide ! Comment tu as réussi à te faire passer pour un des leurs ?

Gabriel soupire.

— Tu es sûre que tu veux entendre ça maintenant ?

Non mais je rêve, quel flemmard !

Je croise les bras et fixe le rétroviseur. Gabriel pousse de nouveau un soupir douloureux et commence son récit.

— Quand tu as disparu, il y a trois mois, je me suis juré que je te retrouverai. Soraya m'avait expliqué que tu avais quitté Tornwalker et que pour ta propre sécurité on avait changé ton identité. L'odeur de ton hormone s'était évanouie. Pendant plusieurs semaines j'ai essayé de la raisonner. Je l'ai suppliée. Même menacée. Mais rien n'y a fait.

Ses mains se crispent sur le volant. Je réalise qu'il y a tellement de choses que je ne sais pas sur lui. Son passé, la signification de ses tatouages. Mais je réalise alors que je n'ai pas été totalement franche avec lui non plus. Je suis une Tactile, et je n'ose toujours pas lui avouer.

Est-ce que c'est ainsi que doit débuter une relation durable ?

Il continue après une courte pause.

— Je lui ai dit que j'allais partir à ta recherche. Ça a été à son tour de me menacer. Elle a même exigé que je reste. Je sais qu'elle peut se montrer très… persuasive, quand elle veut, alors j'ai fait profil bas quelque temps.

J'écarquille les yeux.

— Mais pourquoi elle a réagi comme ça ?

Il hausse les épaules.

— Parce que je suis un des rares Siléas au village et que mon absence aurait été un manque cruel je suppose. Et aussi parce que ta présence n'était pas vraiment souhaitée au village. Et puis, elle a toujours eu d'autres plans pour moi…

Waouh ! C'est censé vouloir dire quoi, ça ?

— Bref. J'ai rassemblé discrètement mes affaires et je suis parti. Même pas un kilomètre plus loin, six types se sont trahis à cause de leurs odeurs. Je les ai sentis et je les ai attendus. Et voilà l'équipe.

— Six ?

— Oui. Henry nous attend près du hangar avec des voitures de rechange.

Je sens mes yeux s'embuer. Henry ? Henry est là ? Après tout ce que j'ai fait ? Après les menaces qu'il a proférées à mon encontre ? Je ne m'étais jamais rendu compte à quel point son avis était important pour moi. Peut-être plus que tous les autres. Gabriel mis à part, bien sûr. Une larme s'échappe et je l'essuie rapidement de ma joue. Je sais très bien que le mouvement a été perçu par les deux Sentinelles devant, mais ils font comme si de rien n'était.

— Donc on a cherché et on a fini par trouver ton Effaceur. C'était plutôt simple, les Myrmes n'en ont que trois aux États-Unis.

J'ouvre de grands yeux.

— Mon quoi ?

— Ton Effaceur. Celui qui a effacé ton identité. Qui t'en a offert une nouvelle.

Gabriel se tait alors qu'il bifurque sur la droite et emprunte une route plus large et plus fréquentée.

— On l'a… convaincu de nous donner ta nouvelle identité.

Je plisse les yeux, soupçonneuse.

— Comment ça, « convaincu » ?

Gabriel fait un geste de la main, agacé.

— Arrête de m'interrompre tout le temps Cass, je ne vais jamais y arriver. Et puis, de toute façon tu n'aurais pas aimé que je réponde à cette question.

Je m'adosse à la banquette, abasourdie.

— Mais il va bien, au moins ??

C'est au tour d'Ethan d'être choqué. Il me lance un regard désabusé à travers le rétroviseur.

— Évidemment qu'il va bien, Cass ! On était désespérés, mais pas au point de tuer quelqu'un, et surtout pas l'un des nôtres. Il n'a… presque rien.

Je secoue la tête, éberluée.

— J'ai l'impression de délirer. Mais vous allez avoir des problèmes à cause de ça. Soraya doit déjà être au courant et elle va vous tuer !

— Non on est bien trop précieux. Bref, on t'a retrouvée sauf que t'étais à l'hôpital. On a de suite compris que ça allait dégénérer. On a réfléchi sérieusement aux options qui s'offraient à nous. Et je peux te dire, mon cœur, qu'il n'y en avait pas trente-six. Entre menacer un vieil Effaceur et s'attaquer à une organisation secrète superpuissante il y a un fossé. Soraya aurait peut-être pu nous aider, et encore je n'en suis pas sûr. Les Myrmes surveillent les Narques, pas les humains.

Nom de Zeus. J'ai peur de comprendre.

— Mais les Narques, eux, sont les spécialistes de l'infiltration et de l'espionnage humain.

— Oh mon Dieu, ne me dis pas que…

— J'ai bien peur que si. Mais franchement, qu'aurais-tu fait à notre place ? Il n'y avait aucune autre solution. Alors, hum, on a contacté ton père. On lui a dit qu'on t'avait retrouvée.

Il a un petit rire méprisant.

— Je peux te dire que je n'ai jamais vu une équipe de sauvetage rappliquer aussi vite en si peu de temps. Ton père est resté dans son village, il paraît qu'il a pas mal de soucis en ce moment. Mais surtout j'ai le sale pressentiment qu'il prépare quelque chose. Enfin bref, il nous a envoyé une équipe mais on avait pris nos précautions. Sans vouloir te vexer, je n'ai pas vraiment confiance en lui.

Comme si c'était mon cas…

Ethan poursuit.

— On leur a donné rendez-vous à un endroit qu'on savait sûr et on a échafaudé notre plan.

Gabriel grimace.

— L'équipe est arrivée et un Narque que je ne connais pas nous a ordonné de nous dire où t'étais. Franchement, vu la situation, c'était vraiment jouissif. Les Narques, qui nous posent tant de problèmes, en train de marchander avec nous, alors que nous avions l'avantage. Trop bon.

Ethan ricane.

— Ouais sauf que c'est vite devenu moins drôle. Ils savaient où tu te trouvais. Bien sûr qu'il savait. Lorsque Gabriel l'a appelé, Manassé a largement réduit son champ de recherche, et en moins de deux il a découvert l'endroit où ils t'avaient cloîtrée. Certainement ses Pisteurs ou tout simplement un espion proche de cette organisation, qui sait ? Tout ce que ses hommes faisaient c'était gagner du temps. Ou alors ils s'amusaient, je ne sais pas très bien. Une fois que Manassé leur a fait transmettre l'endroit où tu te trouvais, ils nous sont tombés dessus.

Un silence pensif s'installe dans l'habitacle. L'influence de ce type m'étonnera toujours. Je me ressaisis et attends la suite. Les deux devant m'ont l'air aussi embarrassés l'un que l'autre. Nom de Zeus… mais qu'ont-ils fait ?

— … et ?

— Et on ne les a pas laissés faire, ces saletés. On les a, disons, soulagés de leur matériel et on les a tous enfermés dans la cave de la maison où on se trouvait.

Sans une hésitation, j'éclate de rire. Lorsque je vois qu'aucun des deux ne m'imite, je m'arrête brutalement.

— Attends… Gabriel, ce n'est juste pas *possible*. Mon père n'est ni idiot ni faible. Une armée entière de Myrmes n'aurait pas suffi à faire enfermer un seul de ses hommes dans une cave, alors ne viens pas me dire, s'il te plaît, que tu y es arrivé avec six gus !

Gabriel secoue la tête.

— On dirait bien que si.

Il aurait tout simplement pu me dire qu'il avait vu Thor, Loki et Odin en personne danser autour de sa table de cuisine que ça ne m'aurait pas plus choquée. Je le regarde comme s'il était sénile.

— Qu… quoi ? Mais… comment ?

Il me regarde pour la première fois dans le rétroviseur et ça me fait froid dans le dos. Il grimace et se passe une main sur la nuque.

— Franchement Cass, je ne pense pas que tu veuilles le savoir.

J'ouvre la bouche pour protester mais un regard d'Ethan m'en dissuade. Je retombe sur mon siège, toujours sous le choc. J'ouvre la bouche, puis la referme. Je fais ça pendant deux minutes puis me décide.

— Gab... il ne renoncera jamais. Il voudra toujours me récupérer. Vous êtes en danger avec moi, surtout après l'humiliation que tu lui as fait subir. Il va vouloir te tuer à petit feu. Je ne peux pas permettre ça.

Gabriel me sourit, du moins ses yeux le font.

— Je ne te demande pas ton avis. Je t'ai juré que je resterai près de toi et c'est ce que je ferai. Et ce n'est pas un père en colère qui va me faire peur. D'ailleurs le temps où on avait besoin de la bénédiction des parents pour se marier avec la fille est révolu alors tu vas devoir trouver une meilleure excuse pour me fausser compagnie.

Ethan avale de travers et je me demande pourquoi il ouvre tout d'un coup des yeux de calmar géant.

— Tout va comme tu veux Ethan ?

Gabriel a parlé d'une voix calme, posée.

— Hum oui, oui.

J'ai envie de rire quand je vois ses oreilles virer à l'écrevisse. C'est le mot « marier » qui le met dans cet état ? Je reporte mon attention sur le conducteur.

— Je suis sérieuse, Gab. Qu'est-ce que tu vas faire ? T'expatrier au pôle Nord ? Non parce que je pense que c'est le seul endroit où il n'a pas trop d'influence. Tu ne peux pas retourner à Tornwalker. Il sait où se trouve le village et de toute façon je ne serais pas la bienvenue.

— Cass, tu m'agaces. Je t'emmènerai avec moi, même si je dois te ligoter et te droguer encore une fois.

Ma réaction ne se fait pas attendre.

— Ah non ! Finies les drogues ! J'en ai ma claque ! En plus, vu comment j'ai réagi à la dernière, je préfère m'abstenir.

Il me sourit à travers le rétroviseur, puis redevient sérieux.

— Pour te répondre, si, nous retournons parmi les nôtres. Nous allons d'abord rejoindre Isha et les autres et nous allons repartir au village. Chut, tais-toi, je n'ai pas fini. Depuis que tu es partie, nous sommes allés nous installer ailleurs.

— Quoi ?! Tout le village ? Un exode à cette échelle ?

— Oui, cela s'imposait. Nous nous sommes installés dans les montagnes opposées à celles où les Narques habitent. Ils ne connaissent plus notre position. Nous avons déplacé la Machine. Elle brouille tout ce que nous pouvons émettre : chaleur, bruits… on va y retourner. Discrètement mais on va y retourner.

Je reprends, ma voix teintée de sarcasme.

— Grand homme fort bourré aux stéroïdes oublier que femme réfléchie pas être bienvenue au village de l'homme fort.

— Grand homme fort expliquer à femme réfléchie que chef du village lui devoir beaucoup de choses et que chef du village être obligée d'accepter femme réfléchie.

Je lève un sourcil.

— Tiens donc. C'est nouveau ça. Tu peux approfondir ?

Les phalanges de Gabriel blanchissent autour du volant. Ses muscles se crispent et il serre la mâchoire. Après un silence tendu, il répond d'une voix sourde.

— Certaines raisons. Sans compter le fait que je lui ai rendu de multiples services. Mais ce qui importe c'est qu'elle n'aura pas le choix.

Je garde le silence, certaine que si j'insiste je me ferai rabrouer. Au lieu de cela, une pensée me glace les sangs. Gabriel me connaît et il m'aime, je le sais. Et je l'aime aussi.

Mais moi je ne le connais pas.

La végétation se fait plus dense. Nous empruntons une route isolée. Une petite Ford identique à la nôtre attend sagement devant un vieil hangar. Je reporte mon attention sur Gabriel.

Pourquoi est-ce que je m'inquiète? Ça n'est pas grave s'il n'est pas prêt à se confier. Il le fera quand il s'en sentira capable.

Je souris tendrement, mon premier vrai sourire depuis longtemps, me penche en avant en passant mes bras autour de son cou et dépose un baiser sur sa joue.

Une petite voix dans ma tête me murmure doucement, comme pour m'encourager:

N'aie pas peur.

REMERCIEMENTS

Il y a tellement de personnes à qui j'aimerais dire «merci», que je ne sais pas par qui commencer...

Peut-être par mon oncle, Patrick, qui m'a aidée à améliorer mon livre, qui l'a lu avec patience et m'a toujours soutenue dans ce que je faisais.

Mes parents aussi, qui ont lu mon manuscrit et comme tous les parents dignes de ce nom l'ont aimé et m'ont accompagnée à chaque nouvelle étape de la publication.

J'ai également des remerciements à faire à toutes mes fidèles lectrices, Lisa, Pauline, Zoé, Aurore, Mahault... et je ne peux malheureusement pas toutes les citer! Donc merci à vous toutes qui avez suivi les aventures de Cassiopée sur le Net, et avez contribué à ce que d'autres lecteurs puissent eux aussi lire *Les Ailes d'émeraude*.

Je tiens aussi à remercier les lecteurs du comité de lecture de Nouvelles Plumes qui ont voté pour ce roman et ont permis à ma fiction de gagner le Prix de l'Imaginaire de Nouvelles Plumes et de réaliser un de mes plus grands rêves, être publiée.

Je voudrais aussi remercier M. Poitevin qui a été d'une grande patience et m'a accompagnée à chaque stade de la publication.

J'ai bien entendu des remerciements à faire à ma deuxième plus grande fan, celle qui a lu ce livre dès les premières pages écrites, Allison. Merci à toi ma Perlita d'avoir autant aimé ce livre, et surtout de rester toi-même, toujours aussi déjantée et passionnée.

Mais par-dessus tout, la personne à qui je dois le plus, celle qui a permis que ce livre existe, qui m'a poussée à écrire, c'est toi Ilona, ma petite sœur. Sans toi, je n'aurais jamais commencé à inventer des histoires. Merci de m'avoir toujours encouragée à écrire la suite de ce roman, d'avoir toujours cru en moi, d'avoir toujours eu cette certitude inébranlable qu'un jour *Les Ailes d'émeraude* serait publié. Merci d'être toi, ma meilleure amie, mon inspiration et ma famille tout à la fois.

NOUVELLES PLUMES

Composition:
Soft Office – 5, rue Irène Joliot-Curie – 38320 Eybens

Achevé d'imprimer par GGP Media GmbH, Pößneck
en juillet 2014
pour le compte de France Loisirs,
Paris

N° d'éditeur : 77515
Dépôt légal : août 2014
Imprimé en Allemagne